明暗

めいあん

夏目漱石 著

章蓓蕾 譯

目錄

總序

幡：日本近代的文學旗手

楊照

認識日本的近代文學，一定會提到夏目漱石。夏目漱石在一九〇〇年到英國留學，一九〇三年才回到日本。具備當時極為少見的留學資歷，夏目漱石一回到日本就受到文壇的特別重視。在成為小說創作者之前，夏目漱石已經先以評論者的身分嶄露頭角，取得一定地位。

一九〇七年夏目漱石出版了《文學論》，書中序文用帶有戲劇性誇張意味的方式如此宣告：

> ……我決心要認真解釋「什麼是文學？」，而且有了不惜花一年多時間投入這個問題的第一階段研究想法。（在這第一階段中，）我住在租來的地方，閉門不出，將手上擁有的所有文學書籍全都收藏起來。我相信，藉由閱讀文學書籍來理解文學，就好像以血洗血一樣（，絕對無法達成目的）。我發誓要窮究文學在心理上的必要性，為何誕生、發達乃至荒廢。我發誓要窮究文學在社會上的必要性，為何存在、興盛乃至衰亡。

這段話在相當意義上呈現了日本近代文學的特質。首先，文學不再是消遣，不再是文人的休閒娛樂，而是一件既關乎個人存在、也關乎社會集體運作的重要大事。因為文學如此重要，所以也就必須相應地以最嚴肅、最認真的態度來看待文學，從事一切與文學有關的活動。

其次，文學不是一個封閉的領域，要徹底了解文學，就必須在文學之外探求。文學源於人的根本心理要求，也源於社會集體的溝通衝動。弔詭地，以文學論文學，反而無法真正掌握文學的真義。

夏目漱石之所以凸出強調這樣的文學意念，事實上，他之所以覺得應該花大力氣去研究並書寫《文學論》，是因為當時日本的文壇正處於「自然主義」和「浪漫主義」兩派熱火交鋒的狀態，雙方尖銳對立，勢不兩立。夏目漱石不想加入任何一方，更重要的，他不相信、不接受那樣刻意強調彼此差異的戰鬥形式，於是他想繞過「自然主義」及「浪漫主義」，從更根本的源頭上弄清楚「文學是什麼」。

日本近代文學由此開端。從十九、二十世紀之交，到一九八〇年左右，這條浩浩蕩蕩的文學大河，呈現了清楚的獨特風景。在這裡，文學的創作與文學的理念，或者更普遍地說，理論與作品，有著密不可分的交纏。幾乎每一部重要的作品，背後都有深刻的思想或主張；幾乎每一位重要的作家，都覺得有責任整理、提供獨特的創作道理。在這裡，作者的自我意識高度發達，無論在理論或作品上，他們都一方面認真尋索自我在世界中的位置，另一方面認真提供他們從這自我位置上所瞻見的世界圖象。

每個作者、甚至是每部作品，於是都像是高高舉起了鮮明的旗幟，在風中招搖擺盪。這一張張自信炫示的旗幟，構成了日本近代文學最迷人的景象。

針對日本近代文學的個性，我們提出了相應的閱讀計畫。依循三個標準，精選出納入書系中的作品：第一，作品具備當下閱讀的趣味與相關性；第二，作品背後反映了特殊的心理與社會風貌；第三，作品帶有日本近代文學史上的思想、理論代表性。也就是，書系中的每一部作品都樹建一竿可以清楚辨認的心理與社會旗幟，讓讀者在閱讀中不只可以藉此逐漸鋪畫出日本文學的歷史地圖，也能夠藉此定位自己人生中的個體與集體方向。

導讀

當現代化的列車前行——從《明暗》看日本崛起的心理糾葛與社會衝突

楊照

身處時代遞嬗的晚熟作家

夏目漱石生於一八六七年，在一九一六年去世。出生那年正值孝明天皇去世，由明治天皇繼位；而逝世那年是大正五年。換句話說，他只比明治天皇晚了五年離開世界。從他成長到活躍的時間，幾乎都落在明治時代，可說是不折不扣的「明治作家」。

夏目漱石成長於日本以超快步調變化的「明治維新」潮流。從小時候到十五歲，他受的教育仍然以漢文為基礎，後來才接觸排山倒海而來的西方文學與文化，甚至得到前往英國留學的機會。

夏目漱石的漢文能力深厚，清楚顯現在他替自己取的筆名。「漱石」二字出自《世說新語．排調》中孫子荊的典故。晉朝流行隱居避世，孫子荊為了表現自己趕得上流行，便用文雅的語言描述自己的理想生活，他想說的是「枕石漱流」——一種沒有人為干預的大自然生活，頭枕在石頭上睡眠，醒來就汲取身旁的溪水漱口，卻口誤說成「漱石枕流」。聽他說話的王濟就調侃他：「哇，頭可以枕在流水中？石頭怎麼拿來漱口？」孫子荊急中生智，強辯說：「枕流是為了洗耳朵，漱石呢，是為了磨利牙齒。」

夏目漱石十六歲進入成立學舍就讀，才開始學習英文，二十一歲進入第一高等中學英文科，後來在東京帝國大學主修英文。二十六歲畢業後，繼續在東京帝國大學大學院（即研究所）攻讀學位，同時於高等師範學校擔任英語教師。一九〇〇年，夏目漱石在三十三歲被派往英國倫敦大學留學，在他一九〇三年初回東京時，已經三十六歲了。

回國後的第二年，夏目漱石才開始動筆寫他文學生涯中的第一本小說《我是貓》。這本小說從一隻貓的視角觀看人間，最初在兒童雜誌刊登了部分內容，之後才在《子規》這本雜誌正式發表。《子規》雜誌的名稱來自近代文學史的重要作家——正岡子規，他正是夏目漱石的中學同學。《子規》在文壇的出現，是為了紀念在一九〇二年去世的正岡子規。這意味著同輩的文學明星正岡子規已經寫完人生所有的作品，告別人間之後，夏目漱石才剛起步進行小說創作。

還不只如此，夏目漱石的另一位中學同學也在日本近代文學史上占有重要地位，那就是尾崎紅葉。他比夏目漱石晚一年出生，在夏目漱石發表《我是貓》的前一年（一九〇三年），尾崎紅葉就去世了，留下《金色夜叉》這部日本近代小說經典。

相較於正岡子規和尾崎紅葉，夏目漱石在小說創作上非常晚熟。從一九〇四年他正式開筆寫《我是貓》，直到一九一六年去世，真正投入小說創作的時間前後只有十多年。換一個角度來看，短短十多年間，夏目漱石竟然就留下那麼多部重要的作品。

晚熟的夏目漱石開始寫第一部小說時，人生已經大致定型，讓他的作品在日本文學史上得以發揮更大的影響力，因為他已經累積足夠的能量，有了堅定看法，在創作上幾乎完全不受當時的文壇風氣左右與影響，在當時的主流之外，開創出自信而獨特的一片天地。

揮別自然主義，邁向「非人情」的美學實驗

夏目漱石的小說創作迸發出驚人的能量，十幾年間從《我是貓》到《道草》，光是長篇小說就完成並出版了十五部之多。更驚人的是，他每一部小說的寫法幾乎都不一樣，也讓我們在理解他的作品時，常常感到困擾——不曉得應該如何閱讀這些風格不一的小說、如何釐清它們之間的關係。

作家和自己的作品之間不見得有必然、固定的關聯。但是，首先從自我生命經驗來思考，你很難想像小

說家在寫作時，他的幾部作品之間毫無關係。其次，為了從作品讀出更多意義，讀者無可避免會好奇作者究竟是怎樣的人，進而去連結作家的其他作品和現在正在讀的這本書，思考彼此之間可能的關聯。

從此立場來分析，夏目漱石之所以創作出如此多風格不一致的小說，其中一個重要關鍵在於對抗當時排山倒海而來、新捲起的小說潮流。經過了一百年之後，當你接觸夏目漱石的作品，便不得不從文學與藝術的角度肯定他的小說成就——不隨波逐流、不追隨潮流起舞的精神。

夏目漱石為何嘗試寫下這些風格不一致的小說？因為他不認同當時主流的自然主義小說。他極力擺脫自然主義，企圖在小說領域另闢一番天地。真正出於良心，去摸索、探求存在於主流之外的藝術模式，當然是一條相對艱難的創作之路。如此不拘一格，又勇於嘗試新式的小說創作，如果不是具備深厚的文學與人生底蘊素養，是做不到的。

在夏目漱石所有的實驗小說中，它們之間的共通點是貫徹了一個主題——那是由小說《草枕》點破的「人情」與「非人情」之間的糾葛。《草枕》是夏目漱石藝術生命的重要主軸，我們可以從中體會他理想中極簡單又最純粹的「非人情」天地。

《草枕》呈現出怎樣的世界？那是由帶有「非人情」傾向的角色所構成的潔淨世界。小說敘述者「我」以藝術家的眼光觀看現實，試圖找出一個「非人情」的安身立命位置。譬如，他遇到的那美小姐，就以生命中奇特的能量，隔絕「人情」的干擾，為自己構築了小而精巧的「非人情」環境。

夏目漱石在《草枕》從藝術的原點出發，一層一層探索「非人情」的意義。《草枕》勾勒出讓藝術家得以自由進出的情境，整部小說沒有開頭也沒有結尾，只是如剪影般，刻畫了一段「非人情」的逍遙之旅，展現出夏目漱石的藝術涵養。

在小說落實生命的自由與抉擇

夏目漱石在創作過程中，經常同時進行一部以上的小說。經常某部小說無法解決的問題，或是牽引他想另外探究的問題意識，就放進另一部小說處理。

夏目漱石最受歡迎也最容易閱讀的小說是《少爺》。《少爺》的創作時間介於《草枕》和《虞美人草》之間，《草枕》未能解決與剖析的議題，便在《少爺》加以發展。夏目漱石透過《少爺》，試圖叩問一個抱持「非人情」態度的人，如何在「人情」中過活。

《少爺》選擇了世俗眼光中「沒有用的人」作為小說主人翁。在家人心目中，主人翁的哥哥是有用之人，他則是無用之人。想在社會中「有用」，就必須通曉人情，具備世故的一面——這正是區分兩者的關鍵。《少爺》延續《草枕》的藝術精神，在書中穿插一個伏筆——主人翁身為家中最無用的孩子，無論能力與課業都比不上他的兄長，但家中老僕人阿清最疼愛和看重他。父母親和街坊鄰居都嫌棄他是橫行霸道的牛魔王，唯獨阿清看出他的價值，誇讚他「秉性好，做人正直」。老僕人透過那雙素樸的眼睛，看到的是主人翁「非人情」的價值。

小說關鍵之處，在於巧妙安排了如此輕蔑世故的人成為中學老師。《少爺》的主人翁有別於《草枕》的藝術家，他的「非人情」態度並非源自藝術涵養，而是直覺意識到自己內在有股難以抑制的騷動，使他無法忍受依循「人情」而活的日子。他的性格和職業形成巨大的反差，因為老師正是「人情」的守護者、傳遞者。

由於主人翁無法壓抑自己「非人情」的性格，使他不斷周旋在「人情」間，不停猜測誰的立場跟他一致，探問誰屬於同個世界的人，而誰是非我族類。相較於此，《草枕》的畫家十分幸運，因為他在「非人情」的旅途中，遇到比自己更戲劇性的「非人情」人物——那美小姐、大徹和尚。《少爺》提醒了活在現實世界裡的「非人情」之人，最棘手的難題在於如何辨識同伴。關於這個難題，夏目漱石在後期經典作品《心》，又重述、探索了一次。

《心》的書名來源在於體會、認清了一項事實——人不會 wear heart on the sleeve，也就是沒有人會把自己的心別在袖子上。尤其在「人情」世界裡，人們盡量不顯露感情，也不會隨便將心事掛在臉上。於是在「人情」中，我們無法得知人心裡真正藏著什麼。「人情」使我們無法觀看人心，阻礙我們理解人心，以一層又一層的障蔽阻礙我們看見人的真心，也讓人不知不覺習慣了不以自己的心來感受世界。

夏目漱石短短十幾年的創作生涯中，不斷糾結於「非人情」的可能性，他不相信流行的自然主義小說是解決之道。我們甚至可以說，他最反對自然主義小說的原因，就是他深深相信人有選擇的自由和潛能。人的命運絕對不如自然主義小說的主張，是由遺傳和環境兩大因素決定。

人可以選擇依照「人情」而活，或是尋找「非人情」的方式安身立命。夏目漱石無法接受自然主義否定這項最基本自由的可能性。人有自主的選擇權，至少可以選擇去過和旁人不一樣的生活，這正是許多人活著的根本動力——至少夏目漱石如此主張、如此堅信著。

明治維新的現代曙光與社會陰影

夏目漱石十多年的小說創作之行，於一九一六年戛然停止。我們可以確定他走到人生盡頭因為嚴重胃潰瘍而去世時，小說的爆發能量其實尚未耗盡。

夏目漱石最後一部小說，連載到一半而未能完成的《明暗》，正是清楚的證據。小說書名接續前文提到的主題：人的外表與行為是「明」的，行為的動機和想像卻是「暗」的，生活就是一連串無止盡逡巡、穿梭在「明」與「暗」之間的過程，不斷對應著「明」與「暗」的關係，有時化「暗」為「明」，有時由「明」來探測、猜想「暗」，當然更多時候是「明」與「暗」之間存在著理不清也難以固定的不斷變化。

「明」與「暗」的關係讓人聯想到「知人知面不知心」，需要揣想、探詢人心揣想的情況不只存在於路人或點頭之交。夏目漱石在《明暗》動用了好幾組一般被認為最親近的關係，包括夫妻、兄妹、父子、過往的情人……逐一展現眾多人心明暗的曲折變化。

讓人心難以掌握的一方面是拘執、固定的「人情」規範與預期，另一方面是介入「人情」而帶有最強烈腐蝕作用的金錢。如何突破「人情」的拘束，表達與確認自己內心真實的感受？如何誘使他人洩漏心中想法，甚至從他的外在言行解讀複雜且多變的訊息？如何在繁複的「人情」規定與約束下討論、處理現實的金錢問題，卻不讓金錢散發冒犯對方的俗味，又能解決環繞著金錢的種種算計與爭執？《明暗》的每個角色都隨時抱持著這樣的連環困惑，周旋在人際關係中，構成了小說最主要的情節動能。

夏目漱石將龐雜的心理糾結，放在大正初年的時代背景，可以看作是他對「明治時期」親身經歷的一份評價與檢討。「明治維新」有其高度成就，迅速將日本從封閉鎖國的傳統社會改造成可以和歐洲強權平起平坐的現代國家。然而自從日俄戰爭結束之後，被藏在光燦成就背後的暗影，也成為日本再也無法忽視的挑釁與困擾了。

快速西化與現代化的列車轟隆前駛，沿途拋棄了多少跟不上的人！就連登上列車的人，看著窗外急速後退的風景，也不免感到陌生心驚，不確定自己到底該如何在全新的環境生存。維新前期、中期的集體興奮與騷動落定之後，明治末年的社會陷入相當不同的低抑、焦慮情緒裡，進入必須從基礎重塑自我來適應變局的新階段。沒有人知道新時代的父親應該對兒子承擔多少責任、沒有人知道各種內外親戚現在應該如何互動，甚至沒有人知道應該如何和自己選擇的配偶共處。更麻煩的是，沒有人知道該或不該對那些顯然成為時代犧牲者，在變化中滑落到社會邊緣的人伸出援手，或是能夠對他們採取怎樣的態度？

夏目漱石在《明暗》準確反映了明治末年到大正初年，日本人內在的衝突心理，那裡存在著另一種「明」與「暗」的對比，光鮮的國家形象與晦暗的社會代價。在那裡也存在著另一種「人情」與「非人情」的糾結，缺少傳統「人情」、「義理」的指引與保障，人與人之間任何言行互動都變成了似真又假、非真非假的深刻謎團，包圍、困擾著活在如此情境的所有人。

我們永遠不會知道未完成的《明暗》到底安排了怎樣的結局。然而，殘存的豐富文本已經對我們傳遞了極其清楚的關懷，在一場又一場充滿張力的對話與互動中，夏目漱石展現了他超乎常人的洞見，翻轉了原本「明」與「暗」的對立，有效地揭露了心理的細膩以及各種弔詭行為的內幕。

譯者的話

《明暗》二三事——漱石之死及其他

章蓓蕾

《明暗》是夏目漱石生前最後一部作品，於大正五年（一九一六年）五月二十六日至十二月十四日在《東京朝日新聞》和《大阪朝日新聞》連載。可惜這部被譽為日本「真正的近代小說」還沒寫完，作者就因胃潰瘍惡化而離世。漱石之死象徵明治文學時代告終，是日本文學史上令人矚目的大事。

漱石之死

大正五年（一九一六年）十一月二十一日，夏目漱石跟平時一樣，寫完《明暗》一百八十八回之後，為了提醒自己，他又在另一張稿紙的右上角寫下「189」三個小小的數字。

這天晚上，漱石雖然身體不適，還是跟妻子鏡子一起到築地的「精養軒」，參加帝大後輩辰野隆的婚禮。不巧的是，婚宴準備了漱石最喜歡的花生米，而他的宿疾胃潰瘍始終不曾痊癒。數年前，漱石去修善寺旅行時，曾因吐血不止而差點變成不歸之人。

第二天早上，漱石起床後感到腹中不適，但還是繼續伏案書寫直到中午。他強忍著頭痛、胃痛趴在桌上，一個字也沒寫出來。家人幫他把被褥鋪在書桌旁邊，勸他暫時休息。

「死這玩意也不算什麼。我剛才就在忍痛構思自己的辭世詩呢。」

說完，漱石午飯也沒吃，就直接鑽進棉被躺下。夫人鏡子聽了這話，心裡覺得奇怪，卻也沒有多問。只是她做夢也沒料到，丈夫的辭世詩就這樣永遠失去了公諸於世的機會。

當天下午，漱石不斷嘔吐，無法進食。嘔吐物混雜黑色的胃液和鮮紅的血絲，顯然是胃潰瘍惡化的徵兆。但當時對胃潰瘍的治療法只有絕食一途，除了等待胃腸自癒，沒有更好的辦法。

漱石連續餓了三天，體力全失，形容憔悴。到了十一月二十八日晚上，漱石陷入昏迷，三位主治醫生都束手無策，只能不斷注射樟腦磺酸鈉液，企圖喚醒患者。這種狀況一直拖到十二月八日，漱石的心臟變得極度衰弱，儘管醫師把注射的間隔縮短為三小時一次，仍然沒有任何反應。

下午五點左右，漱石狀似十分痛苦，不停嚷著：「水！葡萄酒！」「快給我胸膛澆點水！」最後說完「我現在還不能死」這句話，他再度失去意識。到了下午六點四十五分，一代文豪夏目漱石在親人、舊友與學生的環繞下，離開了人世，終年四十九歲。

漱石之死為明治文學的時代畫下句點。他去世前一年才收的弟子芥川龍之介，在隨後掀起序幕的大正文壇綻放異彩。昭和二年（一九二七年）芥川龍之介自殺，短暫的大正文學時代告終，昭和文壇正在逐漸成形。

「明暗」的含義是什麼？

夏目漱石病倒那天完成的一百八十八回，在喪禮結束後第三天的十二月十四日見報。這是他生前留下的最後一回存稿。這一天，大家終於深刻體認這位勤奮努力的大作家真的已經走了。

漱石生前從未明確解釋將小說命名為《明暗》的理由。但在小說連載期間，他給芥川龍之介等門人的信中提到「明暗雙雙三萬字」的詩句。他解釋說，《明暗》的總字數超過十八萬字。因受七言絕句的字數限制，他才用「三萬字」代替「十八萬字」。

漱石還在信中補充說明，「明暗雙雙」原是禪家用語。參禪者追求悟道，必須悟得深切、通透，明暗雙雙，了然於胸。因此，有人認為書名的「明」與「暗」，是指「看得見」和「看不見」的東西。譬如，一百八十四回裡提到「晝與夜的區別」，研究者便把「明」與「暗」引申為「隱藏在夜間暗處的東西」與「白天陽光照耀下的世界」。

關於「明暗」的含義，日本諾貝爾文學獎得主大江健三郎認為，「明」是指明亮的地方，也就是現實世界，或是小說人物平日活動的領域；「暗」則指陰暗的地方，也就是死亡世界，或是小說人物在特定狀況下進行暫時活動的領域。

大江健三郎深入分析指出，作者處理這種「明」、「暗」之間的轉換技巧近乎完美，顯示作者對小說的結構別具匠心。小說裡擁有正能量的角色從「明」的世界轉入「暗」的世界時，必定承受某種負能量的壓迫。譬如，女主角阿延就是「明」的世界裡的正能量人物，她擁有積極的意志，堅信自己能經由努力，獲得丈夫的愛情；而跟阿延站在對立面的吉川夫人則是負能量人物，她身處「暗」的世界，企圖利用社會地位的優勢向阿延施壓。

小說接近尾聲時，「明」與「暗」的變動突然轉趨激烈。尤其是一百七十二回至一百七十五回的敘事方式，從日常生活的描述轉變為夢境的描寫。這或者也可以說，小說的描繪方式突然從寫實躍向非現實，呈現一種氣氛詭異的變化，男主角津田從「明」的世界（現實世界）跨過縱軸，橫向滑進「暗」的世界（死亡世界）。大江健三郎認為這種表現方式無懈可擊，令人激賞。

小說結構精緻，處處皆有巧思

另一方面，漱石對他精心設計的小說結構其實也很自豪。《明暗》剛開始連載不久，當時極有名氣的貴族作家武者小路篤實曾在雜誌發表文章批評。他認為《明暗》不如漱石以往的作品，因為讀者始終等不到精采的場景。然而，漱石聽說後很得意地對學生說，武者小路先生可能只讀過俄國小說，以為小說的結構都是從正三角形的頂點往下發展，「其實小說的構成也可以由下往上，就像挖地瓜一樣，一個連一個，連成長長的一串。」[1]

相對於漱石提出的「挖地瓜說」，更多日本學者認為，《明暗》的結構貌似不斷向上迴旋的螺旋體。明治晚期出生的文學評論家伊藤整在《小說的方法》指出，日本近代作家當中，唯有漱石擁有這種功力，也唯有漱石曾經試圖在作品的冰山水面下，將人類生命中的最低音階以「圓形平面漸次向上延伸成為螺旋狀」的方式描繪出來。[2]

值得一提的是，《明暗》還有許多含義深遠的隱喻與暗示，也是作者細心策畫的文字遊戲。芥川龍之介曾以「老辣無雙」形容《明暗》作者的寫作功力。譬如，在小說開頭的場景，小林醫生告訴男主角津田，治好他痔瘡的根本療法就是「動手術，把患部切開」。這段對話被許多學者公認是在呼應小說的後半部，津田想要忘掉棄他而去的前女友清子，唯一的辦法就是去找清子問個明白，才能去除心結。

大江健三郎在岩波文庫版《明暗》的〈解說〉裡，建議讀者閱讀時不要錯過這些有趣的部分，並提供實例詳加說明。譬如，小說總共出現三個男孩，每當他們出場，必定也會出現跟狗有關的描述。第一個男孩是津田工作場所的門僮，津田看到他在玄關逗弄一隻褐色長毛狗；第二個男孩是藤井叔父的兒子真事，他穿了一雙顏色奇怪的皮鞋，同學譏笑他那雙鞋子是長毛狗皮做的；第三個男孩是阿延姑母的兒子阿一，小說形容他能「像狗一樣張大嘴巴，一口咬住放在鼻尖前面的點心」。大江健三郎推測，漱石或許是想以「狗」的形象，暗示男孩的「純真無邪」。

結局——呼之欲出的謎底

夏目漱石驟逝，《明暗》的結局從此成為永遠的謎題。當讀者唸到一百八十八回最後一行「清子露出微笑」的瞬間，相信大家都跟男主角津田一樣，非常渴望弄懂那微笑的含義吧。但不可否認的是，直到一百年後的今天，清子的笑容仍像「蒙娜麗莎的微笑」一樣令人不解。

1 請參閱松本讓《漱石的印稅帖》（朝日新聞出版社，一九五五年出版）。
2 請參閱伊藤整《小說的方法》（岩波文庫，二〇〇六年出版）。

大江健三郎在上述〈解說〉裡闡述「明」與「暗」的關係時，也提到小說的結局。他認為一百八十八回已是《明暗》走向終結的前奏。女主角阿延遲早會緊隨丈夫津田的腳步，一起跨進「暗」的世界，並跟這個世界的強者清子進行正面對決。事實上，大多數日本學者對《明暗》的結局得出的結論，也跟大江健三郎的看法相去不遠。

知名文學評論家桶谷秀昭在《夏目漱石論》預想，津田跟清子重逢後，清子的丈夫不久也會來到溫泉旅館。接著，阿延、阿秀、吉川夫人，或許還有小林，也都會相繼趕來。[3]小說的第二場高潮戲預料將在這時出現，精采程度應不亞於津田、阿延、阿秀三人在醫院舌戰的第一場高潮戲。

桶谷秀昭認為，第二次高潮會把《明暗》的結局帶向毀滅。原因在於，「小說的舞台移向溫泉旅館之後，作者的描寫手法出現了微妙的變化，令人隱約感到作者心中的某種急迫，使他無法像第一次高潮時那樣，悠然自得地操縱故事人物」。如果這項推斷是事實，那麼《明暗》的最後幾回，應該就是第二次高潮的序曲。

令人好奇的是，眾多學者主張的「毀滅式」結局究竟精采到什麼程度？

日本戰後文壇旗手大岡昇平在《小說家夏目漱石》大膽指出，津田跟清子在那間溫泉旅館共處數日，極有可能發展出「某種事件」。[4]大岡引用戰前作家山岸外史的《夏目漱石》證明自己的推斷：「……反正，漱石至今從沒寫過不倫小說，若說他想在自己最後一部作品裡，不顧一切地描寫『某種行為』，我真的覺得無可厚非……」[5]

文學評論家江藤淳在《夏目漱石》預測，津田見到清子後不僅無法獲得救贖，甚至還會因為清子的存在，遭到阿延與阿秀的激烈抨擊，最後因宿疾發作身亡。[6]

著名電影評論家吉村英夫在《愛的不等邊三角形——漱石小說論》指出，《明暗》裡的阿延跟漱石其他作品中的女性不同，她具有自我意識，也有主見，更有旺盛的生命力，所以她肯定能勇敢直面清子、津田，甚至吉川夫人或小林，努力爭取屬於自己的幸福。[7]

不過，日本女作家水村美苗在她模仿漱石筆調寫成的《續明暗》裡，卻設定阿延在發現丈夫欺騙自己之後，受不了沉重的打擊，決定投水自盡。[8]水村美苗於一九九一年因《續明暗》榮獲日本文化廳頒發「藝術選獎新人賞」，這部作品也被公認是最接近漱石思路的續集。

不論如何，未完成的《明暗》已讓後人討論了一世紀，夏目漱石的名字也被人們傳誦了一百年。這一切是偶然？還是天意？或許只有漱石筆下的「偉大的自然」才知道答案。總之，應該不是出於作家的本意吧。

3 請參閱桶谷秀昭《夏目漱石論》（河出書房新社，一九七二年出版）。
4 請參閱大岡昇平《小說家夏目漱石》（筑摩書房，一九九二年出版）。
5 請參閱山岸外史《夏目漱石》（弘文堂，一九四一年出版）。
6 請參閱江藤淳《夏目漱石》（新潮社，一九七九年出版）。
7 請參閱吉村英夫《愛的不等邊三角形——漱石小說論》（大月書店，二〇一六年出版）。
8 請參閱水村美苗《續明暗》（筑摩書房，一九九〇年出版）。

一

醫生做完檢查，讓津田從手術台下來。

「那個瘻管還是連到腸管了。上次檢查的時候，因為在半途看到突起的瘢痕，我以為瘻管底部就在那兒，才那樣向您說明。可是我今天花了點工夫，想檢查得更深入一點，所以來來回回刮掉一些瘢痕，這才發現瘻管很長，已經延伸到很裡面了。」

「就是說瘻管連到腸道了？」

「是啊。原以為長度只有一公分多，沒想到竟有三公分呢。」

津田露出苦笑，笑中隱約可見逐漸顯露的失望。醫生的雙臂抱在寬鬆的白衣胸前，腦袋微微歪著，那姿勢似乎表示：「很抱歉，但這是事實，我也沒辦法。做醫生的不能拿自己的職業騙人啊。」

津田默默把腰帶重新繫好，拿起剛才隨意搭在椅背上的和服長褲，轉臉看著醫生說：「既然連到腸管了，也就是說，沒法醫治了？」

「倒也不是。」

醫生輕快直爽地否定了津田的疑問，似乎也想同時否決他的心情。

「如果一直像以前那樣，只靠沖洗瘻管是不行的。因為不管怎麼洗，新肉不會再長出來了。所以我覺得應該換一種療法，得採取根治性的療法才行。」

「所謂根治性療法是什麼？」

「就是動手術。切開患部，讓瘻管跟腸道連成一體。這樣，切開的患部兩側才能自然癒合。嗯，這才能徹底痊癒吧。」

津田安靜地點點頭。他身邊的南窗下方有張桌子，桌上放著一台顯微鏡。剛才走進診察室的時候，津田就對那台顯微鏡感到好奇。恰巧醫生是熟人，就讓他把玩了一番。在那放大八百五十倍的鏡片後面，染色的葡萄狀細菌看得很清晰，簡直就像相機拍出來的照片一樣。

津田穿上長褲之後，從桌上拿起皮夾。這時，他突然想起剛才看到的細菌。這種聯想令他升起一陣不安。他把皮夾收進懷裡，正要踏出醫院的瞬間，卻又猶豫地收回腳步。

「如果瘻管是結核造成的，就算照您剛才所說，進行根治性手術，把那條細細的凹管全部切開翻向腸道，我這個病還是不能根治吧？」

「如果是結核造成的，可就沒辦法了。因為瘻管不斷向深處發展，光治療管口的部分並沒有用。」

津田不由自主皺起眉頭。

「我這毛病不是結核菌造成的嗎？」

「不，不是結核菌造成的。」

津田瞪著醫生看了幾秒，想弄清對方的回答裡究竟有幾分真實性。醫生的表情毫無改變。

「您怎麼知道？只靠檢查就能斷定？」

「對啊。檢查時一看到患部，就知道了。」

這時，護士走到診察室門口呼叫下一位患者的姓名。那位早已等得心焦的患者立刻跑過來，站在津田的身後。津田只好快步走出診察室。

「那您什麼時候幫我做根治手術呢？」

「什麼時候都行。看您方便吧。」

津田打算仔細考慮之後再做決定。他把自己的想法告訴醫生後，走出診察室。

二

踏進電車的瞬間，津田的心情極為消沉。車廂裡擁擠萬分，乘客多到令他無法動彈，津田用手抓著吊環，腦中想的全是自己的事情。去年生病時的疼痛，現在又清晰地浮上記憶的舞台，他清楚看到自己躺在白色病床上的慘狀，耳中明確聽到自己發出陣陣呻吟，像一隻無法掙脫鎖鏈逃走的狗兒，正在不斷慘叫。他又想起刀刃的寒光，器械彼此碰撞的聲音，他感到一股恐怖的壓力，像是要把兩片肺葉裡的空氣全都擠出去似的。接著，他又感到一陣劇痛，似乎是因為受到擠壓的空氣無法收縮……當時那一切痛苦的記憶，現在又重新回到腦中。

他覺得很不愉快，突然很想忘掉那件事，於是便把視線轉向四周。周圍的乘客全都面無表情，好像誰也沒注意到自己。他又把思緒拉回剛才那件事。

「當時怎麼會痛成那樣啊？」

那是去荒川河堤賞花回來的路上，病來得很突然，事前毫無任何徵兆，突發的疼痛令他不解，也無法想像劇痛的理由。當時的感覺與其說是訝異，不如說是恐懼。

「我這副肉體，隨時可能遭遇不測。不，說不定現下正在發生什麼變化呢。我卻一無所知。真是太可怕了。」

轉念至此，他覺得腦中的活動已經無法停下來，就像背後有一股什麼力量推著他，拚命向前衝。霎時，他在心底吶喊起來：「精神方面也是！精神方面也是啊。不知什麼時候就會發生變化。而我，現在就看到那種變化了。」

他不自覺地緊閉嘴唇，轉動著一雙自尊受傷的眼睛望向四周。不過車上的乘客根本不知道他心裡想些什麼，更沒人在意他的眼神。

津田的腦子就像他現在搭乘的這輛電車，只知順著自己的軌道向前奔馳。他想起兩、三天前，一位朋友向他提起龐加萊[1]說過的話。當時那位朋友是為了解釋「偶然」的意義才跟他說：「所以你想想看，世人整天左一句偶然、右一句偶然，按照龐加萊的看法，所謂的偶然是指那些原因過於複雜、完全無法說明的事情。譬如拿破崙誕生這件事，必須讓特定卵子與特定精子互相結合，才能生出拿破崙。而在什麼條件下，精子才能跟卵子結合呢？如果進一步思考這類問題，幾乎無法找到答案吧？」

聽了朋友的意見，津田並未把這段解說當成斷章取義的新知丟到一邊，而是把這段話完完整整地套用到自己身上。之後，他感到一種隱約又奇異的力量開始控制自己，原本想要向右的他，被迫轉向左方；原本想要向前的他，被迫往後退。但奇怪的是，他完全不覺得自己的行動受到了外力的控制。他自始至終都堅信，自己的言行正完全被自己掌控著。

「為什麼她會嫁給那個人呢？顯然是因為她願意，才會嫁過去吧。可我怎麼想，都覺得她不可能嫁給那傢伙啊。這且不說，為什麼我又會跟那女人結婚呢？顯然也是因為我想娶她，才會完婚吧。可我從來都不覺得自己想要娶她呀。這就是偶然？就是龐加萊所謂『複雜的極致』？真是費解呢。」

津田下了電車，一面思索一面往回家的路上走去。

1　龐加萊（Jules Henri Poincaré, 1854-1912，或譯為「彭加勒」）：法國最偉大的數學家之一，同時是理論科學家和科學哲學家。龐加萊被公認是十九世紀末和二十世紀初的領袖數學家，是繼高斯之後對於數學及其應用具有全面知識的最後數學家。

三

津田走到街角，拐彎踏進小巷，立刻看見站在自家門前的妻子，她也正朝著自己這裡張望。不過，就在他從轉角現身的瞬間，妻子又立即把臉孔轉向前方，並把雪白纖細的手掌搭在額前，一面遮住光線一面又像在專心探視什麼。她就那樣保持著不動的姿勢，直到津田走到身旁。

「喂！妳在看什麼？」

女人聽到丈夫的聲音，馬上轉頭，露出吃驚的表情。

「哎唷！嚇我一跳……你回來了。」

妻子邊說邊盡可能集中眼裡所有的光輝投向丈夫，又微微欠身，向丈夫行了一禮。

津田停步站在原處，他想回應討好自己的妻子，卻又不知該怎麼做。

「妳幹麼站在那兒？」

「等你啊，等著你打道回府呢。」

「但妳剛才好像拚命盯著什麼看，不是嗎？」

「對呀。我在看麻雀啦。那隻麻雀正在對門二樓的屋簷下築巢呢。」

津田抬起頭，朝對門的屋頂看了一眼，卻沒看到麻雀的蹤影。妻子很快把手伸到丈夫面前。

「幹麼？」

「手杖。」

津田這才如夢初醒似的把手裡的東西交給妻子。女人接過手杖，親手拉開玄關的木格門，讓津田先進去，這才緊隨丈夫身後，踩過脫鞋處的石階踏入房間。

進門之後，女人幫著丈夫換上和服。津田才剛在長方形火盆桌前坐下，女人馬上從廚房拿來一個用手巾包著的肥皂盒，遞到丈夫手裡。

「趁現在先去洗個澡吧。要不然，你在那兒坐定了，就懶得動了。」

津田無奈地伸手接過手巾，卻不肯立即站起來。

「今天就不洗澡了吧。」

「為什麼呢……洗完身上多清爽，還是去洗吧。等你洗完回來，就可以吃晚飯了。」

津田沒辦法，只好站起來。剛要踏出房門，他回頭看著妻子說：「今天回家的路上，我到小林醫生那裡，請他幫我檢查過了。」

「是嗎？結果怎麼樣？檢查結果說你的病大致痊癒了吧？」

「哪裡，還沒好呢。反而愈來愈糟糕了。」

說完，津田便不顧妻子的追問，轉身走向門外。

夫妻兩人再度談起這件事，是在晚飯之後。這時華燈初上，夜色未濃，津田也還沒躲進自己的房間。

「哎唷！說什麼開刀，聽起來好可怕！不能像從前那樣不管它嗎？」

「照醫生的說法，像這樣放任不管，可能會有危險。」

「哎唷，你真是的，好討厭。萬一開刀失敗的話……」

說著，妻子微微皺起那對美麗的濃眉，抬眼望著丈夫。津田沒說話，臉上露出笑容。妻子像是突然想起什麼似的問道：「如果要做手術，大概得把日子訂在星期天才行吧？」

津田的妻子已跟親戚約好，夫妻倆下星期天要跟大家一起去看話劇。

「反正還沒訂位，不要緊吧。就算回絕他們也沒事……」

「可是，那樣不太好吧。人家好心邀我們，卻被拒絕……」

「沒關係啦。如果因為有要事才回絕的話……」

「可是我很想去。」

「妳想去的話，就自己去啊。」

「我是說，你也一起去吧。好嗎？你不願意去嗎？」

津田望著妻子的臉孔露出了苦笑。

四

妻子是個皮膚白皙的女人。也因此，她那雙形狀秀美的眉毛在雪白肌膚的襯托下，就更加引人注意。女人沒事就喜歡挑動幾下眉毛，這動作好像早已變成她的習慣。唯一令人惋惜的是，她那雙眼睛太小，單眼皮也缺乏魅力。不過包在單眼皮裡的一對眸子，倒是十分烏亮，頗能發揮傳達心意的力量。有時，她會露出近似專橫的任性表情，就連津田也不得不受制於那雙小眼睛冒出的光芒。但在另一種情況下，他又可能不明就裡地被光芒拒於千里之外。

津田不經意地抬眼望向妻子，在一瞬間，他發現妻子眼中隱含著一股詭異的力量。那是一種難以形容的光芒，跟她剛才一直掛在嘴上的甜言蜜語完全無法連結。他原想開口回應妻子，現在卻因為她的眼神而打消主意。不料，妻子卻又立刻露出美麗的貝齒向他微笑，同時，眼中的表情也已消失得無影無蹤。

「騙你的啦！我才不想看什麼話劇呢。剛才只是跟你撒嬌啦。」

津田沉默不語，目光卻緊盯妻子不放。

「幹麼那麼嚴肅地看我……話劇我已經決定不去了，下星期天，你到小林醫生那裡去做手術。這樣可以了吧？我這兩、三天就給岡本那裡寄張明信片，或者我親自跑一趟好了。」

「妳去看戲也行啊。難得人家開口邀請我們。」

「不，我不去了，跟看戲比起來，還是你的健康重要。」

津田不得不把即將接受的手術內容，更詳細地向妻子解說一遍。

「我這次雖只是做手術，可不像把膿包裡的膿血擠出來那麼簡單喔。開刀之前必須服用瀉藥，把腸裡的東西完全排淨，然後才能切開。而且開完刀之後，也可能發生大出血的危險，所以傷口裡面要塞滿紗布，安安靜靜躺在床上休養五、六天才行。所以說，就算我星期天去開刀，光休息一天也不夠。如果開刀從星期天延到星期一或星期二，也無妨；甚至不等到星期天，提前幾天，明天或後天就去開刀，結果也都一樣。總之，我這病並沒那麼嚴重。」

「但也不像你說的那麼輕鬆吧。不是說要靜養一星期，不能隨便亂動嗎？」

說著，妻子的眉頭又微微挑動幾下。津田彷彿視而不見地兀自思索著。夫妻之間擺著一張長方形火盆桌，津田的右肘靠在桌邊，眼睛望著擺在火盆裡的水壺蓋。紅銅的壺蓋裡，開水沸騰的聲音愈來愈響。

「辦公室那邊，最少也得請假一個多星期吧。」

「所以我正考慮找吉川先生談一談，再決定開刀的日子。雖說不跟他商量，我也能自己敲定，但這樣還是不太好。」

「當然啦，你還是問問他的意見比較好。他平時那麼關照你。」

「我要是把開刀的事告訴吉川先生，他說不定叫我明天就去住院呢。」

妻子聽到「住院」這兩個字，立刻把一雙小眼睛睜得大大的。

「住院？不會住院吧？」

「喔，要住院呢。」

「可是你以前說過，小林醫生那邊不是醫院。到他那裡看病的，都是門診患者。」

「他那裡倒也不像醫院，不過二樓診察室是空的，住院患者可以住在那裡。」

「乾淨嗎？」

津田苦笑起來。

「可能比我們家乾淨一點吧。」

聽了丈夫的話，這下輪到妻子露出了苦笑。

五

不一會兒，津田從座位站起來。平時他有個習慣，睡前總要在書桌前靜坐一、兩小時。妻子抬頭仰望丈夫，身子依然保持輕鬆的姿勢靠在火盆桌邊。

「又要去用功啦？」妻子看著坐立不安的丈夫問道。

每次她都用這種語氣發問，津田聽在耳裡，總感到話中隱含著幾分不滿。有時他想積極討好妻子，有時又覺得反感，希望馬上從妻子身邊逃走。但不論感覺如何，心底總會若隱若現地升起一絲蔑視：「我還有自己的事兒要做呢，可不能跟妳這種女人一起瞎混。」

津田沒說話，拉開紙門向隔壁房間走去。這時，妻子的聲音從他背後傳來。

「那就不去看戲嘍。我去回絕岡本他們吧。」

津田微微回頭說：「所以我叫妳去看啊，如果妳想去的話。至於我，剛才已經跟妳說了，我自身難保呢。」

聽了這話，妻子低頭看著下方，不再看丈夫，也沒說話。津田不再理她，逕自踏著極陡的樓梯，吱吱咯咯地走上二樓。

書桌上放著一本大型外文書，他在桌前坐下，立刻翻動書頁，翻到夾著書籤的那頁，低頭讀了起來。只可惜那頁已經丟下了三、四天，現在根本想不起前因後果。為了幫助自己回想，他只好把前面的部分重翻一遍。他心虛地瞪著手中啪啦啪啦翻動的書頁，似乎正為了書厚而煩惱，一種前途茫然的感慨隨即從他心底升起。

他突然想起，這本書是在婚後三、四個月的時候開始讀的，現在兩個多月都過去了，卻連三分之二都沒念完。平時他總在妻子面前發表評論，認為很多人一踏進社會，就拋開了書本，簡直是無藥可救的蠢貨。但妻子只把他的責難當成一種口頭禪。所以他必須多花點時間待在二樓，這樣妻子才會認為他是個真正的讀書人。然而，現在他不僅感覺前途渺茫，心底還不知從哪兒冒出一股慚愧，這兩種感覺都不懷好意地戳痛他的自尊心。

一本大書攤在眼前，他努力想從其中吸取知識，但是書中的知識不是他目前日常工作所需。跟他的工作專業比起來，這本書裡的知識實在太專門也太高深。其實以他目前的工作來看，就連從前在教室裡學到的東西，都很難派上用場。而這本書的內容則可說是一點邊也沾不上。他開始閱讀這本書，只是想把書裡的知識當成一種自信累積起來，另一方面，他也想習得這些知識，用來當作一種引人注目的裝飾。但在此刻，他已隱約感到計畫很難達成，忍不住懷著自負的心情問自己：「就這麼困難嗎？」

他默默地吸著菸。過了半晌，他像突然想起什麼似的把書本覆在桌上，站起身來。接著，只聽見木製樓梯傳來一陣吱吱咯咯的響聲，他已快步走向樓下。

六

「喂，阿延！」

他隔著紙門呼喚妻子，迅速拉開門扉後，佇立在起居室的門口。妻子坐在火盆桌邊，面前不知何時攤開一堆和服與腰帶，鮮亮的色彩猛地一下躍入他的眼簾。尤其因為他剛從昏暗的玄關走進燈火輝煌的室內，這堆衣物看來比平時更顯華麗。看到這一切的同時，他的腳步猶豫了幾秒，視線則在妻子的臉龐與鮮豔的花紋之間來回游移。

「現在這個時間，妳把這些拿出來幹麼？」

阿延從遠處瞥了津田一眼，繡著檜扇[2]花紋的筒狀腰帶仍然攤在她的膝上。

「只不過拿出來看一下啊。這條腰帶，我一次都沒繫過呢。」

「妳的意思是這次打算穿這套衣服去看戲吧？」

津田的語氣裡隱含嘲諷，同時還帶著幾分冰冷。阿延沒有回答，低下了腦袋，兩道漆黑的眉毛跟平時一樣微微挑動了幾下。她這種特別的舉動有時會讓津田很在意，有時甚至讓他感到很不愉快。他不發一語地從迴廊邊走到院內，拉開廁所的門。不一會兒，從廁所出來後，他打算重回二樓。誰知妻子竟從背後呼喚他：

「老爺，老爺。」

說著，女人起身走向丈夫，像要攔阻似的擋在他面前。

「你上樓有事？」

2 檜扇：一種鳶尾科植物，也叫射干、夜干、翼吹、鳳翼、尾蝶花。

對津田來說，他要上樓去辦的事情，比妻子的腰帶或襦袢[3]都來得重要千百倍。

「父親還沒來信吧？」

「沒有，如果收到了，會像平時一樣放在你桌上。」

津田正是因為剛才沒在桌上看到那封期待的書信，才特地下樓。

「我去看一下信箱吧。」

「如果寄來的話，一定是用掛號，應該不會丟進信箱。」

「是呀。不過，我還是去看看吧。以防萬一。」

阿延邊說邊拉開玄關的木格門，往階梯下的脫鞋處走去。

「不用啦。掛號信不可能丟在信箱的。」

「可是，信箱裡就算沒有掛號信，也可能有平信啊。請你等我一下。」

聽了這話，津田才轉身返回起居室。剛才吃飯時坐過的坐墊，依然放在火盆桌前，他在坐墊上盤腿坐下，呆呆地注視著深色友禪[4]和服上燦爛繽紛的色彩

眨眼之間，阿延已從玄關回到房間，手裡果然拿著一個信封。

「有喔，有一封信。說不定就是父親寄來的。」

說著，她把白色信封對著電燈耀眼的光芒照了一下。

「哎呀！果然不出所料，就是父親寄來的喔。」

「什麼？不是掛號信啊？」

津田接過信，立即撕開信封讀了起來。讀完之後，他又把信紙重新捲好收進信封，這時，他的兩手只是機械性地捲動，視線既未望向自己的手邊，也沒投向阿延的臉孔。只見他茫然注視妻子那套作客和服上的寬幅條紋，像是在自語似的說道：「這可糟了。」

「怎麼了？」

「沒有，沒什麼。」

津田生性好強又愛面子，他不想把信裡的內容告訴新婚不久的妻子。然而，信裡寫了一件非得告訴妻子不可的事。

3 襦袢：和服的內衣，形狀跟和服相仿，尺寸較為貼身。當時洋服已傳入日本，但一般人還是習慣穿和服，喜歡把洋服的高領白襯衣當成和服內衣穿在裡面。

4 友禪：日本最具代表性的染色技法。「友禪」一詞最初是指京都扇繪師宮崎友禪繪製扇子的技巧，後來他將扇繪風格應用在和服的紋樣設計。這種染色技法稱為「友禪染」。用繽紛的色彩將動植物、器物、風景等紋樣簡略化的圖案設計則稱為「友禪模樣」。

七

「信裡說，這個月不能把例錢寄過來了，叫我們自己想辦法。老人就是這樣，叫人為難！既然如此，為什麼不早點說呢？在急著用錢的關鍵時刻，突然說這種話……」

「到底怎麼回事？」

津田把剛才收進信封的信紙重新掏出來，攤在自己膝上。

「信上說，上個月底有兩間租出去的房子空出來了。還有，租出去的房子也沒收到房租。另外再加上修整庭院，找人修理籬笆，臨時的支出增加了很多，所以這個月不能寄錢給我們。」

說完，他把攤開的信紙原封不動地遞給坐在火盆桌對面的阿延。阿延又是一言不發地接過去，連看都懶得看上一眼。津田當初認識她的時候，就對她這種冷漠的態度感到畏懼。

「老實說，就算沒有那筆房租可收，如果真心想給我寄錢，總是會有辦法吧。說什麼修理籬笆，那又花得了多少錢？根本連磚牆的一塊紅磚都買不到。」

津田說得沒錯，他父親雖不算什麼富裕階級，但手頭也不至於拮据到拿不出錢給兒子和媳婦貼補家用。但他是個儉省度日的人，按照津田的說法，簡直就是過分節儉。換成比津田更崇尚奢華的妻子來看，他父親幾乎可算是不通人情的吝嗇鬼。

「父親肯定覺得我們過得太浪費，沒事就隨便花錢。一定是這樣的。」

「嗯，上次去京都，父親好像也這麼說過。老人哪，只記得自己年輕時代的生活，覺得現在的年輕人也該按照自己當年的方式過日子。當然啦，三十歲的父親跟三十歲的我，或許年紀一樣，但我們的生活環境跟從前完全不同了，怎麼可能活得跟從前一樣。記得有一次父親去參加什麼聚會，到那兒打聽會費的價格，一聽要繳五元，他立刻露出驚恐的表情呢。」

津田平時就擔心阿延看不起自己的父親，但他還是忍不住向妻子說了許多埋怨父親的想法。這些都是他的肺腑之言，更重要的是，因為他搶先在阿延開口前批評了父親，這段話等於也是替他們父子打圓場。

「那這個月怎麼辦呢？本來就已經不夠開銷了，現在你又要動手術，需要住院一週，也不知又得花多少錢呢。」

做妻子的不敢在丈夫面前批評公公，直接把話題切入現實問題。津田心裡找不到答案，過了半晌，他才像是自語似的低聲說：「我覺得藤井叔父手邊比較寬裕，想去找他幫忙……」

阿延緊盯丈夫的臉孔說：「你就不能再寫封信給父親嗎？順便把你生病的事也提一下。」

「倒不是不能再寫信，只是寫了之後，他又要跟我囉哩囉唆，太麻煩了。我父親那個人，要是被他抓到什麼把柄，他會跟你沒完沒了。」

「不過，要是沒有其他門路可走，也只好這樣啦。」

「所以我也沒說不寫啊。本來是想好好報告一下自己的情況，讓父親容易理解，但現在已經來不及啦。」

「是呀。」

說到這兒，津田抬眼看著阿延好一會兒，才用毅然決然的語氣說：「這樣好不好？妳去岡本家那裡借點錢吧？」

八

「我才不要呢。」

阿延當場表示反對。她的語氣堅決，毫無轉圜餘地。津田對她這種不含一絲客套與猶豫的語氣，感到非常意外。他受到相當的震撼，就像飛速前進的汽車突然煞車時造成的衝擊一樣。面對毫不同情自己的妻子，津田還來不及對她產生厭惡，他首先感到的是震驚，所以只能望著妻子的臉孔發愣。

「我才不要呢。叫我到岡本家去說那種話。」

阿延又把剛才那句話在丈夫面前重複了一遍。

「是嗎？那就不勉強妳。只是……」

津田才說了一半，阿延就打斷了丈夫，冷漠（卻很沉著）的發言。

「因為我實在太沒面子了。每次到他們家去，大家總是說，阿延真幸福，找到一門好婆家當媳婦，既沒遇過災難，也不愁吃穿，現在突然叫我到他們家提起借錢的事，肯定會被大家恥笑的。」

原來，阿延當場回絕丈夫的拜託，並非因為她不同情丈夫，而是擔心自己不能在岡本面前維持虛榮的形象。津田這時總算明白了阿延的想法，他眼裡的冷峻也不見了。

「那樣吹噓自己的優越可不太好喔。別人看得起妳，當然是好事，但這種推崇，誰也不能保證不會變成困擾啊。」

「我可從來都沒吹噓過什麼。都是他們自己憑空想像罷了。」

津田沒再繼續追究下去，阿延也懶得多做說明。兩人的談話暫停片刻，接著，又把話題重新拉回現實問題。津田以往從沒操心過自家的經濟狀況，因此也不知如何是好，想了半天，只說了一句：「父親還真難應付。」

阿延像是突然想起什麼似的，把視線轉向自己那套一直丟在旁邊的華服與腰帶。

「拿這東西去想想辦法吧。」

說著，她用手抓起腰帶的一端，分量沉重的腰帶是用純金絲線混織而成。阿延把腰帶放在燈光下，好讓丈夫看得一清二楚。津田一時沒聽懂阿延的意思。

「妳說拿去想想辦法，想什麼辦法？」

「拿到當鋪去，可以當點錢吧。」

津田大吃一驚。用這種方式籌錢應付難關，自己可從沒經驗過，反而是剛進門的年輕妻子早已熟知箇中門路，難怪他覺得這是驚人的重大發現。

「妳以前當過自己的和服？」

「沒有啊，當然嘛。」阿延一面笑一面用不屑的語氣否決了津田的疑問。

「那就算把東西送進當鋪，也不知道怎麼當呀。」

「沒錯！可是，這又有何難呢？只要下定決心要當東西的話。」

津田可不想叫自己的老婆去幹那種拋頭露面的差事，除非遇到了特殊狀況。阿延繼續解釋說：「阿時知道啦。那丫頭說她從前在家的時候，家裡經常派她抱個包袱去當東西。還有啊，聽說最近只要寄張明信片，當鋪就會上門來收東西呢。」

對津田來說，妻子肯把貴重的和服和腰帶拿出來為他解決問題，當然是件值得高興的事，但若真的接受妻子的好意，卻只會給他帶來莫大的痛苦。倒不是因為他對妻子感到不忍，而是這種做法有損丈夫的顏面。從這個角度深入細想的話，津田不免躊躇再三。

「喔，讓我再考慮一下吧。」

說完，籌錢的事還沒找到任何對策，他便又回到二樓去了。

九

第二天，津田跟平日一樣去上班。這天上午，他在樓梯上碰見了吉川。但他當時正要下樓，吉川則要上樓，兩人擦肩而過時，津田很有禮貌地向吉川行了個禮，對方什麼話也沒說。後來到了快吃午飯的時候，津田又悄悄來到吉川的門外。他先敲敲門，再把半張充滿戒慎表情的臉孔探進房間。吉川正在跟客人抽菸談話。津田當然不認識那位客人。房門剛打開一半，原本談得熱鬧的賓主二人突然中斷交談，一起轉頭望向門口。

「有什麼事嗎？」

吉川主動開口發問。聽了這話，津田只能佇立在門口。

「有點事……」

「是私事？」

津田原本是沒資格進出這個房間的。他露出羞愧的表情答道：「是，我有點事……」

「那還是請你稍等一會兒。現在我不太方便。」

「是！我太鹵莽，失禮了。」

津田安靜地拉上房門，走回自己的辦公桌前。

這天下午，他又兩度來到同一扇門前，但是兩次都沒在座位上看到吉川的身影。

「請問吉川先生出去了嗎？」

津田走到樓下時，順便又向玄關內負責跑腿的門僮打聽一下。那少年長得鼻眼端正，正伸出手臂逗弄睡在石階下方的褐色長毛狗，又像表演魔術似的吹出一陣口哨聲，想吸引狗兒上樓。

「是啊，剛才跟客人一起出去。今天可能不回來了。」

少年整天都守在玄關觀察行人進出，至少從這個角度來看，他的預測會比津田準確得多。那隻褐色狗兒也不知是誰帶到辦公樓，門僮想盡辦法想跟狗兒交朋友，津田不再理會他們，兀自返回自己的辦公桌前。這天一直到下班之前，他都跟平時一樣坐在桌前辦公。

下班之後，津田等別人都離開了，才從辦公大樓走出來。他跟平日一樣朝著電車站前進，一面走一面突然想起什麼似的，從上衣內袋裡掏出懷錶打量一番。其實他這個動作，倒不是為了弄清準確的時間，而是為了決定自己該往哪個方向邁進。究竟要不要在回家的路上順道經過吉川家？還是放棄算了？他就這樣盤算了半天，簡直就像在跟懷錶進行無意義的討論。

津田思索再三，終於跳上一列跟自家方向相反的電車。儘管心中深知吉川經常不在，就算到了吉川家，也未必能見到他，或是吉川剛好在家，卻不方便接見，說不定當場就把自己打發出門。但對津田來說，他必須經常到吉川家走動一下。一方面是為了禮貌，同時也為了人情，以及利害關係，另外，還有最後一個理由，是單純出於他的虛榮心。

「津田跟吉川的交情非比尋常。」

有時，他希望這項事實像個包袱，背負在自己的背上；他也希望別人看到自己背著這個包袱。不僅如此，他更希望自己這種姿態，不會對他向來自尊自重的態度產生絲毫影響。也就是說，他一面拚命想把寶物藏在一個最祕密的地方，一面又很想讓大家都來瞧瞧這個祕境，而現在，他就是出於這種心態站在吉川家的大門前。他卻自我解釋說，我可是為了公事才大老遠跑到這裡。

十

那扇莊嚴的大門平日總是深鎖，門扉上半部的厚重木格看起來很像鏤空雕花，津田若無其事地從木格間偷窺了門內一眼。院內玄關前的地上，一塊巨型花崗岩做成的脫鞋石靜靜放在那兒，玄關的天花板中央吊著一頂烏黑的金屬燈罩。津田以往從未來過這裡，今天他特地繞到正屋旁邊的書生[5]房，拜託房內的書生帶他從緊鄰的正屋玄關進門。

「老爺還沒有回府。」

一名身穿小倉織[6]和服裙褲的書生走過來，跪坐在津田面前。他回答得非常簡短，一副預料津田馬上就會離去的神情，津田有些為難，但還是開口反問：「夫人在家嗎？」

「夫人在的。」

老實說，津田覺得夫人比吉川更親近。剛才一路走來，他心裡更想見的，其實是吉川夫人。

「那就拜託向夫人通報一聲。」

津田拜託新來的書生去通報一聲。書生似乎剛來不久，對津田的臉孔還很陌生，不過他絲毫沒有露出厭惡的表情，重新轉身走進屋內。待那書生再度從屋內出來的時候，他的語氣變都更客氣了。「夫人說要見您，請跟我來。」說完，書生便領著津田走進洋式裝潢的客廳。

津田才在椅子上坐下，不等下人送上茶水和香菸，夫人就從裡面走了出來。

「現在才下班嗎？」

津田剛剛坐下，聽到夫人發問，不得不站起身來。

「你太太可好啊？」

夫人看到津田起立，只是輕輕點頭還禮，便彎腰坐在椅上，然後立刻問起津田妻子的近況。津田露出一絲苦笑，不知該如何回答。

「你最近都不來我們家了，好像是因為娶了老婆的關係啊。」

夫人說起話來毫不造作，眼前這個男人在她眼裡，只是個小弟弟罷了。而且從前這個小弟弟還是她的晚輩。

「現在還過得很甜蜜開心吧？」

津田靜坐不語，像在等待一陣夾帶砂石的微風拂掃而過。

「不過，你結婚很久了嘛。」

「是啊，已經半年多了。」

「日子過得好快啊。感覺你才結婚不久呢……最近怎麼樣了？」

「您是指哪方面？」

「就是你們夫妻關係啊。」

「沒怎麼樣啊。」

「就是說，甜蜜的勁頭已經過了？別騙人啦！」

「什麼甜蜜的勁頭？從開頭就沒體驗過。無奈啊。」

「馬上就會有了。如果開頭沒有的話，就看今後了。甜蜜勁兒馬上就會開始。」

「謝謝。那我就歡欣期待嘍。」

---

5 書生：原意是指「讀書人」，但是從明治、大正時期以後，「書生」一詞則專指在大戶人家借宿的大學生。他們一面讀書一面幫忙做些家事、雜務，藉此代替食宿費。

6 小倉織：江戶時代豐前小倉藩（現為福岡縣北九州市）的特產棉布，用良質棉線織成，通常都是單色或縱向直線條紋，質地堅韌，不易磨破，愈洗愈有光澤。

「你今年幾歲啦？」

「別開我玩笑了。」

「不是開玩笑。我只是想了解一下。你就爽快地告訴我嘛。」

「那我就據實以告嘍。不瞞您說，我今年三十了。」

「如此說來，明年就三十一了。」

「按照順序來說，就是那樣。」

「阿延呢？」

「二十三。」

「明年嗎？」

「不，是今年。」

十一

吉川夫人經常這樣戲弄津田，尤其碰到心情不錯的時候，她就更喜歡跟津田開玩笑。津田有時也會反過來調侃夫人，但他有時會在她的態度裡，看到一種既非玩笑亦非認真的東西閃過。每當遇到這種情況，儘管兩人正在聊天，生性保守的津田就變得相當拘謹。其實如果情況許可，他也想追根究柢，弄清對方的真意。但有時必須表現節制，不能隨便追問，於是就只能閉嘴靜觀對方的臉色。津田碰到這種狀況，眼中必然籠上一層淡淡的疑惑，使他看來既膽小又警戒，或是全身神經都彷彿散發著自衛的光芒，甚至最後還會讓他露出「充滿深思的不安」。吉川夫人每回見到津田，總會再三把他逼到這種境地。而津田雖然心知肚明，卻也總會不知不覺地被夫人拖下水。

「夫人真會欺負人。」

「怎麼會呢？問你年紀，就是欺負你嗎？」

「倒也不是。因為您提問的方式，既像意有所指，又像並無所指，其中含義又故意不告訴我。」

「沒有什麼其中含義呀。你這個人，終究是個做學問的書呆子，所以才這麼麻煩。做學問或許需要鑽研，與人交際卻絕對不可鑽研。你要是能把這毛病改一改，肯定會成為更受歡迎的男人。」

聽了這話，津田感到一陣痛楚，不過這股疼痛直襲胸中，而非腦門。面對這種露骨的進攻，他決定採取冷漠鄙視的態度。吉川夫人卻露出微笑。

「你要是懷疑我在說謊，可以回家問問你老婆呀。阿延肯定跟我想法一樣。喔！也不會只有阿延一個人吧。應該還有另一個人呢。」

津田臉上的肌肉突然變得僵硬，嘴唇也微微顫動，視線落在膝頭，嘴裡說不出一句話。

「知道了吧？那個人是誰。」吉川夫人盯著他的臉孔問道。

那個人是誰，津田心裡本來就非常清楚，但他不願承認夫人所說的內容。他重新抬起頭，默默地轉眼望向夫人。那對無言的目光似乎正在傾訴什麼，但吉川夫人看不懂他的心思。

「要是讓你覺得不愉快，請你多多包涵。我並不是有意的。」

「不，完全沒有不愉快。」

「真的？」

「真的一點也沒有。」

「那我就放心啦。」

吉川夫人馬上恢復了剛才輕鬆的語氣。

「這樣跟你聊一聊，覺得你有些地方好幼稚。所以說啊，有時男人看起來吃了虧，其實還是占便宜。看看，你不就是這樣嗎？還有，阿延今年二十三，如果要論年齡，她的確跟你相差懸殊，但從外表來看，你老婆反而比較顯老。喔，說『顯老』可能有點失禮，可我該怎麼說呢？哎呀……」

吉川夫人似乎暫時忘了津田，兀自斟酌著形容阿延的字眼。津田懷著幾分好奇，耐心等她說下去。

「啊，應該說是『老成』啦。她真是個聰明人哪。像她那麼聰明的，可不多見。你要珍惜她喔。」

吉川夫人雖然嘴裡說著「你要珍惜她」，但是聽那語氣，其實就跟「你得小心她」的意思差不多吧。

十二

這時，掛在兩人頭頂的電燈忽然亮了。剛才負責接待的書生悄悄進房來，無聲無息地放下百葉窗之後，又安靜地走出去。津田發現瓦斯暖爐的爐火愈燒愈紅。他無言地目送書生的背影離去，心中意識到，談話必須告一段落，自己也該告辭了。他端起面前的紅茶喝了幾口，除了漂浮在杯底的那片檸檬外，杯中的飲料被他喝得一乾二淨。緊跟著這暗號似的動作之後，他才開始向夫人說明來意。事情本來很簡單，卻不是夫人一個人說好就行的。他向夫人表示希望請假一週，但這七天究竟安排在月初、月中，還是月底比較好？夫人也沒有任何概念。

「什麼時候都無所謂吧？只要把事情都安排妥當。」

夫人輕鬆地回應，藉此表達她對津田的善意。

「當然我會事先安排一下……」

「那不就好了？就算你明天開始放假也行呀……」

「但我還是得請示一下。」

「那等他回來，我替你說一聲吧。你可以放心了。」

吉川夫人立即答應幫忙，而且顯得十分開心，似乎是因為自己又獲得幫助他人的機會。津田看到面前這位富有同情心的夫人如此欣喜，他也跟著高興。尤其在暗自忖度夫人的反應之後，他認為顯然是自己的態度和行為帶來的效果，他不免更加洋洋得意。

從某種意義上來說，他很喜歡夫人把自己當成小孩對待。因為夫人若想把他當成孩子，他就能獲得某種屬於他們之間的親密感。再深入剖析就會發現，這種特殊的親密感只會存在於男女之間。舉例來說，這種感覺跟茶屋女[7]突然在某人背上輕拍一下時造成的快感有點類似。

另一方面，津田也擁有強烈的自我意識，所以吉川夫人根本無法把他當成孩子對待。但他在夫人面前，不會忘記有意地隱藏自我。所以就算當面受到夫人毫無顧慮的戲弄，他背後也永遠有一道自己築起的厚牆可供倚靠。

津田把重要任務託付給吉川夫人之後，正要從椅子站起來，夫人突然對他說：「你可不准又像孩子似的哭鬧不休喔。個子倒是長得這麼高大……」

津田不禁想起了去年的痛苦回憶。

「那時我真的受不了了。就連開關紙門都會震動到患處，每次有人開門關門，我都痛得全身發抖，幾乎要從床上跳起來。不過，這次應該不會那樣。」

「是嗎？這次是哪位醫生幫你開刀啊？這種事可是很難說的。你現在信口開河亂吹牛，到時候我會去檢查喔。」

「那裡可不是您去探病的地方。簡直不像病房，又小又髒。」

「我可不在乎。」

津田從夫人的表情看不出她究竟是當真還是開玩笑。而且那位醫生的專長是其他方面的疾病，並不是自己這種疾病的專科醫生，津田很想告訴夫人，女性最好還是不要跑去那種病房比較好，但又躊躇著說不出口。誰知夫人這時又趁虛而入向前逼近一步。

「我會去探病的，因為還有些話要對你說。在阿延面前不方便談的事情。」

「那我過幾天再來看您。」

說完，津田像逃走似的從椅子站起來，接著，夫人發出一陣笑聲將他送出客廳。

---

7 茶屋女：在「茶屋」伺候顧客喝酒取樂的女性服務人員。茶屋最早出現在古代重要道路指定的休息點附近，只向旅人提供茶水等服務，後來也有兼營色情的茶屋，這類茶屋的正式名稱為「色茶屋」。江戶時代所謂的茶屋，幾乎全都是「色茶屋」。

十三

走上大街之後，津田的腳步雖然逐漸遠離吉川家，但他的腦袋沒法趕上雙腳的速度，無法立即離開剛才待過的那間客廳。夜幕低垂，他在昏暗無人的街頭踽踽前行，眼中仍然不時閃現明亮的室內情景。燦爛的景泰藍花瓶閃耀著冷光，光滑的花瓶表面布滿華麗的花紋，桌上的鍍銀圓托盤裡放著同色的方糖罐和牛奶罐，窗上掛著厚重窗簾，深藍為底的布料上繪著褐色蔓草花紋，利用三個金箔掛鉤固定的裝飾相框……儘管他已離開那明亮的燈光，來到昏暗的室外，但那些極具刺激的影像仍在他的眼裡來回亂晃。

至於那位坐在繽紛色彩當中的女主人，他當然不會忘了她的幻影。現在他一面邁步向前，一面回憶剛才跟她聊天時的點點滴滴。腦中浮起某些片段的瞬間，他覺得自己好像嘴裡嚼著炒豆，愈嚼愈香。

「夫人可能還是對那件事有點意見吧。老實說，我才不想聽呢。不過，其實我還是很想知道啦。」

他偷偷承認這種矛盾的想法時，臉色立刻在昏暗中變得通紅，就像自己的弱點突然被人發現似的。為了掩飾臉紅，他故意加快腳步向前走去。

「假設夫人為了那件事想對我說些什麼，到底打的是什麼主意呢？」

眼下的津田絕對想不出答案的。

「為了戲弄我嗎？」

他無法回答這個問題。夫人本來就是個喜歡笑鬧的女人，而他們倆的關係，又讓她能夠隨意開玩笑。不僅如此，她的地位更在不知不覺中，讓她放縱成現在這樣。她看到津田被逼得發急，會感到一種單純的快感。或許她就是為了獲得這份快感，才那麼輕鬆隨意地跨過了客套的壁壘。

「如果不是為了戲弄，難道是因為同情？或是對我懷有過分的好感？」

這個疑問也令他難以作答。事實上，她至今都對他非常親熱，也寵愛有加。

走到寬敞的大路之後，他從那兒搭上電車。車子順著城河沿岸向前奔馳，從玻璃窗望向車外，只能看到黑漆漆的河水、黑漆漆的堤防，還有彎身盤踞在堤防上的黑色松林。

他在車廂的角落找個座位坐下，視線越過車窗，看了一眼窗外淒涼的秋季夜景，卻不得不立刻思考另一個問題。昨晚因為想不出辦法，只好暫時把籌錢的事情丟到一邊，但是現在已到了必須拿出對策的時刻了。想到這兒，他又立刻想起吉川夫人。

「剛才要是主動提起這件事，現在就沒事了。」

接著他又覺得，那麼急著告辭，只為了表現自己懂事，實在有點可惜。不過事已至此，他也無法鼓起勇氣光為那件事，單獨去見夫人一趟。

下了電車後，正要越過陸橋，他看到昏暗的欄杆下，有個乞丐蹲在那兒。乞丐像個會動的黑影似的向津田低頭致意，他身上只穿了一件薄大衣。其實按照季節來說，有些過早點燃瓦斯暖爐的人家，現在已可看到他們的爐中燃起了暖焰。乞丐跟他的處境相差了十萬八千里，但落入他現在的眼裡，這種差異幾乎完全不存在。他覺得自己已走到山窮水盡的絕境了。而這一切，都得怪父親不肯按時寄來每月的生活費。

十四

津田一路懷著相同的心情走回自家門口，正要伸手去拉玄關的木格門，誰知門還沒開，旁邊的落地紙窗卻嘩啦一聲被人拉開了。不知何時，阿延的身影已出現在他眼前。津田露出吃驚的表情望著妻子略施脂粉的側面。

自從結婚以來，這類狀況總會讓他對妻子大感驚訝。阿延的這種行為，有時因為搶先丈夫而遭嫌棄，有時卻又成為她伶俐體貼的例證。日常生活裡處理瑣事的時候，她也經常發揮這種特長。津田有時也在一旁觀察妻子的行為，就像欣賞閃亮餐刀上的燦爛光點。刀上的光點雖小，但是非常耀眼，同時也令他覺得有點恐怖。

有時津田甚至突然生出錯覺，以為阿延具有某種神力，能夠預知自己回家的時間。不過他懶得去問阿延。如果問起來，她一定會笑著把話岔開，這樣反倒顯得做丈夫的輸了。

津田面不改色地從玄關走進屋內，換上居家和服。起居室的火盆前方擺著黑漆矮腳小膳桌，桌上覆著一塊乾淨抹布，彷彿正在等他歸來。

「今天下班後又逛到哪兒去啦？」

每次津田沒有按時回家，阿延一定會提出這種質疑。聽那語氣，似乎丈夫非得給個交代不可。然而，津田並不是每次都因為有事才遲歸，所以他有時便含糊地應付過去。碰到這種情況，他就故意不看阿延那張專為丈夫化了淡妝的臉蛋。

「那我來猜猜看？」

「嗯。」

津田今天倒是顯得很沉著。

「你到吉川家去了吧？」

「這麼會猜！」

「看你的表情，大概就知道了。」

「是嗎？一定是因為我昨晚說要去找吉川先生，跟他商量之後，再決定開刀的日子，所以被妳猜中啦。」

「就算沒告訴我那件事，我也能猜到。」

「是嗎？好厲害！」

接著，津田只把拜託吉川夫人的過程，重點式地跟阿延說了一下。

「你什麼時候開始接受治療呢？」

「所以說，嗯，什麼時候請假都沒問題吧……」

然而，津田的心底有一件事放不下。因為做手術之前，他必須籌到治療費才行。當然，這筆花費並不大。但就因為數目不大，他才想不出簡便的籌錢方法，因而感到十分焦急。

他曾有一瞬間想起那個住在神田的妹妹，但他實在不願去找妹妹幫忙。因為結婚之後，他曾以家用支出增加作為藉口，要求住在京都的父親每月補貼一點生活費。而他承諾會從自己的中元和新年獎金裡拿出一部分補償父親。但後來因為各種因素，直到今年夏天，他都沒有履行過這項承諾。父親也因為這件事，對他很不諒解。而妹妹獲知詳情後，對父親比較同情。津田原本就不屑在妹夫面前向妹妹借錢，現在又因為父親的緣故，就更難向妹妹開口了。想來想去，他只好安慰自己，還是聽從阿延的勸告，再給父親寫封信吧，除了這樣，也沒別的辦法了。津田心想，何不把自己目前的病狀寫得嚴重點，這總是個好辦法吧。稍微把實際狀況加油添醋一番，只要不使父母操心，不受自己的良心譴責，任何人都可能會採取這種投機的手段吧。

「阿延，就照妳昨晚說的，我再給父親寫封信吧。」

「是嗎？可是……」

「可是」說了一半，阿延停下來望著津田，津田卻不理阿延，逕自上了二樓，在書桌前坐下。

十五

向來慣用西式信紙的他，從書桌抽屜拿出淺紫色信紙和信封，隨意用鋼筆寫了兩三行，又突然想起，父親平日收到兒子寄來這種鋼筆或自來水筆寫的白話文書信，一點也不會高興。他想起了遠方的父親，腦中浮現父親的臉孔，不禁苦笑著放下鋼筆，繼而轉念一想，老實說，給父親寫這種信，大概也不會有什麼效果吧。那究竟如何是好呢？他一面思索一面在一張用剩的廢紙上畫起素描。那是一張表面粗糙的厚紙，很像炭筆畫專用的畫紙。他漫無目的地在紙上描繪父親留著山羊鬍的瘦長臉。

過了半晌，他終於做出決定，從椅子站起來，拉開紙門。他走到樓梯口，朝著樓下呼叫妻子的名字。

「阿延，妳有日本的卷軸信紙和信封嗎？有的話，借我用一下。」

「日本的？」

這個形容詞聽在妻子的耳中，實在令她忍俊不已。

「如果是女性用的信紙，倒是有的。」

不一會兒，津田把那印著雅致花紋的和紙信箋攤在面前打量一番。

「這種的，你覺得可以嗎？」

「只要內容寫得清楚易懂，什麼信紙都可以吧。」

「那可不行喔。父親對這些事情可囉唆了。」

津田依舊滿臉嚴肅地端詳著信紙。阿延的嘴角浮起一絲淺笑說道：「叫阿時去買吧。」

「嗯。」津田不置可否地答道。因為他覺得，就算有了白色卷軸信紙和素色信封，自己的願望也未必能夠達成。

「等一下啊，馬上就來。」

阿延說著立刻跑下樓去。不一會兒，樓下傳來側門被拉開的聲音，隨即聽到女傭出門的腳步聲。津田無聊地坐在桌前抽菸，等待自己需要的物品送到面前來。

他腦中一直揮不掉父親的影子。父親生在東京，長在東京，整天開口閉口都在批評上方[8]，但奇怪的是，父親後來不知為何，搬到京都去定居了。津田的母親並不喜歡京都，他對母親很同情，也向父親略微表達過反對之意。結果，父親指著他花錢購入的土地和親手建成的房子問兒子：「那這些東西怎麼辦？」津田那時比較年輕，不明白父親的話中含義。他心想，怎麼辦都行啊！「我可不是為了別人，這一切，都是為了你。」父親總是這樣對他說。「可能你現在還不懂得感激，哪天我死了，你等著瞧吧。那時你一定會懂的。」父親也說過這種話。他想起父親說過的那些話，還有父親說那些話的表情。那時父親看起來就像一位崇高無比的預言家，臉上充滿自信，好像兒子將來的幸福都已掌握在他手裡。津田很想對想像中的父親說：「與其父親作古之後才明白您的恩情，還不如趁您健在的時候，每個月都讓我一點一滴真實感受您的恩情，那才叫作痛快呢。」

大約過了十分鐘，津田終於在那不能討好父親的卷軸信紙上，寫出一堆艱澀難讀的文言文，字裡行間淨是祈求父親盡快匯款的字句。他懷著滿腹的羞愧與不安，好不容易寫完信，重新讀過一遍時，他看到自己寫的那一手爛字，覺得既慚愧又絕望。姑且不論信裡的文字如何，就憑這種蹩腳的字跡，他就覺得自己根本沒資格獲得資助。就算計畫成功了，匯款也不會在期限以內寄來。津田呼喚女傭把信寄出之後，安靜地鑽進棉被，同時在心底告訴自己：「船到橋頭自然直啦。」

8　上方：江戶時代對以京都、大阪為中心的京畿地區的稱呼。

十六

第二天下午，吉川把津田叫到面前。

「聽說你昨天去過我家。」

「是的。您不在的時候去拜訪，見到了夫人。」

「聽說你的病還沒好？」

「是的，還有點……」

「糟糕啊，這麼多病。」

「不瞞您說，其實是上次的病還沒好。」

吉川顯得有點訝異，吐掉飯後一直叼在嘴裡的牙籤，把手伸進西裝胸前的內袋，掏出菸盒。津田連忙抓起菸灰缸上的火柴擦亮。不料他表現得太過賣力，又過於性急，第一根火柴竟完全沒派上用場，就立刻熄滅了。他慌張地擦亮第二根，戒慎恐懼地遞向吉川的鼻前。

「既然生病了，也沒辦法。你請幾天假，好好休養一下，應該就沒事了吧？」

津田向吉川道謝後，剛要走出房間，吉川又從煙霧中向他問道：「已經跟佐佐木說過了吧？」

「是的，不但跟佐佐木先生說過，其他人也都打過招呼，拜託大家幫我代班了。」

佐佐木是津田的上司。

「既然要請假，就早點請吧。早點休養，快點痊癒，然後努力工作，一定要這樣才行啊。」

吉川的話把他的性格充分表現了出來。

「如果可能的話，你明天就休假吧。」

「是。」

聽了吉川的吩咐，津田心裡明白，明天無論如何也得住院。

他跨出房門，半個身體還在門內，身後的聲音又叫住了他。

「喂！令尊最近可好？身體還是那麼硬朗？」

津田回過頭，一陣雪茄的香味突然飄進鼻中。

「是的，多謝。託您的福，家父身體很好。」

「大概還是天天吟詩作樂吧？好逍遙！真羨慕啊。昨晚我在一個地方見到岡本，剛好談起令尊。岡本也很羨慕他呢。那傢伙最近好像閒下來了，可又不能像令尊那樣。」

津田絕不認為他們會羨慕自己的父親。假設他們碰到父親的境遇，肯定會苦笑地哀求，拜託讓我留在現在的位子上吧，至少等到十年以後再說。這種看法當然是按照他的性格觀察而來，同時也是根據他們倆的性格而得出的結論。

「家父早就跟不上時代。只能那樣生活罷了。」

不知何時，津田又重新走回去，站在剛才的位置上。

「怎麼這麼說？那不叫跟不上時代。就是因為令尊領先時代，才過著那種生活呢。」

津田一時不知如何回答。跟對方的伶牙俐齒比起來，自己的笨頭笨腦反而變成重負。他呆呆地盯著逐漸飄散的雪茄煙霧。

「可不能讓令尊操心喔。你做些什麼，我沒有不知道的，要是你做了壞事，我會告訴令尊喔。知道了嗎？」

這段話聽起來就像在教訓孩子，他搞不清吉川究竟是說笑還是訓斥。好不容易苦笑著聽完，這才逃出房間。

十七

這天回家的路上，津田在半途下了電車，從車站順著繁華大街走了一段，然後拐進一條小巷。他一邊走一邊打量左右，沿途看到當鋪的暖帘、圍棋聚會所的招牌，還有一棟木格門房舍，彷彿町內消防隊長正在裡面待命……走到小巷中段的部分，他推開一扇毛玻璃門走進屋內。門上的電鈴立刻發出尖銳的鈴聲，這時，玄關對面的小房間裡立刻射出四、五個人的視線，一起集中在津田身上。那個小房間沒有窗戶，面積極為狹窄，而且昏暗無比。尤其像他剛從外面突然進來，感覺就像一下子走進了地窖。他顫抖著在長椅角落坐下，抬眼看了一下那些剛才在暗中打量自己的人群。大多數人都圍坐在房間中央的大型陶瓷火爐周圍，其中兩人抱著手臂，另外兩人分別伸出一手，放在爐上烤著；還有一人坐得遠遠的，周圍地面散落了一堆報紙，那人把臉孔湊近報紙，看得十分專注。另一個人坐在津田同一張長椅的另一端，蹺著二郎腿，身子微微歪向一邊。

每當門鈴響起，這些人就不約而同轉臉朝門口瞥一眼，然後又不約而同地陷入沉默。大家都在思考什麼似的靜坐不語。那模樣倒不像是忽視津田的存在，而像是避免被津田盯上。不，也不僅是針對津田，大家似乎都畏懼彼此注視的痛苦，所以故意把視線轉向別處。

這群氣氛陰鬱的傢伙毫無例外地全都擁有相似的過去。像這樣坐在昏暗的候診室裡，靜候輪到自己看診的這段時光，彷彿就在他們從前繽紛燦爛的人生片段突然籠上一層陰影。他們根本沒有勇氣望向亮處，只能發呆似的一直躲在黑影裡。

津田將一隻手肘靠在長椅的扶手上，舉手覆著額頭。他一面維持這個酷似求神默禱的姿勢，一面想起去年年底，曾在這間醫院偶遇兩個男人。

其中一人不是別人，正是他的妹夫。當他在這個昏暗的房間裡，猛然認出自己的妹夫時，心裡著實吃了一驚。而對方雖是個不拘小節的人，但是看到他那驚訝的模樣，也不免受到影響，幾乎不知該如何跟他打招呼。

另一人是津田的朋友。他以為津田跟自己患了相同的疾病，所以心情輕鬆地過來搭訕。那天，他跟那位朋友一起走出醫院，又一起去吃晚飯，用餐時，他們還針對愛與性的議題，進行了深入的討論。

碰到妹夫那件事，除了讓他嚇一跳之外，倒是沒有出現後續問題，而那位被他視為今後不會再見的朋友，後來卻跟他產生了不尋常的關聯。

他想起朋友那天說過的話，又想起朋友現在的處境，不得不把兩者連起來細細咀嚼一番。突然，他像受到衝擊似的睜開眼，覆在額上的手也放了下來。

這時，一名身穿深藍嗶嘰呢西服的男人從診察室出來，男人大約三十歲，出了診察室之後，立刻走向藥房，從上衣內袋掏出皮夾，正要付錢的瞬間，一名護士從診察室出來站在門檻上。津田剛好認識這位護士，等她呼叫了下一位患者，正要轉身返回診察室，津田連忙叫住了她。

「我這樣排隊等候太麻煩了，請幫我問問醫生，就說我明天或後天來做手術，可以嗎？」

護士轉身進去。很快地，白衣身影又出現在昏暗的房間門口。

「二樓現在剛好空著，醫生說隨時都沒問題。請你方便的時候過來吧。」

津田逃跑似地走出那個昏暗的房間，當他匆匆穿上皮鞋，伸手向內拉開毛玻璃大門時，剛才顯得十分黑暗的候診室，嘩地一下點亮了電燈。

十八

津田到家的時間比昨天早一些。但最近秋陽西斜的腳步加快，白晝的時間也突然變短了。剛才他在大路上還能看到飽含涼意的夕陽餘暉，一轉眼就消失無蹤。

他在二樓的房間當然還沒點燈。玄關也是一片漆黑。剛剛還在小巷轉角處的人力車休息站看到明亮的簷下吊燈，現在，他的雙眼不免有些失望。「嘩啦」一聲，他拉開木格門，卻不見阿延出來迎接。昨天的這個時候，阿延像個埋伏似的守在這兒，害他嚇了一大跳，根本開心不起來，但是跟現在無人迎接的漆黑玄關比起來，或許還是昨天比較令人欣喜吧。「阿延！阿延！」他站在門口叫了幾聲。「來了。」沒想到回應的聲音竟從二樓傳來。緊接著，耳邊又傳來阿延下樓的聲音。同時，女傭也從廚房跑了出來。

「在幹什麼呀？」

津田的話裡隱含著幾分不滿。阿延一句話也不說。他抬頭望向她的臉孔時，卻發現那沉靜如常的臉上浮現了令他牽腸掛肚的微笑。最先躍入眼簾的，是她那口雪白的牙齒。

「二樓怎麼一片漆黑？」

「是啊，因為我想事情想得入神，所以沒發現你回來了。」

「睡著了吧。」

「沒有啊。」

剛說完，女傭發出一陣大笑，打斷了兩人的對話。

不一會兒，津田要出門洗澡，他跟往常一樣，從阿延手裡接過肥皂和手巾，正要從火爐邊站起來，阿延卻制止了丈夫：「等一等。」說完，她轉身從雙層衣櫃最下面的抽屜裡，拿出一件襯著法蘭絨內裡的銘仙布[9]棉袍放在丈夫面前。

「你先穿穿看。可能加壓的時間還不夠，衣型還沒壓出來。」

津田露出疑惑的表情看著那件寬幅直條花紋的棉袍，衣襟的包布是八丈島黑硬綢。這件衣服既不像他自己買的，也不像外面店裡訂做的。

「這是哪裡來的？」

「我做的啊。準備讓你帶去住院的。醫院那種地方啊，要是穿著不得體，會很沒面子的。」

「什麼時候做的？」

他已把動手術的計畫告訴了阿延，同時還提及，自己必須離家一個多星期。但這消息是在兩、三天之前才說的。而且從告訴妻子直到今天，這段日子裡，他從沒看過妻子拿著針線坐在縫紉板前面，因此他當然非常訝異。但阿延似乎覺得丈夫這種驚訝的表情，就是對自己的辛勞付出的謝禮，所以有意地不做任何說明。

「這衣料是妳買的？」

「不是，是我的舊衣服。本想留著冬天穿，但拆開漿洗之後沒做成衣服，就直接收起來了。」

原來是年輕女孩穿的布料，怪不得直條花紋太粗，配色也顯得過於花稍。津田覺得自己穿上棉袍的模樣有點像個小奴風箏[10]。他略顯羞赧地打量了一會兒，才轉臉對阿延說：「總算決定了，剛剛才說好，明天或後天幫我我動手術。」

「是嗎？那我該做些什麼？」

「妳什麼都不用做啊。」

「不能陪你一起去醫院嗎？」

看阿延的神態，似乎對錢的事一點也不操心。

---

9 銘仙布：大正、昭和時代流行的一種紡織品，先將棉線或絲線染色之後再織成布疋。絲線採用品質較差的蠶繭紡成，所以銘仙布的價格比較便宜，特徵是結實牢固，無正反面之分，多用來製作實用的衣物。

10 小奴風箏：古代日本武士家中身分最卑微的奴隸，「小奴」是這類奴隸的戲稱。他們平時負責打雜、跑腿等工作，整天穿著衣袖寬大的和服短外套。這種寬大衣袖的圖像便成為傳統中小奴的象徵。模仿這種圖像製作的風箏，就叫作「小奴風箏」。

十九

第二天早上，津田醒來的時間比平時晚了很多。家中一片寂靜，打掃工作似乎已告結束。他從客廳穿過玄關，拉開起居室的紙門，看到妻子姿勢端正地坐在火盆桌邊，正在閱讀手裡的報紙。壺中的沸水正在翻滾，發出陣陣象徵家庭美滿安泰的聲響。

「放鬆心情睡著了，本來沒打算睡懶覺的，竟還是睡過頭了。」他像是要為自己辯解似的。說完，瞥了日曆上方的掛鐘一眼，時針已快要指向十點。

洗完了臉，他重新回到起居室，輕鬆自如地坐在平日的黑漆小膳桌前。那張膳桌看起來不像在等他，而像有點等得不耐煩了。他正要動手拉開覆在桌上的抹布，卻突然想起一件事。

「這不行！」他想起醫生曾提醒過手術前一天的注意事項，但現在完全想不起來。他突兀地對妻子說：

「我去問一下。」

「現在跑去問嗎？」

阿延驚訝地看著丈夫的臉孔。

「怎麼可能，打電話問啊。怎麼可能跑去。」

說完，他立刻站起來，像要一腳踢散起居室的寂靜似的跑出了玄關。他沿著電車路面向前跑，一直跑到大約五十公尺外的公用電話亭。這時，他又突然轉身，匆匆往回跑，到了家門口，也不進門，只站在玄關前面大叫妻子。

「妳到二樓把我的皮夾拿來。要不然，把妳的錢包給我也行。」

「要做什麼？」

阿延完全猜不透丈夫要幹什麼。

「不論誰的都行，快拿來吧。」

他從阿延手裡接過錢包，塞進懷裡，立刻轉身走回大路，搭上電車。

大約過了三、四十分鐘，津田才夾著一個很大的紙袋回來，這時已經快到午餐時間了。

「妳那個錢包裡沒裝多少錢嘛。我還以為裝了更多呢。」津田一面說，一面把夾在腋下的紙袋丟在起居室的榻榻米上。

「不夠嗎？」阿延抬頭望著丈夫說，那眼神像在宣告，就算只是瑣碎的小事，她還是得聊表關心。

「不，倒也不至於不夠。」

「因為我不知道你要買什麼。剛才還以為你要理髮呢。」

津田這才想起已經兩個多月沒理髮了，接著又想起，昨天早上才發現，太久不去剪髮的話，每次戴上那頂已經有點嫌小的帽子，總是覺得帽子愈來愈緊。

「再說，剛才為了趕時間，就沒能上二樓去拿你的皮夾。」

「其實我的皮夾裡也沒裝多少錢。哎，反正不論哪個錢包，都一樣啦。」

他覺得自己並沒資格一直批評錢包。

阿延動作迅速地拆開包裝紙，從袋裡掏出一堆罐裝紅茶、麵包和牛油。

「哎唷，你要吃這些？那叫阿時去買就行啦。」

「什麼，那傢伙哪裡懂。不知會買什麼回來。」

不一會兒，阿延端來了親手準備的烤麵包和烏龍茶，麵包散發著誘人的香氣，烏龍茶冒著裊裊的輕霧。

這頓極簡單的西餐也不知該算早餐還是午餐，吃完之後，津田像在自語似的說：「今天本來想趁早上到藤井叔父家去一趟，一方面報告一下病情，一方面也因為很久沒去問候了。誰知竟然拖到這時候。」

聽那語氣似乎是說，既然晚了，也沒辦法，只好下午再去盡一盡拜訪的義務吧。

二十

這位姓藤井的叔父是津田父親的弟弟。津田的父親是一名官員，他的官吏生涯就是到處外派，三天兩頭忙著搬家，廣島住了三年之後，又到長崎住了兩年，津田則像陪同巡視似的，跟著父親在他上任的地方到處遊走。從教育的角度來看，這種生活帶來了極大的不便與不利，也使父親大為頭痛。最後，他終於決定把孩子託給藤井，請他幫忙照料孩子。也因此，津田自然而然地變成了叔父的孩子。而他跟叔父的關係也比一般叔侄更親近，雖然兩人的性格與職業不同，但事實上，他跟叔父反倒不像叔侄，而更像一對父子。如果要用最適當的文字來形容他們，或許可以稱他們是「另一對父子」吧。

叔父跟津田的父親不同，幾乎從未離開過東京。津田的父親卻是半生都在外頭奔波。光從這點來看，叔父跟父親之間的差異真的很大。至少在津田眼裡看來，他們是完全不同的兩個人。

「蹣跚的人生過客」。叔父從前曾用這個字眼評價津田的父親。津田當時雖在無意中聽到，卻立刻就把父親跟這個名詞畫上了等號。直到今天，他都牢牢記著這個名詞。只是，當時他頭腦不夠發達，不了解叔父這句話究竟是什麼意思，而直到現在，他還是跟當時一樣弄不明白。但他現在看到父親的臉孔時，都會想起這句話。父親的臉孔瘦削細長，腮邊垂著幾縷貌似算命先生的稀疏鬍鬚，外型完全符合叔父那句話描述的形象。

大約在十年前，父親像一名厭倦了四處雲遊的苦行僧，突然退出官場，改行走進實業界。他退休前的最後八年都住在神戶，當時先在京都購入土地，後來又找工人在那塊地建了新屋。兩年前，父親終於搬到那塊土地定居。在津田發現那些變化之前，父親已經選定那座幽靜的古都作為自己隱居的地方，同時也把那裡建成將來養老送終之地。叔父那時曾經皺著鼻頭對津田說：「看來我那兄長的手裡大概是存了點錢。像他那種泡泡膠吹成的泡泡，若是肯落在一處，不隨便亂動，那肯定是因為銀子夠重。」

然而，從不了解金錢價值的叔父，卻自始不曾移過位置。他一直住在東京，也一直很窮，從沒當過月薪族。與其說他厭惡薪水，不如說是因為他過於任性，所以根本沒人肯付薪水雇他。叔父反對所有的條文規定。後來雖然隨著年紀漸長，修正了想法，但他往日那種倔強脾氣，卻毫無改變。因為他深深了解，就算現在修正自己的信念，最後只會遭人輕視，對他自己一點好處也沒有。

叔父完全欠缺在現實世界跟世俗直接周旋的經驗，所以理所當然地，他既是一位個性豁達的人生評論家，也是一位感覺敏銳的觀察者。他的敏銳全都來自豁達的性格。說得更簡單一點，就是因為他生性豁達，才有那些特立獨行的表現。

叔父肚子裡裝著的不是豐富的知識，而是凌亂的雜學，他對很多事情都想發表意見，卻又絕對不願拋棄旁觀者的態度。這種特質不僅是環境所逼，也因為天生性格的推波助瀾，才會發展至此。叔父雖然有腦，卻沒有手。不，或許有手，但他不想用，所以整天只把雙手揣在懷裡到處閒逛。雖然他天生喜愛讀書，卻又生性懶散，以致最終只能落得賣字維生的命運。

二十一

最近六、七年，藤井始終住在城區西北部高地的一角，過著他這類人最喜愛的城郊生活。這塊等同於郊區的高地上，近來建起了各種大大小小的房舍，也讓他感到眼前的綠色正在逐年減少。每當這種感慨從心底升起時，他就忍不住停下飛速疾書的鋼筆，深入思考他哥哥的處境。有時，他也會一時衝動，想向哥哥借筆錢，給自己蓋棟房子。但是，哥哥似乎不會借他，而他的性格也不許自己隨便向人借錢。他雖給哥哥冠上「蹣跚的人生過客」的頭銜，事實上，他卻是一名不安於物質生活的人生過客。而且他跟大多數人一樣，物質生活帶給他的不安，只不過是某種程度的精神不安罷了。

津田家到叔父家很方便，其中一半的路程可以搭乘沿河的電車。就算全程步行，距離也很近，不需一小時光景。津田也覺得偶爾散散步，反而比搭乘喧鬧的公共交通工具更自在。

中午快到一點，津田走出家門，一路悠閒地沿著河岸朝向終點出發。天氣非常好，晴空萬里、陽光普照，遠處可見濃密的綠蔭遮天，輪廓清晰鮮明。

走到半途，津田想起早上忘了買蓖麻油。醫生指示他在今天下午四點左右服用這種瀉藥，所以他得先繞到藥店去，把藥品準備妥當。平時這條路走到終點時，他都先向右轉，然後上橋，但他今天朝著反方向的鬧市走去。不一會兒，只見大路盡頭的部分街道已被挖得四分五裂，慘不忍睹，似乎是新的線路延長計畫造成的結果。路邊原有的房屋已被殘酷地拆除，地面起伏不平，廢墟似乎已強制搬遷，他站在坑坑巴巴的新馬路轉角，凝視著聚在角落裡的群眾。那群人的數目雖然不多，卻也圍成了三、五層的半圓形，人群中央站著一個男人，年紀大約跟津田相仿。

男人的身材微胖，身披雙子織[11]粗布和服外套，腰繫窄幅角帶，腳踏砧板木屐[12]，頭上沒戴斗笠，也沒戴帽子。身子靠在背後僅剩的一棵柳樹幹上，兩手舉起一個內襯法蘭絨的大口袋，環顧著周圍看熱鬧的人群。

「各位！我現在要從這口袋裡掏個雞蛋出來。就是從這個空袋子！保證能掏得出來。可別大驚小怪！因為祕密就在我的懷裡。」

說完這段跟他身分不太相稱的吹噓之詞後，男人把一隻手放在胸前握成拳頭，又用拳頭碰了一下口袋，然後立即攤開手掌。「看！雞蛋丟進去啦！」男人裝出一副故弄玄虛的模樣。不過，他沒有耍弄花招。原來，他把手伸進口袋的那一刻，雞蛋早已穩妥地放進袋裡。男人用拇指和食指捏起雞蛋，讓圍成半圓形的觀眾仔細檢視，再把雞蛋放在地上。

津田的臉上露出既讚嘆又不屑的表情，歪著腦袋思索片刻。這時，他感覺背後有什麼東西撞到腰部。那陣輕微撞擊之後，他立刻反射動作似的轉過頭去。不料竟看到叔父的兒子站在那兒，只見他嘻嘻地笑著，簡直像個淘氣鬼。男孩的頭上戴著一頂繡著校徽的學生帽，身穿短褲，背著書包，光看這身打扮，就已明白他從哪裡來。

「現在剛放學？」

「嗯。」

男孩既不答「是」，也不答「不是」。

---

11 雙子織：經線、緯線皆用雙股棉紗織成的粗厚棉布。

12 砧板木屐：鞋底像砧板一樣厚重的男性木屐。

二十二

「你父親好嗎？」

「不知道！」

「還是老樣子？」

「誰知他怎麼樣啊。」

津田已經忘記自己十歲左右的心態，聽到男孩的回答令他有點意外，好在他立刻醒悟年齡不同，臉上露出了苦笑，跟男孩一起陷入沉默。男孩重新把注意力轉向變戲法的男人。男人的服裝看起來很像昨晚花了一夜時間趕做出來的。這時，他又高聲大嚷起來：「各位！我再變一個出來，大家看著喔！」

說完，他用單手將那個布袋用力勒緊，裝出一副動作靈巧的手勢，把什麼東西拋向布袋。然後，便像在誇耀似的從袋中掏出第二顆雞蛋。這時，他發現觀眾似乎還沒看夠，便又翻出布袋的襯裡，大膽地展示袋內髒兮兮的直紋法蘭絨襯布。但是接下來，他的手法還是跟前面完全一樣，毫無新意地掏出第三顆雞蛋，並把雞蛋當成什麼寶貝似的小心翼翼排列在地上。

「怎麼樣？各位看官，照這樣下去，不知還能掏出多少呢。不過，老是掏些雞蛋出來，有什麼意思。所以啊，接下來，我要掏一隻活雞給大家瞧瞧。」

聽到這兒，津田回頭看著叔父的兒子說：「喂！真事，我們走吧。小叔[13]正要去你家呢。」

但是真事覺得活雞比津田重要多了。

「小叔，那你先去吧。我還要再看一會兒。」

「他是騙人的啦。不管你等多久，也等不到活雞的。」

「為什麼呢？不是已經變出那麼多雞蛋了嗎？」

「雞蛋變得出來，活雞是變不出來的。他那樣吹牛，是為了留住觀眾啊。」

「然後要幹麼？」

然後要幹麼？津田也不知道那人之後要幹麼。他覺得有點煩，就想把真事留下，自己先到叔父家去。不料真事一把抓住他的袖子說：「小叔，給我買點禮物吧。」

每次在叔父家被真事逼得沒法，津田總是用「下次吧，下次再買」當藉口蒙混過去。但是等到下次再到叔父家，他就忘了自己的承諾。譬如現在，他又順口應道：「嗯，給你買吧。」

「那我要買汽車，好嗎？」

「汽車太大了吧。」

「不是啦。我要買小的。七塊五那種。」

就算只要七塊五，這數目對津田來說，還是太大。他沒說話，兀自邁步向前。

「而且你上次，還有上次的上次，不是說要給我買嗎？小叔比那個變出雞蛋的人更會騙人嗎？」

「那傢伙變得出雞蛋，可變不出活雞喔。」

「為什麼呢？」

「不為什麼，反正就是變不出來。」

「所以小叔就買不起汽車？」

「嗯……喔，對啊。所以說，還是給你買點別的東西吧。」

13　小叔：真事是藤井叔父的兒子，按照輩分來說，應該是津田的堂弟。不過日本人對親戚的輩分並不那麼講究，堂兄弟或表兄弟之間年齡相差過於懸殊的話，年紀小的也可以按照一般社會習俗，稱呼年紀較大的哥哥為叔叔。小說裡介紹藤井叔父是津田父親的弟弟。但是作者後面又說，以津田的條件，不論娶哪個堂妹都沒問題。由此可知，藤井叔父跟津田的父親並不是親兄弟。但究竟是姻親或結拜的兄弟，作者沒有交代。

「那我要小山羊皮做的皮鞋。」

津田不知如何回答，沉默地走了三、四公尺，才把視線落在真事的腳上。他的皮鞋看起來還不錯，只是顏色很怪，既不像褐色也不像黑色。

「爸爸在家把我的紅皮鞋染成這樣了。」

津田笑了起來。藤井竟把兒子的紅皮鞋染成黑色。這件事實在可笑。聽了真事解釋才知道，原來藤井事先不知道學校的規定，給兒子準備了紅皮鞋，後來才按照規定把鞋子染成黑色。津田聽完這番解釋，忍不住想取笑叔父的急中生智。於是他露出譏諷的表情，盯著那雙被迫改造的傑作來回打量。

二十三

「真事，那是很好的鞋子喔。」

「可是沒人穿這種顏色的鞋子。」

「顏色算什麼。能穿到爸爸親手染色的皮鞋，可不容易喔。你應該懷著感恩的心情穿它才對。」

「可是大家都笑我，說這是長毛狗皮做的。」

一想到藤井叔父被人跟長毛狗皮連在一起，津田重新感到另一種滑稽。只是這種可笑的感覺也在他心頭撩起一絲哀傷。

「才不是長毛狗皮呢。小叔向你保證。沒問題的，這是比長毛狗更貴重的……」

說了一半，津田說不下去了，他不知該說那是貴重的什麼才好，真事卻不放過他。

「貴重的什麼啊？」

「貴重的……皮鞋嘛。」

如果自己的口袋裡有錢，津田倒是很想給真事買一雙他想要的小羊皮短靴，這樣也算對叔父的養育之恩聊表心意。他在心底數了數懷中錢包裡的鈔票，可惜現在連買雙皮鞋的餘裕都沒有。如果京都那邊把匯款寄來的話……津田心中升起一絲期待，但又立刻浮起另一個庸俗的念頭，現在連匯款會不會寄來都不知道，何必打腫臉充胖子去表達這份誠意呢。

「真事，你那麼想買鞋的話，下次到我家來，讓小嬸買給你吧。小叔窮得很，今天就饒了我，讓我買個便宜的東西吧。」

他連哄帶勸地拉起真事的手，在寬闊的馬路上閒逛著。這條路距離電車終點很近，乘客搭車下車都得經過這裡。行人川流不息，不斷地從這條路上踏過，把路面踏得既平坦又堅實。所以才過了四、五年工夫，這裡的街市景觀就像重新改造過似的，變得美觀宏偉。每家商店的櫥窗都裝飾得五彩繽紛，店裡全是偏鄉難得一見的商品。兩人正在街上逛著，真事忽然奔向馬路對面，在朝鮮人經營的糖果店門口停了幾秒，又立刻轉頭跑回來，佇立在金魚店的屋簷下。他開始向前跑的時候，身上發出一陣咖啦咖啦的聲音，可能因為衣袋裡裝著彈珠吧。

「我今天在學校贏了這麼多喔。」

真事把手用力插進口袋，抓出一大把彈珠捧在手心給津田看。不料，那些淺藍色、紫色的圓形玻璃珠突然蹦出手掌，全都滾到馬路中央去了。真事連忙趕上去撿彈珠，又回過頭來對津田說：「小叔你也來撿呀。」折騰了半天，津田最後還是被叔父這個頭腦機靈的兒子拖進一家玩具店，無奈地花了一塊五，給真事買了一支空氣槍。

「這東西用來打麻雀應該沒問題，但你不准隨便朝別人開槍喔。」

「這麼便宜的槍，打不到麻雀吧。」

「那是因為你技術太差。技術不行的話，就算槍再好，也打不到獵物。」

「那小叔用這支槍幫我打麻雀，好嗎？等我們回家以後。」

津田不置可否，岔開了話題。因為他發現，自己如果隨口允諾，真事就會立刻逼著自己實踐諾言。真事這時開始訴說起自己對朋友的不滿，什麼戶田、澀谷、坂口……逐個發表評論，全都是津田沒聽過的名字。

「岡本那傢伙，他可狡猾了。他家給他買了三雙皮鞋喔。」

話題又被扯回皮鞋。阿延跟岡本家那孩子的關係倒是非常密切，津田不禁將那孩子，和自己面前正在批評那孩子的真事，暗自在心底對比一番。

二十四

「你最近到岡本家玩過？」

「不，我沒去。」

「又跟他吵架了？」

「沒有，才不跟他吵架呢。」

「那你為什麼不去？」

「不為什麼……」

聽真事的語氣，似乎還有其他原因。津田很想知道那是什麼。

「到他家去玩，他會送你很多東西吧？」

「沒有，也沒有很多。」

「還會請你吃好吃的吧？」

「上次在岡本家吃了咖哩飯，好辣唷。」

咖哩飯太辣這種事，不太可能成為不去岡本家的理由。

「不會因為太辣，就不想去他家吧？」

「不是，因為我爸叫我不要去了。可是我還想去岡本家玩鞦韆。」

津田心底升起一絲疑惑。叔父為何不讓兒子去岡本家呢？他不免暗自猜測，腦中立即浮起幾項因素：性格不合、門戶不對、生活不同……叔父整天沉默地埋首在書桌前，憑他筆下文字的氣焰影響世間，但在現實的社會生活裡，叔父卻不像自己筆下的人物那麼強勢。叔父心中也明白現實與理想之間的距離。這種自覺使他變得頑固，甚至還有些排外。在金權本位的社會裡，他不僅害怕被人看輕，似乎也從未放鬆警惕，因為他知道，自己的特長若遭到些微侮辱，後果將不堪設想。

「真事為什麼沒問你爸呢？為什麼不許你去岡本家？」

「我問啦。」

「問了，那你爸說什麼……什麼都沒說吧。」

「不是，他說了。」

「說了什麼？」

真事露出有點害羞的表情。過了半晌，他才用沉重的語氣結結巴巴地說：「嗯，因為啊，每次到岡本家去，只要看到阿一有了什麼，我回家就吵著叫爸爸給我買、給我買，所以爸爸說，不准我再去了。」

津田這才弄明白，兩個孩子不僅家境有貧富之差，這種差別甚至還延伸到彼此擁有的玩具，就連玩具也必須有貴賤的分別。

「所以，你這傢伙就拚命逼我買什麼汽車啦、小羊皮短靴啦……淨挑貴的買，都是因為你看到阿一有這些東西吧？」

說著，津田半開玩笑地舉起手，佯裝要打真事的背脊。真事的表情就像大人幹了見不得人的糗事，被人揭露了真相似的。但是大人那種自我辯解的託辭，他卻一句也沒說。

「亂講！你亂講。」

說完，真事扛著津田剛才花了一塊五買的空氣槍，咚咚咚地踏著腳步，朝自家方向逃走了。衣袋裡的彈珠發出被人用力揉搓的聲音，背包裡的便當盒、教科書之類的物品也在互相碰撞，發出乒乒乓乓的聲音。

津田走到小巷盡頭，正要跨進巷底的藤井家院門時，前方大約兩公尺處，突然聽到「砰」的一聲槍響。原來真事一本正經地躲在右側樹牆裡向他發動突擊。他看到真事的黑影時，不禁露出苦笑。

二十五

津田聽到叔父在客廳裡跟人說話的聲音，又從木格門縫看到一雙客人的鞋子。於是他故意不從玄關進屋，轉身朝向起居室的迴廊走去。前院從前雖然請植木屋[14]打理過，卻沒在前後院之間安裝木板門或竹籬，把兩邊隔開。所以津田繞過院裡那棟新屋的後門，立刻就到了叔父家的迴廊盡頭。那棟房屋是叔父家為了出租最近才建的。迴廊盡頭的地上種著兩、三棵茶樹，樹身頗高，但要當作影壁卻又嫌太矮。津田從茶樹前走過，又低頭鑽過那棵永遠都在記憶中的柿子樹之後，果然不出所料，他立刻看到嬸母的身影。透過鑲在紙門上方的玻璃，嬸母的側面映入眼簾的瞬間，他從門外呼喚一聲：「嬸嬸！」

嬸母很快地拉開紙門。

「你今天怎麼了？」

她沒提起津田給兒子買空氣槍，也沒向津田道謝，只用訝異的眼神望著津田。嬸母已經四十三、四歲，她的態度裡幾乎毫無矯揉造作，有時甚至還根據時機或場合的需要，表現出一種超越世俗客套的純真。但她那種自然的純真跟性感完全扯不上關係。津田經常暗地把嬸母跟吉川夫人放在一起對比。而每次對比之後，他總是驚訝於兩個女人的差異。首先令他產生疑問的是，同樣都是女人，年齡又相近，怎麼給人的感覺會差這麼多呢？

「嬸嬸還是跟以前一樣缺少女人味嘛。」

「這把年紀還有女人味的話，豈不成了花痴。」

津田在迴廊邊坐下，嬸母也不請他進屋，兀自拿著一把炭火熨斗燙著鋪在膝上的紅綢布。這時，一個叫

14　植木屋：類似花匠或園丁的職人，具有造園的專業知識與技術。

作阿金的女孩從隔壁走進來，手裡拿著一段拆開的和服布疋。她向津田行個禮，津田立刻向她搭訕道：「阿金，還沒選好婆家嗎？沒有的話，我幫妳介紹一戶好人家吧？」

阿金善良地發出一陣「呵呵呵」的笑聲，臉上浮起些許紅暈，轉身想幫津田拿個坐墊過來，但津田做了一個制止的手勢，便自行登上迴廊走進客廳。

「我說，嬸嬸啊。」

「幹麼？」

嬸母隨口含糊地應了一聲。等到阿金把變涼的番茶敷衍地倒進津田面前的茶杯時，嬸母才把臉孔抬起來說道：「阿金，妳好好拜託一下由雄吧。他那個人比較熱心，而且從不騙人。」

阿金並沒有落荒而逃，而是像剛才一樣忸怩作態了一番。這下津田不能不開口說話了。

「嬸嬸可不是特意讚美我喔。她說的是事實。」

嬸母卻不理會津田。真事這時正在裡屋玩空氣槍，不斷傳來砰砰砰的槍聲。嬸母立刻留神聽了一會兒。

「阿金，妳去看一下。要是裡面裝了散彈亂打，很危險的。」

嬸母臉上的表情似乎在說：你幹麼買這種多餘的東西呢？

「沒關係。我已經跟他說清楚了。」

「不，不行！照他那樣玩法，肯定會拿去打鄰居的小雞。不用問他，就把槍裡的散彈拿出來吧。」

聽了這話，阿金便趁機從起居室溜了出去。嬸母沒說話，又把插在火盆裡的炭火熨斗拔出來，壓在膝頭那塊滿是皺紋的薄綢上，把布熨得平平整整。津田在一旁看著，耳中斷斷續續聽到客廳傳來的談話聲。

「對了，客人是誰啊？」

嬸母驚訝地抬起頭。

「你到現在還沒聽出來？你這雙耳朵也真奇怪。在這兒聽上幾句，就能聽出來是誰吧。」

二十六

津田凝神傾聽，努力想聽出客廳那聲音的主人是誰。過了半晌，他在膝上輕拍一下說：「啊！我知道了，是小林吧？」

「對啊。」

嬸母回答得簡單俐落，臉上一絲笑意也沒有。

「我說呢，原來是小林。剛才我還在納悶，究竟是誰，故意擺出作客的派頭，穿了一雙新的紅皮鞋。既然是他，我也不用客氣了，剛才直接進客廳就好啦。」

津田腦中浮起小林打扮落伍的身影，當然，今年夏天見面時，他那身奇裝異服也同時浮現在津田眼前。那天，他在和服下面穿一件衣領裏著白皺綢的襦袢，外面套著薩摩飛白布[15]和服，下面則是褐色細紋的和服裙褲，和服外面的外套，是用一種叫作「透綾」的薄絹縫製而成。那身裝扮，簡直就像傘店老闆剛從鄰居的喪禮回來，可能懷裡還揣著喪家贈送的盒裝黑豆飯呢。小林當時向津田辯解說，他的西服被偷了。接著，又拜託津田借他七塊錢。因為小林有位朋友很同情他遭竊的經歷，願意把自己送進當鋪的夏裝贖出來送給小林。但那位朋友竟沒錢去贖東西。

想到這兒，津田微笑著向嬸母問道：「那傢伙怎麼偏巧今天來了？而且還擺出一副貴客的派頭，坐進了客廳。」

「因為他說有事要跟你叔父談。但他要談的事情，不太方便在這裡說。」

15 薩摩飛白布：「飛白布」是一種印染著特殊花紋的棉布，花紋看來有點像隨意塗抹上去的圖案。飛白布質地堅韌、耐洗，製法從琉球傳入日本，薩摩地方的產量很多。

「喔？小林會有那麼重要的事情要談？大概是要談錢吧，除了這事……」

津田說了一半，突然發現嬸母的表情很嚴肅，就閉嘴沒再往下說。嬸母也把聲音壓低了一些，音量正好符合她那穩重的神態。

「還要談阿金的親事呢。我們在這兒多嘴多舌的話，那孩子會害羞吧。」

原來是因為這個理由，怪不得剛才在起居室外面聽起來，還以為是哪位紳士在說話，那聲音跟小林平時的大嗓門完全不同。

「已經說定了？」

「嗯，大概沒問題。」

嬸母的眼中閃出一絲期待的光芒。津田也忍不住立刻興奮地附和道：「那我也不用那麼賣力撮合啦。」

嬸母靜靜地望著津田。他這種嬉笑耍嘴皮的態度，即使不到輕薄的程度，也跟嬸母現在的心情不太協調。

「由雄，你自己討老婆的時候，也是抱著這種心態結的婚？」

嬸母的問題來得突然，津田根本不明白她提這種疑問的目的。

「您說的『這種心態』，只有嬸嬸自己明白，我這當事人可是一點也不懂，所以不知怎麼回答您呢。」

「就算你不回答，嬸嬸我也無所謂……請你設想一下，假設自己有女兒要出嫁。那可不是一件簡單的事情啊。」

四年前，藤井把大女兒嫁出去的時候，家裡沒那麼多錢給她準備嫁妝，當時就背了一筆債。等到債務快要還清了，又得為二女兒張羅嫁妝。而這次阿金的婚事若是敲定，不用說，又得籌措第三份妝奩開銷。儘管這孩子的身分跟親生女兒不同，能省則省，但不可否認的是，辦完這場喜事，家中生計多少又得籠上一層負擔的陰影。

二十七

眼前這種狀況，津田若能主動表示自願協助負擔，哪怕他只付一半費用，對於多年來照顧過自己的藤井夫婦來說，也算一種令人滿意的報答吧。但以他現在的財力來看，他能向叔父和嬸母表達的同情，最多只能幫真事買雙小羊皮做的皮鞋而已。不，就連買鞋，也得掂量一下自己錢包裡的鈔票夠不夠呢。更別說先向京都那邊通融，然後再向叔父伸出援手，他絲毫不敢有這種天真的想法。因為他心底早已明白，就算自己向父親報告了詳情，父親也不會採取行動；而另一方面，就算父親願意伸出援手，叔父也不會隨便接受幫助。他現在只希望父親快點匯款，也因為整個心思都掛記著匯款，所以叔母說完那番話，他也沒有什麼反應。不料，嬸母叫了一聲「由雄」，然後開口說道：「由雄，那你究竟抱著怎樣的心態娶了你老婆呢？」

「我可不會拿婚姻開玩笑。就算是我這種人，把我的結婚動機想得那麼膚淺，可就太冤枉人了。」

「娶老婆當然是出於真心吧。肯定是真心沒錯，但就算是真心，也分很多等級啊。」

或許也有人會從嬸母的話裡聽出一絲侮辱，津田聽著卻感到好奇。

「那嬸嬸覺得我算哪種真心呢？別客氣，請您盡情批評。」

嬸母低著頭，手裡擺弄著剛拆完的舊布，臉上露出淺笑。不知是因為她不肯正眼看著自己或是其他理由，津田突然覺得心情很不好，但他仍然絲毫不肯退讓。

「別看我平時沒表現出來，到了該有表現的時候，我也是非常認真的。」

「那當然，因為你是個男人嘛。要是沒半點本事，每天到了辦公室，也沒法應付差事吧。不過……」

嬸母說了一半便不再往下說。接著，又好像突然改變想法似的補上一句：「哎！算了。現在說這些也沒用。」

嬸母說完便把剛才熨過的紅綢布細心疊好，再用疊紙[16]包起來。津田一臉茫然，表情裡似乎隱含著些許意猶未盡的不安。嬸母抬頭看了他的臉孔一眼，像是突然想起什麼似的說：「歸根究柢，還是由雄你太奢侈了。」

從他畢業之後，嬸母整天都用這句話批評他，他自己也承認事實如此，從來不曾懷疑。而且他也不認為這是什麼壞事。

「是啊，我是有點奢侈。」

「我不是單指吃穿方面而已。是說你太心高氣傲，總是不斷追求奢侈，才叫人操心啊。譬如就像有個人，整天骨碌骨碌轉著眼珠，到處問人：有沒有好吃的？有沒有好吃的？你就像那樣。」

「那樣還叫奢侈？那簡直是乞丐吧？」

「倒也不算乞丐。只是看起來不夠自然純真。人這玩意兒啊，若是為人大而化之，不計小節，看起來才比較順眼。」

聽到這兒，兩位堂妹的身影突然從津田的心頭掠過。她們就是嬸母的女兒，現在都已結婚成家了。大女兒四年前出嫁後，跟丈夫一起去了台灣，一直住到現在。津田的婚禮跟二女兒出嫁幾乎同時舉行。二女兒出嫁後，立刻跟丈夫到福岡去了。大兒子真弓今年剛進大學，學校就在福岡。

以津田的條件來說，兩位堂妹當中，不論他想娶哪個都不成問題。可惜在他眼裡，兩人都絕對不是他的適合對象，所以他就裝糊塗混過去了。現在，他又把自己當時的態度，和嬸母剛才說的那番話連在一起思索片刻，覺得自己並沒做錯什麼，於是又佯裝無知地看著嬸母做事。不一會兒，嬸母這才站起來，拿出壁櫥裡的中國木箱，打開蓋子，把手裡的疊紙包放進去。

16　疊紙：一種專門用來保存和服的厚棉紙，也叫作「澀紙」，紙面塗過幾層油漆或柿漆。柿漆是從柿子的澀味提煉出來的塗料。保存和服時，將衣服放在紙張中央，上下部分向中央摺疊，然後將兩端摺起，狀似大型信封。

二十八

後面那個四疊半榻榻米的房間裡，真事剛才一直在幫阿金補習功課。這時他突然拿起阿金完全不懂的法文課本開始練習發音。一下念「Je suis poli（我有禮貌）」，一下又念「Tu es malade（你有病）」，故意一個字一個字念得很慢，把每個字的發音都拉得很長。津田聽他這麼一個小二學生，敞開嗓門朗讀法文，心裡正覺得好笑，掛在頭頂的壁鐘這時噹噹噹地響了起來。他立刻從衣袖掏出蓖麻油，露出難以下嚥的表情打量著瓶裡渾濁的液體。客廳裡的叔父似乎也被鐘聲提醒了。

「那我們到那邊去吧。」

說完，叔父和小林一起穿過迴廊，走進起居室。津田象徵性地坐正了身子，向叔父請安問好，然後馬上轉臉對小林說：「小林君好像混得不錯嘛。這身衣服做得真體面。」

小林身上的西裝面料有點像手織粗呢，表面頗有粗糙的質感。西服褲腿的褶痕一絲皺紋也沒有，看起來跟平時不太一樣。任何人都能一眼看出，那身衣服是新做的。他在津田的正面跪坐下來，似乎想把腳上那雙顏色怪異的襪子藏起來。

「嘿嘿，別開我玩笑了。混得好的是你啊。」

那套新西裝是在某家百貨公司訂做的。小林說，他在櫥窗裡看到這套三件式西服的樣品標籤時，立刻決定做一套相同價格的新衣。

「跟你說吧，這套衣服才二十六元，非常便宜吧？不過你的標準比較奢侈，不知你覺得如何，但是對我來說，這樣就很滿意啦。」

津田沒有勇氣在嬸母面前繼續批評別人。他向主人借了一個茶杯，默默地皺著眉頭把蓖麻油喝下去。身邊的人都訝異地看著他的動作。

「那是什麼呀？你可別喝亂七八糟的東西。是藥嗎？」

叔父至今從沒生過大病，他對醫學不僅不了解，甚至可說是相當無知。就連蓖麻油這個名詞，他都沒聽過，當然更不知道患者為什麼要喝蓖麻油了。而今，他在這位不曾跟疾病打過交道的叔父面前，用了好幾個名詞解釋自己目前的病狀，譬如手術啦、住院啦……可是叔父聽了根本無動於衷。

「所以你今天特意前來，就是為了報告這件事啊。」

叔父的表情似乎在說「辛苦你了」，同時用手撫著臉上黑白夾雜的鬍鬚。其實那堆亂鬚，就像沒請園丁打理的庭院，與其說是「留在臉上」，不如說是「任其亂長」更恰當，叔父的臉孔也因此顯得更加蒼老。

「現在這些年輕人真糟糕，淨得些莫名其妙的疾病。」

嬸母看著津田嘻嘻地笑起來。叔父最近突然把「現在這些年輕人」像口頭禪似的整天掛在嘴邊，但他從前還說過其他的話，津田至今仍記得非常清楚，所以也笑著回應嬸母。記得很久以前，叔父曾道貌岸然地教訓他說，什麼惑病同源[17]啦，病即罪惡啦……這些話或許可以解釋為，叔父覺得自己從不生病，是值得自傲的事，所以津田現在就更覺得滑稽無比。他淺笑著望向小林。小林立刻發表自己的意見，但他的意見完全出乎津田的預料。

「怎麼會？最近也有不生病的年輕人喔。譬如我，我最近就沒病倒過一次。依我看哪，人要是沒錢的話，大概就不會生病了。」

津田愈聽愈無趣。

「別亂講！」

「不，我是說真的。譬如你經常生病，那是因為你有生病的條件呀。」

聽到這種毫無根據的推論，又看到說話的人滿臉認真的表情，津田不禁啞然失笑。不料叔父也表示贊同。

「對呀！經常生病的人現在又生了病，真叫人深感同情啊。」

室內已經愈來愈暗，但是最陰暗的，還是叔父的臉孔。津田站起來，扭開了電燈開關。

17 惑病同源：「惑」指心理方面的疾病，「病」指肉體方面的疾病，「惑病同源」即身心的疾病其實來自相同的原因。

二十九

嬸母不知何時走進廚房，正在跟阿金和女傭忙著準備晚飯，只聽廚房那邊傳來陣陣碗盤撞擊的聲音。這時，嬸母重新回到起居室對津田說：

「由雄，你好久沒來了，在這兒吃飯吧。」

津田因為明天要接受治療，打算婉拒後就離去。

「今天原本是請小林一起吃飯，剛好你也來了，雖然家裡的好菜不多，但你還是當個陪客吧。」

津田以為叔父會這樣挽留自己，誰知叔父沒開口。這下他反而覺得有點異常，便又重新坐下。

「今天有什麼事嗎？」

「什麼事嘛，小林馬上就要……」

說到這兒，叔父看了小林一眼。小林嘻嘻地笑起來，顯得有點得意。

「小林君出了什麼事？」

「沒有，我跟你說，什麼事都沒有。反正等事情決定了，就會到府上詳細報告。」

「可是我明天要去住院了。」

「哎呀，沒關係。我會去醫院，順便探病。」

接著，小林又向津田盤問醫院地點、醫生姓名等，簡直就像打聽什麼非知道不可的常識。聽到醫生跟自己同姓後，小林說：「喔，所以說，就是堀先生的……」說了一半，他突然閉嘴不提。「堀」是津田妹夫的姓。這位妹夫因為得了某種特殊疾病，曾在自家附近醫生那兒接受治療，小林早就知道這件事。

津田很想問問小林，那件他說要「詳細報告」的事究竟是什麼。津田覺得似乎跟嬸母剛才提到阿金的婚事有關，卻又覺得不太像。小林的態度令他產生這種猜測，也勾起了他的好奇心，但他就是不肯開口對小林說：那就請你到醫院來聊聊吧。

晚餐時，津田以做手術為藉口，堅決不吃嬸母特意準備的肉類和其他菜餚，就連他平時最愛吃的蘑菇炊飯，也不肯碰一下。嬸母看他這樣，心裡十分憐憫，就想派阿金去買麵包和牛奶。津田又覺得有點嫌棄，因為附近出售的麵包軟綿綿的，只會黏牙，但又害怕被嬸母批評奢侈，只好老實地目送阿金的背影離去。

阿金出門之後，嬸母當著大家的面對叔父說：「希望那孩子這次的婚事能夠說成，就謝天謝地了。」

「應該能說成吧。」叔父輕鬆地答道。

「我想結果一定會很理想的。」小林也回答得很輕鬆。

閉著嘴沒說話的，只有津田和真事。

津田聽到阿金對象的名字時，彷彿記得曾在叔父家見過一、兩次，但幾乎不記得其他印象。

「阿金認識那個人嗎？」

「見過面啊，但是沒交談過。」

「那對方也沒跟她講過話。」

「當然啦。」

「這樣就能談成婚事啊？」

津田認為自己當然有資格說這種話。為了表明自己的立場，他沒有表現出不屑，而是露出滿臉訝異的神情。

「你說應該怎麼辦才好？人人都得像你結婚的時候那樣？」叔父不太高興地看著津田說。

其實津田原本是說給嬸母聽的，現在看到叔父的反應，他覺得有點過意不去。

「不是的。不是說這樣促成阿金的婚事不好，我完全沒那個意思。不論在任何情況下，只要婚事能夠辦成，都是美事一樁。」

三十

桌上的氣氛一下子變冷了。剛才大家還聊得很愉快，現在卻像河流被堵住了似的，誰也不願在津田的發言之後接腔。

小林指著自己面前的啤酒杯，用耳語似的低聲問他身邊的真事說：

「真事，請你喝吧？喝一口看看。」

「太苦了，我才不要。」真事當場拒絕了小林。

小林本來也沒打算讓他喝，因而發出一陣哈哈笑聲。真事以為小林可以充任自己的玩伴，突然興致勃勃地說：「我有一支一塊五買來的空氣槍喔。拿來給你看吧？」

說完，真事立刻站起來，跑進四疊半的裡屋，把新玩具拿到起居室來。小林看這情形，知道自己不能不扮演一下讚美者，非得好好稱讚一下這支亮晶晶的空氣槍不可。叔父和嬸母看到寶貝兒子這麼高興，也覺得必須盡義務說幾句讚美之詞。

「一天到晚就知道吵著買手錶、買鋼筆……怨他老子沒有錢，真是要命。好在他最近對買馬這件事，總算是死了心，倒也還乾脆。」

「馬倒是出乎意料的便宜喔。在北海道，花上五、六塊錢，就能買到一匹好馬。」

「別說得像你親眼看過似的。」

但也幸虧有了那支空氣槍，這下在座的每個人都開口講話了。婚事再度成為眾人的焦點，內容卻沒接續剛才被打斷的那個話題。儘管大家都在談論婚事，但每個人的心情都跟剛才不太一樣，而且這種心情也支配著每個人的態度。

「這種事說來也真奇妙。一對完全陌生的男女湊在一起，不一定會變成怨偶，而另一對夫妻，儘管當初都吵著非要在一起不可，卻不能保證兩人一定白頭偕老。」

嬸母歸納自己的世俗經驗，自然會直率地做出這種結論，總之，她這種態度並不是為了辯護什麼，而只是想向大家說明，她在張羅眼前這件大事的同時，也會保證給阿金找個可靠的對象。但在津田眼中看來，嬸母這套說詞卻是最不完整也最不安全的解釋。嬸母剛才在話語間懷疑他結婚的誠意，而津田卻不能不認為，嬸母才對結婚這件事缺少基本的真誠。

「你剛才說的，根本就是有錢人裝腔作勢。」嬸母突然正色對津田說：「什麼交往一下啦，要先訂婚啦，這種奢侈的事情，我們這種人家需要這麼辦嗎？對我們來說，只要有人願娶，有人想嫁，就得謝天謝地啦。」

津田並不想在眾人面前對阿金的婚事說長道短，因為他跟阿金還沒熟到能說這些，而且，他對阿金的婚事也沒興趣。現在只是因為嬸母懷疑自己不夠真誠，而他想推翻嬸母的質疑，才覺得自己不能不提醒對方也不夠真誠。這種感覺控制了他的行為，讓他無法繼續保持沉默。他像在深思什麼似的歪著腦袋說：「我也不想隨意論斷阿金的婚事，我只想知道，婚姻大事被想得那麼簡單，是否合適？在我看來，總覺得這樣有點不夠嚴肅。」

「可是由雄，他們兩個，要嫁的真心想嫁，要娶的認真想娶，哪有什麼不夠嚴肅？」

「問題是，兩個人真的能那麼輕易就認定對方？」

「就是因為可以，嬸嬸我才會嫁進藤井家，變成現在這個樣子，不是嗎？」

「話是不錯啦，或許嬸嬸是這樣，可是現在的年輕人……」

「現在也好，從前也罷，人類改變過嗎？不論做任何事，只憑自己下決心。」

「如果真是這樣，這問題就不值得討論了。」

「不管值不值得討論，事實證明我的做法是對的，由雄你就認了吧。有些人挑精揀肥，好不容易選中了媳婦，可是娶進門之後，又在那兒比來比去，始終不肯安分度日，我們這種婚姻方式不知比那種人誠實多少倍呢。」

叔父從剛才就一直忙著夾肉，這時，他像是終於等到自己開口的時機，從菜盤上抬起眼睛。

三十一

「愈說愈不像話了！坐在一旁聽著，根本聽不出這是嬸母和侄兒對話。」

叔父雖然打斷兩人的爭論，卻不想扮演他們的裁判或法官。

「兩邊聽起來都有敵意，你們剛才吵架了？」

叔父提出這種疑問，只是想以質問的形式提醒兩人注意言行。小林這時正在陪真事玩彈珠，他偷偷轉動眼珠，看了其他三人一眼。嬸母和津田都暫時住口沒再講話。叔父不得不開口扮演調停的角色。

「由雄，像你這種現代的年輕人，可能不太容易了解，但你嬸嬸可沒有說謊喔。因為她當初嫁進我們這個完全陌生的家時，心裡早就做好了萬全準備。你嬸嬸真的是從結婚之前，直到變成我家媳婦之後，始終都是一樣的真心誠意。」

「那當然，就算您不說，我也是知道的。」

「只不過啊，問題是你嬸嬸究竟是為什麼，才下了這麼大的決心。」

叔父看來已有些醉意，他再度舉起酒杯，好像感覺自己有義務給那張火熱的臉孔供應一些水分似的，一口喝乾了杯中的啤酒。

「不瞞你說，直到今天，我還沒跟任何人說過這件事，怎麼樣？今天就跟你說一說吧。」

「好啊。」津田半開玩笑地說。

「老實說吧，是你嬸嬸對我有意思啦。就是說啊，她一直都想嫁給我。還沒進門之前，就已經痛下決心了。」

「胡說！誰會對你這種醜八怪有意思啊？」

津田和小林都忍不住大笑起來。只有真事愣頭愣腦地轉臉看著嬸母問：「爸說媽媽有意思，是什麼意思？」

「媽媽可不知道，去問你爸。」

「那爸告訴我，『有意思』到底是什麼？」

叔父嘻嘻地笑著，用手在禿頭中央來回溫柔地撫摸著。或許是心理作用吧，津田覺得那禿髮的部分似乎也比平時多了幾分紅暈。

「真事，『有意思』就是說啊……簡單說呢……喔，就是喜歡的意思啦。」

「喔。那不是很好嗎？」

「所以沒人說不好啊。」

「可是大家不是都在笑？」

正說到這兒，剛好阿金回來了。嬸母立刻幫真事鋪好被褥，把他趕到寢室去了。叔父說得正高興，繼續發表自己的意見。

「當然啊，古時候也有人談戀愛的。就算妳阿朝板起面孔不承認，但肯定從前有人談過戀愛。只不過，現在的年輕人對這方面不了解，很奇怪吧？從前都是女人對男人有意，男人是絕對不會對女人有意的，對吧？阿朝，我說的沒錯吧。」

「有沒有錯，我可不知道喔。」

嬸母在剛才真事的位置坐下，動作俐落地給自己盛了一碗松茸炊飯吃了起來。

「妳生氣也沒用，這種現象既是事實，也是一種哲學。現在我就解釋給妳聽。」

「你那些艱澀難懂的東西，不說也罷。」

「那我只告訴年輕人吧。由雄、小林，你們最好都聽一聽，也可作為參考。究竟你們心裡覺得別人家的女兒是什麼呢？」

「我覺得是個女人。」津田有點故意搗亂似的說。

「是嗎？只看成女人，不覺得是別人的女兒？那可就跟我們太不一樣了。我們從不會把人家的女兒看成是離家獨立的普通女人。不論看到哪家小姐，我們從頭就有心理準備，這位小姐身邊一定會有父母緊緊看守著，女兒的所有權屬於他們，所以按理來說，不管你對那位小姐多著迷，你都不能喜歡她，對吧？為什麼？因為你對她著迷，或想跟她在一起，不就表示你想擁有對方？她是屬於別人的東西，你卻想要擁有，那不是小偷嗎？所以說，堅守義理的舊式男人絕不會愛上別人的女兒。因此本來就是只有女人才會愛上男人。看吧，譬如正在那邊吃著松茸炊飯的阿朝，她的確是愛上了我。但我可從來沒愛過她喔。」

「愛不愛都無所謂啦。你也該說夠了，請來吃飯吧。」

說完，嬸母把剛帶著真事去睡覺的阿金叫來，讓她給大家盛飯。津田沒法吃飯，只好一個人吱啦吱啦地嚼著難以下嚥的麵包。

三十二

晚飯後，眾人都覺得談興索然。好在場面還不至於太冷清，但大家也注意到，每個人都在各說各話，卻沒人願意努力歸納話題的結論。

叔父把兩隻手肘撐在矮桌上，一連打了兩個充滿醉意的呵欠。嬸母見狀，轉頭呼喚女傭，命她們把桌上的剩菜撤到廚房去。從剛才起，沉悶的氣氛已逐漸影響津田的心情，叔父今晚的發言又像飄過月亮的浮雲，不時在他心中投下朦朧的陰影。從旁觀者的角度來看，叔父那些話根本就該隨著啤酒的泡沫一起消逝，津田卻覺得話中另有所指而在自尋煩惱，反覆回味那些話中之意，待他發現一切都是自己多心時，又忍不住跟自己生起氣來。

同時，他也忘不了剛才跟嬸母之間的爭論。兩人互相拌嘴時，津田始終在自我控制，盡量不把內心的感覺洩漏出來。對於這一點，他雖然深感自傲，但也發覺自己內心潛藏著一種不快。

今天在叔父家消磨了大半天，他很單純地看待這次相隔已久的拜訪，只考慮自己是否玩得愉快。但是兩相對照之下，那位朝氣蓬勃的吉川夫人和她家的華麗客廳，很快就在津田的記憶舞台上活躍起來，接著，最近總算願意梳起丸髻[18]的阿延，也開始在他眼前浮動。

津田從座位上站起來，轉眼看著小林說：「你還要再待一會兒嗎？」

「不，我也要告辭了。」說完，小林馬上把自己吸剩的「敷島」香菸盒塞進西褲內袋。

他跟小林正要出門的時候，叔父像是偶然想起什麼似的問：「阿延怎麼樣啊？一直說要去看她，誰知整

18　丸髻：從江戶時代至明治時代，日本已婚女性的代表性髮型。髮髻的造型隨年齡而有微妙的變化。年輕婦女的髮髻較大，老婦的髮髻較小。

天就在窮忙，好久沒看到她了。幫我問候她一聲。你不在家的話，她也閒得發慌吧。真不知她每天做些什麼。」

「做些什麼？什麼都沒做吧。」津田漫不經心地回答，接著，又像突然想起什麼似的補充道：「本來她還想得輕鬆，說要陪我一起去住院，後來又叫我去理髮、洗澡……各種的要求，比嬸嬸還嘮叨呢。」

「應該感激才對呀。你這麼事事講究的人，竟還有人能夠提醒你沒注意到的事！除了她，再也沒別人了。」

「真是值得慶幸的幸福啊。」

「話劇呢？最近常去看嗎？」

「是的，常常去。上次岡本才邀我們一起去，可惜我這毛病得去解決一下。」

說到這兒，津田看了嬸母一眼。

「您看如何？嬸嬸，最近陪您到帝國劇場去看戲吧？偶爾也到那種地方逛逛，等於服下一帖良藥。到那兒去散散心吧。」

「好啊。謝謝嘍。只是，要等由雄帶我去……」

「您不想去？」

「不是不想去，是不知什麼時候才能去得成呢。」

嬸母原本就對劇場之類的地方沒興趣，津田故意裝出受到打擊的模樣，用手抓抓腦袋。

「我竟然這麼沒信用，可見是信用掃地了。」

嬸母呵呵地笑起來。

「看不看戲，也沒那麼要緊。對了，由雄，從那以後，京都那邊怎麼就……」

「京都那邊跟你們說了什麼嗎？」

說完，津田露出有點嚴肅的表情，來回打量叔父嬸母的臉孔。但是面前這兩人都沒開口回答。

「不瞞您們說，父親這個月沒寄錢給我，叫我自己想辦法，這不是太過分了？」

叔父只顧著笑，沒說話。

「兄長生氣了吧。」

「肯定是阿秀多嘴說了什麼，真可惡！」

津田氣憤地提起妹妹的名字。

「不能怪阿秀。打一開始就是由雄你做得太不對了。」

「好吧，或許是吧，但這世界上，哪個國家的父親寄錢給兒子之後，兒子會一分不差地如數歸還呢？」

「那你當初不要答應全數歸還，不就行了？但是……」

「我已經懂了，嬸嬸。」

說著，津田露出一副「說不過妳」的表情站起來。但因為是他自己敗下陣逃走的，所以也沒忘記努力挽回一點面子，於是像催逼似的拖著小林，一起走出大門。

三十三

戶外無風。寂靜的空氣迎面撲打急步向前的兩個人，陣陣涼意拂過他們的臉頰。星光閃爍的高空，似乎正在滴滴答答落下無形的透明露珠。津田伸手摸一下自己的大衣肩頭，覺得襯裡已被浸溼，指尖明顯感到一絲冰涼。他回頭看著小林說：「現在白天雖然暖和，晚上還是很冷呢。」

「嗯。不管怎麼說，秋天到了，我實在冷得需要一件大衣。」

小林那身新做的西裝外面沒穿任何衣服，而且腳上穿一雙又厚又硬的方頭美式皮鞋，走起路來喀喳喀喳響個不停，手裡還拿一把粗手杖，一路裝腔作勢地不斷揮舞，簡直就像在向寒風抗議的示威人士。

「你上學的時候訂做的那件自滿的大衣呢？」

小林突然向津田提出一個意外的問題。津田當然記得自己當時向小林炫耀那件大衣的情景。

「喔，還在啊。」

「還在穿嗎？」

「就算我再窮，從前當書生時穿的大衣，怎麼可能當成寶貝一直穿啊？」

「是嗎？那剛好，送給我吧。」

「你想要的話，送你好了。」

津田回答的語氣很冷漠。一個連襪子都知道換新的男人，卻想向別人討舊大衣，豈不是有點矛盾？至少，這證明此人的生活裡充滿了不均衡的物質需求吧。過了一會兒，津田又向小林問道：「你做那套西裝時，怎不順便做件大衣呢？」

「可別把我想成是你喔。」

「那你身上的西裝啦、皮鞋啦，都是怎麼來的？」

「這種問法有點過分喔。不管怎麼說，我還不至於去當小偷，你放心吧。」

津田當場閉嘴不再說話。

不久，兩人走到一座較高的山丘頂端，只見前方一道寬闊的山谷，對面有一座較矮的山丘，看起來又黑又長，很像怪獸的背鰭。秋夜的燈火稀疏零落地點綴在山間，傳來幾許暖意。

「喂，我們回家的路上，到哪兒喝一杯吧？」

津田開口回答之前，先偷看了小林的表情一眼。他們的右邊有一道很高的土堤，坡上種滿蓊鬱的竹林。儘管風兒未起，聽不到瀟瀟竹聲，但那些彷彿在沉睡的竹影葉梢，已讓津田充分感受到與季節相應的蕭索之感。

「這地方陰森森的，真討厭。好像從前是哪個貴族豪宅的內院，也不知他們要荒廢到什麼時候。早點整頓成平地該有多好。」

津田說起這些，是想把眼前該給小林的答覆拖延一下，但是對小林來說，什麼竹林竹葉的，他根本就沒放在眼裡。

「喂，走吧，好久沒一起喝酒了。」

「剛剛才喝過，又想喝了？」

「什麼剛剛喝過，才喝那麼一點，哪能算是喝酒。」

「但你剛才不是說喝夠了？」

「在先生和夫人面前總要顧及禮貌，不可盡興，所以只好說喝夠了。若是根本一口也不喝，倒也沒事，可是就給我們喝了那麼一點點，反而對身體不好。若不接著補喝一頓，醉到適當的程度，身體會出問題的。」

小林隨口編了一套片面的理由，硬要拉津田一起去喝酒，津田覺得這種同伴實在有點麻煩，便調侃小林說：「那你請客？」

「嗯，我請也行。」

「那你打算到哪去喝？」

「哪裡都行。就到關東煮的小店也可以吧？」

說完，兩人便默默地下了山坡。

三十四

下山後，如果按照路線方向，津田應該向右轉，小林則該繼續前進。津田仍想客客氣氣地跟小林就此道別，便把手伸向帽緣，誰知小林卻窺視著他的表情說：「我也往那邊去。」

兩人一路前進，剛好前面就是一條長約兩、三百公尺的繁華市街，沿途淨是提供吃喝的商店。走到半途，看到一間貌似酒吧的小店，玻璃窗上映出店內的景象，看起來非常溫暖。小林立刻停下腳步。

「這裡不錯，進去吧。」

「我才不要。」

「你能看上眼的那種高級餐廳，這附近沒有啦。你就忍耐一下吧。」

「我可是有病之人。」

「沒關係。你那病我保證沒問題，不用擔心。」

「別開玩笑。討厭！」

「夫人那裡，我會幫你解釋的，行了吧？」

津田愈聽愈厭煩，很想丟下小林，自己掉頭就走。誰知一路都緊跟不放的小林，這時換了一種語氣向他詰問道：「你就那麼討厭跟我一起喝酒？」

津田心中確實覺得小林很煩人，但他聽了這話，立即停下腳步，然後表達了跟他心意完全相反的決定。

「那就喝吧。」

兩人立刻拉開那扇明亮的玻璃門走進去。店裡的空間並不寬敞，只有五、六名顧客，就已顯得有點擁擠。他們選了比較容易空出座位的角落，相對坐下。等待預訂的菜餚送來之前，兩人都露出新奇的眼光，不斷打量四周。

從這些顧客的穿著來看，好像沒有一個是有社會地位的人。有個人似乎剛從錢湯洗澡回來，溼手巾搭在直紋短外套的肩上；還有個人的腰上繫著一條窄幅棉布腰帶，外套的扁平繩紐中央故意串上一顆假翡翠。他這身穿著在這家店裡算是比較高級。更糟的那個，看起來簡直就像收破爛的。另外還有個人只穿了肚兜和緊身短褲。

「怎麼樣？這裡挺平民化的，不錯吧？」

小林一面說一面把酒倒進津田的小酒杯。他身上那套耀眼奪目的新西裝，好像在否認主人的言論似的，立即躍入津田的眼簾，但是小林對這一切渾然不覺。

「我可不像你，不管怎麼說，我還是比較同情下層社會人士。」

小林邊說邊轉眼環顧四周，臉上的表情就像看到自己的兄弟都聚集在這兒似的。

「你看，這些人的面相比上層社會的人更和善。」

津田沒有勇氣跟那些人打招呼，也不想看他們一眼，只用眼睛瞪著小林。小林立刻改口說：「至少，他們都那麼陶然自得吧。」

「上層社會的人也很陶然自得呀。」

「但是兩者表現陶然的方式不一樣。」

津田露出滿懷自信的表情，他並沒詢問兩者的分別。小林卻毫不退讓，只顧著自己連連乾杯。

「你很看不起這些人。壓根兒就覺得他們不值得同情。」

小林說完不等津田回答，轉臉向對面那個貌似牛奶送貨員的年輕人搭訕道：「你說！我說得對吧？」

年輕人沒料到有人跟他說話，便把強壯的脖子扭過來看著小林和津田。小林立刻把手裡的酒杯伸過去。

「來！喝一杯！」

年輕人嘻嘻地笑起來。可惜他跟小林之間大約隔了兩公尺。年輕人覺得自己不必站起來接杯子，所以只是微笑著，身體卻不動。即使只有這樣，小林好像也很滿足。他一面收回酒杯舉向自己的嘴邊，一面對津田說：「看吧，我沒說錯吧。像上層社會那樣的傲慢人士，這裡一個也沒有。」

三十五

穿斗篷大衣的小個子男人走進室內時，另一個穿和服短外套的平頭男人剛好離開。小個子男人頭上戴一頂鴨舌帽，長長的帽簷壓得很低，他在距離津田他們不遠的位子坐下，也不摘掉帽子，先轉眼掃視四周一圈，然後把手伸進懷裡，掏出一本很薄的小冊子。只見他愣愣地盯著那個本子，不知是在閱讀還是思考。過了很長一段時間，男人仍不打算脫掉那件老舊的斗篷大衣，帽子也仍然戴在頭上。但他倒是沒有打量手裡那本記事簿多久，就很珍貴地收進懷裡，然後才開始一面喝酒一面咕嚕咕嚕轉動眼珠，表面上假裝沒看別人，其實正在打量其他食客。在他進行觀察的同時，還不時從那過短的斗篷大衣下伸出手，撫摩鼻下幾根稀疏的鬍鬚。

津田和小林從一開始就佯裝不在意地注意這人的動作，等到男人的視線跟他們相遇時，雙方都毫不掩飾地從正面注視對方的臉孔。小林把身子微微探向前方說：「你猜他是幹什麼的？」

津田依然維持原先的姿勢，他用一種根本不值得回答的語氣說：「誰知道是幹什麼的。」

小林把聲音壓得更低了。

「那傢伙是偵探喔。」

津田沒有回答。他的酒量比小林強多了，所以不像小林那麼興奮。他默默舉起小酒杯，一口喝乾，小林又趕緊幫他斟滿。

「你看看他那眼神。」

過了半晌，津田才終於微笑著開了口。

「像你這樣亂罵上層社會，一定會馬上被人懷疑是社會主義者喔。小心點吧。」

「社會主義者？」

小林故意提高了音量，還特地轉眼望向男人。

「別可笑了。我呀，雖然長得這副德性，但我可是善良百姓的同情者喔。跟我比起來，你們這些裝高級的傢伙才是大壞蛋。到底是誰該被警察抓走，你好好想想吧。」

鴨舌帽男人無言地低著頭，小林只好向津田發洩。

「或許你根本不想把這些工人、苦力當人看吧。」

小林說完再度環視四周，可惜他身邊並沒看到什麼工人或苦力。但他也不在乎，仍然囉哩囉唆個沒完。

「他們至少還樸實地保有人類的崇高本質，比你和那偵探強多了。可惜有一種叫作貧苦的塵埃，污染了他們的人類之美。簡單地說，他們只是因為沒法洗澡，才會那麼髒。你可別小看他們。」

小林的語氣聽起來不像在為貧民辯護，倒像在替自己辯解。不過津田有所顧慮，所以故意不跟他爭論，因為兩人若是一味抬槓，最後傷了彼此的自尊反而不好。但小林緊追不捨，一點也不肯放鬆。

「你不說話，表示你不相信我的話。沒錯，你臉上就是不信的表情。既然如此，我就為你說明一下好了。你讀過俄國小說吧？」

津田一本俄國小說也沒讀過，所以他仍然不發一語。

「讀過俄國小說的人，尤其讀過杜斯妥也夫斯基[19]小說的人，應該都知道。一個人，不論他身分多卑賤，教育程度多低下，他偶爾還是能說出令人感動的話，也能像噴泉似的流露毫不造作的純真感情，這是任何人都該知道的。你覺得那些都是假的嗎？」

「我又沒讀過杜斯妥也夫斯基，不知道啦。」

「我問過老師，老師說那些都是謊言，還說，那種作品只是故意把高尚的情操裝進低劣的容器，藉以刺激讀者感傷的策略罷了。也就是說，杜斯妥也夫斯基碰巧成名了，無數模仿者就前仆後繼地爭相仿效，結果反而把那種寫作風格搞成了廉價的藝術技巧。可是我不認同這種說法。聽到老師說出那種話，我就生氣。老師根本不懂杜斯妥也夫斯基。儘管他年歲已高，也只是在書本中打滾成長。我雖然年輕，卻……」

小林愈說愈激動，終於露出再也無法抑制的表情，淚水從他眼中滴滴答答地落在桌布上。

19 杜斯妥也夫斯基（Fyodor Mikhailovich Dostoyevsky, 1821-1881）：俄國作家，文學風格對二十世紀的世界文壇產生了深遠影響，主要作品有《罪與罰》、《白痴》、《卡拉馬助夫兄弟》。

三十六

但不幸的是，津田的心智還沒醉到能被對方蒙蔽的程度，他守在施捨同情的安全圈外，冷眼旁觀小林的興奮行為，眼中早已露出批判的目光。他感到很疑惑，造成小林傷心落淚的原因，究竟是酒精？還是叔父？或者是杜斯妥也夫斯基？甚至是日本的下層社會？但他心裡很明白，不論理由是什麼，都跟自己無關。他覺得很無聊，又覺得很不安。只能嫌惡地看著那多愁善感的傢伙在自己面前揮淚。

被視為偵探的男人又從懷裡掏出那本很薄的小冊子，開始用鉛筆在本子裡密密麻麻地記錄著什麼。男人的動作像貓一樣安靜，也像貓一樣關注著身邊的一切，這種舉動令津田感到詭異。不過，小林早已醉到無法注意這些細節，也根本看不見什麼偵探了。突然，他套在新西裝裡的手臂忽地一下伸到津田的鼻尖前面。

「每次看到我穿著邋遢，你就不屑地嚷著『髒死了』，對吧？等我穿了好看的和服，你又嗤笑我說『很漂亮嘛』，對吧？我要怎麼辦才好呢？怎樣才能被你尊敬？我是你後輩，請你教教我。我雖是這種德性，卻還是希望獲得你的尊敬。」

津田苦笑著推開小林的手臂。奇怪的是，那隻手臂竟然沒有抗拒。小林這時已逐漸平靜下來，剛才那股興奮的氣勢也不知跑到哪兒去了。但他的嘴不像手臂那麼老實，收回手之後，又立刻張嘴嘮叨起來：「你心裡想什麼，我清楚得很。你對我這種下層社會人士雖然同情，卻又覺得，我都窮成這樣了，還做什麼新衣服，所以你打從心底就在嗤笑我矛盾，對吧？」

「不管你多窮，做套西裝也是應該的啦。不做衣服的話，豈不要光著身子上街？西裝做了就做了，誰也不覺得有什麼大不了呀。」

「問題是，事實並非如此。你心裡就是認定我愛打扮。把我做新衣這件事解釋為追求時髦。這種想法就不對了。」

「是嗎？那我向你道歉。」

津田知道說不過他，心裡已做好投降求和的打算，於是隨聲附和對方。誰知小林的態度也自然地出現變化。

「不，我也不好。對不起。我確實喜歡打扮，這一點，我完全承認。不過，承認歸承認，這回我究竟為什麼做了新西裝，你卻根本不明白。」

這種特殊的理由，津田當然不可能知道，也不想知道。不過對方既然提起了，他就不得不問一聲。只見小林攤開兩手環視自己身上的服裝，同時有點怯弱地說：「老實告訴你，我馬上就要穿著這身衣服離開京城，到朝鮮去亡命了。」

津田終於露出意外的表情望著對方。但他立刻發現，剛才就一直讓他不太舒服的領帶歪了，所以用手把自己的領帶扶正，才繼續聆聽對方傾訴。

原來長期以來，小林一直在他叔父的雜誌社做些編輯、校對的工作，閒暇時，他也提筆寫稿，並把作品送到各處可能賺到稿費的地方碰運氣。他總是非常忙碌，但是在東京終究無法餬口，才會決定到朝鮮去。據說當地有一家報館願意雇用他，事情也大致談妥了。

「日子過得這麼苦，就算繼續吃苦耐勞，在東京熬下去，我還是沒法度日。這種沒有將來的地方，我實在不想再待下去了。」

聽小林轉述，朝鮮那邊似乎已幫他做好一切準備，只等他去上班了。但是話才剛剛說完，他又像反悔似的說：「反正啊，像我這種人，或許生來就注定要浪跡天涯吧。因為我不知怎地，就是沒法安定下來。就算自己想在一處生根，社會也不允許。多殘酷啊！所以我只能做個亡命之徒了。」

「無法安定下來的人，也不是只有你一個。像我，還不是根本定不下來。」

「別過分了。你沒法定下來，是因為自己追求奢侈嘛。我可是終生都得為了追求麵包而活，我才命苦呢。」

「不過，無法安定原本就是現代人普遍的問題。也不是只有你一個人深受其苦。」

但從小林的表情看得出來，津田的話並沒給他帶來任何慰藉。

三十七

一名餐廳女侍始終待在一旁窺視兩人的舉動，這時，她突然走過來，像要故意暗示什麼似的動手收拾桌面的杯盤。穿斗篷大衣的男人也像是得到暗號，立刻站了起來。津田和小林的酒早已喝完，只是坐著閒聊，看這情況，不好意思繼續坐下去。津田便趁機站起來，小林離開座位之前，迅速抓起放在兩人之間的「M．C．C」[20]菸盒，從裡面抽出一根金口香菸，點燃後塞進嘴裡。津田從他手裡接過菸盒，收進和服的袖中。小林這種順便揩油的行為，令他啼笑皆非。

時間還不算晚，秋夜的街頭卻意外地充滿深夜的感覺。一輛電車從他們身邊經過，發出一種白天聽不到的聲響朝向遠方駛去。兩道黑影雖然各懷心思，卻仍舊走在一起，並肩沿著河邊邁步。

「那你什麼時候動身去朝鮮？」

「要看情況，說不定就在你住院的時候吧。」

「那麼快就走了？」

「不，也不一定。必須等老師再跟那邊的主筆見一面，否則沒法確定。」

「是指出發的日子？還是指是否成行？」

「嗯，這個嘛……」

小林回答得很曖昧。津田也不再追問，兀自快步向前走去。小林換個語氣向他說：「不瞞你說，其實我並不想去啦。」

「是藤井叔父叫你一定要去嗎？」

「哪裡，倒也不是。」

「那就別去，不就行了？」

任何人都懂這個道理，也因為這樣，津田這話反而等於殘酷的一擊，深深刺傷了渴望同情的小林。小林向前走了幾步，突然轉頭看著津田說：「津田君，我覺得好孤獨。」

津田沒回答。兩人又繼續默默前進。路旁的小河很淺，只有一線流水從河床中央流過，一直漫向前方隱約可見的橋樁之下。河水消失在橋下的瞬間發出陣陣微弱的水聲，每當電車通過後的短暫空檔，耳邊就能聽到唏哩唏哩的聲響。

「我還是要去。不管怎麼說，還是到那邊比較好。」

「那就去吧。」

「嗯，我會去的。與其在這裡被人看不起，還不如去朝鮮或台灣更好。」

小林的聲音變得很尖銳。津田突然省悟，自己說話必須溫和些。

「不要這麼悲觀啊。反正你還年輕，身體又好，不論走到哪，都能幹出一番事業……你啟程之前，我幫你開個歡送會吧。讓你開心一下。」

津田這麼一說，小林倒說不出話了。津田表現出更加討好的態度說：「你走了，阿金結婚的時候可就為難了。」

小林好像突然想起從沒裝進腦中的妹妹，他吃驚地瞪著津田。

「嗯，那傢伙也是夠可憐的，可是沒辦法。總之，有個像我這樣粗野的哥哥，也算是她的不幸，就別指望我了。」

「即使你不在，叔父嬸母總會幫她想辦法吧。」

「嗯，也只能這樣了。要不然，乾脆辭掉這樁婚事，讓她一直待在老師家當女傭吧……那傢伙無論出嫁

---

20 M·C·C（Manila Cigarette Company）：馬尼拉香菸公司的簡稱，文中的「M·C·C」是指這家公司製造的無濾嘴香菸。吸嘴部分包著金紙，因此也稱為「金口香菸」。

或當女傭，都沒什麼分別。比那更重要的是，我還有事要求老師幫忙呢。萬一真要出遠門，我就得向老師借旅費。」

「朝鮮那邊不給旅費？」

「不可能啦。」

「設法逼他們付錢呀。」

「這……」

沉默了一分鐘之後，小林又像自言自語似的說：「旅費就向老師暫借，大衣你會給我，唯一的妹妹讓她去『置行堀』[21]，也算不給他人惹麻煩了。」

這就是小林那晚說的最後一句話。說完，兩人這才各自回家。津田頭也不回地匆匆奔向自己家。

21　置行堀：原是江戶時代發生在本所（東京都墨田區）的怪談故事之一。據說有兩名農夫在東京錦糸堀裡垂釣，「堀」即是護城河。天黑後，兩人正要回家，卻聽到堀裡傳出呼叫聲：「置行」（留下）。後來這故事便成了典故，譬如交談時常說「哎呀，不要讓我一個人變成『置行堀』啊」，亦即「不要丟下我一個人啊」。

三十八

津田家跟平時一樣大門緊閉，他伸手去推側門，誰知側門今晚居然也推不開。難道是門板卡住了？他不免暗自疑惑，又伸手推了兩、三下，推到最後，在他使勁一拉的瞬間，門內傳來咚嚨一聲，是鐵鉤發出的沉重抗拒，他才徹底放棄。

面對這意外的狀況，他感到十分困惑，歪著腦袋在門前佇立半晌。結婚成家到現在，他從來沒在外面過夜，雖然偶爾也會晚歸，卻從未遇過這種情況。

今天本來打算在點燈時就早早回家。叔父家那頓虛有其表的晚餐，他是出於無奈才留下來的。而且酒也喝得不痛快，只勉強喝了一點，主要還是看小林的面子才喝。平時就算黃昏後待在外面，他心裡卻始終惦記著阿延。每當他冒著微寒趕回家，心裡總想著家裡溫暖的燈光，並且以那燈光為目標，拚命趕路。而現在，他呆站在門外，就像一匹被土牆擋住去路的馬兒，滿心的期待也被突然擋在門前。把他關在門外的，究竟是阿延？還是偶然？眼前的他，把這問題看得非常嚴重。

他舉起手，在緊閉的側門上「咚咚」敲了兩下。那聲音倒不像是呼喚：「開門！」反而更像在責問：「為什麼把這道門鎖上了？」深夜的道路上，敲門聲在一片昏暗中發出回響。屋內立刻傳來一聲回應：「來了。」那聲音幾乎像回音一般迅速撼動他的耳膜，他立刻聽出聲音的主人不是女傭，而是阿延。津田霎時陷入了沉默，無言地站在門外側耳傾聽。接著，有人按了玄關門燈的開關。那聲音清晰地傳入他的耳中。平日這盞門燈只有客人來時才會點亮。不一會兒，只聽「嘎啦」一聲，木格門被拉開了。玄關通往屋內的大門顯然還沒上鎖。

「哪一位啊？」

側門內側傳來阿延的腳步聲，待她走到門邊，先停步詢問門外是誰。津田更顯焦急地說：「快開門。

是我。」

「哎唷！」阿延叫了一聲。

「原來是你。抱歉唷。」

阿延咕噥著打開門鉤，讓丈夫進屋。她的臉色顯得比平時蒼白。津田進門後，直接從玄關走向起居室。室內跟往常一樣收拾得整齊清潔。水壺照常發出滾水沸騰的聲音。長型火盆桌前放著他平日慣用的厚坐墊，好像正在等待主人歸來似的。坐墊外面套著毛斯綸[22]椅墊套。阿延的座位在火盆對面，除了她的坐墊外，還放著一個女用墨盒。螺鈿盒蓋擱在一邊，蓋上嵌著青貝[23]拼成的數朵梅花，墨盒表面以金粉塗成梨皮花紋，盒裡的小型硯台上面還有水，看起來閃閃發光。硯台的主人顯然是在倉促地離開了座位。因為細筆的筆尖蘸著墨汁，並已浸染在卷軸信紙上，那封寫了七、八寸長的信紙末尾部分也被弄髒了。

阿延鎖上大門，緊隨在丈夫身後走進室內。她在睡衣外頭披了一件居家外套，進屋後直接坐在自己的座位。

「真抱歉。」

津田抬眼看了壁鐘一眼。鐘聲剛剛敲過十一響。從他結婚以來，像今天這時間回家，雖是特例，卻不是頭一遭。

「為什麼讓我吃閉門羹？妳以為我今天不回來了？」

「不是啊。我剛才還盼著你呢。心裡一直想著，該回來了吧、該回來了吧。等了半天，覺得寂寞難受，才拿出信紙給我家裡寫信呢。」

阿延的父母跟津田的父母一樣，也住在京都。津田從遠處望著她那封寫了一半的信，心中仍然感到不解。

「妳等人回來，為什麼把門鎖起來呢？因為治安不好嗎？」

「不是……我可沒鎖門。」

「可是剛才那門不是鎖著嗎？」

「阿時晚上鎖了之後就沒再開過吧。一定是這樣。這丫頭真討厭。」

說著，阿延的眉毛又像平時一樣微微挑動幾下。白天沒人進出的側門，早上忘了打開門鉤，這種藉口倒也說得過去。

「阿時呢？」

「剛才讓她去睡了。」

津田認為這時不必叫醒女傭追究責任，於是便把側門的事放在一邊，自己先上床就寢了。

22 毛斯綸：一種極薄極軟的毛織品，羊毛取自專產細羊毛的美麗諾羊。

23 青貝：製作螺鈿細工雕刻採用的貝類總稱，譬如鸚鵡貝、夜光貝或鮑魚等，都是表面充滿光澤的貝類。

三十九

第二天早上，津田還沒來得及洗臉，就被一幅意外的景象嚇呆了。那是他昨晚就寢前，做夢也沒想過的景象。

津田大約在九點起床，跟平時一樣穿過玄關，打算從起居室走向廚房，誰知一腳踏進起居室，猛然一驚地看到全身美豔盛裝的阿延表情輕鬆地坐在那兒。阿延看到丈夫剛睡醒就被人潑了一臉冷水的模樣，似乎覺得非常得意，微笑著對丈夫說：「剛睡醒啊？」

津田連連眨著眼皮，只見阿延頭上梳著大丸髻，髻上繫著紅皺綢的裝飾，和服裡面的半襟[24]繡著美麗耀眼的花紋，還有髮髻與半襟之間那張塗得雪白的臉蛋，他看熱鬧似的露出新奇的眼光。

「一大清早，妳這是幹麼？」

阿延卻是滿不在乎的模樣。

「沒幹麼呀……你今天不是要到醫生那兒去？」

昨天深夜就寢前，津田脫了衣服之後胡亂丟在地上，現在他的外套和裙褲都已摺得整整齊齊放在澀紙[25]上。

「妳也要一起去？」

「對呀。當然要去。我去了不方便嗎？」

「倒也沒有不方便啦……」

津田重新採取鑑賞的眼神打量妻子的裝扮。

「妳這身打扮太誇張啦。」

津田腦中立即浮起上次那間昏暗候診室的情景。那群坐在室內等候的患者，和眼前這位花枝招展的少婦，兩者之間的差異實在太大了。

「可是老爺，今天是星期天啊。」

「就算是星期天，看醫生跟看戲、賞花可不一樣喔。」

「可是我……」

津田告訴妻子，星期天的患者特別多，候診室一早就會非常擁擠。

「穿著這麼刺眼的服裝，而且夫妻雙雙出現在醫生的面前，會讓人覺得有點……」

「退避？」

津田聽到阿延說出這個漢語，突然覺得啼笑皆非，忍不住大笑起來。阿延的眉頭又微微挑動幾下，但立刻換成撒嬌的語氣說：「可是現在換衣服要花好多時間，太費事了。我好不容易穿戴起來呢，今天就請你忍耐一下，好嗎？」

津田終究是敗給了妻子。他在洗臉的時候，聽到阿延吩咐女傭去雇兩輛人力車，妻子的聲音聽起來就像在催促自己快點上路。

他平時早上並不吃一般的早餐，所以幾乎不到五分鐘就把早餐解決了。吃完飯，連牙都不必刷，他站起身，打算走上二樓。

「要帶到醫院去的東西，我先去收拾一下。」

津田語音剛落，阿延立刻打開身後的壁櫥說：「都準備好了。你來看一下。」

妻子穿著出門作客的華服，津田自然應該替她代勞。於是他親自從壁櫥裡拖出一個有點重量的手提包，

---

24 襟：和服裡面的襦袢衣領因直接觸及肌膚，容易留下汗漬等污垢，不容易清洗，所以日本人穿和服的時候，需要在領口包覆一塊護布，也就是半襟。最初的目的只是為了易於清洗，後來發展出各種顏色、各種刺繡等具有裝飾功用的半襟。

25 澀紙：即疊紙（參見譯注16）。

還有一個小包袱。包袱裡只有他上次試穿過的新棉袍、睡衣和窄幅腰帶。手提包裡則裝著牙刷、牙粉、平日用慣的淡紫色信紙和信封、鋼筆、小剪刀、鑷子等等。當他從皮包掏出一本又厚又重的洋文書時，津田對阿延說：「這東西還是放在家裡吧。」

「是嗎？因為你老是把它放在桌上，而且還夾著書籤，我以為你要讀它就裝進去了。」

津田沒回答，很吃力地拿起那本德文《經濟學》放在榻榻米上，這書已經讀了兩個多月，他一直沒有讀完。

「躺在床上讀它，太重了，不能帶去。」

儘管津田明白這是一個把厚重的大書留在家裡的正當理由，但心裡總覺得不太痛快。

「是嗎？我也不知道你要帶哪本書，還是你自己去選吧。」

於是，津田從二樓拿來兩、三本比較薄的小說，代替那本《經濟學》塞進手提包。

四十

這天天氣很好，夫妻倆都讓人力車收起車篷，分別把手提包和包袱放在兩輛車上，一起駛出家門。車子從小巷轉進電車大道之後，繼續前進了一、兩百公尺，阿延那輛車的車夫突然朝津田的車夫呼叫一聲。一前一後的兩輛人力車都立刻停下來。

「不得了！有東西忘了帶。」

津田從車上回頭看著妻子，卻不吭聲。一個精心裝扮的年輕女人宣布了如此驚人的消息，被嚇倒的人可不只她丈夫一個。兩名車夫都抓著車把，向阿延投以好奇的眼光。就連經過他們身邊的路人，也都忍不住偷看一眼。

「是什麼？忘了什麼？」

阿延看來似乎正在思考。

「請你等一下，我馬上就回來。」

阿延說完就讓她自己那輛車掉頭往回走。津田只得懸著一顆心留在原處，無言地目送妻子離去。阿延那輛人力車很快地閃進小巷，不久，又重新出現在巷口，立即奔回津田等候的地點。車子停在津田的面前時，他看到阿延的腰帶上掛著一根長約三十公分的金屬鍊條，鍊條的一端串著一個鐵環，上面掛著五、六把大大小小的鑰匙。阿延把鍊條舉起來給丈夫看，隨著她的動作，一陣嘩啦嘩啦的聲響傳進津田耳中。

「我把這東西忘了。竟然扔在衣櫥上就出門了。」

津田家除了他們夫妻之外，只有一名女傭，兩人一起出門的時候，為了謹慎，他們總是把貴重物品鎖起來，然後由他們當中的一人把鑰匙帶在身上。

「放在妳那裡吧。」

阿延把那串嘩啦嘩啦的東西重新塞進腰帶，並用手掌砰砰地拍了兩下，向津田微笑著說：「放心！」

兩輛人力車又開始向前飛奔。

他們到達醫院的時候，已經比預定時間稍微晚了一些，所幸還沒錯過上午的看診時段。津田不想夫妻倆並肩坐在候診室，一進玄關，就立刻走向藥局的窗口。

「我可以直接到二樓去吧？」

藥局的書生到裡面叫來一位實習護士。護士的年紀大約只有十六、七歲，態度自然地笑著向津田點頭致意，接著，她看到站在旁邊的阿延，顯得有點吃驚，臉上的表情似乎在說：這隻孔雀究竟從哪兒飛來的？阿延先發制人，主動向護士打聲招呼：「給您添麻煩了。」護士這才明白過來，連忙向阿延還禮。

「請妳幫忙拿一個吧。」

津田從車夫手裡接下手提包交給護士，轉身走向通往二樓的樓梯口。

「阿延，這裡。」

阿延站在候診室門口，正在窺視室內的患者，聽到丈夫招呼，她馬上緊隨津田一起登上樓梯。

「那個房間好陰暗啊。」

所幸二樓的房間面向東南方，看起來很明亮。阿延拉開紙門踏上迴廊，緊鄰醫院的西洋洗衣店[26]的晒衣場就在眼前，阿延一面打量那些衣物，一面回頭對津田說：「這裡倒是很明亮，跟樓下不一樣。而且房間還不錯。只是榻榻米比較髒。」

醫院的二樓原本是一位工程承包商之類的人物裝修給小妾住的，至今仍然保存著昔日的雅致風貌。

「這房間雖然舊了點，說不定比我們家的二樓更好呢。」

津田的心情像秋天一樣爽快，他一面說，一面欣賞陽光下閃閃發光的白色晾晒衣物。他說完又轉眼欣賞那些早已被歲月燻黑的屋頂和床柱[27]。

26 西洋洗衣店：即現代的乾洗店。十九世紀橫濱開港後，當地出現了很多服務外國人的洗衣業者。一八六一年，渡邊善兵衛開了一間真正的西洋式乾洗店，技術來自法國專家。

27 床柱：日本和室的一種裝飾，專指緊鄰「床間」（參見譯注28）旁的屋柱，通常選用極好的木料製成，更講究的，還在柱上雕刻。

四十一

這時，剛才那位護士已泡好一壺茶送過來。

「現在醫生正在準備，請先用茶，稍待片刻。」

津田跟阿延只好循規蹈矩相對而坐，端起茶杯喝了起來。

「怎麼我總覺得心裡亂烘烘的，沒法安下心來。」

「好像到別人家作客吧。」

「對啊。」

說著，阿延從腰帶裡掏出女錶看了一眼。津田倒不擔心時間，即將展開的手術才讓他非常在意。

「不知要花多少時間呢。就算眼睛看不見，光聽那些刀剪的聲音，就夠嚇人的。」

「叫我看那種場面的話，我會害怕呢。」

阿延的眉頭連連挑動了幾下，好像她真的害怕看到似的。

「所以妳就在這兒等著吧。不必專程跟到手術台去看那種髒兮兮的景象。」

「可這種場合沒個親人在身邊，總不太好吧。」

津田看到阿延十分認真的表情，不禁笑了起來。

「那是得了命在旦夕的重病才需要。我這種小毛病，誰會叫人來陪啊。」

津田的天性就是不願讓女人看到齷齪的場面，尤其不喜歡讓女人看到自己的污穢之處。說得更誇張一點，就連自己身上的骯髒部分，他看了都比一般人覺得痛苦呢。

「那我就不跟進去吧。」阿延說著又掏出懷錶看了一眼。「中午以前就會結束吧？」

「我想應該會結束。反正都來了，什麼時候結束不是一樣嗎？」

「話雖如此，可是……」

說了一半，阿延沒再說下去。津田也沒追問。

這時，護士又從樓下出現在樓梯口。

「已經準備好了，請過來吧。」

津田立刻站起來，阿延也打算跟著起身。

「我不是叫妳在這兒等著嗎？」

「我不是要去診察室。是想借用一下這裡的電話。」

「有事要跟哪裡聯絡嗎？」

「沒事……只想通知阿秀你開刀的事。」

津田的妹妹也住在同一區，距離醫院並不遠。津田這次生病住院，腦中幾乎完全沒想到自己的妹妹，便制止正要起身的阿延說：「不用啦。不告訴她也沒關係。這點小事通知阿秀，太大驚小怪了。再說，那傢伙跑到這裡來的話，囉里囉唆的，煩死人。」

就某種意義來說，津田這個跟他性格完全不同的妹妹，年紀雖比他小，卻令他難以招架。

阿延彎著站起一半的身子回答：「但是以後要是被她責備起來，我可擔待不起唷。」

津田找不到絕對不打電話的理由，只好對妻子說：「妳要打給她也可以，但不必非得現在就打吧。那傢伙就住在附近，一定會立刻趕來的。我剛開完刀，神經不免有些過敏，等會聽她在這兒一下說哥哥怎樣，一下又說爸爸如何等等，實在是吃不消啊。」

阿延像是怕被樓下聽到似的低聲笑了起來。但是她唇間露出的白齒明確地告訴丈夫，她只是單純地感到滑稽，不是對丈夫感到悲憫的同情。

「那我不打電話給阿秀就是了。」

阿延說完還是跟津田一起站了起來。

「還要打給別處嗎？」

「對。要給岡本家打個電話。我跟他們約好，中午以前會打過去。可以給他們打個電話吧？」

於是夫妻倆一前一後下樓，便各分東西。其中一人佇立在電話機前的那一刻，另一個人也正好在診察室的椅子坐下來。

四十二

「蓖麻油喝了吧？」

醫生問津田，他身上漿得硬硬的手術衣不斷發出嘩啦嘩啦的聲響。

「喝是喝了，卻不像預期得那麼有效。」

昨天一整天，津田都無暇留意蓖麻油的效果。從早到晚，他都在忙著處理大小瑣事，注意力全被分散了，所以那瓶蓖麻油給他帶來的精神影響幾乎是零，生理影響也非常微弱。

「那就再灌一次腸吧。」

然而，灌腸的結果還是不理想。

津田無奈地上了手術台，仰面躺下。冰冷的防水布直接碰到肌膚時，他不禁哆嗦了一下。他的腦袋躺在堅硬的筒狀枕上，正面射來的燈光令他感覺好像對著光源睡覺，根本無法平靜下來。他不斷眨著眼皮，反覆轉動眼珠望向天花板。不一會兒，一名護士端著鍍鎳的四方淺盤從他身邊經過，盤裡擺著一些手術器械，白色的金屬光輝閃耀不已，津田仰臥在手術台上，盡量把那些亮光看成過眼雲煙。但是愈害怕看到的東西，愈容易挑起窺視的好奇。這時，耳邊突然傳來一陣電話鈴聲，他才想起剛剛被他遺忘的阿延。直到阿延給岡本家打完電話的時候，津田的手術才算正式展開序幕。

「我只給你打一針古柯鹼。喔，應該不會很痛。如果打針的麻醉效果不夠，我打算到時候一面往裡面噴麻藥一面做手術。這樣應該就沒問題了。」

醫生說著便開始進行局部消毒。津田懷著一種既恐懼又看破一切的心情傾聽醫生說明。局部麻醉的效果很不錯，津田專心盯著天花板，幾乎從他腰部以下，已無法察覺身上正在進行什麼大事。他只感到有人從遠處對自己身體的某個部分施加一種沉重的壓力。

「你感覺如何？不痛吧？」醫生的問話充滿自信。

津田看著天花板答道：「不痛。只有一種沉重的感覺。」

這種「沉重的感覺」該怎麼說明呢？他找不到適當的字眼。或許就像沒有神經的地面，被人類用手挖掘時的感覺吧？津田腦中突然浮起這種幻想。

「很奇異的感覺，根本沒法用言語說明。」

「是嗎？能忍得住嗎？」

聽醫生的語氣，似乎有點擔心津田手術做了一半會休克。津田原本並不太在意，這時反倒開始擔心了。他不知道醫生會不會事先給病人喝點葡萄酒之類的東西，以防病人害怕得昏過去，但他並不喜歡接受特殊待遇。

「沒關係。」

「是嗎？馬上就結束了。」

醫生能夠一面跟患者交談，一面毫無間斷地進行手裡的作業，這是技術純熟才能帶來的驚喜。只是，手術並沒像醫生宣布的那樣迅速結束。

盛裝刀剪的托盤不時發出撞擊的聲響。還有彷彿是剪刀夾斷筋肉的唧唧聲，強烈又誇張地向他的耳膜發出威脅。每當這種聲音傳來，津田就忍不住轉動他幻想中的雙眼，強忍著血腥去眺望那不得不用紗布擦拭的鮮紅血海。他感到萬分緊張，原已麻醉的神經也很難繼續保持沉靜，彷彿有一種令人發癢的小蟲似的東西，為了讓他肉體不得安寧，正在血管中噁心地爬來爬去。

他睜大雙眼瞪著天花板。打扮豔麗的阿延出現在他眼前，但他完全無法猜測阿延正在想些什麼，做些什麼。他正想從下方大聲呼喚阿延，醫生的聲音這時卻從他的腳邊傳來。

「總算結束了。」

津田感覺傷口裡面很勉強地塞了許多紗布，使他覺得微微發癢。接著，醫生又說：「沒想到瘢痕非常堅硬，或許會有出血的風險，請你暫時不要亂動。」

醫生提出最後的叮囑，緊接著津田便被人扶下了手術台。

四十三

津田走出診察室，護士從後面跟上來問道：「您感覺如何？沒有不舒服吧？」

「沒有……難道我臉色發白嗎？」

津田畢竟還是對自己的身體感到憂慮，忍不住反問護士。

傷口裡的紗布塞得滿滿的，他所承受的痛苦遠遠超出旁人的想像。津田無奈地緩步前進，但是登上樓梯時，他覺得被切開的筋肉和紗布互相摩擦著，似乎能聽到沙拉沙拉的聲音。

阿延早已站在樓梯口等候。一看到津田，她就從樓梯上向他招呼。

「開完啦？結果如何？」

津田並沒給她明確的答覆，兀自走進病房。室內正像他想像得那樣，套上潔白被套的棉被已鋪得平平整整，正等著患者躺進去睡個好覺。津田隨手脫掉外套，立刻倒在棉被上。阿延正用兩手抓著那件灰色法蘭絨襯裡的棉袍肩部，打算從丈夫的背後幫他穿上，不料卻錯失了良機，她只好苦笑著又把棉袍兩袖疊在一塊兒，重新摺好，放在床腳處。

「他不用吃藥嗎？」阿延轉臉看著身邊的護士問道。

「可以不吃內服藥。餐點現在正在準備，做好了就會送來。」說完，護士便走出病房。

原本靜躺休息的津田這時突然說道：「阿延，妳想吃什麼的話，就拜託護士幫妳準備吧。」

「也對。」說完，阿延又有點躊躇。「我要吃嗎？」

「可是，中午都已經過了吧？」

「是的，已經十二點二十分了。手術整整花了二十八分鐘呢。」

說著，阿延打開懷錶的錶蓋，看著錶面報告精確的時間。剛才津田像條任人宰割的俎上之魚，躺在手術台上瞪著天花板的時候，阿延也在那塊天花板的上面盯著懷錶在計算手術的時間。

津田又向妻子問道：「現在回家也沒東西吃吧。」

「嗯。」

「那就在這兒訂一份西餐吃，不好嗎？」

「嗯。」

阿延始終不肯給個痛快的回答。最後護士只好下樓去了。津田閉上雙眼，感覺像個累極的人極想避開光線的刺激。不料過沒多久，就聽到阿延在他頭頂呼喚「老爺，老爺」，他不得不再睜開眼皮。

「你不舒服嗎？」

「沒有。」

阿延問完津田的狀況後又說：「岡本叫我替他問候你，還說，過幾天就會來看你。」

「是嗎？」

津田隨口應了一聲，正要重新閉上眼皮。誰知阿延卻不讓他如意。

「我說啊，岡本叫我今天一定要陪他們去看戲，可是我沒辦法去吧。」

津田向來善於聯想，他腦中突然浮起阿延從今早到現在的一連串舉動：那身陪人住院顯得過於耀眼的裝扮、出門之前特意強調今天是星期天、到了醫院就急著給岡本打電話，諸如此類的表現，全都可以看成是衝著「看戲」這兩個字而來。而從這個角度細想的話，更不能不懷疑她精確計算手術時間的動機了。津田默默地把臉轉向一旁，看到床間[28]地板上堆著一疊信封、信紙、剪刀、書籍等，都是他剛才裝在手提包裡帶來的。

「我向護士借了一張小桌，想把這些東西放在上面，可是護士還沒拿來，只好暫時這樣放著了。你可以先看看書啊。」

說完，阿延立即起身，從床間拿來幾本書。

---

28 床間：日本和室一角隔出的內凹小空間，又叫「凹間」或「壁龕」，通常以掛軸、插花或盆景作為裝飾。在一般情況下，一座日式房屋裡面只會有一個房間裡設有「床間」，這個房間坐落在整棟房屋最好的位置，一般用來待客。

四十四

津田並沒伸手把書接過去。

「妳不是已經婉拒了岡本？」

他的表情倒不像疑惑，而是滿臉的不悅。說完，他把身體轉向另一邊。但二樓的地板不太堅牢，緊隨他的動作發出了「嘎吱」一聲，像在為他幫腔似的。

「是婉拒了呀。」

「婉拒了，還叫妳一定要去？」

說完，津田才正眼打量阿延的臉孔。但他預期的表情並沒在她臉上出現。阿延這時反而露出微笑。

「的確就是婉拒了，還叫我一定要去呀。」

「不過……」

津田一時說不出話。心裡雖然有話想說，腦袋卻無法按照他的意思迅速反應。

「不過……既然婉拒了，應該不會再叫妳一定要去吧？」

「就是說了呀。岡本那人也是沒分寸。」

津田沒再說話。他想不出適當的言辭深究妻子的行徑。

「你還在懷疑我什麼？好討厭！對我這樣疑神疑鬼的。」

阿延十分厭煩地微微挑動眉頭。

「不是疑神疑鬼，是覺得有點奇怪。」

「是嗎？那請你告訴我哪裡奇怪，不論任何疑問，我都跟你解釋清楚。」

但是很可惜，津田沒辦法明確指出奇怪之處。

「所以你還是對我疑神疑鬼吧。」

津田覺得自己必須明確告訴妻子，他對老婆毫無疑心，如果不把這話說清楚，自己身為丈夫的品格就會受到影響。而另一方面，女人不把自己放在眼裡，也會令他相當痛苦。兩種自我正在心底互相拉扯，但是外表看來，他倒還顯得十分冷靜。

「唉！」

阿延輕嘆一聲，悄悄地站起來，重新拉開剛才關緊的紙門，走到南側的迴廊上。她用手扶著欄杆，茫然眺望秋高氣爽的晴空。鄰家那間洗衣店的晒衣場上掛滿各種襯衣、床單……那些衣物仍跟剛才看到時一樣，都在強烈陽光的照耀下，隨著乾爽的微風晃動。

「天氣真好啊。」

阿延像在自語似的低聲說。聽到那聲音的瞬間，津田突然覺得好像聽到一隻籠中鳥正在悲鳴。這樣一名柔弱的女子被自己綁在身邊，令他覺得有點不忍。他想跟阿延搭訕幾句，卻找不到話題，心中深感為難。阿延也一直靠在欄杆上，不肯回到房間裡。

這時，護士端著兩人的餐點從樓下走上來。

「讓您久等了。」

津田的餐盤裡只有兩顆雞蛋，一碗一百八十西西的菜湯，還有一點麵包。也不知是誰決定的，麵包竟然只有四分之一斤[29]。

津田趴在棉被上，一面狼吞虎嚥地吃著飯菜，一面伺機向阿延搭訕道：「那妳要去？還是不去呢？」

阿延立刻停下手裡的叉子。

29 斤：日本計算麵包重量的單位。原本按照中國的算法，一斤麵包的重量為六百克。明治時代之後改用歐美的方式計算，一斤麵包的重量為四百五十克（約一磅）。現代的麵包則根據日本麵包公平交易委員會規定：一斤不得少於三百四十克。

「都看你嘍。你叫我去，我就去，叫我不去，我就不去。」
「這麼聽話啊。」
「我一直都很聽話啊……岡本也叫我先問你，如果你答應的話，就帶我一起去。他是說，如果你的病不嚴重的話，叫我問問你。」
「可是，剛才不是妳打電話給岡本嗎？」
「對啊，那當然嘛。因為事先約好了。最先是我婉拒了，後來他跟我說，到時候看你的情況再決定，說不定我可以去呢？所以叫我手術當天中午之前，再打一次電話，把這裡的情況告訴他。」
「岡本給妳寫過這樣的回信？」
「對呀。」
但阿延沒把那封信拿給津田看過。
「總之，妳到底打算怎麼辦？想去還是不想去？」
阿延已經看懂津田的表情，便立刻答道：「我當然想去啊。」
「終於說實話啦。那妳快去吧。」
說完，夫妻倆的交談便跟午餐一起結束了。

四十五

好不容易等到剛做完手術的丈夫睡著，阿延獨自走下樓梯。這時已經比約定的時間晚了很多。她把目的地告訴車夫時，只說了劇場的名字，便立刻跳上人力車。醫院門前的角落有個人力車休息站，共有四、五輛車子，阿延搭上的那輛，就在醫院門前等著，似乎是站裡最新的一輛。

輪上包著膠皮的人力車立刻奔出小巷，筆直地順著電車大道向前奔去。一路上，車子心無旁騖地朝鬧市方向飛奔，車夫這種精力充沛的拉車方式讓阿延受到感染。她坐在鬆軟的厚椅墊上，身體在飄浮中快速晃動，心中隨之生出一種既溫柔又輕快的激動，也是她不顧一切，排除緊繞身邊的紛雜瑣事後，直奔目的地時獲得的一種快感。

阿延坐在車上，腦中無暇思考家中之事。津田正在醫院二樓睡得好好的。丈夫的睡姿為她提供了保證，表示今天一整天都可以安心地把他暫時拋到腦後。所以她現在一點也不擔心。只有即將出現的未來正隨著她的人力車一起移動。其實她對戲劇原本就沒有多大的興趣，所以現在也不太擔心自己遲到，心裡只想著快點抵達目的地。就像坐著新車在路上狂奔給她帶來刺激一樣，車子抵達劇場將使她感到更強烈的刺激。

人力車在劇場茶屋[30]門前停了下來。負責接待的女侍走過來，阿延立即報上訂位者姓名：「岡本。」同時，腦中立即閃現出各種劇場的裝飾：燈籠、門簾、紅白假花等。待她從車上下來，那些裝飾的色彩與光影便一下子湧進她的眼簾。阿延還來不及看清那些東西，已有人帶她穿過走廊向前移動。才一眨眼工夫，她就踏進了比想像更錯綜複雜、更多采多姿的劇場。場內縱橫交錯地散布著各種超出想像數倍的濃豔圖紋，看起來就像一片大海。當茶屋的侍者拉開劇場的門扉，向她示意「從這兒進去」的瞬間，阿延從縫隙中看到前方

---

30 劇場茶屋：江戶時代專屬於芝居小屋（劇場）的食堂，負責提供觀眾飲食的地方，亦即現代劇場裡附設的餐廳。

的感覺，就是這樣。這種感覺對她來說並不新奇，因為她原就喜歡出入這種場所，而另一方面，這種感覺又永遠都能令她感到新鮮。就像一個人穿過黑暗，猛然現身在亮光處，這種感覺能讓她突然清醒過來。接著，她發現自己已置身在這片大海般氣氛的一隅，於是她也化身成為眼前活動圖紋當中的一部分，同時，她那緊張的心底也升起一種清晰的自覺，生怕自己的一舉一動全部陷進眼前那片海裡。

包廂裡並沒有岡本的身影，只有岡本夫人帶著兩個女兒。除了她們三人之外，剩下的空間足夠容納阿延。不過，兩姊妹當中的姊姊繼子還是擔心自己擋住了阿延的視線，便扭過頭看著阿延，同時將身子傾向後方問道：「看得到嗎？要不要跟我換一下？」

「謝謝。這裡就很好了。」

阿延搖了搖頭。

緊靠阿延前方的妹妹百合子今年十四歲，是個左撇子，左手拿著一個輕巧的小型象牙雙眼望遠鏡，手肘靠在裹著紅布的欄杆上，腦袋轉向後方說：「妳來晚啦。本來還想到妳家去找妳呢。」

百合子年紀還小，不懂得自己應該向阿延問候，並對津田的病表達關心。

「妳有事嗎？」

「是的。」

阿延簡單地回答後，轉眼望向舞台，也就是兩姊妹的母親一直目不轉睛，專心凝視的那個方向。她跟阿延只有剛見面的時候，彼此無言地互相欠身致意，直到開演的拍子木[31]敲響為止，兩個女人都沒說上一句話。

31　拍子木：原是一種打拍子的日本樂器，也叫作「柝」，用紫檀、黑檀、花梨之類堅硬的木材做成細長的四方木棍，兩根為一組，用繩子串在一起，不用的時候掛在脖子上。歌舞伎開演或一幕結束時，以敲擊拍子木作為信號，作用相當於電影院按鈴通知電影即將開演。

四十六

「妳能趕來，不容易啊。剛才我還跟繼子說，妳今天看樣子可能來不了啦。」舞台的布幕拉上之後，岡本夫人這才露出悠閒輕鬆的表情向阿延搭訕道。

「看吧，我說的沒錯吧。」繼子得意地看著母親說。說完又立刻轉臉向阿延解釋：「我跟媽媽打了賭。賭妳今天到底能不能來。媽媽說妳可能來不了，我賭妳一定會來。」

「是嗎？又求籤啦。」

繼子有個長約五、六公分，寬約十八公分的小籤盒。黑漆盒上印著兩個燙金篆字：「神籤」。盒裡按照號碼順序裝了一百根削平的象牙籤。繼子總是一面嚷著：「幫你抽支籤吧？」一面用手搖晃籤盒，從裡面搖出一支扁平細長的象牙詩籤，再拿出一本寫滿文句的線裝書，書冊的尺寸大約跟籤盒一樣。繼子翻開書冊，為了看清書中那些蠅頭小楷般的小字，又從內襯紡綢的印花布袋裡，掏出一個小型放大鏡，裝模作樣地覆在書中的文字上。這個放大鏡原本是書冊的附屬品，是阿延和津田到淺草遊玩的時候，在寺廟門前的商店街花了四元的高價買給繼子的玩具。對於明年就要滿二十一歲的繼子來說，這份精巧的禮物也是一種象徵純真的飾物，能在嬉笑間為繼子的貞潔塗上一層神祕色彩。繼子有時甚至連函套也不拆，就直接從桌上抓起籤盒塞進腰帶。

「今天也把它帶來了？」

阿延忍不住半開玩笑地調侃繼子。繼子苦笑著搖搖頭。坐在一旁的母親代替女兒回答說：「今天的預言可不是神籤給的啟示，是比神籤更驚人的預言唷。」

「是嗎？」

阿延來回打量眼前這對母女，似乎等著聆聽下文。

「阿繼呀……」母親才說了一半，女兒連忙責備似的打斷了母親。

「別說了吧，媽媽。那種事，不適合在這裡說啦。」

說完，剛才一直安靜聽著三人交談的妹妹百合子卻嘻嘻地笑起來。

「那我告訴妳吧。」

「不要說啦。百合子，別那麼壞心眼。好！如果妳一定要說，以後我不幫妳練習鋼琴啦。」

聽到這兒，兩姊妹的母親彷彿怕被人聽到似的低聲笑了起來。阿延也覺得很可笑，而且更想打破砂鍋問到底。

「說吧。姊姊生氣不要緊，有我在，沒關係的。」

百合子故意翹起下巴看著姊姊。那種鼻孔微張，稍帶得意之色的態度，等於向姊姊鄭重宣告：我擁有說話的自由，我已獲得全勝。

「算了，百合子，隨便妳吧。」

說完，繼子便站起來，推開身後的門扉，走向門外的走廊。

「姊姊生氣了。」

「不是生氣啦。是覺得害羞吧。」

「可是，就算我說出來，這也不是什麼害羞的事。」

「所以妳就告訴我啊。」

阿延最先以為，百合子比自己小六歲，心態還像個小孩，所以可以好好利用一下。誰知百合子的姊姊竟意外地憤怒離去，搞得大家都下不了台，阿延企圖慫恿百合子說出原委的計畫也失敗了。弄到最後，只好由姊妹的母親出面收拾殘局。

「算了，其實也沒什麼。就是阿繼剛才說，由雄那麼溫柔，凡事都聽延子[32]的，所以阿延今天一定會來。」

「是嗎？原來繼子覺得由雄那麼可靠。多謝她看得起啊。我得向她道謝才對。」

「然後百合子說，那姊姊也嫁給像由雄那樣的人吧。她覺得在妳面前說出這一段，實在沒面子，所以才那樣跑走了。」

「哎唷！」

阿延輕聲發出感嘆，聲音裡似乎含著幾分淒涼。

---

32 延子：即女主角「阿延」。根據日本平凡社出版的《世界大百科事典》，江戶時代的日本女性取名，習慣取兩個假名組成的名字。到了明治、大正時代，受過教育的女性流行自己把假名轉換為漢字，更喜歡模仿貴族女性取名的方式，在名字的漢字後面加一個「子」。小說裡的「阿延」，本名是「延」，關係親近的親友叫她「阿延」，外人稱她「延子」表示尊重，正好反映了當時的社會習俗。

四十七

阿延心底突然浮現一個自我中心的男人津田。她自認已對丈夫十分盡心，從早到晚都伺候得非常仔細，但她平時心中就懷著一個疑問，自己為了迎合丈夫的要求而做的犧牲，難道是沒有底線的嗎？現在，這個疑問又更強烈地在她腦中浮現。她突然醒悟，唯一能幫自己解決疑慮的監護人，此刻就在眼前。想到這兒，她抬頭望著岡本夫人。她離開父母身邊，遠嫁到東京來，姑母就是她在東京唯一的依靠。

「難道所謂的丈夫，只是一種專為吸取妻子的愛情而活的海綿動物？」

這個疑問，阿延從很久以前就想當面問問姑母。但不幸的是，她天生自有一套作派，根據看法的不同，這種作派既可解釋為愛逞強，也可解釋為死要面子，阿延在姑母的面前，也受到這種作派的強力牽制。就某種意義來說，夫妻關係就像兩名相撲選手每天都在競賽場上爭鬥。從婚姻內部觀察這種關係的話，妻子永遠都是丈夫的對手；但當他們一同面對世間，做妻子的若不能永遠都在背後支持丈夫，等於就暴露了他們婚姻不美滿的缺點，這對阿延來說，是極為羞恥的事情，也是她咬牙堅持的理由。所以她有時雖然很想敞開心懷，向姑母吐露心聲，但是站在夫妻齊心的角度來看，姑母畢竟還是外人，應該被歸類為所謂的「世間」。所以生性敏感的阿延面對姑母的時候，總是擔心家醜外揚，而不願多說什麼。

更重要的是，丈夫不像阿延期待的那樣，只要把他照顧得無微不至，他就對自己柔情萬千。阿延平日就對這件事很在意，生怕別人任意亂傳，把丈夫不夠溫柔這件事歸咎於自己伺候不周。而在所有的流言當中，她最怕聽到的就是別人笑她資質愚鈍。

「這個世上，就算比津田更難伺候數倍的男人，也有年輕女人能把他們立即收服在石榴裙下，而妳呢，今年都二十三了，卻連丈夫都不能讓他百依百順。說來說去，還是因為妳缺少智慧吧。」

智慧與德行對阿延來說，幾乎就是同一回事，如果姑母這樣批評自己，她會非常痛苦。作為一個女人，公開承認自己沒法抓住男人的那種屈辱感，差不多就跟宣告身為人類的自己是個無用之人一樣，因為這種屈辱會傷害自尊。所以從時機和場合來看，就算今天不是在這種無法深談的劇場，阿延還是會保持沉默。她意味深長地看了姑母一眼，又立刻移開了視線。

舞台前方的布幕嘩啦嘩啦地不斷抖動，有人正從兩片布幕接縫處的空隙偷窺著觀眾席。不知是否因為心理作用，阿延覺得那雙眼睛似乎正在偷看自己。她把剛剛才換了方向的視線再度移向別處。座位的下方有很多人進進出出，有人離席出去，有人從外面回來，還有人正在席位之間移動，劇場內很快地掀起一片嘈雜。留在座位上的大多數觀眾也都不停地變換姿勢，或靠向左右，或前傾後仰，片刻不得安寧。無數黑色腦袋構成一股漩渦。其間還有人穿著非常鮮豔耀眼的服裝，把這股彩色人流掀起的躍動快感攪得更加紛亂混雜。

阿延從土間席[33]放眼四望，她的座位跟對面的包廂之間，有一道人流造成的谷底相隔。看了一會兒，阿延才開始打量對面包廂的情景。就在這時，百合子突然回頭問她：「那邊，吉川家夫人來了。看到了嗎？」

阿延露出有點驚訝的眼神，朝著百合子指出的方向望去，很輕鬆地找到一個貌似吉川夫人的身影。

「百合子，妳的眼睛真好，什麼時候發現的？」

「不是發現啦，是早就知道的。」

「姑媽和繼子也知道？」

33　土間席：指鋪在舞台前方地面的座位，江戶初期因歌舞伎等演劇活動興起，各地紛紛興建劇場，觀眾都是圍繞舞台席地而坐，前方的座位直接設在泥地上，所以叫作「土間席」。當時因為劇場都是露天，一下起雨來，「土間席」立即陷入泥濘，所以票價也最低廉。後來應觀眾要求，不斷改進，「土間席」不但鋪上了榻榻米，還可從高級餐館叫來外賣餐點，更因為位置最靠近舞台，所以「土間席」變成劇場裡價格最高的座位。通常是以木製欄杆隔成一個一個方形空間，每個空間約一點五平方公尺，裡面規定最多能坐七人。明治維新之後，因推行西化生活，劇場裡的座位漸漸改為西式座椅，只有最前排還保有少數「土間席」。第二次世界大戰之後，日本全國的劇場幾乎全都改為座椅，現在只有鄉間的小劇場偶爾還能看到「土間席」。

「是呀，大家都知道喔。」

阿延這才明白，不知道這件事的只有自己一人。她仍舊躲在百合子身後偷窺對面的席位。也不知是故意還是巧合，突然，吉川夫人手裡的雙筒望遠鏡一動，轉向阿延的座位這邊來了。

「好討厭，我可不想被人那樣偷窺。」

阿延蜷起身子，似乎打算躲起來。但是對面的望遠鏡依然不肯放過她。

「好吧！既然這樣，我也只能逃走啦。」

說完，她也追隨繼子向走廊逃去。

四十八

由於劇場處於鬧區，從那個位置看到的戶外景色相當熱鬧。只見地面鋪了一條連接場內的木板通道，或許為了日後易於拆除，通道是用幾塊稀疏的板料加上背面的橫木釘起來的。絡繹不絕的陌生人正在這段木板通道上來往穿梭。阿延來到走廊盡頭，將身子倚在一根柱子上。她花了好大一番工夫，才終於找到繼子的身影。繼子正在對面那排商店的門前，阿延一看到她，立刻跑下樓梯，動作輕巧地踏過那條木板通道，直奔正在尋覓的目標。

「妳在買什麼？」阿延從繼子背後伸出腦袋，像在偷窺似的問道。

繼子驚訝地回過頭，兩張臉孔差點撞在一起，她們都向對方露出了微笑。

「我正在煩惱呢。阿一叫我買個禮物給他，我已經找了半天，什麼都沒找到。沒有一樣是那傢伙會喜歡的。」

店員不知繼子想買的是男孩的玩具，拿出一大堆商品擺在她面前。繼子既買不下手，又不好意思掉頭就走，正在那兒感到為難。她的面前擺著各式各樣的花簪、皮夾、手巾等，上面都印了代表演員的圖案或花紋。繼子不知所措地站在那堆商品前面，用眼神向阿延詢問「怎麼辦」。阿延立刻開口說道：「這些可不行喔。那孩子只喜歡手槍、木刀之類能殺人的玩意兒。這麼高雅的店裡不會有他喜歡的東西啦。」

男店員笑了起來。阿延趁機抓起年輕女孩的手。

「還是先問問姑媽再買吧……對不起啊。我們等會再來。」

說完，阿延便牽著滿臉歉意的繼子往回走，一路連推帶拉地把她拖到走廊盡頭。兩人利用另一根屋柱當作掩護，站在柱前閒聊起來。

「姑父怎麼回事？今天怎麼沒來？」

「會來呀。馬上就來。」

阿延覺得很意外，四個人坐在那個包廂裡都嫌擠。再加上一個身材那麼魁梧的大男人，簡直叫人受不了。

「已經那麼擠了，再加上姑父的話，我這麼瘦弱的人會被擠扁呢。」

「他是來跟百合子交接的。」

「為什麼？」

「不為什麼，反正那樣更好啊，不是嗎？因為百合子看不看都無所謂。」

「是嗎？那萬一由雄沒生病，跟我一起來了，又該怎麼辦？」

「到時候再說嘛，總有辦法的。可以再訂一個包廂啊。或者，也可以跟吉川家那邊坐在一起啊。」

「已經事先跟吉川先生說好了？」

「是啊。」

繼子沒再多說什麼。阿延從前並未感覺岡本和吉川兩家的關係有那麼親密。她覺得繼子話中有話，所以心中有些疑惑，但是轉念一想，又覺得這些有閒階級約了一起看戲也很常見，未嘗不可視為只是單純為了享樂，所以她沒再多問，兩人只對吉川夫人的雙筒望遠鏡發表了一些意見。阿延還特地模仿夫人的動作給繼子看。

「就像這樣，從正面打量人家。真是受不了。」

「那也太沒禮貌了吧。不過我爸說過，西洋式的作派就是那樣。」

「哎唷，在西洋可以那樣？那我也可以像那樣，死盯著夫人的臉孔打量嘍。我也去瞧瞧吧。」

「那妳去瞧瞧啊。她肯定會很高興的。還會稱讚說，延子好時髦啊。」

說著，兩人齊聲大笑起來。這時，不知從哪兒來了一名年輕男人，走到她們身邊暫停了幾秒。這位青年紳士身穿單色和服外套，上面用同色絲線繡著家紋[34]，下面一條毛料行燈褲[35]。他一看到兩個女人，立即打聲招呼：「對不起。」說完，便很嚴肅地默默走上那條木板通道，然後朝道路對面走去。繼子的臉上浮起了紅暈。

「我們進去吧。」

她馬上催著阿延一起返回劇場。

34 家紋：象徵各個家族的紋章。譬如天皇家的家紋為十六瓣菊花。江戶時代之前，家紋是貴族、武士的專利，主要用來彰顯個人的出身、血統、地位。江戶中期之後，家紋開始在庶民之間普及，甚至還被當作商標。第二次世界大戰之後，家紋因帶有封建色彩而受到否定，但現在一般日本人仍把家紋當成生活中藝術裝飾的一部分。譬如婚禮等重要慶典時，仍會穿著印上家紋的禮服出席。

35 行燈褲：和服長褲的一種，沒有褲襠，形狀很像女性的直筒裙。

四十九

劇場裡的狀況還是跟剛才一樣，毫無任何變化。許多男女觀眾正在土間席走來走去，看起來彷彿是踏在別人頭上行走，令人感到厭煩。有些人甚至故意做出誇張的動作，希望吸引更多的注意力。但這些人很快就消失了，然後又換上另一批色彩不同的人物。舉目所及的小世界裡，始終充滿了昂揚、雜亂，永遠都顯得那麼虛假。

道具人員正在安靜的舞台後方工作，一陣陣鐵鎚敲擊聲傳遍劇場，激起觀眾心底的期待。偶爾還有拍子木撞擊聲從幕後傳來，聽著就像打更的梆子，似乎想把人群已被攪亂的注意力重新聚集在一起。

最不可思議的還是台下的觀眾。中場休息時間既漫長又無聊，但是大家都毫無怨言，也沒人表示厭煩，人人都顯得那麼悠閒鎮定，空無一物的胸中塞滿了渙散的興奮，輕鬆地打發著等待的時間。觀眾的態度都那麼沉穩，看起來都很開心，他們都為彼此的呼吸陶醉，等到稍微清醒之後，又立刻轉動眼珠，忙著打量別人的臉孔，並立即從人群中找到心儀的人物，跟著對方一起陷入相同的情緒。

繼子和阿延回到座位後，兩人都很開心地向四周環顧一番，然後又不約而同望向吉川夫人的座位。然而，夫人的望遠鏡已不再對著她們瞭望，就連望遠鏡的主人也不知跑到哪裡去了。

「咦！怎麼不見了。」

「真的呢。」

「我幫妳們找一找。」

百合子馬上把眼睛對準手裡的小型望遠鏡。

「不在，沒看到，不知到哪去了。那位夫人有兩個人那麼胖，應該立刻就能看到。大概是離席了吧。」

百合子說著放下象牙望遠鏡。身為名門閨秀的她，身穿美麗的友禪染出客服，背後的腰帶繫成巨大華麗的花結，幾乎遮住了她整個背部，但她說話的語氣半點客套也沒有。她姊姊聽了，嘴角露出忍俊不已的微笑，並用長輩的威嚴語氣制止了妹妹。

「百合子！」

妹妹卻沒有反應，而且像平時一樣，故意鼓著鼻孔，一副「我有講錯嗎」的表情瞪著繼子。

「我想回家啦。爸爸要是能早點過來就好了。」

「想回去的話，就走吧。爸爸沒來也不要緊。」

「我偏不走。」

百合子不肯移動身子。也因為她還是孩子，才會輕易表現這種淘氣的行為。而相對的，阿延知道自己年長，應該表現得更懂分寸，便對姑母說：「我去向吉川夫人問候一聲吧？假裝沒看到總不太好。」

老實說，她不太喜歡那位夫人，而且她覺得，夫人對自己也沒好感。更重要的是，阿延甚至還隱約感覺，最先是因為夫人不喜歡自己，她們之間才會出現這種不愉快的氣氛。阿延心中頗有自信，她認為自己並未留下任何惹人討厭的把柄，是對方先對自己懷著不滿。剛才夫人拿著望遠鏡猛瞧自己的時候，她已知道自己應該過去行禮問好，但她無法立即鼓起勇氣，所以現在才把內心的不安改以問句的形式，向姑母討主意，同時也在心底期盼著，為了輕鬆完成這項義務，最好是姑母領著自己去見夫人才好。

姑母當即答道：「是啊，還是去問候一下比較好。快去吧。」

「但她現在不見了。」

「怎麼會？一定是到走廊去了。妳過去看看就知道啦。」

「可是……那我過去一下，姑媽也跟我一起去吧。」

「姑媽我嘛……」

「不去嗎？」

「去也可以啊。本來我是打算，反正等會吃飯的時候也要坐在一起的，到那時候再去問候算了。」

「哎呀！約好一起吃飯了？我什麼都不知道呢。那一起吃飯的有誰呢？」

「大家呀。」

「我也一起嗎？」

「對呀。」

阿延感到非常意外，停了半晌，才回答說：「既然如此，我也到時候再問候好了。」

五十

岡本到達劇場的時候，阿延剛剛才跟姑母結束談話。茶屋的侍者幫忙拉開門扉，岡本從門縫裡偷窺一眼，然後用手勢向百合子示意：過來！過來！接著，父女兩人站在門前交談了幾句，聲音壓得很低，生怕吵到其他觀眾。談完之後，百合子按照當初的預定，馬上由侍者送出劇場，來跟女兒換班的岡本，極其侷促地坐在女兒的位子上。在這種席位裡，他那肥胖的身子似乎連稍微移動一下都很困難。待他坐定之後，又突然發現了什麼似的，轉過半個身子向後面問道：「阿延，跟妳換個位子吧？我的塊頭太大，擋在前面，妳都看不見了吧？」

阿延雖然覺得眼前好像突然冒出一座大山，但是周圍的觀眾正在專心看戲，她不想驚擾大家，就沒有跟岡本換位子。岡本有一雙毛茸茸的手臂，所以他從來不需要毛料服裝。現在，他把兩條臂膀環抱胸前，並將視線投向大家聚焦的所在，彷彿宣布「那就陪妳們看戲吧」。眾人的目光都聚集在台上一名舉止怪異的男子身上。這名皮膚白皙的男子長相英俊，正在柳樹下面走來走去。他身上鬆鬆地套一件粗條直紋和服，腰間用一條窄幅博多帶[36]繫住，故意把腰帶繫得低低的。光腳穿著一雙雪駄[37]，走路時不斷發出喀啦喀啦的噪音，岡本聽著覺得很刺耳。男人的視線從柳樹旁邊的小橋移向對面橋頭旁邊的倉庫白牆，輪流把小橋與白牆打量一番之後，又把視線轉向觀眾席。台下的觀眾全都露出緊張的神色，場內一片寂靜，連一聲咳嗽都聽不到，彷

36　博多帶：用「博多織」製作的腰帶，寬度只有一般腰帶的一半，穿浴衣時使用。「博多織」是博多地方（現在的九州福岡）生產的絲織品，與西陣織、桐生織並稱日本三大織物。

37　雪駄：也叫雪踏，是茶道始祖千利休的發明，他將竹皮草履接觸腳底的竹皮背面貼上一層皮料，增加了竹皮草履的防水機能。由於鞋底的腳跟部分釘了金屬片，走路時會發出喀啦喀啦的聲音。

彿男人穿雪駄走來走去，又弄出喀啦喀啦的聲音，這個動作本身具有極大的意義似的。岡本或許因為剛從外面趕來，很難立即適應這種奇特氣氛，也或許因為他根本不屑這種氣氛，看了一會兒，他侷促地轉過半個身子，低聲對阿延說：「怎麼樣？很有趣吧……由雄怎麼樣？」

岡本問完後，又連續提出三、四個簡單的問題，阿延都用短句應付過去，問到最後，岡本露出意味深長的眼神看著阿延說：「今天怎麼樣？由雄沒說什麼嗎？大概發了很多牢騷吧。說什麼我病倒在床，妳卻自己一個人去看戲，真是豈有此理，對吧？一定說了這種話吧？」

「哪有『真是豈有此理』，他可沒說這種話喔。」

「但還是會嘮叨幾句吧。譬如像『岡本那傢伙真討厭』之類，肯定會說的。剛才妳在電話裡就顯得很不自然啊。」

阿延只向姑父露出微笑。因為他們周圍連低聲耳語的人都沒有，更別說聊天了，她覺得只有自己一個人跟岡本一問一答說個不停，實在太不像話。

「沒關係啦。姑父過幾天去跟他解釋，妳不必擔心這種小事。」

「我沒擔心啊。」

「是嗎？話是這麼說，心裡還是有點在意吧？才結婚不久，就惹妳老爺不高興。」

「不要緊的。我已經說了嘛，沒有惹他不高興。」

阿延的眉頭似乎有點煩地挑動了幾下。原本只是調侃她的岡本，這時露出認真的表情。

「不瞞妳說，今天把妳叫來，不只為了請妳看戲，而是有請妳過來的必要。也因為這樣，就算由雄現在臥病在床，還是勉強把妳叫來。等事後把理由跟他說清了，也沒什麼了不起的。姑父會去好好跟他說。」

阿延的視線突然離開了舞台

「理由究竟是什麼呢？」

「現在不方便在這兒說。反正等一下就會告訴妳。」

聽了這話，阿延也只能閉嘴。岡本接著又向她說明：「今天跟吉川先生約好在這裡的餐廳一起吃晚飯。聽說了吧？妳看，吉川也來了，就在那邊。」

剛才一直沒看到吉川的身影，現在卻立刻躍進阿延的眼簾。

「他跟我一起從俱樂部到這兒來的。」

說到這兒，兩人結束了談話。阿延重新把注意力轉向舞台。大約又過了十分鐘，包廂後方的門扉被茶屋的侍者拉開，阿延的注意力又被攪亂了。侍者湊近姑母，向她耳語了幾句，姑母又立刻把臉湊向姑父。

「是這樣的，吉川先生轉告我們，說晚餐已經準備好了，讓我們下次休息時間到餐廳去。」

姑父馬上請侍者轉達回覆：「我們知道了。」

侍者又悄悄開門走出去。等一下究竟會發生什麼事呢？阿延一面暗自納悶，一面安靜等待晚餐時間來臨。

五十一

不到一小時，阿延和繼子一起緊跟在姑父姑母的身後，到二樓角落深處的餐廳赴宴。她向緊貼自己並肩而行的表妹低聲問道：「等一下到底會有什麼事啊？」

「我不知道啊。」繼子低著頭回答。

「只是吃一頓飯嗎？」

「大概是吧。」

阿延覺得這樣追問下去，繼子的回答或許會更曖昧，便不再多問。她想，繼子或許因為顧忌走在前面的父母，也或許是真的什麼都不知道，再不就是她雖然知道內情，卻不想告訴阿延，才故意這麼簡短、這麼低聲地回答問題吧。

她們在走廊上碰到了許多陌生人，大家都對她們投來銳利的一瞥，但是投向繼子的目光比投向阿延的更多。阿延腦中突然閃現一幅自己跟繼子互相較量的畫面。儘管自己的容姿勝過繼子，但要比起裝扮和容貌的話，自己肯定得在繼子面前認輸，更何況，繼子總像個孩子似的羞澀，舉手投足間充滿了純真的氣質，好像從來都沒有煩惱。阿延看著這位純潔如水的少女表妹，眼中不禁泛起幾分妒意。或許，她心裡對表妹也有幾分所謂憐憫的輕蔑，但另一方面，一種「予可取而代之」的妒忌，也在發揮強烈的影響力。她不禁自問：「從前我當小姐的時候，也有過這種充滿閨秀氣息的時期嗎？」

也不知是幸還是不幸，她全然想不起自己有過那種經驗。以往的日子裡，她從未想過這種複雜的問題，也從來沒把繼子當成自己的競爭對手。而現在，跟表妹並肩站在燈光燦爛的走廊上，阿延心中竟感受到一種不曾有過的哀愁。雖然只是一股輕愁，卻是一種容易化為眼淚的情緒，讓她很想緊緊抓住繼子的手。雖然她剛剛才用妒忌的眼光打量過那雙手。阿延在心底對繼子低語：「妳比我純潔，純潔得令我羨慕萬分。但是妳這種純潔在妳未來的丈夫面前，只是一種毫無殺傷力的武器罷了。像我這樣全心全意伺候丈夫，對方卻從來不曾按照我的期待表達感謝。妳將來為了維繫丈夫的愛情，絕對不可失去現有的寶貴純潔。如果為了丈夫而犧牲純潔，將來有一天，說不定他還會對妳大發雷霆呢。我對妳既羨慕又憐憫。因為妳還擁有那不久就會遭到破壞的寶物，但純真無邪的妳現在毫不知情。回想起來，也不知是幸或不幸，我是從來就不曾擁有過妳這種天生的純真氣質，因此我的損失並不大，這一點我也承認。但是妳跟我不一樣，離開父母膝下後，妳的天真形象立刻就會受傷。妳可要比我淒慘多了。」

兩人的步伐非常慢。等到最前面的岡本夫婦被人群遮住後，姑母又特地轉身走到她們面前。

「快一點呀。慢吞吞的在幹麼呢？吉川家的人早就在等我們呢。」

姑母的視線幾乎全都集中在繼子身上，就連嘴裡說出的話，也都是針對繼子而來。可當阿延聽到吉川這個姓名的瞬間，剛才那番心情一下子消失得無影無蹤。她立刻想起自己不太喜歡的那位吉川夫人，而且對方似乎對自己也沒有好感。但是丈夫平日受到這位有權有勢的夫人多方照顧，阿延覺得自己必須在夫人面前盡量表現得討喜又有禮。阿延外表上雖然平靜，內心卻充滿緊張，但她裝出若無其事的模樣，跟著眾人一起走進餐廳。

五十二

正如姑母所說，吉川夫婦似已搶先到達聚餐的場所，阿延視為箭靶的那位夫人，正站在面對入口的位置跟姑父聊天。夫人豐滿的身子比姑父龐大的背影還要大上一圈，阿延一眼就看到夫人的身影，就在這個瞬間，豐腴的面頰上滿是笑容的夫人也立刻把眼珠轉向阿延。不過，瞬間閃出的電光石火在剎那間熄滅了，所以直到阿延後來正式向夫人問候為止，兩個女人都沒再把視線轉向對方。

剛才看到夫人的瞬間，阿延當然也順便偷看了夫人身邊那位年輕紳士一眼。原來，他就是方才在走廊碰到的沉默男子！阿延心中不免一驚。當時她正跟繼子半開玩笑地批評夫人的望遠鏡，年輕男人曾讓她們倆都嚇了一跳。

眾人相互進行簡短問候的當口，阿延低調地躲在人群背後，不一會兒，輪到她開口致意時，吉川夫人只向她介紹那位陌生男子叫作「三好先生」。接著，夫人又把青年介紹給姑父、姑母和繼子，那套介紹詞也都跟剛才對阿延說的一樣，所以直到最後，阿延都沒弄清三好究竟何許人也。

等到大家要入席了，吉川夫人在姑父身邊坐下，三好先生被安排坐在她的另一邊。姑母的位子在餐桌的角落，繼子坐在三好的對面。所以阿延不得不在僅剩的一張椅子坐下。她稍微躊躇了幾秒，因為那個位子在吉川的旁邊，對面則是吉川夫人。

「怎麼了？坐下吧。」

吉川說著轉過臉來仰望阿延，似乎催促她快點坐下。

「來！請坐啊！」夫人語氣輕鬆地說完，從正面看著阿延。

「別客氣，請坐吧。大家都坐下了。」

阿延不得已，只好在夫人的對面坐下。原本是想好好表現一番，誰知竟弄得這麼尷尬。阿延心底的某個角落升起這種想法。她立刻暗下決心，從現在起，我必須努力讓他們把我剛才的行為看成是一種禮貌的謙虛。尤其當她看到餐桌對面的繼子滿臉嬌羞的表情時，這項決心就變得愈發堅定了。

繼子今天表現得比平日更加穩重，她一直低著腦袋，不肯輕易開口，而那個態度裡，也看得出一種近似痛苦的東西。阿延憐憫地瞥了繼子一眼，接著又把自己那雙獨特又討喜的眸子轉向對面的夫人。吉川夫人早已熟悉這種社交場合，當然不會忽略阿延的眼神。

兩個女人連續進行了兩、三回合氣氛愉快的交談，後來談到一個難以發揮的題目，交談便突然中斷了。阿延本想用兩人都認識的津田作為話題，又不確定是否適合由她主動提起。她猶豫了幾秒，不料夫人立刻拋下了她，轉臉看著坐在遠處的三好。

「三好先生，別不說話呀。你給繼子說點那邊的趣聞吧。」

這時，三好先生和姑母的會話也剛好暫停，他便看著夫人低聲說道：「好啊！要我說什麼都行。」

「對嘛。說什麼都行。就是不准不說話。」

夫人這句命令式的語氣引得眾人齊聲笑了起來。

「可以把你逃出德國的故事再說一遍呀。」

吉川先生立刻把夫人的命令說得更具體。

「逃出德國的故事已不知說過多少遍了。別人不嫌煩，我自己最近都覺得這故事太過時了。」

「像您那麼穩重的人，當時也有一點驚慌吧？」

「如果只是『有一點』就好了。那時都差不多嚇昏啦。根本搞不清怎麼回事。」

「但是沒想過自己可能送命吧？」

「是的！」

說完，三好沉思半晌，吉川立刻從一旁插嘴說：「一定沒想到可能送命吧。尤其是你。」

「為什麼？因為我這人的臉皮很厚嗎？」

「倒也不是這樣。但你反正是個非常怕死的人。」

聽到這兒，繼子低下頭吃吃地偷笑起來，阿延卻只聽懂三好曾在戰時被德國遣返日本。

五十三

圍繞三好先生進行的「出洋雜談」，暫時掀起一陣高潮。阿延默默地冷眼旁觀，看出了吉川夫人的技巧，夫人總是巧妙地趁空插話，然後引出下面的話題。旁觀一陣之後，阿延發覺夫人正在竭盡全力，試圖把這名陌生的年輕紳士引薦給其他四人。青年給人的印象談不上穩健，只能算是寡言罷了。他就在渾然不知的情況下中了夫人的圈套，開始從最有利的角度向眾人自我介紹。

阿延在聆聽這段雜談的過程中，幾乎沒有任何插嘴的機會。她理所當然地扮演著傾聽者，而這個角色卻大大提高了她的批判能力。夫人的推銷術毫無技巧可言，只有成分極多的直率與放肆。當她目睹夫人踏著節節取勝的步伐，一步一步走向成功時，也只能由衷地承認，自己跟夫人的天賦差異實在太大了。但她覺得這種差異並沒有高下之分，而只是一種平面的差距。至於這種差距是否根本不值得畏懼？答案絕對是否定的。夫人那種命令式的態度，似乎一部分是來自她現在的得意地位。阿延對她這種態度經常感到某種危險，總覺得除了那種命令句之外，夫人的社交技巧說不定還會發揮更恐怖的破壞力。

「或許是自己的心理作用吧。」

阿延正在自我安慰時，夫人卻又突然把注意力轉到阿延身上來了。

「延子在發愣呢。是因為我太嘮叨了吧。」

阿延猛然遭到這記突擊，不禁有些畏縮。憑她擁有的智慧，平日從沒在津田面前說不出話來，現在卻不知如何是好。只能用空泛的微笑填補瞬間的空虛。但她這種表情，不過是毫無意義的虛偽奉迎罷了。

「沒有啊。我聽得正有趣呢。」

這句辯解從嘴裡冒出來的同時，阿延也發現自己錯過了時機。一種再度受到打擊的苦澀，從她嘴裡湧向嘴邊。她原本滿懷期待，希望今天能在夫人面前討好一番，誰知這份期盼現在完全破滅了。這時夫人以快得令人感到殘忍的速度換了一副表情，轉臉對岡本說：「岡本先生，您從國外回來已經過了不少時日吧？」
「是啊，總之是很久以前的事了。」
「很久以前，到底是幾年左右呢？」
「對的，是西曆……」
也不知是出於自然還是偶然，姑父裝出一副若有所思的模樣。
「是在普法戰爭[38]的時候嗎？」
「別胡鬧！記得那時我還給妳家老爺當過嚮導，帶他去觀光倫敦市內呢。」
「所以你不是那時被困在巴黎的那批喔？」
「開什麼玩笑。」
在夫人的主導下，三好先生的「出洋雜談」暫告結束，夫人立刻又把話題切入更相關的題目。吉川先生也只好充當岡本先生的聊天對象。
「總之，汽車那時剛剛問世，只要眼前有一輛汽車開過，大家都會回頭張望喔。」
「嗯，也是那種慢吞吞的蝸牛公車還很神氣的時代。」
從來沒搭過那種交通工具的人，或許對那種鍋牛公車毫無印象，但正在想當年的兩個男人還是露出了無限感慨的表情。岡本一面來回打量繼子和三好，一面苦笑著對吉川說：「我們都老啦。平時完全沒感覺，以為自己還年輕，整天跑來跑去，忙這忙那，但是這樣坐在女兒的身邊，就有點感覺了。」
「那你永遠坐在那孩子身邊也行啊。」姑母立刻對姑父說。
姑父也馬上回答說：「真的呢。我們從國外回來的時候，這孩子才……」說了一半，姑父沉思半晌，又問：「幾歲啊？」姑母閉著嘴，臉上的表情似乎在說：對這種遲鈍的人，我可沒義務回答你。
吉川先生在一旁插嘴說：「馬上就會有人跟著你喊『外公、外公』，時機就在眼前。可不能錯過喔。」
繼子臉上浮起紅暈低下了頭。

夫人立刻轉眼看著丈夫說：「不過啊，岡本先生天生自帶年齡鐘，知道自己幾歲，所以不會出問題，可是你呢？完全不知反省，簡直沒救唷。」

「所幸妳永遠都那麼年輕呀，不是嗎？」

聽到這兒，眾人一起發出了笑聲。

38　普法戰爭：一八七〇年至一八七一年，普魯士王國（即德國前身）與法蘭西第二帝國之間的戰爭。普魯士王國獲得勝利。

五十四

別桌的客人顯得比較安靜，也不像阿延他們的人數這麼多，所以大家不時轉眼打量他們這群人，因為他們這桌只顧著盡情暢談，好像根本不在乎舞台表演。其他客人為了節省時間，特地點些簡單的餐點，有些人甚至連咖啡都不喝，就忙著起身離去。但阿延的面前仍然不斷有新鮮菜餚送上來。他們當然不能吃了一半就丟下餐巾，這樣太不給主人面子。她跟姑母一家也只能表現出安閒自在的神情，彷彿他們只是到劇場來玩，而不是來看戲。

「下一幕開始了？」姑父轉臉向一名身穿白制服的侍者問道，並向忽然陷入寂靜的餐廳四下打量。

侍者一面把熱菜放在姑父面前，一面很有禮貌地答道：「現在剛開始。」

「喔，就算開始也算了吧。現在是嘴巴比眼睛更重要。」

說完，姑父立即向一盤帶皮雞腿發動進攻。坐在對面的吉川先生似乎對舞台的表演也沒興趣，立刻聊起跟戲劇完全無關的食物。

「你還是跟以前一樣能吃唷……夫人，妳要不要聽這位岡本君從前騎上西洋人肩頭的往事？那時他吃得比現在更多，身體也更胖呢。」

姑母沒聽過那段往事，吉川又向繼子提出同樣的問題，繼子也沒聽過。

「應該都沒聽過吧。因為不是什麼值得傳誦的事情嘛。他肯定瞞著大家。」

「瞞什麼？」姑父終於把視線從盤中抬起來，滿懷訝異地看著吉川。

吉川夫人則在一旁插嘴說：「大概因為體重太重，把那個外國人壓扁了吧？」

「若是那樣，也很值得驕傲，可是他是在倫敦的群眾裡，咬了一個魁梧男子的肩頭，惹得路人都滿臉訝異地一旁圍觀。因為他咬別人，是為了搶位子看遊行啊。」

姑父聽了，臉上沒有一點笑容。
「你胡扯些什麼。那到底是什麼時候的事啊。」
「愛德華七世加冕典禮[39]的時候呀。你站在倫敦市長官邸前面想看遊行隊伍。但跟日本不同的是，那邊的人都比你高大多了，無奈之中，你就拜託同行的旅館老闆讓你騎在他肩膀上，不是嗎？」
「別亂講。你記錯人啦。那個騎在別人肩上的傢伙，我是認識的。才不是我，是那隻猴子。」
姑父反駁時的表情十分嚴肅。當「猴子」兩字從他那十分嚴肅的嘴裡冒出來的瞬間，大家都笑了起來。
「原來如此，如果是那隻猴子，確實可能幹出那種事。我就在納悶，英國人雖然身材高大，但你騎到人家身上去，感覺不太可能嘛……不過那隻猴子真的太矮小了。」
也不知吉川是明明知道卻故意裝傻，還是從頭就不知內情。總之，他說得好像真的現在才恍然大悟似的，並且再三提起那個人的綽號「猴子」，惹得大家再三發笑。吉川夫人的反應則是好奇與責備各占一半。
「你們說的猴子，到底是誰呀？」
「沒什麼，是妳不認識的人。」
「夫人不必擔心。猴子那種人，就算他現在坐在這裡，我們還是可以毫無顧忌地稱他猴子。就像他開口閉口都叫我豬一樣。」
大家輕鬆閒扯的這段時間裡，阿延身為社交場合的一員，卻找不到適當的角色。她等了半天，始終等不到可向夫人示好的機會。夫人根本沒把她放在眼裡，不，或許根本是在迴避她。雖然她就坐在夫人的對面，夫人卻有意只跟她身邊的繼子搭訕。夫人一心只想把阿延的表妹推到眾人面前，哪怕只有一分鐘也好，她也想讓繼子成為矚目的焦點。夫人的各種努力都表現得非常明顯，然而，繼子不懂得利用這種機會，她的臉上

39　愛德華七世加冕典禮：英國國王愛德華七世於一九〇一年舉行加冕典禮，一九一〇年去世。夏目漱石在英國留學時曾經目睹愛德華七世的喪禮。

不但沒有感激，反而還露出為難的表情。而阿延看到繼子這樣不客氣地直接表露內心感覺，她就忍不住把繼子跟自己對比一番，心底總是掀起一波波羨慕的漣漪。

「如果現在是我面對表妹的處境……」

眾人一起進餐的這段時間裡，阿延腦中不時升起這種想法。想著想著，她不免暗自憐憫拙於與人接近的繼子。想到最後，阿延不禁嘆息：「多可憐的女孩啊！」同時心底又升起一絲輕蔑。

五十五

飯後，三個男人同時燃起了香菸，等到白色菸灰積到兩、三公分的時候，眾人才從座位上站起來。這時，不知是誰問了一句：「已經幾點啦？」也因為這句話，阿延的處境在偶然間發生了變化。夫人掐準她起身的瞬間，突然向阿延說：「延子，津田先生怎麼樣了？」

夫人猛然說出這句話，不等阿延回答，她立刻接下去：「剛才就一直想著問妳，結果只顧著說自己了……」

阿延心想，這種藉口大概是騙人的吧。因為她認為，自己的猜疑並非來自夫人的字句或態度，她是握有相當的證據才做出這種推斷。剛才走進餐廳向夫人問候時，自己說過什麼話，她還記得非常清楚。那段話其實不是為了自己，而是為了丈夫才說的。當時她一看到夫人，立刻必恭必敬地低頭說道：「津田平時給您添麻煩了。」但夫人那時對津田隻字未提。阿延既是所有問候者當中的最後一人，又跟夫人同桌吃了一頓飯，夫人明明擁有充分時機可以跟自己聊上幾句，卻立刻轉臉去招呼別人。而且津田兩、三天前才登門拜訪過，夫人卻好像完全不記得了。

夫人這一連串的行為，阿延並不認為全都因為夫人不喜歡自己。她覺得，除了因為夫人對自己沒有好感之外，一定還有什麼其他理由。若非如此，不管她是身分多尊貴的夫人，也不該當著津田妻子的面，有意不提津田的名字啊。她深知自己的丈夫在夫人面前非常受寵。但只因為這個理由，夫人就不敢在自己面前談論津田嗎？阿延不知道答案是什麼。剛才在晚餐桌上，她當然想在夫人面前表現一下，讓夫人看看自己也有些天分，也是個受歡迎的女性。她曾試圖提起津田，因為津田是自己跟夫人之間僅有的共通話題，但阿延當時終究無法提起，原因之一，就是她很在意夫人故意不提津田。誰知在她正要離席時，夫人卻又主動提起津田，這就讓她不只懷疑夫人的發言只是一種虛情假意，她甚至還納悶，夫人現在才突然表示慰問，除了是不得不發表的社交辭令之外，夫人心裡是否還有一些其他想法。
「謝謝。託您的福。」
「已經做完手術了？」
「是的，今天做的。」
「今天？那妳還能趕過來啊。」
「因為不是什麼大病。」
「但還是得躺在床上吧？」
「的確是躺著。」
夫人露出一副「這樣好嗎」的表情，至少從她默不作聲的態度看來，阿延覺得夫人心裡是那麼想的。平時夫人在他人面前，都像個男人似的一點也不客氣，怎麼在自己面前，卻像是變成另一個人似的？
「住進醫院了？」
「也不算醫院，剛好那裡的二樓空著，所以就在那裡住個五、六天。」
夫人接著又向阿延打聽醫生姓名和地址，雖然沒有表明自己打算前去探病，但阿延這時想起，或許夫人是因為想去探望津田，所以特意等到現在才談起這事。想到這兒，阿延這才覺得比較能夠理解夫人的心意。
吉川卻不像他夫人，似乎原本就沒把津田的事兒放在心上，這時他開口說道：「據他告訴我，去年就已經犯病了。他現在還年輕，總是生病也不好，妳跟他說，病假也沒規定只能請五、六天，叫他把病完全養好了再來上班吧。」
阿延聽了連忙道謝。
一行七人走出餐廳後，便在走廊分成兩批各自行動。

五十六

晚餐後，阿延陪著姑母的家人留在劇場，共度一段平安無事的時光。但是當她專注眺望舞台時，腦中突然閃過身穿棉袍的津田。她看到丈夫橫臥病榻的睡姿，他把手裡正在閱讀的書本覆在桌上，彷彿從遠處凝視坐在劇場裡的阿延。等她欣喜地回眸注視丈夫的瞬間，他卻用視線告訴阿延說：「哎唷，妳可別誤會。只是看看妳在幹什麼，我才不會有事找妳呢。」阿延受到這番戲弄，心裡不免埋怨自己太傻。也就在這一瞬間，津田的身影立刻像幽靈般消失了。等到津田的身影第二次現身時，阿延主動向他宣布：「我不會再管你的事情了。」不久，津田的身影第三次出現在阿延面前，這次她幾乎要把舌頭咂出聲音來了。

其實剛才走進餐廳之前，阿延腦中根本就沒想過丈夫。她覺得這種不可抗拒的心理作用，是她在晚餐後才體驗到的嶄新經驗。她默默地對比著經驗前的自己和經驗後的自己，兩相對比之後，吉川夫人的名字再三出現在她心頭，因為她認為夫人就是促成這種劇變的始作俑者。她隱約感覺，今晚如果沒跟夫人同桌吃飯，這種奇怪的現象絕對不會發生在自己身上。但是讓她具體列舉夫人哪裡不對勁、哪種行為變成了醞釀這杯苦酒的酵母、那酵母又是如何鑽進她的腦中？這些疑問，她可沒辦法說得清楚。她所掌握的全是隱約模糊的訊息。但是最終又得出了比較顯而易見的結論。她完全不認為自己的資訊不足，當然也就不會懷疑結論有所缺失。她堅信一切問題的源頭，都在吉川夫人身上。

看完話劇之後，大家一起回到茶屋，阿延有點擔心又在這兒碰到夫人。而另一方面，她也期待能向夫人更深入地刺探一下。不過，擠在人人都急著回家的雜沓當中，肯定也沒機會再向夫人追問什麼了吧。儘管她自始不曾抱著什麼希望，但是想跟夫人再見一面的好奇心，卻不時從她想要迴避的心思背後冒出來。

值得慶幸的是，茶屋裡平靜如常，並沒看到吉川夫婦的身影。岡本一面穿上厚重的毛領和服外套，一面看著正把手臂伸進外套衣袖的阿延說：「今天就到我們家住一晚吧？」

「喔，謝謝您。」

阿延嘴裡雖然向姑父道謝，卻沒表明自己究竟要不要去姑母家過夜。說完，她露出微笑望著姑母。姑母則是滿臉「受不了你的遲鈍」的表情看著姑父。姑父也許沒看懂姑母的心意，或是看懂了也沒放在心上，他用更認真的語氣又說了一遍。

「想住的話就住一晚吧。不用客氣。」

「你叫她去住，可是她家唯一的女傭還在等她呢。怎麼可能啊？」

「喔？是嗎？原來是這樣。只有女傭一個人在家，那的確不安全。」

姑父的語氣似乎是說，既然如此，不來過夜也行啊。當然，姑父最初也只是隨意提起，並不在意阿延究竟要不要到他家過夜。

「自從嫁給津田到現在，我連一晚都沒在外面麻煩過別人呢。」

「喔？是嗎？這麼端正的品德令人欽佩啊。」

「才不呢……其實由雄也沒有夜不歸營的紀錄。」

「哎呀，那很好啊。夫妻兩人都這麼品德端正……」

「真是不勝喜悅。」

繼子低聲補充一句。這句話是她剛才聽到的台詞。說完，繼子似乎也被自己的大膽嚇了一跳，臉上微微浮起一層紅暈。姑父卻故意大聲問道：「妳說什麼？」

繼子覺得不好意思，假裝沒聽見父親的問話，咚咚咚地朝向大門走去。眾人也緊隨繼子身後，一起走出劇場。

大家登上人力車的時候，姑父對阿延說：「妳不去我們家過夜也沒問題，但妳找個時間過來一趟吧。就這兩、三天之內喔。我有事想要問妳。」

「我也有事要向姑父請教。還有今天招待我看戲，也得去向您致謝，如果時間許可的話，我明天就去拜訪，可以嗎？」

「歐來[40]！」

車夫喊出一句英語，四人分別乘坐的四輛人力車就以這句話為信號，一起向前奔去。

40 歐來：英文「all right」的片假名發音。這個字眼的日文含義跟英文原來的含義有點不同。通常是表達「沒問題」、「準備好了」等意思的時候使用。譬如加油站的職員用這個字眼告訴顧客可以繼續倒車，或是電車出發之前，站員用這個字眼告訴司機可以發車。

五十七

岡本家跟津田家大致位於相同方向，只是距離稍遠，所以阿延的膠輪人力車便跟著其他三人的車子一起前進。到了平時拐進小巷前必經的轉角時，她必須跟大家道別，就從車篷裡向前面幾人招呼一聲，但是還沒弄清前面幾人聽到了沒有，她的車子就已從電車大道橫越而過。轉進寂靜的小巷之後，一種寂寥的感覺突然襲上她的心頭。她像個經常跟著團隊活動的人，一不小心踏錯步子，就被人趕出了團隊。當她走進自家玄關時，心裡就有點這種孤苦無依的感覺。

女傭在家應該已經聽到木格門拉開的聲音，卻沒看到她出來迎接。起居室裡雖然燈火通明，水壺卻不像平時那樣發出令人愉快的聲響。室內的景象幾乎跟她早上看到的一樣，沒有絲毫改變，但她現在打量室內的眼神，卻已跟早上完全不同了。微微的寒意正在逐漸裹住孤寂的心情。等那心寒的瞬間過去之後，心底只剩下寂寞與不安。她正打算把那玩累的身軀倒向長形火盆桌前，卻突然轉過臉，朝著廚房喊起女傭的名字：

「阿時，阿時。」一面喊一面拉開廚房旁邊的女傭房門。

在兩疊榻榻米的房間中央，阿時慵懶地趴在一件攤開的縫補衣物上發呆，房門一拉開，她趕緊抬起頭來。看到阿延的那一秒，她馬上口齒清晰地答了一聲「是」，並且應聲站起身來，那髮髻鬆散的腦袋卻撞著了燈罩。因為她為了做針線，故意把燈罩拉低了。燈泡忽左忽右亂晃一陣，弄得阿時更覺尷尬。

阿延既沒笑，也不想責備阿時，甚至連「如果是我的話」之類將心比心的想法也沒有。因為對她來說，現在只要有阿時在自己眼前，就算是在打瞌睡，也能讓她感到安心。

「早點把玄關的大門鎖上，睡覺吧。院門的鐵鉤我已經拴上了。」

阿延吩咐女傭先去睡覺，自己卻連和服也不換，就在火盆桌前坐下。她機械性地撥動盆裡的灰燼，又給即將熄滅的火種添上新炭，再燒上一壺水，因為這壺水正是家庭不可或缺的一大要素。然而，在夜深人靜的時刻，她獨自聆聽壺裡的滾水發出聲響，心底不知從哪兒湧起陣陣孤獨的感覺，比她剛才進門的時候更強烈。平時等待晚歸的丈夫時，阿延也感到孤寂，但是遠遠不如眼前這般，她不由自主轉動著心靈的眸子，充滿依戀地眺望病床上的丈夫。

「畢竟還是因為你不在家啊。」

阿延對著自己在腦中描繪的丈夫說。接著又在心裡對自己說，明天不論如何都得先到醫院去探望丈夫。然而，緊接著下一秒，她的心已不再那麼緊緊地依偎著丈夫的心。兩人之間好像有個東西夾在那兒。她愈想向丈夫靠近，夾在中間那個礙手礙腳的東西就愈往她的心頭猛戳。而丈夫卻是一副若無其事的模樣。她看丈夫這種表現，很想罵聲：「那隨你吧！」然後就賭氣不再理他。

幻想到了這一步，阿延的思緒也就不能不自動飛向吉川夫人的頭頂。她愈來愈覺得剛才在劇場的感覺沒錯，今晚若是沒碰到那位夫人，現在就不會對自己最愛的丈夫產生如此不爽的感覺。

胡思亂想到最後，她很想找人傾訴一下心事，又想起昨晚給家人只寫了一半的信，於是她重新提起筆，想把信繼續寫完。然而折騰了半天，除了向家人報告自己跟丈夫過得很美滿，請家人放心之類的字句外，她實在沒法把自己的想法寫在紙上。那些心裡想說的話，她平時就很想告訴父母，但她今晚覺得，只說這些還不能完全表達心事。她思前想後，被那些糾纏在腦中的想法弄得精疲力竭，最後只好把筆丟開。脫掉身上的和服後，她把衣服隨意扔在地上，就鑽進了棉被。今天在劇場待了很長的時間，劇院的景象化為幾種七零八落的強烈色彩，不斷刺激著興奮的大腦，她彷彿陷入一種焦躁的情緒，始終無法入睡。

五十八

她躺在枕上聽到時鐘敲了一下。兩點的鐘響，她也聽到了。然後，不知過了多久，才從晨曦中醒了過來。雨戶[41]縫隙之間射進的陽光告訴她，她已睡過了平時起床的時間。

在那一線陽光的照耀下，阿延看到自己昨晚胡亂丟在枕畔的衣服，外衣、內衣和襦袢全都套在一起，就像剝下一層皮似的，隨手扔在榻榻米上。她只看到一團亂七八糟的彩色物體，完全無法分辨上下內外。在那堆五彩物體的底下，一條檜扇花紋的織金腰帶蜿蜒而出，一直迤邐到她伸手可及之處，腰帶的一端殘留著細長的摺痕。

她露出訝異的目光瞪著眼前的零亂景象。規矩行事是她從不敢忘的婦德之一。現在攤在面前的這堆衣物，竟是自己的傑作嗎？想到這兒，她不禁覺得有些可恥。自從嫁給津田以來，她還沒讓丈夫看過自己這麼邋遢的一面，好在她一轉眼，發現丈夫並沒跟自己睡在一個房間裡，這才鬆了口氣。

不過有失檢點的，還不僅是穿著。如果丈夫沒去住院，而像平時一樣在家的話，不管晚上她睡得多遲，丈夫也不會允許自己睡到日上三竿才起床吧。她又想起，自己剛睜開眼的瞬間，並沒有立刻跳下床，她愈想愈為自己的怠惰感到不齒。

但儘管如此，她還是不想立刻起床。剛才是在無意識中被阿時的腳步聲喚醒。之後雖然一直聽到她在廚房走來走去的腳步聲，但或許是想補償昨晚敗陣受到的打擊吧，阿延決定忘卻一切，依舊躺在溫暖的棉被裡。

不久，剛睡醒時感受到的那種自責開始逐漸消失，她的想法也跟著發生了變化。就算我是個女人，一年當中睡一、兩次懶覺，應該沒什麼關係吧。想到這兒，她覺得全身關節都在輕鬆舒展，心情也從未像現在這樣放鬆過，她懷著感激的心情品味婚後首次得到的這份自由。當她意識到，這種自由，畢竟還是因為丈夫不在家，才能享受得到，就算她最近必須暫時獨居，她還是很想向自己高喊一聲恭喜。接著，她又發現，每天跟丈夫同床共枕一起生活，自己居然沒注意到這種桎梏的感覺，更讓她驚訝的是，這種桎梏的感覺竟是如此沉重的負擔。不過，這種偶發的瞬間覺醒，當然不會持續很久。當她的雙眼掙脫桎梏，獲得自由之後，她用嘲笑的目光眺望著昨夜焦躁的自己，但是當她從棉床上爬起來的時候，另一種情緒早已操控著她的大腦。

這天她雖然較晚起床，但還是把主婦平常該做的工作都順利解決了。津田不在，她也省去許多雜務，所以不再煩勞女傭，自己利用多出來的時間，動手把和服疊好收起來，接著，又簡單打扮一番，走出了家門。一路上，她心無旁騖地筆直向前走，大約走了五十多公尺，路邊有一座新建的自動電話亭，她便鑽了進去。

她從那個電話亭分別打了電話給三個人。第一通電話當然還是打給津田。但他躺在床上不能起來接電話，所以她只向接電話的人間接打聽津田的狀況。事實就跟她預料得一樣，津田一切正常，沒有任何問題。「很正常，沒變化。」接電話的人向她提出保證，那聲音聽來似乎是一名護士。接著，為了確認津田多麼熱切地期待自己去探病，她又請接電話的人去問津田，今天可否不去醫院探望。誰知津田竟叫護士帶話反問她：「為什麼？」阿延不知丈夫說話時的表情和聲音，很難判斷他的真意，只能滿腹狐疑地抓著電話發呆。遇到這種狀況時，津田不是那種懇求「妳一定要來」的男人。但自己若真的不去醫院，他又會表現得很不高興。但相反的，如果自己到醫院去了，他就會很高興嗎？事實卻也並非如此。說不定，他只是想逼阿延傾注全力伺候自己，然後又裝作沒事似的，擺出一副「這就是女人本分」的嘴臉。這個念頭突然鑽進腦中時，阿延竟然一不留神，就把自己對丈夫的某種情緒在電話裡發洩掉了。根據她自己的理解，這種情緒是昨夜從吉川夫人那裡體會出來的。

41　雨戶：玻璃窗普及之前，傳統日式木造房屋的紙窗外側有一層木板、鐵皮或鋁皮的窗戶，叫作「雨戶」，可以遮擋風雨，冬季還可防寒，玻璃窗開始普及後，紙窗與雨戶之間還有一層玻璃窗，所以傳統房屋共有三層窗戶。通常一般家庭早起後第一件事就是拉開雨戶，晚上天黑之後再闔上雨戶。

「因為我今天必須去岡本家一趟，拜託幫我轉告一下，今天不能去看他了。」

說完，她掛斷了醫院的電話，接著又立刻打到岡本家，詢問對方是否可以上門拜訪。最後一個電話是打給津田的妹妹，阿延只在電話裡簡單報告了津田的狀況之後，就回家了。

五十九

阿延在阿時的服侍下，吃了一頓早午餐，這也是她婚後的首次經驗。津田不在家所帶來的這種變化，令她感到氣象一新，好像自己變成了女王。而相對的，這種攪亂日常生活習慣才到手的自由，反而讓她覺得比以往更受拘束。肉體雖然比較悠閒，心情卻總是惶惶不安。她看著阿時說：「老爺不在家，感覺好像有點怪。」

「是呀。好寂寞。」

阿延繼續接著說：「像這樣睡懶覺，我還是生平第一次呢。」

「是啊。不過我們平常都起得很早啊。偶爾把早餐午餐併在一起，這種吃法也很不錯呢。」

「真沒想到，老爺一離開，就變成這樣了。」

「您說的是誰呀？」

「說妳呀。」

「我才沒有呢。」阿時故意大聲嚷起來。

阿延覺得聽那大嗓門發出的聲音，比跟不會說話的人聊天更有趣。但阿時馬上閉嘴不再出聲。

大約過了半小時，阿延套上阿時擺在脫鞋處那雙出門才穿的木屐，再度走出家門。她回頭看著送她到玄關的阿時說：「妳要多加留意。像昨晚那樣睡著的話，太危險啦。」

「您今晚還是很晚才回來嗎？」

自己今天究竟幾點回家？阿延根本還沒考慮過這個問題。

「我是不想那麼晚回來啦。」

難得丈夫不在家，真想在岡本家多玩一會兒。這種想法隱藏在她心底的某個角落。

「我會盡量早點回來啦。」

留下這句話之後，她很快走上大路，朝著預定方向前進。

岡本家的位置大致跟藤井家位於相同的方向。其中一半的路程可以搭乘河邊那條路線的電車。阿延在終點前一、兩站的地點下了車，越過橫跨路面的小木橋，到了對面的橋頭再繼續往前走。這條路，兩、三天前的晚上，津田和小林從酒館出來之後也走過。當時他們因為各自的境遇與性格的差異，而對彼此懷著感情的糾結。兩人一路都在爭論小林遠赴朝鮮的問題，還有阿金的問題……但是阿延並沒聽到津田提過這一段，所以她當然無從想像兩人當時的模樣。她跟兩人的方向相反，一路漫無目的地向前走去，開始登上一段狹長的山坡。這段路也是去姑父家的必經之地。不一會兒，碰巧繼子也從對面走來，她看到阿延便打招呼說：

「昨天辛苦妳啦。」

「妳這是到哪兒去啊？」

「去學習。」

表妹去年剛從女學校[42]畢業，現在利用閒暇學習各種技藝，譬如鋼琴啦、茶道啦、花道啦、水彩畫啦、烹飪啦等等，什麼都想試試看，阿延深知她的習性，一聽「去學習」這句話，就忍不住想笑。

「學什麼？腳尖舞[43]？」

她們的關係就像這樣，親密得可以互通暗語。但是對阿延來說，這個字眼或多或少也隱含了嘲諷對方比自己生活優裕的意味，可惜最關鍵的當事人卻完全沒聽出這種弦外之音的譏諷。

「怎麼可能……」

繼子才說了一半，就露出開心的笑容。看到那天真無邪的笑容，連神經十分敏銳的阿延也只好放過她了。但繼子直到最後都沒告訴阿延自己要去哪裡學什麼。

「妳總是取笑我，好討厭喔。」

「又開始學什麼了？」

「反正我是貪心鬼，學什麼都有可能。」

繼子喜歡學習技藝，外號叫作「貪心鬼」，在她家已是公開的稱呼。最先是她妹妹想到這個外號，然後很快就在全家散播開來，最近連她自己也很隨意地引用這個外號。

「等我喔。我很快就會回來。」

說完，繼子踏著輕快的腳步走下山坡。阿延回頭看她一眼，心中再度升起平時對她抱持的那種既崇拜又不屑的情緒。

42 女學校：明治初期到第二次世界大戰前的女子教育機構。小說裡的女學校應是指「高等女學校」，入學資格為尋常小學校畢業，四年制，學生畢業時的年紀約為十六歲。

43 腳尖舞：指芭蕾的腳尖舞。最早將芭蕾舞引進日本的是義大利演出家羅西（Giovanni Vittorio Rosi），他在一九一二年首度前往日本，在帝國劇場公開演出自編的舞劇《犧牲》，後來還陸續引進《蝴蝶夫人》、《魔笛》在日本舉行首演。

六十

阿延到了岡本家門口，剛好看到姑父站在玄關前面，他沒穿外套，腰上繫了一條兵兒帶[44]，兩端鬆散地垂在腰間，背在身後的兩手壓在腰帶打結處，一名植木屋站在他身邊，正揮著鐵鍬在幹活，姑父則在一旁絮叨叨跟他聊天。姑父看到阿延走過來，便立刻轉臉對她說：「妳來啦。我正在整修庭院呢。」

植木屋身邊的地上，一株巨大的木通樹躺在那兒，樹上那些藤蔓捲曲糾纏在一起。

「我們正要把那東西移到院門口，讓它爬到門上去。這個主意不錯吧？」

阿延來回打量著竹籬中央那根門柱和粗木構成的門框。竹籬是用扁竹片交叉織成，門柱表面則有斧頭劈出的粗獷花紋。

「喔？這是原本長在門旁那道窄籬邊的，從那裡挖過來了？」

「嗯，然後要在那邊改裝一道有鑲邊的目關垣[45]。」

姑父最近比較空閒，一天到晚盤算著各種主意，想要按照自己的意思重新翻修房舍。不知從什麼時候起，他知道的建築用語竟一下子增加了那麼多。譬如「目關垣」這種名詞，阿延聽著根本不懂是什麼意思，只能「嗯」一聲應付過去。

「這種事當作飯後運動挺好的。能夠幫助消化。」

「別開玩笑了。姑父我還沒吃午飯呢。」說完，姑父特地拉著阿延從院裡直接登上客廳，同時大聲呼喚姑母的名字：「阿住，阿住。」

「肚子好餓啊。趕快開飯吧。」

「所以剛才跟大家一起吃多好啊。」

「我可不能老是為了配合廚房，就被妳隨意擺布。世界上最重要的，就是萬事有序。懂了嗎？」

姑母明知丈夫是自找苦吃，臉上卻沒有任何表情，而姑父的回答也跟平時一樣，總是老掉牙的那一套。阿延覺得自己好像呼吸到久別的家鄉氣息，心中忍不住要把眼前這對老夫婦跟自家夫妻拿來對比一番，她跟丈夫結婚還不到一年，算是剛要展開新生活的小夫妻。我們經過漫長的歲月，也會自然而然地變成這樣嗎？或者，不管一起生活多久，只要彼此性格不合，雙方的想法就永遠無法一致？對年輕的阿延來說，這種疑問不是僅憑智慧與想像就能找到答案。她對現在的津田並不滿意。但一想到自己將來也會像姑母那樣風華盡失，她覺得非常難以接受。如果說，這就是在未來等待著自己的必然命運，那麼永遠都在企圖維持光鮮風韻的她，遲早必會遭遇一次可悲的打擊。對年輕的阿延來說，一個女人明明已經失去屬於女人的東西，卻還想以女人的面貌活在這個世界上，這種人生才真的非常可怕。

姑父當然做夢也想不到，眼前這位少婦的心中竟會湧現如此遙不可及的感觸。他盤腿坐在自己的小膳桌前看著阿延說：「喂！在發什麼呆？怎麼想得那麼入神？」

阿延趕緊回答：「今天難得過來打擾，就讓我伺候您吃飯吧。」

誰知飯桶並沒放在旁邊。阿延正要站起來，卻被姑母喊住。

「哪裡需要伺候。今天吃麵包，」

這時，女傭已用盤子裝著烤得焦黃的麵包送上來。

「阿延，姑父現在好慘喔。出生在日本的我，竟然不能吃米飯，夠可憐的吧？」

姑父患了糖尿病，主治醫生嚴禁他攝取規定分量以外的澱粉。

「我現在就這樣，整天都在吃豆腐喔。」

姑父的小膳桌上放著一盤顏色雪白、沒加熱的生豆腐，那分量根本不是一個人能夠吃完的。

---

44 兵兒帶：一種男性和服腰帶，質地較軟，繫法簡單，通常是居家或休閒時使用。

45 目關垣：用帶穗的新竹密密編成的單片窄幅竹籬，主要是當作裝飾。

眼看胖呼呼的姑父故意露出悲慘的表情，阿延不但不覺得他可憐，反而很想大笑。

「還是稍微節食比較好啦。任何人要是像姑父那麼胖，都會覺得活得很痛苦。」

姑父回頭看了姑母一眼。

「阿延這嘴本來就不饒人，嫁人之後好像更厲害啦。」

六十一

阿延從小由姑父照顧長大，所以她比旁人更了解姑父各種深藏不露的才能。

姑父是個神經質的人，這種性格跟他豐滿的身材極不相稱。他常常躲在房間裡，半天也不說一句話，但只要看到外人，他又會跟人家說個不停。大多數情況下，他這種平易近人的作風並不是因為精力沒處發洩，而只是出於對人的體貼，因為他不想讓客人感覺不快，也不願在客人面前冷場。所以他平時跟客人聊天的話題，除了正事之外，全都集中在一生精心鑽研的某些嗜好。這種對社交極有利的談話技術，應該也為他的成功提供了不小的貢獻。更因為擁有這種技術的人，通常都是天生自帶詼諧特質，所以能為談話帶來錦上添花的效果。阿延因為自小看著姑父長大，所以她也在不知不覺中學會了姑父的談話技術。碰到心情不錯的時候，她甚至能把姑父當成對手，跟他來一場戲謔諷刺的競賽。這種本事好像已經變成阿延的第二種天性，她無需花費一絲力氣就能揮灑自如。但是嫁給津田之後，她決定改掉這種亂開玩笑的習慣。最先是為了謹慎，她盡量不說那種嘲諷式笑話。然而，兩、三個月過去了，她竟連一次笑話也沒再說過。這時她才明白，以後在丈夫面前，她必須改頭換面，變成另一個跟她在岡本家完全不同的人才行。這個發現令她感到悵然，同時也覺得自己好像在欺騙丈夫。今天偶爾來到岡本家，看到姑父還是跟從前一樣，阿延心底不免升起某種感覺，使她回憶起往日的自由。

她像在緬懷往事似的深情打量姑父滑稽的表情。盤腿而坐的姑父面前，擺著一盤生豆腐。

「我的嘴壞還不是姑父訓練出來的？我可不記得津田教過我喔。」

「哼！不一定唄。」

姑父故意用江戶腔說完，看了姑母一眼。江戶腔這種方言，姑母向來非常厭惡，絕對不准在家聽到家人說這種話。不過姑母也深知姑父的毛病，有人糾正的話，他反而覺得更有趣，還會繼續說下去，所以姑母假裝什麼也沒聽到，故意不理他。姑父似乎很失望，轉臉對阿延說：「由雄真是那麼嚴肅的人？」

阿延也不回答，只是嘻嘻地笑著。

「嘿！看她笑成那樣，可見心裡滿喜歡的。」
「喜歡什麼啊。」
「喜歡什麼？別裝了，自己心裡明白吧……不過，由雄真的那麼嚴肅嗎？」
「我也不清楚。您為什麼這麼認真地問我這件事？」
「因為我也有些看法。但要先看妳怎麼回答再說。」
「啊唷！好可怕喔。那我就說嘍。由雄就是像您看到的那樣，是個很嚴肅的人。那又怎麼樣呢？」
「此話當真？」
「對呀。姑父好囉唆。」
「那我也簡單地說結論吧。由雄若是真的像妳說的那麼嚴肅，那我看，跟妳這麼喜歡戲謔說笑的人是合不來的。」

說著，姑父翹起下巴指著靜坐一旁的姑母說：「如果是妳這位姑母，或許剛好配得上他喔。」

聽了這話，一股淒涼像遠處吹來的涼風，突然掃進阿延的心底。當她意識到自己竟在瞬間陷入悲戚的情緒時，心底不免大吃一驚。

「姑父永遠都這麼樂觀，不錯嘛。」

姑父假設他們夫妻關係極為親密，所以半調侃地開著玩笑，阿延對這種即興的戲謔雖能一笑置之，但她心底跟表面卻有極大的落差。為了掩飾這種落差，她覺得唯一的辦法，就是自己必須在別人面前扮演擁有完美丈夫的妻子，即使現在心裡感到某種情緒，卻沒有在姑父面前表現的自由。想到這兒，阿延眼中幾乎流下淚來，但她拚命眨著眼皮掩飾了過去。

「再怎麼配得上，我都這把年紀了，也沒戲可唱啊。對吧？阿延。」

姑母雖已上了年紀，但不論走到哪兒，看起來還算年輕。說完之後，姑母轉動一雙滋潤閃亮的眼睛看著阿延。阿延不發一語，卻沒忘記利用最佳的機會掩飾自己的感情，所以她發出一陣看似有趣的笑聲。

六十二

姑母雖是阿延的血親，但阿延更喜歡沒有血緣關係的姑父，而且她一直深信，姑父也會有所回報，對自己特別疼愛。姑父天生的性格既有灑脫的一面，也有神經質的一面，但阿延對他這兩種特質都能理解，也懂得如何對應。阿延的反應總是能分毫不差地符合姑父的期待，而她做起來也很輕鬆，因為她還年輕，為人處世的態度大分柔和，才能毫不為難地既討姑父歡心，同時也讓自己獲得滿足。阿延總以為姑父是帶著鑑賞的視線欣賞自己，有時她甚至納悶，為人呆板的姑母為什麼性格那麼剛烈？

阿延應對異性的技巧，就是跟著姑父學的，她始終深信，不論自己將來嫁給誰，這套工夫肯定能在丈夫身上發揮成效。後來跟津田結了婚，她才發現事實似乎跟自己想像的不太一樣，但她也只能用一種「原來如此」的目光，觀察自己的人生初體驗。她努力適應這種生活，卻經常面臨抉擇。要把新婚丈夫調教成姑父那樣的男人？還是配合新婚丈夫的喜好，重新改造已經定型的自己？阿延的愛情傾注在津田身上，而她的同情卻是傾向姑父這種類型。每當她必須做出抉擇時，「這樣能讓姑父高興」的想法經常浮現在她腦中。然後，一種自然的推力會命令她，把一切都巨細靡遺地告訴姑父，但倔強的性格又強迫她抗拒這種命令。一來二去，她竟然一路忍耐下來，而到了現在，她已完全不想告白了。

阿延之所以瞞著姑父母實情，是因為她深信他們不但能被自己矇騙過去，而且絲毫不會起疑。另一方面，生性敏感的阿延深知，姑父心裡也有個跟自己一樣的祕密。這個祕密是關於津田的，姑父也很想告訴阿延，卻無法啟齒。其實姑父的心意早就被阿延看透了，按照她的說法，姑父對她最心愛的丈夫津田，一點好感也沒有。這種推測根本不必把阿延跟丈夫放在一起比較，只要看看存在於兩人之間的氣質差異，就很容易得出結論。至少，阿延在結婚後立刻就察覺這件事。不僅如此，她還掌握了其他線索。姑父雖然貌似粗獷，卻也有細緻的一面。他看似萬事隨和，但是感覺很敏銳，嘴上總是冷言冷語，內心卻又溫暖如火。這樣的姑父，似乎從第一次見到津田的時候，就已直覺地對他心生反感。「妳喜歡他那種男人啊？」姑父當時詢問阿延。她卻同時聽到這句話背後的含義：「那妳不喜歡我這種男人吧？」阿延頓時恍然大悟。但是當她徵詢：「姑父的看法呢？」他卻已經跨越了心中不爽的那一關。

「那就嫁吧！只要妳自己想嫁，不用顧慮任何人。」姑父和顏悅色地告訴阿延。

另外，阿延還掌握了一條線索。姑父雖然在她面前什麼也沒說，她卻從姑母嘴裡聽到姑父對津田的露骨批評。

「那傢伙的表情簡直就像告訴大家，全日本的女人都得愛上他，不是嗎？」

但奇怪的是，阿延聽到姑母的轉述後，心裡不僅不覺得意外，也沒有特別的感想。她深信自己能夠全心全意去愛津田。同時也期待津田深愛自己。她對自己這份期待很有信心。聽到姑母的轉述後，第一個鑽進阿延腦中的念頭就是，姑父又要開始表演他的嘲諷秀了，想到這兒，她忍不住笑出聲來。姑父這樣批評津田，還不是因為他心裡妒忌。阿延暗中向自己解釋，同時也感到很得意。這時，姑母也在一旁幫腔說道：「他自己年輕時多自戀啊，他都忘光了。」

現在她坐在姑父面前，不由自主地想起過去這段往事。剛才姑父戲稱自己不適合擔任「嚴肅」男人津田的妻子，她細細咀嚼這個無聊的笑話，愈想愈覺得話中似乎隱藏著某種嚴肅的意義。

「結果還是被我說中了吧？如果沒說對，那當然很好。但是萬一發生了什麼事，或是現在還沒發生，將來不知哪天突然發生了，妳可不准藏在心裡，一定要告訴我們喔。」

阿延感覺自己似乎在姑父的目光裡讀到這番充滿慈愛的叮嚀。

六十三

阿延用笑容驅走了感傷的心情，為了逃避痛苦，她立刻向姑父母提出自己心中的疑問。

「昨天到底是怎麼回事呀？」

按照她昨晚的計畫，今天本該要求姑父向她說明一下，誰知原該提出回覆的姑父卻向她反問說：「妳覺得是怎麼回事？」

姑父特別強調了「妳」這個字，同時還用一副看穿心事的目光凝視著阿延。

「我不知道啊。您這樣突然問我……對吧？姑母。」

姑母露出別有用意的笑容。

「妳姑父說啊，像我這種糊塗蟲是不會懂的，但是阿延一定明白。他還說：『因為那傢伙比妳聰明。』」

聽了這話，阿延也只能苦笑。她心裡當然已有某種模糊的臆測。但她的教養不許她那麼輕狂，既然姑父母沒有勉強自己說，她就不會自作聰明地隨便亂講。

「我才不知道呢。」

「哎，那猜猜看嘛。妳大概能猜中。」

阿延從姑父的神情裡看出，這次是無論如何也要叫她先說，於是，她又故意推讓了兩、三回，最後才說出自己的推測：「難道是相親？」

「怎麼會……妳看起來覺得是那樣？」

姑父肯定阿延的推測之前，連續反問她幾遍，最後才高聲大笑起來。

「猜中了！猜中了！妳畢竟還是比阿住聰明喔。」

姑父頗有閒情逸致，連這點小事也要在兩人之間斷個高下，阿住和阿延卻故意開玩笑不理姑父。

「我說姑媽啊，這種小事，您大致也能看得懂吧。」

「妳受到讚美，也沒什麼高興的吧？」

「是呀。一點都不值得高興。」

說著，阿延腦中重新浮起掌控全場的吉川夫人當時努力撮合的模樣。

「總之，我猜就是那麼回事啦。因為那位夫人自始至終，都在幫繼子和那位三好先生找機會，她簡直都忙壞了。」

「說起繼子那孩子，不爭氣的事幹得可多了。人家想幫她露臉，她卻拚命往後退，簡直就像一隻頭上套了紙袋的貓！昨天那種場合，要像阿延這樣，才占便宜呢。至少跟得上時代潮流。」

「是說我臉皮厚，不懂害羞嗎？真不知是在讚我還是罵我。其實每次看到繼子那樣穩重的女孩，我都想努力變成那樣呢。」

阿延說完，想起昨天的聚會裡，自己並沒機會發揮姑父所謂的新潮流作風，以她的標準來看，昨晚自己的表現很失敗，所以她現在是懷著不快與不滿的心情回顧那場聚會。

「昨天那種場合，為什麼需要我去參加呢？」

「妳不是繼子的表姊嗎？」

如果身為親戚是唯一的理由，那除了阿延之外，還有好多人都應該到場呢。而且對方只有當事人獨自前來，除了擔任介紹人的吉川夫婦之外，對方沒有一位能當代表的人物。

「可是這有點說不過去吧？這樣的話，要是津田沒生病，他也得出席了，否則就說不過去啊。」

「那是另一回事。其實我是另有用意的。」

原來姑父用心良苦，他是想利用昨晚的機會，盡量安排津田和阿延多跟吉川夫婦接近，哪怕多見一面也好。阿延從姑父口中明確聽到他的想法時，深覺自己平日沒有看錯，姑父果然是以這種方式表現自己的性格。她除了在心底感謝姑父的照顧，也對姑父有些埋怨，既然這麼為自己著想，為什麼不幫自己跟吉川夫人拉近距離呢？當然，姑父為了讓她接近夫人，的確安排她跟夫人同桌吃飯，但結果讓她跟夫人的關係似乎變得比從前更糟了。姑父對阿延內心這種特別的感覺，似乎渾然不知。可見男人不論考慮得多麼周全，總還是有疏漏之處，想到這兒，阿延忍不住就想批評男人幾句。但仔細一想，姑父並不知道吉川夫人跟自己之間這種微妙的關係，不論是誰出面，這問題都沒辦法解決。她只好嘆口氣，原諒了姑父。

六十四

阿延打算暫時丟開夫人跟自己之間的問題，先把埋在心底的疑點解決了再說。

「原來是這麼回事啊。那我應該感謝姑父呢。可是，除了那層意思之外，還有點別的什麼吧？」

「或許也有吧，就算沒有，只為了見一面把妳叫去，也很值得啦。」

「是啊，是很值得。」

阿延不得不這樣回答。但她心裡覺得，那種拉人出席的方式，有點過猛了。果然，姑父還藏了最後一招沒說。

「老實說啊，我是想讓妳來鑑別一下女婿人選。因為妳很會看人嘛，所以找妳來商量一下。怎麼樣？妳覺得那男人如何？作為阿繼將來的丈夫，妳覺得可以嗎？」

按照姑父平時的行事作風，阿延很難判斷姑父所謂的商量到底有多認真。她猶豫了幾秒才說：「哎唷，派給我這麼重要的任務。太光榮了。」

說著，她又露出笑容看了身邊的姑母一眼。姑母倒是出乎意料的沉著，所以阿延立刻壓下得意的情緒說：「像我這種貨色，敢去幫您物色女婿，那就有點輕狂了。而且只跟大家一起坐了一小時左右，任誰也看不出什麼名堂。除非有一雙千里眼。」

「喔，妳好像就有一雙千里眼喔，所以大家都很想聽聽妳的意見。」

「好討厭，您又取笑我了。」

阿延故意佯裝不想理會姑父，但她心裡有一種被人討好的快感。其實那種感覺，不過是確認大家可能都跟姑父一樣欣賞自己所產生的得意罷了。另一方面，那種感覺也是直接令她沮喪的證據，她應該立即拋開才對。而她不但沒有拋開，反而馬上從身邊的實例當中想起了自己的丈夫。結婚以前，她始終深信自己比千里眼更清楚地看清了他的特質。然而，從婚後至今，這份自信已被思想不一致造成的傷痕弄得滿目瘡痍，就像燦爛的太陽出現了黑點一樣。所以說，經過相當時日的體驗之後，阿延終於低頭接受了令人不安的真理，或許，自己對丈夫的直覺，應該糾正、修補一番吧。而且她也不再年輕，不會隨便就被叔父煽動而隨之起舞。

「姑父，人這種東西啊，不深入交往看看，是沒法了解的。」

「這種事，不用妳教，誰都知道啦。」

「所以呀，我的意思就是說，只見一面，根本沒辦法說什麼啦。」

「妳這話是指一般男人吧。但女人只要看上一眼，馬上就能說出一些看法，而且都說得很扼要，不是嗎？妳就把自己的想法隨便說說，讓姑父做個參考罷了。又不會叫妳負責，不用擔心。」

「可我沒辦法呀，叫我扮演預言家之類的角色。對吧，姑媽？」

姑母不像平時那樣給阿延幫腔，卻也沒有站在姑父那邊。她既不強迫阿延發表預言，也不強力阻止姑父。姑母的表情似乎表示，家裡第一次嫁女兒，關於心愛的長女未來的夫婿，不論任何訊息，就算只是小事，也有傾聽的價值。阿延看到姑母這種態度，只好說幾句無關痛癢的看法。

「對方的人品好像很不錯吧？年紀雖輕，卻表現得非常穩重……」

說完，姑父仍在等待下文，阿延卻沒再說下去。姑父催她似的問道：「只有這樣？」

「因為我坐在那位先生的斜對面，也沒辦法仔細打量他的臉孔。」

「昨晚把預言家安排坐在那個位子，或許是不太對……可妳應該還是有些看法吧？不要說那種平凡的觀感，好好發揮一下妳的特色，說點那種一語中的，能夠刺中對方軟肋的……」

「好難喔……只見了一面，沒辦法說什麼啦。」

「雖然只見了一面，但如果非讓妳說些什麼，怎麼樣？妳還是能說點什麼吧？」

「那我可說不出。」

「說不出？這麼說來，妳的直覺最近沒效啦。」

「是啊。出嫁之後，直覺愈來愈不行了。最近簡直沒有直覺，只剩下鈍覺了呢。」

六十五

阿延嘴裡跟姑父進行冗長的一問一答，腦中卻馬不停蹄地思考另一件事。她從沒懷疑過津田跟自己的關係，而姑父也承認他們這一對是美滿夫婦的典範。但她心裡很明白，姑父打從第一次見面起，就對津田沒有好感，之後應該也沒改變過看法。因此她認為，姑父一定始終都是用一種不可思議的眼光，旁觀她跟津田的甜蜜生活。換成另一種說法就是，姑父心裡肯定懷著疑問：為什麼像阿延這樣的女人，能夠獲得津田的愛情？姑父之所以會有這種疑問，是因為他對自己的先見之明始終深感自信。姑父認為，會看錯人的，不是他，而是阿延。只要時機成熟，他就要把這項結論公諸於世，而且這份決心似乎早已埋藏在他心底。

「既然如此，姑父為何那麼固執地想聽我對三好先生的看法？」

阿延想不出答案。姑父早在暗中認定她選錯了丈夫，她現在怎敢不知輕重地應他要求發表看法？所以她只能無奈地保持沉默。然而，姑父多年來看慣了天不怕地不怕的阿延，現在看她沉默不語，當然覺得這種現象非常奇怪。於是，姑父指著阿延對姑母說：「這孩子出嫁之後，好像變了個人呢。膽子變得這麼小。應該是被老公感化的吧。真叫人難以置信。」

「都是因為你逼得太過分啦。來，告訴我！快！說啊！你這樣催命似的逼她，誰也受不了。」

姑母的態度倒不像在指責姑父，而比較像在袒護阿延。但是阿延無心竊喜，因為她心裡早已塞滿了無限感慨。

「但重要的是，這不是繼子的問題嗎？我覺得只憑繼子一句話就能決定的。不必由我這種旁人多嘴吧。」

阿延想起了當初選中丈夫時的情景。她看到津田的第一眼，就立刻愛上了他。接著，她就向監護人吐露心意，表示希望嫁給津田。她得到長輩允諾的同時，很快嫁進了津田家。這樁婚事從頭到尾，她都是主角，也是掌控者。她從來都沒有放棄主見，靠別人幫自己作主的經驗。
「那繼子究竟怎麼說呢？」
「什麼也沒說呀。那傢伙比妳還膽小。」
「她是關鍵的當事人，這樣不就沒戲可唱了？」
「嗯，那麼膽小，確實拿她沒辦法。」
「她也不是膽小，是性格穩重啦。」
「不管是什麼，都沒辦法，因為她什麼都不說呀。或許也是因為無話可說，才不知從何說起吧。」
一對男女就這樣糊里糊塗結合在一起，究竟能否發展成正常的夫妻關係呢？阿延心底升起極大的疑問。「連我自己的婚姻都變成這樣。」這種想法從她腦中閃過。對於眼前這樁婚事，她不能想成是「反正跟我的婚姻差不多」，就只能瞪著看得到的部分發愣。她對這樁婚事只覺得恐怖，而沒有可笑的感覺。另一方面，她也覺得姑父這個人真是太樂觀了。
「姑父！」阿延呼喚了一聲，似乎很不以為然地，把她那雙小眼睛睜得大大地看著姑父。
「沒辦法啦。那孩子從頭就不打算開口說話。老實跟妳說吧，原本就知道她會那樣，所以才想到找妳一起來相親。」
「可是，就算我來幫忙相親，又能如何？」
「反正是繼子拜託我們一定要把妳叫來。就是說啊，那傢伙覺得妳比她聰明多了。她以為只要有妳在場，就算她自己搞不清楚，妳一定也會在事後提供很多意見給她。」
「那當初先告訴我一聲，我也會朝那方面留意呀。」
「可那傢伙又說不願意這樣。叫我們一定要幫她保密。」
「為什麼呢？」

說著，阿延看了姑母一眼。「覺得不好意思嘛。」姑母回答，但姑父立刻打斷了她。

「不，不只是因為不好意思。那傢伙的想法是，妳若先有定見，就無法提出精準的評價。也就是說，她想聽到阿延說出公正的第一印象吧。」

這時，阿延總算明白姑父催促自己發表意見的用意了。

六十六

對阿延來說，繼子在她心中占有相當特殊的地位。如果從誰最關心自己的利害關係這一點來看，繼子當然比不上姑母；如果說誰跟自己性格最相投，繼子又遠不如姑父。但她跟繼子之間除了血緣帶來的親密感，對異性的吸引力之外，年齡相近也使她們更願意接近彼此。

當阿延睜大充滿興趣的雙眼，面對每個少女都會心動的各種問題時，很自然地，她不會去找姑父或姑母，而是去跟繼子商量。又因為她獨具天分，所以碰到上述狀況時，她的看法總是比繼子更勝一籌。若從實際的異性經驗來看，她當然更是繼子的前輩。至少，她心裡很明白，繼子是把她看成強過自己的佼佼者。

繼子這個小崇拜者早已養成一個習慣，不管阿延說什麼，她都乖乖地全盤接收。阿延跟表妹同寢共食的這段漫長歲月裡，為了顯示自己的優越感，她已在不知不覺中，對這位極具柔軟韌性的表妹進行過各種調教。

「女人必須把男人一眼看透。」

阿延說過的這句話，曾讓天真無邪的繼子大感驚訝。她在繼子面前，總是裝出一副極有眼光又經驗老到的模樣。於是，繼子的驚訝又從羡慕變成讚嘆，最後甚至到了接近崇拜的地步。幾乎也在同時，她很偶然地跟津田發展成戀愛關係。這件事對她來說，不僅是把自信付諸行動的一次機會，也讓她在繼子面前燃起一把神祕之火。從此，她所說的一切，對繼子來說都是永恆的真理。而向來熟知人情世故的阿延，自然在繼子面前就更加得意了。

阿延對津田留下的印象，很快就傳進繼子的耳裡。繼子平時無法接觸異性，她的眼耳蒐集不到的陌生知識，全得依賴阿延提供的間接資訊補充，所以阿延也很輕易地在她腦中塑造了一個理想的男子形象，而那男子就叫作津田。

阿延結婚到現在半年多了，她對津田的看法已發生了變化。但是繼子對津田的印象絲毫未變。因為她始終相信阿延，而阿延也不是個出爾反爾的女人。她永遠都在繼子面前標榜自己的先見之明，扮演一個罕見的天之驕女。

現在想起自己的戀愛過程，阿延無奈地憶起自己跟繼子延續已久的交情。對她來說，她跟繼子的交情不見得讓她難堪，卻會令她不快。因為她感覺周圍正在緊追不捨地責備自己，要她盡快招供自己以往曾經忽視的弱點；另一方面，也因為她覺得，對方逼迫自己的行為，比她「自己」做過的錯事更糟糕。

「一個人犯了錯，只要他自己嘗到苦頭，也就夠了吧。」

阿延心裡一直藏著這句辯解之詞。但她不能向毫不知情的姑父、姑母和繼子傾吐。就算要找人算帳，她也只能去向老天爺喊冤，都怪老天唆使他們三人麻木不仁地戲謔自己。

吃完飯，撤下小膳桌之後，姑父咕嘟咕嘟喝了幾大口姑母泡來的新茶。他當然做夢也想不到，阿延心底錯綜複雜地纏繞著這麼多糾結。姑父一面瀏覽剛剛整理好的庭院，一面露出愉快的表情，向姑母三言兩語地評論自己設計的木石布置。

「明年想在那棵松樹旁邊再種一棵楓樹。因為從這裡望過去，好像只有那個位置空空的，感覺很奇怪。」

阿延不在意地望向姑父所指的位置。只見庭院連接鄰家的牆邊地上故意堆了厚厚的泥土，土堆上面種著一小叢枝葉繁密的孟宗竹，竹叢根部附近果然就像姑父所說，顯得有些空曠。阿延從剛才就想換個話題，一直暗中等待時機，這時她立刻抓住機會說：「真的呢。那個位置要是只有那堆竹子，不補種些什麼的話，看起來真的好奇怪啊。」

話題果然按照阿延的期待，被扯到其他方向去了。但是相同的話題重新轉回來的時候，大家就得爬過比先前更為陡峻的山坡。

六十七

先前在玄關外揮鍬幹活的植木屋，這時從外面呼叫一聲，姑父便暫時離座走向院內。事情就發生在他從庭院回到客廳之後。

姑父離席之後，姑母和阿延聊起了還沒放學的百合子和阿一，然後很偶然地，又把話題扯向繼子。

「那個貪心鬼，也該回來了吧。究竟幹什麼去了。」

姑母故意用百合子取的外號稱呼繼子。阿延腦中也立即浮起貪心鬼的模樣。當她躲在自己的小天地裡，總是盡情放肆，但只要跨出這個小天地一步，就好像突然變成了拘謹的木偶，一動也不敢動。當她待在父母監造的家庭鳥籠裡，簡直就像一隻快樂歡唱的小鳥，但是一旦打開籠門，放她出去，她卻不知該怎麼飛翔，怎麼鳴唱了。

「她今天去學什麼啊？」

姑母說完「妳猜猜看」後，卻立刻說出答案，阿延剛才從山坡路上帶來的好奇，也因此獲得滿足。但是聽到繼子去學的，是最近才開始流行的外語時，阿延再度被表妹的貪心嚇到了。她甚至產生這種疑問：這傢伙學那麼多東西，究竟打算做什麼啊？

「還是學點外語，比較有意義啦。」

姑母一面為繼子辯解一面向阿延說明。畢竟這件事跟正在進行的婚事也有間接的關聯，所以阿延只能露出讚許的表情點頭稱是。

做妻子的若能了解丈夫的喜好，或至少了解什麼對丈夫的職業有利，當然是一件好事。女人若能在婚前預先設想周到，並且學會這些知識，也是對未來丈夫的一種體貼，或者，只為了討好男人才去學習，也肯定是一種有利的手段。然而，作為一個男人的妻子，繼子除了學外語之外，還有很多重要的課題需要學習。但不幸的是，阿延腦中想到的學習，並不能讓女人變得更溫婉，而只能讓女人變得更能幹，將來肯定會引起負面的摩擦，卻也能把女人磨練得更加聰明伶俐。阿延最先是從姑母那裡學得初步的入門知識，再加上姑父的刻意栽培，才能修得今天的成果。姑父母似乎也總是以滿意的眼神，欣賞著他們精心培育的阿延。

「既是相同的眼睛，為什麼那樣的繼子卻能讓他們滿意？」

姑父母從來沒對表妹露出任何不滿的表情。這一點，阿延覺得很難理解。如果勉強要她解釋這種現象，那只能說，姑父母看侄女和自己女兒的目光，畢竟還是不一樣。這個念頭閃進腦中的瞬間，阿延突然覺得非常不甘心。而且這種想法也常常像發病似的揪著她的心。但是想到心無城府的姑父把她照顧得無微不至，為人公正的姑母也對她非常親切，那種不甘心的火焰總是還沒燃著就已被她撲滅了。阿延一面用隱形袖管遮著自己的臉孔，藉以掩飾內心的羞赧，一面又覺得姑父母的心理好像一個無解的謎題，所以她便持續地凝視他們。

「繼子真幸福。不像我，什麼事都喜歡瞎操心。」

「那孩子比妳更愛操心喔。只因待字閨中，不論多麼喜歡瞎操心，卻沒有可以操心的事，所以才顯得那麼文靜。」

「可我從當初受到姑父姑母照顧時，好像比現在更愛操心呢。」

「那是因為妳跟繼子……」

姑母說了一半卻不說了，聽不出下半句想說什麼。可能想說妳們性格不同，或身分不同，甚至環境不同，三種可能都有，但在深究姑母這段話的含義之前，阿延卻突然倒吸一口冷氣，因為她感到一陣心跳，彷彿以往從沒注意到的某種東西撞擊到心頭。

「難道昨天把我拉去相親，就是因為我容貌比不上表妹，讓我去把她襯托得更漂亮？」

這個念頭像電光石火般的在她腦中閃耀起來，她的意志也比平時加倍努力地抑制自己，好不容易，才總算恢復了平靜，臉上看不出任何表情。

「繼子真幸運，人見人愛。」

「哪裡會啊。但也看各人的喜好吧。像她那種傻孩子也……」

姑母剛說完，幾乎就在同時，姑父也從迴廊邊走進屋子。「阿繼怎麼了？」姑父一面說一面重新走回客廳。

六十八

緊接著，剛才一直被壓抑的某種感情，重新在阿延心底復活了。姑父那張永遠都那麼開心、那麼精神振奮、而且永遠都樂觀的肥臉，猛地一下刺中了阿延的心頭。

「姑父你好壞喔！」

阿延突然無法抑制地說出這句話。這是她跟姑父平日經常交換的對話，兩人之間已不知說過幾百遍了。但她今天說這話的聲音，卻跟平日不同，表情裡也有些特別的東西。但姑父竟完全沒注意到剛才在阿延心底掀起的浪潮，他竟然不像平時那麼細心，臉上淨是天真無知的表情。

「我有那麼壞嗎？」

姑父跟平時一樣裝出無辜的模樣，面色平靜地把切碎的菸草塞進菸斗。

「剛才我不在的時候，姑媽又跟妳說了什麼吧。」

阿延仍不作聲。姑母立刻答道：「你是壞人這種事，也不用聽我說什麼，誰都會知道的。」

「這樣啊。因為阿延是直覺派嘛。說不定被她說對嘍。反正她只要看上一眼，就知道這個男人懷裡揣著多少錢，不管你把錢塞在兜襠布的布層裡，還是夾在腰帶裡放在肚臍上，這女人都看得出來。你們千萬要小心啊。」

姑父的笑話根本沒收到他自己預期的效果。阿延垂著頭，眉毛和睫毛正在一起顫動。不知從什麼時候起，她的睫毛尖端已聚滿了淚水。姑父諷刺過頭的笑話也當場中斷。在場的三人同時感到一種奇異的重壓。

「阿延妳怎麼了？」

說完，姑父為了填補沉默的空檔，用菸斗敲著裝菸灰的竹筒，姑母也不得不幫姑父收拾善後。

「怎麼像個小孩似的。這種小事，值得哭嗎？不就是平時開的那種玩笑嗎？」

姑母這番責備，似乎只是替姑父向阿延說兩句好話罷了。但姑母對阿延跟姑父的關係瞭若指掌，從這個角度來看，任何人都不能說姑母不公平。這一點，阿延心裡也很明白。只是她愈覺得姑母的責備說得很對，就愈想痛哭一場。她的嘴唇不斷顫抖著，眼淚像決了堤似的，不斷流下來，接著，以往使勁堵住的堤防缺口一下子就被沖破了。阿延終於哭著說道：「那也不必說那些話來欺負我呀……」

姑父露出不解的表情。

「沒欺負妳呀。是在稱讚妳呢。對了，譬如妳嫁給由雄之前，曾經對他發表過一些評語吧？大家在背地裡都好佩服妳呢，所以才……」

「那些事，就別提了吧。反正我不該去看戲的……」

沉默又持續了一會兒。

「怎麼會變成這樣？姑父開的玩笑讓妳不高興了？」

「不，反正都是我的錯吧。」

「說這種反話可不好。就是因為不知道哪裡不對，才要問妳啊。」

「所以嘛，都怪我不好，我不是說嗎？」

「可是妳沒說原因啊。」

「沒有什麼原因啦。」

「沒有原因，就只是傷心嗎？」

阿延又哭了起來。姑母露出厭煩的表情說：「妳這人怎麼回事呀。又不是小孩子了。以前住在家裡的時候，姑父跟妳怎麼開玩笑，都沒像這樣哭過。現在的年輕人，真是叫人為難。一嫁出去，丈夫稍微寵著點，馬上就變成這樣。」

阿延咬著嘴唇沒說話。現在她反而覺得姑父十分可憐，因為他把一切過錯都攬到自己頭上。

「那樣罵她也沒用嘛。都怪我，玩笑開得太過火了……喂，阿延，沒錯吧？一定就是這樣。好啦好啦，姑父把妳惹哭了，等會給妳買個很棒的禮物。」

過了半晌，阿延的情緒終於平靜下來，她暗自思量，姑父把自己當成小孩一樣哄著，自己就該設法緩解一下眼前這種尷尬才對。

六十九

誰知就在這時，剛上完外語課的繼子回來了，她毫不知情地驟然出現在門口。

「我回來了。」

房間裡的三人正在為難，不知如何打開和解的鎖鑰，一看到繼子，大家都高興得像是突然找到解決方案，於是不約而同都向她招呼道：「妳回來啦。」

「好晚啊。剛才就一直等著妳呢。」

「哎呀，都等得不耐煩了，一直在問繼子怎麼還不回來、還不回來。」

姑父的態度顯得有點神經質，同時也因為想要化解剛才的不愉快，所以表現得比平時更加開朗。

「阿延好像有事來找繼子，說是一定要跟妳談一談呢。」

姑父甚至不惜多事，硬給阿延安排了一項違背意願的任務，並且露出洋洋得意的表情。

然而，女傭跪在紙門外面報告說「洗澡水已經燒好」的時候，姑父卻又突然想起什麼似的站起來說道：

「我還不能洗澡，院裡還有工作沒做完……妳們要先洗的話，就先去吧。」

姑父決定把這個秋日剩下的時光都花在院裡的泥土上，他說完後就跟自己欣賞的那位植木屋重新回到院裡。

但是剛轉過身，姑父又回頭說道：「阿延，妳在這裡洗個澡，吃完晚飯再回去吧。」

說完，姑父向前走了五、六公尺，又轉身走了回來。阿延看著姑父面面俱到的忙碌模樣，心中不禁感嘆，真不愧是姑父的特色啊。

「既然阿延來了，晚上要不要把藤井請過來？」

姑父跟藤井是老朋友，儘管他們職業不同，從前倒是同一所學校畢業，現在再加上津田這層關係，兩人走得更近了。阿延雖然把姑父這項建議視為照顧自己，卻不覺得特別高興，理由倒不是因為藤井家跟津田不親，而是阿延跟他們離得更遠。

「不過他會來嗎？」姑父的表情剛好跟阿延的心事不謀而合。

「近來大家都說我退休了，隱居了，其實那傢伙從很久以前就一直推崇隱居生活，我這種人，根本望塵莫及。喂，阿延，如果去請藤井叔父來吃飯，他會來嗎？」

「來不來，我可不知道喔。」

姑母委婉地表達了自己的看法：「大概不會來吧。」

「嗯，大概不會一叫就來。那還是算了……或者，還是打個電話試試看呢？」

阿延忍不住大笑起來。

「您說打個電話試試看？可是他們家又沒有電話。」

「那就沒辦法了。派個人去請吧。」

姑父不知是嫌寫信麻煩，還是覺得時間寶貴，說完，就快步朝院門口走去。姑母則一面站起來一面說道：「那就抱歉了，讓我先去洗澡吧。」

家人知道姑父有潔癖，平時大家都會請他先去洗澡，只有姑母不管這些，立刻按照姑父的吩咐，先去洗澡了。姑母這種態度令阿延既羨慕又妒忌。她覺得姑母這種作風根本不像個女人，有點令人厭惡，而另一方面，又覺得姑母頗有男子氣概，令人欣賞。「要是我也能像姑母那樣就好了。」阿延想，但又覺得：「不論年紀多大，我也不想變成那樣。」兩種想法在她腦中千折百回，不斷地往來交錯。

阿延茫然目送姑母的背影離去，身邊只剩下繼子一人。她突然向阿延提議說：「到我房間來吧。」於是，兩人也不管地上堆滿火盆和茶具就離開了客廳。

七十

繼子的房間也就是阿延嫁給津田以前住過的地方，從前她們把兩張書桌並排放在一起，兩人並肩而坐的往日情景，似乎仍然殘留在牆壁、天花板。配了玻璃門的小書櫥裡，那個雕刻木偶還是跟從前一樣，規規矩矩地站在架子上。旁邊有個裝在籃子裡的針線包，上面繡著薔薇花，也跟從前一模一樣。另外還有個唐草花紋[46]小花瓶，是她們一起從三越百貨公司買回來的。

阿延轉眼環顧四周，整個房間都能聞到她跟表妹共度的少女時代氣息。就在那段時期，她遇到了名叫津田的對象，充滿甜蜜氣息的少女夢才終於能夠付諸實現。就在那一瞬間，她的感情化為燦爛的火焰，而在火焰前面手舞足蹈、興奮起舞的人，正是她自己。她以為，就算眼睛看不見，只要有了瓦斯，火就能啪地一下燃燒起來。她還堅信，幻想跟現實之間沒有任何差距。現在回想起來，從那時到現在，半年多過去了。不知從什麼時候開始，她已認清幻想可能永遠都只是幻想罷了，不論身在何處，幻想似乎不可能變成現實，或已經很難成為現實。她甚至曾在心底偷偷嘆息：「從前就像一場模糊的夢，肯定會離自己愈來愈遠吧。」

她懷著這種想法打量坐在自己面前的表妹。眼前這位少女，可能也得踏上跟自己一樣的路途吧。或者，會遭遇比自己更意外的未來也不一定。她的命運全都握在姑父手裡，一切都看他擲出的骰子在榻榻米上如何翻滾，說不定今天或明天，繼子的終身就要被決定了。

46 唐草花紋：也叫蔦蘿花紋，由複數的波浪型曲線組成，象徵蔦蘿藤纏繞狀。這種花紋據說來自西域，盛行於唐朝，因此叫作「唐草」。

想到這兒，阿延露出微笑。

「繼子，今天讓我給妳抽個籤吧。」

「為什麼？」

「不為什麼啊。只是玩玩嘛。」

「不為什麼，多無聊。必須要為點什麼才好。」

「是嗎？那就為點什麼吧。要為點什麼才好呢？」

「為點什麼才好？這我怎麼知道。必須由妳來決定啊。」

繼子沒法輕鬆提起自己的婚事，如果阿延隨意說起，繼子似乎也會感到難堪。不過很明顯的，她很期待別人找個間接的理由，把話題扯到這件事上來。阿延很想讓表妹高興一下，卻又不想在事後惹上麻煩，弄得自己必須負責。

「那我負責抽籤，妳自己決定問什麼好了。喂，不論如何，我想妳現在心裡肯定有件事很想知道答案吧？就問那件事好了。隨妳怎麼問都行。」

說著，阿延伸手去拿她們夫婦送給繼子的禮物，盒子跟平日一樣，放在繼子的桌上。誰知繼子卻猛地一下按住阿延的手。

「不要啦。」

阿延並沒把手抽回來。

「不要什麼？沒關係嘛。借我一下，我會幫妳抽張讓妳開心的籤條。」

阿延原本對抽籤並沒多大興趣，這時卻突然想趁機戲弄繼子一下。這種方式也是一種優良媒介，可以幫她憶起婚前少女時代的自己。當她向弱者的缺陷進攻時，她的腕力簡直就跟男人一樣有勁。阿延用力掀起被壓住的手，可是她忘了自己最初的目的，現在她一心只想從繼子桌上奪過那個籤盒，也可能是想在開口之前，先跟繼子進行一場爭奪。於是兩個女人展開你爭我搶的競技，同時嘴裡還發出女性本能引致的盡興叫喊，也給這場嬉笑式的競爭增添了幾分樂趣。搶了半天，終於把硯台盒前的珍貴小花瓶打翻了，瓶子從紫檀座上滾到榻榻米上，一面咕嚕咕嚕地亂滾，一面把瓶裡的水灑得滿地都是。兩人這才停手，一起默默地瞪著那個突然從原位滾落的可愛小花瓶，接著又重新轉臉望向對方，就在那一瞬間，兩人都像無法抑制自己的衝擊似的，突然發出一陣爆笑。

七十一

偶然發生的風波，讓阿延變得更像個孩子。在津田面前從沒嘗過的自由滋味，一下子復活了。阿延已經完全忘掉了現實裡的自己。

「繼子，快把抹布拿來。」

「不要，是妳打翻的，妳去拿。」

兩人故意彼此推託，又故意你一言我一語互相拌嘴。

「那就划拳吧。」阿延說著攢緊拳頭，猛然伸到繼子面前。繼子也立刻握拳應戰。戴在指上的寶石在她們之間閃爍不已。每次划完一拳，兩人就發出一陣笑聲。

「好過分喔。」

「妳才過分呢。」

等到最後阿延划拳輸掉時，流到地上的水分也被桌巾和榻榻米的縫隙吸光了。阿延從容地打袖管裡掏出手帕，摀住弄溼的地方。

「也不需要什麼抹布了。這樣蓋在上面就夠啦。水分都已經吸掉了。」

她撿起滾落的花瓶，放回原來的位置，又把即將枯萎的花兒細心地插回瓶裡。這時阿延的臉上早已恢復平靜，就好像完全不記得剛才那陣嬉鬧。繼子看她那種表情，彷彿覺得很有趣似的獨自笑個不停。

這陣突發的笑鬧結束後，繼子從腰帶裡拿出裝在函套裡的神籤，伸手塞進身邊的書櫃抽屜裡。不僅如此，她還「喀嗒」一聲，給抽屜上了鎖，然後故意轉眼看著阿延。

對繼子來說，這種無聊的遊戲不論玩多久，她都不會厭煩，但阿延沒法堅持很久。雖然剛才一時玩得忘我，但她還是比表妹更快清醒。

「繼子永遠都那麼逍遙，好羨慕啊。」

說著，阿延回頭看了繼子一眼。這種不關痛癢的說法，繼子很難聽出其中含義。

「那延子不逍遙嗎？」

繼子的語氣似乎在說「妳自己還不是也很逍遙」，同時夾雜了幾分不平，因為她認為不論是誰，都不該隨便把她當成沒見過世面的大小姐。

「妳跟我，到底有什麼不同？」

她們兩人的年紀不同，性格也相異。但是從看人臉色的辛苦這一點來說，繼子還從來沒考慮過兩人之間的差別。

「那延子妳說說看，妳究竟有什麼事可擔心？」

「我才沒有擔心的事呢。」

「妳看，這樣妳不是也很逍遙？」

「當然我也算是逍遙的。只是跟妳的逍遙比起來，情況不太一樣。」

「為什麼？」

阿延無法向她說明，也不想向她說明。

「妳馬上就會明白的。」

「可是延子妳跟我只差三歲喔。」

繼子對一個女人婚前與婚後的差異，完全沒概念。

「差的不只是年紀唷。還有環境的變化啊。譬如女孩變成人妻，人妻的丈夫去世了，就會變成寡婦。」

繼子有點訝異地看著阿延。

「那延子從前在我們家的時候，跟嫁給由雄之後比起來，妳覺得在哪兒比較逍遙？」

「這個嘛……」阿延支吾著說不出話。

繼子卻不給她回答的機會。「現在比較逍遙吧？看！被我說對了吧？」

阿延不得已地答道：「也不完全是這樣啦。」

「因為津田先生是妳自己選中的對象，不是嗎？」

「對呀，所以我很幸福嘛。」

「就算幸福也不覺得逍遙？」

「也還算逍遙啦。」

「就是說，雖然逍遙，卻還是有擔心的事？」

「繼子妳這樣逼問，我可受不了啊。」

「我也沒有逼問的意思，只是因為弄不懂，所以忍不住一直問下去。」

七十二

漸漸地，兩人愈聊愈起勁，談話的氣氛愈來愈熱絡，話題也就不知不覺轉向繼子的婚事。阿延其實是想盡量避免談起這個話題，但既然很自然地提起了，看在她們的情分上，阿延也不便故意推託。即使不能在缺乏經驗的少女面前講些她想聽的預告，但阿延在男女關係上，畢竟是多些見識，心裡也未必不想向繼子提供幾句忠言，於是她針對關鍵部分很委婉地說了些不痛不癢的建議。

「這樣不行啦。我跟津田相親的時候因為是自己的事，也對自己很了解。可是別人的相親，狀況就完全不同了。實在看不出什麼啦。」

「別那麼見外啦。」

「不是見外啊。」

「那就是冷漠吧？」

阿延沉吟半晌，才開口回答。

「繼子，妳聽我說，女人的眼睛啊，只有碰到最有緣的那個人的時候，才會開始變亮。也只有在那種狀況下，女人的眼睛才能瞬間讀出十年以上的軌跡。而且這種經驗，不是任何人都能在一生當中碰到很多次。有些人也可能畢生都碰不到一次。所以像我這種眼光，其實跟瞎子差不多啦。至少，在平時是這樣的。」

「可是延子確實有一雙雪亮的眼睛，不是嗎？怎麼就不肯用在我身上呢？」

「不是不肯用，是沒法用啊。」

「俗話不是說，旁觀者清？妳從旁觀察，應該看得比我公正啊。」

「難道繼子想靠旁觀者的眼睛幫妳決定終身大事？」

「倒也不是，但是可以提供參考，不是嗎？尤其是對我來說，因為我信任延子。」

阿延又沉默了一會兒，才用更鄭重的語氣說道：「繼子，剛才跟妳說過吧，我是幸福的。」

「是啊。」

「我為什麼幸福，妳知道嗎？」

說到這兒，阿延停頓半晌，然後不等繼子開口，又立刻說下去：「我之所以幸福，是因為婚姻沒有攙雜旁人的任何意義。因為我能用自己的眼睛給自己選個丈夫。因為我沒有靠旁觀者幫我選擇。聽懂了嗎？」

繼子露出無助的表情。

「那像我這種人，根本別想得到幸福了。」

阿延必須回答些什麼，卻沒法立刻說出口。想了幾秒，她非常興奮地說出一連串急促又激動的句子：「妳能得到，能得到的。只要妳去愛就行了。而且，也要讓他愛上妳。只要能這樣，就有極大的機會獲得幸福。」

說這話時，阿延只想到自己的對象津田，腦中也只有津田的影子在清晰晃動。雖然她在向繼子說話，腦中卻連那個三好的身影都沒出現。幸好繼子以為阿延只是在向自己說明，所以也沒受到阿延的影響，跟著一起變得像她那麼激動。

「愛誰呢？」繼子露出有點不能接受的表情看著阿延。「妳是說昨晚見到的那位先生？」

「誰都沒關係。只要妳選中一個去愛，而且一定要讓那個人愛上妳。」

阿延平日隱藏在內部的頑強性格，現在正逐漸顯露鋒芒。性格溫和的繼子每次看到阿延這樣，她就開始一步步向後退避。等到發現兩人之間的距離已遠到無法接近時，繼子甚至忍不住發出輕嘆。這時，阿延突然提高音量嚷道：「妳不信我說的？是真的呀！我從不說謊。真的！我是真的很幸福，妳懂了吧？」

說完，繼子被逼著點點頭，接著，阿延又像自語似的補充說：「任何人都一樣。即使現在不幸福的人，只要心裡有那種想法，將來就能變得幸福。一定會的！一定要讓大家看到自己過得幸福。對吧？繼子，沒錯吧？」

繼子猜不透阿延的心意，只能假設這段預言是針對自己。她漫無目的地反覆尋思，但不論怎麼想，她都沒法理解這段話的含義。

七十三

這時，只聽一陣匆忙的腳步聲從走廊傳來，接著，聲音的主人便「嘩啦」一聲拉開了房門。剛從學校返家的百合子，大模大樣地走進房間。她一面從肩上卸下沉重的書包，放在自己的書桌上，一面只向姊姊簡單地打聲招呼：「我回來啦。」

她的書桌擺放的位置，剛好在以前阿延的座位右側的角落。阿延嫁給津田之後，百合子立刻接收了那個位子。表姊搬走這件事對她來說，簡直就是一件大喜事，所以百合子非常高興。而她這種想法，阿延也是知道的，因此故意逗她說：「百合子，我又來妳家打擾了。可以吧？」

百合子連「歡迎光臨」都懶得說，只把右腳蹺上書桌的一角，然後用手撫著黑布襪的拇指指尖，那裡似乎破了一個小洞。等她摸完了，這才把腳落在榻榻米上，同時向阿延答道：「好啊。要來就來嘛。只要不是被人家趕出來的就行。」

「哇，好過分。」阿延說著笑了起來，停頓幾秒，她又逗著表妹說：「百合子，如果我被津田趕出家門，妳總會憐憫我吧？」

「對呀。當然會憐憫妳啊。」

「既然如此，到時候還能讓我住這個房間嗎？」

「這個嘛……」百合子稍作思考的模樣。「好吧。讓妳住也行。如果是在姊姊出嫁之後的話。」

「不是啦。我是說繼子出嫁之前喔。」

「姊姊出嫁前你就被趕出來？那可有點……哎呀，妳忍一忍，盡量不要被趕出來就行啦。我們這裡也不太方便呢。」

說完，百合子跟兩位姊姊一起大笑起來，然後裙褲也不脫，就向火盆旁邊走來，一面走一面接過女傭端來的木盤，當場吃起盤裡的糯米甜點。

「這個時間吃點心？看到這盤子，我就想起從前呢。」

阿延憶起了從前跟百合子同樣年紀時的往事。那時，每天從學校回來，她們都迫不及待地抓起各自面前的木盤，當時的情景現在依然歷歷在目。繼子也在一旁笑著看她妹妹吃點心，彷彿也跟阿延一樣，想起從前的往事。

「延子妳現在還吃點心嗎？」

「有時吃，有時不吃。專程出門去買太麻煩。可是不買的話，家裡有的那些點心，吃起來都不像從前那麼好吃，真是的。」

「因為妳缺少運動吧。」

兩人正在聊天的這段時間，百合子已把木盤裡的點心一掃而空，然後莫名其妙地插嘴說：「我說真的喔。我姊姊快要出嫁了。」

「是嗎？嫁到哪裡去啊？」

「哪裡我倒不知道，反正就要出嫁了。」

「那對方姓什麼呢？」

「誰知道對方姓什麼，反正就要嫁過去了。」

阿延極有耐心地又問第三遍。「對方是什麼樣的人呢？」

百合子輕鬆答道：「大概就是像由雄那樣的人吧。因為我姊姊最喜歡由雄了。姊姊還說，他是個大好人，什麼都聽延子的呢。」

繼子臉上浮起微微的紅暈，急急忙忙向妹妹跑過去。百合子突然發出一聲大喊，立刻跑出房間。

「哎唷！不得了，不得了。」

百合子跑到門口停了幾秒，然後就丟下阿延和繼子，自己一個人跑走了。

七十四

不久，女傭過來請她們去吃晚餐。直到來請第二遍，阿延才跟繼子一塊從椅子上起身。

在那明亮的房間裡，姑父全家高高興興地聚集一堂。剛才還在鬧彆扭的阿一，現在正開心地跟姑父閒聊。也不知為了什麼，阿一剛剛故意鑽到迴廊地板下面，怎麼勸都不肯出來。

「阿一簡直就像一隻小狗唷。」百合子剛才還特地跑來報信，阿延才從這個小表妹嘴裡聽到阿一的故事。據說他能張開大嘴，一口咬住放在鼻尖前面的點心。

阿延滿面微笑地傾聽這個「像隻小狗」的男孩跟他父親聊天。

「爸爸，彗星出現的話，會有不好的事情吧？」

「嗯，從前認為是那樣。但是現在科學發達，根本沒人相信那種說法了。」

「那在西洋呢？」

姑父似乎不太清楚西洋是否古代就有相同的迷信。

「西洋？西洋從古代就不相信這些。」

「可是聽說凱撒大帝去世前，曾有彗星出現，不是嗎？」

「嗯，是在凱撒被暗殺之前吧。」姑父似乎不得不找藉口掩飾過去。

「那是羅馬時代啦。跟一般所說的西洋不一樣喔。」

阿一這才接受了父親的說明，沒再說話。但他立刻又提出第二個疑問，不僅問得比第一個問題更奇特，甚至已經具備了三段論法[47]的規模。阿一問父親：既然我們挖井可以挖出水來，那就表示地下一定有水；既

47 三段論法（syllogism）：西方邏輯的推理式，屬於邏輯演算的一種，用形式化方法處理邏輯推理，特別是哲學、數學中所用的推理。形式化的推理過程與代數演算具有相似性。

然地下有水，地面應該一定就會陷落。但為什麼地面沒塌陷呢？以上大致就是問題的重點。而姑父又跟剛才一樣回答得顛三倒四，眾人聽了都覺得忍俊不已。

「你這孩子，那當然不會塌陷。」

「可是，如果地下有水，不是應該塌陷嗎？」

「不會那麼容易塌陷啦。」

聽到這兒，幾個女人一起笑了起來。阿一又立刻提出第三個問題。

「爸爸，我真希望我們這房子是一艘軍艦就好了。爸爸覺得如何？」

「爸爸覺得還是普通房屋比軍艦好。」

「可是地震來了，房子不是會垮掉嗎？」

「喔，原來你是想，如果是軍艦的話，地震來了就不會垮掉？原來是這樣，我倒是沒想到這一點。喔，原來如此。」

姑父露出真心感嘆的表情，阿延一面微笑一面看他，剛才姑父還說要請藤井先生來吃晚飯，現在好像已經忘得一乾二淨，姑母似乎也沒把這件事放在心上。阿延忍不住向阿一問道：「阿一跟藤井家的真事是同學吧？」

「對呀。」說完，阿一又說了些真事的故事，當場滿足了阿延對真事的好奇。他的報告內容非常豐富，其中包括只有孩子才說得出口的觀察、評語，以及事實。多虧阿一的努力，餐桌上的氣氛一下子變得非常熱鬧。

眾人聽了阿一報告真事的故事，都忍不住哈哈大笑，其中有個笑話是這樣的：

有一天在放學的路上，兩人看到地面有個又深又大的洞口，便一起朝著洞裡窺視。那個位於馬路中央的洞，是為了在路上進行建築工程才挖的，所以挖得特別深，洞口上搭了一根杉木當作獨木橋。阿一就跟真事打賭說：「如果你能走過那段獨木橋，我就給你一百塊。」不料，性格魯莽的真事果真扛起背包，穿著那雙聽說是長毛狗皮做的皮鞋，當場從那表面滑溜、橫幅狹窄的獨木橋上走過去，一面走一面還問：「真的會給我錢？」阿一最先只在一旁觀看，因為他以為真事馬上就會掉下去，誰知真事竟冒著危險，一步一步朝向自己走過來，阿一突然覺得很害怕，便拋下正在橫越大洞的朋友，自己先跑走了。而真事因為一直專心注意自己的腳下，所以在他渡過獨木橋之前，完全沒注意到阿一不見了。好不容易完成冒險任務的真事，以為終於能拿到約定的一百塊，一抬眼打量四周，才發現對手阿一早就不知跑哪去了。

「阿一好像有點小聰明啊。」姑父發表了評語。

「藤井先生最近好像沒來玩呢。」姑母說。

七十五

岡本家和藤井家除了小孩都在同一間學校上學，而且還是同班同學之外，最近更因為阿延的關係，多少也給兩家之間的交往增添了幾分特別的色彩。因為雙方都明白，即使心裡不願意，將來在一些婚喪喜慶的場合，總還是得坐在一起，所以最好趁現在盡可能地拉近彼此的關係。尤其是代表女方利益的岡本家，又比藤井家更需承認自己所處的地位。再說了，岡本家的姑父擁有一般成功人士必備的圓滑機敏，性格當中還有一種與生俱來的樂天特質。但另一方面，姑父天生神經質，經常擔心遭人誤解，特別害怕別人誤會自己桀驁不馴。這也是貧困階級對富裕階級最容易產生的誤解。姑父現在的生活比較閒散，每天擁有充裕的時間，因為多年來的忙碌與學習，對他的健康造成損傷，姑父想趁機休養一下。只要一有空閒，他幾乎每天都埋首於自己喜歡的鑲嵌藝術，他希望經由接觸這門完全陌生的技藝，將來能慢慢接近那些以往無意中忽略的人事物。

由於上述各種複雜的理由，姑父現在經常主動去藤井家拜訪。藤井家似乎比較排外，姑父去拜訪之後，他們從來不按禮數到姑父家回訪。不過，藤井家對姑父上門訪問卻也沒有表示不歡迎，甚至可說，姑父跟藤井家都聊得很愉快，雖然還不到彼此推心置腹的程度，但僅就交換各自世界的訊息這點來看，藤井家似乎還是有點興趣。而藤井家的那個世界，簡直就跟姑父家的世界相差了十萬八千里。譬如這家並沒放在眼裡的東西，那家卻覺得非常高級；又譬如這家看來只能稱為鄙俗的東西，那家卻認為必須認真看待……出人意料的差異總是不斷出現在兩家之間。

「像他那種人，也就是所謂的批評家吧，但他不可能做出什麼大事的。」

阿延並不了解批評家的意義，她猜想大概就是指那種沒有實力、只會吹噓自己、唬弄別人的人。「不會做事，只會空談理論的人，對社會有什麼用呢？這種人賺不到相當的物質報酬，所以陷入生活困境，這不是理所當然的嗎？」阿延微笑著反問。除此之外，她也不便說得太多。

「您最近去過藤井家嗎？」

「嗯，上次散步回家的路上，順便去了一下。因為他們家剛好就在我走累了，需要休息片刻的那個地點。」

「又說了些什麼有趣的事？」

「那傢伙，還是滿腦子想著奇怪的點子。說什麼最近有個男人勾引一個女人，那個女人又去誘惑那個男人，說得可興奮了。」

「哎唷，真不像話。」

「蠢啊。白活這把年紀了。」

阿延跟姑母異口同聲表示反感，只有繼子聽出其他的含義。

「哎唷，天下真是無奇不有啊。他們家老爺竟然調查得那麼清楚，真叫人佩服。所以根據那家老爺的說法，就是說，不管在哪一家，男孩都是愛慕母親的，而女孩則相反，是愛慕父親的，這種現象是很自然的。原來是這樣，如此看來，真的是這樣呢。」

阿延對於沒有血緣關係的姑父，反而比對血親的姑母更有好感，聽了繼子的話，她露出認真的表情問道：「所以怎麼樣呢？」

「所以就是說，男女之間必須始終保持這種互相吸引的關係，否則就沒辦法變成真正的大人。也就是說，如果只有自己一個人，永遠都沒法看清自己的缺點。」

聽到這兒，阿延突然感到興味索然。姑父說的這番道理，對她來說，只是早已知曉的事實。

「古人不是早就主張陰陽和合嗎？」

「不過啊，陰陽和合雖是一種必然，相反的，陰陽失和又是另一種必然，這不是挺有趣的嗎？」

「怎麼會呢？」

「聽我說啊，男人和女人之所以彼此追求，是因為他們彼此各有相異之處，對吧？就像我剛才說的那樣。」

「對呀。」

「換句話說，相異之處不屬於自己，是跟自己不同的東西，對吧？」

「對呀。」

「所以嘍，跟自己不同的東西，不論你多麼努力，也是無法跟自己融為一體的，不管歷經多長的時日，最後還是只能分手，不是嗎？」

說完，姑父發出一陣呵呵笑聲，好像他已經征服了阿延似的。阿延卻不肯認輸。

「但這只是一種理論啦。」

「當然是理論啊，是走遍天下都通用的偉大理論喔。」

「才不是呢。那種理論，聽起來很奇怪。完全就跟藤井叔父推銷的那套歪理一樣呢。」

阿延無法駁倒姑父，卻又不願接受姑父的那一套。而且，她也不喜歡輕易盲從別人的看法。

七十六

之後，姑父又半開玩笑地說了許多趣事。

姑父說，男人有了女人才能成佛，同樣的，女人也要有了男人才能頓悟。但這項真理只適用於婚前的善男信女。等他們結為夫婦，這項真理就在瞬間翻轉，呈現在我們眼前的，就變成了另一種完全相反的事實。也就是說，男人必須離開女人才能成佛，而女人若不離開男人，也很難修成正果。男女結為夫婦之後，從前的吸引力馬上變成排斥力，終究得承認那句俗話：男人不能沒有男朋友，女人必須要有女朋友。也就是說，人類之所以能夠達到陰陽和合的境界，無非是因為明白了和合之後必然也會失和的道理罷了。

姑父這段描述裡，究竟哪些部分是從藤井叔父那裡接收而來？哪些部分才是他自己的看法？哪些部分是認真的？哪些部分又是開玩笑？阿延完全無法判斷。姑父這個人的筆下不行，嘴巴卻能幹得令人害怕。只要稍微抓到一個題目，他就能加油添醋，圍繞著那個題目說得天花亂墜，並且還能引用無數所謂的警句、警語。阿延愈是提出質疑，他就愈發起勁，囉里囉唆個不停。就連阿延聽到最後，也不得不趕緊結束話題。

「姑父真是口若懸河啊。」

「要比耍嘴皮，我們是怎麼也比不過他的，別再說了。我們再說些什麼，他就更來勁了。」

「是呀，就是想故意弄得陰陽失和吧。」

阿延跟姑母一唱一和發表評論的這段時間，姑父笑咪咪地看著她們，等兩個女人的交談一結束，姑父才慢吞吞地宣布說：「終於被打敗了吧。既然輸了，就認輸吧。我不會對敗者窮追不捨……如此說來，咱們男人還有一項美德呢，那就是同情弱者。」

說完，姑父露出一副勝者的表情，從座位上起身，拉開紙門，走出了房間。只聽一陣裝腔作勢的腳步聲朝著書房逐漸遠去。過了半晌，姑父再度回到房間的時候，一隻手裡拿著四、五本薄薄的小書。

「喂！阿延，我給妳拿來有趣的玩意兒唷。明天如果去醫院，就把這些東西帶給由雄吧。」

「是什麼呢？」

阿延立刻接過書籍，看了封面一眼。她對外文並不熟悉，看到英文的書名時，阿延稍微遲疑了幾秒。但還是斷斷續續地看懂了書名，其中包括：《笑話集》[48]，還有《英語的機智與幽默》[49]等。

「哎唷？」

「都是很可笑的內容。譬如像俏皮話啦、謎語啦之類的，剛好適合躺在床上閱讀，不會弄痠肩膀。」

「原來如此，剛好合乎姑父的心意。」

「就算迎合姑父的興趣，這樣的東西，也不至於有問題吧。就算由雄的個性那麼嚴肅，應該不會生氣的。」

「怎麼可能生氣……」

「嗯，不管了，這也是為了你們陰陽和合嘛。拿去給他讀讀看吧。」

阿延向姑父道謝後，把書本放在膝上。姑父立刻又把另一隻手裡的小紙條遞到阿延面前。

「這是剛才把妳弄哭的慰勞。既然答應了妳，順便就拿過來了。」

阿延還沒從姑父手裡接過紙條，就已明白那是什麼了。姑父又把那張紙條舉起來搖晃著說：「阿延，陰陽不和的時候，這才是最有效的特效藥唷。通常只要吃下一劑這種妙藥，就能立刻藥到病除呢。」

阿延抬頭仰望站在面前的姑父，語氣裡微帶不服地反駁說：「不是陰陽不和啦。我們是真正的陰陽和合。」

「和合的話當然更好。和合的時候吃下這劑妙藥，精神狀態會更圓滿，身體也愈來愈強壯，總之，不論有什麼毛病，保證這是一劑靈丹。」

阿延接過姑父手裡的支票後，一直凝視著那張紙條，看著看著，眼裡積滿了淚水。

---

48 《笑話集》：夏目漱石的藏書當中有一本倫敦薩克森出版社發行的 *Everybody's Book of Jokes*。

49 《英語的機智與幽默》：夏目漱石的藏書當中有一本倫敦薩克森出版社發行的 *Everybody's Book of English Wit and Humour*。

七十七

阿延婉拒姑父派車送她回家，卻無法拒絕姑父要親自送她去車站的好意。她跟姑父一起步下漫長的山坡，朝向河邊走去。

「運動對我的病最有益處了……想走的時候，可以隨意走走。」

身材肥胖的姑父原就呼吸急促，走在上坡的路上，他簡直喘得有點可笑，說這話時，他好像忘了自己還得走回家去。

兩人一面走一面聊起昨天深夜的事。阿延向姑父描述阿時趴著打瞌睡的模樣。因為阿時以前在姑父家裡幹活，後來才把她派到阿延的新婚家庭幫忙家務，姑父聽了似乎覺得自己也該對這個女傭負幾分介紹人的責任。

「那傢伙是個誠實的好女孩，妳姑媽對她的家底也很清楚，讓她在家看個門什麼的，最合適不過。只是一個人在家打瞌睡，可就不太好了。太疏忽大意啦。畢竟因為年紀還小吧，才會那麼貪睡。」

但阿延心裡很清楚，不管年紀多小，如果是她的話，絕不會在那種狀況下睡得那麼熟，所以聽完姑父體貼的解釋，她也只是微笑著聽聽而已。其實她今天這麼早就從姑父家告辭出來，也是因為不想重演昨天晚歸的舊戲。

不久，一輛電車駛過來，阿延匆匆跳上車，從車上向姑父說聲：「再見。」姑父也向她回應：「再見，替我向由雄問候。」好不容易互相道別完畢，一種聲音和不安立刻掌控著她。

在電車裡，她並沒思考什麼重要的大事，只有昨天到現在接觸過的那些人，他們的臉孔、身影，不斷輪番出現在她眼前，迅速輪轉著，就像她現在搭乘的電車一樣。但在這一連串炫目的形象當中，她心底卻能找出某種貫穿全體的東西。或者也可以說，眼前正在盤旋的這種碎片式形象的構成要素，就是那個某種東西。

她努力想要弄清那個某種東西究竟是什麼，卻無法輕易辨識。就好比串糰子裡的每顆糰子都看清楚了，但是串起一堆糰子的那根竹籤，還沒來得及鑑定，她就下了電車。

玄關的木格門拉開時發出一陣聲響，幾乎就在同時，阿時也從廚房跑了出來。正如阿延預料，阿時說了一聲：「您回來了。」又必恭必敬地向主人行個禮，還把額頭貼到了榻榻米上。阿延看到女傭對待自己的態度，跟昨天判若兩人，不禁暗喜自己對下人調教有方。

「我今天回來得很早吧。」

女傭似乎並不覺得主人回來得很早。但是看到阿延臉上得意的表情，無奈地應道：「是啊。」

阿延也只好遷就地說：「本來打算更早一點回來。可惜現在白天太短了。」

阿延叫阿時過來幫忙摺疊自己脫下的和服時，向她問道：「我不在的時候，沒發生什麼事吧？」

阿時答道：「沒有。」

阿延不太放心，又問了一遍：「沒人來過吧？」

阿時好像突然想起什麼似的大聲說：「啊！來過。就是那位叫作小林的先生。」

阿延知道小林是丈夫的熟人，這名字倒不是第一次聽說。她記得自己跟那個人交談過兩、三次，但她對小林的印象不太好，也很清楚丈夫對那個人非常鄙視。

「他來幹麼？」

這種粗魯的句子，差點就從她嘴裡冒了出來，但她還是忍住了，重新換上平常的語氣向阿時問道：「他來有何貴幹？」

「說是來拿那件大衣的。」

阿延從沒聽到丈夫說起這件事，所以完全不懂話中含義。

「大衣？誰的大衣？」

接著，做事周密的阿延又向阿時提出各種問題，企圖弄懂小林的意圖，但她白費力氣。因為她問得愈多，阿時答得愈多，兩人愈往迷陣裡鑽。最後，她們突然發現，有問題的是小林，而不是她們，於是，主僕倆一起放聲大笑。阿延這時想起津田常說的英文名詞「荒謬」（nonsense），於是，她把小林和荒謬連起來，愈想愈覺得可笑。她毫無顧忌地任由這種滑稽的感覺從心底爆發出來，也把剛從電車裡帶回來的那個令人心煩的問題，暫時拋到了腦後。

七十八

當天晚上，阿延給京都的父母寫了封信。這封信從前天寫到昨天，始終沒法完成。現在她下定決心，一定要在今天把信寫完，但理由並不是因為心中記掛父母。

她感到非常心神不寧。為了逃避這種不安的心情，她需要把自己的注意力集中在某件事情上。另一方面，她也迫切地希望解決剛才一直存在的疑問。換句話說，她覺得只要開始給京都家裡寫信，腦中那種亂成一團的想法就能整理出頭緒來。

阿延提起筆來，照例從問候開始寫起，接著又機械性地解釋了自己久未寫信的理由，寫到這兒，她暫時陷入沉思。既是給京都的娘家寫信，信裡當然該以自己跟津田的相關訊息為主。這不僅是任何父母都希望從新婚女兒嘴裡聽到的信息，也是任何一位女兒不能不向娘家父母報告的資訊。阿延平時甚至堅信，如果避開這些內容不談，那根本就沒有必要給娘家寫信了。現在她手抓著筆，不能不好好想想自己跟津田之間的聯繫，究竟他們是什麼程度的什麼關係？沒人逼迫她必須向父母報告實情，但她痛切地體認到，身為某個男人的妻子，自己必須把這件事弄個水落石出。她凝神細思，停下的筆再也無法揮動。她必須專心地想一想，專心到無暇注意手裡的筆已被放下。然而，她愈想弄清楚事情，愈是抓不到重點。

還沒動手寫信之前，紛亂的不安情緒令她相當煩惱。開始寫信之後，阿延總算能集中精神，但是另一種令她不安的新煩惱從心底升起。前後兩種不安被她放在一起比較之後，她發現，剛才在電車裡從眼前閃過的各種形象，現在全都朝向新煩惱聚攏過來，於是，她終於找到那個令人痛苦的不安源頭。只是那個源頭的真面目，她卻始終看不清楚，所以她勢必只能把問題推向未來。

「今天不能解決的話，只好等到明天了；明天也不能解決的話，就只好等到後天；後天也不能解決……」這就是阿延的邏輯，也是她的希望，她的最終決心。而且，她已在繼子面前公開宣布了這項決心：「誰都沒關係。只要妳選中一個去愛，並且一定要讓那個人愛上妳。」

阿延在心底再度發誓，我一定要達到這個目標。等到目標達成，我就能放心了。她向自己的意志發出了命令。

她感覺心情稍微輕鬆了一些，便重新揮筆寫信，盡量從自己跟津田的現況裡，挑些可能讓父母開心的消息，厚著臉皮寫了一大堆。一件接著一件描述兩人的幸福生活情趣。飽含激情的筆尖在紙上沙沙地雀躍飛馳，阿延感到非常有趣。瞬息之間，這封長信就已寫完。只是瞬息究竟花了多少時間，她完全沒概念。

寫完之後，她放下筆，把自己寫好的內容從頭到尾重讀了一遍。剛才指揮她的手寫信的心，現在又同樣在指揮她的眼睛讀信，所以她覺得沒有任何需要修改或增減之處。就連平時總是不太確定，一定要查閱《言海》[50]的字句，她也覺得無須在意了。只有兩、三處寫錯的助詞或助動詞，把文章的意思弄得混淆不清，所以她只把那幾處錯誤略做修改後，就把信紙捲了起來，並在心底對即將收到這封的父母暗自表白。

「這封信裡寫的，從頭到尾都是實情，絕無任何謊言、安慰或誇張。如果有人懷疑我這封信，我會憎恨他、輕視他，還要向他吐口水。因為我比那個人更了解真相。我寫的都是超乎事實外觀的真相，也是目前只有我才知道的真相，更是未來任何人都必須了解的真相。我絕對沒有欺騙您們。如果有人認為我故意寫信欺騙您們，那人肯定是個睜眼瞎子。他才是騙子。求求您們，請相信寄上這封信的我。因為連老天爺都已經相信我了。」

表白完畢，阿延把信封放在枕畔，才闔上眼皮。

50 《言海》：日本第一部近代國語辭典，由國語學者大槻文彥（一八四七—一九二八）編纂，共四冊，從一八九〇年至一八九一年相繼出版，共約收錄三萬九千個語彙。也就是昭和時期修訂增補後出版的《大言海》的前身。

七十九

阿延想起在京都第一次見到津田時的情景。當時她回家探望久別的父母，到家後住了兩、三天，父親就派她跑腿代勞，把一封信和一套中國線裝書送到五、六百公尺之外的津田家。父親那時身患輕微的神經痛，時而臥床，時而起床，整天無事可做。阿延是那時才聽父親提起，津田的父親為了幫他排遣無聊時光，經常借書給他。那天父親派阿延到津田家去，也是為了送還舊書，順便帶回新書。她到了津田家，站在門外請人帶路。玄關前有一座巨型屏風，上面寫著一些龍飛鳳舞的新奇書法，阿延看了大吃一驚，正在細細欣賞，不料，這時從屏風後面出來迎客的，不是女傭也不是書生，而是碰巧跟她一樣剛回京都省親的由雄。

在那之前，他們倆從未見過面，阿延只曾經聽人提起，才知道由雄這個人。諸如「由雄最近回來省親了」、「回來又離開了」之類的訊息，阿延也是那天早上才第一次聽父親說起。而且父親只不過是突然想起要借新書，便寫了封信，又順便把由雄的訊息告訴了阿延。

那時，由雄從阿延手裡接過裝在函套裡的線裝書之後，不知為何，一直瞪著書名《明詩別裁》[51]那幾個莊嚴的字體看了許久。所以阿延也不得不注視正在欣賞字體的由雄。過了半晌，他突然抬起頭，這才發現阿延一直專注地凝視自己。不過，從阿延的角度來看，由於她正在等待回話，注視由雄也是不得已的行為。由雄抬頭對她說：「很不巧，家父現在出門了。」阿延打算立即告辭，但由雄制止了她，並且當著她的面，也不打聲招呼，就把那封寫給自己父親的信拆開了。他這從容不迫的舉動再度吸引了阿延。雖然這種做法有點失禮，但顯然是一種果斷的行為。阿延很不願意用粗野或魯莽來形容他。

由雄朝那封信迅速瞥了一眼，就把阿延丟在門外，轉身進屋去找需要的書籍。但是很不幸，他找了半天都沒找到父親想借的書，大約過了十幾分鐘，由雄重新走出來，向阿延道歉說，不該讓她空等，然後告訴阿延，一時無法找到指定的書籍，還是等他父親回來，再派人送過去。阿延則婉拒說，那樣太失禮，還是她自己明日再來吧。兩人約定之後，阿延這才返家。

不料，當天下午，由雄卻把父親想借的書專程送來了。更巧的是，正好是阿延出去應的門。所以兩人又見面了。這回他們立刻認出對方。由雄手裡提著的那堆書，跟阿延早上送還的書籍量比起來，大約是後者的三倍。由雄用印花包袱布裹著那堆書，看到阿延時，他像拎鳥籠似的把包袱提起來向她打招呼。

阿延請他進屋，他也就直接走進客廳，跟阿延的父親聊了起來。用阿延的說法形容，津田跟她父親聊的，都是老人感興趣的題目，一般年輕人根本難以招架，津田卻能毫不厭煩地跟想法不同的父親交換意見。他對自己提來的那堆書一無所知，更不清楚阿延上次歸還的是什麼書。而且他還特別強調，自己對筆畫繁多的方塊字一竅不通。所以只能把阿延父親要借的《吳梅村詩》[52]這四個字當作目標，在書架上四處搜尋。聽到這兒，阿延的父親特地向他的好意表示感謝。

在阿延看來，那時的津田全身散發著光輝，跟現在的他沒什麼分別，卻又不是現在的他。簡單地說，他已經發生了變化。最初他對自己似乎不感興趣，慢慢地，又好像被自己吸引了過來。而當他對自己發生興趣之後，似乎又慢慢地遠離自己而去。她所懷抱的疑問，幾乎也就是她現在面對的事實。如果想要消除內心的疑問，她就非得掀開眼前的事實不可。

51《明詩別裁》：清朝沈德潛與周準編纂的詩集，共十二卷，收集了明代三百一十四位詩人，並一千一百首以上作品。

52《吳梅村詩》：明末清初詩人吳偉業的詩集。與《明詩別裁》並列為明代具有唐風復古傾向的代表性詩集。對江戶時代以後的日本漢詩作者帶來巨大影響。

八十

阿延全身充滿堅強的意志。清晨睡醒的那一瞬間，她幾乎完全不知怯懦為何物。一睜開眼，就馬上坐了起來，似乎忘了前一天還睡過懶覺。阿延一腳踢開棉被，爬出被褥，頓時感到手臂上充滿力量，晨間的寒氣刺激著她，也使全身繃緊的肌肉再度縮緊。

她親自動手拉開雨戶，戶外的天色看來比平時早了很多。沒想到今天竟跟昨天相反，比津田在家時起得更早，想到這兒，她感到一陣莫名的欣喜。總算彌補了昨天睡懶覺的過失，她想，這也是一項令人滿足的成就。

阿延親自收起被褥，又把客廳打掃一番，然後在梳妝台前坐下，解開四天不曾梳理的髮髻。她先用梳子把油污的髮絲梳理了兩三回，再把臉龐周圍不聽話的髮絲勉強向上綰起，梳成廂髮[53]。等她梳好頭，這才去叫女傭起床。

早飯煮好之前，阿延跟女傭一起動手準備，待她們各自在小膳桌前坐下時，女傭對阿延說：「您今天起得好早啊。」阿時完全摸不清女主人的心思，看到阿延今天起得那麼早，似乎覺得很驚訝，也對自己比主人晚起有點歉疚。

「因為今天得去探望老爺呀。」

「需要那麼早就去嗎？」

「是啊。因為昨天沒去嘛。今天就早點出門吧。」

阿延的語氣顯得比平時更為謙和，也蘊含著某種沉著，以及企圖打破那種沉著的頑強，甚至還能隱約聽出伴隨頑強而來的果斷。內心的感覺自然而然地從她的態度顯露出來。

儘管如此，阿延卻沒有立刻出發。她又跟卸下襷帶[54]、手端水盆的阿時聊了一會兒岡本家的事情。阿時對岡本家很感興趣，因為她以前曾在岡本家幫傭，她們主僕兩人平時就常常談論岡本家的事情，有時甚至再三重複相同的話題。特別是津田不在家的時候，她們聊得更起勁。因為津田在家的時候，她們若是只顧自己聊天，難免會把氣氛搞得很怪，好像只有津田一個人被她們排斥在外。阿延曾在偶然的狀況下，經歷過一、兩次這種尷尬的狀況，從此就對這件事比較在意，此外，她也不喜歡被丈夫看成一個喜歡吹噓家裡有錢的女子。為了避免這種誤會，她也事先叮囑過阿時。

「小姐的對象還沒訂下來嗎？」

「說媒的倒是有，但還不知道結果怎麼樣呢。」

「要是能早點嫁個好人家就好了。」

「大概也快了吧。姑父那麼性急，而且繼子跟我不同，她長得那麼標致。」

阿時似乎還想說些什麼，但害怕聽到女傭奉承，所以立刻主動說明：「不管怎麼說，女人要是沒有美貌，還是很吃虧。就算是個聰明伶俐的女人，長相太差的話，只會惹男人嫌棄。」

「不會吧。」阿時像在辯解什麼似的，語氣非常堅定。

阿延也更加堅持自己的主張：「真的喔。男人都是那樣的。」

「但也只是暫時的現象吧。等到上了年紀，就不會那樣了。」

阿延沒有接腔，但她的自信不會那麼容易受挫。

「真的啦，像我這種沒有姿色的女人，除了等到下輩子，也沒別的辦法了。」

53 廂髮：一種日本髮髻，兩鬢和前額梳得特高的包頭，看起來很像一把傘遮住臉龐的周圍。最早是在日俄戰爭前後，由女明星川上貞奴首開先河，一九〇二年左右開始在日本流行。

54 襷帶：一種細長的布條。穿和服勞動時，寬大的衣袖妨礙作業，所以把布條兩頭打結，做成圓圈狀，從左肩斜掛右腰，或右肩斜掛左腰，勞動時便用布條挽住衣袖。

阿時不以為然地看了阿延一眼。

「夫人這樣叫作沒姿色，那我這樣的該叫什麼呢？」

阿時的話既是讚美，也是實情。兩種含義阿延都聽懂了，於是她心滿意足地站起來

阿延正在更衣準備出門的時候，忽然聽到門外傳來腳步聲，接著又聽到玄關的門鈴聲。阿時出去應門，只聽到客人對她說：「想見一下夫人。」阿延忍不住側耳傾聽，企圖弄清那聲音的主人究竟是誰。

八十一

阿時用袖子摀著嘴，一面發出嘰嘰咯咯的笑聲，一面跑回起居室，她簡直笑得連客人的名字都說不清了。到了阿延面前，她痛苦地咬緊嘴唇，努力忍住想笑的感覺。花了好大一番工夫，她才吐出「小林」兩個字。

阿延不知該如何接待這位不速之客才好。她正在繫一條厚重的腰帶，因為才繫了一半，沒法立刻親自到玄關見客。但是讓訪客像債主似的一直站在門外乾等，也不合禮數。她在穿衣鏡前佇立半晌，皺緊不知所措的眉頭。實在沒辦法，乾脆先跟客人講清楚，就說現在正要出門，沒有時間從容待客。交代清楚之後，再請他進客廳吧。誰知她出去一看，才知訪客不是陌生人，所以也就不能只聽完來意，就把他打發出去。更何況，小林這個人天生就不懂揣摩、客套，他明知阿延急著出門，卻暗自認定，只要對方不給他臉色看，他就可以一直賴著不走。

小林對津田的病況瞭若指掌，他還把自己即將遠赴朝鮮去當高官的計畫告訴了阿延。按照他的說法，那份工作的地位舉足輕重，將來大有可為。接著，他又說起自己被偵探跟蹤的經過，而且是跟津田一起從藤井家回來的那天晚上遇到的。說完，他覺得很有趣似的看著阿延驚訝的表情。小林彷彿對自己被人跟蹤這件事非常得意，還向阿延解釋說，自己大概被人看成社會主義分子了吧。

小林的談話當中，或許有些部分會讓感情脆弱的女子受到驚嚇。阿延從沒聽過津田提起那些事情，她一面聽得心驚膽戰，一面嚇得連要趕時間出門也忘了。但這樣老實地連聲回應「是是是」，一直聽下去的話，談話永遠難以結束。所以聽到最後，阿延不得不催促客人，請他快點說明來意。這時，小林才很不好意思地說出來訪的目的。當然，就是為了昨晚曾讓阿延跟阿時笑了半天的那件大衣而來。

「津田君已經答應要送給我了。」

小林接著解釋說，他是想在出發到朝鮮以前，先穿穿看，萬一尺寸不合，可以趁現在拿去修改。

阿延本想當場就把那件大衣從衣櫥底層拿出來給他。但是轉念一想，自己從沒聽過津田提及此事。

「我想，他反正也不會再穿了吧。」說完，她猶豫了幾秒，因為她很了解丈夫的脾氣，對於這種事情，他可是出乎意料的難搞。阿延不想為了一件穿舊的大衣，將來被丈夫責怪自己做事疏忽。

「沒有錯唷。他確實答應過要給我的。我可沒騙人喔。」

如果不把大衣拿出來給他，似乎就表示阿延認定小林在說謊。

「不管我喝得多醉，腦筋可是清楚得很呢。我這個人哪，什麼東西都可以忘，別人送的東西，是絕對不會忘的。」

這時，阿延終於下了決心。

「那就請您稍候一下。我派人打電話到醫院去問一下。」

「夫人您做事好認真呀。」小林說著笑了起來。不過阿延私下擔心的不愉快表情，倒是完全沒出現在他臉上。

「只是為了慎重嘛。我可不想將來被人囉唆。」

阿延顧慮小林會感到失望，不得不像辯解似的向他說明。

阿時奔向公用電話去向津田求證，在她帶回答覆之前，家中的主客兩人繼續相對而坐，並藉著聊天填補這段等待的空檔。然而，交談中乍現的靈光，卻令事先毫無預感的阿延怦然心跳起來。

八十二

「津田君最近變得成熟多了。應該都是受到夫人的影響吧。」

阿時剛踏出家門，小林立刻莫名其妙地說了這句話。阿延知道他的為人，決定只跟他表面周旋一番。

「是嗎？我可不覺得自己能對他發生什麼影響。」

「哪裡，哪裡，他簡直就像變了一個人呢。」

聽了小林這種誇張的說法，阿延倒真想譏諷他幾句。但她的品格不允許自己做這種事，只好故意閉嘴不再說話。不料小林這傢伙不會看人臉色，說話也毫無段落與秩序，時而跳躍地東拉西扯，時而粗魯地窮追不捨。

「畢竟還是敵不過老婆的魅力唷。不管哪個男人都一樣……我這種光棍是很難想像啦，其中，還是有些什麼奧祕吧。」

阿延終於再也無法抑制，爆出一陣大笑。

「是呀，有奧祕呢。夫妻之間，確有許多小林先生做夢都無法想像的奧祕唷。」

「既然如此，希望您指教一二。」

「你一個光棍，教了又能如何？」

「可以當作參考啊。」

阿延的小眼睛裡閃出一道精明的光芒。

「不如自己討房妻室，才是最快的捷徑，不是嗎？」

小林搔了搔腦袋說：「想討老婆，可是討不到呀。」

「為什麼呢？」

「沒人肯嫁給我，當然就討不成了，不是嗎？」

「告訴您吧，日本可是女人過剩的國家唷。想娶老婆，不管什麼樣的，隨處都能找到，不是嗎？」

說完，阿延覺得自己說得有點過火了，不過對方並不在意。小林的神經向來習慣了更激烈的言辭，他對阿延這番話根本沒感覺。

「就算女人過剩，可我是馬上就要出奔的人，才沒有女人願意跟我走呢。」

「出奔」這個名詞突然讓阿延想起戲裡男女私奔的劇情。歌舞伎裡那種濃情蜜意的戀愛鏡頭從她腦中一閃而過。不過，面前坐著的小林跟那種劇情毫無關聯，他是來討別人的舊大衣的，阿延看了小林一眼，臉上露出微笑。

「逃亡的話，兩人一起私奔，不是更好？」

「跟誰呀？」

「答案還用說嗎？除了夫人以外，還能帶誰走啊？」

「喔。」

小林只說了一個字，就老實地閉上嘴。他這態度完全出乎阿延的預料，所以她有點吃驚，又覺得更可笑。不過小林顯得很嚴肅，過了半晌，他像在自言自語似的發表了一段妙論。

「要是真有那麼一個女人，願意跟我私奔到朝鮮那片苦海，說不定，我也不會變成現在這副怪樣了。不瞞您說，我不但沒老婆，根本就是一無所有，連父母朋友都沒有。也就是說，我不是活在人世。說得更透徹一點，我身邊沒有一個真正的人類。」

阿延覺得從她出生以來，還是第一次碰到這種人，她從沒聽過任何人如此說話。對她來說，光是理解這句話的表面含義都很困難。更別說應該如何對待這種人，她心裡可是一點概念都沒有。不一會兒，小林露出略帶感慨的表情說：「夫人，我只有一個妹妹。對於一無所有的我來說，這個妹妹十分珍貴，比一般人的妹妹不知珍貴多少倍，但我必須丟下這個妹妹到朝鮮去。妹妹總想要跟著我，不論我到哪裡，她都想跟著，可是我實在沒辦法帶她去。因為兩個人分隔兩地還是比待在一起安全，可以減少被殺的危險。」

聽到這兒，阿延覺得心頭很不舒服，她暗自盼望阿時快點回來，但她始終不見蹤影。阿延無奈地試著改變話題，希望藉此解除眼前的壓力。她這項企圖很快就得逞了。但她沒想到，自己竟因此陷入另一個出人意料的窘境。

八十三

當時那場過程獨特的對答，是由阿延的一句話拉開了序幕。

「話說回來，您說的那件事，是真的嗎？」

小林臉上的沉痛表情果然立刻消失了，而且就像阿延預料的那樣，他主動反問阿延：「您指的是什麼？是我剛才說的那些事？」

「不，不是那些事。」

阿延按照自己的計策將對手引入圈套。

「剛才您不是說了？說津田最近變化很大。」

小林不得已只好回到最先的話題。

「是啊。我是說啦。因為是真的嘛，所以才說的。」

「津田真的改變了那麼多？」

「是啊，改變了。」

阿延不可置信地看著小林，小林則露出「手裡握有某些證據」的表情看著阿延。兩人彼此瞪著對方，看了好一會兒，小林的嘴角始終掛著一絲淺笑。只是那微笑最終還來不及變成真正的笑容，就不得不銷聲匿跡了。因為阿延用態度向他宣告，我可不是你小林這種人可以隨便調戲的。

「夫人，您自己大概也已經發現了吧？」

這次輪到小林向阿延主動進攻。阿延確實已經察覺丈夫有所改變，但她注意到的是完全不同性質的東西。跟小林察覺到的，或至少跟他剛才提到的變化比起來，阿延的發現指向完全相反的方向。從她嫁給津田以來，那種變化十分微妙，雖然模糊不清，卻又逐漸明朗，並且沿著極難察覺的色調階梯悄然前進。不論旁觀者的感覺多麼敏銳，只從外部窺視是無法看清的。這也正是阿延心中的祕密。心愛的人正要離開自己的某些微妙變化，或者心愛的人根本從以前就離自己很遠的悲哀事實。如今她已開始認清諸如這類的真相。而這種心境的變化，小林這種人又怎麼可能明白呢？

「完全沒發現喔。那究竟是哪裡改變了呢？」

小林高聲大笑起來。

「夫人您真會裝傻。我可是望塵莫及啊。」

「會裝傻的是您吧？」

「啊唷，好吧，就算是這樣吧……不過夫人真有本事啊。我總算明白了。所以津田君才會變成那樣。原先我還在納悶呢。」

阿延故意不再接腔，但她臉上並沒有厭煩的表情，而是一種不失可愛又滿不在乎的態度。

小林又追加了一句：「藤井家那些人都很驚訝喔。」

「為什麼呢？」

聽到藤井這個名字時，阿延那雙小眼睛立刻一轉，視線直射小林的臉孔。雖然她明知已經中計，卻不能不開口反問。

「就是因為您的手腕呀。您把津田君捏在手裡，隨意擺布的那種神奇的手腕啊。」

小林說得實在太露骨了。不過，這個說話露骨的人，似乎有一半是為了討好阿延，才在她面前說了這些。阿延冷冷地答道：「是嗎？我竟有那麼偉大的力量，連我自己都不知道呢。但既然藤井叔父跟嬸母都這麼說，那大概沒錯嘍。」

「我覺得很正確。不僅是我，其他任何人看了，都覺得很正確，那就無法否認了吧。」

「謝謝。」

阿延用輕蔑的語氣向小林道謝，聲音裡蘊含的厭惡，似乎讓小林感到非常意外。他立刻又像勸慰似的向阿延說：「可能因為夫人不了解津田君婚前的情況，所以沒感覺自己對他造成的影響吧……」

「我在婚前就對津田有所了解。」

「不過，在那之前，可就不清楚了吧？」

「那當然。」

「可是啊，我卻對婚前的事情非常清楚呢。」

終於，兩人的話題就這樣開始追溯起津田的過去。

八十四

對阿延來說，話題扯向丈夫的領域，而且是自己從未聽過的內容，她當然很感興趣。於是她很高興地側耳傾聽小林描述。然而，聽了半天，她發現小林始終不肯交代重點。即使嘴裡說個不停，說到重要的部分時，他卻有意地省略不說。譬如說，他提到自己跟津田曾在深夜受困於警戒區，但是走進警戒區之前發生了什麼？他們三更半夜到哪裡去？他卻故意含糊交代過去，一點口風也不願透露。對於阿延的追問，他也只是意味深長地嘿嘿笑兩聲。阿延甚至懷疑他是存心想讓自己感到焦躁。

阿延平時就看不起小林。這種輕蔑的感覺，一半是根據丈夫的評價標準，一半是來自她對直覺的自信，另外，還有一項非常重要卻不能公開的理由。其實說出來也很簡單，無非就是小林太窮。還有就是身分低微罷了。小林在一家不賺錢的雜誌當編輯，這種工作對阿延來說，當然不能算是正當職業。小林在她眼裡，永遠都是一副無依無靠的表情，四處徘徊遊蕩，一面嚷著無家可歸，一面又發著牢騷到處流浪。

不過，這種輕蔑的背後，又總是伴隨著某種恐懼。尤其是那種對階級感到陌生、又缺乏經驗的年輕女人，更是無法避免。至少對於坐在小林面前的阿延來說，她心裡就是這種感覺。阿延雖不至於從沒見過小林這種貧窮階級，但平時進出岡本家的那些窮人，都很清楚自己的地位。他們不僅明白身分自有等級之分，也懂得自己該守的本分，從來不會做出逾矩的行為。像小林這麼刁鑽狡猾的傢伙，阿延倒是從未見過。他明明無財無勢，卻敢厚著臉皮湊到身邊來，並且大膽胡謅，拚命揭發上流社會弊病，像他這樣的人，阿延這輩子還真的沒碰到過。

突然，阿延腦中浮起一個念頭：「現在跟我說話的，並不是我平日想像的那種傻瓜，而是一隻很難應付的老狐狸。」

輕蔑背後的恐懼突然在她腦中急遽加強時，阿延的態度也迅速出現變化。接著，小林不知是想表明自己發現了阿延的變化，還是根本不在意她的反應，他居然哈哈大笑起來。

「夫人，還有很多喔，您想聽的事情。」

「是嗎？今天聽了這麼多，也夠了吧。要是一次聽完，以後就沒意思了。」

「也對。那今天就到此為止吧。讓夫人太心焦的話，萬一歇斯底里症發作起來，我可得負責呢。又要被津田君埋怨了。」

阿延把臉轉向後方，身後是一道牆，但她還是努力張望起居室附近，似乎想要聽到阿時歸來的聲響。但廚房門口還是跟剛才一樣悄無聲息。阿時早就該回來了，卻始終不見蹤影。

「怎麼回事呢？」

「喔，馬上就會回來的。別擔心，她又不可能迷路。不要緊的。」

小林坐著不動，完全沒有告辭的意思。阿延覺得無奈，只好藉口泡茶，打算站起身來。誰知小林卻攔住她說：「夫人，既然還有時間，為了給您解悶，繼續再聊剛才的題目吧。反正不管說不說話，對我這個吃閒飯的人來說，消磨掉的時間都是一樣。您千萬別客氣。如何？津田君令人疑惑卻沒向您坦白的事情，還有很多吧？」

「或許吧。」

「看來他倒是頗有心機嘛。」

阿延吃了一驚。因為小林的評語令她不得不暗暗點頭。同時又因為心事被人說中，阿延的心情就更加不爽了。這個無禮的傢伙，太不懂自己的分寸！阿延看了小林一眼，小林卻不在乎地又說了一遍：「夫人，您不知道的事情還有很多喔。」

「有也沒關係啊。」

「哎唷！您會想知道的事情還多著呢。」

「有就有吧。」

「那如果說，是您必須知道的事還有很多呢，您覺得如何？還是覺得沒關係？」

「是啊，沒關係。」

八十五

小林的臉上泛起了戲謔的漩渦，他毫不掩飾地露出進退由我的勝利表情，甚至還用姿態表達，他想永久地擁有這種瞬間的得意，直到永遠。

「多卑鄙的傢伙！」阿延在心底罵道。

她跟小林互相瞪著對方，彼此僵持不下。過了半晌，小林又開口說道：「夫人，有件事必須告訴您，這件事也是津田君發生變化的證據。但您似乎很害怕聽到這件事，所以就留到以後再說吧。我先說相反的一面，也就是，津田君完全沒變的部分，供您參考吧。就算您不想聽，我也希望您一定要聽一聽。您看如何？要聽嗎？」

「隨您的便。」阿延冷冷地答道。「謝謝！」

小林說完笑了起來。「我一向遭受津田君鄙視。現在他還是看不起我。就像我剛才說過的，津田君改變了很多。但只有他對我的輕蔑，還是跟從前一樣，毫無改變。看來不管夫人多麼聰明伶俐，只靠夫人的感化力，這件事還是一籌莫展。當然，或許從您的角度來看，這也是理所當然的啦。」

說到這兒，小林停下來，望著阿延看似痛苦的笑臉。過了半晌，他又接著說：「喔，我並不是想要改變他對我的態度唷，也完全沒有請求夫人幫忙的意思，請您放心。不瞞您說，我這種人，並不是只有津田君一個人看不起我。任何人都不會把我放在眼裡。就連條件很差的女人都鄙視我。老實說，全世界都對我十分鄙夷。」

小林的眼神非常鎮定。阿延不知該如何回答才好。

「哎唷。」

「我說的都是事實。其實夫人的心裡不也是這麼認為嗎？」

「我怎麼可能這麼過分？」

「只是嘴上不得不這麼說吧。」

「您的看法太偏激。」

「是啊，或許是我偏激。但不管是不是我看法過偏，事實就是事實。反正這些也都不重要了。只能怪自己生來就是廢物，被人輕視又能怎樣？也不能怪別人吧。只是啊，長久以來，始終被社會看成廢物的那種心情，您了解嗎？」

小林說完一直用眼睛瞪著阿延，等待她的回答。但阿延覺得無話可說。一個不能引起自己同情的對手，他的心情跟自己有什麼關係呢？再說，阿延還有她自己必須深思的問題，她可不想為小林伸展自己的幻想之翼。「夫人！」小林看到阿延的表情，又呼喚一遍。

「夫人，我活著就是為了惹人厭，所以我才故意說那些惹人厭的話，做那些惹人厭的事。不那樣的話，我簡直痛苦得要死，根本活不下去。因為我沒法得到別人的認可。我是個廢人。不管別人怎麼輕視我，我也無法盡情討回公道。無奈之中，我才想到，那至少想辦法讓別人討厭我吧。這就是我的志願。」

聽到這兒，阿延眼前浮現出一幅圖畫，畫中呈現的是另類世界的人類心理。阿延心底所期待的，是希望每個人都愛自己，同時她也努力爭取每個人對自己的愛，尤其是她丈夫，她覺得自己一定要努力獲得丈夫的愛。而且她自始便堅信，世界上所有人的想法都跟自己一樣，絕對不會有第二種想法。

「您好像很吃驚？夫人從沒遇過我這種人吧。不過世界上各式各樣的人都有喔。」

說到這兒，小林露出一吐心中積怨的表情說：「夫人從剛才就對我很厭惡，心裡盼著我快點走吧，快點回去吧。可不知為什麼，女傭卻一直不回來。您是沒辦法才跟我聊天的。這些我心裡都很明白。只是，夫人雖然知道我是個討厭鬼，卻不知道我為什麼變成一個討厭鬼，所以我才向您解釋一下。其實我應該不是生出來就這麼討厭吧？不過，我自己也不是很清楚啦。」

小林說完又放聲大笑起來。

八十六

碰到這種奇怪的男人，阿延的內心愈加混亂。首先，她無法理解小林。其次，她無法產生同情。第三，她懷疑小林的真誠。反抗、畏懼、輕蔑、疑惑、嗤笑、厭惡、好奇……各種感覺在她心底混雜交錯，除了帶來不安，終究無法理出一點頭緒，想了半天，她向小林問道：「所以您就是想明白地告訴我，今天是為了讓我討厭，才特地跑到這裡來的吧。」

「不，那不是我的目的。我的目的是來拿大衣。」

「所以說，您是來拿大衣，順便氣我一下。」

「不，那倒也不是。因為我這個人，喜歡順其自然。跟夫人比起來，我的心眼和手腕差遠了。」

「那又何必多說，您只要回答我的問題，不就行了嗎？」

「所以才說我是順其自然呀。自然而然地，就想讓夫人討厭我了。」

「總之，這也是您的目的吧？」

「不是目的，但或許是心願吧。」

「目的和心願有什麼不同？」

「沒有不同嗎？」

阿延的小眼睛裡冒出憎惡的光芒。「別欺負我是個女人！」那雙眸子已把心中的憤慨充分表達出來。

「別生氣呀。」小林說。「我只是想向夫人說明，我不是因為小心眼才來找碴的。既然老天爺讓我這麼惹人嫌，我也沒辦法。只是想說明這一點，所以特地向您解釋了幾句。希望您能了解，我完全沒有任何惡意。也希望您明白，我從頭就沒有任何目的。但或許老天爺另有目的也不一定。或許是那個目的促使我採取了行動。也或許被老天爺的目的促成行動，就是我的心願。」

小林的邏輯思考顯得有點混亂。阿延沒受過邏輯推理的訓練，無法推翻小林的邏輯。也就是說，她缺少分辨能力，難以判斷小林的說法是否可以無條件接受。但如果要從對手故意找碴的言辭中抓重點，這種才能，阿延還是相當充分的。於是她當場就用一句話歸納了小林的企圖。

「所以您的意思是說，只要是惹人厭的事情，您就拚命去做，自己卻不必負一點責任？」

「是啊。正是此意。這才是我要說的重點。」

「好卑鄙……」

「不卑鄙呀。不需負責的事情，也就沒有卑鄙可言。」

「有的。首先請問您，我做過什麼對不起您的事情嗎？請先回答我，我再說其他的事。」

「夫人，我可是被社會視為無家可歸的人喔。」

「那關我和津田什麼事啊？」

小林發出一陣笑聲，彷彿正在等待這句話似的。

「在您兩位看起來，大概覺得跟自己無關吧。但從我的角度來看，關係可密切了。」

「怎麼會？」

小林突然閉嘴不再說話，然後點燃香菸，抽了起來，他的表情似乎在說：這是一個習題，妳自己好好思考一下吧。阿延為此更加感到不快，甚至都想下逐客令了。夠了，快回家吧。她很想對小林這樣說。但她也很想弄清小林究竟是什麼意思。而另一方面，小林看穿自己的心事，故意裝出滿不在乎的模樣，又令她感到氣憤。就在這時，剛才一直引頸期盼的阿時終於回來了，阿延心中那股怨氣還沒機會適當地發洩一下，只好又被迫壓回心底。

八十七

阿時走到迴廊邊坐下，從戶外拉開紙門。

「我回來了。抱歉耽誤了太久。因為我搭電車到醫院去了一趟。」

阿延有點生氣，看著阿時說：「那沒打電話嘍？」

「不，打了。」

「沒打通嗎？」

連續問了幾個問題，阿延才弄懂阿時為什麼跑到醫院去……原來，最先一直打不通電話，後來雖然打通了，卻沒法把話說清。她要求對方找護士來接電話，就連這個要求，阿時都難以辦到。電話那頭始終是一名書生或藥局員跟她對話，而對方說些什麼，她卻完全聽不懂。首先，因為對方的語意不明；其次，她能聽清楚的部分，卻又前言不對後語。總之，那個接電話的男人，根本沒把阿時的問題轉告津田，阿時最後只好放棄努力，走出電話亭。但她又不願沒完成任務就回家，於是她立刻跳上電車，趕往醫院。

「本來是想先回來，問過您的意思再去，但那樣的話，又要花費更多時間，而且我知道不該讓客人這樣乾等。」

阿時說得非常合理，阿延實在該向她道謝才對。但她想到剛才為了等待阿時回來，害得自己受了小林不少窩囊氣，又覺得這個體貼的女傭有點可惡。

阿延起身走進起居室。室內有一座上下相疊的雙層衣櫥，櫥上鑲著閃閃發光的銅飾，她拉開最下面的抽屜，從底層掏出那件惹事的大衣，拿來放在小林面前。

「就是這件吧？」

「是的。」小林立即伸手拿起大衣，用一種舊衣店老闆的眼神反覆打量衣服。

「比我預料得髒多了。」

「這衣服配你，就很不錯了。」阿延很想這樣回答，但她沒開口，只用眼睛瞪著大衣。正如小林所說，大衣有點變色了。譬如衣領的反面沒晒過太陽的地方，跟其他部分比起來，尤其顯得刺眼。

「反正是白拿嘛，也不能要求太多啦。」

「不滿意的話，請不必勉強。」

「是叫我放下的意思？」

「是的。」

小林終究還是不肯放下大衣。阿延看著覺得很痛快。

「夫人，我可以在這兒試穿一下嗎？」

「好啊。可以的。」

阿延故意言不由衷地回答。說完，她仍舊坐著，用譏諷的目光看著小林試穿，只見他像游泳似的把手臂亂晃幾下，才把手伸進又緊又窄的衣袖裡。

「您看如何？」

說著，小林轉過身，將背部對著阿延。幾道難看的縐褶映入阿延的眼簾。雖然應該提醒對方最好用熨斗燙一下，她卻故意稱讚道：「看起來剛好唷。」

阿延覺得有點可惜，因為身邊沒有其他人，好不容易看到小林可笑的背影，卻沒人跟她互使眼色，暗中譏笑那人一番。

這時，小林又突然轉個身，砰地一下，直接穿著大衣在阿延面前盤腿坐下。

「夫人，人只要能活著，就算穿著奇裝異服遭人嗤笑，也沒關係啦。」

「是嗎？」

阿延趕緊收回嘴角的笑意。

「像夫人這種從沒窮過的貴人來說，大概不太了解我的意思吧。」

「是嗎？可是我卻覺得，與其活著被人嗤笑，還不如死了的好呢。」

小林沒有回答。出人意料的是，他突然說道：「感謝您。託您的福，今年冬天總算能活過去了。」

說完，他站起身來，阿延也站了起來。兩人一前一後正要從客廳走上迴廊時，小林忽然回頭說道：「夫人，既然您的想法是那樣，還請小心行事，免得被人嗤笑喔。」

八十八

這一瞬間，兩人的臉孔相距不到三十公分。因為阿延正要往前邁步時，小林突然轉過頭來，所以他們不得不立刻停下動作，兩人都在剎那之間停下腳步，看著彼此的臉孔。不，應該說是四目相視。

這時，小林那雙粗濃的眉毛闖進阿延的視野。濃眉下的一對黑眼珠筆直地盯著阿延，一動也不動。那雙眼神究竟表示什麼？只有阿延主動出擊，才可能弄得清楚。於是，阿延開口說道：「您不必多事。我沒有必要接受您的勸告。」

「不是沒有必要接受勸告。您想說的大概是，我沒資格提出勸告吧。當然啦，您本來就是值得尊敬的貴婦，但……」

「夠了，請回吧。」

小林不肯聽從勸告。於是，一場舌戰便在瞬間爆發。

「但我要說的是津田君的事啊。」

「津田怎麼了？您是想說，我雖是貴婦，津田卻不是紳士？」

「我可不懂紳士是什麼東西。首先，我根本不承認世界上還有這種階級。」

「承不承認，都隨您高興。但您想說津田如何呢？」

「您想聽？」

阿延的小眼睛裡筆直地射出一道銳利的閃光。

「津田可是我丈夫喔。」

「是呀。所以您才會想聽吧？」

阿延咬牙說道：「快走吧！」

「是啊，是要回去了。現在正要走呢。」

說完，小林立刻轉過身，正要從迴廊邊走向玄關，剛離開阿延身邊兩步，阿延又覺得不甘心看他離去，便叫住了小林：「等一下。」

「什麼事？」

小林慢吞吞地停下腳步，然後把兩隻手臂伸向前方，他的兩手套在舊大衣過長的衣袖裡，看起來就像漫畫裡的人物，他像鑑賞全身似的上下打量了自己一番，然後才嘻嘻地笑著轉眼望向阿延。

阿延用更尖銳的聲音問道：「怎麼什麼都沒說就要走了？」

「剛才已經向您道謝過啦。」

「我不是指大衣。」

小林故意佯裝不懂，甚至露出訝異的表情。

阿延忍不住責備他說：「您有義務對我說明一下。」

「說明什麼？」

「關於津田的事。津田是我丈夫，既然您在他妻子面前轉彎抹角發表了懷疑他人格的言論，難道沒有義務把事情說清楚嗎？」

「我如果不想說，只需取消剛才那些話就行了。我原本就是不懂義務與責任的人，叫我按照您的要求說明，大概會很困難，反正我本來就不知羞恥，取消自己說過的話，也不算什麼……所以，我就取消剛才對津田君發表的失禮言論吧。同時，我也向您道歉。這樣可以了吧？」

阿延沉默不答。

小林在她面前擺出立正的姿勢說：「我在這兒重新聲明一遍，津田君具有高尚的人格。他是一位紳士（如果社會上有這種特殊階級的話）。」

阿延仍然低頭不語。

小林接著又說：「剛才勸告夫人要多加小心，免得被外人嗤笑。但是夫人說沒有必要接受我的勸告，所以我就只好閉嘴。其實仔細想想，是我失言了。現在我一併取消那些。如果還有其他惹怒夫人的發言，全都取消。都怪我說錯了。」

說完，小林穿上放在脫鞋處的鞋子，拉開木格門，正要走出去的瞬間，他還回過頭向阿延打聲招呼說：

「夫人，再見。」

阿延只向他微微點頭，然後就一直呆呆地站在原處。過了半晌，她猛然奔向樓梯，直接上了二樓，在津田的書桌前坐下。剛坐下的那一秒，她立刻哇地一聲，趴在桌上大哭起來。

八十九

所幸阿時並沒上樓，阿延才能毫無顧忌地任意而為。她拋開一切盡情大哭，哭得滿臉淚痕，悲切的模樣簡直不能見人。等到哭夠了，她才停下來，任由淚水自動變乾。

阿延把沾溼的手帕揉成一團，塞進和服衣袖裡，然後，她猛然拉開書桌的抽屜。抽屜共有兩個，她依次翻了一遍，卻沒發現任何新奇玩意兒。其實這也難怪，因為兩、三天之前，津田要去住院的時候，她幫著收拾行李時已把抽屜翻過一遍了。阿延把其他的信封、尺子，還有會費收據等，全部檢視一番後，又一件一件小心地放回原位。那份看似廣告小冊的石版印刷品，畫頁上印著巴拿馬帽、草帽等各式各樣的帽子。看到這份宣傳品，阿延想起那個初夏的黃昏，她跟津田一起到銀座去購物。這份小冊就是津田從他們買夏帽的店裡拿來的。畫頁裡，日比谷公園的杜鵑盛開，到處都是一片鮮紅，畫面最前方可以看到遠處的霞之關，一邊的路旁種著高大的楊柳，濃密的樹蔭形成陰暗的樹影……一切都像縈繞不去的往日氣息，不斷以聯想的形式纏繞著阿延的記憶。她對著敞開的抽屜沉思片刻，又像突然想起什麼似的，砰地一下關上書桌的抽屜。

書桌旁有一座書櫥，櫥身的表面印著無數直線條紋作為裝飾，櫥上也有兩個抽屜。阿延立刻離開書桌走向書櫥。但她的手剛放在銅環上，兩個抽屜都嘩啦一下，毫無抵抗地滑了出來。她還沒開始檢視，就已感到失望。手裡沒感覺的的地方，怎麼會有什麼新發現？她拿起一本舊筆記本，隨意地翻來翻去。如果一頁一頁地檢閱，也實在太費事了。如果要從讀過的字句當中追查自己企圖蒐集的訊息，她覺得這本筆記裡，不可能會有這種資料。她深知丈夫天性小心謹慎，心思又極為縝密，才會把不需上鎖的祕密隨意放在她的面前。

阿延又拉開壁櫥的櫥門，轉動目光四處巡視，希望找到上鎖的箱盒。但壁櫥裡什麼也沒有。只有最上層堆滿了殺風景的雜物，下層有個大木箱，裡面也堆得滿滿的。

阿延重新回到桌前，從桌上的信盒裡抽出一些津田的書信，一封一封檢視。她覺得這些信裡不可能留下任何可疑的蛛絲馬跡。但那幾封從未看過也沒摸過的書信，還是散發出某種訊息，令她覺得應該再做最後一次檢查。她受到那堆書信的引誘，一直坐在書桌前面。思索良久，終於在「為了慎重起見」的藉口下，動手拆開了信封。

信封一個接一個被她把開口向下翻過來，信紙一張一張被她攤開。有些讀了四分之一，有些讀了一半，剩下的書信全都從頭到尾默讀一遍。讀完，她又按照順序，把那些信放回原處。

突然，一團疑惑的火焰在她心中萌生。眼前清晰地浮現出津田的身影，他正在院裡往一堆舊信潑油，然後把那堆信燒得一乾二淨。燃燒的紙片化為火花飄向空中，津田驚恐地拿起一根竹竿壓住火堆。那是初秋的時候，戶外才剛開始吹起刺骨的寒風。一個星期天的早晨，他們吃完早飯後不到五分鐘。津田就放下筷子，迅速地從二樓捧著一個細繩捆綁的小包下來。他匆匆轉過身，從廚房門口繞向院裡。阿延發現的時候，他已把小包點燃了。等到阿延走到迴廊上，小包外層的包裝早已燒焦，只能看到裡面有些書信。為什麼要把那些信燒掉呢？阿延問津田，津田回答說：太占地方，沒法處理。阿延又問，那為什麼放在那裡生灰？怎不拿出來讓我們梳頭[55]的時候使用呢？津田沒說話，只顧著不斷用竹竿戳著底層露出的信紙。每戳一下，竹竿尖端就捲起一股還沒燒盡的滾滾濃煙。煙霧遮住了青竹的尖端，也掩蓋了那堆被他壓住的書信。津田被煙燻得受不了，便把臉孔背向阿延……

阿延就像放在桌前的人偶似的，一直靜坐在那兒沉思，她不斷思考著這件往事，直到阿時上來請她去吃午飯。

55　梳頭：梳理傳統日本髮髻時，需要使用大量紙繩固定髮絲，紙張在古代是非常珍貴的物品，公文、書信、書籍等廢紙通常都會有業者負責回收。一般人也不會隨便丟棄廢紙，婦女則習慣把家中的舊信紙捻成紙繩，用來梳頭。

九十

時間已在不知不覺中過了正午。阿延在阿時的服侍下，獨自坐在膳桌前面。其實這也是平時津田出門上班後，她跟女傭兩人每天重複的日常活動。但是今天的阿延，已不是平日的阿延，她的表情十分嚴峻，腦中卻馬不停蹄地轉著各種念頭。就連剛才為了出門而換上的和服，也為她增添了幾分不同於平日的嚴肅氣氛。如果阿時完全不問她遇到了什麼難題，阿延或許直到吃完飯之前，都不會說一句話。其實這頓飯她根本是不想吃的，但她又不願讓阿時起疑，所以只是在膳桌前做做樣子罷了。

阿時也顧忌著什麼似的，故意不主動開口。不過，當阿延吃完飯，放下筷子的那一刻，阿時立刻問道：「發生什麼事了嗎？」阿延只答了一句：「沒事。」阿時卻沒馬上把膳桌端到廚房去。

「真對不起您。」

阿時為自己剛才擅自前往醫院向主人致歉。阿延心裡也有問題想問阿時。

「剛才我們說話太大聲了吧。妳在傭人房聽到了？」

「沒有。」

阿延抬起疑惑的眼神望向阿時。阿時像要避開她的視線似的立刻說道：「那位客人真的太……」但是阿延並沒回答，只是安靜地等待阿時的下文，阿時不得已，只能自己把話接下去。也因為阿時開了頭，兩人這才展開一場對話。

「老爺嚇了一跳呢。還說，那傢伙太過分了。老爺並沒有叫他來拿大衣，他事先也不打聲招呼，就直接跑來找夫人閒聊，再說，他明明知道老爺住院的事。」

阿延微微發出輕蔑的笑聲，卻不主動發表評論。

「其他沒再多說什麼？」

「老爺說，就把大衣給他，快點把他打發走。然後又問我，那個人有沒有跟夫人講話？我就稟報老爺說，正在跟夫人談話。老爺很不高興呢。」
「是嗎？就只有這些？」
「不，還問我，跟小林談了些什麼。」
「那妳怎麼回答？」
「因為我不想回答，就說我不知道。」
「然後呢？」
「然後，老爺的表情更不高興了。還說，不該隨便把那人請進客廳……」
「說了這種話？可是那是他的老朋友，有什麼辦法？」
「所以啊，我也是這樣回答的。而且夫人當時正在換衣服，又不能馬上趕到玄關去，沒辦法啦。」
「對呀，後來呢？」
「後來老爺調侃我說，就因為妳從前也待過岡本家，所以一提到夫人，妳就那麼熱心幫她說話，真叫人感動。」
阿延露出了苦笑。
「真是難為妳了。就只說了這些？」
「不，還有呢。老爺還問小林有沒有喝過酒。我當時沒注意，但我想現在又不是過年，怎麼可能有人一大早就喝醉，跑到別人家去作客……」
「所以妳說他來的時候並沒喝醉？」
「是的。」
阿延的表情似乎還在等待下文。阿時確實也還沒把話說完。
「夫人，老爺還吩咐我，叫我回家以後，跟夫人好好解釋一下。」

「解釋什麼？」

「老爺說，小林是個語無倫次的傢伙，喝醉以後更是個危險分子。所以不管他說些什麼，絕對別理他。老爺還說，把小林的話全部當成胡說就對了。」

「是嗎？」

說完，阿延已不想多說什麼。阿時卻獨自咯咯咯地笑起來。

「堀家的夫人也在旁邊笑呢。」

聽了這話，阿延才知道津田的妹妹這天早上到醫院去探病了。

九十一

津田的妹妹只比阿延大一歲，卻已經生了兩個孩子，大兒子在四年前出生。只憑身為人母這項事實，已完全足以喚醒她的自覺。過去這四年，她隨時隨地懷著一顆慈母心，從來不曾忘記自己是個母親。

她的丈夫是個浪蕩子，天生具備浪蕩子身上常見的寬宏大量。他喜歡自由自在地到處遊蕩，同時也不會為難自己的妻子，而另一方面，他對妻子也不會過度嬌寵。這就是他對待阿秀的態度。而這種態度也令他深感得意，因為他覺得這種境界，必須累積多年浪蕩經驗才能達到。如果說，他也擁有人生觀這種嚴肅思想的話，他的人生觀就是：做事馬虎，笑看人生，萬事絕不執著，活著就要悠閒、懶散、淡泊、大方、善良。他所謂的行家，就必須這樣活著。也因為手裡從沒缺過錢，他才能按照自己的想法活到現在，而且從未感到任何不滿。這種完美的結果，又使他變得更為樂觀。他相信任何人都對他有好感。當然，他更深信阿秀是喜歡自己的。而且，就算自己想錯了，他也無所謂。而事實上，阿秀也並不討厭他。

阿秀當初是因為長得漂亮，才被堀家娶進門的，嫁進夫家之後，阿秀才明白了丈夫的性格，並且逐漸開始了解丈夫整個人就像被浪蕩的酒精浸泡過似的。阿秀也曾懷疑，像丈夫這麼不拘小節的人，為什麼當初那麼認真表示非娶自己不可呢？但她內心的疑問很快就被拋到腦後去了。她不像阿延那麼有毅力。在丈夫身上找到答案之前，身為妻子的她已對丈夫不感興趣，因為她那雙剛剛閃出母性光輝的眼睛，必須完全集中在剛出生不久的嬰兒身上。

阿秀和阿延之間的差異，還不只這一點。阿延的新家成員只有夫妻兩人，雙方的家人都遠在京都，而堀家不但有母親同住，弟妹也都住在一起，甚至還有些麻煩的親戚也在周圍。所以很自然的，阿秀的腦中就不能只想著丈夫。一大家子裡面，婆婆更讓她嘗過許多不為人所知的辛苦。

阿秀的婆家原就看中她長得漂亮，而她的外表也總是看起來那麼青春。即使跟小她一歲的阿延相比，阿秀還是顯得很年輕，誰也看不出她已經有個四歲的孩子。但是過去這四、五年當中，她經歷了完全不同於阿延的家務經驗，產生許多不同於阿延的人生感想。也因此，阿秀並不見得比阿延更顯年輕，就某種角度來看，她是比阿延更蒼老的。倒不是說她的言行舉止已顯老態，而是說她的心已經老了。也就是說，她很早就變成了充滿柴米油鹽味的家庭主婦。

阿秀不能不用這種主婦的目光觀察兄嫂，總是對他們心懷不滿。而且不論是什麼事令她不滿，她總是喜歡偏袒京都的父母。儘管如此，阿秀倒也知道盡量避免跟兄長發生衝突。平日裡，阿秀非常謹慎，因為她覺得開口批評嫂嫂，比直接冒犯兄長更不好。但她心裡的想法跟做法相反。跟那愛發表意見的哥哥比起來，她對向來不愛說話的阿延更不諒解，心中也總是過度地責難阿延。如果哥哥沒跟那種愛出鋒頭的女人結婚就好了。阿秀心底始終藏著這種想法。而且她從沒意識到，自己對阿延那麼狠心苛責，只是因為她偏袒自己人罷了。

阿秀對於自己的角色心知肚明。儘管兄嫂並未對她說些什麼，但她很清楚，自己的存在令他們心裡不太痛快。但阿秀從來沒想要改變一下自己的角色。第一，是他們倆不喜歡自己這個角色，所以她就更加不想有所改變。因為從結論來說，討厭自己這個角色，等於就是討厭自己，這件事讓她更想表現反抗的決心；第二，是她自認正確的良心所造成的結果，因為她覺得，不論自己多麼惹人嫌惡，只要是為了兄長，就不必在乎；第三，只是單純地因為她討厭愛出鋒頭的阿延。其實阿秀的日子過得比阿延寬裕，也比阿延更有條件享受，她又何必對生活比不上自己的阿延看不順眼呢？不過阿秀根本沒看到這一點。而她上有婆婆需要伺候，阿延卻是除了要看丈夫的臉色外，其他一切都能自己作主。然而，關於她們之間的這項差異，阿秀卻從來都沒想過。

阿秀接到阿延的電話，聽說津田住院的消息後，第二天立刻趕往醫院探病。她到達醫院的時間，剛好是在阿時前往醫院的一個小時前，而那時，正好也是小林為了那件大衣而踏進津田家客廳的時刻。

九十二

津田前晚沒睡好。護士清晨送來的早餐，他只碰了一下，又仰面躺下了。他想補回昨晚不足的睡眠，所以閉上沉重的眼皮。阿秀進來的時候，津田剛好處於將睡未睡的狀態。聽到紙門拉開的聲音，他立刻睜開眼睛，看到阿秀走進來。其實阿秀已顧慮到病人的狀況，還特地輕輕拉開門。

通常在這種情況下，他們兄妹絕對不會互相示好，也不會向對方露出欣喜的表情。對他們來說，那些都只是過度陳腐的繁文縟節，也是近乎虛偽的表面工夫。他們之間有一種自家兄妹才懂的默契，而這種默契除了他們以外，別人很難適應。因為兄妹倆都認為，反正他們是不可能像別人那樣，為了拚命討好對方而做表面工夫，與其如此，還不如互相省去偽劣的欺騙手段，保持不違良心的真實面貌，誠實地面對彼此。這麼多年來，他們之間已在不知不覺中構築起這套無言的溝通。

造成這種結果的理由之一，是他們作為一對普通的兄妹，原本就很親密，所以不需彼此客套。從這個角度來看，就算見面只打個冷淡的招呼，他們也不會在意；理由之二是他們的性格原就不太合拍，因此只要一見面，彼此就想互相調侃。

津田猛地抬起頭，看到阿秀站在面前，他眼中射出的怠慢與冷漠，完全就是根據上述兩項理由而來。他似乎正在等待著什麼，雖然用力抬起了腦袋，卻又重新躺回枕上。但阿秀畢竟是阿秀，她並不在乎這些細節，所以她也連招呼都沒打，就悄悄走進室內。

一進門，阿秀首先就朝枕畔的餐盤看了一眼。盤裡髒兮兮的，一個傾倒的牛奶瓶，下面有個被瓶子壓碎的雞蛋，旁邊有一塊沒吃完的烤麵包，上面還有咬過的齒痕。另外還有一片完全沒碰過的麵包，完完整整地放在盤上。雞蛋也還有一個沒有碰過。

「哥哥，這些已經吃完了，或者還要吃？」

其實，那只是因為津田收拾餐盤的方式原本就是那麼亂七八糟，才令人產生誤會。

「吃完啦。」

阿秀皺著眉頭，把餐盤送到樓梯口。也不知是否因為護士沒空照管，才讓剩下的早餐一直扔在兄長的枕畔。但是對於阿秀來說，她剛從打掃得一乾二淨的家裡出來，看到眼前這幅景象，實在是難以忍耐。

「好髒啊。」

阿秀自言自語著走回座位。她的語氣聽來倒不像在抱怨誰。不過津田閉著嘴，沒有接腔。

「妳怎麼知道我在這兒？」

「她打電話通知我了。」

「阿延嗎？」

「是啊。」

「我跟她說過，不通知妳也行的。」

這次輪到阿秀閉嘴不接腔了。

「本來想立刻趕來的，不巧昨天有點事……」

說了一半，阿秀沒再繼續。從她結婚以後，就不知不覺養成了這種只說半句的習慣。根據不同的情況下，津田有時甚至因此而產生奇怪的聯想。「女人出嫁了，連親哥哥也會變成外人呢。」他常用這種想法解釋妹妹的行為。其實他只要反觀自己夫妻的關係，就應該能夠理解，妹妹變成這樣也是必然的結果，只是津田的腦袋並沒有那麼靈活，不懂得舉一反三。不僅如此，他甚至還暗自期待，希望妹妹對待阿延也能採取這種態度。然而，阿秀如此對待他的時候，他心裡卻很不爽。而他自己對待阿秀也是經常這樣，他卻絲毫不知反省。

津田也不問妹妹究竟忙什麼，只顧自己接下去說：「哎呀，其實妳今天也不必特地跑來呀。我又不是什麼了不起的大病。」

「但是嫂嫂特地打電話跟我說，如果有空的話，就過來看看。」
「是嗎？」
「再說，我也有點事想跟哥哥說。」
聽到這兒，津田才終於把注意力轉向阿秀。

九十三

這時，一種開刀後出現的奇異感覺從傷口附近傳來。其實只是塞滿紗布的傷口四周出現一種短暫的肌肉收縮，才造成的特殊感覺。但這種感覺一旦出現，就像呼吸或脈搏一樣，必須經過一段很有規律的蠕動才會停下來。

他是從前天下午開始第一次感到收縮。當時阿延得到他的允許，正要下樓梯趕去看戲，就在那時，第一次收縮開始了，不過對他來說，這種感覺並不是一種全新的體驗。因為以前接受治療時，他也有過相同的現象，所以這次感受到肌肉收縮時，他不禁在心底暗叫一聲：「又來啦。」接著，就像要故意讓他反覆體會以往的痛苦記憶似的，極有規律的收縮運動開始了。起先是肌肉縮緊，他感到傷口裡的紗布粗暴地摩擦著肌肉，然後，這種緊縮運動逐漸和緩，最終歸於自然狀態，但在即將恢復平靜的那一秒，猛烈的收縮感又會從頭再來，就像退下的浪潮又會重新撲向海岸。也就是說，他的意志對身體的這個部分已經完全失去了主導權。他愈是焦慮地想讓收縮停下來，肌肉卻愈不聽他的指揮……這就是他的傷口肌肉收縮的整個過程。

津田不確定這種奇異的感覺是否跟阿延有關。阿延整天像隻籠中鳥似的被他關在家裡，確實很可憐。而且總把女人綁在自己身邊，也不像男人該有的作為。所以他很痛快地放她飛向自由。然而，當她向丈夫的善意表達感謝，離開床邊的瞬間，津田卻突然覺得自己好像孤零零地被她拋棄了。他豎起不滿的耳朵傾聽她下樓的腳步。當她拉開醫院正門的瞬間，他甚至覺得猛烈響起的門鈴聲都顯得那麼放肆。剛好也是在那個瞬間，來自局部肌肉的那種討厭感覺開始了。他把那種感覺歸類為一種刺激，同時也認為，那只是神經過敏造成的。然而，阿延的行為會使他的神經過敏到那種程度嗎？雖然心底突然對阿延的行為產生不快，他卻無法得出結論。按照他的想法，這種現象當然不會是來自偶然的巧合。於是他根據自己的想像，自圓其說地編造了兩者的關係，並打算過幾天再把這種關聯說給阿延聽。因為他想讓阿延變得更可憐，讓她明白丟下病床上的丈夫，自己一個人跑出去玩樂會帶來的不良後果，並讓她更加悔恨不已，但他不知如何適當地表達這番想法。而且就算他知道怎麼表達，阿延肯定也聽不懂。就算她聽懂了，也很難讓她產生自己想要的那種感覺。所以他只能閉上嘴，默默地忍受心中的不爽。

當他望向阿秀的瞬間所感受到的局部收縮，立刻又讓他想起這段經過，他不禁露出痛苦的表情。不明就裡的阿秀當然不會明白哥哥這番纖細的心思。她以為哥哥只是露出一貫的表情，而且是那種永遠都只會對她一個人露出的表情。

「如果不想聽的話，就等您出院後再說吧。」

她對哥哥並不感到特別同情，但在講話之前還是得斟酌一下情況。

「哪裡會痛嗎？」

津田連連點頭，沒有說話。過了半晌，阿秀一直默默觀察他的狀態。這時，津田的局部肌肉正在反覆進行規則的收縮。兩人繼續保持沉默。在這段沉默的時間裡，他臉上始終掛著痛苦的表情。

「這麼痛可真糟糕。嫂嫂是怎麼回事呢？昨天還在電話裡告訴我，說你一點都不痛呢。」

「阿延那時不知道。」

「是嫂嫂回去以後才開始疼痛嗎？」

「不，就是因為阿延幹的好事，才開始疼痛的。」津田並不敢這樣對他妹妹說。但想到這兒，他突然發現自己有點像個撒嬌的孩子。且不說他外表看來如何，但總之心底並不像個兄長，所以他感到很羞愧。

「妳說有事，到底是什麼事？」

「算了，也不必在你那麼疼痛的時候說。下次再說吧。」

津田一向很會偽裝，但這時他不願偽裝了。局部的感覺已被他拋到腦後。而肌肉收縮的特點就是，忘記之後就會停止，停止之後就會忘記。

「不要緊，說吧。」

「反正，我要說的事都不是小事，現在可以說嗎？」

聽到這兒，津田已大致猜到阿秀要說的是什麼了。

九十四

「又是那件事吧？」

停了半晌，津田不得已先開口說道。只是說這話時，他臉上已恢復了平時那種不願傾聽的表情。阿秀心裡對他這種矛盾的表現感到很火大。

「所以我剛才不是說了嗎？還是等下次再說好了。可是哥哥非要催我說，我才覺得可以跟你說的。」

「那妳也不必客氣，把話說出來就是啦。反正妳本來就是為了說那件事才來的吧？」

「可是哥哥的臉色那麼難看。」

阿秀至少對她哥哥，是不會因為看到他臉色難看，就去討好他。因此，津田當然也不會同情她，甚至還覺得他這個妹妹竟敢多事來責備自己。於是他不理會阿秀的埋怨，主動提出疑問：「京都那邊又來信說了什麼吧？」

「是啊，嗯，就是這樣。」

京都家裡的事情通常都由父親寫信告訴津田，母親寫信告訴阿秀，所以他也沒必要再問妹妹收到誰的信了。只是按照目前的狀況來看，他不能對母親寄給阿秀的這封信表現得太冷漠。因為從他第二次寫信向京都家裡要錢，心裡就一直記掛著錢到底寄來了沒有。「那件事」也就是他們兄妹對他寫信要錢這件事的代稱，儘管他不斷提醒自己，盡量別去打聽關於那件事的消息，但一想到月底的帳單，還有住院經費的來源，他就不能不把母親的信，跟一種重要的利害關係連結在一起，更何況，他比阿秀更清楚這兩者之間糾纏不清、無法切割的原由。所以無論如何，這個話題應該由他主動提起。

「來信說了什麼呢？」

「哥哥這裡也接到父親來信說了什麼吧？」

「嗯，跟我說了。這種事，我不說，妳大概也知道吧。」

阿秀不置可否，只有緊閉的嘴角浮起一絲淺笑，似乎因為擊敗了哥哥，而顯得非常得意。她這種表情，讓津田看了很不高興。只因兄妹這層命定的關係，他向來就沒把阿秀的才能放在眼裡，唯有遇到這種情況，阿秀的反應就會讓他深受刺激。津田甚至不只一次地懷疑過，這女人是否因為自己稍有姿色，就敢隨意傷害別人？他也經常想問阿秀：「妳因為長得美才被婆家選中，這件事，難道妳打算炫耀一輩子嗎？」

過了半晌，阿秀才將那張十分標致的臉孔轉向哥哥。

「那哥哥打算怎麼辦呢？」

「我能怎麼辦？」

「你什麼也沒對父親說？」

津田沉默了一會兒，才像很不得已似的答道：「說啦。」

「然後呢？」

「然後，石沉大海呀。但也可能已經寄到家裡去了吧。反正阿延不來，我也不知道。」

「可是父親會怎麼回覆，哥哥也能猜到吧。」

津田不知如何回答，他把手伸進阿延縫製的棉袍衣領裡摸索著，然後從八丈島黑綢面料下面抽出一根小牙籤，在門牙上剔來剔去。阿秀看他一直不說話，便把同樣的問題換一種說法向他再問一遍。

「哥哥以為父親會很高興把錢寄來嗎？」

「不知道。」津田粗魯地答道，接著又很氣憤地補了一句：「所以我從剛才就在問妳，母親給妳寫了什麼？」

阿秀有意地把眼轉向一邊，望著迴廊的方向。但這動作只是在津田面前代替她的咳聲嘆氣。

「所以我也沒說不告訴你呀。從一開始我就料到會變成這樣。」

九十五

津田終於開口向阿秀詢問母親來信的內容。根據妹妹的轉述，父親氣得不得了，惱怒的程度超出津田的想像。父親似乎認為，如果兒子能靠自己的力量解決月底虧空的部分，他也不再往下追究，但如果兒子連這點小事都辦不到，為了給他一個警告，或許以後就會暫停每月的匯款。聽到這裡，津田想起父親上次告訴他，家裡要修圍牆、房租沒收進來，所以沒法給他寄錢。如此說來，父親那些理由都是謊話嘍。好吧，就算不是謊話，他還是覺得那些都是父親的藉口。為什麼父親要對自己說這種見外又一目了然的謊話呢？如果想要責罵自己，乾脆像個男子漢大聲責罵就是啦。

他再三沉吟思量，父親留著山羊鬍的臉孔，還有萬事都愛裝腔作勢的模樣在他腦中浮起，接著，他又想起母親毫無理由地厭惡髮辮，整天依舊梳著傳統髮髻，然而，這些特點根本無法用來解釋自己目前的困境

「說來說去，還是怪哥哥不對，誰叫你當初不守諾言。」阿秀說。自從發生那件事之後，妹妹一天到晚重複這句話，而這也是津田最討厭聽到的一句話。自己沒有遵守諾言確實不對，這種事，不需要妹妹來教，他心裡也很明白。當初不實踐諾言，只是因為他認為沒有必要，而他也希望別人能夠認可他的想法。

「不能怪父親啊。」阿秀說：「就算是父子，諾言就是諾言。再說，如果只是父親跟哥哥之間的問題，可能也就不必那麼認真了。」

對阿秀來說，她丈夫堀先生也牽涉其中，這才是最重要的。

「母親給我寄來那種信，我家老爺也很為難啊。」

父親當初的想法是，既然兒子已經走出校門，就該找個適當的工作，組織新家庭，就算自己有些吃力，也要自食其力，獨立生活，不給父母添麻煩。後來是靠著堀先生的力量，才使父親改變了主意。當時堀先生豪爽應允津田的請求，去向津田的父親勸說，他列舉了各種最佳的理由，譬如說，物價高漲、交際的必要、

時代的改變、東京與鄉下的分別等等，最後終於說服了向來只知勤儉的父親。而作為交換條件，津田必須拿出大部分的中元節和新年獎金，聊勝於無地一次性償還父親每月給他的補助。而想出這種還錢方式的人，是堀先生。只是，當初促成這項計畫並負有連帶責任的堀先生，卻是個極為懶散的人。他不僅從頭就沒深思過履行承諾的細節，等到應該實踐諾言的時候，他根本就把這件事忘得一乾二淨。後來接到津田的父親那封近乎責難的書信時，他不免大吃一驚，因為這件事早已從他腦中刪除。但是現金早已花光，等到事後才發覺這種後果時，誰也無計可施了。生性樂觀的堀先生寫了一封信，向津田的父親致歉，他以為這樣就算沒事了。誰知這個世界卻不是按照他這種懶散之人的想法運轉。堀先生無奈地從津田的父親那兒學到這個教訓。因為津田的父親始終認為堀先生該為這件事負責。

就在這時，一個閃閃發亮的戒指突然出現在阿延的手指上，戒指看起來十分高級，不像是津田的財力能夠買得起的。而最先發現這個戒指的，正是阿秀。女人對同性產生的好奇，使她的神經變得非常敏銳。她先把阿延的戒指讚美了一番，接著又順便打聽了購買戒指的時間和地點。阿延根本不知道津田父子之間曾由堀先生作保訂下承諾。從這點來看，她實在太天真，跟她平時的謹慎作風相差太遠。她心裡只有一個念頭，就是讓阿秀知道津田很愛自己，這個念頭壓倒了一切。她把買戒指的經過原原本本全都告訴了阿秀。

阿秀平時就覺得阿延是個愛出鋒頭的女人，對她不太滿意，所以她立刻就把阿延買戒指的事向京都家裡報告。而且還在信裡加油添醋，暗示阿延明知新年獎金的約定，卻故意慫恿丈夫不要還錢。其實這件事是因為津田自己虛榮心作祟，沒把還錢的事告訴妻子，阿秀卻逕自認定，全都是因為阿延的虛榮心造成的結果，並將自己的誤解全部轉達給京都家裡。阿秀至今仍然堅信自己的誤解，所以她認為，與其說哥哥津田跟這件事有關，或許該怪嫂嫂阿延才比較正確。

「關於這件事，嫂嫂究竟有什麼打算？」

「這事跟阿延完全無關吧？我什麼都沒告訴她。」

「是嗎？如此說來，心情最輕鬆的人倒是嫂嫂，真不錯啊。」

阿秀露出譏諷的微笑。津田想起阿延去看戲的前一晚，她在燈下舉起一條閃閃發亮的厚腰帶。「那把這個送到當鋪去吧。」阿延說話時的模樣，如今清晰地浮現在津田的眼前。

九十六

「那到底怎麼辦呢？」

阿秀這話既像在為難做事魯莽的哥哥，也像在表現自己的不知所措。她的上面還有個丈夫，而且在丈夫背後，還有一位更得敬畏的婆婆。

「說起來，我家老爺當初也是受哥哥的託付，才去幫忙勸說父親的，您該不會認為他有什麼責任吧。事到如今，想必您更不會指責他不負責任吧。而且當時立下字據，也不是為了預防萬一，結果現在像父親那樣，硬要追究什麼法律責任，害我在老爺面前真的很難做人。」

津田至少在表面上，是該對妹妹的立場表示理解。但他心裡全然不覺得妹妹有什麼可憐。而他這種態度，做妹妹的自然也能感覺出來。阿秀只覺得眼前的哥哥簡直厚顏無恥，他只顧自己方便，其他什麼都不考慮。就算他會考慮，也只會想著自己新娶的老婆。而且，對他老婆如此嬌寵，完全隨她為所欲為。他為了滿足老婆，所以對外人比從前更加自私任性。

而在津田眼裡看來，阿秀這樣評斷自己的哥哥，表示她對兄長毫無同情，根本不是一個做妹妹該有的態度。說得更不客氣一點，阿秀等於非常露骨地向自己宣稱：「哥哥現在感到為難，那是你自作自受，誰也沒辦法。而我這裡的問題，你要怎麼幫我收拾呢？」

津田並沒說要幫她收拾，他也不想幫妹妹收拾。他覺得父親無法捉摸的想法，要比阿秀的問題更重要。

「爸爸才是究竟打算怎麼樣啊？是否以為他突然宣布不再寄錢，由雄我就一定會自己去想辦法？」

「重點就在這裡啊，哥哥。」

阿秀意有所指地看著津田，然後又補上一句：「所以我才對我家老爺說，這下糟了。」

一個微弱的暗示從津田腦中閃過。就像初秋的閃電，看起來雖遠，卻極具衝擊性。他想到的這件事跟父親的品格有關。由於以往從來沒有想過，所以才說距離很遠，但現在一旦發現了，再根據父親平日的作風推斷，他就無法不承認，確實是有這種可能，而這種想法對身為兒子的津田來說，實在是一道極為猛烈的打擊。在他剛剛轉念想起這件事的瞬間，他不禁在心底喊道：「不會吧！」但緊接著下一秒，他又忍不住改口感嘆：「說不定喔。」

津田腦中有一面臆測的鏡子，父親的謀畫已在鏡中顯現。一切只要按照下列的順序進行，父親就能獲致預期的結果。首先，他用委婉的方式拒絕寄錢，如此一來，津田便陷入了困境，就會去找堀先生訴說原委。堀先生這時將無奈地發現，自己對京都那邊必須負責。只有他向津田伸出援手，才算對津田的父親盡到當初作保的義務。所以不論堀先生是否心甘情願，他都會先替父親代墊每月寄給津田的生活補助。父親則只在口頭向堀先生致謝，其他一概不管。

按照上述的順序來看，這項計謀的用心極深，也相當符合邏輯推理，當然更必須承認，能想出這種計策的人頗有手腕，卻不夠乾脆痛快。雖不能說這是一種卑劣的計畫，卻有些老狐狸的狡詐。更值得注意的是，這種做法看似對小錢過分執著。總之，整個計畫完全就像出自父親之手。

阿秀對其他問題的看法或許會跟津田有所衝突，但是對父親的這種做法，她卻跟津田一樣，非常不以為然。儘管從某種角度來看，她對父親深表同情，唯有這件事，不論是阿秀或津田，都對父親非常不滿。而現在的問題，倒不是父親的品德，而是津田並不喜歡接受阿秀的接濟，阿秀也對她兄嫂沒有好感。更重要的是，如此一來，阿秀在她丈夫和婆婆面前欠下了人情，會讓她在婆家抬不起頭。然而，兄妹倆現在都不知如何解決實際的問題，這讓他們非常痛苦，但是兩人都沒有勇氣打破砂鍋問到底，去向父親表達質疑。所以他們也只能在交談中確認彼此的想法，再根據各自的臆測，勾勒出父親的計謀。

九十七

兄妹倆一面設法釐清感情與理智的糾結，一面企圖找出解決的方法，但是努力了半天，只能原地打轉。兩人對於問題的某些部分，都採取既想談又不願談的態度，而這種態度又讓他們感到更加焦躁。不過，畢竟他們是兄妹，都是那種陰陽怪氣的性格，一面指責對方不夠爽快，一面卻又不肯當那種首先發難的壞人。津田畢竟是哥哥，又是男人，所以他歸納重點的能力比阿秀強得多。

「所以說，妳並不同情妳哥哥吧。」

「也不是這樣啦。」

「那就是對阿延不同情嘍？不論怎麼說，其實都是一樣的意思吧。」

「啊唷！我可一句都沒提到嫂嫂喔。」

「反正，妳認為這件事，我該負最大的責任，總歸就是這樣的意思吧？當然嘛，就算妳不說，哥哥我心裡也是雪亮的。好啊，就算是這樣吧。哥哥我情願受罰。這個月我就不用父親的錢過日子好了。」

「這種事，哥哥能辦得到？」

阿秀的語氣像在譏諷哥哥，津田立即被她激得說出下面這句話：「死也得辦到啊！」

阿秀終於放鬆了緊閉的嘴角，微微露出潔白的牙齒。津田腦中再度浮起阿延在燈下撫弄那條閃亮腰帶的身影。

「乾脆把從前到現在的經濟狀況全都告訴阿延吧？」

對津田來說，這是最簡便的辦法。但是叫他向阿延話說從前，卻又是最困難的一種自白。他把阿延的虛榮心看得一清二楚。他又事事都想滿足阿延的虛榮，這種現象顯然也是因為他自己的虛榮心。阿延對他的信賴，也是女人最看重的東西，如果他現在毀了這份信賴，等於就是親手給自己迎面一拳。如此一來，阿延倒不一定變得可憐，他自己卻會因為在妻子面前跌了身價而深感痛苦。但就算有人為了這種小事譏笑他，他還是不想立即向妻子告白，而只會先找有利的藉口：反正家裡有錢嘛。反正家裡的財產足夠讓我在阿延面前維持顏面嘛。

更何況，他並不喜歡隨便發脾氣。他認為忘我的行為十分愚蠢，更因為遺傳了父母的天性，他也不是那麼容易做出忘我之事的人。

「死也得辦到啊。」說完這句話，他偷窺著阿秀的表情。即使心底完全沒有這句話裡包含的毅然，他也不覺得絲毫羞恥，反而冷漠地拎起心底那把秤，暗自精打細算起來。向阿延自白令他痛苦，接受阿秀的接濟又令他不快，他把兩種感覺放在一起，衡量了一番，然後在心中自問：乾脆接受後者，不知結果會怎麼樣？阿秀擁有足夠的力量承擔這項任務，但重要的是，哥哥的不知悔改令她不滿。本尊菩薩阿延又是一副不關己事的表情躲在哥哥背後，這一點，也令她厭惡。更氣人的是，京都的父母硬是認為自己的丈夫堀先生該為這件事負責，轉彎抹角地把事情扯到他身上。在經過幾番糾結之後，阿秀也把津田的心思看清楚了，所以她就更不願意輕易地主動表示善意。

另一方面，阿秀當初因為美貌而嫁進富家當媳婦，但津田對她的態度，卻充滿了某種自負。他從婚後的妹妹身上聞到一種近似暴發戶的臭味。或者說，是他覺得自己聞到了那種臭味。所以不知從何時起，他開始陷入一種情緒，在面對妹妹的時候，他就要穿上一套名為「兄長」的威嚴盔甲，因此也更不願意向阿秀低頭。

兄妹倆談了半天，誰也不肯先開口提錢，而且雙方都在等待對方提起。這段始終得不出結論的兄妹密談進行到關鍵時刻，女傭阿時突然闖了進來，一下子攪亂了他們精心設計的這場談判。

九十八

其實，阿時走進病房之前，已經給津田打過電話。不過，她在電話裡聽到藥局生上樓只走到一半，就很厭煩地喊道：「津田先生，您的電話！」津田暫時停下跟阿秀的交談，向樓下反問：「哪裡打來的？」藥局生一面下樓一面說：「大概是您府上吧。」聽到如此冷淡的回答，談興極佳的津田忍不住就想耍點小脾氣。阿延去看戲之後，昨天、今天都沒現身，他心裡早已對阿延的行徑有些不爽，現在就更加不高興了。

「用電話討好我！」

津田腦中立即閃入這個想法。昨天早上打電話，今天早上又打，說不定，明天早上還會打來吧。依照他的推斷，阿延大概是想利用這種方式吸引我的注意力，然後才一下子出現在我面前吧。按照阿延平時在他面前的表現來看，這種推測並非絕無可能。他甚至在幻想中看到阿延的笑臉，看到她趁自己稍不注意，突然走進了病房，而且是毫無聲息地嚇了他一大跳。津田心裡非常明白，那張笑臉又會莫名其妙地牽動自己的心思。她總是利用自己閃出瞬間光芒的銳利武器，當場將他征服。以往一直堅持到現在的感覺，突然清醒了。他覺得自己是眼睜睜地掉進了阿延的圈套。

他不理會阿秀的催促，沒有下樓接電話。

「哎呀，反正沒什麼重要的事，不要緊的。不管她。」

這種回答聽在阿秀耳裡，實在讓她感到太意外了。首先，哥哥向來討厭做事馬虎，這種做法完全不符合他的性格；其次，哥哥對阿延總是言聽計從，這種反應不符合他的態度。阿秀以為哥哥顧忌她這個妹妹，想要掩飾平日對嫂嫂的嬌寵，才故意裝出這種不在意的樣子。阿秀心裡雖然感到一絲痛快，但聽到樓下藥局生大著嗓門催人接電話，她還是不能不替哥哥跑一趟。然而她特意走到樓下時，已經太晚了。由於藥局生的動作太粗魯，他隨便抓起的話筒那端已經沒有聲音了。

阿秀盡了形式上的義務之後，回到原來的座位，兄妹倆正要開始重新討論他們關注的問題時，阿時卻在電話那頭急壞了。她終於再也無法等待，立即拋下公用電話，跳上了電車。接著，不到十五分鐘之後，津田更被她嚇得大驚，因為他從阿時嘴裡聽到了做夢也沒想到的事情。

阿時離去之後，津田的心情還是無法恢復平靜。他深信自己熟知小林的性格，誰知他竟會趁自己不在的時候，突然闖到家裡去，甚至還跟並不相熟的阿延聊了很久。他從未想到小林會幹出這種事。他不僅感到吃驚，也覺得自己必須好好深思一下。問題的重點不是要不要給他大衣，而是跟大衣完全無關的小林的性格。像他這種人，竟敢厚著臉皮，直接從別人的妻子手裡，拿走她丈夫的大衣。或許，這就是小林在他的環境裡，注定形成的另一種性格。更嚴重的問題是，他那種性格若是進一步發展，不知還會對阿延發生什麼影響。那種性格當中既有不可捉摸，也有自暴自棄，還有整天不滿地瞪著幸福人群的白眼。在他接觸的幸福人群當中，阿延和津田這對新婚夫婦，極有可能獲選為理想的代表性人物。而津田平日對小林，總是不假辭色地表達自己的輕蔑，所以他已擁有足夠的自覺，準備接受上述的命運。

「也不知那傢伙說了些什麼。」

津田心中突然升起一種恐怖。不料阿秀卻大笑起來。她實在很難理解哥哥為什麼一天到晚批評那個叫小林的傢伙。

「說什麼都無所謂，不是嗎？那個叫小林的傢伙，他說的話不會有人當真的。」

阿秀對小林的某方面也很熟悉。但那只是小林在藤井叔父跟前表現的一面。和酒後的他比起來，叔父跟前的他舉止穩重，簡直就像另一個人似的。

「不是這樣喔。沒那麼簡單。」

「那傢伙最近變得這麼壞？」

阿秀臉上仍是一副不可置信的表情。

「就算只有一根火柴，若想用它燒掉一棟豪宅，也是可能的，不是嗎？」

「但只要火柴燒不起來，也就沒戲了吧？不管捧來多少盒火柴，嫂嫂才不是那麼容易被那種人點著的女人呢。難道……」

九十九

阿秀正要說出下半句的瞬間，津田故意不轉動眼珠。他的視線望向一旁，凝神等待妹妹說出下半句，但他想聽的下文直到最後仍是落空。阿秀說了令他在意的上半句之後，立刻改了另一個話題。

「為什麼哥哥今天會擔心這種無聊事？有什麼特別的理由嗎？」

津田的視線仍然望著剛才的方向。因為他盡量不想被妹妹看出自己的心事，也不想被她看到自己的眼神。但這種不自然的動作，對他自己也產生了影響，他感到心底似乎升起一絲畏懼。過了半晌，他才把臉孔轉向阿秀。

「沒有擔心什麼事啊。」

「只是有點在意？」

照這樣追問下去，他只會變成阿秀嘲笑的對象。津田立刻閉嘴不再說話。

就在這時，剛才出現過的傷口肌肉收縮又在某個部位發作了。他很不舒服地熬過了兩、三回收縮後，心裡不禁擔心起來，難道這種發作以後每隔一段時間，就會很規律地發作嗎？

阿秀完全沒發現哥哥正在煩惱，也不知為何，她總是抓著相同的問題不肯罷休。剛才那個被阿時打斷的話題，現在又被她換了一種方式，重新在哥哥面前提出來。

「哥哥到底覺得嫂嫂怎麼樣？」

「幹麼現在還問這種問題？愚蠢！」

「那好吧，不問也行。」

「但妳為什麼要問呢？可以把理由告訴我吧？」

「因為有必要，才會問啊。」

「所以叫妳把那個『必要』說一下啊。」

「是為了哥哥，所以有必要。」

津田露出不解的表情，阿秀馬上接著說下去：「因為哥哥對小林過分在意。不是很奇怪嗎？」

「這件事，妳不懂。」

「就是因為不懂，才會覺得奇怪啊。那您覺得小林會跟嫂嫂說什麼事呢？會怎麼跟她提起呢？」

「我可沒說他會提起什麼事喔，不是嗎？」

「換成另一種說法，您的意思就是說，擔心他會提起什麼事。」

津田沒有回答。阿秀緊盯著他的臉孔。

「這不是很難想像嗎？就算那傢伙現在變得很壞，也沒什麼事可以讓他說啊。您稍微用腦子想想吧。」

津田仍然默不作聲。阿秀卻打算逼出他的回答。

「就算他說了些什麼，只要嫂嫂不理他，就沒戲唱了，不是嗎？」

「這不需要妳說，我也知道。」

「所以我才問哥哥，究竟覺得嫂子是怎麼樣的人。哥哥到底是相信嫂嫂？還是不相信呢？」

阿秀一連提了好幾個問題。津田不太了解她的意思，卻覺得應該讓她冷靜下來，所以並不明確作答，反而故意大笑起來。

「妳太咄咄逼人啦。我簡直就像在受審嘛。」

「別胡扯啦。好好回答我吧。」

「回答了又怎樣？」

「我可是您妹妹啊。」

「那又如何？」

「哥哥說話太不乾脆，這樣是不行的。」

津田歪著腦袋，似乎很訝異。

「怎麼妳愈說愈深奧？大概妳誤會了吧。我提到小林，可沒有聯想那麼多，只是想告訴妳，那傢伙真麻煩，趁我不在的時候去見阿延，不知他會說些什麼。」

「只有這樣？」

「嗯，只有這樣。」

阿秀突然露出期待落空的表情，但是嘴並沒閒著。

「可是，哥哥，如果堀先生不在家的時候，有人來跟我說些什麼，您認為堀先生知道了，會擔心嗎？」

「堀先生會怎樣，我可不知道。或許妳敢斷言他不會擔心。」

「是呀，我敢斷言。」

「很好啊……所以呢？」

「我也只想跟您說這件事而已。」

阿秀說完，兩人都閉嘴不再說話。

一〇〇

然而，兄妹倆的因果關係早已注定。不論遇到任何狀況，他們非得經由交談，挖出彼此心底對某事的某種看法，才肯甘休。特別對津田來說，目前就有這種必要。他正面對著亟需籌錢的困境，而那筆錢已經放在他的眼前。如果現在讓那筆錢跑了，可能永遠都不會再落進自己手裡。光憑這一點，他在阿秀面前就已落入弱者的窘境。津田在腦中思索著，如何才能重新提起剛剛被打斷的話題。

「阿秀，在醫院吃了飯再回去吧？」

從時間點來看，這時採取這種討好的做法，倒是非常合適。據說堀先生今天一早就帶著母親和孩子，到橫濱的親戚家去作客，家裡現在一個人也沒有，津田這時表達善意就很容易傳遞特別的含義。

「反正妳回家也沒事吧。」

阿秀決定按照津田的建議留下來吃飯。兩人之間也很容易重提剛才的話題，只是談話內容並未超出兄妹間閒聊家常的範圍。而在眼前這種狀況下，這類談話對他們還是稍嫌不足。兄妹倆都在等待機會，企圖潛入對方心底的更深處。

「哥哥，我把東西帶來嘍。」

「什麼東西？」

「哥哥需要的東西。」

「是嗎？」

津田幾乎沒有反應。他的冷淡正好跟他的自負成正比。無論是精神上或形式上，他都無法對自己的妹妹低頭。但他非常需要那筆錢。而阿秀對錢並不在乎，她只想讓哥哥向自己低頭。為了達到目的，她必須趁勢利用哥哥需要的這筆錢當作誘餌。所以最終的結果，勢必會把她哥哥逼急。

「我交給你吧？」
「嗯。」
「父親反正不會給你錢的。」
「照這情形看來，大概不會給了。」
「因為母親已經寫信跟我說得很清楚了。本來今天想把信帶來，讓你看一下的，誰知竟然忘了。」
「這我也知道啦。剛才已經聽妳說過了，不是嗎？」
「所以啊，我才說把東西帶來啦。」
「是為了逼急我？還是為了給我？」
阿秀好像被人擊中了要害似的，突然不再說話。不一會兒，只見她那雙美麗的眼睛已經積滿淚水。但津田只覺得那些淚水代表的是妹妹的不甘心。
「為什麼哥哥最近總是話中帶刺？為什麼不能像從前那樣接受別人的誠意？」
「妳哥哥還是跟從前一模一樣。是妳自己最近變了。」
聽到這兒，阿秀臉上露出不可置信的表情。
「我什麼時候變了？變成什麼樣了？你倒是說清楚。」
「這種事，不需要問別人，自己好好想一想，就明白了。」
「不，我不明白，所以請你說清楚。請告訴我吧。」
津田的視線非常冷峻，他朝著嚴厲追問的阿秀打量起來。即使在這個節骨眼，他心裡還是在權衡利害，究竟先穩住她的心情才比較有利？還是乾脆一舉將她擊敗才占上風？想了幾秒，他決定採取折衷手段，便慢吞吞地開口說道：「阿秀，可能妳自己並未發現，從哥哥的角度來看，自從妳嫁到堀家以後，改變很大喔。」
「那是當然會變的。女人出嫁後又生了兩個孩子，任誰都會變吧？」
「所以說，改變也很好啊。」

「但我究竟有什麼變化？還是要請哥哥告訴我。」

「這個嘛……」津田的回答並沒說完。但他已用語氣告訴阿秀，自己並非無法回答。

阿秀呆了半晌，立刻又向哥哥反問：「哥哥心裡一直認為，是我向京都家裡告的狀吧？」

「那種事情不重要。」

「不對，那樣肯定就會把我看成眼中釘。」

「誰？」

這個倒楣的字眼就像一枚火種，而「阿延」這個名字在他們之間，始終就像不能挑明的暗語。但現在，這個火種已將那暗語點燃了。於是阿秀舉起火把，在哥哥的眼前來回揮舞。

「哥哥您才說錯了呢。沒娶嫂嫂之前和結婚之後，哥哥完全是兩個樣。任誰看了，都覺得你變成了另一個人。」

一〇一

津田認為阿秀是用她對哥哥的偏見在武裝自己。尤其最後那句攻擊性的發言，完全就是誤解造成的行為。妹妹開口閉口再三稱呼「嫂嫂、嫂嫂」的聲音，他聽著覺得刺耳。妹妹把他為了達成自己心願所做的一切，全都看成是在討好妻子，也讓他感到不快。

「我可不像妳想像的那麼怕老婆唷。」

「或許是吧。因為嫂嫂打電話來的時候，你都敢在我面前故意裝冷淡，掛她電話呢。」

阿秀也不管身在何處，嘴裡連珠炮似的冒出這些話，津田聽了覺得無奈，只好暫時忘掉利害關係，在心裡連連咂著舌頭。

「所以叫她不要打電話，我都反覆警告阿延好多次了。」

他不斷用手扯著嘴上的短鬚，似乎想藉此安撫興奮的神經。他漸漸露出苦澀的表情，話也變少了。

不料，津田這種態度卻對阿秀造成意外的影響。她似乎以為，哥哥的弱點被她一一戳破了，現在是因為羞愧萬分，才閉嘴不再說話。於是她發動更猛烈的攻勢，簡直像要一舉逼他低頭認錯似的。

「哥哥跟嫂嫂結婚之前，比現在誠實多了，至少比現在做事乾脆。我不喜歡被人批評說話沒有根據，所以心裡有什麼就說什麼。希望哥哥對我提出的問題，也能如實回答。哥哥還沒娶嫂嫂之前，有沒有像這次一樣，對父親說過這種謊？」

這時，津田才開始覺得理虧。阿秀說的顯然都是事實。只是造成這些事實的原因，絕對不是阿秀想像的那樣。從津田的角度來看，這些都只是偶然發生的。

「所以妳就認為這次的事情，責任都在阿延身上？」

阿秀差點脫口答道「是的」，但她故意不直接作答。

「不，我根本一個字也沒提到嫂嫂。我只是為了證明哥哥已經改變，所以才提出那些事實罷了。」

從表面來看，津田已陷入必須服輸的境地。

「如果妳那麼想證明我已經變了，那就算我變了，可以了吧？」

「不可以！這樣太對不起父親跟母親了。」

「是嗎？」津田立即答道，接著又冷冷地補了一句：「那也沒問題啊。」

阿秀臉上的表情彷彿在說：「你還不悔改？」

「我還有其他證據，證明哥哥跟從前不一樣了。」

津田佯裝什麼都沒聽到，阿秀卻毫不客氣地說出她所說的證據。

「小林趁哥哥不在的時候上門拜訪，哥哥不是從剛才就很擔心，不知他會跟嫂嫂說些什麼。」

「真囉唆！剛才不是解釋過了，我並不擔心。」

「但你明明很在意吧？」

「隨妳怎麼說都行啦。」

「別胡說！」

「好啊……不管怎麼說，反正，那也是哥哥跟以前不一樣的證據，不是嗎？」

「不是胡說！這就是證據。證明哥哥有多怕嫂嫂。」

津田突然轉動眼珠，躺在枕上的腦袋並來移動，只把視線從下方投向阿秀的臉孔，然後，他那形狀漂亮的鼻梁上堆起了冷笑的皺紋。這種淡定讓阿秀非常意外，她原以為，只要自己再加把勁，就能讓哥哥一頭栽進懺悔的深淵，誰知他竟是這種反應。阿秀不免開始懷疑，難道他身後還有平地可供撤退？不過事已至此，阿秀也只能盡力而為了。

「就在不久前，哥哥對小林那種人還根本沒放在眼裡，不是嗎？無論他說些什麼，您從來都懶得理他，對吧？但為什麼今天就這麼怕他呢？哥哥現在害怕小林之輩，還是因為他找嫂嫂談話了吧？」

「妳要這樣說也行啦。不管我多怕小林，反正，總不至於對不起父母吧。」

「所以你的意思是說，我不該多管閒事？」

「嗯，大致就是這意思。」

阿秀頓時火冒三丈，同時，一道閃電也從她腦中劃過。

一〇二

「我懂了！」

阿秀突然粗聲大喊起來。但她這種鄭重其事的宣言，卻沒能讓津田的外表發生任何變化。津田用表情告訴妹妹，他不會再接受她的挑戰。

「我懂啦，哥哥！」

阿秀又把剛才的話重複一遍，語氣就像在催逼津田。無奈之下，津田只好開口問道：「懂什麼？」

「就是說，哥哥為什麼把嫂嫂捧得那麼高。」

聽了這話，津田腦中萌生起某種好奇心。

「那妳倒是說來聽聽。」

「沒必要告訴你。只要你知道我已明白其中原委，就夠了。」

「既然如此，這種話，妳就不必特地說出來了，一個人默默地認為自己明白其中原委就行了。」

「不，那不行。哥哥根本不把我當成妹妹看待。你以為只要跟父母無關，我在哥哥面前就沒有發言的權利，我也就不說了。但我不說，眼裡看得很清楚。因此我要提醒你一下，不要以為我是因為不知道才沒說。」

聽到這兒，津田覺得談話只能到此為止了。再這樣彼此苦苦糾纏下去，情況只會變得更加麻煩。但他壓根不想向妹妹低頭。叫他在妹妹面前演一齣懺悔戲，這種事，他連做夢都沒想過。其實像道歉之類的小事，他並不是不會，只有在平時就看不起的妹妹面前，才會變得特別驕傲。跟在他人面前比起來，他這種傲慢的心理在妹妹面前也更容易不客氣地表現出來。換句話說，就算在口頭上表達再多的善意，也於事無補。他只能用溫和的方式，把自己對阿秀的輕蔑傳達過去。而阿秀對於剛才就已顯得不耐煩的津田也絲毫不肯退讓。

於是，她又叫了一聲「哥哥」。

這時，津田才在阿秀身上發現一個變化，是他從前一直沒注意到的。以往的阿秀總是藉著攻擊哥哥，把矛頭指向阿延。她攻擊哥哥的行為當然不是作假，但她心底真正的想法是，寧可放過承受責備的哥哥，也不能不向躲在他背後的嫂嫂開槍。她這種想法不知在什麼時候改變了。現在她已自動變更了主客的位置，將自己的攻擊方向筆直地轉向哥哥。

「哥哥，做妹妹的沒有權利批評哥哥的人格嗎？好吧，就算我沒有權利好了，但只要妹妹懷抱一絲疑惑，哥哥就有義務徹底解釋清楚，喔……義務，還是取消吧，這個字眼，可能不配從我嘴裡說出來……但至少是為人兄長該有的一種情義吧。現在身為妹妹的我，看到面前的哥哥缺少這種情義，覺得很可悲。」

「自以為是地亂講什麼！閉嘴！妳什麼都不懂！」

津田終於爆發了。

「妳懂人格這個字眼的意思嗎？妳不過一個女子高中畢業生，隨便在我面前賣弄這種字眼，太不知天高地厚了。」

「我的重點不在詞句。只是提出自己懷疑的事實。」

「什麼事實？我腦袋裡的事實，妳這種沒知識的女人能懂嗎？混蛋！」

「既然這麼鄙視我，那就不客氣地提醒你一下。但我可以說嗎？」

「可不可以，根本沒必要回答。跑到病人這裡來，妳幹麼，這是什麼態度！還知道自己是妹妹？」

「因為你沒有做哥哥的樣子。」

「閉嘴！」

「才不閉嘴。該說的，我都要說。哥哥對嫂嫂言聽計從。你把嫂嫂當成個寶，看得比父親、母親或是我都更重要。」

「妻子當然比妹妹更寶貝。不管在哪一國都是這樣。」

「如果只是這樣，也就算了。可是哥哥不止如此。你一面把嫂嫂當成寶貝，一面卻又在意另一個人。」

「什麼？」

「所以哥哥才那麼害怕嫂嫂，而且那種畏懼……」

阿秀才說到一半，病房的紙門「唰」地一下拉開了。臉色蒼白的阿延突然出現在兄妹倆的面前。

一〇三

阿延跑進醫院大門，是在三、四分鐘之前。醫院的門診時間分早上和下午兩個時段。為了方便公務員或公司職員前來看診，下午的門診規定從四點看到八點。也因此，阿延才能在比較清靜的時間拉開大門走進醫院。

事實上，三、四天前進來的時候，脫鞋處堆著許多長筒靴、草蓆底草履之類亂七八糟的鞋子，今天卻連一雙也沒看到。當然，患者也是一個也沒有。她完全不知現在是非門診時間，只對四周一片寂靜感到非常訝異。

走進悄無聲息的玄關，脫鞋處有一雙女人木屐，很規矩地擺在地上。以價格來看，這種新木屐絕不是護士能穿得起的。她的心臟不禁怦然跳動起來。因為這是一雙年輕婦女的木屐。剛才被小林那番話弄得滿腹狐疑的她，不由得緊盯那雙木屐，無法移開視線。她的眼神顯得十分凌厲。

右側有個四方形小窗，一個書生從窗內露出臉，看到阿延一動也不動地站在玄關前，書生像要盤問什麼似的盯著她打量。阿延立刻向他打聽，是否有訪客來看津田？那位訪客是否是年輕女性？接著她又特意婉拒書生帶路，自己一個人來到樓梯下方，抬頭仰視樓上。

二樓不斷傳來交談聲，但聽起來不像一般閒聊。普通人輕鬆交談的時候，都是你一言我一語，毫無阻礙地順勢進行，但樓上的對話充滿了激情，還有激動，同時也能清晰地聽出，聊天的人正在努力壓抑激情與激動，彷彿他們的談話見不得人似的，這種氣氛像針一樣刺中了阿延的神經。比她剛才注視木屐時受到的刺激更銳利，而她傾聽談話的神態也比剛才更凌厲。

津田的病房就在診察室的正上方。以整座建築的結構來看，走上二樓之後，迎面是一面牆，右邊有個四疊半榻榻米的小房間，如果不經過這個房間前面的走廊，就無法走到津田的病房。所以阿延所處的位置，很不利於傾聽那個房間的談話，也就是說，談話聲是從她背後傳出來的。

阿延輕手輕腳走上樓梯。她的身體原本就非常柔軟，腳步也像貓兒一樣安靜，並能達到貓兒一般的效果。

樓梯口的一邊豎著一道長約兩公尺的欄杆，目的是防止行人滑落。上樓之後，阿延將身子靠在欄杆上，轉頭朝向津田的房間窺視。就在這時，阿秀尖銳的聲音突然傳進阿延耳中。尤其話音裡夾著「嫂嫂」這個突出的字眼，不斷撞擊她的耳膜。眼前的狀況完全出乎意料，阿延不禁倒吸一口冷氣。強烈的緊張毫無間歇地再度向她襲來。阿秀嘴裡吐出「嫂嫂」這個字眼，究竟有什麼含義，她必須徹底弄清，於是她繼續側耳傾聽。

聽了一會兒，兩人交談的氣氛愈來愈緊繃，顯然是在爭吵，而且不知不覺中，阿延已被捲進這場爭執的漩渦當中。或者，這場爭執的主因原本就是她也不一定。

但她對於爭端的前因後果並不了解，也不可能僅憑偷聽就能弄清自己的處境。更何況，那兩人使用的字句，不，應該說，阿秀使用的字句，就像天上降下的冰雨，令人應接不暇。阿秀嘴裡冒出的一連串字眼，阿延根本來不及細細咀嚼。只聽到「人格」、「看重」、「當然」……之類的字眼，接二連三地蹦進憑欄佇立的阿延耳中。

她想，弄清楚事情之前，就先靜止不動地站在這兒吧。誰知就在這時，阿秀嘴裡射出了最後一發炮彈：「哥哥除了嫂嫂以外，還有一個更在意的人。」這句話，使她的心臟突然顫動起來。阿延聽得特別清楚，對她來說，這是世界上最重要的一句話，也是世界上最令她不解的一句話。如果不繼續聽下去，她不知單憑這句話，自己能明白什麼，所以無論付出多大的代價，她都必須聽下去。然而，接下來的內容，卻又讓她實在聽不下去。因為從剛才開始，兩人交談中的字字句句都愈來愈大聲，照這樣下去，最後一定會衝向引爆點。情勢顯然到了不能再往前走的絕境，如果其中一人硬要往前衝，另一人也就只好起而抵抗。為了防止兄妹倆發生有失體面的衝突，她必須進去扮演他們的緩衝劑，所以阿延這時不得不踏進病房。

她對津田兄妹的關係瞭若指掌，平日就已深知兄妹不和的原因就出在自己身上。這時由她出面制止，必須想好出面的方式。不過她對這種事，並非沒有自信。就在關鍵的瞬間，她做出了決定，接著，她故意輕手輕腳地拉開病房的紙門。

一〇四

果然不出所料，兄妹倆立即閉上了嘴。但這種沉默就像暴風雨來臨前的風平浪靜，絕非和平的象徵。勉強壓抑的無言瞬間，反而潛伏著驚濤駭浪。

從津田兄妹各自的位置來看，應該是津田最先看到阿延。因為他的枕頭放在朝南的迴廊邊，所以他是第一個看到從對面進門的阿延。也就在那一剎那，他的兩種心情都被阿延看透了。一是他的不安，二是他的安心。他還來不及掩飾自己的心情，臉上就已露出既尷尬又解圍的表情。而那表情跟突然進門的阿延心底預期的一模一樣。她也從丈夫此時的部分表情裡，發現了從前一直覺得可疑的某種證據。但這是她的祕密。現在情況緊急，她必須另外找個跟丈夫有關的理由，當作自己來醫院探病的目的。阿延勉強在她蒼白的臉上擠出一絲微笑看著津田。剛好也就在這一秒，阿秀回過頭來，她以為阿延已趁自己不注意，先跟津田交換了眼色，於是她臉上不自覺地浮起一層紅暈。

「喔，妳來了。」

「妳好。」

姑嫂兩人簡單地打了聲招呼。但招呼打完之後，她們已無法像平時那樣繼續聊天，兩人都不得不承受著無話可說的壓力。阿延也不好隨便發言，只好打開夾在腋下的包袱，把岡本家借來的英文幽默小品交給津田。而那枚一直被阿秀視為眼中釘的戒指，則套在阿延的指尖，跟平時一樣閃閃發光。

津田把那堆小書一本一本拿起來，嘩啦嘩啦隨手翻了一遍，就把書籍放回枕畔。他根本連一行都無心閱讀，更沒有勇氣對那堆書發表任何評論，便兀自閉嘴保持沉默。阿延又跟阿秀交談了幾句，但都是她主動提問，阿秀只做最起碼的回答，聲音就像從喉嚨裡硬擠出來似的。

阿延又從懷裡掏出一封信。

「剛才臨出門看了一眼信箱，剛好看到這封信，就帶過來了。」

阿延的用字遣詞比較嚴肅，態度也非常有禮，跟平日與津田相對而坐的時候比起來，就像另一個人似的。其實她心裡向來討厭這種表面的疏遠，不過在他人面前，尤其是阿秀面前，這種不自然的客氣也表達了她的某種無奈。

那封信正是京都的父親寄來的，也是他們夫婦期盼已久的回音。跟上次一樣，這封信也沒有掛號，阿延雖沒聽到阿秀向她報告什麼，卻也早已心知肚明，信封裡肯定沒有任何能幫他們解決燃眉之急的東西。

津田還沒拆信就先對阿延說：「阿延，聽說沒希望了。」

「是嗎？什麼事沒希望？」

「聽說不管我再怎麼去求父親，他也不會給我寄錢的。」

津田的語氣難得充滿真摯。為了向阿秀表達反抗，他已不自覺地在阿延面前變成一位平易近人的丈夫，而且他自己竟然完全沒注意到這一點。但他這種毫不做作的態度倒是讓阿延非常開心，回答的語調裡也像在安慰津田似的充滿暖意，就連用字遣詞也不知不覺變回了平日的阿延。

「那也沒關係啦。我們自己想辦法吧。」

津田沉默地撕開信封。父親的信寫得並不長，而且字都寫得很大，大到只需瞥上一眼，就能大致看懂整封信的大意。但是兩個女人還是跟古代滑稽小說裡描寫的那樣，彼此一句話也不說，只是各自將視線投向卷軸信紙。所以當津田讀完信，重新捲好信紙塞進信封，隨手拋向枕畔時，兩個女人也都大致了解了來信內容。但阿秀還是故意問道：「哥哥，信裡寫了什麼？」

津田有氣無力地輕輕「嗯」了一聲。阿秀把視線暫時轉向一邊，接著又問：「就像我說的那樣吧？」

信裡的內容確實就像她猜測的那樣，但她那種「你看吧」的態度令津田非常不爽。就算阿秀現在沒說這種話，剛才那番爭執已讓他氣得不想再對阿秀說真話了。

一〇五

阿延已把丈夫的心理摸得一清二楚。她暗自憂慮兄妹倆再度發生衝突，同時也對丈夫的真意感到疑慮。平時在她眼裡的丈夫，不論身居何處，都不會忘記自制，不，不僅是自制，他永遠都不會忘記表現一種打從心底鄙視對方的冷漠。阿延一直深信，丈夫的這種特質裡，一定隱藏著某種自己不能掌控的東西。儘管那東西對自己是個未知數，但她認為，只要弄清那是什麼，她就能輕鬆地把丈夫抓在手裡。事實上，若要根據丈夫的外在表現，給他下個簡單的評語，倒也不是什麼難事。他是個不隨便亂發脾氣的人。用英語來形容的話，甚至可說他從來不曾失去自制，既然如此，他為什麼會在妹妹跟前把場面弄得那麼窘迫呢？說得更確切一點，為什麼會在她走進病房之前，那麼露骨地跟妹妹扯破臉吵起來？不論如何，阿延覺得自己必須趁著剛退的波濤捲土重來之前，在他們兄妹之間扮演和事老，盡量讓阿秀把矛頭轉向自己。

「秀子也收到父親的來信了？」

「不，是母親寄來的。」

「是嗎？信裡也談論到這件事了？」

「是的。」阿秀只回答了兩個字，就不再開口。

阿延接著又說：「京都那邊的花費也很多吧。而且，這件事本來就是我們不好。」

阿秀看著阿延指上的戒指，她從來都沒像現在這樣覺得那寶石如此耀眼。而阿延也是一副天真無知的表情，在阿秀面前展示著亮晶晶的戒指。阿秀說：「事實倒也未必如此。老人的想法就是很奇怪，所以他們才那麼相信哥哥，以為那麼點小錢，哥哥自己能想辦法弄到。」

阿延臉上露出微笑。

「那當然，萬一不行的話，總是能想出辦法的，對吧，老爺？」

阿延說著轉眼望向津田，並用眼色向他示意：「快說『能想出辦法』啊。」津田雖然看出她在向自己使眼色，卻想不透那眼色所代表的意義。於是他又把說過好多遍的話重說了一遍：「船到橋頭自然直嘛。我總覺得父親的話講不通。說什麼要修理圍牆、沒收到房租，這些費用，原本就是些小錢，不是嗎？」

「不見得吧？哥哥，等你有了自己的房子就知道了。」

「我們也有自己的房子啊，不是嗎？」

阿延臉上浮起她特有的微笑看著阿秀。

阿秀也慷慨地露出同樣和藹的態度答道：「哥哥疑心父親對自己耍心機呢。」

「那就是你的不是了。怎麼能懷疑父親呢？父親怎麼可能耍什麼心機？對吧？阿秀。」

「不對，我覺得有心機的不是父親母親，而是另有其人喔。」

「另有其人？」

阿延露出訝異的表情。

「對呀。我覺得另有其人，絕對沒錯。」

阿延重新轉臉看著丈夫說：「老爺，這是怎麼回事？」

「既是阿秀說的，妳就問阿秀呀。」

阿延苦笑起來。接下來又輪到阿秀說話了。

「哥哥認為是我們私下向京都家裡打了小報告。」

「可是……」

阿延不能再多說什麼，而這句說了一半的話，也沒有什麼意義。阿秀看她閉嘴，便立刻趁虛而入說道：

「所以他從剛才起就很不高興呢。不過我跟哥哥本來就是一見了面就吵架，尤其現在又遇到這件事。」

「真叫人為難。」阿延嘆氣說道，接著又向津田問道：「不過，老爺，妹妹說的是真的？你不會真有那種不夠男子氣概的想法吧？」

「誰知道，反正在阿秀眼裡，我就是那種人。」

「但你覺得秀子他們那樣做，有什麼好處嗎？」

「大概是想警告我吧。我也不太了解。」

「警告什麼呢？你到底幹了什麼壞事？」

「我怎麼知道。」津田一副厭煩的表情說道。

阿延無助地看著阿秀。她那雙小眼睛和眉毛似乎在說：「拜託妳幫我說話啊。」

一〇六

「哎呀，還不是因為哥哥脾氣太倔強了。」阿秀一面說，一面在心底更加埋怨嫂嫂。因為情勢逼得她非得向嫂嫂解釋不可。阿秀覺得眼前的阿延真是全世界最虛偽厚顏的女人。

「對呀，我們家這位脾氣是很倔強。」阿延說完，立刻把臉孔轉向丈夫說：「你真的很倔強喔。秀子說的沒錯。這毛病必須改一改才行。」

「我到底哪裡倔強了？」

「這我就不知道了。」

「是說我一天到晚都向父親要錢？」

「大概吧。」

「我既沒要錢，也沒說什麼呀，不是嗎？」

「也對，你是不可能開口提這種事的，而且說了也沒用，不等於白說？」

「那我到底哪裡倔強了？」

「哪裡？問我也沒用。因為我也說不清，反正倔強之處總是有的。」

「混蛋！」

阿延被罵了混蛋，臉上卻很高興地露出微笑。阿秀再也忍不住了。

「哥哥，我帶來的東西，你為什麼不老實地收下呢？」

「不管是老實還是倔強，我就是想拿也拿不到啊。因為妳又沒拿出來，不是嗎？」

「因為你沒說要，所以才沒拿出來。」

「但我的感覺是，沒看到妳拿出來，我只好說不要。」

「可是萬一你說要又不肯接過去，這種事會讓我很不痛快。」

「那到底要怎麼辦？」

「自己心裡明白吧？」

三個人陷入了短暫的沉默。

過了半晌，津田突然開口說：「阿延，妳跟阿秀道個歉吧。」

阿延不可置信地看著丈夫。

「為什麼？」

「阿秀的想法是，只要妳道個歉，她就打算把帶來的東西拿出來。」

「我沒做什麼需要道歉的事啊。如果你命令我道歉，那我說多少遍都是可以的，可是……」

說到這兒，阿延將一雙幽怨的眼神投向阿秀，阿秀打斷她的話說：「哥哥，你說些什麼啊。我什麼時候說要嫂嫂道歉了？你捏造這種藉口，不是讓我在嫂嫂跟前沒面子嗎？」

沉默重新降臨在三人之間。津田是故意不開口，阿延是覺得沒有說話的必要，阿秀則是在考慮該說什麼。

「哥哥，我其實是想對你們盡點義務……」阿秀想了半天，終於開口向哥哥說。

津田立刻反問妹妹：「等一下，妳想說的意思，是義務？還是熱心？」

「對我來說，都是一樣的意思啊。」

「是嗎？妳這樣說，我就沒話說了。原來如此。」

「不是『原來如此』，而是『正因如此』。因為我被人誤會，說我背著你們在父親母親面前打小報告，害得哥哥嫂嫂受了這些苦，叫我背這種黑鍋，心裡非常難過。正因如此，我覺得應該設法湊齊那筆錢送過來，今天就是出於這番好意，特地把錢帶來了。不瞞你們說，昨天嫂嫂給我打電話的時候，我是想立刻趕來的，但昨天早上家裡有事，下午又因為早上的事必須去一趟銀行，所以就沒辦法過來。那筆錢的數目原本就不多，我就覺得不必多說什麼。誰知我這番心意，哥哥竟完全不能理解，現在我只想說，真的感覺很遺憾。」

阿延偷看了一眼繼續保持沉默的津田。

「老爺，你也說些什麼啊。」

「說什麼？」

「說什麼，道謝呀。感謝秀子對我們的熱心啊。」

「拿這麼一點錢，就要謝恩，我可不幹。」

「沒人叫你謝恩啊，我剛才不是說了嗎？」阿秀用稍嫌尖銳的聲音辯駁道。

阿延仍然保持剛才的平靜語氣說：「所以叫你不要那麼倔強，就向妹妹道聲謝嘛。如果不想欠錢的話，不拿那筆錢也行啊，那就只說謝謝吧。」

聽到這兒，阿秀臉上露出訝異的神色，津田則是滿臉「別開玩笑」的表情。

一〇七

三人陷入了一種詭異的氣氛。事情順勢發展到這種局面，他們已注定不能轉移話題。就連臨陣脫逃也已經不可能了。他們只能各就其位，絞盡腦汁，設法解決面前的問題。

但是在旁觀者眼裡，他們的問題根本沒那麼嚴重。任何人只要能夠站在遠處，冷靜分析他們的身分與處境就會發現，他們需要解決的，只是一些小事。就算沒人指出這項事實，他們心裡也很明白，但他們卻無法就此罷休。因為他們背負的命定因緣，已從旁人並不了解的昔日伸出一隻複雜的手，任意操縱著他們三人。

沉默半晌之後，津田跟阿秀之間展開了下面這場對答。

「如果從頭就沒說什麼，倒也罷了，既然提起這件事了，帶來的東西卻沒交給你就回去，我心裡也不痛快，哥哥，你就收下吧。」

「妳想給的話，就把錢留下吧。」

「所以請你表示一下，然後收下吧。」

「到底怎樣才能讓妳滿意？我可是完全不懂。請妳乾脆點，把條件說出來，不行嗎？」

「我可不敢提什麼條件之類的麻煩玩意兒。只要哥哥開開心心地收下就行了。也就是說，像普通兄妹之間那樣就夠了。然後，請你向父親真心說聲對不起，只有這樣，再沒別的要求了。」

「父親那裡，我很久以前就說過對不起了。妳也知道的不是嗎？而且我還不只說過一、兩次呢。」

「但我說的並不是這種形式上的道歉，而是發自你內心的悔意。」

不就是這點小事嗎？津田想。什麼悔意？我可從來都沒後悔過。

「難道妳認為我從前的道歉都是假的？我雖然缺錢，但我也是個男子漢大丈夫。請妳好好想一想，我是那種隨便低頭的人嗎？」

「但哥哥其實很需要錢吧？」

「我又沒說我不要錢。」

「所以你才向父親謝罪的吧？」

「要不然我根本沒必要道歉吧？」

「所以父親才不肯給你錢啊。哥哥沒發現這一點嗎？」

津田閉嘴不再說話，阿秀立刻又接著說下去。

「如果哥哥這樣堅持下去，那就不只是父親不給錢，連我也不想給你了。」

「那就別給了。我也沒想向妳硬要。」

「但你不是說，就算要不到，也想要嗎？」

「什麼時候？」

「就是剛才說的呀。」

「別亂講！混蛋！」

「我才不是亂講。你從剛才就在心裡念著錢的事吧？就因為哥哥不夠乾脆，才不肯先開口。」

津田用一種險峻的目光瞪著阿秀。他的眼中閃出憎惡的光芒，毫無一絲慚愧的神色。等到他開口說話時，就連阿延都對他的意外表現大吃了一驚。因為他竭盡全力裝出冷靜的語氣，說出一段跟她預期完全相反的內容。

「阿秀，妳說得對。哥哥我現在重新向妳告白。妳帶來的那筆錢，哥哥絕對需要。我也重新向世人宣布，妳是個情深義重的好妹妹，哥哥感謝妳的熱心。所以請妳把那筆錢放在我的枕畔吧。」

聽到這兒，阿秀氣得連指尖都顫抖起來，兩頰布滿了血色，好像血液一下子從心臟的某個部分全都流到臉上來了。阿秀的膚色原就白皙，所以充血的臉看起來更加豔麗。但她說話的用字遣詞依舊沒變，儘管心裡生著氣，臉上仍然露出微笑。突然，阿秀把一雙閃亮的眼珠從哥哥身上轉向阿延。

「嫂嫂，怎麼辦才好啊？既然哥哥說了那種話，我就把錢放下吧？」
「這個嘛，一切都隨阿秀的意思吧。」
「是嗎？可是哥哥說，這筆錢，他絕對需要喔。」
「是啊，他或許絕對需要，對我來說，有沒有都無所謂。」
「原來哥哥和嫂嫂竟是兩家人啊。」
「可惜啊，我們並沒有分成兩邊喔。畢竟是夫妻嘛，永遠都站在一邊的。」
「可是……」
阿延不讓阿秀說完，就打斷她說：「我家那位絕對需要的東西，我早就準備好啦。」
說著，她從腰帶裡掏出那張岡本姑父交給她的支票。

阿延像故意表演給阿秀看，把那張支票放進津田手裡的瞬間，心裡也對丈夫提出了一項要求。她會有這種想法，當然是因為剛才那段交談，還有她自己的性格。因為她在心中暗自祈禱，期望丈夫能夠完美地配合她，把那張支票接過去。最好丈夫還能給自己一個會心的微笑，然後點點頭，不慌不忙地把支票拋向枕畔，或者用一句簡單的感謝，表達心中的滿足，再把支票放回妻子手裡。總之，只要能讓阿秀看到自己和丈夫之間，跟其他夫妻一樣心意相通就夠了。

但不幸的是，阿延的舉動和支票都讓津田感到太過突然，而且遇到這種情況時，他的演技也跟阿延有點差距。只見他露出驚訝的表情打量著支票，然後慢吞吞地問道：「這到底是怎麼回事？」

就在他登上舞台的第一秒，那冰冷的語調，還有跟語調一樣冰冷的質疑，立即十分可惡地摧毀了阿延的氣勢。她的期待落空了。

「沒什麼怎麼回事呀。只是因為你需要，我就準備好了。」

阿延心裡七上八下地非常不安，她擔心津田還會一本正經地追問下去。如此一來，等於就把他們夫妻間沒有默契的證據攤在阿秀的面前了。

「理由什麼的，正在養病的人就別問了。反正你以後就會明白。」

說完，阿延還是覺得心慌難耐，不等津田開口回答，她又立刻補充說：「好，就算沒弄清理由，也不要緊吧？這點錢，數目又不多，只要我想弄，不論從哪兒都能弄來。」

聽到這兒，津田這才把手裡的支票扔向枕畔。他是個愛錢的男人，但是對金錢並不看重。又因為愛花錢，他比任何人都更深切體會金錢的重要。而從鄙視金錢的角度來看，他心底對阿延剛才那些話，多少是抱持肯定態度的。所以他閉嘴不再多問，然而，他卻連一個謝字也沒向阿延表達。

阿延有點失望。她心想，就算沒對我說什麼，至少也向阿秀說兩句洩憤的話才對啊。

這時，從剛才起就在觀察另外兩人的阿秀突然叫了一聲「哥哥」，接著，又從懷裡掏出一個漂亮的女用皮夾。

「哥哥，我帶來的東西放在這兒了。」

說完，她從皮夾裡抽出一個白色紙包放在支票旁邊。

「就這樣，放在這兒，可以了吧？」

阿秀這句話是對津田說的，聽起來卻像在等待阿延的回答。阿延立刻答道：「秀子，妳這樣，我們太不好意思了。請別為我們擔心。原本是想不出法子，所以就……但現在總算沒問題了。」

「但這樣的話，我會覺得不痛快喔。看我還特意把錢包好，送到這兒來，別說那種話，還是收下吧。」

說著，姑嫂倆彼此推讓起來，再三重複相同的台詞，津田只好重新耐著性子，聽她們絮絮叨叨說個不停。最後，姑嫂倆終於轉臉看著津田說：

「哥哥，你還是收下吧。」

「老爺你收下吧。」

津田嘻嘻地笑起來。

「阿秀啊，妳好怪喔，剛才態度還那麼強硬，現在竟又低聲下氣求我收錢。到底哪個妳才是真心的啊。」

阿秀頓時火冒三丈。

「哪個都是真心的。」

這種回答令他感到突兀。原本打算事事都以冷笑處理的他，聽到這種尖銳的語氣，頓時鋒芒盡失。阿延比丈夫更覺得意外。她吃驚地望著阿秀。阿秀的臉孔跟剛才一樣脹得通紅，但她冰冷的眼中射出的光芒，現在卻不只是憤怒而已。除了惋惜、悔恨等敵意的目光外，還有某種不容忽視的東西正在燃燒。但那究竟是什麼東西？除了聽她親口描述，旁人根本無從猜起。津田和阿延都被這雙目光震懾住了，兩人都覺得自己以往的心態需要調整，於是他們毫不掩飾地等待阿秀開口說明她眼中的光芒。緊接著，他們期待的內容便從阿秀嘴裡冒了出來。

一〇九

「老實說，剛才我一直在猶豫，不知這話該不該講，但是看到哥哥那樣譏笑我，我就不太甘心這樣安安靜靜地回去。所以我想不客氣地表達一下自己的想法。但我還是先提醒兩位，下面要說的，跟我以往說的那些不太一樣。如果你們還是抱著從前的態度聽我說話，我可就有點難堪了。因為我說這些並不是擔心自己遭人誤解，而是覺得兩位不明白我的心意。」

阿秀先用這段話作為說明的開頭。津田夫婦正準備改變自己的心態，這段話給他們帶來了超出預期的想像空間。夫妻倆都安靜地等待阿秀說下去，誰知她又再度向他們確認：「如果我是非常認真的，兩位也能稍微用心聽我說吧？」

說著，阿秀那雙銳利的視線從津田身上移向阿延。

「老實說，我倒不是說自己以前不認真。嗯，反正嫂嫂在這兒，大概沒什麼問題吧。每次我們兄妹一吵架，只要嫂嫂出面勸和，事情也就過去了。」

聽到這兒，阿延向阿秀露出微笑，阿秀卻沒理她。

「這些話以前就想對哥哥說一說。我是說當著嫂嫂的面說唷。不料卻一直沒機會，就拖到了現在。所以今天趁著兩位都在，就讓我大膽吐露一下吧。我要說的也沒別的，聽好喔，就是想告訴你們，兩位除了自己，從來沒想過別人。只要你們覺得自己需要，不管別人多困擾，你們從來都看不見。我要說的，就只有這件事。」

聽了妹妹這番批判，津田倒是能夠冷靜接受。因為他覺得這就是自己的特色，而且他從沒懷疑過，這也是一般人的特色。但是對阿延來說，這種評語實在太出乎意料，她簡直驚訝得不知說什麼才好。所幸的是，不，或者該說，不幸的是，阿延還沒開口回應，阿秀又搶先說下去。

「哥哥向來只知道愛自己。嫂嫂又是一心只想討哥哥歡心。除了這些，你們眼裡什麼都看不見。我這個妹妹當然是不用說了，就連父親母親，你們也是視而不見。」

說到這兒，她發現兄嫂當中或許有人會打斷自己，便趕緊繼續說下去：「我只是把看到的事實說出來而已，並沒有指使你們該如何如何的意思。時機已經錯失了。老實說，就是在今天，錯過了那個時機。就是在剛剛錯過的。就在你們還沒發現的時候，時機一去不返。我認為萬事各有因緣，一切也只好隨緣了。但我根據事實推出的結論，必須說給你們聽一聽。」

說著，阿秀又把視線從津田轉向阿延。夫妻倆都不知阿秀所說的結論是什麼，兩人都對那結論很好奇，所以都沉默地聽著。

「結論很簡單，」阿秀說：「簡單到只用一句話就能說完。但我想你們可能聽不懂吧。因為你們從不接受別人的好意，卻又從無這種自覺。就連我在這裡向你們說明，或許你們還是聽不懂，所以我再重複一遍吧。我的意思就是說，生而為人，你們一天到晚只想著自己，因而失去了接受別人好意的資格。也就是說，你們已淪為不懂得感謝他人好意的那類人。或許你們覺得那也很好。或者認為自己並沒有任何損失。但在我眼裡看來，你們等於遭到天下最大的不幸，因為老天剝奪了你們身為人類才能享有的喜悅能力。哥哥，你說很需要我帶來的這筆錢，對吧？可是你又說，不需要我送錢給你的這番好意。但是在我看來，順序應該反過來才對。你的為人之道完全本末顛倒了。實在是大不幸啊。而且哥哥竟然還沒察覺這種不幸。嫂嫂甚至還認為，哥哥最好不要拿我帶來的錢，妳從剛才就一直千方百計叫他不要收，不要收。總之，妳是想藉著拒絕收錢，順便把我的好意也拒之於千里之外。這種伎倆，嫂嫂最擅長了。嫂嫂的想法也是本末倒置。當妳坦率接受妹妹的真情時，心中感受到一種人類才有的喜悅，這種感覺，不知比妳現在的自得更愉快多少倍呢。但是嫂嫂對這種感覺卻一無所知。」

聽到這兒，阿延再也無法沉默下去了。可是阿秀比她更不甘於就此打住。阿延企圖阻止她繼續說下去，但阿秀用熱切的語氣壓倒了阿延的氣勢，今天若不把自己想說的都說出來，阿秀是不會罷休的。

二一〇

「嫂嫂有什麼想說的，等會我再慢慢聽妳說，現在真的抱歉，請妳再忍耐一下，讓我把話說完。喔，我已經快說完了，不會花很多時間的。」

阿秀婉拒嫂嫂的態度顯得異常沉著，跟剛才與津田衝突時比起來，幾乎是完全相反的狀況，她已從激昂逐漸歸於沉靜。對津田和阿延來說，眼前的景象實在出乎他們意料。

「哥哥。」阿秀說：「請想一想，為什麼我不早點把這包東西交給你？為什麼到了現在，才厚著臉皮把它放在你面前？請嫂嫂也想一想吧。」

津田夫婦根本想都不願多想，他們早已認定阿秀這番話是在狡辯，尤其阿延心裡更是這種感覺。然而，阿秀卻是滿臉嚴肅的表情。

「哥哥，因為我想用這種方式，讓你更像個兄長的樣子。或許哥哥會嗤笑我，就憑這麼一點錢？但我覺得，數目的多寡並不重要。只要有機會能讓哥哥表現得像個兄長，我永遠都不會放過。今天在這裡，我已盡了最大努力，但是完全失敗了。尤其是嫂嫂出現之後，我的敗勢變得更加明顯。就在那時，我作為妹妹，不得不永遠放棄自己對哥哥的執著……嫂嫂，請原諒我這個晚輩，再忍耐一下，聽我說下去吧。」

這時，阿延又想說些什麼，但阿秀再度制止了她。

「你們的態度，我已完全了解。與其花費一、兩小時聽你們解釋，不如讓我根據現在看到的狀況自行判斷，反而更加心知肚明。所以說，我不會再多問什麼，只是，我覺得必須向你們解釋自己的想法，請你們一定要聽我說完。」

這女人真是太自我中心了！阿延在腦中自語著，嘴裡卻沉默無語。反正她已擁有旗開得勝的餘裕，就是不開口說話，也沒什麼不滿的。

「哥哥，」阿秀說：「請看這個。我特地用紙包好的，可以證明這是阿秀在家裡準備好之後帶來的，對吧？這裡面包的是阿秀的用心啊。」

說著，阿秀故意舉起枕畔的紙包給津田看。

「這東西就叫作好意。因為你們完全不懂其中含義，我只好親自向你們說明。另外，就算哥哥沒有做哥哥的樣子，我也必須把這份好意從家裡帶來，其中的道理，也讓我一併跟你說一說吧。哥哥，這東西到底是妹妹的好心？還是義務？剛才哥哥質問過我。我回答說，兩者皆是。如果哥哥不肯接受妹妹的好意，妹妹仍然想要表達好意，這種好意跟義務有分別嗎？所以我的這份好意已被哥哥扭曲成了義務，不是嗎？」

「阿秀，我懂了。」津田總算開口了。妹妹這段話的含義，已清晰地傳進他的腦中。然而，妹妹期待的那種感情，津田心裡卻是一絲也擠不出來。從剛才到現在，他一直強忍厭煩，聆聽妹妹的嘮叨。在他看來，妹妹的做法既不熱情，也不誠實，更談不上可愛或高雅，只有惹人厭煩而已。

「我已經懂啦。別再說了。夠了。」

早已不抱希望的阿秀聽了這話，臉上並沒有怨恨的表情，只是繼續說道：「哥哥，這筆錢可不是我家老爺拿出來的。當初他作保寫下的字據，因為哥哥毀約，變成他得向父親負責，如果他被迫代替父親付錢給你，我想哥哥就算拿到這筆錢，心裡也不會痛快吧。再說，我也不願為了這種事讓他心煩。所以我先把話講清楚，這筆錢跟他無關。這是我的錢。這樣的話，哥哥就能毫無怨言地收下了吧？就算不想接受我的好意，只把錢收下，總可以吧。對我來說，現在與其聽你勉強表達感謝，不如你一句話也不說就把錢拿走，這樣我心裡也痛快些。因為現在的問題是，這筆錢已不是為了哥哥，而只是為了我自己才拿出來的。哥哥，就請你為了我，收下這筆錢吧。」

說完，阿秀便站起身來。阿延轉眼望向津田，但他臉上沒有任何暗示的表情。阿延只好無奈地送阿秀下樓。兩人在玄關前寒暄幾句，就彼此道別了。

一一一

如果只是在醫院碰到阿秀，阿延一點也不會感到意外，但是今天碰面的結果讓她感到萬分意外。阿延雖然早已深知阿秀對自己有看法，卻沒想到自己會在這種場合變成阿秀教訓的對象。事情過去之後，阿延只把這件事解釋為偶發狀況，而不想從過去的因果發展中，找出這次事件的必然性。用更平易的方式來表達她的心情的話，就是說，她覺得今天發生這件事，責任完全不在自己身上。換句話說，阿秀必須負起全部責任。因此，她現在心情特別平靜，至少在她身上，很難看到良心內疚的模樣。

今天跟阿秀見面給她帶來兩項收穫，其一，就是見面後引起的不快。這種不愉快的感覺裡，甚至還夾雜了阿秀今後可能引起的某些糾葛。阿延已做好充分的心理準備，她必須擺脫那些糾葛，但先決條件是，津田必須站在自己背後撐腰，否則她沒法擺脫。想到這兒，她胸中大約只有七成安心，剩下的三成是不安。她現在面對的首要課題，就是那三成的不安究竟能夠減少到什麼程度？至少，今天的她為了換取丈夫的愛情，或者說，為了重獲丈夫的愛情，已在津田面前盡全力展現了自己的真情，對於這一點，她已累積了幾分自信。

根據阿延對於津田的了解來看，阿秀造成的不愉快，可說是她最必要的一項收穫，除此之外，還有另一項收穫，卻是在事先毫不知情的狀況下，自然而然地變成了她的掌中物。當然，這項收穫具備的效果是暫時的，卻讓她幸運地避開了丈夫投注在她身上的猜忌眼神。因為跟阿秀交手之前的津田，還有被阿秀惹得滿心煩惱的津田，兩者的心情或關心的目標都是截然不同的。激烈的變化出現的瞬間，阿延剛好在他眼前，又順勢扮演了助長變化的推手，這對阿延來說，等於是平白撿了一個便宜。

因為她省了一道麻煩的手續。岡本家為何非要叫她去看戲？為何她昨天非得到岡本家去一趟？譬如這類跟她有關的疑問，她都不必去向津田解釋了。甚至連她原本打算主動提起的小林，她也無暇多說了。阿秀離去後，夫妻倆的腦中全都被她的事情占滿了。

他們也都從對方的表情裡看出這一點。阿延送別阿秀之後，重新回到二樓。她的身影悄然出現在病房門口的那一剎那，夫妻倆終於正眼看著對方。阿延露出了微笑。接著，津田也露出微笑。室內沒有其他人，只有他們夫妻倆。兩人的微笑都沉入對方的胸底。至少在阿延的感覺裡，她好像看到了津田久未顯露的昔日面影。丈夫臉上皮笑肉不笑的模樣象徵的是什麼，她一點也不明白。但那表演性質的肌肉活動本身，卻成了令她開心的紀念品，被她珍惜地埋進內心深處。

就在這時，他們的微笑突然出現變化。兩人的嘴角都咧開到露出牙齒的程度，一起發出了笑聲。

「嚇了我一跳。」阿延說著重新走回津田的枕畔坐下。

津田倒是很平靜地答道：「所以我叫妳不要打電話給她呀。」

兩人當然不能不談談阿秀的問題。

「阿秀該不是基督教徒吧？」

「為什麼？」

「不為什麼……」

「因為她放下錢就走了？」

「也不只是因為這樣啦。」

「因為她假正經地教訓人？」

「對呀！嗯，就是嘛。我還是第一次呢，第一次看到秀子說那種深奧的內容。」

「那傢伙就是愛講歪理。總之，不那樣扯東扯西，亂講一番，她是不會善罷甘休的。」

「我可是頭一回見識呢。」

「妳是頭一回，我可不知道聽過多少回了。那傢伙就是有這毛病，自己又沒什麼了不起，卻要裝出高高在上的模樣。還有，那死要面子的藤井叔父給她的影響，可害死她了。」

「怎麼會呢？」

「怎麼會？因為她待在藤井叔父身邊，整天看著叔父抬槓的模樣，結果她自己也變成嘴皮不饒人的傢伙啦。」

說著，津田臉上露出不屑的表情，阿延也跟著浮起了苦笑。

一二二

阿延有一種跟丈夫久別重逢的感覺，心裡非常高興。因為他們之間已在不知不覺中，掛起了一層薄薄的帳幕，她覺得那層帳幕現在好像突然被扯掉了。

「我要對他傾注愛情，一定要以這種方式讓他愛我。讓他愛我。」阿延已經下定決心，而這項決心也敦促著她付出絕對的努力。幸運的是，努力並沒有以徒勞收場，她已經得到了報償。至少是一種分量重到足以讓她對今後燃起希望的報償。在她看來，這次跟阿秀之間出現的破綻，只能歸咎為疏忽造成的意外，但這破綻現在反而變成她敗部復活的曙光，所以她才能在遙遠的地平線上，隱約望見一片薔薇色天空。而她則在那片溫暖的希望裡，忘掉了破綻引起的一切不快。小林殘酷地留下那個形體不明的黑影，現在仍然深印在她心底，阿秀嘴裡冒出那句充滿疑團的話，也在她腦中隱約閃現，但這一切如今都已退向遠方，至少不再令她那麼痛苦。就連聽到那些字句的瞬間引起的激動記憶，她也覺得不需再去重新喚醒。

「就算出現突發狀況，我也能夠應付。」

這時，阿延心中甚至還對丈夫生出這種信心。也就是說，她在心情上已經擁有餘裕，萬一碰到什麼情況，總能臨機應變，想辦法對付過去，她甚至還有一種感覺，就算要她解決對手，也不成問題。

「對手？什麼對手？」如果有人提出這種疑問，阿延會怎麼回答呢？那是一個用淡墨描繪的模糊對手，是個女人，而且，是從自己這裡搶走津田的愛情的人。除此之外，阿延再也說不出任何訊息。但她覺得這個對手肯定隱身在某處。這次阿秀跟他們夫妻之間掀起的風波，竟然雲淡風輕地恢復了平靜，按照她處理事情的順序，就該先從遠處挖掘那個隱藏在津田心底的對手。

她看著快要被這計畫弄得發狂的自己，心裡竟有幸福的感覺。延後處理自己記掛的問題，她反而一點也不覺得心焦難耐。她想，現在對自己最有利的做法是，乾脆趁此機會，把局面弄到最緊張，然後再把自己這種親切的形象，深深刻印在丈夫的腦海裡。

她剛做出決定，立刻就撒了謊，但只是個小謊。在目前的狀況下，能把丈夫從物質與精神兩方面拯救出來的，就是自己帶來的那張支票，她對這件事深信不疑，所以小謊對她來說，反而具有重大的意義。

就在她做出決定的同時，津田拿起支票開始仔細打量。支票上的數字遠比他需要的金額超出很多。但他提出質疑之前，先向阿延說了一句：「阿延，謝謝妳，多虧有妳幫忙。」

也就是在他這句感謝之後，阿延的謊言當場從她嘴裡冒了出來。

「我昨天到岡本家，就是為了去姑父那裡拿這個。」

津田露出意外的表情。當初拜託她去岡本家籌錢時斷然拒絕丈夫的人，正是現在拿來支票的阿延。就在不到一星期的時間裡，她這番好心究竟是從哪裡突然跑出來的？津田愈想愈不可思議。不過阿延是這樣向他解釋的：「我當然不想去啦。更何況，還是為了錢的事情去麻煩姑父。可是我也是身不由己呀，老爺。遇到關鍵時刻，這點勇氣都鼓不起來，怎能盡到為妻的職責？」

「妳把來龍去脈都告訴姑父了？」

「是啊，真是好難開口啊。」

阿延嫁給津田的時候，婚禮和嫁妝之類的花費，都是岡本家幫她操辦的。

「而且我一向假裝自己不缺錢，所以更加覺得沒面子。」

津田根據自己的性格想像這種狀況，心裡十分明白阿延有多麼難堪。

「真是難為妳了。」

「老爺，只要開了口，事情自然就能辦成，他們也不是沒錢。只是我不好開口罷了。」

「不過，世界上像父親和阿秀那麼難搞的人物也很多呢。」

津田露出自尊受到傷害的表情，阿延像在安慰他似的說：「沒什麼啦。我也不是因為父親或阿秀才去拿錢的。因為姑父原本答應給我買個戒指，但我出嫁的時候沒買，上次他就一直惦記說，要補買一個。很可能就是因為這個理由，才給我錢吧。你不用操心啦。」

津田轉眼看著阿延的手指。他買給阿延的那顆寶石正在她的指尖閃閃發光。

一一三

兩人的感情從未像現在這麼融洽過。

以往為了維持顏面，津田總把自己的心武裝起來，現在，他的心已在不知不覺中放鬆了警戒。他始終擔心阿延看出父親的吝嗇，也害怕阿延發覺父親的財力不如她所預期，會對他心生輕蔑，這兩個理由使他想盡辦法，用一塊朦朧的紗幕遮住京都的老家，但是這份戒備現在解除了。就連他自己也沒發現這種改變。因為他並沒有努力或加強意志，而是由一股自然的力量把他推到這種境界。也就是說，生性謹慎的津田被自然的力量輕輕提起，然後帶到了阿延期待的位置。阿延對這種結果非常歡喜。因為丈夫並沒打算改變，卻發生了變化，她覺得丈夫這樣才不失自然。

另一方面，津田覺得阿延也跟自己一樣。別的不說，自從他們結婚以後，兩人之間總是為了錢在進行各種微妙的暗中較勁。而這些現象，主要來自下述因果關係：津田跟普通人一樣，向來喜歡裝闊，出於這種動機，也為了讓阿延盡量給予自己較高的評價，所以他向阿延吹牛時，把父親的財產吹得比實際情況超出很多。如果只是這樣，倒也罷了，但他的缺點是，不知見好就收。他在阿延面前把自己吹成一個比現實中的自己更快活的富家少爺，只要他開口，不論要多少錢，父親都會給他。就算沒向父親伸手，每個月的日用花費也完全無需擔憂。當初結婚的時候，他在阿延面前差不多就等於立下過這種誓言。至於對財力看重的程度，聰明的他早已看穿，阿延在這方面是比他有過之而無不及。說得更極端一點，他是個連「閃閃黃金生愛情」都相信的人，所以他的心底總是懷著「必須顧及阿延顏面」的不安。而他最害怕的事情，就是受到阿延鄙視。當初之所以拜託堀先生去跟父親說情，希望父親每月寄錢接濟自己，也是因為他這份多餘的心思。即使如此，他的言行卻也有古怪之處。至少他有時在阿延面前，表裡非常不一。然而，阿延極其聰慧，她對丈夫的裡外不一早已心知肚明，所以也難怪她對丈夫不悅。不過，阿延對丈夫的虛偽倒沒有那麼不滿，她更痛恨的是丈夫的性格不夠乾脆。她只覺得丈夫對自己太客套，一直想不透丈夫為何不能像個男子漢，把自己的弱點展示在妻子面前。阿延煩惱了很久，最後，她終於決定，既然丈夫要跟自己有所隔閡，她也不必對他那麼在意。阿延這種態度就像山谷裡的回音，也在津田的胸中引起了反響。之後，不論遇到任何事，他們就再也無法坦誠相對。又因為雙方都很客套，所以他們任何事都很謹慎，盡量避免觸碰問題的核心。但是今天跟阿秀發生的衝突，很偶然地在阿延的心扉上砰然一擊，敲碎了她心底的這扇門。更巧的是，阿延也沒發現這件事。她從來不曾努力或決心要在丈夫面前展現自己，現在卻在自然而然的狀況下，解除了心底的防線。所以津田看她好像變了個人，也覺得非常高興。

於是，夫妻倆就在這種背景下，處於前所未有的融洽狀態。接著，在他們相親相愛的氣氛中，一種有趣的現象出現了。他們都很輕鬆地提起以往不敢碰觸的問題。兩人竟同心協力地開始討論對付京都那邊的善後策略。

夫妻倆的心底都生出了相同的預感。今天這場風波絕不會這麼簡單結束。兩人的內心都被這種不安糾結著。阿秀肯定會採取什麼行動吧。如果這種推測不錯，她肯定會直接向京都那邊下手。而這項行動自然會對他們夫妻十分不利。以上是夫妻兩人一致同意的看法。接下來就該考慮最重要的對策了。但是討論到這兒，兩人的意見便出現了分歧，很難歸納出結論。

阿延首先提議由藤井叔父出面調解，但是被津田否決了。因為他很清楚，叔父叔母都站在阿秀那一邊。接著，津田問阿延，岡本姑父能否擔任這項任務？阿延表示反對，理由是岡本跟津田的父親沒有深交。不一會兒，阿延又想出一個更簡單的方案，乾脆由她直接以和解當藉口，到阿秀家去找她談談。津田對這個辦法沒有強烈反對。因為就算沒發生今天的事，只要兩家不打算絕交，注定就得採取某種方式恢復交往。只是，兩人雖然都明白這個道理，卻還是希望能找出更有效的辦法。談到這兒，夫妻倆都陷入了沉思。

最後，兩人幾乎同時說出吉川這個名字。以目前的情況來看，吉川先生的地位，他和津田父親的交情，還有他受過津田父親特別請託，又對津田十分照顧……以上這些條件，都令人覺得愈想愈有利，只是，拜託吉川之前，有個難題得設法解決。因為吉川那人很難接近，想請他出面說情，就得先說服他的夫人才行。然而，阿延對他夫人卻很反感，她對津田的提議表示贊同之前，猶豫了好一會兒。而津田跟夫人比較親近，自認這條計策大有可為，便熱心地慫恿阿延接受建議。最後，阿延也只好同意丈夫的想法。

經過了這場風波，夫妻兩人氣氛融洽地促膝商討之後，各自懷著非常愉快的心情互相道別。

一一四

津田因為前天晚上沒睡好，累積的疲勞讓他這天晚上睡得特別熟。第二天一早，他迎著燦爛的陽光，欣賞玻璃窗外晴朗清新的景色，隔壁洗衣店不斷傳來漿洗衣物的聲音，嘩啦嘩啦響個不停，引人聯想秋日的風情。

「……要走就走，一起走唷，呵！呵！呵！」

洗衣店的幾個男人一面唱著小調，一面很有節奏地穿插「呵！呵！呵！」的歌詞，津田的腦中不禁浮起那些男人動手洗衣的忙碌身影。

不久，只見幾個男人扛著白色衣物，突然從一個外型特別的洞口爬上屋頂。再從那兒爬上晒衣場，把洗好的白色衣物密密麻麻地晾在秋空之下。自從他住進這家醫院之後，每天欣賞這些作業，看起來非常單調，也非常辛勞。他完全想不透這些人究竟在忙些什麼。

現在，他必須好好考慮一下切身的問題。津田剛想到這兒，吉川夫人的身影就已浮現在他眼前。關於自己的未來，他在腦中描繪出的形象還顯得過分模糊。每當他企圖把那形象畫得更清楚一點，吉川夫人的影子總是會在腦中出現。夫人向來就是左右自己前途的主角，而此時此刻，這位主角更被他賦予了特殊的意義。

理由之一，因為自從上次拜訪夫人之後，他心裡一直有個疙瘩。當時蜻蜓點水般地讓他恢復記憶的人，正是吉川夫人。她讓津田重新想起那個塵封在他跟夫人之間的祕密。津田努力抑制自己不去追問下文，他的意志卻屢屢蠢動，很想繼續聽下去。因為他覺得，既然夫人撕掉了祕密的封條，自己就有權利去掀開那個祕密。

理由之二，因為京都家中的狀況令他十分掛懷。姑且不論家裡的反應是否舉足輕重，但總之，這個問題遲早也會逼到自己面前來。顯然，目前最好的對策，還是盡快去見夫人，然而自己的身體這種狀況，四、五天之內絕對無法動彈。所以他才在阿延昨天回家之前，拜託她代替自己去見夫人。儘管因為阿延不肯，他的計畫終究無法付諸實行，但他現在仍然深信這個計畫是最妥善的對策。

阿延究竟為什麼不肯為了這件事去見夫人？他很難理解，也很納悶：她不是平時沒事也很想跟夫人之類的人物攀上交情嗎？他甚至還把提議的動機誇大為：我這不等於特地幫她找到一個去見夫人的藉口了嗎？誰知阿延竟表示絕對不肯去見夫人，而津田也沒有強迫她去。主要原因跟他們夫妻間的融洽氣氛當然有關，另一方面，也跟阿延極力婉拒有關。因為她告訴丈夫，如果自己去見夫人，事情一定會被她搞砸。但她並未多做說明，只告訴津田說，如果是他自己去見夫人，肯定就能辦成。津田立即提醒她，就算能把事情辦成，也要等到自己出院才能去見夫人，這樣豈不是會耽誤正事？不料，阿延這時又說出一個令人意外的回答。她非常肯定地表示，夫人一定會到醫院來探病！接著她又向丈夫提議，只要好好利用夫人探病的機會，就能以最自然、最簡便的方式達到目的。

津田一面眺望晾在洗衣店外面的衣物，一面在腦中重新梳理昨天跟阿延的交談。想了半天，他覺得夫人似乎會來探病，又好像不太可能。總之，他不明白阿延為什麼堅稱夫人一定會來。他試著想像那群人在劇院餐廳共進晚餐的情景，並以構思小說的方式，臆測阿延跟吉川夫人之間的對話內容。只是，阿延的預言究竟來自那段交談的哪個部分呢？思索至此，津田不得不承認這已超出了自己的理解範圍，只好暫時把疑問拋到腦後。他憑著已有的部分直覺發現一件不幸的事，那就是上天並沒把另一部分直覺賜給他，而是賜給了阿延。因此，他對阿延總是有點畏懼，也沒有勇氣隨便向她提出質疑。而另一方面，他其實根本不信阿延的直覺，於是他開始思考如何能把吉川夫人請到醫院來。他立刻想到了電話。要用什麼方式打這個電話，才能顯得既不冒犯，又不特意，並且很自然地讓夫人到醫院來呢？他煞費苦心地思索著。然而，這份苦心有點像是努力製造泡沫。不論他如何費力在水裡攪動，那些泡沫只會一個接一個地逐漸消失。因為他是在努力實現一種不可能的幻想。待他發現這個無奈的事實時，只好獨自苦笑著重新望向玻璃窗外。

不知從什麼時候起，戶外開始起風了。洗衣店門前那棵柳樹的枝枒，隨著晾在外面的白色衣物搖來擺去。緊靠樹枝懸掛的三根電線，也像在迎合周圍的動作似的，晃晃悠悠地來回搖曳。

一一五

醫生從樓下上來的時候，看到津田滿臉淨是無聊的表情。待他們互相看到對方，醫生立刻問道：「覺得怎麼樣？」接著又安慰津田說：「再忍耐幾天吧。」說完，他幫津田換了紗布。

「傷口還不能隨便亂碰，否則會有危險。」

醫生一面囑咐一面把緊覆傷口的紗布稍微拉開一點進行檢視。看到患部還有血水滲出，醫生便提醒津田要特別小心。

醫生只換了一部分紗布。因為覆在重要部位的紗布若被掀開，說不定傷口還會大量出血。而患部目前既是這種狀況，津田當然也不能強行出院了。

「您還是別亂動，就按照當初預定的日數，留在這兒吧。」

說著，醫生臉上露出同情的神色。

「喔，再繼續觀察看看吧。不需要過分擔心啦。」

醫生嘴裡雖然這麼說，其實還是把津田看成一位有錢有閒的富裕患者。

「反正您也沒什麼亟待處理的要事吧？」

「是的。在這兒住上一星期也沒問題。只是，現在臨時出了點麻煩……」

「喔……不過也很快了。再忍耐一下吧。」

醫生只能這樣回答。或許因為門診病人還不太多，說完，他又坐下聊了一會兒。醫生談起自己當年在一家大醫院當助手的趣事，津田聽了忍不住大笑起來。據說當時有位患者去世了，死因可能是因為護士給他服錯了藥。不久，就有人闖進醫院，強迫院方毆打那名護士。津田聽完覺得很滑稽。他的性格天生就跟醫生說的那些人相反，聽了這種故事，他只覺得那些人愚蠢至極。說得直接一點，就是他只能看到別人的缺點，然後反過來暗喜自己的優點，結果就變成他根本看不見自己的缺點。

醫生結束診療之後，津田想到自己現在為了這點小病，還得困在這裡一星期，心中不免感到悲觀。或許也因為這種想法的影響，他突然覺得「現在」非常珍貴，甚至還有點後悔，早知如此，應該把治療的日程延後一些才對。

他又重新想起吉川夫人，隨著思緒的轉變，他漸漸覺得，與其設法邀請夫人過來，不如營造一種氣氛，讓夫人覺得自己必須過來一趟更好。儘管他向來鄙視阿延的直覺，但這次破例懷著某種期盼，希望阿延的直覺是正確的。

他從阿延帶來的書籍裡抽出了一本。津田想，看來她的用意，就是想叫我明白這裡全都是來自岡本家的藏書吧。但不幸的是，他不是個懂幽默的人，書裡那些鉛字所代表的意義，雖然進了腦袋，卻沒法引起共鳴。讀著讀著，連腦袋也進不去的文字不斷躍入眼簾。他想，反正這也不是自己的責任，然後啪啦啪啦隨手亂翻一陣，想找幾段自己看得懂的部分。不久，那段文字就在偶然的情況下出現在他眼前：

「女孩的父親問那位青年：你愛我女兒嗎？青年說，我已經超越愛不愛的境界，我甚至願意為令嬡去死。只要能被她那令人懷念的眸子，還有溫柔眼神看上一眼，我願意立刻去死。馬上從那高達六十公尺的懸崖上面跳下去，摔到下面的岩石上，摔成血肉模糊的肉塊給您看。女孩的父親搖頭說道：不瞞你說，我也是個喜歡說點小謊的人，像我家這種人丁單薄的小家庭，如果出現兩個愛說謊的人，實在必須多考慮一下。」

讀到這兒，津田不禁苦笑起來，「說謊」這個字眼，從沒像現在這樣令他感到諷刺。他這個人不但能夠暗地承認自己說謊，對於別人的謊言，也能全盤接受。他並不是厭世的人，甚至跟厭世相反，他覺得只要是為了生活，有時說謊也是必要的。以往迄今，他一直抱著這種模糊不清的人生觀活著，卻從來不曾察覺這件事。他只知道根據人生觀行動。一旦稍微深入思考一下，他就搞不清自己的立場了。

「愛情與虛偽」這兩個字眼，就是剛讀完的那本幽默小品給他帶來的暗示，他卻不知該如何理解兩者之間的關係。他正面對一個極重要的問題，而且心裡覺得必須快點解決，但就算想出辦法，如果沒有實踐的機會，到頭來也只能在腦中空想。因為他並不是哲學家，就連自己一直奉行至今的人生觀，他都無法利用正確的邏輯理論向自己說明呢。

一一六

津田把那些有的沒的事情，全都翻出來胡思亂想了一番，時間就在不知不覺中過了正午。他的腦袋已經想累了，再也沒有勇氣繼續集中思緒去想一件事。時序雖已入秋，對於形單影隻躺在床上的人來說，白晝還是嫌太長了。他開始覺得時間太難打發，便又想起了阿延。他的臉皮也是挺厚的，竟在暗自期待阿延今天也會出現在自己面前。一想到自己以往總是對阿延敬而遠之，他不免感到後悔，但仍輕鬆地以為阿延馬上就會走進病房。他甚至忘了為自己辯解：對於這種自然浮現在腦中的期盼，他又有什麼責任？他覺得阿延具有很多自己不能理解的特質，就像他自己的心底，也藏著阿延不知道的事實。或許也是因為那些藏在心底的東西正在遠處發生影響，所以他才忘了為自己辯解吧。然而，那些藏在心底的東西，不到非說不可的時刻，又怎麼會變成具體的字句出現在他腦中呢？

等了半天，阿延一直沒出現，比阿延更令人期盼的吉川夫人，則根本不可能現身。津田覺得百無聊賴。這時，他覺得附近的歌聲刺得耳朵很不舒服。也不知是什麼人，從剛才就唱著他最討厭的民謠小調。他忽然想起記憶中那塊寫著「歌謠教室」的細長招牌。那座兩層建築位於洗衣店的斜對面，二樓似乎就是練唱的教室，雖跟醫院還有一段距離，歌聲聽來卻十分震耳。但是別人做自己的事情，他也無權去制止別人，想來想去，他對自己的不滿毫無辦法，一心只希望自己能夠早點出院。

窗外的柳樹後面有座紅磚倉庫，屋頂下的山形牆上畫著彷彿用「二」字設計的店號圖徽。不知為何，「二」字的左右兩端，各自從牆裡突出一個巨大物體，貌似L型鐵釘。津田似有意又似無意地茫然凝視那兩根鐵釘。就在這時，忽聽一陣莽撞的腳步聲傳來，彷彿有人踏著階梯砰砰砰地上了二樓。「啊唷！」津田腦中一愣。聽這腳步聲，他已把來人的身分猜中了七、八分。

果然，他的預感立刻變成了事實，視線剛轉到門口的瞬間，小林就已踏進室內，連身上那件剛到手的大衣也顧不得脫掉。

「怎麼樣啊？」

說完，他迅速盤腿坐在病人面前。津田只以苦笑代替招呼。一看到小林的臉孔，他就想問：「你來幹麼？」

「為了這個。」小林說著，將大衣的衣袖伸到津田面前給他看。

「多謝嘍。託你的福，這個冬天可以活命啦。」

小林又把自己在阿延面前說過的話，對津田重複一遍。然而，阿延並沒把這句話轉述給津田，所以他聽了也不覺得諷刺。

「夫人來過了吧？」小林又問。

「來過啊。來看我不是應該的嗎？」

「說了些什麼吧？」

津田猶豫了幾秒，無法決定自己該答「嗯」或「不」。他只想知道小林對阿延說了些什麼。只要能讓小林把他說過的那番話，在自己面前重複一遍，不論自己回答「嗯」或「不」，他都無所謂。但要怎樣才能達到目的，他卻一時難以判斷。誰知他這番猶豫在小林的眼裡，竟然變成了另一種意思。

「夫人來這兒發脾氣啦？一定是的，我也猜到了。」

這下，津田就輕易地抓到了把柄，他立刻順著竿子往上爬。

「你把她欺負得太過分了嘛。」

「沒有啊，我沒欺負她呀。只是玩笑開得有點過了，委屈了她。她沒哭吧？」

津田有點吃驚。

「你說了什麼讓她流淚的事情？」

「沒呀。反正我的話都是沒人相信的胡說。總之啊，夫人是在岡本家那種上流家庭長大的，不知道天下還有我這種低劣之輩吧，所以遭遇一點刺激就受不了啦。要是你平日多加教導，告訴她別跟我這種混蛋認真就好了。」

「我教過她呀。」津田不甘心地反駁道。

小林聽了哈哈大笑起來。「那就是缺少鍛鍊吧？」

津田換個話題問道：「不過你到底說了什麼，怎麼取笑她的？」

「這個嘛，你已經聽阿延報告了吧？」

「不，她沒說。」

說到這兒，兩人一齊望向對方，彼此的臉上都露出企圖弄清對方心意的表情。

一一七

津田想讓小林說出實情，是因為他心中另有打算。他深知阿延的性格裡包含著某些特質，她跟阿秀是完全相反的類型。在津田的面前，她永遠堅持表現自己純真、嫻雅的一面，同樣地，她也堅決不讓津田任意擺布自己。儘管才能只有一種，她卻能應用在正反兩面。遇到不能讓丈夫知道或最好隱瞞的事情，她就變成了津田完全無法招架的妻子。她表現得愈柔順，津田愈難從她身上挖出任何訊息。昨天阿延跟小林之間究竟發生了什麼，他還沒來得及細問阿延，就被阿秀鬧得錯失了良機，他不免感到無奈。不過，就算沒有遇到那場意外，假設他仔細探問了阿延，她會毫不保留地和盤托出細節，並按照他期待的方式滿足他的要求嗎？津田心底對這個答案懷疑不已。根據阿延平日的表現來看，他覺得自己一定會被她欺瞞過去。尤其是他覺得可能會出問題的一些瑣事，如果小林口無遮攔地告訴了阿延，她就非常可能在丈夫面前假裝什麼都不知道。至少，在津田的眼裡看來，她絕對擁有足以如此表現的餘裕。如果說，津田現在不得不放棄從阿延嘴裡挖掘訊息，那他就只能從小林身上想辦法。

而小林似乎也明白津田心中的打算。

「可是我什麼也沒說喔。要是覺得我在撒謊，你可以再去問阿延一遍啊。其實我只是覺得那樣一走了之，不太好，所以才來道歉的。但老實說，我幹麼要道歉呢？連我自己都搞不清楚呢。」

小林佯裝無辜地說。說完，他突然伸手從津田枕畔拿起那本念了一半的書，默讀了大約一分鐘。

「你還讀這種書？」他帶著幾分輕蔑的語氣問津田，一面說一面動作粗魯地從最後的部分往前翻，不一會兒，他發現書頁上用小型印章蓋著「岡本」兩字，便從鼻子裡哼了一聲。

「這是阿延拿來的啊。難怪看似一本怪書……對了，岡本先生很有錢吧？」

「這種事，我怎麼知道。」

「不可能不知道吧。他們家不是阿延的娘家嗎？」

「我又不是事先調查岡本家財產之後才結的婚。」

「是嗎？」

這句單純的「是嗎？」卻在津田心頭產生異樣的回響。他甚至感覺這兩個字表達的弦外之音是：「你怎麼可能不調查岡本的財產就結婚？」

「岡本是阿延的姑父喔。你不知道嗎？他家才不是什麼娘家呢。」

「是嗎？」

小林又重複一遍剛才那句話，津田聽了更加不快。

「你那麼想知道岡本的財產，我去幫你調查一下吧？」

「嘿嘿嘿……」小林說：「沒辦法，人窮了，看別人有錢也不順眼。」

津田沒再理他，心裡打算結束這個話題，不料小林馬上又回到正題。

「不過，說真的，到底有多少錢啊？」

這種態度正是小林的特色，不論何時，他的回答都可從兩種角度加以解讀，如果從頭就認定他是個混蛋，不去理他，倒也罷了。若是因為聽了他的回答而覺得自己受到愚弄，那就會沒完沒了地一直被愚弄下去。事實上，津田對小林的態度始終是站在半信半疑的正中間，所以當他覺得小林可能抓到自己的弱點時，就只好想成是小林在愚弄自己。除了小心別讓對方爬到自己頭上去之外，也無計可施，所以他只能露出微笑說：「我去幫你借一點吧？」

「我才不借。如果能拿一點來，我倒是願意……不，拿也不要，反正他們也不可能給我。要是真的走投無路了，啊！那就去搶吧。」說著，小林哈哈大笑起來。「要不然，我去朝鮮之前，向岡本先生提供一個有趣的祕密，跟他換點錢吧？」

津田立即把話題轉向朝鮮。

「你什麼時候出發？」

「還不確定。」

「不過，即將出發是不會錯的吧？」

「遲早就要出發了。不管你催或不催，日子到了一定會出發。」

「我又不是催你。我是想，有時間的話，要為你開個歡送會。」津田說。

因為他突然想到，萬一今天無法讓小林解釋清楚，就先暗中預設伏筆，到時候可以利用歡送會套套口風。

一一八

不知是故意還是偶然，小林總不肯聽任津田擺布，津田想談的題目他就是虛與委蛇，或許這也是津田必須注意之處吧。小林對他提出的疑問一副愛答不答的模樣，一心只想把話題扯到自己身上。而他談起的那些事情，雖然跟津田的疑問沒有直接關聯，卻也跟津田關係匪淺，所以津田被他弄得既煩悶又焦躁，心中不免感覺小林在故意繞圈子戲弄自己。

「我問你，吉川和岡本是親戚嗎？」小林突然問道。

津田感覺他並非因為天真無知才提出這種問題

「不是親戚，只是普通朋友罷了。記得這問題你以前問過嘛，不是已經告訴過你了？」

「是嗎？因為那些人都跟我沒什麼關係，所以就不記得了。他們雖是朋友，卻不是一般的交情吧？」

「你在胡說什麼。」津田差點還想再加一句「你這混蛋」。

「哎呀，我的意思是說，他們是極為親密的知己吧。你又何必發那麼大的火氣？」

吉川和岡本的關係確實就像小林想像的那樣，而事實也僅僅如此而已。不過在兩家關係的背後，若再連上津田和阿延的話，裡裡外外的牽連可就耐人尋味了。

「你真是個幸福的傢伙，」小林說。「只要你好好珍惜阿延，絕對沒錯。」

「所以我很珍惜她呀。就算沒有你的提醒，這點道理我還是懂的。」

「是嗎？」

小林又用了「是嗎」這個字眼。每次聽到這個假正經的「是嗎」，津田就覺得自己好像受到小林的威脅。

「不過你跟我不同，你很聰明，不會有問題。別人都以為你被阿延完全收服了呢。」

「別人是誰？」

「藤井先生和夫人嘛。」

藤井叔父和嬸母會有這種想法，津田心裡大致也是知道的。

「我確實是被徹底收服啦。別人會有那種感覺，我也沒辦法。」

「是嗎……不過，像我這種老實人，可沒辦法向你學習，還是你比較厲害。」

「你很老實，我很虛偽，是吧？虛偽的人很厲害，老實的人卻是混蛋？你什麼時候發明這套哲學？」

「這套哲學早就發明了。告訴你吧，馬上就要正式發表了。我是說，關於我去朝鮮的事。」

津田腦中突然閃過一個妙計。

「旅費都籌好了？」

「旅費，反正總能籌到。」

「已經決定由報社那邊幫你付這筆錢了？」

「不是，已經決定向藤井先生借錢。」

「是嗎？那挺好的。」

「一點都不好。連這種事也要麻煩先生，實在太沒面子了。」

說出這種話的小林，正是厚著臉皮把妹妹阿金丟給藤井家送嫁的傢伙。

「就算我臉皮夠厚，若還要為了籌錢而去麻煩先生，我就太慚愧了。」

津田不知如何作答。小林卻是一副想找人商量的天真語氣。

「你知道什麼地方可以拿到點錢嗎？」

「哎唷！那可沒有。」津田不客氣地說著，故意把臉轉向一旁。

「沒有喔。感覺好像應該有呢。」

「沒有啦。最近景氣不好。」

「那你呢？不管社會景氣如何，你個人的景氣永遠都很好，不是嗎？」

「別亂講。」

津田的錢包現在等於空無一物，因為岡本姑父給的支票，還有阿秀留下的紙包，他都交給了阿延。好，就算那些錢還在手裡，他也不想在這種狀況下為小林犧牲金錢。最重要的是，情況還沒那麼緊急，他不認為自己需要跟小林多說什麼。

奇怪的是，小林也沒再進一步催逼，卻突然一轉話題，說起一件怪事，津田聽了大吃一驚。

據說小林當天早上曾到藤井家去，他跟平時一樣，在藤井家蹭了一頓午飯，接著就一直待在那裡整理稿件。他正忙著工作，忽聽玄關的木格門被人拉開，便立即奔去接待客人。不料竟看到阿秀站在門口。

津田聽到這兒，忍不住在心底罵了一聲：「可惡！她竟先下手了。」但是事情還沒完，小林的腦袋還裝著更讓津田吃驚的訊息呢。

一一九

小林嚇起人來確有他的獨門絕招。只聽他一開口，就先把津田調侃了一番：「聽說你們兄妹吵架了，對吧？結果阿秀東拉西扯說了一大堆，說得先生和夫人都受不了呢。」

「你就一直在旁邊聽著？」

小林苦笑著抓抓腦袋。

「什麼話，我也不是想聽才聽的。哎，自然而然就鑽到我耳朵裡了。因為是阿秀在說，先生在聽嘛。」

阿秀的性格執拗又缺乏情趣，稍微受點刺激，立即失去平日的穩重，瞬間露出兇暴的面目，跟津田的性格完全不同。不過叔父也不是省油的燈，不管碰到任何問題，叔父非得追究到底才肯罷休。像阿秀昨天的情況，叔父即使只聽她口頭報告，也會弄清前因後果，把道理梳理清楚。叔父從前喜歡用筆桿處理思想方面的問題，即使後來離開跟鉛字有關的工作，這種習慣還是跟著他轉入日常生活。現在剛好阿秀去告狀，叔父又犯了老毛病，不管阿秀多麼囉唆，他也願意聽下去，不僅如此，他還會提出無數疑問。有時問到最後，疑問甚至變成責問。類似的狀況屢屢出現。

津田在腦中勾畫著叔父跟妹妹相對而坐的模樣。他甚至懷疑，當下或許已經引起一場風波了吧。不過小林就在眼前，他只好故作姿態地說：「大概就是狠狠地說了一堆關於我的壞話吧？」

小林只報以一陣大笑，笑完才說：「不過這可不像你啊，居然會跟阿秀吵架。」

「就因為是我，才會跟她吵啊。那傢伙在堀某的面前，比在我面前客氣多了。」

「原來如此。世上的夫妻吵架很常見，不過兄妹吵架要比夫妻吵架更稀鬆平常吧。我還沒結婚，搞不清夫妻那方面的狀況。但我也是有妹妹的人，對於兄妹間的關係，我倒是自認十分了解。你這人怎麼回事啊？就連我這種哥哥，都從沒跟妹妹吵過架呢。」

「得看是什麼樣的妹妹嘛。」
「就算這樣，還是得看哥哥如何吧。」
「什麼樣的哥哥，都有可能發點小脾氣。」
小林不懷好意地笑起來。
「但無論如何，現在把阿秀惹怒了可不是上策。」
「那是當然啦。誰喜歡跟人吵架？而且還是跟她那種人吵。」
小林接二連三發出笑聲。每笑一陣，他的態度就變得更加放鬆。
「大概是不得已吧。不過這理由只適用於我，我跟誰吵架都沒關係，因為我已淪落到跟誰吵都沒損失的處境。吵了之後就算會有什麼影響，我也不會吃虧。因為我從出生就不曾擁有過會失去的東西。換句話說，吵架引發的任何變化，對我來說都是好事，甚至可說，我反而非常期待跟誰吵架呢。但是你跟我不同啊。吵架對你絕對沒有好處，而且世界上再也沒有第二個人像你這麼明白利害得失。你不僅非常明瞭，更是從早到晚根據這種關係決定何時睡覺，何時起床。就算沒到這麼誇張的地步，至少你始終都覺得自己必須如此。聽我說喔，你啊……」
聽到這兒，津田厭煩地打斷小林說：「好啦，我明白了，聽懂啦。你就是想提醒我，不要跟別人發生衝突，對吧？尤其是跟你發生衝突的話，我會倒楣的，所以你想給我忠告，凡事盡量穩妥處理，你就是這個意思，對吧？」
小林裝出一副不知所云的表情答道：「什麼，跟我？我才不想跟你吵架呢。」
「我不是說已經聽懂你的意思了嗎？」
「懂了很好啊。為了不讓你誤會，我給你一個提示吧，我剛才說的是阿秀的問題。」
「這我也聽懂了。」
「你說懂了，是指京都那邊吧？是說他們答應的事前後不一吧？」

「當然啊。」

「可是，我告訴你，還不只這些呢。感覺還有別的事喔，你可得小心點。」

說到這兒，小林停下來看著津田的臉，想鑑定一下自己的話究竟發生了多大作用。果然，津田這時沉不住氣了。

一二〇

小林當機立斷，眼前就是最佳時機。

「告訴你，阿秀她啊……」小林說出這句話的瞬間，已經一把抓住了津田的心。

「告訴你，阿秀她去先生家之前，還去過另一戶人家喔。那戶人家是哪裡，你猜得到嗎？」

津田完全無法想像，至少跟這件事有關的，除了藤井家，阿秀應該無處可去。

「東京不可能有那種人家啦。」

「不對，有的。」

津田只好在腦中努力思索，猜來猜去了老半天，不論怎麼想，都想不出答案。最後，小林才笑著報出那戶人家的姓名。果然不出所料，津田驚訝地大嚷起來：「吉川？她跑到吉川家去幹麼？這跟吉川家有什麼關係？」

津田覺得太不可思議了。

但如果只看吉川家跟堀家之間的聯繫，津田倒是不需過度猜測，就很容易理解阿秀的行為。津田結婚的時候，曾拜託吉川夫婦擔任婚禮上的介紹人，任何人都知道，津田的妹妹阿秀和丈夫堀先生，都跟吉川夫婦之間維持著社交上的關係。只是阿秀為什麼會為了兄妹吵架去拜訪吉川家？津田卻想不出理由。

「只是去拜訪一下，單純問候。」

「據我在一旁聽阿秀所說的內容來看，事實好像不是這樣喔。」

津田非常想聽小林詳細報告。但小林不僅不滿足他的期待，反而還提醒他說：「可是見你這個人啊，看來小心謹慎，卻還是有百密一疏的地方。一個人要是整天只想著不能出問題、不能出問題，當然就會有顧不到的地方。譬如這次的事情，不就是這樣？首先，以你的立場來看，沒有任何惹怒阿秀的理由啊。其次，惹怒她之後，還讓她跑到吉川家去，這實在太蠢了。更奇怪的是，你一開始就太輕敵，以為她不可能去吉川家，這些行為都不是你平日的作風吧？」

從事件結果來挑津田的錯，對小林是件很簡單的事。

「應該是因為你父親跟吉川是朋友吧？而且你父親曾拜託吉川對你多加關照，對吧？所以阿秀跑到他們那兒告狀，也是當然的不是嗎？」

津田想起住院之前，吉川曾在公司的高層主管辦公室提醒過自己：「可不能讓令尊操心喔。你做些什麼，我沒有不知道的。要是你做了壞事，我會告訴令尊喔。知道了嗎？」即使現在回想起來，他還是覺得這段話不過是一種半開玩笑的訓示。不過，也有一種人，可能會很嚴肅地把這段話解釋為一種警告，那個人，就是阿秀。

「那傢伙真是太荒謬了。」

荒謬並不是津田的家傳性格，所以他這評語裡包含著意外的成分。

「到底去吉川家亂講了什麼？對方若把那傢伙的話當真，結果一定是只有她自己有好處，別人全都得倒楣，那可就糟了。」

說到這兒，比告狀的直接影響更遙遠、更嚴重的後果，已在津田腦中隱約閃現。譬如說吉川對他的信任、吉川和岡本的交情、岡本和阿延的情緣等等，都會因為阿秀的一句話，不知變成什麼樣。

「女人的城府就是太淺！」

一聽這話，小林突然笑了起來，而且笑得比剛才任何一次都要響亮。津田突然一愣，這才驚覺自己說了什麼。

「隨便她怎麼說都行，不過阿秀到吉川家說了些什麼，要是你在叔父家聽到了，就告訴我吧。」

「不知說些什麼，絮絮叨叨說個沒完，不瞞你說，我嫌煩，沒仔細聽啦。」

說到了關鍵部分，小林竟裝作沒聽見，從那是非圈跳了出來。津田失望極了。但他嘗到失望的滋味後不久，小林又主動跳回是非圈。

「不過啊，你再等等吧。等一下不管你要不要聽，都會有人說給你聽的。」

津田想，總不會是阿秀還要來這兒吧？

「不，不是阿秀，阿秀不會立刻就來。要來的是吉川夫人。沒騙你喔，我親耳聽到的。阿秀連夫人來訪的確切時間都說了，大概就快到了。」

阿延的預言成真了。津田想破腦袋也想設法請來的吉川夫人，竟然馬上就要來了。

一二一

津田腦中連續閃過兩個念頭，一是關於接待吉川夫人的預先構想，他必須把即將到來的夫人招待得妥妥帖帖才行。根據他的預定計畫，夫人願意主動到醫院來看他，顯然最符合自己的期待，但因為夫人來訪的理由當中，現在又添了新的要素，所以他的應對態度也必須隨之修改。他試著想像夫人可能採取的態度，心底不由得生出幾分不安。腦中出現一個被阿秀灌輸偏見之後的夫人，還有一個被煽起反感之前的夫人，光是想像，他已感覺出兩者截然不同。不過，津田向來很有自信。他深知自己必須經由這次見面，徹底掃除夫人對自己的偏見與反感。至少他得努力嘗試一下，否則自己的未來就危險了。於是他懷著三分不安與七分自信，靜候夫人來臨。

另一個閃過腦中的念頭是，總算找到一個理由，可以暫時移轉自己對阿延的期待了。剛才他還覺得萬分無聊，分分秒秒數著時間等待阿延出現，如今心底卻生出了新的緊張。他預料自己即將受到一種完全陌生的刺激。阿延已經不需要了，不，應該說，阿延現在過來反而是個麻煩。更重要的是，他心中懷著一個特別的疑問，只希望跟夫人單獨密談。他暗中做出決定，必須盡量避免阿延在這裡見到夫人。

只是這項決定還有個附帶條件，就是他得盡快趕走小林。然而，小林嘴裡說吉川夫人馬上就要到了，自己卻是毫無離去的意思。這傢伙向來不覺得打擾別人是什麼丟臉的事，有時或在某些場合，他甚至還會明知故犯，或不顧一切地任意而為，完全不管別人被他弄得心焦如焚。真搞不清他是真的不懂，還是存心給人找麻煩。

津田故意打了一個呵欠。這個動作其實跟他現在的心情完全背道而馳，同時也把他的心分成了兩半，一半的他正在興奮雀躍，心不在焉地應付小林；另一半的他則明顯露出想要送客的表情。但是小林根本無視他。津田再度拿起枕畔的手錶看一眼，放下手錶的同時，他不得已問道：「你找我有什麼事？」

「無事不登三寶殿嘛。不過，也不是現在非說不可啦。」

津田大致明白小林的意圖了。他現在還不想認輸，卻更沒勇氣立刻把小林趕走，所以只能閉嘴保持沉默。不料小林竟說出這句話：「我也跟吉川夫人見個面吧？」

開什麼玩笑！津田在心底罵道。

「你有事要見她？」

「你總是口口聲聲問人家是不是有事，可是人跟人見面，也不必非得有事才見啊。」

「可是她是陌生人呀。」

「就因為是陌生人，才想見一下嘛。我一直好奇不知她長什麼樣呢。因為我畢竟沒進過富戶的大門，也沒跟那種人交往過，所以很想趁這機會見一見，哪怕只看一眼也好。」

「又不是看陳列品。」

「哎！就是好奇嘛。再說我閒得很。」

津田簡直不知該說什麼。他絕對不想讓夫人看到自己有小林這種卑賤的朋友。哪天要是夫人鄙視地說：「原來你跟那種人交往啊。」自己的未來就完蛋了。

「你這傢伙也太遲鈍了。吉川夫人今天為什麼來，你也知道的不是嗎？」

「知道啊。礙事嗎？」

津田只好下了最後通牒。

「礙事啊。所以趁她還沒來，你快走吧。」

小林居然也不生氣。

「是嗎？我回去也行啊。雖說回去也沒問題，但我還是把今天的來意告訴你好了，好不容易才見到你嘛。」

津田厭煩極了，忍不住自動幫他說出來意。

「就是要錢吧？別的事要我幫忙，沒問題，但是錢的話，我這裡可是一毛也沒有。而且，請你不要像上次討大衣那樣，趁我不在跑到我家去拿。」

小林露出一臉惡作劇的笑容，彷彿在問津田：那你說怎麼辦？另一方面，津田心裡也有些問題想問小林，所以覺得最好在小林出發之前，再跟他見一面。但約在醫院碰面的話，又擔心被阿延看到。於是他藉口說要為小林舉行歡送會，兩人約好時間、地點之後，總算把這個討厭鬼趕走了。

一二二

津田立即著手進行第二項防禦措施。他端起床上的小型木盒，從盒底抽出家裡帶來的淺紫色信紙和同色信封，迅速抓起鋼筆在紙上飛快地寫了幾個字。「今天有點要事，妳別來醫院了。」連一分鐘都不到，這封內容簡單的信就寫好了。他心裡很急，顧不得再看一遍，就立刻彌封了。他完全沒考慮到，這封寫得不清不楚的信會讓阿延心裡產生怎樣的疑慮。眼前這種狀況下，他不僅心情緊張，平日的謹慎也被拋到腦後，全副精神只能集中在一件事情上。他拿著書信迅速走下一樓，把護士叫到自己面前。

「因為有點急事，請妳立刻找個人力車夫，幫我把這封信送回家。」

「好的。」護士說著接過信封，打量著信封上的收信人姓名，臉上的表情好像在說：「哪有什麼急事啊？」津田連車夫往返的時間都已計算過了。

「請車夫坐電車去吧！」

他很擔心這封信被耽擱了。萬一阿延收信之前就來醫院的話，自己豈不是白忙一場。

回到二樓之後，他仍在為這件事煩惱。想著想著，他甚至覺得阿延已經離開家，搭上了電車，正往醫院的方向趕來。想到這兒，很自然地，小林也跟著出現在腦中。他想，萬一自己的目的還沒達成，妻子苗條的身影就已從樓梯走上二樓，所有的罪過都該由小林來扛。剛才都因為他，浪費了那麼多寶貴時間，最後簡直是三催四請，才終於把他趕出去。他又想起剛才目送小林離去時，自己差點就要派小林去完成眼前這件大事。「不好意思，麻煩你繞到我家去一趟，叫阿延今天別來醫院了。」這句話幾乎脫口而出的瞬間，他大吃一驚，趕緊把話吞了回去。老實說，他甚至還暗自期待，如果眼前的人不是小林，那該多好啊。

他全身神經繃得緊緊的，「快來了吧，快來了吧……」不斷嘮叨的期待已經完全控制了他，就在他數著時間等候吉川夫人的同時，他交給護士的那封寫給阿延的信，卻無法逃避地走上未知的命運之路。

按照他的吩咐，那封信及時交給了車夫。車夫也按照護士的命令，立刻拿著信上了電車。接著，車夫在指定的車站下了車，走了幾步，從馬路轉進那條小巷，並在一座外觀雅致的二層樓房的名牌上，看到收信人的姓名。車夫便上前敲門，把手裡的書信交給出來應門的阿時。

送信的過程進行到這兒，全都按照津田的計畫付諸行動。但從這時起發生的一些事情，是他寫信時完全沒有想到的。因為那封信居然沒有立刻遞到阿延手裡。

不過，阿延雖然不在家，卻不是他擔心的那樣，已經到醫院去了。她自有另外的目的地，而且是像她這種聰敏的女人，充分發揮能力，利用大好時機，才能想出來的妙計。

這天從清晨起，阿延就按照慣例做事，她跟平時一樣起床，一樣操持家務，裡裡外外忙著做家事，一切都如同津田在家時。但是因為丈夫不在，時間自然變得比較充裕，所以她也享受了一個比較輕鬆悠閒的上午。吃完午飯之後，她到錢湯去了一趟。因為她想把自己打扮得漂漂亮亮地去醫院。她花了很長的時間細心修飾之後，才懷著愉快的心情走出錢湯，全身肌膚因為剛泡過熱水，看起來閃閃發亮。不料一進家門，她就聽到阿時向她報告一個難以置信的消息：「堀家夫人來過了。」

阿延訝異得簡直不敢相信女傭的話。就在昨天之後的今天，阿秀居然特地上門來找自己！她怎麼可能這樣突然來訪？阿延連續向阿時確認了兩、三遍，甚至還忍不住反問女傭，她來幹麼呢？接著又責怪女傭，為什麼不把她留下來？然而，女傭一問三不知，只知道阿秀臨走前交代說，她剛才去了藤井家，回家的路上順便過來看看。

阿延馬上決定改變原定計畫。她發現自己必須跳過醫院，先到阿秀家去一趟。反正這也是津田跟自己之間說好的計畫，要去實踐這項約定的話，就趁現在。現在履行他們這項約定的話，可以做得很自然而且不留任何痕跡。於是她緊追阿秀之後，走出了家門。

堀家的位置大致跟醫院相同方向，阿延搭上電車，到醫院的前兩站下了車，就地向右一轉，再往前走四、五百公尺，就到了堀家門前。

堀家的住宅距離郊外較遠，幾乎沒有個像樣的庭院，外觀跟藤井和岡本家不一樣。其他譬如人力車和馬車的下車處，當然更不可能有了。堀家的房屋差不多可說是緊臨馬路而建，兩層樓房跟大門之間的距離連六公尺都不到，而且地面鋪滿了石塊，看不到一點泥土的顏色。

附近地區在很久以前進行過市區重劃，道路都已重新改建，所以像他們附近這種寬闊的路面，在其他地方是難得一見的。儘管如此，整條街上卻幾乎看不到一間商店。路旁淨是律師事務所、診所、旅館之類的建築，因此周邊地區雖然繁華，這條路上卻永遠都顯得那麼閒靜。

不僅如此，道路的左右兩邊還種滿筆直整齊的柳樹作為行道樹。也因此，在天氣良好的季節，就算市內吹起殺風景的大風，路旁隨風搖曳的柳絲仍帶來不少情趣。路旁這些柳樹裡有一棵最大的，剛好就種在堀家的圍牆邊上，修長的枝枒斜斜地覆在門上，造型十分優美，旁人看著都以為是堀家故意移植過來裝飾房屋的。

說起堀家屋舍的其他特點，值得一提的，就是門前那個鐵製的巨型天水桶[56]，這個令人聯想起下町當鋪或同類商店的東西，簡直是個虛有其表的廢物。不過旁邊的堀家玄關跟這個天水桶兩相對照，看起來倒是十分協調。玄關的幅度較寬，進口處只豎著細木條組成的格子屏風，並沒安裝完整的木板大門。

56 天水桶：日本房屋多為木造，容易引起火災，所以普通人家都儲存雨水的習慣。這種承接雨水的容器叫作天水桶，江戶時代大都採用木桶，後來才有鐵桶，現代多為塑膠桶。

簡單地說，這是一棟公認的時髦民宅，一般人只要系統性地觀察一下房屋外觀，就能立即判斷屋中的住戶從事什麼職業。但這家主人與眾不同。因為他自始就沒對住宅花過腦筋，他天生就沒有這種為小事煩惱的神經，也根本不在意別人對他家指東道西。他雖是紈袴子弟，卻跟那些毫無教養的暴發戶完全不同。從性格上來看，他比較沒有主見，住在這種明星才會欣賞的房子裡，或許不太合適。說得難聽點，他是個沒有自我的男人。萬事都按照世俗辦理，任何事都輕鬆看待，甚至連自己家裡的固有習俗，也從未想要改進一下。按照他父母的說法，這棟由他祖父建造的房屋看起來很像傳統倉庫，也有點迎合藝人的品味，他卻覺得相當滿意。如果這也算是他的一項優點的話，那他故意不顯得色的態度就必須加以褒獎才對。不過，他應該也沒有得意的理由，因為他眼裡的自家住宅早已過於陳舊，根本不值得他洋洋自得。

阿延每次看到堀家這棟房屋，總覺得自己跟它格格不入。即使走進屋子之後，她還是不時會想起自己跟它之間的距離。照阿延的看法，能在這棟屋裡坐得穩如泰山、安適無比的人，除了堀先生的母親之外，再無第二人。然而，堀家最讓阿延頭痛的，也是這位母親大人。不，與其說是令阿延反感，不如說她是個難以對付的女人吧。她已經活在另一個時代，說得殘酷點，就是說，她給人一種恍如隔世的感覺。如果這樣形容還不夠，也可以說她是不合時宜、生錯時代……總之，可以用來形容她的字眼要多少有多少，但是終歸都是同樣的意思。

再說堀先生那個人，也是大有問題。以阿延的眼光來看，這位老爺跟這個家，既和諧又不和諧，要是說得更深入一點，他那個人不論在什麼樣的房子裡都差不多，既和諧又不和諧。所以說，從頭就不理他，也無關緊要。而這種曖昧不明的感覺，剛好也反映了阿延對堀先生的好惡。老實說，阿延對於堀先生的感覺，也就是好像喜歡，又好像不喜歡。

最後該說到阿秀了，她只需一句話就能交代。在阿延的眼裡，阿秀從小接受的教養，把她塑造成了最不適合堀家氣氛的媳婦。用更委婉的方式從心理角度解釋的話，就是說，阿秀永遠都不能融進堀家的氣氛。堀家母親和阿秀並排出現在她腦中時，她總是無可避免地感到一種矛盾。但是這種矛盾帶來的結果，究竟是悲劇還是喜劇？她無法輕易判斷。

面對這種家庭和成員的組合，阿延經過深思，只得出一個不可思議的結論：「跟這棟房屋最相配的堀家母親，正是阿秀最感棘手的人物；再換個角度來看，跟堀家母親完全相反類型的阿秀，也是最讓婆婆痛苦的角色。」

阿延拉開玄關的木格門，刺耳的鈴聲響了起來，也喚醒以往深藏在阿延腦中的這些想法。

一二四

阿延被人請進了客廳。昨天帶孫兒去橫濱走訪親戚的堀家母親還沒回來。這消息對阿延來說，倒是個意外的機會，不過這得根據看法而定，或許這機會對自己有利，也可能對自己不利。湊巧的是令她感覺說話不便的老人已被送出家門；但另一方面，她必須獨自跟對手阿秀周旋，這一點對她比較不利。

由於事先沒弄清情況，阿延的計畫在她踏進堀家大門時就被攪亂了。以往來訪的時候，每次都是梳著小髻的堀家母親丟下手邊的事情，第一個出來待客。一見了面，她總要虛情假意地問候奉承一番。但今天跟往日不同，不僅因為領先出來迎客的人變成了阿秀，就連阿延以為馬上就會現身的老母，也一直不見蹤影。這些意外一下子就把她根據以往經驗生出的從容心態破壞了。就在這時，她一眼看出阿秀眼裡的困惑。只是，她那眼神裡卻完全沒有歉意的懊悔，只有昨日戰勝的得意連帶產生的羞愧。其中還隱含了些許摸不清敵人真面目的恐懼，以及不知如何擺脫眼前這種場面的一絲焦躁。

阿延投去一瞥的瞬間，立刻感覺自己今天已被阿秀抓住弱點。只是這份覺悟，是她從某個崇高的立足點突然拋下一瞥之後，才察覺出來。而她本身擁有的能力對那崇高之處卻一籌莫展。既然是從遙不可及的暗處突然冒出來的東西，自己也無力制止，只好安心等待結果出現了。

阿延的一瞥果然對阿秀產生了巨大影響，只是阿秀的反應遠遠超出她的預料。阿延想起阿秀日常的表現，還有她昨天打破了平日的作風，以及她跟津田與自己鬧翻後的處理方式，若將這些因素結合阿秀一貫的品行與性格，從旁觀者的角度分析一下就能明白，阿秀無論如何是不會善罷甘休。即使阿延自覺做事很有手腕，但她還是認為，這次不掀起些大風小浪，怕是難把事情擺平了。

也因此，阿延才覺得相當震撼。因為阿秀一坐下來，就向她殷勤問候，態度比平時友好多了。阿延驚訝得不得了，幾乎不敢相信自己的眼睛。她的驚疑還沒消失，接著又受到對方毫不馬虎的熱絡款待，這時，她反而覺得不太舒服。怎麼會發生這麼大的改變?她不免暗自驚訝,心底隨即湧起一陣疑惑:這是什麼意思呢?

但是等了半天,阿秀始終不向她解釋這種重要的疑問,不僅如此,就連昨天在醫院發生的不愉快,阿秀也是一副完全不想提起的模樣。

阿延想,既然對方存心要繞開尖銳的話題,自己若是主動提起,豈不是有違常理?更重要的是,她根本不必主動去向阿秀自揭瘡疤。只是話說回來,昨天的事若不做個了結,設法讓雙方心裡都感到痛快,自己今天來找阿秀的理由就不成立了。但是看這情形,雖然還沒和解,卻已得到和解的結果,現在再把那些不愉快的事搬到台面上來,豈不愚蠢?

聰明的阿延不知該如何是好。兩人的交談愈順暢,她心底愈逐漸萌發遺憾的感覺,談到最後,她突然想從對方的哪個弱點突破,藉機窺探對方的內心。這個念頭躍進腦中的瞬間,富有冒險精神的阿延並非沒有想到,萬一這計畫失敗,或許就會引起危險。但她對自己的手腕很有自信。

另一方面,她心中還有個願望:如果有機會的話,她想對阿秀心底某個特別的部分進行試探,在那個部分旁敲側擊,仔細傾聽阿秀自然發出的心聲。這個計畫跟她與津田討論決定的造訪毫無關聯,但是對阿延來說,這件事卻比成功完成和解任務的意義更重要。

從本質上來看,阿延必須瞞著津田的這件事,跟津田必須對阿延保密的那件事,兩者都有相似之處。另一方面,就像津田擔心自己不在家的時候,小林會對阿延說些什麼一樣,阿延也想弄清自己不在的時候,阿秀曾對津田說過什麼。

用什麼話題開頭呢?阿延在腦中盤算了一會兒,最後只好再次提起阿秀從藤井家回家的路上順便來訪。其實剛才一坐下來,阿延已用這件事當作開場白:「聽說妳剛才到我們家去過,不巧得很,我到錢湯去了。」現在她只好再用提問的方式,重新讓這個話題復活。「找我有事嗎?」不料,阿秀只簡單地答了一句:「沒事。」就很乾脆地堵住了阿延的嘴。

一二五

接下來，阿延打算以藤井家作為話題切入。因為阿秀說過，她今天早上去叔父家。如果把話題轉向藤井，應該有助於展開交談。不料，阿秀依然保持嚴重的警戒，只在必要的時刻才從警戒圈走出來，故意很殷勤地應付阿延一番。阿秀是在叔父的教養下，才長成現在的人模人樣。而阿延也對這件事瞭如指掌。阿秀的精神層面深受叔父的潛移默化，這一點，阿延也很清楚。所以她的談話順序，必須從叔父的人格、生活等方面談起，盡量聊些阿秀可能喜歡聽的題目。但從阿秀的角度來看，她覺得阿延的每句話都充滿了誇張與虛偽，實在想不出任何理由需要認真地跟阿延談下去。不僅如此，同樣的內容冗長又反覆地持續下去，阿秀臉上也很自然地流露出不快的表情。反應靈敏的阿延立即發現自己小看了對方，便設法改變話題。這時，反倒是阿秀又喋喋不休地提起岡本家。阿延跟岡本家的關係，就像阿秀跟藤井家一樣，岡本姑父在她心裡的地位十分重要，但是對阿秀來說，她對岡本姑父一點親近感都沒有，完全把他視為陌生人，連帶地，阿秀也只有嘴裡說得好聽，話語間卻沒有實質內容，就好比光滑的皮膚下面，缺少了最重要的血肉。不過阿秀這段禮尚往來的客套話，等於就是她為阿延親手烹製的佳餚，阿延不得不裝出非常受用地全盤照收。

不過，阿延也不是個笨女人，不至於笨到去惹阿秀不高興，所以第二回合輪到自己開口時，阿延的態度比剛才更加討好，並很巧妙地伺機結束了上一個話題，企圖把內容轉向吉川夫人。但若重複使用前一回合的手段，一味拚命地吹捧，或許又會落個無功而返的下場，所以她決定不顧世人如何評判自己的是非，搶先提出了夫人的名字。她打算先看看阿秀如何反應，再決定下一步怎麼做。

阿延已經掌握的訊息是，自己去錢湯的時候，阿秀從藤井家回家的路上曾經來訪，但她做夢也沒想到，阿秀去藤井家之前，曾經拜訪過吉川夫人。她更沒想到的是，阿秀是因為昨天醫院那場風波，才特地到吉川家拜訪。從這件事來看，阿延幾乎是跟津田一樣天真，所以就像津田被小林嚇到一樣，阿延注定也會對阿秀的行為感到驚訝。只是，讓他們夫妻受驚的過程完全不同罷了。小林是實話實說提出報告，阿秀卻是別有意味的沉默。還有伴隨沉默而來的微微臉紅。

夫人的名字從阿延嘴裡冒出來的瞬間，她感覺彷彿天上落下了一滴靈藥，掉在她跟阿秀之間。阿延立即檢視這滴靈藥的效果，不幸的是，她發現那效果對自己一點用也沒有。至少，那是一種她不知如何利用的效果。這個出乎預料的結果，只給她帶來一陣驚愕。所以夫人的名字從嘴裡冒出的瞬間，她立刻懷疑自己可能要為失言致歉了。

但很快地，第二個出乎預料的結果出現了。阿秀露出了不敢正視阿延的表情。這個結果讓她不得不隨即修正自己的第一印象。也是在這時，她才終於明白，阿秀臉色發紅並不是因為生氣。這種多年來早已看膩的表情，以往總以為只是表現單純的羞怯，現在卻令她驚訝萬分。阿延終於弄清了這表情的含義。只是礙於構成那種含義的起因，她必須等待阿秀說明，否則無從判斷自己的猜測是否正確。

阿延猶豫著不知如何是好，過了半晌，阿秀突然牛頭不對馬嘴地換了話題。這次的題目跟前一段毫無關聯，內容卻出奇得讓阿延震驚，可算是第三個出乎意料的結果吧。不過阿延頗有自信，立刻迎敵接招。

一二六

阿秀說出了一連串令人意外的字句，最先刺中阿延耳膜的字眼，是「愛」。這個陳腐又無新意的單字，像個猛然蹦出的伏兵，給阿延帶來一種新鮮感，主要當然是因為這個字並沒有前後文襯托，突然就像一顆單發炮似的，砰地一下跳了出來；另一個原因，是因為姑嫂倆以往從未談過跟這個字眼有關的題目。

阿秀向來就比阿延喜歡高談闊論。當然，得出這種結論之前，還需稍做說明。阿延是個我行我素的女人，她不喜歡與人爭論，並不是因為她說不過別人，而是因為她覺得沒必要。而相對的，她的腦袋裡也沒裝多少別人灌輸的知識。就連以前女學生時代常看的雜誌，她現在也幾乎不碰了。即使如此，她卻不覺得自己缺乏知識。她的虛榮心雖然很強，求知欲卻完全沒被帶動起來，理由也不是因為她沒時間，或是缺少競爭對手，而是因為她完全不覺得自己有什麼不足。

而阿秀對求學的態度就跟阿延不一樣。讀書使她變成了今天的阿秀，讀書也是阿秀的全部，至少她接受的教育告訴她，讀書必須是她的一切。長期浸淫書堆的藤井叔父親自教育阿秀，在她身上留下了「好的」與「壞的」兩種奇妙的成果。她在叔父的薰陶下，學會把讀書看得比自己更重要。但不論多麼重視讀書，她還是她，她必須跟書本分開才能生活，才能工作，所以終究還是得跟書本分開。用更恰當的方式形容的話，就是說，她沒事就愛發表一些不合身分的言論。因為是為了發表而發表，所以內容都很無聊，若以她具備的反省能力來看，要等她自己發現言語無味，肯定需要花費很長的時日。從心理層面來看，她的自我意識太強。說得更淺顯一點，自我意識即是自我，阿秀的那個自我偏偏喜歡從她推崇的書籍裡，找些跟自己不相稱的歪理，然後倚仗書中文字的力量，來支持自己的言論。於是大家就經常看到她上演一齣滑稽的戲碼，原本就能射出炮彈的大炮，卻被她當成長刀，抓在手裡四處揮舞。

阿秀這時向阿延談起的話題，果然又是從某本雜誌的文章裡看來的。這本每月出刊的雜誌刊登了幾位名家的戀愛觀。阿延其實對阿秀提出的這個話題沒什麼興趣。但是當她承認自己還沒讀過那篇文章時，心裡突然產生了好奇，當下決定根據自己的需要，好好利用這個抽象的題目。

她早已掌握了對手的弱點，也知道阿秀的理論經常淪為空談。現在正要展開尖銳論戰之前，阿秀的態度還不至於太過分，但她認為，如果只為爭論而爭論，倒不如從頭就不接招。所以她一定要先把對手制服在地才行。但不幸的是，眼前這個對手，根本不在地上。阿秀嘴裡所謂的「愛」，既不是津田的「愛」，也不是堀先生的「愛」，甚至更不是阿延或阿秀自己的「愛」。她說的「愛」，只是一種若隱若現、飄浮在空中的「愛」。所以阿延的首要任務，必須先把阿秀那空飄氣球般的話題拉到地面來才行。

但她立刻又發現，已經生了兩個孩子的阿秀，雖然各方面都比自己更像家庭主婦，想法卻更不切實際。她嘴裡雖然應著「對對對」，心裡卻感到焦躁萬分。「妳先別顧著耍嘴皮，乾脆就坦誠相見，大家都拿出實力來一決勝負吧。」她很想這樣告訴阿秀，同時也在暗中思索，如何才能讓這位理論家剝掉外皮。

過了半晌，她終於想清楚了。其實也很簡單，要解決眼前的問題，只有兩個辦法，要麼犧牲阿秀，要麼犧牲自己，必須兩者擇一，否則自己的目的終究無法達成。要犧牲對手並不困難，只要看準對手的弱點，給她一刀就行了。至於她那個弱點是否真實存在？她並不在乎。只是為了試探本能反應而施予刺激，根本無需考慮刺激的真偽。不過，這種試探卻會帶來相當的危險。因為阿秀肯定會大發雷霆。只是，惹怒阿秀正是她的目的，同時又不是她的目的，所以她才猶豫不決，不知該如何是好。

終於，她算準時機展開行動。在她付諸行動的同時，也已下定了犧牲自己的決心。

一二七

「被妳這麼一說，我這種人，可不知該怎麼回答呢。津田究竟愛不愛我，我自己都迷迷糊糊，不太清楚。說起這種事，還是秀子幸福，因為妳從頭就已得到確切的保障啦。」

阿延跟津田結婚之前，就知道阿秀是靠美貌才被婆家選中。對一般的女人來說，尤其是像阿延這種女人，肯定都會羨慕阿秀。阿延最先從津田嘴裡聽到這些，心底就對阿秀生出一絲淡淡的妒意，雖然那時還沒見過阿秀。後來，當她明白阿秀只是個沒有內涵的淺薄女子時，不禁輕聲發出冷笑，甚至還感到一種復仇的快感。之後，兩人談到愛情的話題時，阿延心裡總是十分鄙視阿秀。雖然表面上都是滿嘴的甜言蜜語，但那當然是雙方共通的表面工夫，只是說給對方聽的客套話而已。說得難聽一點，也算是一種嘲弄。

好在阿秀並沒注意到這些，而且她也不太可能注意這種事。因為別說是口才方面，就連實際的愛情經驗，阿秀也根本不是阿延的對手。她從沒體驗過激烈的愛情，也不曾真正被人痴情地愛過，愛情的力量究竟能夠猛烈到什麼程度，她根本一無所知。儘管如此，她卻是對丈夫感到滿足的妻子。「無知是福」這句成語剛好就是用來形容她。打從結婚那天起，阿秀的丈夫已親手為她的未來蓋上了愛情的戳記，她也把這個戳記當成一紙證書，永遠藏在心底。阿秀天真到這種程度，以致聽到阿延剛才那段恭維，她也就很認真地接受了。

阿秀從沒體驗過真正的愛情，感覺敏銳的阿延早已看穿了她的胡言亂語，但阿秀不僅毫無感覺，甚至還一派輕鬆地根據自己夫妻的狀況，隨意揣測津田與阿延的關係。這一點，只看她聽完阿延的恭維後露出滿臉驚訝，就很清楚了。津田愛不愛阿延，為什麼變成她們討論的話題？一個做妻子的，怎麼能說出這種話？更過分的，還在小姑面前說出這種話，這究竟怎麼回事？上面這些疑問，全都顯露在阿秀的表情裡。

事實上，阿秀一直認為，阿延要麼是個刁鑽女人，對眼前擁有津田的愛不懂得知足；要麼就是個虛偽女人，明明把津田捏在手裡，卻還佯裝不知。於是阿秀發出一聲嘆息：「哎唷！」

「嫂嫂還希望他更愛妳啊？」

這種外交辭令原是迎合阿延的喜好才說的，但在眼前這種狀況下，阿延當然不會對這種回答感到滿意。她必須再說些什麼，好藉此表明自己的意圖。但若要表達得更明確，這句話就得說得十分露骨：「如果津田心裡除了我，還有別人的話，我當然就無法對現狀滿意吧？」但她立刻又發現，如果豁出一切說出這句話，不僅會毀了自己的計畫，而且這種說法也太不吸引人，於是她只在嘴裡應了一聲：「可是……」便閉上嘴不再接腔。

「嫂嫂還有什麼不滿意呢？」

說著，阿秀把視線聚向阿延的手指。那救戒指正在指上毫無顧忌地閃耀光芒。然而，阿秀銳利的一瞥沒對阿延造成任何影響。阿延對這戒指表現的天真，還是跟昨天一模一樣。阿秀看她這樣，不免著急起來。

「可是延子不是已經很幸福了嗎？想要的東西，全都買了，想去的地方，也全都帶妳去了……」

「是啊，關於這方面，我倒是挺幸福的。」

阿延一向認為，不對外人強調自己過得幸福，等於就是暴露自己的弱點，這可不是她的作風，於是她忍不住就當著阿秀的面，說出這句平時常用的客套話。但是說完之後，對話又中斷了。阿延這才想起，上次看戲的第二天，她到岡本家去，這句話曾在繼子面前說過，現在竟又原封不動地對著秀子說了一遍。而阿秀臉上的表情則像是在反問阿延：「這方面挺幸福的話，還不夠嗎？」

阿延雖然心中懷疑津田，卻不願意被阿秀看出一絲端倪。但若一直裝作毫無所知，眼睜睜地遭受阿秀嗤笑，又令她覺得更不甘心。所以，這時的應答需要有點巧思。阿延想，為了抵達目的地，終究還是得吃點苦頭。只是她並沒發現，自己的努力只是徒勞無功。於是，她的態度又在瞬間出現了變化。

一二八

阿延不顧一切向前猛跨一步。她決定拋棄受人情局限的轉彎抹角，正面迎戰阿秀。只是用字遣詞必須說得抽象一點。她想，如果靠舌戰進攻能夠查出事實真相，也是個不錯的方法。

「到底，一個男人有沒有可能同時愛上一個以上的女人？」

阿延用這個疑問展開進擊時，阿秀腦中完全沒準備好關於這個問題的回答。她的知識都來自書本與雜誌，而且都只跟一般戀愛有關，在眼前這種特殊場合，她那些知識根本派不上用場。但儘管腹中空無一物，她還是裝模作樣地思索了一會兒，才老實回答：「那我可不知道喔。」

阿延不免對她生出憐憫。「妳這傢伙不是已經有個姓堀的丈夫嗎？他就是活生生的研究材料啊。妳不是朝夕都在丈夫身邊看他如何對待女人嗎？」阿延才想到這兒，阿秀嘴裡又冒出了第二句話：「我怎麼會知道？我可是個女人呀。」

阿延覺得這個回答太愚蠢。如果阿秀真的像這句話所說的那樣，她的感覺有多遲鈍，也就可想而知了。不過阿延立刻咬住這句蠢話反問道：「那妳從女人的角度設想一下吧？妳能想像自己的丈夫愛上其他女人嗎？」

「延子自己無法想像嗎？」聽到阿秀這樣反問，阿延不禁感到訝異。

「難道我現在的處境必須想像這種狀況？」

「沒問題的啦。」阿秀當場提出保證。

阿延卻馬上又把阿秀的話重複了一遍：「沒問題!?」

這三個字既不是疑問也不是感嘆，就連阿延自己也搞不清這三個字究竟是什麼意思。

「沒問題啦。」

阿秀又重複了一遍。說話的瞬間，阿延看到阿秀的嘴角隱約閃現一絲冷笑，但她立刻決定不予理會。

「秀子當然是沒問題啦。當初嫁到堀家的時候，就是因為妳本身有條件嘛。」

「那延子呢？不也是因為津田看中妳的條件嗎？」

「亂講。妳才是那樣吧。」

阿秀突然不再接腔。阿延也不再浪費力氣，反正一個沒有寶藏的洞，再挖也是一樣。

「津田對女人究竟是什麼態度？」

「這種問題，當老婆的應該比我這個妹妹更清楚呀。」

阿延遭到一頓搶白，這才發現自己這問題也問得跟阿秀一樣蠢。

「但是在兄妹關係裡的津田，秀子總比我了解吧？」

「沒錯，但我就算了解，也不能提供延子參考啊。」

「當然可以用來參考。但妳所指的那些，我早就知道了。」

阿延抓住關鍵時刻趁機下餌，阿秀果然立刻上鉤。

「反正沒問題啦。延子不會有問題的。」

「雖然沒問題，卻會有危險。所以無論如何也要請秀子為我詳細解說一下。」

「哎呀，我什麼都不知道啦。」

說著，阿秀臉上忽然浮起一片紅暈。她為什麼要覺得羞愧呢？阿延聚精會神地揣測起來，但不論多麼努力，都無法得出結論。她還記得剛才走進堀家不久，也看過這幅阿秀臉紅的景象。當她提起吉川夫人時看到的那張紅臉，跟眼前這張再度出現的紅臉，兩者之間究竟有什麼關聯？儘管阿延十分擅長分辨事物的異同，但從眼前的景象看不出一絲端倪。她很想把兩件事勉強地連在一起，卻根本找不到連結兩者的線索。這種推測對她來說，也是最大的不幸。她推測兩者之間必定存在著某種聯繫，但這兩件事超出了她的理解範圍。另一方面，兩者之間的那個聯繫，在她看來也是一種暗示，肯定具有非常重要的意義。所以她只好繼續深掘，除了挖出那個聯繫，也沒有別的路可走。

一二九

阿延受到瞬間衝動的影響，一時無法控制自己的嘴巴，就順口扯了一個謊。

「我已經聽吉川夫人提起過啦。」

說完，她才發現自己真是大膽。於是她住嘴暫停，觀察一下冒險行為會帶來什麼結果。只見阿秀泛紅的臉上突然換上一種訝異的表情，看著阿延反問道：「哎唷！提過什麼？」

「就是那件事啊。」

「那件事是哪件事？」

阿延已經無路可退，阿秀卻還能步步相逼。

「騙人的吧？」

「才沒騙人呢。是關於津田的事。」

阿秀突然閉嘴不再接腔，但那緊閉的嘴角卻隱約浮起一絲冷笑，等那笑意更加明顯地擴散到整張臉上時，阿延感覺自己好像誤把沼澤當成道路，一步踏進深邃的泥濘。若不是她獨有的不服輸精神發揮了強烈作用，說不定她已向阿秀低頭求救了。

阿秀說：「這可怪了，吉川夫人怎麼可能跟嫂嫂說津田的事，究竟怎麼回事？」

「是真的唷，秀子。」

阿秀這時終於發出笑聲。

「應該是真的吧。沒人以為是假的呀。但究竟說的是什麼事啊？」

「津田的事啊。」

「所以說，到底說了哥哥的什麼事？」

「那我可不能說，必須妳先說才行。」

「這要求太過分了。叫我先說，不知嫂嫂要我說些什麼。」

阿秀顯得十分鎮定，好像在說：「來吧，妳怎麼進攻都行。」阿延的腋下已經滲出冷汗。忽然，她把箭頭一轉，直接向秀子射去。

「秀子，妳是基督徒吧？」

阿秀露出驚訝的表情。

「不是。」

「不是基督徒的話，應該不會說出昨天那番話吧。」

昨天和今日的她們，好像彼此交換了立場。阿秀始終展示出一種勝者的從容。

「是嗎？那就算是吧。延子大概很討厭基督徒吧？」

「不，我很喜歡，所以才在這裡求妳啊。請妳再像昨天那樣懷著崇高的胸襟，憐憫我這卑微的阿延吧。」

說著，阿延把那戴著閃亮戒指的手放在阿秀的面前，一面說一面真的向她低頭行了一禮。如果昨天我做錯了什麼，現在我就像這樣，向妳低頭賠禮。」

「秀子，請妳坦誠相告，不要瞞我，全都告訴我吧。阿延我就像這樣，正在真誠拜託妳，也像這樣，我已經感到悔悟了。」

說著，阿延習慣性地皺起眉頭，一滴眼淚從那雙小眼睛裡滴落在她膝頭。

「津田是我丈夫，妳又是津田的妹妹。就如同妳看重津田一樣，津田在我心裡也占著極大的分量。我這都是為了津田。請妳也為了津田，全都告訴我吧。津田是愛我的，就像他愛妳這個妹妹一樣，他也愛我這個妻子。所以說，為了津田，被他愛著的我必須知道一切。被他愛著的妳，也應該為了他，把一切都告訴我，對吧？那才是身為妹妹的妳對他的善意。眼前這種狀況下，妳就是無法對我產生善意，我也毫無怨言。但妳對自己的哥哥津田還是擁有情意，願意為他付出吧？我從妳臉上的表情就能看出，妳對哥哥仍有充分的情義。因為妳絕不是那麼冷酷的人。妳就像自己昨天說過的那樣，肯定是個好心人。」

說到這兒，阿延轉眼望向阿秀，發現她臉上的表情出現了奇異的變化，原本的紅暈不見了，顯得有些蒼白。她用急促得有點誇張的語氣，表達了自己必須盡速否認阿延那段話的意思：「我可從沒做過任何壞事。不管對哥哥還是對嫂嫂，我心裡只有善意，從來沒有一絲惡意。請嫂嫂不要誤會。」

一三〇

阿延對阿秀這番辯駁感到意外，同時也覺得突然。她不明白阿秀為什麼說這些，也不知阿秀說這段話的目的是什麼，她只感到心頭一震。阿秀說出這段天恩降臨般的表白時，這些話的背後究竟隱藏著什麼？她真想立即衝進那團迷霧。於是，阿延又很輕鬆地說了第三個謊。

「這些我都明白，妳做過的一切，還有妳心裡的想法，我全都明白。所以請不要隱瞞了，全都告訴我吧。妳不願意嗎？」

說這話時，阿延費盡全力從那雙小眼睛擠出討好的眼神看著阿秀。然而，原本對異性十分有效的這個動作卻落了空。阿秀像是吃了一驚，馬上提出令她意外的反問：「延子，今天來這兒以前去過醫院了嗎？」

「沒有。」

「那是先到別處，然後才繞道而來嗎？」

「沒有，我從家裡直接來的。」

阿秀這才露出放心的表情，但她什麼話也沒說。

阿延又緊追不捨地說：「哎，秀子妳就告訴我吧。」

阿秀冰冷的眼中射出一道殘酷的光芒。

「延子也太任性了。看來延子好像非要丈夫獨愛自己才行呢。」

「當然啊。難道秀子覺得自己不是丈夫的唯一也無所謂嗎？」

「看看我丈夫是什麼樣吧。」

阿秀想用這句話轉移焦點。阿延卻抓住阿秀的語尾，把堀先生趕到話題之外。

「不要拿堀先生相提並論。先不說堀先生如何，現在是在較量彼此的坦誠喔。不管怎麼說，秀子妳也不會喜歡見異思遷的男人吧？」

「不過，眼裡只有自己、看不到其他女人的那種老實丈夫，世界上也沒有吧？」

平日只靠雜誌和書本吸取知識的阿秀，這時突然搖身一變，在阿延面前扮演起實踐家的角色來了。然而，阿延現在卻無暇顧及阿秀的矛盾。

「當然有啊。必須應該那樣，不是嗎？就算男人不願意，畢竟已被冠上丈夫的名義。」

「是嗎？哪會有這麼好的男人啊？」

說完，阿秀又把含著冷笑的視線投向阿延。阿延卻怎麼也鼓不起勇氣大聲提起津田的名字，所以只能委婉地答道：「那就是我的理想。男人必須像那樣才行。」

阿延竟在不知不覺中變成了理論家，就像阿秀變成了實踐家一樣。跟從前相比，兩人所處的位置已經完全顛倒過來。但她們都毫無察覺，只知隨著運勢向前。所以接下來的爭論，也就談不上理論或實踐，只看誰的嘴巴厲害就能獲勝。

「就算是理想也不行啦。因為妳那個理想變成現實的話，等於就是說，妻子以外的女人都必須失去女人的資格。」

「要到達那種境界，才能體會完美的愛情吧？若是不能達到那種境界，就永遠都不會懂得什麼是真正的愛情，不是嗎？」

「那我就不知道啦。不過妳認為自己以外的女人都不是女人，世界上唯一的女人就是妳自己，這種想法太不理性了吧。」

阿秀終於不客氣地直呼嫂嫂為「妳」，但阿延並不在意。

「理性什麼的都無所謂，只要感情上唯有我這個女人就行了。」

「妳是說只把妳一個人看成女人。這想法我能理解。但不准丈夫把外面的女人看成女人，妳等於就是自殺喔。哪個丈夫要是能夠不把外面的女人視為女人，那最重要的妳，也不會被他看成女人吧？這就好比，只有自家庭院的花才算真花，外面的花都不算花，只能看成是枯草。」

「我覺得把她們當成枯草也可以的。」

「妳大概可以那麼想，但男人不把她們當成枯草，妳也沒辦法啊。還不如任由男人喜歡無數女人，而其中最喜歡的就是妳。這樣反而更讓嫂嫂滿意吧？因為這才算真的被男人愛上呀。」

「反正無論如何，我還是想要絕對的愛。我從來都討厭被拿來跟別人比較。」

阿秀臉上露出輕蔑的表情。很明顯地，隱藏在那表情背後的意思是說：「這女人的理解力太差了。」

阿延忍不住忿忿地說：「反正我是個笨人，聽不懂什麼大道理。」

「我只是列舉實例呀，這樣說明比較容易聽懂吧。」

阿秀冷冷地做出結論，阿延感到悔恨不已。剛才花了這麼多心血，卻什麼也沒問出來。她離開堀家的時候，甚至連自己離家時津田曾經派人送信給她都不知道。

一三一

阿延與阿秀對坐舌戰的這段時間，醫院裡正在進行另一項預定計畫。

津田等候已久的吉川夫人走進病房時，津田派去送信給阿延的車夫還沒回來，按照時間來說，剛好是小林離開後大約過了十分鐘吧。

當他聽到護士報上夫人的大名時，首先感到暗自慶幸，因為夫人跟小林這兩種完全不同的人種，總算沒在這間狹窄的病房裡相遇。其實為了達到這個目的，他將不得已地做出一些物質犧牲，不過他現在已完全無暇顧及這些。

津田一看到夫人的身影，立即就想從床上起身。但夫人在一旁制止了他，還回頭望了一眼帶她進屋的護士。護士的兩手抱著一個花盆，夫人像徵詢似的問道：「這個該放在哪裡？」津田抬眼打量那盆紅葉，在護士胸前的雪白制服襯托下，盆景的顏色看起來非常美麗。那個小巧的花盆裡，三根長度差不多的樹枝擁擠地種在一起，樹根周圍還鋪著大小剛好的石子。護士把花盆放在床間地板之後，夫人才在自己的位子坐下。

「你感覺怎麼樣？」

津田剛才一直觀察著夫人的舉止，這時，他總算弄清夫人對待自己的態度。原本他還暗自擔心，不知夫人來此是否另有理由，現在聽到夫人的這句慰問，等於也幫他把心底的疑惑消除了一半。只是，夫人看來不像昔日那麼開朗，臉上也沒有平時那種俏皮神情，總之，她走進病房時，全身似乎籠罩著一種津田從未在她身上看過的氣氛。那種氣氛使她看來極其莊重，也將她的雍容發揮到最高極致。津田有點震驚。不過，這種吃驚雖然是屬於正面的感覺，心底卻也有點恐懼。因為夫人雖未表現出對他反感，他卻不知夫人的態度背後藏著什麼。就算那態度的背後很單純，他也無法預料等會談話時，夫人心中是否會出現什麼變化。夫人向來早已習慣接受逢迎，所以她縱容自己隨意更改心意，也認為自己不論怎麼三心二意都是可以的。津田則處於一種必須把她捧得像個女暴君的地位。如果用漢語形容，夫人的一顰一笑對津田來說，都至關緊要。尤其在眼前這種狀況下，他就更需要小心應付了。

「秀子今天早上來過了。」

夫人一開口就提起阿秀登門拜訪的事，那語氣聽來就像在會議裡提出第一道議題。津田不能不接腔，在夫人到達之前，他就已經想好了回答。雖然他已知道阿秀去找過夫人，但他打算佯裝不知。因為萬一夫人追問：「誰告訴你的？」他可不想從自己嘴裡說出小林的名字。

「喔？是嗎？可能太久沒見到您，心裡覺得偶爾也該上門致意一下，否則她會覺得過意不去吧？」

「不，不是的。」

聽完夫人的回答，津田立刻說出下面這句謊言。

「可是那傢伙應該不會有什麼事啊。」

「誰又能料到，她居然有事。」

「喔？」

津田只答了這個字，便靜待夫人說下去。

「你猜猜看，她來幹麼？」

津田佯裝不懂，做出一副深思的模樣。

「這個嘛，要我說阿秀會有什麼事……哎！到底是什麼事啊？」

「想不出來嗎？」

「實在有點難猜。我跟阿秀雖是兄妹，但是性格完全不一樣啦。」

津田故意多此一舉地透露他們兄妹的關係。因為他想趁著問題還沒出現之前，先躲在遠處為自己辯白一下，也想觀察一下夫人聽了自己這番話，會有什麼反應。

「她有點喜歡說教喔。」

一聽這話，津田不禁暗喜，便趁機訴苦說：「說起這傢伙的愛講理，就連我這個做哥哥的都受不了。任何人都無法耐著性子聽她說下去。所以每次跟她吵架，我都懶得計較，隨她自己去說。如此一來，她就更得意了，還以為自己說得有道理，沒完沒了地胡說八道。」

聽到這兒，夫人臉上露出微笑。津田看出那笑容確實含有同情自己的成分，卻不料夫人接口說出的這段話，卻跟他的想法背道而馳。

「也不至於如此吧。不過她的頭腦倒是挺清楚的，不是嗎？我對她印象很好唷。」

津田苦笑起來。

「當然不會傻到去您府上暴露自己的底線嘛。」

「不，秀子比較誠實喔。」

但秀子究竟比誰誠實，夫人並沒說明。

一三二

津田的好奇心開始蠢動。大致情況他已經能夠想像，只是現在立刻轉入那個話題，卻不是他所希望的。其實只要深入追問夫人跟阿秀的關係就行了。夫人今天只是順便探病，她的真正意圖，當然就是想跟津田密談那件事。不過，夫人卻有她獨特的癖好。平時只要一有機會，有閒階級的她不等別人邀請，就會把自己的腦袋鑽進別人的社交圈，看看晚輩或部下是否需要幫忙，尤其是對自己喜歡的晚輩，她不僅樂意提供幫助，更隨時輕鬆地顯露自己的玩樂本性。有時她忙著完成任務而顯得十分焦慮，有時又露出完全相反的態度，故意拖拖拉拉不伸手，臉上卻裝出一副充滿興味的表情。這時她所流露的表情，就像正在玩弄老鼠的貓兒，旁人怎麼想，並不在她的考量範圍之內。她似乎認為這種行為是上位者應有的特權，她的無聊時光也才能因此充滿刺激。被她挑中的對象，只能拚命忍耐。而相對的，能夠熬過難關的人，肯定就能獲得獎勵。她以這種方式給予對方鼓勵，也把自己的做法視為值得自豪的美德。至今為止，津田為了他跟夫人之間的這種默契，曾經遭到唯一的一次重大損失。不過，聰明伶俐的津田心裡很明白，夫人為了這件事對他懷著極深的內疚。儘管他事事都以夫人的意旨為重，而他背地裡所倚仗的，也正是夫人對他的這份內疚。只是，對他來說，這份內疚至多也只能當作以防萬一的武器而已。平日裡，津田仍然必須扮演貓兒面前的老鼠，任由夫人擺布。而此時此刻，夫人先得花點時間，才能釐清眼前的複雜狀況。

「昨天秀子來過吧？」

「是的，來過。」

「延子也來過吧？」

「對啊。」

「今天呢？」

送信的過程出了什麼差錯。

「今天還沒來。」

「馬上就要來了吧？」

津田這下答不出來了，剛剛也才寫信叫阿延別來呀，而且，他還沒收到回信，這也令他擔心，不知是否送信的過程出了什麼差錯。

「不知道啊。」

「不知道她來不來嗎？」

「是啊。不知道。我猜大概不會來吧。」

「太冷淡了吧？」

夫人像在嘲弄似的笑起來。

「您說我嗎？」

「不，是說你們兩個。」

津田苦笑了一陣。夫人等他笑完才又開口：「延子和秀子昨天在這兒碰到了，對吧？」

「是啊。」

「碰面之後發生過什麼吧。就是說，比較特別的事。」

「沒什麼……」

「別裝了。有就說有，要像是個男人，說清楚啊。」

夫人這才終於展示她獨有的說話方式與特性。津田不知如何回答，只能默默觀察一番，再做決定。

「秀子被狠狠欺負了一頓吧？據說是你們兩個聯合起來。」

「那怎麼可能？是阿秀自己火冒三丈，大發脾氣之後才回去的。」

「是嗎？但還是有過爭執吧？我說的爭執當然不是說動手打架。」

「就算有過爭執，也不像阿秀形容得那麼誇張啦。」

「或許吧。就算小有爭執，也算是吵過架嘛。」
「如果是小小的意見分歧，那倒是有過。」
「當時你們兩個聯手欺負秀子了吧？」
「沒欺負，只有那傢伙像個耶穌教徒似的大放厥辭。」
「反正就是你們兩個聯手，對付她一個人，對吧？」
「或許可以這麼說吧。」
「你看，這就不對了？」
夫人的結論既無意義又無根據，因此，津田也想不通自己哪裡做錯了。但在這種狀況下，夫人總是用這種方式表現自己的性格，所以津田腦中也早已牢牢記住，這時絕對不可以頂撞夫人，因此他只能乖乖接受訓斥。
「也不是故意那樣，只是順其自然，不知怎麼搞的，就變成那樣了吧。」
「不可以說『變成那樣了吧』，應該明確地說『變成那樣了』。不過請恕我失禮，你對延子實在也太嬌寵了。」
聽了這話，津田覺得非常不解。

一三三

津田雖然頭腦伶俐，卻不太知道夫人跟阿延之間的關係。儘管他對兩個女人都很了解，夫人對他客氣，阿延在他面前又很拘束，所以就算腦袋那麼聰明，他還是搞不清兩個女人的關係。他一向認為女人的話都得打點折扣，但是在判斷夫人和阿延的關係時，忘了這件事。他不僅毫不疑心地聽信了夫人對阿延的批評，也直接相信了阿延對夫人的評語。而她們提到對方時，永遠都對彼此讚不絕口。

這兩個女人之間，一直存在一種微妙且只有她們才明白的不和，迄今為止，她們都盡力不讓衝突表面化，但是眼前這一刻，隨著情勢自然發展，兩個女人彼此不和的事實也像逐漸退散的朝霧，慢慢在津田眼前顯露。

津田對夫人說：「她也不是值得特別嬌寵的妻子，請夫人不必多慮。」

「不對，好像不是這樣喔。現在外面都是這種看法呢。」

聽到「外面」這麼誇張的字眼，津田露出訝異的表情。夫人只好向他解釋說：「所謂的外面，就是指大家啦。」

就連她說的「大家」，津田也無法明確掌握含義。不過夫人使用「外面」啦，「大家」啦之類誇張字眼的用意並不難猜。看來她似乎是想藉此加深津田的印象，津田故意大笑起來。

「大家其實就是指阿秀吧？」

「秀子當然也是其中之一。」

「她是其中之一，同時也是大家的代表吧。」

「或許吧。」

津田再度高聲大笑起來，但是笑聲剛停，他馬上發現大事不妙，因為那笑聲簡直就像針對夫人而發，但也來不及挽回了。他暗自覺悟，還是在夫人怪罪之前，趕快認罪賠禮吧。於是他立刻改變表情說：「總之，今後我會特別留意。」

但是夫人聽了這話，還是不滿意。

「你以為只有秀子一個人抱持那種看法，那你就錯嘍。其實你叔父、嬸母，都跟她看法一樣呢。」

「啊！是嗎？」

有關藤井夫婦的訊息，顯然是阿秀告訴夫人的。

「還有別人喔。」夫人接著又補充說。津田只「啊」了一聲，當他轉眼望向夫人的瞬間，果然，夫人說出了他預料中的台詞。

「不瞞你說，我也跟大家的想法一樣。」

夫人的語氣裡淨是權威。聽到這句話，津田當然不覺得自己需要鼓起勇氣去反駁，但他同時又莫名其妙地感覺自己失策了。疑惑不禁油然而生。

「為什麼她突然變成這種態度？她責備我不該過分嬌寵阿延，話裡的意思不是連阿延也一起罵了？」

這種疑惑對津田來說，是一種完全陌生的經驗。陌生得令他只憑想像去體會夫人的真意都很困難。但在解決這個疑問之前，他先向夫人提出了自己的另一個疑問。

「岡本姑父也是同樣的看法嗎？」

「岡本不算啦。岡本家的事跟我無關。」夫人毫不在意地答道。

津田心底卻不禁發出一聲「咦」。接著，很自然地，他的第二個問題差點就要脫口而出：「那就是說，岡本跟你們家一向都是分道揚鑣嘍？」

事實上，他並不像「外面」謠傳的那樣，對阿延十分嬌寵。究竟，這個充滿誤解的評價是從哪裡傳出來的呢？這件事說明起來頗費周折，但他腦中條理分明，就像認識自己的每條掌紋一樣，他能把這件事的來龍去脈分析得一清二楚。

第一個該對這項傳聞負責的，就是阿延自己。肯定是她到處宣傳自己多受津田寵愛，津田對她多麼百依百順，肯定因為她不畏艱難，從最廣泛的角度，全方位地盡情發揮了一番。第二個該負責的，是阿秀。她那雙飽含誇張情緒的視線，助長了她對阿延的妒忌。但阿秀的妒忌根源在哪，津田卻不清楚。「小姑子」這個名詞的含義，津田也是在婚後才開始領悟，但可惜的是，好不容易弄懂了這個名詞的意義，卻無法詳細說明。第三個該負責的，是藤井叔父和嬸母。他們不是因為誇張或妒忌，而是對奢華過分厭惡。最後，就變成了這種近似誤解的結果。

一三四

津田為了他自己的特殊理由，願意讓這種誤解一直存在。小林其實早已識破他的企圖。因為這種誤解能促使岡本家向他伸出援手，他也想盡量利用岡本家的好意，為自己爭取最大的利益。換句話說，他對阿延溫柔呵護，等於就是在討好岡本家，而岡本跟吉川兩人的交情又是親如兄弟。所以說，他對阿延愈好，自己的未來就愈有保障。津田自詡頭腦機敏，從不放過任何有利可圖的機會，所以他邀請吉川夫婦擔任婚禮上的介紹人，藉機讓他們跟自己的婚姻掛鉤。但他的頭腦並不糊塗，不會認為這是自己的光榮而沾沾自喜。因為他看到榮譽之外更重要的東西。

不過，這種精打細算還只算表層的想法，再更進一步深入探究的話就會發現，底層之下還有底層。其實，情勢發展到今天這種狀況之前，津田和吉川夫人已因某種不足為外人道的關係而連在一起。經歷了只有他們各自明白的特殊心路歷程，現在他們必須採取更複雜的視線，重新審視他們在半年前建立的新關係。

說得更明白一點，津田跟阿延結婚之前曾經愛過一個女人。而當初撮合他愛上那個女人的，就是吉川夫人。這位愛管閒事的夫人整天把兩個年輕人抓在手裡，好整以暇地玩弄他們，時而撮合，時而離間，弄得兩人一下暈頭轉向，一下憤怒反目，夫人則在一旁樂不可支。但津田從未懷疑過夫人的好意。夫人也曾大膽直斷兩人未來的命運，不僅如此，她還趁著時機成熟，企圖促使兩人永遠在一起。但誰也沒想到，就在關鍵的瞬間，夫人的自信竟被摧毀殆盡。如此一來，津田的躊躇志滿當然無以為繼，只能跟著夫人的自信一起煙消雲散。而那隻珍貴的小鳥一溜煙地逃走後，再也不曾飛回夫人手裡。

夫人再三責怪津田，津田也對夫人心懷怨言。夫人覺得自己對這件事有責任，津田卻不認為自己做錯了什麼。他感到徬徨無依，彷彿置身五里霧中，而且始終沒弄清楚問題所在。就在這時，夫人聽說阿延正在找對象。她決定挺身相助，幫助津田促成第二次戀愛。之後，她還跟丈夫一起擔任婚禮介紹人，也算為這件事圓滿地畫了一個漂亮句點。

津田當時仔細觀察夫人的舉止，忍不住在心底暗叫一聲「原來如此」。

「她是想對我彌補吧。」

這個念頭在他腦中浮起時，他企圖根據這個結論，為自己的未來擬定一套概略的方針。他一直以為，跟阿延維持美滿的婚姻，是他對夫人應盡的一種義務。他甚至還斷定，只要他不跟阿延吵架，自己的未來肯定就有保障。

他向夫人打出第一張牌的時候就認為，自己這種想法絕對沒錯，誰知現在竟突然聽到夫人責難阿延，雖然僅是隱約地聞到一絲煙硝味，但他心底當然會發出一聲「咦」。只是在改變態度取悅夫人之前，他還是得先確認一下。

「除了怪我不該太寵阿延之外，若是覺得阿延有什麼缺點，也請您不要客氣，儘管告訴我吧。」

「不瞞你說，我今天來這裡，就是為了這件事。」

聽了這話，津田心中充滿好奇，不知夫人接下來究竟會說些什麼。夫人繼續說道：「我想除了我之外，不會有人當面跟你說這件事，所以我才說的。但你不要以為是阿秀叫我來說的唷。還有，若是事後給阿秀招來麻煩，我可就對不起她了。聽懂了吧？當然啦，阿秀的確因為這件事來找過我，是沒錯。但她的目的跟你想的不太一樣。阿秀主要是擔心京都那邊幾位老人家。這也沒錯啦，京都那位是令尊，當然不可輕慢。尤其令尊曾經那麼懇切地拜託我家老爺，請他對你多加關照，就憑這一點，我對你的事也不能袖手旁觀。只是，上面說的這些，都只是一些枝枝節節的瑣事，真正問題是在樹根上。所以我認為要先從樹根開始治療，才能產生較大的效果。非這樣不可，否則這次的風波將來還會重演。再說，若只是重演倒也罷了，如果阿秀每次都跑來找我，豈不要累壞我嗎？」

夫人所說的病根，顯然就是暗指阿延。但那病根要怎麼治療呢？津田想，又不是身體有病，夫人雖沒明指離婚或分居，也不能這麼隨便使用「治療」這種字眼啊。

一三五

津田不得已開口問道：「所以說，我該怎麼辦呢？」

聽到這麼稚氣的問題，夫人臉上露出慈母般的得意。但她並不直接切入正題，而只露出一臉「你說對啦」的微笑。

「你到底覺得延子怎麼樣？」

昨天阿秀也用相同的字句問過同樣的問題。津田立刻想起昨天回答阿秀時說過什麼話。但他並未多想如何回答夫人，因為他在夫人面前很自由，隨便怎麼說都行。說得露骨一點，他的盤算就是，不論怎麼回答，反正挑夫人喜歡聽的說就可以了。但他沒有想到，夫人心裡喜歡聽的那個回答，卻是完全出乎他的意料。津田一時不知如何回答，只能嘻嘻地笑著。夫人卻趁勢向前一步逼問：「你很疼愛延子吧？」

這個問題也是津田不曾預料的。如果他只是半開玩笑隨意回答幾句，倒是有很多選擇。但要說出認真、負責，並讓夫人感到滿意的回答，就不能那麼隨便說出口了。對他來說，現在最湊巧又最不巧的就是，他的心理處於一種可以任意回答的狀態。因為事實上，他對阿延也是既疼愛又不疼愛的狀態。

夫人的神色顯得愈發嚴肅，並用不許模稜兩可的語氣向津田第三次提問。

「我會保守你我之間的祕密，你就直說吧。我並沒有預期的答案，只想聽你說說自己的想法，就只是這樣而已。」

津田看不出風向，更加不知如何是好。

夫人說：「你這個人真叫人著急啊。有什麼要說的，就該像個男人，痛快地說出來嘛。我問的又不是什麼難以回答的問題。」

津田這時終於不能不開口了。

「倒也不是無法回答，而是問題問得太抽象了……」

「那就沒辦法了，還是我來說吧，可以嗎？」

「請說。」

「你啊……」夫人開口說了兩個字，便停頓半晌，才又接著說下去。「真的可以讓我說？我這個人口無遮攔，總是有話直說之後，又發現說錯話了，說了之後又會後悔。」

「不要緊的。」

「如果說出來惹你生氣，我就立刻打住。我可不想話說出口之後再三道歉，卻已無法挽回，這種傻事，我不想再幹了。」

「只要我不在意，就沒問題吧？」

「只要你確定自己不會生氣，當然就沒問題啦。」

「別擔心。只要是夫人說出口的話，不論真話假話，我都不會生氣。請您別客氣，都說出來吧。」

津田以為把所有責任都推給對方，自己就輕鬆了，所以向夫人做出承諾，然後用催促的目光看著夫人。而夫人則是覺得已經連續確認了好幾遍，總該放心了，這才開口說道：「如果說錯了，就請你多多包涵。其實，我看你並不像大家想像的那樣，那麼看重延子吧。我跟秀子的看法不一樣，我早就看出這一點了，怎麼樣？我說中了嗎？」

聽了這話，津田並無特別反應。

「當然。所以我剛才不是說了嗎？我對阿延並沒有那麼嬌寵。」

「那不過是你嘴裡客氣吧。」

「不是，我是說真的。」

夫人堅決不肯相信。

「別裝了。那我繼續往下說嘍，可以嗎？」

「好啊，請說。」

「你其實心裡並沒把延子看得多重，表面上卻裝模作樣，想讓別人以為你非常寵她，不是嗎？」

「阿延還跟您說過這種話？」

「沒有。」夫人堅定地否認說：「是你自己告訴我的。是你自己的舉止和態度，讓我清清楚楚地看懂了而已。」

說到這兒，夫人停頓片刻，又繼續說道：「怎麼樣？我說對了吧？就連你為什麼假裝的原因，我心裡都是明白的。」

一三六

津田從未聽過夫人說出這種話。夫人從他們夫妻的角度審視兩人的關係時看到了什麼？這種問題，津田從來不曾費神去思考。不過他現在終於注意到這個問題。他想，既然如此，為什麼不早點提醒我呢？同時也暗自盤算，不管夫人是想評斷是非或是發表感想，自己最好老老實實聽到最後。

「請您不要客氣，都告訴我吧。今後也可讓我當作參考。」

夫人已經說了一半，就算津田沒拜託，她也無法停下來了，所以她立刻把還沒說完的話，一口氣吐了出來。

「你是為了顧全我家老爺和岡本的面子，才那麼慣著阿延吧？想叫我說得更清楚的話，還有更露骨的例子喔。你只是表面上裝著寵她，其實心裡根本不是那麼回事，對吧？」

津田做夢也沒想到，夫人竟觀察入微到如此諷刺的細節也看到了。

「不論從我的性格或態度來看，夫人覺得我會是這種人嗎？」

「會。」

津田好像被人迎頭砍了一刀。他連忙詢問理由。

「怎麼會？為什麼您覺得我是這樣？」

「你也不用隱瞞啦。」

「我並不想隱瞞……」

夫人堅信自己猜中了百分之百。津田心裡卻只肯承認其中的六成，所以他的回答聽起來當然就有點曖昧。眼前這種狀況下，他的回答顯然很容易引起誤解。於是夫人又重複剛才說過的話，想把津田逼進她所期待的死角裡。

「隱瞞是不行的。你要是隱瞞的話，我就說不下去了。」

津田迫切希望聽到夫人的下文。他唯一的選擇就是聽夫人把話說完，然後百分之百接受她的評斷。「聽我道來！」夫人又追了一句之後，才開始說下去。

「你這次的誤會可大了。你以為我跟我家老爺是一邊的，對吧？還以為我家老爺跟岡本也是一邊的，對吧？那你可就大錯特錯啦。關於你結婚這件事，把岡本跟我家老爺算成一夥，倒也罷了，把我跟他們算在一起，不是太可笑了嗎？你是個做學問的人，遇到這種事，怎麼反而不像你了。」

津田這才弄清楚夫人的立場。但他不太了解，夫人那種立場與她所處的位置，跟自己之間到底是怎樣的關係。

夫人又說：「這不是很清楚的事情嗎？只有我才跟你有特別交情嘛。」

「特別交情」這個字眼蘊含著什麼意義，津田心知肚明，不過，眼前重要的並不是這個字眼的意義。因為他本來就很清楚他們之間的特別交情，而且也相信自己一直都以某種適當的表現與態度，把這種感覺反應在行為上。而現在，當他正想進一步確認這種特別交情能讓自己掌控夫人到什麼程度時，眼前卻突然出現了新問題。現在他只承認自己的誤會，已不能幫他解決所有問題了。

夫人接著又拋出一句話：「我可是你的同情者唷。」

津田答道：「這一點，我從未懷疑過。我是完全信任您的，同時也要向您深表謝意。只是，您說的是什麼意思？要在哪方面當我的同情者？恕我愚鈍，無法體會夫人的意思。請您再說清楚一些。」

「在眼前這種狀況下，我身為同情者能為你做的，只有一件事。只是你大概……」

說了一半，夫人突然轉眼望向津田。她以為津田又被自己弄得焦急萬分，誰知事實卻非如此，於是她一改語氣，突然提出一個疑問：「你會不會按照我說的去做呢？」

津田倒是沒忘記用常理判斷一下，他想到這個問題裡牽涉到好幾個人，自己必須把他們統統都列入考慮。但他沒有勇氣把自己的想法大聲告訴夫人，他的態度也因而顯得猶豫不決。他躊躇著不知自己究竟要不要按照夫人說的去做。

「那好吧，請說說看吧。」

「『那好吧』是不行的。不給我一個明確的答覆，我不會想說的。」

「但是……」

「『但是』也不行。你必須像個男人，說聲『我會去做』才行。」

一三七

津田偷偷在心底捏了把汗，不知夫人究竟會叫他去做什麼事。萬一自己陷入那種出爾反爾的窘境，那一切都完了。他試著想像夫人碰到那種情況的反應。不論從夫人的地位或性格來看，還是從她跟自己的特別交情來判斷，夫人絕對不會饒恕他。如果一輩子都不能獲得原諒，他在夫人面前等於就是一具失去還魂機會的行屍走肉了。而生性膽小的他，實在沒有勇氣踏進毫無生還可能的絕境。

更何況，夫人可不是一般人，他很難想像夫人會給自己出個什麼難題。夫人長期生活在過度自由的環境裡，她的眼中幾乎沒有自己辦不到的事。只要她開口，大部分的事情都能隨心所欲。偶爾有些事辦不通，她也能用自己的執拗讓事情強行通過。更令人為難的是她的悠閒從容。因為她做任何事都不必徹底剖析自己的動機。不，與其說她悠閒從容，不如說她處世散漫。對他人伸出援手時，她覺得自己是遵從天意，一切行為都是出自善意與無私，所以當然不會感到任何不安。她從不自省，也聽不到別人的批評。就算聽到了，也置若罔聞，所以事情發展到今天這個地步，也算是必然的結果。

夫人步步逼迫津田回答時，上面這些念頭一直在他腦中來回盤旋，所以就更加不知所措。夫人看到他躊躇的模樣，忍不住笑了起來。

「你在考慮什麼深刻的問題啊？大概是擔心我又要給你出什麼難題吧？再怎麼說，我也不會勉強你去犯罪啊。這件事，只要你想做，輕輕鬆鬆就能辦成，而且對你十分有利。」

「真的那麼簡單？」

「是啊。簡單得就像兒戲。說得更誇張一點，等於是一場逗趣的惡作劇。你就乾脆地說聲『願意』吧。」

津田覺得一切聽來都充滿懸疑，但繼而一想「既然只是鬧著玩的」，他也就有點心動了。終於，他下定了決心。

「不知究竟要我去做什麼，我試試看好了。請告訴我吧。」

夫人卻沒有立刻說明惡作劇的內容。她取得了津田的許諾後，又把話題一轉，說起另一件事。但是從各方面來看，這件事跟惡作劇扯不上任何關係。但至少是跟津田關係密切的一件事。

夫人先用下面這段對話作為開場白。

「你後來再見過清子嗎？」

「沒有。」

津田感到有點吃驚，不僅因為這問題問得太唐突，更因為夫人突然提起了拋棄自己的女人，而夫人自己還擔負著讓她逃走的一半責任呢。夫人接著說下去。

「她現在怎麼樣，你不知道吧？」

「完全不知道。」

「完全不知道，你也無所謂？」

「就算有所謂也沒辦法吧？她已經嫁給別人啦。」

「清子的結婚典禮，你參加了嗎？」

「沒去，就算想去，也不便露面吧。」

「給你寄來請帖了？」

「寄了。」

「你結婚典禮的時候，清子好像沒來嘛。」

「是啊，沒來。」

「給她請帖了嗎？」

「請帖倒是寄了。」

「所以說，你們兩個從此一刀兩斷了。」

「當然從此一刀兩斷。要是沒一刀兩斷，才有問題呢。」
「也對。不過，還是得看情況吧。」
津田不太了解夫人話中的含義。而夫人也沒向他說明，就岔開了話題。
「延子到底知不知道清子的事啊？」
津田說不出話來。這個問題，必須先把小林好好研究一番，才能答得出來。
夫人接著又問：「你沒主動對她說過？」
「當然沒說過。」
「所以那件事，延子完全不知情。」
「是啊，至少我從沒跟她說過。」
「是嗎？那她也太天真了。或者，她也有點發覺了？」
「這個嘛……」
津田不能不仔細想一想這個問題。但就算他想出了結果，也必須暫時藏在自己心底。

一三八

跟夫人交談的時候，津田意外地接觸到夫人心底的想法。以往他總認為，清子的事最好不要告訴阿延，這樣不但對自己有利，也符合夫人的意願，他從沒懷疑過自己這種認知。但現在，他才發現事實並非如此，因為他覺得夫人似乎是想利用這件事刺激阿延。

「你心裡大概總有個數吧？」夫人問。

津田更加不知如何回答，因為他對阿延的性格非常清楚。

「心裡沒數不行嗎？」

「是啊。」

津田不懂夫人的意思，卻接著回答：「如果需要的話，我也可以去跟她說……」

夫人大笑起來。

「事到如今才告訴她，會壞了大事。你必須裝到底，假裝不知情。」

說到這兒，夫人暫停幾秒，又重新換個話題。

「告訴你我的感覺吧。延子那麼聰明伶俐，我猜她一定早就有所察覺了。不過，她也不可能知道全部，而且，如果全都被她知道了，我可就為難啦。像現在這樣，好像知道又好像不知道，才是恰好的最佳狀態。所以我判斷啊，延子現在的處境，肯定剛好就如我事先設計的那樣。」

聽了這些，津田只能回答一聲「是嗎」。但他心想，夫人幾乎沒有任何證據能證明她的結論吧。不料，夫人居然提出了她的證據。

「要不然，延子不可能那麼虛張聲勢。」

津田還是第一次聽到夫人批評阿延虛張聲勢。聽到這幾個字的瞬間，他無法不感到訝異，從某個角度來看，他應該是第一個對夫人這句戲謔點頭稱是的人。但他現在猶豫著不敢表示贊同。夫人又滿不在乎地笑了起來。

「喔，也無所謂啦。如果她什麼都還沒察覺出來，那就到時候再說吧，反正我辦法多得是。」

津田沉默著靜待夫人的下文。不料夫人不再多說，忽然又把話題轉向清子。

「你對清子還有依戀吧？」

「沒有。」

「完全沒有？」

「完全沒有。」

「這根本是男人的謊言。」

津田並不想說謊，這時他卻發覺自己說的根本不是實話。

「我這個樣子，看起來像有依戀嗎？」

「你嘛，倒是看不出來。」

「那您怎麼能斷定我對她還有依戀？」

「所以啊。就是因為看不出來，才如此斷定呀。」

夫人的邏輯跟一般人完全相反，聽起來卻找不出破綻。夫人接著又得意地解釋道：「別人都以為外在表現肯定跟內心想法一致，對吧？可是我覺得，正因為內心想法不能表現出來，依戀就只能藏在心底。」

「那是因為夫人從頭就有先入為主的觀念，認為我還有依戀，才會這麼說吧。」

「有什麼理由不准我有先入為主的觀念呢？」

「夫人這樣主觀地判斷我的想法，我不能接受。」

「我什麼時候主觀地判斷了？我並不是判斷，而是說出事實。只是把關於你我才知道的那件事說出來而已。既是事實，又是我也深知的，就算能夠瞞過外人，怎麼可能瞞過我呢？若是只有你一個人知道，或許還有可能，但這件事是兩人共有的，在雙方經由討論，決定把事實埋藏起來之前，只要我們還有記憶力，事實永遠都不會消失吧？」

「那就徹底討論一下，然後忘掉事實，怎麼樣？」

「為什麼要忘掉呢？有忘掉的必要嗎？與其忘掉，何不好好利用一下？」

「利用？我可不想再造孽了。」

「造孽是什麼意思？我叫你去幹過那種壞事嗎？」

「可是……」

「你還沒聽我說完，不是嗎？」

津田眼中閃出好奇的光輝。

一三九

夫人等於是把津田仍有依戀的證據攤在面前，讓他心服口服。津田似乎想以自願坦白的態度，要求夫人結束兩人之間的爭論。不過，對於眼前討論的這件事，夫人並不是他當初想像的那種獨裁暴君。她似乎出人意料地細心觀察過津田的心理狀態，並在她確定穩操勝算之後，才把證據展示出來。

「雖然我再三提到依戀，可也不是在玩霧裡看花的遊戲唷。因為我手裡掌握著確切的根據，才有把握敢說你還沒死心。」

津田完全聽不懂夫人的話。

「可以請您解釋一下嗎？」

「你希望的話，可以解釋給你聽啊。只是如此一來，等於就是要剖析你嘍。」

「好啊，沒關係。」

夫人笑了起來。

「這麼聽不懂人話，真叫人為難啊。明明身在其中卻不自知，還需要別人向你說明，這不是有點蠢嗎？」

如果自己真像夫人說的，那確實很蠢。津田感到有些不解。

「但我想不明白啊。」

「不對，你明白。」

「那就是我不自覺吧。」

「不，你也有感覺。」

「那究竟怎麼回事呢？要回過頭來說我隱瞞的那件事嗎？」

「嗯，對呀。」

津田放棄了。既然被逼到這種處境，還想繼續裝蒜的話，就連他自己也覺得太不應該了。

「說我蠢也認了。我甘心接受您說我蠢，請解釋給我聽吧。」

夫人輕輕嘆息一聲。

「哎呀呀，你這樣，就太沒意思了。好不容易才精心設計了這場戲，你這關鍵人物竟是這種表現，簡直讓我白忙一場，還不如什麼都別說，乾脆打道回府吧。」

津田已被完全拖進迷宮。雖然他明知會被牽著鼻子走，卻不能不緊緊跟在夫人的身後。他的好奇發揮了強烈的推力，他對夫人的義務感與拘束感也扮演了舉足輕重的角色。他再三重複相同的要求，請夫人做出說明。

「我就告訴你吧。」夫人最後終於答應了。這時，她臉上的表情反而顯得有點得意。「不過，是我向你提問喔。」夫人才剛開口，津田就被嚇到了。

「你為什麼沒娶清子呢？」

問題突然從天而降，津田一下子愣住了。夫人沉默著凝視他，過了半晌，重新開口說道：「那還是換一種問法吧……清子為什麼沒跟你結婚呢？」

這回津田當場提出答覆：「為什麼？我完全搞不懂，只覺得不可思議，怎麼想都想不出答案。」

「她是突然嫁到關家去的吧。」

「是啊，很突然。老實說，『突然』的感覺早就過去了。現在只覺得那時心裡暗叫一聲『咦』，然後驀然回首，她已經結婚了。」

「是誰心中暗叫『咦』？」

這問題對津田來說，簡直無聊透頂。妳管誰在暗叫「咦」呢？他覺得夫人真是多管閒事。然而夫人緊追不捨。

「是你覺得『咦』，還是清子覺得『咦』？還是你們倆都有這種感覺？」

「這個嘛……」津田不得不陷入沉思。

夫人卻又搶先問道：「清子並不在乎你，對吧？」

「這個嘛……」

「你啊，不要老說『這個嘛』，我在問你當時清子什麼表情？並不是不在乎你吧？」

「好像並不在乎。」

夫人露出輕蔑的眼神看著他。

「你這個人還真是遲鈍。所以是清子不在乎你，你才會暗叫一聲『咦』？」

「可能吧。」

「那當時感到『咦』的疑問，你要怎麼弄清楚呢？」

「沒辦法弄清啊。」

「雖然沒辦法弄清，其實還是滿想弄清的，對吧？」

「是啊，所以我也深思過，猜想各種理由。」

「想通了嗎？」

「沒有，愈想愈不通。」

「所以你就不再多想了？」

「不，還是無法不想。」

「那就是說，現在還會思考嘍。」

「是的。」

「看吧。這就是你的依戀啊，不是嗎？」

夫人終於把津田推進自己設計的陷阱裡。

一四〇

事前的準備工作已經大致就緒，接下來，必須向津田提示重點了。於是，夫人伺機展開下一個步驟。

「既然如此，你就表現得更像個男人怎麼樣？」夫人一開口，就說出這種含義曖昧的句子。津田想，又來了！夫人從剛才就把「要像個男人」、「不像個男人」之類的句子掛在嘴上，每聽一遍，津田就在心底暗暗冷笑，同時也不禁懷疑，夫人說的「像個男人」到底暗指什麼。他唯一能夠想到的解釋就是，夫人並不是批評自己，而只是為了她個人的目的，所以再三重複這個字眼，企圖逼迫津田就範。他苦笑著向夫人問道：

「您說的『像個男人』是什麼意思呢？要怎樣才算像個男人呢？」

「消除你的依戀就行啦。這不是明知故問嗎？」

「如何消除呢？」

「你覺得怎樣才能完全消除你的依戀呢？」

「那我可不知道。」

夫人突然顯得意氣風發起來。

「你這個人可真蠢啊。這麼簡單的道理，怎麼不懂呢？只要見個面，當面問清子，不就行了？」

津田不知如何回答。就算必須見上一面，但以什麼方式相見？在哪相見？又如何相見呢？這些問題都必須先解決才行啊。

「所以我今天特地到這兒來啦。」聽到夫人說出此話，津田忍不住抬眼看著她的臉。

「老實說，我早就想仔細聽聽你的想法。剛好阿秀今天早上為了那件事來找我，我想這倒是個大好機會，就來了。」

津田還沒理清自己的想法，只覺得眼前的一切都令他更加糊塗。夫人卻把他的狀況看得很清楚。

「不要誤會唷！我是我，阿秀是阿秀，不要以為我是受阿秀之託到這兒來，就一定會幫她說話，這一點，你應該明白吧。就像我剛才說過的，我可是你的同情者喔。」

「是啊，這些我都明白。」

兩人的對答到此告一段落，夫人立刻開始進行第二階段工作，並把話題拉向正軌。

「你可知清子現在在哪？」

「不是在關家嗎？」

「那是說她平時在關家吧。我說的是現在啦。問你是否知道她現在人在哪。是不是在東京？」

「不知道。」

「你猜猜看啊。」

津田沉默不語，似乎是覺得猜測這種事很無聊。不料，一個意想不到的地名突然從夫人的嘴裡冒出來。那個相當有名的溫泉地在津田腦中的記憶猶新，從東京到那裡只需花費一天的時間。聽到夫人提起那個地名，周圍地區的景色一下子全都在他腦中浮現出來，但他也只回答了一句「是嗎」，就再也想不出該說些什麼了。

夫人又親切地說明，據說他們剛才談論的那個人，現在正在那個溫泉地靜養，預定要在當地暫住一段時日。夫人甚至連她到當地靜養的理由都知道。聽說她去那裡的主要目的，是為了流產後的調養。說完，夫人耐人尋味地看著津田露出微笑。津田覺得自己似乎明白夫人那個微笑的意思。但不論對他或對夫人來說，這件事在眼前都不算大事。他甚至連一句簡單的評語都懶得發表，所以決定閉上嘴，乖乖扮演一名懂事的聽眾。就在這時，夫人決定飛速躍向第三階段。

「你也去一趟吧。」

聽到夫人這句話之前，津田的心早已蠢蠢欲動。但即使聽到這句話，他還是無法下定決心。夫人再度慫恿他說：「去吧！你去了，也不會妨礙到誰，對吧？只要你不說，誰又會知道？」

「說得也對。」

「你去你的，自始就算你獨自行動，不需要顧忌別人。過分的拘謹、客套只會變成負擔，反而會讓事情更加麻煩。再說，你生了這病，出院後到那種地方休養一下也很好。要是按照我的想法，就算只為了養病，也非常需要到那種地方去一趟。所以你這趟是非去不可的。到了那兒，不動聲色，就像你是順其自然才去的。然後拿出男人的決斷，徹底斬斷那份依戀吧。」

夫人慫恿著津田，最後甚至還說要幫他負擔旅費。

一四一

病癒後能到舒適的溫泉地去療養，而且有人幫忙負擔旅費，工作也有人安排代班，這種求之不得的好事，相信任何人都會非常嚮往。尤其像津田這種視個人享樂為人生目標的人，更是個千載難逢的機會。他覺得自己要是白白放過就太愚蠢了。而另一方面，他又有所顧慮，因為這種好事必然會有附帶條件，而且絕對是非比尋常的條件。

令他猶豫的心理因素其實非常明確，但他只感受到一種顯著的阻力，還來不及細細咀嚼這種阻力代表的意義。不過夫人對他這種心態，比他自己看得還清楚。他雖已決定二話不說，立即接受夫人的建議，臉上又露出幾分不甘心。夫人看他這種表情，便對他說：「明明心裡想去，又表現得那麼扭扭捏捏。要讓我說的話，這就是你最不像個男人的地方。」

津田聽到「不像個男人」這種話，已不再感到多大痛苦。他說：「或許是吧，但我還是得考慮一下……」

「就是這考慮一下的毛病，在你人格裡面作怪。」

聽了這話，津田不禁驚訝地發出一聲「啊」，但夫人面不改色。

「這種時候，女人是不會考慮的。」

「那我考慮一下，豈不表示我像個男人？」

聽了這話，夫人頓時露出嚴肅的表情。

「不准那樣油腔滑調跟我頂嘴！只會用嘴皮壓過別人，又怎麼樣？好笨啊！虧你還上過學，會做學問，竟連自己都看不清，可憐哪！怪不得清子會把你甩了。」

津田又發出一聲：「咦？」夫人也不理他，繼續說下去：「你要是自己不明白，我便告訴你。為什麼你不想去，我可清楚得很。因為你太懦弱，不敢去見清子。」

「不是，我……」

「聽我說！你是想說自己有勇氣吧？可又覺得去見清子有損臉面吧？在我看來，你那種死要面子的臭脾氣，才是讓你懦弱的原因。你倒是說說看理由。自己那麼愛擺架子，還不是因為虛榮心？說得好聽，不就是膚淺的面子問題嗎？若是把世間的體面、客套拋到一邊，還有什麼好顧慮呢？就連你新娶的妻子，還有其他人，都沒人敢說什麼，你卻自覺做了虧心事，這等於是三餐擺在面前卻不往嘴裡送嘛。」

津田簡直不知該說什麼，夫人卻絮絮叨叨說個不停。

「總之啊，是你的想法太過浪漫，才對無關緊要的事情那麼執著吧。然後你的執著又化身為自負，再以意想不到的方式表現出來。」

津田不得已只好沉默靜聽。夫人毫不留情地剖析他的自命不凡。

「你的打算就是永遠都很有風度地保持沉默，始終站在原地不動，企圖這樣混過去。但你內心又因為那件事一直沉浸在痛苦裡。所以你就該稍微積極一點啊！可是你心裡又想，只要我保持沉默，清子大概馬上就會來找我，來向我說明……」

「我再過分，也不會有那種打算吧。」

「不，我是說等於就跟有那種打算一樣。事實上，只要你沒採取行動，別人說你什麼，你也沒辦法吧？」

津田已經沒有勇氣反抗。頭腦靈活的夫人趁機又向前推進一步。

「老實說，你的性格天生就是厚臉皮，而且你心裡也認為，厚臉皮就是你的處世絕招。」

「怎麼可能？」

「不，你就是這樣。要是以為我還不知道你這性格，那可就大錯特錯了。厚臉皮不是很好嗎？我很喜歡厚臉皮，所以才在這裡勸你要像個男子漢，好好發揮一下自己的厚顏特質。因為我今天就是為了這件事，才特地趕來看你。」

「原來是叫我利用厚顏的特質啊？」說完，津田轉移話題問道：「她是一個人到那裡去的？」
「當然只有她一個人。」
「關先生呢？」
「關先生在這裡。他來這裡辦事。」
聽到這兒，津田終於下定決心去找清子。

一四二

只是，夫人和津田之間還有個問題沒有得出結論。若不把話題拉回去，兩人就談不出結果。所以不等夫人回頭，津田就先提起剛才的話題。

「假設我去找清子，您剛才提到的那件事，最後會怎樣呢？」

「對了。這就是我現在正要跟你說的。依我看，再也沒有比這更好的整治法了。你覺得怎麼樣？」

津田無法回答。夫人又追問道：「就算我下面不說，你也聽得懂吧？」

即使不聽夫人說明，他也大致理解她的意思。但她究竟打算如何整治阿延呢？他心裡沒有明確的概念。

夫人發出了笑聲。

「你只要裝作什麼都不知道就行了，其他都交給我辦吧。」

「是嗎？」津田嘴裡應著，腦中卻充滿疑問。其他都交給夫人的話，等於就是把阿延的命運交到別人手裡。他對夫人的手腕有點害怕，聽了這話更覺得危險，心裡七上八下的，不知阿延會被夫人如何修理。

「都交給您是沒問題啦，只是假如您心中已經有了打算，能事先告訴我的話，我也比較方便。」

「你不必知道這些啦。對，你就等著瞧吧。我一定把阿延調教成一個更像樣的妻子。」

津田眼中的阿延當然不算完美。但他覺得不滿意的缺點，未必就是夫人看不順眼的地方。夫人現在似乎把兩者混而為一，並且懷著一種誤解，以為只要按照自己的喜好調教阿延，必定能為津田培養出一位最合適的妻子。不僅如此，若是進一步探究夫人的內心，說不定還會得出更驚人的結論。或許夫人不喜歡阿延，所以故意設計欺負她；也可能是對阿延不滿，所以想要設法打擊她。所幸阿延天生不拘小節，只要她自己不覺得有錯，別人或她本人都無法強迫自己反省。調教阿延……夫人竟然臉不紅氣不喘地說出這種話。津田始終沒機會從心理層面看懂夫人跟阿延之間的糾葛，所以他並沒有資格質疑夫人這句話。大致來說，他對夫人的誠意有信心，但一想到誠意可能造成的影響，他又無法不感到恐懼。

「有什麼好擔心的？俗話不是說『看人做事別開口』嗎？」

不管津田怎麼追問，夫人就是不肯告訴他細節。她不屑地說完這句話，又用教訓的語氣對津田說：「那位小姐有點太自負啦，而且內心跟外表不一致。表面上倒是十分客氣有禮，內心卻固執得不得了。只因她聰明伶俐，才不會表現在外，但是像她這種人，大都很傲慢。類似這些毛病，都得讓她改一改……」

夫人肆無忌憚地評論著阿延，正說得帶勁，兩人忽然聽到一陣腳步聲走上樓梯，接著又聽到護士的聲音。

「一位姓堀的女士來電話找吉川夫人。」

夫人應了一聲「來啦」，立刻站起來，走到門框邊，她又回頭看著津田說：「會有什麼事呢？」

津田也搞不清狀況。夫人下樓接了電話，立刻又返回二樓嚷著：「不得了，不得了。」

「什麼事？怎麼回事？」

夫人神態安穩地笑著說：「秀子特地打電話來提醒我呢。」

「提醒什麼？」

「據說延子剛才一直在秀子家聊天。秀子告訴我，延子回家的路上可能會繞到醫院來，所以先提醒我們一下。她剛剛才離開秀子家。哎呀，萬幸啊。萬一正在罵她的時候進來，就會害她不好意思了。」

夫人剛剛坐下，卻又立刻站起來說：「那我就告辭吧。」

她似乎覺得剛才跟津田說了那些話，現在不便跟阿延見面。

「趁她還沒到，我先走一步啦。請幫我問候她。」

夫人囑咐津田轉達她的問候之後才走出病房。

一四三

這時，阿延已在前往醫院的路上。

從堀家到醫院得光出了堀家大門後，先往東走一、兩百公尺，走到一個丁字形路口，從這裡橫跨大街走向對面。阿延走到這個轉角時，一輛電車剛好從北面駛到她面前停下，從角度來說，應該是停在她的斜對面。這時阿延不經意地抬起頭，向自己面前的車窗看了一眼，不料竟看到玻璃窗裡的乘客當中有個女人。從她佇立的地點望去，只能看到女人的一半或三分之一的側臉，但就憑那一眼，她立即感到心頭一驚，因為腦中閃過一個念頭：這不是吉川夫人嗎？

過了半晌，電車又開始向前滑動。阿延還沒有足夠時間觀察自己的獵物，車子就已飛馳而去，她只能目送電車的背影遠離，然後才橫越馬路，朝向道路東側走去。

周圍地區全都是小巷，阿延對這附近的地理環境非常熟悉，所以她在腦中盤算著，先順著小巷左彎右拐，最後再選一條最近的小路走向醫院。然而，剛才看到電車裡那個女人之後，她的腳步突然變得沉重起來。到了距離醫院還差兩、三百公尺的地點，她突然決定暫時不去醫院，還是先回家一趟吧。

從剛才踏出堀家大門那一刻起，她的心情就已十分沉重。她只是隨口說了阿秀幾句，結果卻遭到一頓搶白，心中不免塞滿不快的情緒。眼前的狀況是，關鍵的大事沒法弄清，自己卻被一種故意滲出的氣息搞得焦躁無比。先前就已隱約感到不安，現在又更上層樓，變得更加嚴重了。而最讓她感到揪心的是她心底的疑惑：對手是否抓到或甚至正在玩弄自己的弱點？

她再把自己緊繃的神經集中在更遠處，依稀察覺出某種針對自己的計謀正在祕密地進行著。姑且不論主謀者是誰，可以確定的是，阿秀必定參與其中。而且顯而易見的，吉川夫人也有所牽連。想到這兒，她突然覺得很孤單，這時，她才發現自己已在不知不覺中陷進了重圍，一種孤軍奮戰的感覺從遠處向她襲來。她不禁轉眼四望，但是自己可以依靠的，除了丈夫，再無他人。所以就算必須拋棄一切，她也得立刻向津田靠攏。儘管她對津田懷抱疑問，但是心底還是信任丈夫。無論如何，他也是自己的丈夫，總不會是共謀者之一吧。她暗自懷著這種期待走出堀家大門後，立刻獨自朝向醫院的方向奔去。

就在她必須趕緊消除那個心理陰影的瞬間，路上看到的電車裡那個身影，卻在她心底念起了咒語。萬一車裡那個人影就是吉川夫人，萬一吉川夫人已到醫院探望過津田，萬一探病之後又順便……不管她的頭腦多麼聰明，也無法輕易看懂這些不容深究的事實。然而，結果只有一個。她的思緒突然從阿秀躍向吉川夫人，又從吉川夫人躍向津田。她忍不住開始把這三個人看成了三位一體的三巴紋[57]。

「說不定他們三人能夠互相傳遞某種我不知道的電波呢。」

她剛才還把丈夫當成避難所，正打算去投靠他，現在卻不得不另行打算。

「既然這樣，我可不能貿然跑到醫院去。去了又能如何？」

她這才發現自己還沒做好心理準備，就已走到了半路。接著，她又想到另一個更重要的問題。眼前這種狀況下，她該用什麼態度面對津田才對自己更有利。明明是夫妻，怎麼搞得像去作客？她想了想，覺得不至於有人會這樣責備自己，便決定先行打道回府，回家讓心情平靜之後再去醫院，這才是上上策。這時她已經只差五、六分鐘路程就能到達醫院了，但她仍在小巷裡轉身往回家的方向走去。不一會兒，她就從種著柳樹的馬路走到繁華布街，然後匆忙地搭上了電車。

57　三巴紋：由三個「巴紋」組成的圖形。「巴紋」是日本傳統圖案之一，形狀類似逗點。一般常見的「太極圖」就像是兩個巴紋組成的圖案。

一四四

日落西山的時刻，阿延回到家裡。下了電車，又走了大約一百多公尺，一路上，寒冷的暮靄將她團團裹著。進了家門之後，她緊緊靠在火爐邊，簡直不想離開。她先脫下大衣，再把兩手放在火上取暖。

然而剛剛才坐下，連一分鐘的休息時間都沒有，她就從阿時手裡接到津田的書信。信中文字跟平時一樣簡單。她幾乎只花了撕信的時間，就讀完這封信，甚至完全變了一個人。只有三行文字的信，卻帶給她比一本書還強烈的震撼。剛從外面帶回來的不安情緒，又被這封信瞬間點燃了。阿延看著眼前這封信，心臟怦怦地猛烈跳動起來。

「今天別來醫院，這句話是什麼意思？」

她原本該立刻出門，就算沒看到這封信，也無暇多想了，於是她迅速一躍而起。剛好就在這時，阿時把膳桌從廚房端進來，一進門就被她的動作嚇了一跳。

「晚飯等我回來再吃吧。」

她重新披上剛脫下的大衣，走出家門。但才走到電車大道前面，她又在小巷的轉角停下了腳步。不知為何，她覺得走在這條通往醫院的路上有點舉步維艱。我現在這副德性，到了醫院又能如何？她不禁擔憂起來。

「依照老爺的性格，絕不可能老實告訴我信中含義。」

她感到十分孤單無依，只能呆呆望著面前來來往往的電車。如果搭上向右的電車，可以到醫院去；向左的電車則通往岡本家。要不然，取消原定計畫，乾脆到姑父家去吧？她剛想到這個主意，眼前立即浮起跟這個主意有關的難題。如果到岡本家去商量自己的問題，就得說出心底的委屈。若是不把隱瞞至今的夫妻真相告訴大家，根本無法討論對策。她必須在姑父姑母面前徹底承認自己沒有眼光。但她同時又覺得，事情還沒有嚴重到需要如此忍辱的地步。更何況，明明已經沒有挽回的希望，卻以瘋狂摧毀虛榮心的方式來表現真誠，也是她最不屑的做法。

她時而向左，時而向右，不知何去何從。正當她在街頭徘徊的此刻，津田卻渾然不覺地從床上坐起來，看著護士送來的晚餐。剛才阿秀打來電話的時候，他就預知阿延馬上會來，心底也暗中做好了準備。他以為吉川夫人離去後，妻子的身影就會立刻出現在病房，卻萬萬沒想到，妻子走到半路，竟然先回家了。他懷著略帶失望的心情翹首以盼，一直等候到晚餐時間。或許因為早已等得不耐煩，他一看到護士走進來，立刻向護士搭訕道：「總算給我吃飯啦？自己一個人待著，一整天好難捱啊。」

護士是個身材矮小的女人，臉色不太好，還長著一張難以形容的臉孔，津田怎麼猜都猜不出她的年紀。也許因為她整天穿著白制服，給人一種不同於一般女人的感覺。津田對這名護士總是抱著一個疑問：這女孩平時穿著的和服，是否還有肩上的縐褶[58]，還是已經拆掉了？有一次，津田親自向那名護士問過這個問題，當時她露出調皮的微笑說：「我還是見習護士。」聽了這話，津田才大致猜到護士的年紀。

護士把晚餐放在津田枕畔後，並沒有立刻下樓。

「覺得無聊嗎？」說著，她嘻嘻地笑了起來。然後又說：「今天夫人沒來啊。」

「嗯，不來了。」

津田的嘴裡塞滿了烤焦的麵包，無法多說什麼，不過護士的嘴巴卻不受限制。

「但是來了其他客人呀。」

「嗯，妳是說那個老太婆吧？太胖了。那位夫人。」

58　肩上的縐褶：和服的衣袖通常做得比較長，孩童和服為了配合兒童生長速度，事先預留較多的布料，並把多餘布料在肩頭縫成縐褶，日後再根據需要放開縐褶（等於放長衣袖）。和服肩上的縐褶是童稚的表現。漱石小說裡常以和服肩上的縐褶來表現女子略帶稚氣，或以此判斷女子的年紀。

護士看來並不想跟著一起議論別人，津田只好繼續唱他的獨腳戲。

「要是有年輕漂亮的女人絡繹不絕來看我，我的病就能及早痊癒了。」

津田這話惹得護士發出一陣笑聲。但她馬上又調侃津田說：「可是每天都有女人來探病呀。來訪的時間都配合得那麼湊巧。」

護士似乎並不知道小林曾經來過。

「昨天來的那位夫人長得真漂亮。」

「也算不上漂亮吧。因為那傢伙是我妹妹啦。長得跟我有點像吧？」

護士不置可否，只是嘻嘻地笑個不停。

一四五

護士這天算是意外撿到了便宜。因為醫生患了輕微腹瀉，不能像平日一樣在門診看病。他找了一位朋友代班，但那位朋友只有早上有空，下午到晚上這段時間就沒來醫院。

「醫生今天要去別處值班，聽說晚上不能來了。」

說著，護士在津田的膳桌前悠閒地坐下，一點也不像平時那麼匆忙。

津田以為這下總算有個好伴來陪自己打發無聊時光了，他的嘴巴根本無法閒下來，不斷開著玩笑向護士發問。

「妳的老家在哪？」

「栃木縣。」

「原來如此，聽妳這麼一說，還真有點像那裡的人。」

「妳叫什麼名字呢？」

「不知道。」

護士怎麼問都不肯說出自己的名字。津田卻感覺到一種被人抵抗的快感，又把同樣的問題故意連問了好幾遍。

「那我以後就叫妳栃木縣、栃木縣，可以嗎？」

「好啊，沒問題。」

後來護士說她的名字開頭第一個字是平假名的「つ」。

「露（つゆ）？」

「不是。」

「原來如此，不是『露』啊。那是『土（つち）』？」
「不是。」
「讓我想一想。不是『露』，也不是『土』……啊哈，我知道了。是『豔（つや）』吧？要不然，就是『常（つね）』？」
津田一連亂猜了好幾個字，護士連連搖頭，臉上露出頑皮的笑容。她每笑一次，津田便追問一次，最後，好不容易問出她的名字叫作「月（つき）」，津田又拿這名字跟她開玩笑。
「原來是阿月姑娘。阿月真是個好名字。誰給妳取的？」
護士沒說話，突然用反問代替了回答。
「您夫人叫什麼名字呢？」
「妳猜猜看。」
護士故意說了兩、三個女人的名字，然後才說：「叫阿延吧？」
護士一下子就猜中了。其實是因為她在無意中聽過阿延的名字，所以就記在心裡。
「那我以後可得小心阿月姑娘唷。」
津田說得正高興，卻沒想到阿延忽然出現在病房門口。護士回頭看到，大吃一驚，連忙端起膳桌站起來。
「哎呀！妳終於來啦。」
護士離開後，阿延在津田枕畔坐下，立即看著津田說：「你以為我不來了吧？」
「不是，那倒沒有。只是在納悶都這麼晚了，怎麼還不來呢？」
津田沒有騙她。這點判斷力，阿延還是有的。只是如果他說的是真的，整件事不是充滿矛盾了嗎？
「但你剛才叫人給我送信了吧？」
「對啊，送啦。」
「你信裡叫我今天不要來吧？」

「嗯，因為有點不方便。」

「為什麼我來了會不方便？」

津田這才發現情況不對，於是他一面注意阿延的表情一面說：「沒，沒什麼啦。不值一提的小事。」

「但你特地派人送信給我，總是有什麼事吧。」

津田打算蒙混到底。

「就是一點小事啦。幹麼那麼在意？妳也是夠笨的。」

津田本想安慰阿延一番，誰知自己這番話卻帶來了反效果。只見她的一雙濃眉上下挑動著，然後伸手從腰帶裡掏出剛才那封書信。

「那你把這封信再看一遍。」

津田沉默地接過信封。

「什麼都沒寫不是嗎？」說完，連他自己都在心底否定了剛說出口的話。那封信寫得很簡單，卻有足夠理由引起阿延的懷疑。受到猜疑的津田頓時覺得自己矮了半截，不禁在心底暗暗叫糟。

「就是因為什麼都沒寫，才來問你理由啊。」阿延說：「你就把理由告訴我吧，我都特地趕來了。」

「妳是為了問理由才來的？」

「是啊。」

「特地趕來的？」

「對呀。」

阿延絲毫不為所動。津田總算明白了對手的厲害。就在這時，他很偶然地想到一個便利的藉口。

「不瞞妳說，因為小林來了。」

「小林」二字果然在阿延的心中發生了影響，但只有這兩個字還不夠。為了讓阿延對這個理由滿意，他還得附加一些說明才行。

一四六

「我想妳不喜歡見到小林啊。因為突然想起這件事，所以才特地叫人給妳送信過去。」

阿延聽了這番解釋，卻並未露出釋然的表情。津田只好繼續撫慰她說：「就算妳不討厭他，我也不想讓妳見到那種人。更何況，那傢伙來找我，是為了一件麻煩事，我不想讓妳知道那件事。」

「不想讓我知道的事？是你們倆的祕密？」

「倒也不算祕密。」說完，津田發現阿延那雙小眼睛毫不放鬆地打量著自己，便趕緊補充說：「又來找我借錢啦。只有這樣而已。」

「被我知道又什麼不好？」

「沒說不好啊。我只說不想讓妳知道。」

「如此說來，這封信是出於好意才送來的嘍。」

「嗯，就算是吧。」

阿延那雙始終盯著丈夫的小眼睛現在變得更小了，嘴角也露出淺淺的笑意。

「啊唷！那我該感謝你才對嘍！」

津田再也裝不下去了。他已失去挑選適當辭句的餘裕。

「妳不是也很討厭看到那傢伙？」

「不會啊，一點也不討厭。」

「妳說謊。」

「為什麼說我說謊？」

「因為小林對妳說過了什麼吧？」

「是啊。」

「所以啊，我才覺得妳也不喜歡看到那傢伙。」

「那你知道我從小林那兒聽說了什麼嗎？」

「那我可不知道。反正那傢伙不會說什麼好話。他到底跟妳說了什麼？」

阿延吞回已到嘴邊的話，反問津田說：「小林在這兒說了什麼？」

「什麼也沒說啊。」

「你才是說謊。是你隱瞞我。」

「隱瞞的是妳吧？小林不知胡說了什麼，妳竟會信以為真。」

「或許我是隱瞞了你。既然你有事瞞著我，那我也只好這樣了。」

津田不再說話，阿延也保持沉默。兩人都在等待對方開口。但阿延比津田更快地失去了耐性。突然，她發出尖銳的聲音說：「騙人！你說的全都是謊話。根本沒有什麼叫小林的人到這兒來過，你是為了騙我，才故意編出這種謊言。」

「我編出這種事，對自己也沒什麼好處吧？」

「不對。一定是為了掩飾別人來過，你才故意抬出小林這樣的人。」

「別人？別人是誰？」

阿延的視線落在床間地板上的楓樹盆栽上面。

「那是誰帶來的？」

津田心想：「糟了！」怎麼沒把吉川夫人來過的事早點告訴她呢？他不禁後悔萬分。其實剛才沒有一見面就報告這件事，是他經過深思之後才決定的。這件事並非不能告訴阿延，但是想到自己跟夫人談論的內容，他很自然地就覺得不敢面對阿延。於是，心虛的他認為暫時別提才是上策。

津田回頭看盆栽一眼，嘴裡支吾了幾秒，正要說出吉川夫人的名字，阿延卻先發制人問道：「吉川夫人來過了，不是嗎？」

津田忍不住問道：「妳怎麼知道？」

「這種小事，當然知道啦。」

津田剛剛一直提心弔膽地觀察阿延的神情，這時才恢復了平靜。

「對啊。夫人來過了。也就是說，妳的預言說中啦。」

「我連夫人搭了電車都知道呢。」

津田又吃一驚，他以為夫人或許有車在路上等候，也就沒有細心留意夫人回去時搭乘什麼交通工具。

「妳在路上見到她了？」

「沒有。」

「妳怎麼知道？」

阿延卻以反問代替回答。

「夫人來做什麼？」

津田態度輕鬆地答道：「這也是我現在正要跟妳說的。可是被妳誤解，我可就為難啦。因為小林確實來過。是他先來，然後夫人才來。兩人剛好一前一後，沒有碰到對方。」

一四七

阿延發現自己現在比丈夫還急迫。這種情況下，自己無法壓過丈夫的氣焰。她看清這一點的瞬間，決定在露出破綻之前，先設法扭轉情勢。

「是嗎？既然你這麼說，就算是這樣吧。反正小林來了沒有，與我何干？但是，請你把吉川夫人來這兒的目的告訴我。我心裡很清楚，她到這兒來，不會只為了探病。」

「但她真的不是為了什麼大事才來的呀。我可要聲明一下，妳這麼期待聽到大事，等一下可能會失望喔。」

「沒關係，就算會失望也不要緊，只要聽你如實相告，我就放心了。」

「她本來是來探病，後來順便談起一些事。這樣總可以了吧？」

「好吧，隨便啦。」

津田輕描淡寫地提了一下夫人勸他去溫泉地的建議。就像阿延自有獨特的攻略一樣，津田的作戰策略也毫不遜色，他在阿延面前輕而易舉地說出一番解釋，並且巧妙地避開對自己不利的部分，任誰聽了都會覺得他說得直率又合理，就連阿延也無法對他非難半句。

只是，夫妻雙方的心中並不篤定。阿延極想從這段簡單的說明裡窺出內情，津田則是絕不讓她得逞的架式。這場極為和平的暗鬥，只能兵分兩路，分別從膽量與技巧兩方面同時並進。然而，位居守勢的丈夫既已暴露了弱點，採取攻勢的妻子自然如虎添翼。姑且不論兩人的天生資質，只從兩人所處的地位來看，阿延已是不戰而勝的優勝者。再從實際的是非標準來看，阿延也在競賽開始之前就已獲勝。這一點，津田心裡非常明白，阿延也大致心知肚明。

戰鬥必須一決勝負，而勝負的關鍵端看雙方能否迫使對方直接表露心意。只要津田願意坦誠相對，這就是一場最簡單的戰爭，反之，也可以說，只要他稍有一絲虛偽，世界上就再也沒有比他更難攻下的城池。可憐的阿延則是硬著頭皮應戰，手裡根本還沒掌握能讓津田低頭的武器。除了一味逼迫對手開門，也拿不出任何辦法。而在這種處境下，現在的她等於就是手無寸鐵的無能之輩。

既然心戰階段已經獲勝，為什麼阿延卻不肯見好就收？為什麼非得高聲唱出凱歌，她才覺得揚眉吐氣？因為她現在的心境毫無餘裕可言。在她眼裡，再也沒有比這場戰鬥更重要的目標。因為還有第二目標、第三目標等著她去進攻，若不現在攻下眼前的目標，後面的戰役就無法進行。

理由還不僅如此，其實對她來說，勝負並不是那麼重要，她的真正目標，是要弄清真相。與其戰勝丈夫，她更在乎的是，消除自己心中的疑慮。她的人生目標是擁有津田的愛，為了活下去，她需要完全消除心底的疑問。這件事就是擺在她面前的最大目標。而今她在只能看到這個目標的重要，根本無暇顧及什麼權宜或手段。

她必須根據事情的前因後果，傾注所有思考力與判斷力深入探究。這就是現在呈現在她面前的自然[59]。不幸的是，自然比她偉大，而且在遙不可及的高處向四周無限延伸。自然所散發的公平光芒，甚至可能毫不留情地把可憐的阿延完全抹殺。

每當她隨聲附和一句，津田便從她身邊退後一步；隨聲附和兩句，津田便遠離兩步；她愈向前貼近，津田跟她就愈離愈遠。偉大的自然對她那些出自渺小的自然行為不斷進行冷酷的蹂躪，一步一步毫不留情地毀滅了她的目標。她雖在暗中發現了這種現象，卻想不透這種現象代表的意義。她只是不斷告訴自己，不該是這樣。最後，她終於無法繼續保持內心的平靜。

「我對你這麼用心，你卻一點也不體諒我。」

津田露出不服氣的表情說：「所以我從沒懷疑過妳啊。」

「那是當然的。我這樣對你，還被你懷疑的話，不如去死算了。」

「什麼要死要活的，不要亂用這種誇張的字眼。最重要的是，我又沒什麼事瞞著妳。完全沒有！要是妳覺得有，就說出來啊。這樣我也可以辯解一下，或向妳解釋一番。妳這種毫無線索的不滿，叫我如何幫妳？」

「線索就在你自己心裡吧。」

「妳只知道說這些，我可為難了。小林在妳面前說了什麼挑撥離間的話吧。一定沒錯！小林說了些什麼，妳說來聽聽。不用顧慮。」

59 自然：漱石的小說裡經常使用「自然」、「天」之類的字眼，目前學者對於這些字眼的意義與概念並無定論，但可以確定的是，「天」或「自然」是一種超越人類的「我」（亦即「我執」）的偉大存在。根據岩波書店版《明暗》的注釋指出，小說裡這段文字的主要目的是批判阿延的「我」，所以讀者不必把這裡的「自然」跟「天」畫上等號。

一四八

阿延已從津田的語氣和神情裡清晰看透了他的心事。小林趁丈夫不在的時候來訪，津田不知小林跟自己說過什麼，所以他對這件事很在意，也很記掛。至於小林究竟說了什麼？他完全還在狀況外。所以他想要點手段，誘使自己主動表白。

這件事的背後顯然有個祕密。根據她以往蓄積在心底的所有訊息來看，毫無疑問，毫不矛盾，所有的訊息都指向同一個答案。祕密是一定存在的，就像青天白日一樣明確。同時，這個祕密也像青天白日一樣，沒有留下任何陰影。她只能眼睜睜地望著那個祕密，卻對它一點辦法也沒有。

阿延在慌亂中巧妙利用僅剩的一線機智，掙脫丈夫的圈套，當場回擊道：「那就跟你實話實說吧。其實，小林已把細節都告訴我了。你別想再瞞下去。你這個人，真是個大壞蛋。」

這番說詞可說編得糟糕透頂，但她說出這話的心情，卻極其認真，甚至不得不用激動的語氣把津田說成是「大壞蛋」。

做丈夫的立刻有所反應。聽完阿延這番荒唐的說詞之後，津田臉上露出退縮的表情。阿延感覺自己的大膽似乎即將奏效。雖然她已在阿秀家吃過苦頭，但她絲毫不覺氣餒，猛然踏出了一步，開始向津田發動進攻。

「為什麼事情發展到這一步之前，沒有先告訴我？」

「發展到這一步之前」這句話的含義非常曖昧。津田猜不出這句話的意思。關鍵人物阿延自己也不知這句話的意思。所以津田就是問她，她也無法說明。他只能含糊其詞地追問道：「妳不是在說我去溫泉的事吧？如果妳覺得我不該去，我也可以不去。」

阿延臉上露出意外的表情。

「誰會說那種不講理的話？既然公司那邊都讓你去了，而且去了又對病體有益，那不是太好了嗎？你以為我會無理取鬧，不讓你去？好蠢啊！我又不是歇斯底里。」

「那我可以去嗎？」

「可以啊。」說完，阿延突然從袖裡掏出手帕摀著臉，唏唏唆唆地哭了起來。接下來，只聽到一連串不完整的句子，像碎片似的從抽泣聲中斷斷續續傳出來。

「我再怎麼……任性……也不至於阻擾……你去療養……我怎麼會……平日裡你允許我自由行動，我向來都對你心存感激……你要去外地療養，我怎麼可能阻止……」

津田這才放下心來。但阿延的話還沒說完，待她這陣激動稍微平息之後，話也就說得比較流暢了。

「我可不會計較那些小事。就算我是個女人，是個蠢人，我也有自己的顏面要顧。既然是女人，就得維持女人的顏面；若是蠢人，也得維持蠢人的顏面，若是有損顏面……」

說到這兒，阿延又開始哭了起來，下面的話也說得斷斷續續。

「萬一……如果發生了那種事……不論對岡本姑父……還是對姑母……我都顏面盡失，沒臉去見他們……就算不到這一步，反正像阿秀那樣，早就沒把我放在眼裡了……你卻在一旁看好戲……一副毫不知情……不知情……裝作什麼都不知道的樣子。」

津田突然問道：「妳說阿秀沒把妳放在眼裡？什麼時候？今天妳去找她的時候？」

津田竟然不自覺地說出驚人之語。因為阿延沒告訴他的話，他應該不知道兩個女人見過面。果然，阿延的眼睛一下子變亮了。

「看吧。我今天去過阿秀家這件事，你不是已經完全掌握情報了？」

「阿秀來過電話啦。」這句話並未立刻從他嘴裡說出。他躊躇著不知該不該說，但時間一秒也不能等。因為他愈是吞吞吐吐，情勢就會變得愈危急。他差不多已經站在懸崖邊緣了。然而，就在這刻不容緩的瞬間，一個極好的藉口突然從天而降。

「是車夫回來告訴我的，大概是阿時跟車夫說的。」

所幸女傭也知道阿延要趕去見阿秀。這個偶然間想到的藉口剛好發揮了效果，津田這才再度放下心來。

一四九

阿延原先想用一陣亂棍擊毀津田的防線，現在她只能駐足暫停。其實，丈夫也沒有欺瞞自己什麼。想到這兒，她有點洩氣了。本來打算趁虛而入的她，無法繼續進攻了。而津田就在等待這一刻，於是他向阿延說：「阿秀那樣的人，她說什麼也無所謂吧？阿秀是阿秀，妳是妳嘛。」

阿延答道：「那小林那樣的人對我說過什麼，也無所謂吧？因為你是你，小林是小林啊。」

「當然無所謂呀。只要妳對我的信心堅定。但妳一下子對我懷疑，一下子又有誤解，鬧得我暈頭轉向，可真叫人受不了，所以我也無法閉嘴忍著。」

「我也一樣啦。不管阿秀怎麼沒把我放在眼裡，不管藤井嬸母對我怎麼冷淡，只要你能堅持，我當然就不以為苦。但是最關鍵的你竟……」

阿延再也說不下去了。她並沒掌握到任何明確的線索，因此也說不出明確的事實。津田便趁機反守為攻說道：「妳大概是擔心我會讓妳沒面子吧？與其擔心那種事，妳何不放下心來，對我更信任一點呢？」

阿延突然大嚷起來。

「我很想信任你啊，也很希望放下心來。我多麼希望自己能信任你，那種期待的程度，你是無法想像的。」

「無法想像？」

「對呀。你完全無法想像。如果能夠想像的話，你就不得不改變自己。就因為你無法想像，才能那樣裝聾作啞。」

「我沒有裝聾作啞喔。」

「因為你既不憐憫、也不可憐我。」

「既不憐憫、也不可憐……」

津田一時語塞，只能再三重複這句話，接著，他又補充一句，但那內容聽來就像蹣跚學步的人快要跌倒的感覺。

「妳說我既不憐憫、也不可憐妳……就算我想也沒辦法啊。妳只要有充分的理由，要我多憐憫、多可憐妳，都沒問題。可是沒有理由，我又能怎麼辦？」

阿延緊張極了，連聲音都在顫抖。

「你，你……」

津田沒說話。

「求求你讓我放心吧。你就想成是在幫我，拜託你就讓我放心吧。我是個無依無靠的女人，只能依靠你。你要是不管我，孤苦無依的我只能當場倒下。所以說，求求你，對我說一聲『放心吧』。只要說一句就夠了，請你說聲『放心吧』。」

津田答道：「沒問題，放心吧。」

「真的嗎？」

「真的，放心吧。」

阿延突然像爆發似的緊抓他的語尾說：「那就告訴我吧。請你跟我說一說。現在就毫無隱瞞地全部告訴我。讓我徹底放心吧。」

津田驚呆了。心情開始像波浪般前仆後繼來回激盪。他想，乾脆毫不隱瞞地把一切都告訴阿延吧？但他同時又暗自推測，阿延只是在懷疑自己，手裡並沒掌握到確實證據。如果阿延已經知道了真相，她應該會拿著證據逼到自己面前來責問才對。

他覺得很可悲，但又認為自己仍有逃避的空間。道義感與得失心在他心底時而向上，時而向下，繪出兩條高高低低的曲線，然後其中一條曲線裡突然加上了溫泉旅行的重量。實踐承諾是他對吉川夫人應盡的義務，也是他必然產生的需求。猶豫半晌，他得出一個結論：至少從溫泉地回來之前，還是別把真相告訴阿延比較好。

「囉里囉唆吵了半天，只會讓彼此都沒面子，也吵不出結果，還是別再鬧了。反正我向妳保證，總行了吧？」

「保證？」

「我保證啊。保證維護妳的顏面，不會出問題。」

「怎麼保證？」

「怎麼保證？這種事也無法立下字據，只能口頭發誓嘍。」

阿延沒有說話。

「也就是說，只要妳表示一下自己相信我就行了。妳只需說一句：『出了什麼事，你要負責。』然後我就回答：『好的，我向妳保證。』怎麼樣？我們能不能這樣妥協一下？」

一五〇

「妥協」這個漢語字彙在這種場合聽來似乎不太相稱，但是用來形容津田現在的心情，再貼切不過了。事實上，這個名詞代表的最確切想法，確實存在他的心底。聰慧的阿延察覺到這項事實時，心中的激動終於漸趨平息。原本正在暗自煩惱的津田這時才鬆了口氣，因為他正在擔心，不知阿延的激情波濤是否又要捲土重來。接下來，他甚至還有餘裕研究一下，如何順勢將暫停的狂濤導向相反的方向。他開始對阿延百般安撫，盡量多講她愛聽的詞句。他不僅外表的態度沉著，也熟知如何臨機迎合對方的心意。果然，他的努力沒有白費。阿延覺得婚前的津田又難得出現在自己面前，訂婚時的情景也在她的記憶中復甦。

「老爺並沒有變。他還是從前那個人。」

這種想法讓阿延感到滿足，也完全能將津田從困境當中解救出來。一場正在醞釀的風暴總算在掀起波浪之前漸趨平息。然而，經過這場風波之後，他們的夫妻關係變得跟風波之前不一樣了。就在不知不覺中，兩人的關係發生了變化。

隨著風波漸收，津田明白了一件事：「女人還是很容易安撫。」

他不禁暗自竊喜，沒想到一場風波竟給自己帶來了自信。以前跟阿延交手，他總是感到難以招架，雖然心底懷著對女人的鄙視，卻又成天被她弄得不得安生。究竟是因為她的直覺？還是看似直覺為她帶來的謀略？或是其他什麼東西造成的影響？津田現在還無法正確剖析，不過這項事實確實存在，而且一直被他層層封鎖在內心深處，至今不曾告訴過任何人。因此這所謂的事實，其實是一個祕密。然而，既是一目了然的事實，為什麼他又故意把它弄成祕密？簡單地說，因為他想盡量自抬身價。從愛情戰爭的角度來看，津田在他們夫妻生活裡永遠處於劣勢，卻又擁有一股不小的傲氣。另一方面，他是為了阿延，才不得不被她征服，卻又不是發自內心的臣服。因為他並不是光明正大地成為愛情的俘虜，而是經常被阿延騙得團團轉。但阿延沒發現丈夫的傲氣受挫，她只顧著征服津田，藉此獲得愛情的滿足。而生性好強的津田雖然深感委屈，卻又每次都無力抗拒阿延設下的圈套。現在經過一夜爭吵之後，他們這種特殊的關係翻轉了，津田對阿延的感覺當然會隨之發生變化。他從沒見識過阿延這樣的女人，她那種勇猛的正面攻勢，看來似乎巧妙地占了上風，實際上卻是如假包換的一敗塗地。津田只能背負著自己的弱點四處逃竄，慢慢地才開始轉敗為勝。勝負的結果已經很明確了。他終於可以不把她放在眼裡，卻又比從前更同情她。

至於阿延這邊，這場風波過後，她也發生了變化。以往從沒在丈夫面前表現出這種態度的她，由於過度急於擊破津田的弱點，結果反將自己從未暴露的弱點攤在丈夫面前，這件事讓她悔恨不已。對於一心只想得到丈夫至愛的阿延來說，平時就認為自己得靠實力達到目的。她知道自己必須擁有見識，並以行動證明自己的見識不凡。當然，她的見識也不算豐富。丈夫的愛情在她的生命裡萬分重要，見識在她眼裡，至多只是藉以表達自己不向丈夫低頭求愛的一種固執罷了。同時，見識在她眼裡，也代表一種堅定的決心，如果丈夫不能像自己期待的那樣熱愛自己，那她就靠自己的實力達到稱心如意的目的。她不斷堅持並執行自己的這種決心，等於就是讓自己不斷處於緊張的狀態。這種緊張感持續到了臨界點，當然就會爆發。而精神一旦失去控制，等於就是親手毀滅了自己的見識，這種結果顯而易見。但不幸的是，她只顧著往前衝，根本沒意識到這種矛盾。最後，她終於爆發了。失去控制之後，她才開始後悔。所幸自然並不像她想像的那麼殘酷。她雖然暴露了弱點，卻也同時得到某種報償。因為丈夫的態度出現了微妙變化。以往不論她如何努力，也從未收到一絲差強人意的效果。但他現在一步一步地朝著令她滿意的方向接近。他剛才明確地說出「妥協」二字。這個名詞已向阿延偷偷告白了一件事：她一直拚命想要挖掘的祕密，就藏在這個名詞的背後。告白？阿延又很認真地在心底確認了一遍。當她發現，這個字眼確實就是接近「默認」的「告白」時，心底不禁升起一絲懊惱，同時也感到幾分欣喜。於是，她不再跟丈夫作對了。因為她對津田生出一種憐憫的感覺，就像津田對她的憐憫一樣。

一五一

自然比人類想像得更加冥頑，它們是不可能為了這點小事就此收手的。這場風波在機緣的順勢推動下，總算是逐漸平息下來，誰知到了下一秒，風浪又有捲土重來的趨勢。

事情發生在阿延亢奮的心情漸漸平靜之後。剛才經歷的那場風浪已在她的心田激起反響。她有點借酒裝瘋似的向津田問道：「你什麼時候出發去那個溫泉地呢？」

「我想從這裡出院後馬上就去。」

「也對。既然決定要去的話，還是盡早出發比較好。這樣也有益身體。」

聽了這話，津田總算放下心來。不料，阿延卻出乎意料地問道：「我也一起去，可以吧？」

原已鬆了口氣的津田又突然緊張起來。開口回答之前，他可得好好花點腦筋。因為打從一開始，他就沒打算帶阿延一起去。現在拒絕她卻比帶她去更困難。萬一拒絕的理由說得不好，不知她又會有什麼反應。津田支吾著不知如何回答，就在他躊躇再三的時候，大好的時機被他錯過了。阿延催問道：「欸，我也一起去，可以吧？」

「我想想看。」

「不行嗎？」

「也不是不行。」

津田實在不想帶她一起去。這種抗拒正從心底逐漸向外擴散。但他也明白，只要阿延眼中射出一絲猜疑，一切就到此為止。老實說，他自己也經歷了跟阿延一樣的心路歷程。剛才那場風波同樣對他產生了影響，所以他只能再度利用剛才的手段。這時，他的腦中浮起「安撫」二字。「只能好好安撫。女人只要多加安撫，就會聽話。」這就是他剛剛得出的結論，於是他對阿延說：「妳要去沒問題啊。不，豈止沒問題，老實說，我倒是非常希望妳也一起去呢。別的不說，我一個人去，多不方便啊。有妳去照顧的話，我當然覺得再好不過了。」

「哎呀，好極了。那我就一起去嘍。」

「可是啊……」

阿延露出不悅的表情。

「可是怎麼樣？」

「可是啊，家裡怎麼辦呢？」

「家裡有阿時在，沒關係。」

「沒關係？妳倒像小孩似的說得輕鬆，這可不行喔。」

「為什麼？我哪裡輕鬆了？要是只有阿時一個人看家不放心的話，我再去找別人來呀。」

說完，阿延一連說了兩、三個適合找來看門的人名。津田全都一一否決了。

「年輕男人可不行唷。不能讓他單獨跟阿時一起留在家裡。」

阿延大笑起來。

「怎麼會？不會出問題的。就那麼短的時間。」

「不行啦。絕對不能那樣。」

津田的態度很堅決，同時還露出深思的表情。

「沒有適當人選嗎？如果能找到一位年紀相當的老太太，就太好了。」

但不論是藤井家或岡本家，甚至其他人家，都沒有這樣一位適合的閒人。

「再仔細想一想吧。」

說完，津田打算就此結束話題，卻沒能如願，因為阿延緊抓這個話題不放。

「想不出來怎麼辦？要是找不到老太太，我又非去不可，不行嗎？」

明說『不行』吧。」

「可是怎麼可能有適合的老太太？這種事，不用想也知道嘛。更重要的是，如果不想讓我去，你就乾脆

「我也沒說不行啊。」

津田一下子答不出話來。而湊巧的是，這時他偏偏又想到一個極好的藉口。

「當然啦，萬一真的找不到人，就讓阿時看家也可以啦。但把阿時一個人留在家裡，還是有問題啊。因為我是從吉川夫人那裡領到的旅費。如果別人以為我們夫妻倆用別人的錢一起去玩，不太好吧？」

「那你不拿吉川夫人的錢也可以啊。我們還有那張支票嘛。」

「那樣的話，這個月的開支會受到影響。」

「反正還有阿秀留下的錢嘛。」

津田又說不出話來了。但他還是再次鼓起勇氣冒險一衝。

「我還得借點錢給小林呢。」

「借給那種人……」

「妳說的那種人，他馬上就要遠赴朝鮮啦，也很可憐啊。況且我已經答應了他，現在說什麼都沒用啦。」

阿延對借錢的事原本就不可能表示讚許，好在津田想出各種託辭，總算把場面應付過去。

一五二

接下來，夫妻之間的討論倒是意外地順暢，所以很快就達成了第二項妥協。津田為了遵守對朋友的承諾，決定從阿延給他的那張支票裡撥出一部分，送給小林當作遠赴朝鮮的盤纏。這筆錢原本說好是借給小林，但對方若是不肯還錢，他也無法指望拿去做別的用途，換句話說，這筆錢等於就是送給了小林。當然，達成這項決議之前，阿延多多少少表現了幾分不甘心。像小林這麼刁鑽的傢伙，別說讓阿延借錢給他，就算小林寫下借條，求她幫忙渡過難關，她也不會發這種善心的。更何況，阿延一天到晚都想探究丈夫堅持借錢給小林的隱衷，每次被她問起，津田總會覺得心虛。

「你對那種人還這麼熱情相助，我真是完全無法理解。」

類似這種評語，阿延已經反覆說過兩、三次。津田只好堅持表示，他只是為了朋友的情義。若不這樣好好解釋，她就會把話題扯得更遠。

「所以啊，你倒是說說看。譬如從前發生過什麼事，讓你不能不講義氣，如果能讓我明瞭其中原委，那張支票全部給他都沒問題。」

聽到這話，津田覺得在此關鍵時刻，無論如何也得說服阿延。不過他沒有幫小林辯解，只是描述兩人舊日的情誼，還有跟他們交情有關的懷舊記憶。阿延怪他不該使用「懷念」之類的字眼，他只好向阿延解釋說，今天的小林已跟從前判若兩人。等他看到阿延臉上露出不以為然的表情，便趕緊抬高層次，開始大談特談人道問題。但他所說的人道，歸根究柢，只是一種功利主義而已。他的行為就像是朝著自己無意中挖成的陷阱前進，而他本人不自知，有時還被阿延一推，腳底一滑，差點就要掉入陷阱。譬如下面這段話，就是他的發言裡最具代表性的一段範例。

「反正他現在是走投無路啦。就因為在國內活不下去，才打算亡命朝鮮，妳還是對他同情一點吧。再說，妳總是拚命攻擊他的人格，這樣不太好啦。當然，那傢伙的確不可救藥，確實沒出息，但妳只要想想讓他變成這樣的原因，就不覺得稀奇了。因為他整天都在怨聲載道。為什麼呢？因為他沒有收入。可是他既不笨也不蠢，頭腦好得很呢。不幸的是，他沒有受過正規教育，才淪落成現在這樣。我只要一想到這兒，就覺得他好可憐。所以說，他並沒做錯什麼，錯的是整個大環境，只要我們換個角度來想就行了。總之，他是個不幸的人啊。」

津田一口氣說到這兒。其實這番說詞已經夠冠冕堂皇了，他卻意猶未盡，還要繼續說下去：「更何況，我們還得顧慮其他方面啊。像那種自暴自棄的傢伙，要是得罪了他，誰知他會幹出什麼？他都已經到這裡來公開威脅過我，說他不挑對象，可以跟任何人打架，而且還說不管跟誰打，他都能打贏。我現在要是不能滿足他的要求，那傢伙肯定會發怒。如果只是生氣倒也罷了，但他肯定會有行動，絕對會來報仇的。而且我們還有顏面必須顧及啊。他那種人卻完全不必考慮這些，萬一鬧起來，我們根本不是他的對手。妳聽懂了吧？」

說到這兒，剛才提到的人道主義早已不知跑到哪兒去了。他若是就此打住，阿延大概也只好同意資助小林，但他還在沒完沒了地說下去。

「再說，那傢伙若只按照自己的思想傾向，去攻擊上流社會或謾罵富有階級，也就罷了。但他不會只有這樣，還會把想法付諸實際行動。也就是說，他會先從自己能下手的地方開始，慢慢逼迫對方。所以說，第一個會遭殃的人就是我。我現在左思右想，能想到的最佳對策就是先向他表達十分的熱情，讓他對我心懷好感，然後再幫他及早出發去朝鮮。要不這麼做的話，不知哪天我就會遭殃。」

聽到這兒，阿延也覺得自己不能不開口說幾句：「不管小林多胡來，要是你沒做過什麼，根本就沒有理由怕他呀，不是嗎？」

結果，夫妻兩人為了商議那張支票如何處理，就花了大約十分鐘。但是談妥了付給小林的金額之後，剩下的錢如何處理，兩人倒是很快就達成協議。阿延要求把餘額給她當零用錢，好讓她隨意買些自己想要的東西。津田立刻接受這個條件。而作為交換條件，阿延決定不跟津田一起去溫泉旅行。至於津田的旅費，兩人一致同意接受吉川夫人的好意。

寒意漸起的秋夜裡，年輕夫婦之間掀起的洶湧波濤終於恢復了平靜，這才暫時互相道別。

一五三

手術後，津田被迫忍耐著各種不便，所以患部恢復得不錯。不，應該說，恢復得非常理想。到了手術後第五天，醫生按照預定計畫，把傷口周圍所有的紗布都換上新的，還向津田保證說：「手術部位的狀況非常好。現在只剩傷口還有點出血。裡面沒什麼問題。」

第六天，醫生又重複一遍相同的治療法。傷口部分又比前一天更好一些。

「出血怎麼樣？還沒停嗎？」

「不，差不多沒出血了。」

津田根本不懂「出血」的含義，當然也聽不懂這回答的意義，他只把醫生的話輕鬆地解釋為「病癒了」，心裡非常高興。但事實並不如他想像的那樣。因為他跟醫生接下來的談話剛好反映了真實情況：

「如果這次沒有變好，怎麼辦呢？」

「那就再開一次刀。傷口會比上次淺一點。」

「真叫人擔心啊。」

「不用擔心，十之八九都會痊癒的。」

「您的意思是說，等到真正痊癒，還要花很多時間吧。」

「快的話三週，慢的話四週。」

「那我什麼時候可以出院？」

「明後天的話，大概沒問題。」

聽了這話，津田心中充滿感激，他決定出院後，立刻就去溫泉旅行。但他又有點顧忌，萬一向醫生提起這個計畫，醫生堅決不贊成的話，自己豈不要傷腦筋？所以他決定故意隱瞞醫生。不過這種輕率的做法，跟他平日的行事風格實在不太相稱。儘管是出於自願，他也明白自己的矛盾，心底不免感到幾分不安。於是他又向醫生提出一個無關緊要的疑問。

「您說括約肌並沒切掉，為什麼還要從下面塞一堆紗布進去呢？」

「因為入口周圍並沒有括約肌，大約在入口裡面一公分半的地方才有。手術是從下面向內斜著切掉一公分左右。」

當天晚上開始，津田可以喝粥了。之前只靠麵包果腹的他，已經忍耐了很久，現在喝到飽含水分的白米滋味，給他帶來一絲新鮮的感覺。儘管他從來不懂寒夜喝粥的風雅與美味，現在卻比俳句詩人更珍惜地喝著溫熱的清粥，那份暖意跟秋夜的寒意兩相對照，簡直就像天與地的差別。

吃完晚飯之後，他必須服用微量瀉藥協助通便。因為剛開完刀，為了便利治療，他已經很久沒有排便了。儘管當時並不覺得難過，但在排泄之後，還是感到腹中輕快了許多，連帶地，心情也覺得非常輕鬆。肉體的病痛已經消除，剩下來要做的，就是整天躺著等待出院了。

眨眼之間，出院的日子就到了。阿延雇了人力車來接津田，他一看到阿延就說：「終於可以回家了。哎！真是太好啦。」

「沒那麼好吧？」

「不，真的很好啊。」

「你的意思是家裡比醫院好吧？」

「嗯，可能吧。」

他的語氣跟平時一樣。說完，又想起什麼似的突然補上一句：「這次住院，多虧妳做的那件棉袍，真是幫了大忙呢。可能因為裡面的棉花是新的，穿起來好舒服啊。」

阿延笑著調侃丈夫說：「怎麼啦？怎麼突然變得這麼會拍馬屁。不過，不是那樣的，你弄錯嘍。」

阿延一面把那件受到稱讚的棉袍疊好，一面向丈夫告白棉襖裡面鋪的不是新棉花。津田正在換和服，他拿起一條抓染花紋的縐綢兵兒帶，在腰上繞了一圈又一圈，最後才胡亂地繫緊。這動作對他來說十分重要，絲毫草率不得。剛才讚美棉袍裡面的棉花，也只是為了討好阿延而已，其實他心裡並沒那麼看重這件事。聽了阿延老實的回答，他也沒什麼反應，只答了一句：「喔，是嗎？」

「你那麼喜歡的話，就把棉袍帶去溫泉吧。」

「然後，就能經常想起妳對我的好。」

「不過，萬一旅館出借的棉袍比我這件更好呢？我可就丟臉啦。」

「不會有這種事。」

「哪裡，很有可能喔。不好的東西就是吃虧。到那時候啊，還說什麼『我對你的好』，早就被你忘得一乾二淨啦。」

阿延這話說得純真直率，津田卻沒聽懂她的單純含義，反而覺得話裡隱含著反諷，好像是用棉袍暗指什麼。他聽了不太高興，便背對著阿延把兵兒帶兩端繫成平結。

不一會兒，夫妻倆在護士的護送下來到玄關，人力車早已等候在門外，他們立刻坐上車子。

「再見啦。」

隨著這聲道別，津田紛紛擾擾長達一週的住院生活，總算畫下了句號。

一五四

按照原定計畫，津田出發去溫泉旅行之前，必須先跟小林見面。到了約會的那天，他從阿延手裡接過需要的款項，轉眼笑著對阿延說：「真有點捨不得呢。被那傢伙拿去這麼多。」

「那就別給他算了。」

「我也不想給啊。」

「既然不想給，為什麼不作罷？我幫你去回絕他吧？」

「嗯，那就拜託妳吧。」

「到哪去見他？只要告訴我地址，我幫你跑一趟。」

津田搞不清阿延這話究竟是真是假，但在這種狀況下，他也不難想像，若是以為說笑間就能把事情推給阿延，自己肯定是會遭殃的。阿延是個絕對言出必行的女人。她不會在乎什麼守不守信，如果是代表津田去回絕小林的任務，她很有可能會主動請纓。津田盡量小心著不踩進危險區，又故意玩笑著說：「真看不出妳是個有勇氣的女人。」

「我也覺得自己很有勇氣。只是沒有機會施展雄風，不知道自己究竟多麼勇敢。」

「哎唷，妳說不知道，我心裡可明白得很，這樣就行啦。一個女人這麼爭強好勝，讓我這個做丈夫的多為難啊。」

「一點也不為難呀。女人為了丈夫表現勇敢，男人應該不會覺得為難吧？」

「當然有時也很感激啦。」津田說。他是真心想認真地回答妻子。「可是我好像從未看過妳表現那種令人感激的勇敢啊。」

「那當然啦。因為我從沒表現出來。你不妨深入我的心裡看看。就算我表面看來是這樣，心裡可不像你想像的那麼平靜。」

津田不知如何回答。阿延卻是欲罷不能。

「在你看來，我就那麼無憂無慮？」

「對呀，就是啊。妳看起來好像非常無憂無慮呢。」

聽了這句不痛不癢的回答，阿延輕輕嘆息一聲說：「生為女人，好無趣啊。為什麼把我生成女的呢？」

「這種話問我也沒用。除了妳在京都的父母，沒人該被埋怨呢。」

阿延露出苦笑，嘴巴仍不肯輕饒。

「好吧。那你等著瞧吧。」

「瞧什麼？」津田反問道。他似乎顯得有點吃驚。

「什麼都行，反正等著瞧吧。」

「我是在瞧著啊。到底瞧什麼呢？」

「這種事，不到問題真正發生，我也沒辦法告訴你。」

「沒辦法告訴我，就是說，妳自己也搞不清吧？」

「是啊，沒錯。」

「什麼！好無聊。這預言簡直就是空談。」

「但這預言馬上就要成真了。你等著瞧吧。」

津田從鼻孔裡哼了一聲。但相反地，阿延的態度愈來愈認真。

「真的呀。也不知怎麼回事，最近我總覺得，哪天非得把心底的勇氣全部爆發出來不可，那一天肯定會來的。」

「哪天全部爆發出來？所以說妳這念頭根本就是妄想。」

「不對，我可不是一輩子只爆發一次喔。反正就在最近，要不了多久，遲早要爆發一次。」

「那就更糟啦。馬上要在丈夫面前顯露妳的勇猛，我可受不了啊。」

「不會啊。是為了你才顯露的。剛才不是說了嗎？我要為丈夫表現自己的勇氣。」

看著阿延滿臉認真的表情，津田感到自己只會一步步陷進去。他的性格不像阿延那麼充滿詩意。他只覺得某種怪誕的事情正從遠處朝自己逼近。阿延的詩意，也就是他所謂的妄想，正在逐漸蠢動。他覺得十分詭異，就好像手裡正在玩弄的死鳥，突然看見牠開始鼓動翅膀的那種感覺，於是他立即結束了兩人的談話。

津田從腰帶裡掏出懷錶看了一眼。

「時間到了。該準備出門了。」

說著，他站起身來。阿延跟在後面送到玄關，又從帽架上拿下一頂褐色紳士帽交給丈夫。

「路上小心。別忘了轉告小林，就說阿延向他問候。」

津田沒有回頭，逕自走向黃昏的寒風裡。

一五五

津田跟小林約在東京最繁華的大街見面，那地方在大街中段不遠處的路旁。他不想把小林請到家裡來，免得心裡不愉快，他也不想到小林的宿舍去，因為覺得麻煩。最後商定的計畫是，由他挑選時間，然後到指定地點跟小林見面。

然而，約會的時間已經過了，他人還在電車裡。因為他在家裡更衣，向阿延要錢，還跟阿延閒聊了一會兒，所以耽擱了時間。但他對自己的遲到毫不在意。老實說，他並不想向小林表現自己多麼重視誠信，相反的，就算是以遲到的方式，他也想趁機銷磨一下小林目中無人的銳氣。不管今天他們是以歡送會或是其他名義相聚，總之，實質上，就是「給錢的」和「要錢的」一齊聚一堂，既是如此，津田當然處於優勢。也因此，他認為自己應該利用優勢者的特權，製造緊張氣氛，搶先確立主客的地位，這才是預防對手表現傲慢姿態的上策。即使不考慮利害關係，光從報復的角度來看，他也覺得這種做法很有趣。

坐在隆隆作響的電車裡，津田一面看錶一面盤算，說不定對那粗魯無禮的小林來說，現在趕去都還嫌太早呢。他甚至還暗自籌畫，萬一過早到達目的地，乾脆就先到夜市逛一圈，讓那貪婪無比的小林等得更著急一點。

到達車站下車後，只見眼前淨是閃爍的燈火，縱橫交錯，絡繹不絕，充分反映出都市夜生活的驚人繁華。他站在燈火中猶豫著，轉進那個目的地的小巷之前，要不要先花上十分鐘，伴著這些亮光散散步呢？不料就在這時，有人過來兜售晚報，他伸手推開了塞到面前的報紙，轉臉四下張望，不禁立刻暗叫一聲「咦」。

原以為小林一定早已等得很心急了，誰知竟看到他站在道路對面。但因他站在十字路口的一角，那個地點跟津田佇立的人行道之間，隔著一條車道，所以他們正好都看不到對方。再加上夜幕低垂，人影幢幢，還有閃爍不已的燈光，更使他們無法認出對方。不僅如此，小林也沒把臉孔轉向津田這邊。他正在跟一個津田從沒看過的青年講話，從津田這邊望去，只能看到那青年三分之二的臉孔，還有小林三分之一的臉孔，所以他也不怕被兩人發現，便專心地駐足觀察他們。那兩人根本無暇顧及周圍，只顧著彼此看著對方交換意見，也不知談了多久，他們始終不曾變換姿勢。從兩人的模樣可以看出，他們正在討論什麼嚴肅的問題。

兩人的背後有一面牆，可惜牆上沒有窗戶，所以四周並無任何強烈的光源照著他們。這時，一輛汽車發出極大的聲響從南邊駛來，到了十字路口，汽車正要轉彎的瞬間，車前燈射出的強光照亮了兩人的全身。津田這才看清了青年的相貌。一張蒼白的臉孔躍進津田的視野，同時還看到帽子的左右下方垂著凌亂的長髮，似乎已經幾個月都沒理髮。汽車從面前駛過的那一刻，津田立刻轉身向後，像要故意避開兩人佇立的街角似的，朝著相反方向快步離去。

他沒有特別的目的地，只是一路欣賞燦爛燈光下的每一間商店，但他眼中看到的都是屬於都會的美景。唯一的變化就是每家商店都賣著不同的商品，除此之外，看不到任何複雜有趣的景致。但那些商店還是讓他享受到視覺的滿足。最後來到一家洋貨店，他看到門口展示著一條時髦的領帶，便朝店內走去，隨手拿起中意的商品，放在身上比來比去。

不一會兒，眼看時間似乎差不多了，才放下手裡的商品，走回原處，誰知剛剛站在路邊的兩個身影，已不知跑到哪兒去了。他加快了腳步，匆匆趕向約會的餐廳。店前的路面映著窗內射出的溫暖燈光。這是一座紅磚建築，窗戶非常高，窗上掛著乳白色印花窗簾，燈光在窗簾遮掩下，間接地射向夜空，津田從路邊仰望那片亮光，腦中描繪出一間品味雅致的高級餐廳，裡面還裝置了暖和的瓦斯暖爐。

那家餐廳位於大型市區的角落，面積不算大，但裝飾得非常幽靜雅致。津田也是最近才聽說這家餐廳。一位朋友告訴他，這裡的食物很美味，因為老闆在法國待過很長的時間，並在駐法公使家裡當過廚師。他選擇這裡招待小林，只是因為自己已來這裡吃過四、五次了。

他大搖大擺地推開門走進店內。果然不出所料，小林已經到了，看來似乎非常無聊，面前擺著一份貌似晚報的讀物。小林則滿臉嚴肅地瞪著那份刊物。

一五六

小林抬眼向門口瞥了一眼，又立刻收回視線，重新落在報紙上。津田只好默默地走到小林的桌邊，主動向他打招呼說：「抱歉，我來晚了。讓你久等了。」

小林這才把報紙疊起來。

「你不是有錶嗎？」

津田故意不把懷錶拿出來。小林回頭看了一眼正面牆上的大型掛鐘，時針所指的位置，已比他們約定的時間晚了四十分鐘。

「其實我也剛剛進來。」

說完，兩人在桌邊相對而坐。室內非常安靜，因為旁邊只有兩桌客人，而且都是穿著講究的貴婦。尤其是在他們桌旁大約兩公尺之外，裝置了一台瓦斯暖爐，火爐的色彩剛好給這塊白色家具為主調的潔淨空間，帶來適當的暖意。

津田心底升起一種奇妙的對照感。不久前那個晚上，小林硬把他拉進一間奇怪的酒吧。當時的情景清晰地浮現在他眼前。那時一起喝酒的對象，現在被自己帶到這家餐廳來，他不免感到有些得意。

「這家餐廳，你覺得如何？給人一種既乾淨又舒服的感覺吧？」

小林好像這時才注意到餐廳的環境，便放眼打量周圍。

「嗯，這裡大概不會有偵探。」

「反而有漂亮的美女，對吧？」

小林突然大聲嚷起來：「喂！那些恐怕都是藝妓吧？」

津田聽了有點老羞成怒，像在斥責似的說：「別亂講。」

「哎！不見得喔。這個世界上，隨時隨地都有怪事呢。」

津田又把聲音壓得更低一點：「可是藝妓不會打扮成那樣啦。」

「是嗎？既然你這麼說，那應該不會錯了。像我這種鄉下人，根本不會分辨，有什麼辦法？我還以為只要穿著漂亮和服的女人都是藝妓呢。」

「你還是那麼愛挖苦人。」

津田的臉上露出一絲不悅，小林卻不以為意。

「沒有，我可沒挖苦你喔。事實就是因為我窮，沒見識過那方面的事，我只是實話實說罷了。」

「既然如此，那就算啦。」

「就是你不肯算了，也沒辦法。不過我問你，事實究竟如何呢？」

「什麼事實？」

「事實上，如今這個世道，所謂的貴婦跟藝妓之間，難道區別很明顯嗎？」

在這種善於裝傻的對手面前，津田可不能像個孩子似的有什麼說什麼，他必須表現自己超越幼稚的一面。但他同時又很想說句什麼，給小林來個當頭棒喝。然而，他終究還是沒說出口。並不是不想說，而是他想不出什麼話能給小林當頭一棒。

「別開玩笑。」

「真的不是開玩笑。」小林說著抬起眼皮，瞥了津田一眼。津田突然明白了。他本來就極聰明，所以能看出對方正在打什麼主意。但他又缺少心機，無法裝作視而不見。好在他懂得如何扯些不痛不癢的話，把話題岔開。而他現在必須讓小林依賴自己。於是他問小林：「這裡的菜餚，你覺得怎麼樣？」

「對我這種味覺不發達的人來說，這裡的菜餚跟別處的菜餚，味道差不多一樣。」

「味道不好？」

「不是不好，很好吃啊。」

「當然味道很好。因為是老闆親自烹製，可能比別家的味道好一點吧。」

「不管老闆多麼擅長烹調，要是做出菜餚合我這種人的口味，那可就糟啦。老闆會傷心的。」

「但只要好吃就行啦。」

「嗯，好吃就行。只是，老闆要是聽說這種美味，跟外面十文一盤的小菜味道一樣，豈不會傷心得流淚？」

聽了這話，津田也只能露出苦笑。小林獨自絮絮叨叨說下去。

「其實我現在才沒閒工夫研究什麼法國菜好吃，英國菜不好吃。只要吃進嘴的東西，我都覺得好吃。」

「可是，這樣就搞不清菜餚為什麼好吃了，不是嗎？」

「理由嘛，再清楚不過啦。肚子餓了就覺得好吃。哪裡還有其他什麼理由？」

津田只好又閉上嘴。沉默繼續從兩人之間漫開。但是當他們都覺得自己被沉默壓得喘不過氣的時候，津田不得已只好再度開口，誰知話還在舌頭，小林卻先發制人搶先了。

一五七

「你這種機敏之人或許會覺得，像我這種魯鈍之人，各方面都必須被人輕視。這一點，我有自知之明，而且我也知道，就算被人輕視也沒辦法。但我也有很不得已的苦衷啊。我的魯鈍，未必是天生因素造成的。只要有錢有閒，你們等著瞧吧，看看我會變成什麼模樣出現在你們面前。」

小林這時已經有點醉了。他這種真假難辨的表現，似乎是想借酒裝瘋，發洩一下心中的鬱悶。津田只好直接表示贊同，同時也順勢敷衍幾句。

「你說的有理。所以我很同情你啊。你應該也明白我對你的同情吧？否則我也不用特地為你去朝鮮餞行啦。」

「多謝了。」

「哎，我可沒騙你喔。老實說，前幾天我還為了歡送會的事，向阿延解釋了一番呢。」

小林的眉毛下面，一雙眼睛閃出疑惑的目光。

「嘿嘿，真的嗎？你還會在夫人面前幫我說話！看來你還記得我們從前的那點交情啊。只不過……那夫人說了什麼呢？」

津田沉默著把手伸進懷裡。小林的眼睛注視著他的動作，嘴裡卻像是有意阻止他似的補了一句：「哈哈，原來還需要向夫人解釋。我說呢，難怪我覺得納悶。」

聽到這兒，津田把那隻伸進懷裡的手又抽了出來。「這就是阿延的回答。」他原想這樣告訴小林，然後把阿延交給他的那筆錢，全數交給小林，但他現在又猶豫了。於是他重新拾起剛才的話題。

「一個人變成什麼樣，還是得看際遇啊。」

「我認為要看活得有沒有餘裕。」

津田並沒有否認。

「沒錯。也可以說是餘裕吧。」

「我從出生到現在，每天都過著瀕臨餓死的日子。從來不知道什麼是餘裕。你試想一下，跟那些從小養尊處優、隨心所欲的人比起來，我跟他們之間有什麼樣的差異呢？」

津田臉上浮起一絲笑意，小林卻是滿臉認真的表情。

「其實也不用試想，眼前就有對照組，不是嗎？就是你跟我。把我們倆對比一下，立刻就能看清餘裕跟貧窮分別代表了什麼樣的生活。」

津田雖在心底微微點頭，但又轉念一想，現在聽他說這些怨言，還有什麼意義？

「相比之後，怎麼樣呢？我永遠都會被你輕視，不只是你，就連你的夫人，還有其他所有人，統統都輕視我。喔，等一下，我還沒說完……這就是事實，你我都明白的事實。一切就像我剛才說的那樣。不過有一件事，卻是你跟夫人還不了解的。當然，就算是現在告訴你，也不可能改變你我的地位，好像說了也是白說，但我這次到朝鮮去，說不定這輩子再也見不到你了……」

說到這兒，小林顯得有些激動，卻又立刻誠實地補充一句：「喔，像我這種人，到了朝鮮一看，覺得跟想像的不一樣，或許不喜歡那裡，馬上又回來了呢。」津田忍不住笑了起來。小林停頓半晌，又開口說道：「嗯，我現在要說的這些，說不定將來能在生活上給你提供一些參考，請聽我慢慢道來。老實跟你說吧，就像你看不起我一樣，我也看不起你呢。」

「這我知道。」

「不，你才不知道。或許只看結果，你跟夫人都知道我輕視你，但你們不明白這件事所代表的意義。為了感謝你今晚的盛情，我也投桃報李，把這層意義說給你聽，你看如何？」

「好啊！」

「就算你說不好，我這種窮光蛋，也沒別的東西可以投桃報李，又有什麼辦法？」

「所以我說可以啊。」

「你肯安靜傾聽嗎？如果肯聽的話，我就說。我是個味覺不夠發達的傢伙，而我現在正在開懷大吃的法國大菜，是你請的，那天晚上我拉你到那家酒吧喝酒，你嫌骯髒，但是對我來說，兩家都一樣美味。你看不起我，就是因為這件事對吧？其實我反而對這件事感到很自豪。我才看不起那個輕視我的你呢。聽懂了嗎？你能理解我的意思嗎？想想看，你我之間，到底誰活得拘束？誰又活得自由？誰比較幸福？誰又遭到多餘的束縛？誰的日子更安穩？誰又過得動盪不安？在我看來，你一天到晚卑躬屈節，一點膽量都沒有。自己不喜歡的東西，只知一味躲避；自己喜歡的東西，又拚命追求。為什麼呢？根本沒有理由。只因你過分自由，又有條件追求奢侈。從沒體會過像我這種陷入絕境、聽天由命的心情。」

津田原本就高高在上地鄙視小林。但他無法否認這些事實。小林的臉皮確實比自己厚多了。

一五八

小林的說教還沒完，又接著說下去。這時他已看透津田的心思，便話題一轉，重新提起剛才那件事。那件事，當然就是兩人剛見面時一度提起過，後來又被別的事情岔開的那個話題。

「你已經聽懂我所說的意思，但你好像還不能心悅誠服地接受。真矛盾啊！我也知道你不能接受的理由。第一，因為對你說這些話的人，既無身分、地位，也沒有財產和固定職業，所以聰明的你覺得聽了很煩。如果這番話是從吉川夫人或其他人的嘴裡說出來，就算內容更無聊，你肯定也會正襟危坐，老實地聽下去。不，這可不是我的偏見，而是不爭的事實。但你應該仔細想想，為什麼只有我才能對你說這些。還有，請你不要忘了。如果換成先生或夫人，說到這個題目，他們也無法多說什麼。為什麼呢？理由只有一個。因為不管先生經歷過多窮的日子，還是無法體會我那種窮。更何況他們那群人一向過得比先生更優裕呢。」

津田不曉得「那群人」是誰，只能暗自猜測，大概是指吉川夫人或岡本吧？事實上，小林只顧自己往下說，根本也沒給津田留下發問的空檔。

「再說第二個理由。以你目前的處境來看，我現在對你說的這些，說是忠告也行，或者只算是提供訊息吧，不論怎麼說都行，總之，我現在說的這番話，你一定覺得沒必要對你說。雖然大腦理解我的意思，心裡卻無法接受。這就是你現在的狀態。也就是說，你認為自己跟我之間的距離懸殊，說了也是白說，你想用這種理由逃避這個題目，不瞞你說，我的目的就是要提醒你這件事。請你聽好喔。人與人之間的處境或地位相差懸殊，根本不是什麼大不了的事情。嚴格地說，譬如擁有相似經驗的十個人，他們卻以十種不同的方式重複這些經驗。說得更明白一點，我有我的方式，我用自己覺得最切合需要的角度去觀察事物；你也有你的方式，用你覺得最適合的視角去看世界。嗯，差異僅此而已。所以說，始終處於順境的人，萬一哪天受到驚嚇，陷入迷惘或遭遇挫折的話，等著瞧吧，那種人的眼珠立刻就會變色。然而，不管眼珠變成什麼顏色，眼睛的位置總不會突然改變吧？我的意思是，等到你一旦有事，肯定就會想起我現在提出的忠告了。」

「我以後小心點，絕對不忘你的忠告。」

「嗯，請不要忘記。以後一定會遇到我說的這種狀況的。」

「好的。我明白了。」

「不過啊，就算明白也不管用的。真可笑啊。」

說完，小林突然笑了起來。津田不明白他的意思，但還沒來得及開口發問，小林卻先向他說明：「到時候你就會突然明白，懂了吧？到了那時，你能不能『啊呀』吆喝一聲，當場變成另一個人呢？能否在轉瞬間變成在下我呢？」

「我可不知道。」

「不是不知道，你心裡很清楚啦。當然是變不了的。雖然你並不想變，但要變成我這副德性，可得痛下一番苦工呢。即使像我這麼魯鈍，也得付出一番血汗，才能變成現在這樣呢。」

小林滿臉得意洋洋的表情讓津田非常不爽。這傢伙付出狗血般的心思，究竟得到了什麼？津田暗自疑惑，便故意露出輕蔑的表情問道：「你告訴我這些幹麼？就算我牢記在心，到時候不是一點用也沒有嗎？」

「應該是沒用的。不過聽一聽總比沒聽好吧？」

「還不如不聽呢。」

小林欣喜地把身體靠在椅背上，又發出一陣笑聲。

「這就對啦。你這樣想的話，就中了我的計了。」

「你說些什麼呀？」

「沒說什麼呀，不過是說出事實罷了。但我還是向你解釋一下吧。要不了多久，等你被逼到無計可施的時候，就會想起我現在對你說的。雖然會想起來，卻無法按照我說的去做。所以你就會覺得還不如不聽我的忠告。」

津田露出不悅的表情。

「可惡，那到底該怎麼辦呢？」

「不用怎麼辦啊。換句話說，我對你的輕視，即將從那時開始進行報復。」

津田換一種語氣問道：「原來你對我懷著那麼深的敵意？」

「為什麼？怎麼會呢？我不但對你沒有敵意，還對你深懷善意呢。但你看不起我這件事，永遠都是事實吧？我現在把話說開了，同時也提醒你，站在我的角度來看，你也有被我看不起的地方，但你聽了之後，仍然裝出毫不在意的模樣，不是嗎？總之，我覺得光靠嘴巴提醒是沒用的，那就只能進行實戰了。也就是說，我也是不得已，才用這種方式跟你一決勝負。」

「是嗎？我知道了。你要說的，已經說完了？」

「不，怎麼可能？現在才剛要轉入正題呢。」

說完，小林舉杯移向嘴邊，一口氣喝光了杯裡的啤酒。津田不可置信地望著他。

一五九

小林繼續發言之前，先放下酒杯，抬眼環顧著室內。帶女伴同來的那桌剛剛吃完洗指碗裡的水果，正從衣袖裡掏出漂亮的手帕擦拭手指。那張餐桌就在小林的斜對面，桌上那個二十五、六歲的女人，從剛才就不斷窺視津田他們這桌。女人手裡端著咖啡杯，一面望著同桌男客嘴裡噴出的煙霧，一面不停地發表戲劇觀感。那兩桌顧客都比津田他們先到，應該比他們提前吃完離去，小林看出餐廳似乎也是按照這樣的順序在上菜，便對津田說：「啊，剛好！他們還不會離開。」

津田不免暗叫一聲「哎喲」，心想，小林一定是想說些什麼令人不爽的話，故意要讓那些人聽到吧。

「喂！別再胡鬧了。」

「我什麼都沒說，不是嗎？」

「所以我才提醒你啊。你對我怎麼攻擊，我都能忍耐，但是批評不認識的陌生人，在這種地方，你還是謹慎點吧。」

「你膽子也太小了吧。所以你的意思就是說，不要把這裡當成那種廉價的大眾酒吧，對吧？」

「嗯，沒錯。」

「既然回答『沒錯』，你把我這種無賴請到這兒來，根本就是個錯誤。」

「隨便你啦。」

「嘴上說隨便我，其實心裡卻是膽戰心驚，對吧？」

津田閉嘴說不出話來。小林卻得意地笑起來。

「我贏了！獲勝啦。怎麼樣，你輸了吧？」

「這樣就算獲勝的話，那你就去當勝者吧。」

「『但我以後會更看不起你』，你心裡一定這樣想吧？不過你對我的輕視，我根本一點也不在乎。」

「不在乎就不在乎吧。真是個討厭的傢伙。」

津田露出微怒的表情，小林用窺視的眼神看著他說：「喂！怎麼樣？這下懂了吧？這就是我說的實戰。就算你過著有餘裕的生活，跟有錢人交往，擺出一副身分高貴的模樣，但在實戰裡吃了敗仗的話，一切只能淪為空談，對吧？所以我剛才就告訴你，沒有腳踏實地接受過鍛鍊的人，等於是個無用的木偶。」

「沒錯，沒錯，世界上最厲害的就是無賴和酒鬼。」

小林原本應該反駁，但他卻沒說話，只把那桌有女伴的餐桌重新打量一番之後說道：「那我該說第三個理由了。若不趁那女人沒走之前把話說完，我可不甘心。你可聽好嘍，我要繼續說剛才沒說完的。」

津田沉默著把臉轉向一邊。小林卻毫不在意。

「第三個理由啊，換句話說，才是我要說的正題呢。剛才我問你，那邊的女人是不是藝妓，你把我教訓了一頓，你是怪我像個野人，不懂得尊重貴婦，所以才斥責我的，對吧？好，那就算我是野人。因為是野人，所以分不清藝妓和貴婦。然後我就請教你，藝妓跟貴婦的不同究竟在哪？」

小林一面說一面又第三次把視線投向那桌的女客。剛才用手帕擦手的女人卻像收到暗號似的站了起來。剩下的另一人則招呼侍者結帳。

「結果竟然走了。她要是再待一會兒，可就有趣了。可惜啊。」小林目送女客遠去的背影說道。「哎唷！另一個也要走了。沒辦法，剩下來的就只有你啦。」

說著，小林重新把臉轉向津田。

「跟你說吧，問題就在這裡。我根本分不清法國菜和英國菜，但我不懂裝懂，錯把大便當味噌，而你也懶得糾正我。因為你對這種吃飯的小事不屑一顧。但我告訴你喔，這兩件事，一是味覺不發達，一是分不清藝妓和貴婦，兩件事其實就是一件事。」

津田轉動眼珠看著小林，好像在說「所以呢」。

「所以說，結論也只有一個。儘管你看不起我的味覺，但我覺得自己比你幸福，同樣的，你看不起我看女人的眼光，但我敢大膽保證，自己的處境比你自由。也就是說，一個男人愈懂得分辨女人，知道這個是藝妓，那個是貴婦，他就愈痛苦。為什麼呢？因為到了最後，他會覺得這個也不好，那個也不喜歡。或者會堅持必須這樣，非得那樣。豈不是捆手綁腳嗎？」

「但有人就是喜歡捆手綁腳，又能怎樣？」

「看吧，你終於生氣啦。如此看來，我說吃的，你不理我，但一說起女人，你還是忍不住不說話啊。這就是問題。現在我再來跟你說說實際的問題。」

「夠了！別再說了。」

「不，還沒喔。」

說完，兩人看著對方一起露出苦笑。

一六〇

小林很有技巧地釣到了津田這條魚，而津田則是因為自己另有所圖，才故意上鉤。兩人終於即將展開短兵相接的場面。

「譬如說啊，」小林說。「你不是對那個叫清子的女人十分傾心？有段時間，整天口口聲聲嚷著她是你的全部，不是嗎？這還不算，你還認為對方也是全天下只愛你一個男人，可是，結果怎麼樣呢？」

「結果就變成現在這樣啦。」

「你倒是挺淡然的。」

「不這樣，還能怎麼辦？」

「不對，應該有辦法吧？恐怕你自己心裡明白，卻佯裝無知吧？要不然就是現在還在進行著什麼，卻偷偷瞞著我。」

「別胡說！你這樣口不擇言隨便亂說，會出問題的。給我小心點唷。」

「老實說啊……」說了一半，小林又閉上了嘴，一副自己知道內情，卻不肯說的模樣。

津田立刻忍不住問道：「老實說什麼？」

「老實說，上次我已把事情的全部都告訴你家夫人了。」

津田當場變了臉色。

「告訴她什麼？」

小林沉默了半晌，似乎正在細細咀嚼對方的語氣和表情。不過，當他開口回答時，態度出現了一百八十度的改變。

「騙你的。其實是騙你的。不用那麼擔心啦。」

「我不擔心。就那點小事，現在就算說出來也……」

「不擔心？是嗎？那我說的都是真的。其實我說的是真話。我都告訴她了。」

「混蛋！」

津田的聲音出乎意料地震耳。一名端坐在椅上的女侍微微抬頭看了津田他們一眼。

小林立刻借題發揮說道：「人家貴婦受驚了，你小聲點吧。跟你這種無賴漢一起喝酒，我覺得好丟臉。」

說完，小林朝女侍望了一眼，臉上浮起微笑。女人也對他報以微笑。津田一個人也生不起氣來。

小林趁機說道：「當初那件事到底是怎麼回事？我也不是沒有仔細問過你，你也不是沒告訴過我，或許是我忘記了。反正究竟如何，也無所謂啦，到底是對方拋棄了你，還是你拋棄了對方呢？」

「這種事才是無所謂吧？」

「嗯，我當然無所謂啦。實際上我也不在乎。問題是，你不可能跟我一樣。你應該很有所謂吧？」

「那當然啦。」

「所以剛才我就說了。你的日子過得太有餘裕。那份餘裕又讓你過度沉湎於奢侈。結果怎麼樣呢？結果你得到自己想要的東西，又會立刻想要另一件。當你被自己喜歡的人拋棄後，也只會搥胸跌腳，怨嘆不已。」

「我什麼時候幹過那種事？」

「有啊。從以前到現在，都是如此。正是因為你的餘裕，所以害你變成那樣。也正是我覺得最痛快的一件事。根本就是因果報應啊，更是貧賤階級對富貴階級的復仇。」

「你那麼想用自己的標準來評價別人，那就隨你吧。我也沒必要向你辯解。」

「我完全沒用自己的標準下評語呀。我只是點出真實的你是什麼樣而已。要是你覺得不解，那我列舉事實給你上一課吧？」

津田不置可否，結果只好乖乖受教。

「你當初是因為喜歡阿延才娶她的吧？但你現在對她，絕對不會感到滿足吧？」
「既然世上沒有完美之人，也是無可奈何的事啊。」
「嘴裡說出這種藉口，心裡其實還想再找個更好的吧？」
「別說得這麼難聽！太沒禮貌了。你完全就是自己嘴裡所說的那種無賴漢，眼光卑劣又尖酸，言行輕率又粗野。」
「所以這些都是你看不起我的理由？」
「當然啊。」
「這樣喔。那我看，只靠爭論畢竟沒有效果，還是得靠實戰才能讓你覺悟。我先把醜話說在前面，你聽好喔。鬥爭即將展開。到時候你就明白了，自己不是我的對手。」
「不要緊。輸給無賴，我很光榮。」
「好頑固。但你不是跟我鬥爭喔。」
「那是跟誰鬥爭？」
「現在鬥爭已在你心底展開啦。再過不久，就會以實際行動表現出來。你的餘裕將會煽動你，去經歷一場毫無意義的敗仗。」
聽到這兒，津田突然從懷裡掏出錢包，把那筆事先準備的鈔票推到小林面前。這筆錢原就打算送給小林當旅費，金額也是跟阿延商量之後決定的。
「我現在就交給你，收下吧。因為再聽你說下去，我只會愈來愈不想實踐諾言。」
小林動作仔細地攤開那幾張對摺的十元新鈔，然後計算一下張數。
「有三張啊。」

一六一

小林直接抓起剛收到的鈔票，漫不經心地塞進西裝內袋。他的道謝方式也顯得有點目中無人，就像他輕鬆收下鈔票一樣。

「謝啦。本來是想向你借的，但你大概是打算送我吧。因為你自始就抱著輕蔑的心態，認定我沒辦法還錢，也不打算還錢吧。」

津田答道：「當然是送給你的。不過現在看你收下這筆錢，才感覺你根本沒發現自己的矛盾。」

「喔，完全沒感覺喔。矛盾到底是個什麼玩意。收了你的錢就是矛盾？」

「那倒不是。」說著，津田露出一副居高臨下的表情。「哎！你想想看，那筆錢剛剛還在我的皮夾裡唷。為什麼眨眼之間，就跑到你的上衣內袋去了？如果你那麼不喜歡小說式的婉轉表達，我乾脆直說好了。是誰把那筆錢的所有權一下子從我的手裡轉到你手裡了？你說啊。」

「你呀。是你給我的嘛。」

「不，不是我喔。」

「你說的什麼夢話呀。不是你，那是誰？」

「不是誰，就是餘裕呀。是你剛剛一直攻擊的餘裕，給了你這筆錢。你一言不發收下這筆錢，嘴裡卻又拚了命地痛罵餘裕，但實際上，你已在餘裕的面前低了頭。這不是很矛盾？」

小林的兩眼連連亂眨一陣，然後說道：「原來是這樣。如此說來，或許你說的沒錯。但不知為何，我覺得很可笑呢。因為事實上，我並沒有像你說的那種向餘裕低頭的感覺啊。」

「那就把錢還給我。」

說著，津田把手伸到小林的鼻子前面。小林看著他那女人一般柔嫩的手掌說：「不行，不還給你。餘裕叫我不要還。」

津田笑著收回了手。

「看吧。」

「什麼看吧?看來你不太了解我說『餘裕叫我不要還』這句話的意思。真是一位可憐的大少爺啊。」

說著，小林轉過臉，不斷眺望門口的方向，並補了一句:「大概快來了。」

津田正在觀察小林的神情，聽了這話，有點吃驚地問:「誰要來?」

「也不是誰。是比我更缺少餘裕的人會來。」

說完，小林直接把鈔票塞進上衣的內袋，然後故意輕輕拍了一下。

「餘裕把這個從你手裡轉交給我，它可不會叫我把這個再還給你，而是命令我把這個按照順序，轉送給比我更缺少餘裕的人。餘裕就像水一樣，從高處流向低處，而不會從低處流向高處。」

津田大致聽懂了小林這段話，卻聽不懂其中含義。他不禁陷入一種半醉半醒不知身在何處的狀態。就在這時，小林卻連珠炮似的劈里啪啦又向津田說了一大堆。

「我就向餘裕低頭吧，也承認自己的矛盾，贊同你的詭辯。怎麼說都行啦。我向你道謝，感謝你。」

說到這兒，小林眼中突然滴滴答答掉下眼淚。津田原本就有點吃驚，現在看到眼前突如其來的變化，心裡更加不安了。他不禁想起不久前那天晚上，小林硬把自己拉到酒吧去的景象，就在皺起眉頭的同時，他突然想起，如果想要利用小林，那就是現在啊。

「我幹麼期待你的感謝?是你自己忘了從前吧。明明我還是跟從前一樣，你卻把我做的一切都朝相反的方向解釋。這樣我們才愈來愈難交往下去，不是嗎?譬如說，上次你趁我不在，到我家去拿大衣，順便又對我妻子說了些什麼之類的事……」

說了一半，津田停下來窺視小林的反應。但是小林依舊低著頭，津田完全無法猜測他的心理變化。

「無論如何，你總不該搞那種破壞人家夫妻的惡作劇吧?」

「我可不記得自己說過你什麼喔。」

「但你剛才……」

「剛才是開玩笑啦。因為你嘲笑我嘛，所以我也調侃你一下。」

「也不知是誰先嘲弄誰，反正，都無所謂啦。只是，你把真實情況告訴我，不是很好嗎？」

「所以我說了呀。我不記得自己說過你什麼，已經跟你說了好多遍啦。你去向夫人查證一下，不就明白了？」

「阿延她……」

「她到底說了什麼？」

「就是因為她什麼都不說，我才煩惱呀。她嘴裡不說，自己悶在心裡胡思亂想，這樣我既不能辯駁，也不能說明，最為難的就是我呀。」

「我什麼也沒說過喔。這個問題的關鍵，就看你以後能否扮演像樣的丈夫了。」

「我嘛……」

津田剛說了一半，只聽一陣腳步聲逐漸靠近，緊接著，他們的桌邊出現一個男人，似乎剛從門外進來。

一六二

男人就是剛才站在街角跟小林聊天的長髮青年。津田認出他就是那個人的時候，心中不禁大吃一驚。但在他的驚訝裡，同時又暗藏著幾分對這男子的期待。簡單說，他的感覺很矛盾，因為他認為這種人絕不可能出現在這裡，另一方面，他也曾料想，若是有誰要來，肯定就是這個人。

事實上，剛才在車燈照耀下，津田眼底映出這名男子的身影時，他就有一種奇異的感覺。他將視線順序從自己轉向小林，又從小林轉向這名青年，不論從階級、思想、職業、服裝等各方面來看，三人之間的差異都相當大。因此他只能從遠處眺望那名男子。然而，相隔愈遠，印象就愈深刻。

「原來小林竟和那種人交往。」

津田腦中出現這念頭的同時，又想起自己並沒有這類朋友。好慶幸啊！他才得出這種感想沒多久，青年就已來到桌邊，所以他對待新客人的態度，也就很容易想像了。津田的表情就像是突然遇到一個形跡可疑的陌生人。

青年從頭上摘下一頂皺得亂七八糟的帽子，窄窄的帽簷全都向上捲著。他拿著帽子在小林身邊坐下，眼中發出一種異樣的光芒，似乎已經開始對津田感到不安。那種發自神經的光芒裡混合著反感、恐懼、遠離人群又缺乏教養的自傲。津田愈看愈厭惡。小林轉臉向青年說：「喂！把斗篷脫掉！」

青年默默地站起來，一把脫掉身上那件吊鐘型長披風，扔在椅背上。

「這位是我的朋友。」

小林這才把青年介紹給津田。青年姓「原」，是一位「藝術家」，這兩個關鍵字總算傳進津田的耳中。

「怎麼樣？進行得順利嗎？」小林接著又向青年提出疑問。但他來不及聽到青年回答，又立刻接口說道：「沒辦成吧？那種人，肯定是不行的。那傢伙怎麼可能看懂你的藝術？算了，你先安下心來，吃點東西吧。」

說完，小林把餐刀倒過來抓著刀刃，在餐桌上一陣亂敲。

「喂！給他拿點吃的來！」

不一會兒，原姓青年面前的酒杯就被斟滿了啤酒。

津田在一旁默默觀望兩人的互動，這時他突然發現，自己該辦的事情已經辦完了，再繼續坐下去，肯定會有麻煩，還是找個機會跟他們道別吧。不料，小林突然轉臉看著津田說：「原君的畫很不錯喔。你買一張吧！他現在有困難，令人憐憫啊。」

「是嗎？」

「你看這樣如何？下星期天，讓他把畫送到你家請你挑選吧？」

津田吃了一驚。

「我可不懂繪畫。」

「不會吧，怎麼可能。對吧？原君，反正你先帶去給他看看好了。」

「好啊。只要不嫌我打擾的話。」

津田心裡當然覺得是打擾。

「我這種人，不論繪畫還是雕刻，我可是一點興趣都沒有。還是別……」

青年露出受傷的表情。小林立即幫腔說道：「別騙人了。像你這麼具有鑑賞力的人，實在世間少有啊。」

津田不得已苦笑起來。

「又在胡說……別取笑我了。」

「我說的是實話，怎麼會取笑你。像你對女人這麼有鑑賞力，不可能不懂得欣賞藝術。對吧，原君？只要對女人有興趣，肯定就喜愛藝術。瞞不了別人的啦。」

津田覺得愈來愈無法忍耐。

「看來你們還有很多事要談，我就先告辭了。喂！小姐，結帳。」

女侍正要走過來，小林卻大聲阻止她，同時又向津田說道：「正好他繪製了一幅很不錯的作品。原君剛才就是到主顧那裡商討價格，才順路經過這裡，這不是大好的機會嗎？請你務必買下吧。我告訴過他，那些趁機削價、不尊重藝術家的傢伙，最好不要賣給他們。不瞞你說，剛才我已在街角答應他，一定會幫他找到買家，叫他談完之後到這兒來。所以說，你就買一幅吧。沒問題啦。」

「也不給人家先看看畫，就自作主張說定了，這怎麼行？」

「畫當然要給你看啊。你今天沒把畫帶回來？」

「對方說要再考慮一下，所以放在人家那裡了。」

「真蠢啊。這下你的畫肯定要被人家騙走了。」

聽到這兒，津田總算鬆了口氣。

一六三

兩人便把津田扔在一邊，專心談論繪畫。津田不時聽到他們提起什麼三角派[60]、未來派[61]之類的新奇名詞，還有幾個片假名組成的字眼，都是他從未聽過的。不過他對這些原本就不感興趣，所以等於是他主動退出談話，而不是被他們排擠出來。除了話題無聊令他厭煩之外，還有另一件事，更叫他無法忍耐。因為他從一開始就已看出眼前這兩個人，尤其是小林，對於新派藝術只是似懂非懂，卻還裝出很內行的樣子。津田懷著這份偏見，繼續觀賞兩人假裝行家的模樣。等到看出這兩人的目的，大概是想讓不懂談話內容的津田心生羨慕時，津田剛被小林勉強按住的身子又想重新站起來。不料小林又拉住了他。

「馬上就談完了。我跟你一起走。再等我一下。」

「不，時間太晚了……」

「別那麼不給人家面子嘛。難道讓你等待原君吃完飯，有損紳士的面子嗎？」

原君這時剛用叉子把沙拉放在火腿上，聽了這話，他停下手裡插了一半的叉子說：「您請便，別客氣。」

津田輕輕點頭致意後，正要站起來，小林卻像在自語似的又開口了：「到底把今天這頓飯當作什麼？嘴上說歡送會，把我叫來，現在卻丟下主客，自己要先回家了。世上就是因為有這種侮辱人的傢伙，才那麼令人厭惡。」

「我可沒有那個意思。」

「沒那個意思，就再等一下吧。」

「我還有點事。」

「我也還有事要跟你說。」

「如果叫我買畫，我可不要喔。」

「不會再勉強你買畫啦。別那麼小氣。」

「那你就快點把事情解決了吧。」

「站著不能說話，必須像個紳士坐下來才行。」

津田只好重新坐下，從袖裡掏出一根菸，點燃起來。忽然，他發現菸灰缸裡已經塞滿了敷島牌菸蒂，再也沒有比這菸灰缸更適合用來紀念今晚的聚會了吧。他腦中偶然浮起這個念頭。不到三分鐘，他手裡那根剛開始吸的香菸化為灰燼、煙霧和濾口，並在菸灰缸裡留下一團冰涼。想到這兒，他覺得有點厭煩。

「你要說的到底是什麼？不會又想向我討錢吧？」

「剛才不是說了嗎？叫你不要說那種小氣話。」

說著，小林用右手揪起西裝的右側前襟，把左手伸進內袋。那隻左手在西裝裡面動來動去，摸了好一會兒，彷彿在黑暗中尋找什麼，而他的一雙眼睛卻始終緊盯著津田的臉孔。這時，津田的腦中突然出現一幅離奇的景象，緊接著，一種詭異的妄想也像剛抽完的那根菸冒出的白霧，輕輕從他心頭飄過。

「這傢伙不會是要從懷裡掏出手槍來吧？難道想用那枝槍對準我的鼻尖？」

戲劇性的剎那使他的預感發生輕微動搖時，他的神經末梢也在微微顫動，就像細枝被無形的風兒吹動似

---

60 三角派：即「立體主義畫派」（Cubism），是西方現代藝術史上的一種運動與流派，於一九〇八年始於法國。由布拉克（Georges Braque, 1882-1963）與畢卡索（Pablo Picasso, 1881-1973）建立，對二十世紀初期的歐洲繪畫與雕塑帶來革命性影響。這個富有理念的藝術流派以直線、曲線構成的輪廓、碎塊堆積與交錯的情調，代替傳統的明暗、光線等所表達的趣味。這種技巧顯然不是依靠視覺經驗或感性認知，而主要依靠理性、觀念與思維。

61 未來派：即「未來主義畫派」（Futurism），發端於二十世紀的一種藝術思潮。最早出現於一九〇八年，當時是由義大利作曲家馬里內蒂（Filippo Tommaso Marinetti, 1876-1944）提出的藝術運動。一九一一至一九一五年之間廣泛流行於義大利，並在第一次世界大戰期間傳布於歐洲各國。未來主義藝術家的創作興趣涵蓋所有藝術樣式，包括繪畫、雕塑、詩歌、戲劇、音樂，甚至延伸到烹飪領域。

的。就在這時，理智已從他的心底升起，他不但冷眼旁觀這場自己任意亂編的架空劇，也對荒誕的劇情嗤之以鼻。

「你在找什麼？」

「哎呀，各種亂七八糟的東西裝在一起，不用手指仔細地摸一陣，根本無法拿出來給你看。」

「一不小心，把剛才丟進去的鈔票也掏出來，不就麻煩了？」

「不會，鈔票不會有問題。因為它是活的，跟其他紙張不一樣。像我這樣用手一摸，立刻就能分辨出來。鈔票正在內袋裡面砰砰亂跳呢。」

小林一面油腔滑調地回答，一面故意把空著的左手抽出來。

「啊唷！摸不到。奇怪啊。」

說完，他又把右手伸進胸前的口袋。誰知他從那裡掏出來的，只是一條皺巴巴、髒兮兮的手帕。

「幹麼，你還想用那手帕變魔術嗎？」

小林完全沒聽到津田的疑問。只見他滿臉認真的表情，一面從座位上站起來，一面用兩手拍著腰部兩側。接著，他突然嚷道：「喔！在這裡。」

說完，他從長褲口袋裡掏出一樣東西，原來是一封信。

「其實，我是想讓你讀一下這玩意。因為以後暫時很難跟你碰面了，只剩今晚有這機會。我跟原君談話的這段時間，你先讀一下吧。雖說內容有點冗長，可以讀一讀吧？」

津田只好用機械性的動作接過了那封信。

一六四

那封信用鋼筆寫在稿紙上，字跡非常潦草，內容很長，大約是一般書信的兩倍。收信人雖是小林，寄信人卻是津田從未聽過也沒見過的陌生人。他審視著信封的正面與背面，心中暗自疑惑：這封信跟我有什麼關係呢？但他除了不在乎的冷漠之外，同時也感到好奇，便立即伸手抽出稿紙，一鼓作氣念了下去。每頁稿紙印著十行，每行二十字。

我已經後悔到這裡來了。你一定會覺得我這個人沒有常性。不過也沒辦法，因為你我的性格不同。總之，請不要責備我重犯舊錯，讓我傾訴一下吧。當初因為叔父說，家裡都是女人，他擔心夜間門戶不安全，希望在他銀行的那段業務忙完之前，叫我住到他家去，幫他家看看門。叔父還告訴我，如果想寫小說，就在他家自由寫作；想去圖書館讀書的話，中午可以帶個便當去，下午還可以去學繪畫。叔父的銀行馬上就要搬到東京去了，到時候他可以送我去念外語學校，還叫我不必擔心自己的房子不好處理，他會給我搬家費……當初就是被這些優越的條件吸引來的。當然，我也沒有百分之百全信他的話，但我卻深信，其中的部分條件應該是真的。誰知我到了這裡之後才發現，他開出的條件沒有一項實現，從頭到尾都是謊言。叔父不僅大部分時間都住在東京，還把我當成書生使喚，從早到晚叫我做這做那，甚至在他家的客人面前稱我是「敝舍的書生」。因此，為客人斟酒或灑掃迴廊之類的差事，全都落到我的頭上。但他至今不曾給過我一毛工錢。我原本的木屐是花了一塊錢買來的，穿破之後，他只給我買了一雙一毛二的。後來他又叫我全家人搬到姊姊家，說是第二天就會給我錢，但是搬完之後，他再也沒提過錢的事，現在搞得我連自己家都沒了。

叔父的事業全是買空賣空的投機生意。其實他口袋裡一毛也沒有。他們夫妻倆都極為冷酷、吝嗇，我剛來的那段日子，整天餓得受不了，只好三天一次回到姊姊家去吃飯。嬸母是個很討厭的女人，有時家裡的糧食見底了，我只好吃點烤蕃薯或洋芋充飢。當然，這件事只有我自己知道。嬸母是個很討厭的女人，任何事只想著精打細算，滿腦子都是光宗耀祖，一天到晚對我嘮嘮叨叨，冷嘲熱諷，說起話來總不忘對我諷刺幾句，刺得我難受極了。叔父手裡沒錢，卻偏愛喝酒；每次到鄉下去，還喜歡耀武揚威，擺出土皇帝的派頭。但我深入窺見他的真面目之後才知道，他早已留下一大堆驚人的紕漏，甚至還有好幾件官司正在等著他呢。每次出遠門之前，因為沒錢買火車票，我只好去當鋪周轉，或到姊姊家苦求告貸，叔父事後卻不聞不問，或許他認為供我吃住，我就該自己去想辦法，或者還有其他的考量吧。

嬸母可能自始就認為我是靠寫稿果腹，只要一看到我拿起筆，她就指桑罵槐地說些風涼話，問我寫那些東西能有什麼用。看到報紙的求才欄刊出「募集事務員」廣告，她會像打啞謎似的把報紙推到我面前來。

類似的狀況反覆出現，我簡直想不透，自己當初究竟為什麼到這裡來。左思右想，想得連腦袋都有點不正常了。在這個家不像家的屋子裡，看著他們怪異的生活，還有紛雜荒謬的家庭內幕，我覺得自己從早到晚都像活在恐怖的噩夢裡，腦袋也像中邪了似的。這種事，就算說給別人聽，恐怕也沒人聽得懂，一想到這兒，我就覺得無助，彷彿全世界只有自己一個人被惡魔掌控。我經常覺得自己快要瘋了。不，我甚至懷疑自己已經瘋了。腦中浮起這個疑問的瞬間，我就害怕得不得了。好像自己深陷苦不堪言的地牢裡，不僅看不到陽光，就連手腳都已砍掉。因為就算我能舉手動腳，四周卻是伸手不見五指的漆黑。不論我如何吶喊，冰冷的厚牆都擋住我的聲音，不讓世人聽到。現在的我是全世界僅有的一人。因為我沒有朋友，就算有，也等於沒有。世界上不可能存在能夠聰明看懂我這種幽靈心境的人。我實在痛苦至極，才寫了這封信。但我寫信並非為了求助。我也明白你的處境，自始就沒打算從你那裡獲得物質上的幫助。只要能讓一部分的痛苦流進你身上的情義之血當中，稍微激起幾層同情之浪，我就心滿意足了。因為你的同情能讓我感覺自己還是人類社會的一分子，並讓我掌握到確切的證據，相信自己還活在社會上。在這座惡魔的牢籠裡，我已無法再向廣大的人類世界射出一線光芒了嗎？我現在甚至對這個問題都感到懷疑。我打算先等一等，看是否能收到你的回信，再決定是否繼續懷疑下去。

書信寫到這兒結束了。

一六五

這時，剛才點燃的香菸灰燼，啪噠一聲掉在信紙上。不知不覺中，那根香菸已燒出一寸多的菸灰。灰粉在印著藍格子的稿紙上迸向四方，給津田的視覺造成刺激，他這才回過神來，發現拿著香菸的那隻手，從剛才到現在都沒動過。不，應該說，他的嘴和手不知從何時起，早就忘了香菸的存在。而他讀完書信的那一瞬間，菸灰並沒掉落，可見兩件事之間隔著一段茫然虛無的時間。

為什麼會出現這種空白呢？其實，這封信跟津田一點關係也沒有。首先，他根本不認識寫信的人。其次，他也不清楚那個人跟小林的關係。就連信裡描述的事情，都像發生在另一個世界，跟他的地位與處境離得很遠。

然而，他的感受不僅是如此而已。事實上，他剛從心底某處發出一聲驚呼。以往的他，從來都只知向前看，也認為整個世界就在前方，而現在的他，卻突然轉頭望向後方。於是，另一個跟自己完全相反的世界出現了，他不禁駐足觀望。眼前那個幽靈似的東西，是他以往從未見識過的，他不斷凝視著對方，心底升起一份感慨：啊呀！這也算個人嗎？現在呈現在他眼前的事實是：最無緣的人，也就是最有緣的人。

想到這兒，他的思緒停在原處，繼續圍繞這個題目衹徊[62]不已。但是想了半天，卻想不出什麼結論。他決定暫時根據自己的理解，算是把這封詭異的書信念完了。

津田伸手撣掉稿紙上的菸灰時，正在跟青年談話的小林，立刻轉臉看了他一眼。接著，又聽到小林向對方說了一句話，似乎在為他們的談話做出總結。

「哎，沒關係啦。馬上就能想出辦法的，你不用擔心。」

津田沉默著把信紙交給小林。小林來不及接信，就向他問道：「讀完了？」

「嗯。」

「你覺得怎麼樣？」
津田沒回答，但他覺得自己還是必須確認一下對方的意圖。
「你到底為什麼叫我讀這玩意？」
小林反問道：「你認為我到底為什麼給你看呢？」
「我並不認識寫那玩意的人，不是嗎？」
「當然不認識啊。」
「就算不認識也無所謂好了。但問題是，跟我有什麼關係呢？」
「你是指那個人？還是這封信？」
「不論是那個人或這封信。」
「你認為呢？」
津田再度躊躇起來。其實他這種反應，已證明他看懂了信上的意義。說得更明白一點，他已根據自己的理解看懂了那封信，而且就是因為他自己也明白這一點，才無法立刻作答。靜默半晌，他才開口說道：「按照你的想法來看，這些都跟我完全無關吧？」
「我的想法是什麼意思？」
「你不懂嗎？」
「不懂。你告訴我吧。」
「哎！那就算啦。」
津田其實是懷疑小林又要像剛才把畫塞給自己那樣，把這封信塞給自己解決。小林這個人總是一意孤

---

62 秪徊：意指從各種角度對同一件事反覆觀察、思考、品味。夏目漱石獨創「秪徊家」一詞，屢次出現在他的小說，專指「喜歡對一件事反覆琢磨、推敲的人」。

行，硬把物質犧牲者的角色派給自己，弄到最後，還擺出一副「怎麼樣，你認輸了吧」的態度，對津田來說，小林這種做法是他絕對無法忍耐的侮辱。津田想，不管貧窮的幽靈如何恐嚇，我怎麼可能束手就擒？而他這種發自內心的氣魄，小林當然也能感覺得到。

「別這樣，還是像個男子漢，把你的想法告訴我吧。」

「像個男子漢？哼！」說完，小林暫停片刻，然後才又補充說道：「我就告訴你吧。這個人，這封信，還有這封信裡表達的意思，都跟你無關。但我說跟你無關，是按照世俗標準來說，懂了吧？為了不讓你誤解這個世俗標準，我就順便向你解說一下。你對這封信的內容，不必負任何世俗標準所謂的義務。」

「這不是當然的嗎？」

「所以我也告訴你，按照世俗標準來看，你是跟這些都無關。但你是否能把道德標準也提高一點，來看這件事呢？」

「再怎麼提高道德標準，我也不覺得自己有付錢的義務喔。」

「我就猜你會這麼說。但你總會生出幾分同情吧？」

「那當然會有啊。」

「我覺得，那樣就夠了。因為你能產生同情，表示心裡想要送點錢。但事實上，你又不想掏錢。這種糾結引起了良心不安。如此一來，我的目的也就完全達到了。」

說完，小林把那封信塞回西裝口袋，同時又從那個口袋裡掏出剛才塞進去的三張鈔票，排列在餐桌上。

「來！你自己拿，想要多少，隨便拿。」

說完，他抬眼看著原君。

一六六

小林的行為讓津田感到非常意外。面對這突如其來的驚人之舉，他嘗到一種被人戲弄過頭的滋味，心臟也開始猛烈跳動起來。剎那間，一種像電流般的無名物質從他全身竄流而過，除了憎惡二字，他想不出其他更適當的形容詞。

同時，一絲疑雲也從他聰明的大腦飄過。

「難道這兩個傢伙早就商議好了，所以從剛才就把我當成傻瓜戲弄？」

想到這兒，津田憶起那兩人站在街角聊天的身影、小林到餐廳後的舉止、半途趕來的原君，還有，他們三人後來交談的情景……一連串訊息像字幕煙火一樣，不斷在他腦中旋轉，轉動的速度簡直快到令他分不清哪個是因，哪個是果。他瞪著整齊並列在白桌布上的三張十元鈔票，心底不禁大喊：「這就是這個無賴一手導演的狂言劇[63]精采片段，混蛋！我才不會中你的計呢！」

津田想，就算為了自己受傷的自尊，我也得先把這段丟臉的劇情翻轉過來，再跟他們說再見。然而，自己現在已被逼到後無退路的不利處境，究竟要如何才能很有技巧地一舉扭轉局勢呢？一想到這個問題，事先毫無心理準備的他就變成了徹底的無能之輩。

這時，無用的機智在他心底忙成一團，表面上卻保持著相當平靜的態度。不過，慌忙的心緒最後只會帶來混亂的結果，並沒幫他想出任何結論，滿腔激憤的心情最後也只剩下激動。更不幸的是，他甚至發現，那

63 狂言劇：日本戲劇流派之一。跟能劇並列日本四大古典戲劇之一。狂言是一種內容簡單即興的喜劇，通常穿插在能劇當中演出。語言方面大量運用民間俚語，並且取材民間故事，以諷刺手法尖銳批評武士與貴族。因此狂言比能劇更受庶民歡迎，逐漸發展成一種典型的民間藝術。

份激動竟在不知不覺中進化成為狼狽。

就在這千鈞一髮之際，他又撞見了另一件意外。所謂的意外，是指青年藝術家看到小林排在桌上的十元鈔票後產生的反應。當青年的視線落在鈔票的瞬間，他眼中發出了異樣的光彩，其中包含著驚訝、喜悅、某種飢渴，以及企圖獲得的欲望。這些感覺全都發自內心，絕不像偽裝、陰謀或事先排練的狂言劇。至少對津田來說，他覺得那些感覺都是真的。

而且，接下來又發生了一件事，使他更加確信自己的判斷。原君雖然看起來很想要那些鈔票，卻沒有伸手，也沒對小林的熱心表現出斷然拒絕的輕狂。他很客氣地收回那隻差點伸出去的手，臉上露出明顯的痛苦表情。如果這名臉色蒼白的青年真的把手伸向鈔票，小林精心安排的這齣狂言劇，也就被他毀掉了一半。如果小林推翻自己剛才的宣言，一毛也不分給原君，又把這幾張剛從口袋裡掏出的鈔票收回的話，這齣戲的喜劇成分就會大增。反正無論如何，結局都將朝向對津田的顏面有利的方向發展，所以他決定懷著一絲希望，暫時靜觀情勢變化。

不一會兒，小林跟原君之間展開了下面這段對話：

「你為什麼不要呢？原君。」

「這樣對你太過意不去了。」

「我也一樣。你這樣的話，我才對你過意不去。」

「了解，多謝你。」

「坐在你面前的那傢伙也一樣，這下他也會覺得對我過意不去喔。」

「啊？」

原君露出完全聽不懂的表情看著津田。

小林立即向他說明：「那三張鈔票，全都是這傢伙給我的。我才剛剛拿到手，還熱呼呼的呢。」

「那就更……」

「不是『那就更』，而是『所以才』。所以我才毫不在意地送給你。既然我能夠毫不在意，你也可以毫不在意啊。」

「這說得過去嗎？」

「當然啊。若是靠我熬夜寫稿，一張稿紙只賺三毛五分，像那樣賺來的稿費，就算是我，也會有點捨不得呢。再說，也對不起額上滴滴答答流下的血汗吧。但是這筆錢來得輕鬆愉快，是『餘裕』拋向天空的善款。撿錢的人等於是幫忙做功德，你愈撿，『餘裕』就愈高興。對吧，津田君？」

津田總算渡過了驚險的難關，小林這時向他搭訕，算是挑中了適當時機。只要他現在豪爽地點個頭，今晚他們三人在此進行的這場各懷鬼胎的聚會，至少在形式上就能盡下完美的句點。津田也不想被人看到自己敗退的窘態，便趕緊抓住眼前的機會。

「對啊。最好是那樣啦。」

於是，經過上面這段對答之後，小林終於從三張鈔票裡拿出一張交給原君。剩下的兩張被他重新塞回口袋時，小林對津田說：「難得餘裕也會從低處流向高處啊。不過從我這兒可不會再往高處流了。所以我還是得向你說聲謝謝。」

三人走出餐廳，來到城河的岸邊。等候電車通過的這段時間，他們一起抬頭仰望廣闊的星空，星光明亮得幾乎可跟月光媲美。

一六七

不久，三人互道再見。

「那就告辭了。我不去車站給你送行嘍。」

「是嗎？來送送我也不錯啊。你的老友是要到朝鮮去呢。」

「不管你去朝鮮還是台灣，我可是不會去的。」

「你這人好無情啊。我出發前，找時間到府上去辭行，可以吧？」

「不必，不來也沒關係。」

「不，我會去的。不去給你辭行，我心裡過意不去。」

「隨便你啦。但就算你去了，我也不在家喔。因為我明天就要出去旅行。」

「旅行？到哪去？」

「我需要靜養一段日子。」

「原來是移地療養，好風雅。」

「按照我的看法，這也是餘裕帶來的寶物。我可不能像你，我得由衷感謝這份餘裕。」

「你只是拚命想證明我的提醒是廢話吧。」

「如果要對你說實話，嗯，差不多就是這個意思。」

「好！那就走著瞧，看看到底誰說得對。與其讓我小林給你啟發，不如讓你從事實當中學得教訓，才能立見成效，那樣反而更好呢。」

以上就是他們道別前的交談。對津田來說，他只是用這種方式表達今晚聚餐留下的不快，以及他對小林隱忍多時的厭惡。經過這段交談，累積在他心底的鬱悶總算稍微得到發洩，至於對手臨去之前說了些什麼，他並不打算多想。不論是非曲直究竟如何，反正就算為了扳回面子，他也得把小林這種人的想法和主張，狠狠地從腦中掃出去。上了電車之後，津田獨自在腦中描繪著溫泉地的景象。

第二天一早，戶外刮起了大風，疏疏落落的雨絲隨風飄落地面。

「這可麻煩了。」津田皺著眉頭說。

他跟平時一樣的時間起床後，站在迴廊盡頭仰望天空。天上堆滿厚厚的雲層，雲朵不斷向前移動，彷彿是有形體的風兒。

「看情形，中午可能會放晴吧。」

聽阿延的語氣，似乎是贊成他按照預定計畫行動。

「因為計畫延遲一天，等於就要浪費一天。你還是早去早回比較好。」

「我也是這樣想。」

夫妻倆都沒受到寒風冷雨的影響，決定按照計畫行動，只是到了出門之前，兩人出現了意見相左的狀況。阿延從衣櫃裡拿出自己的衣服，跟丈夫的西裝並排放在澀紙上。津田見狀連忙說：「妳可以不用去啊。」

「為什麼？」

「不為什麼。這種雨天出門，妳不是太辛苦了？」

「一點也不辛苦。」

聽到阿延如此純真的回答，津田忍不住笑起來。

「我可不是嫌妳才叫妳別去喔。因為對妳覺得過意不去啦。我只是去一個車程不到一天的地方，還讓妳老遠趕去送行，聽起來有點滑稽吧。就連小林出發去朝鮮，我昨晚都已告訴他，不會去送他呢。」

「是嗎？不過我反正在家也沒什麼事啦。」

「那妳隨意出門逛逛吧。不要緊的。」

阿延這才露出苦笑，不再表示堅持。於是，津田獨自坐上人力車，離開了家門。

雨後的車站裡飄浮著幾許孤寂，跟站外周圍的紛亂形成相反的對比。津田一面佇立在站內候車，一面無聊地打量剛買到的二等車票。這時，一名書生模樣的男人突然來到他面前，好像老朋友似的向他打招呼說：「這種天氣真掃興。」

津田這才認出，他是吉川家新來的書生，不久前才在吉川家見過。上次在玄關接待津田時，他表現得十分冷淡，今天竟還摘掉頭上的鴨舌帽，表現得非常有禮。津田弄不清書生究竟來做什麼，便向他問道：「您是……哪一位啊？要到哪裡去嗎？」

「不，我是來給您送行的。」

「所以我問你從哪來的？」

書生露出不好意思的表情。

「不瞞您說，夫人因為今天沒空，所以派我帶來這個，替她給您送行。」

書生舉起手裡的水果籃給津田看。

「哎呀，太感謝了。不敢當。」

說著，津田立刻伸出手，打算把籃子接過來，不料書生卻不肯交給他。

「不，我幫您提上車。」

火車向前滑動時，書生無言地向津田行了一禮。「請向夫人轉達我的問候。」津田向書生還禮後，走向一節乘客不多的車廂，他一面在角落緩緩坐下一面暗自慶幸：「還好沒讓阿延來送我。」

一六八

津田從大衣內袋掏出一份報紙，這是出門之前，阿延體貼地替他裝進去的，他比平時更用心地讀著報紙。窗外的天色愈來愈暗，稀疏的雨絲突然下得更加緊密了，特別是從適於展望的車窗望出去，更能深切體會車外的雨勢十分驚人。

雨絲上方覆蓋濃密的雲層，周圍全是一望無際的厚雲，雲雨之間淨是連綿不斷的廣闊空間。當眼前只剩下空曠的原野時，他不禁暗自把車外的荒涼景致，跟車內設想周到的各種設備對比一番。車內的環境令人舒適愉快，跟窗外的世界完全不同。他一向認為身處安逸的環境，原本就是文明人的特權，現在回想起下午被迫冒雨出門時的心情，他就感到背脊發涼。窗外的雨絲不斷滴滴答答打在車窗玻璃上，雨絲打在玻璃的瞬間，立刻向四方迸裂，並在窗上留下點點水珠。他身邊的男人從剛才就一直呆呆地望著窗上的雨絲，男人看起來大約四十上下，這時，他突然微微前傾上身，向盤腿坐在對面的同伴搭訕。然而，雨聲夾雜著震耳欲聾的火車聲，同伴聽不清他講些什麼。

「雨愈下愈大呢。照這樣下去，輕便鐵路[64]會不會沖壞呀？」

男人只好提高音量，聲音大到連津田也聽得很清楚。

64　輕便鐵路：一般所謂的小火車，軌道比正常鐵路窄三十公分左右，採用小型火車頭與車廂，且因為鐵軌較輕，適用於坡度較陡，彎度較大的路線。據作家大岡昇平在《小說家「夏目漱石」》一書中指出，夏目漱石曾於一九一六年一月至二月在著名的溫泉地湯河原進行療養，小說裡津田前去的溫泉地，就是以湯河原為藍本，而這段輕便鐵路應是行駛於小田原與熱海之間的路線，當時是由「大日本軌道」負責營運。津田的搭車路線應是從東京搭乘火車前往國府津，然後換乘電車到達小田原，之後，才從小田原搭乘輕便鐵路前往湯河原。今天從東京前往湯河原，已有東海道鐵路可以直達，不必再像小說裡描述的那樣，要花費一整天時間才能到達。

「不會，這鐵路雖然名叫輕便，但不要緊的。這麼輕便出現故障的日子搭上這列火車，我們也是夠倒楣的。」

男人的同伴答道。他是個年約六十的老人，身上穿著毛呢和服外套，頭戴一頂模樣奇特的無邊帽。這種帽子，就是在洋貨店裡也難得一見。除非特地找到那種店裡堆滿菸草袋、南洋印花碎布、古代蠟染布之類貨品的袋物屋[65]，才有可能訂製一頂呢。聽老人說話的口音，不必多問，準是個土生土長的東京人。只是身上的服裝跟他那份豪邁卻相去甚遠，津田不僅覺得老人的豪爽與健康令他驚訝，更對他那種接近東京下町的語法感到意外。

剛才老人跟同伴交談時偶然提到「輕便」兩字，這個名詞引起了津田的注意。他也要搭乘「輕便」到外地去療養，今天下午將要坐在那輛火車裡，一路顛簸好幾小時，說不定，這兩人也會跟自己同路吧！想到這兒，他的耳朵突然對兩人的談話變得敏銳起來。由於身邊沒有多餘的座位，那兩人只好維持著不舒服的姿勢，並把嗓門拉得很高，所以他們講的每句話、每個字，他都聽得非常清楚。

「沒想到天氣變成這樣。早知如此，還不如延後一天出發呢。」

頭戴紳士帽的男人說，他身上穿著駝絨大衣，顯得非常沉靜穩重。

老人立刻答道：「沒事，不過是下雨而已。頂多就是淋溼，不算什麼。」

「可是行李就麻煩啦。一想到輕便鐵道是把行李放在露天淋雨，就叫人不安哪。」

「那就換我們去淋雨好了。把行李都搬進車廂。」

說完，兩人一起發出震耳的笑聲。

老人接著又說：「因為上次發生了那件意外嘛。火車走到一半，蒸汽機的鍋爐破了個洞，車子不能動了，那時大家肯定都很擔心吧。」

「當時是怎麼開到下一站的？」

「哎呀！還不是讓對面來的那班車在山裡等著。然後借用了那班車的鍋爐啊。」

「原來如此。可是被別人搶走鍋爐的那班車怎麼辦啊？」
「是呀。對面來的那班被人搶走了鍋爐，就不能動啦。」
「所以我問你，那班被丟下的火車結果怎麼樣了？總不會為了救別人，把自己困在路上吧？」
「現在回想起來，我才發覺這個問題。當時誰也沒考慮到對面來的那班車呢。其實當時天也快黑了，寒氣刺骨，大家都冷得發抖呢。」

聽到這兒，津田總算慢慢聽懂他們說些什麼了。據他推測，這兩人當時一定是搭乘輕便鐵道，正要前往鐵路兩側的三處溫泉地當中的某處去玩。他想到自己等會也得轉乘那條輕便鐵道，而且要在車裡待上兩、三小時，如果輕便鐵道真像他們形容的那麼脆弱，又碰上這種雨天，到時候真不知會遭到什麼災難呢。只是，那老人的話裡也有幾分東京人與生俱來的誇張。他原本正要開口向他們打聽：「那條鐵路真的那麼不好嗎？」這時他又暗自苦笑著決定還是別多問了。接著，他又從「輕便」兩字聯想到清子。「就連女子單身一人都能輕便地搭車往來呢。」想到這兒，他決定不再認真去想那兩人耍嘴皮式的說笑了。

65 袋物屋：專賣各種用途的小型布製用品店，商品包括菸草袋、印章袋、錢袋、手提袋等。

一六九

列車快要到達目的地車站時，三個人一直關注的天氣漸漸放晴了。津田抬頭望向雨勢漸收的天空，看到一片流雲匆匆飄過，迅速朝向火車的車尾方向飛去。一片接著一片的流雲，像在追逐第一片雲似的，緊密相連地向前靠攏。不久，流雲飛逝的空中，終於露出一塊比較明亮的天空。雲層較淡的部分漸漸地愈來愈大，其中一角甚至再來陣風就能吹破，然後藍天的光輝就會從那個縫隙裡射出來。

看來老天爺對自己意外地青睞。津田懷著滿腔感激下了車，又立刻在相同的車站換乘一列電車。他剛踏入車廂，就看到剛才那兩個結伴出遊的男人，果然不出所料，他們的目的地跟自己一樣，搭乘的交通工具也一樣。津田留心觀察他們的手提行李，卻沒看到值得擔心被雨淋壞的大件行囊。不僅如此，老人好像根本不記得自己剛才說過的話了。

「感謝老天！真是來對了！畢竟就該說走就走啊。你看！要是我們現在還拖拖拉拉地留在東京，肯定悔恨不已。一定只會埋怨說，哎呀！好無聊，早知如此，乾脆早上出發就好了。」

「沒錯。不過，東京現在大概也變成這樣的晴天了吧？」

「那我怎麼知道，必須親眼看到才知道啦。不然，你現在打個電話問問看？我想應該差不多。因為不管走到日本的哪個角落，這片天空始終連在一起。」

聽到這兒，津田忍俊不已。沒想到老人卻向他搭訕道：「你也去湯治場吧？剛才我就猜想，你大概是去那裡。」

「為什麼呢？」

「為什麼？到那種地方去玩的人，只要看一眼，馬上就能看出來，對吧？」

說著，他轉頭看著身邊的同伴。「對呀！」戴紳士帽的那個人無奈地答道。

面對這位天眼通[66]老人，津田只能露出苦笑。他打算盡快結束談話，誰知性格豪爽的老人還想繼續跟他聊天。

「不過最近出門旅行，真是比從前方便多了。不管到哪裡，只需動動身子就行，實在太棒啦。尤其像我們這種性急的人，簡直滿意得無話可說。就像這次出門吧，我們根本沒帶什麼行李，除了我這個手提布袋，還有這位老闆的手提包，其他的就只有我們的兩條命啦。對吧？老闆。」

被叫作老闆的那位同伴只答了一聲「是啊」，沒再多說什麼。津田想，如果連這麼少的手提行李都不准帶進車廂，他們所說的那個叫「輕便」的交通工具，車廂裡一定擠得不得了，要不然就是秩序異常混亂。想到這兒，他覺得自己應該向他們確認一下，但又轉念一想，就算問清了狀況，也於事無補，便又閉上了嘴。

從電車下來的時候，津田已經看不到兩個男人的身影。他獨自走進車站前的一間茶屋，一面吃著午餐，一面欣賞各種各樣精心設計的溫泉廣告圖片。其中有些是照片印刷，也有些是石版印刷。這頓午餐已經比平時晚了一小時，他立即使出老饕本領，迅速地狼吞虎嚥起來。然而，火車發車的時間很快就到了，他只好丟下筷子，急忙朝向輕便鐵道的車站奔去。

始發車站就在剛才休息的茶屋門前。他看到眼前的車廂比一般電車狹窄得多，忍不住上上下下打量了一番。買完車票，從鐵道女服務員手裡接過零錢後，他立刻奔向車門。剪票口和月台之間的距離極短，只走了五、六步，就到了登車的階梯前方。一走進車廂，他又看到剛才坐在身邊的兩個男人。

「哎呀！你來得很早嘛。到這裡來坐吧。」

老人說著挪動身軀，讓出一個空位，剛好讓津田把手裡的小型毛毯鋪在那兒。

66 天眼通：佛教所謂的「六通」之一，表示不受光源明暗的影響，能看到極遠方的事物，或能透視障礙物或身體的能力。「六通」一詞曾經出現在多部佛經裡，亦稱「神通」，意指「通達事理的能力」，主要涵蓋六種能力：一為天眼通，二為天耳通，三為他心通，四為神足通，五為宿命通，六為漏盡通。

「今天人不多，好極了。」

說完，老人開始向津田描述每年避暑避寒等旺季的旅遊盛況。據說從年底到新年，還有七月和八月，這兩段時期都有成千上萬的遊客趕來享受水療。老人的語調仍跟剛才一樣風趣，說了一半，他又轉臉看著自己的同伴說：「上次碰到那個帶女伴一起來的傢伙，可真倒楣啊。首先，她屁股那麼大，根本坐不下。後來又暈車，簡直糟透了。車廂裡的乘客都擠得像壽司裡的米粒，她竟在人群裡又嘔又吐。太不像話了。」

老人的語氣似乎根本沒把旁邊的年輕女人放在眼裡。

一七〇

津田雖然身處「輕便」之中，但他平靜的心情還是不時被這位樂觀的老人攪亂。腦中不斷浮現各種景象，譬如到達目的地之後碰到的各種情況，自己隨機應變的模樣，還有幻想中的旅館、山巒、溪流等風景，各種情景正在腦中轉來轉去。這時，老人突然把他從夢中喚醒了。

「還是上次那座臨時橋！動作那麼慢。看吧！那些土木工人，他們是那樣做工的。」

老人一張口就開始罵人，彷彿去年河川氾濫沖走的那座橋至今沒有修好，全都因為鐵道公司過於顢頇。罵完之後，他又指著河流入海處，叫津田看岸上的一棟新屋。

「那座房屋去年也被海浪沖走了，但他們馬上又造起一座新的。至少比輕便鐵道的效率令人滿意。」

「那是因為他們不想錯過今年夏天的避暑客吧。」

「你只要在這裡住上一個夏天，大致就能了解。任何事要是幹勁不夠的話，就沒法及早辦好。譬如這條輕便鐵道，不就是這樣？我告訴你吧，那種半吊子的臨時橋還能勉強湊合，鐵道公司就故意拖著，不肯重建新橋。」

津田只好聽著老人漫談世事，不時點頭稱是，等到老人暫時閉上嘴，他也閉眼琢磨自己的心事。

無數的片段影像不斷在他腦中飄來飄去。其中有今晨看到的阿延，還有趕到車站送行的吉川家書生，以及書生幫他提進車廂的那個水果籃。他突然想起一個主意，要不要打開籃子，把夫人送來的水果分給那兩個男人一些呢？但他立刻想到這個舉動可能引起的麻煩，還有對方收下禮物後誇張致謝的鮮明形象。想到這兒，腦中的老人和紳士帽男人霎時失去蹤影，緊跟著映入腦海的，是吉川夫人的豐滿身影。下一秒，他的思緒又飛到跟這次水療之旅有關的清子身上。他的心緊隨著火車前進而開始前後搖盪。

他搭乘的這種車廂，實在簡陋得不配稱為火車。沿途的地勢波折起伏，列車幾度隨著地形上上下下，忽而急速駛下通往海邊的陡峻山嶺，沿途發出嘎噠嘎噠的恐怖聲響，忽而行駛在兩山之間的谷底。美麗的天空下，山坡各處遍植橘子，滿坑滿谷淨是橘色，為南方溫暖的秋季帶來豐收的點綴。

「那玩意兒看起來很好吃呢。」

「才不呢，一點都不好吃。不如光從這裡看著比較好。」

火車再度爬上一道險峻曲折的坡道時，車身突然停下來，但附近並無車站，只有剛被薄霜染上秋色的雜木林。

「怎麼回事？」

老人說著把腦袋伸出車窗。車掌和火車司機都匆匆下車，彼此交頭接耳地討論著什麼。

「脫軌了。」

這個字眼傳進眾人耳中時，老人馬上轉眼看著津田和面前那個戴紳士帽的同伴。

「所以剛才不是跟你們說了嗎？我就覺得一定會出什麼事。」

老人的語氣突然變得像個預言家，好像覺得自己又有機會耍嘴皮，顯得非常興奮。

「反正我離家之前已經喝過訣別酒，早就做好心理準備了。不過啊，現在事到臨頭，我又不甘心這樣等死了。再說，這樣坐著乾等，故障也不會立刻修復，因為天變短了，人的性子也變急了，誰能這樣悠閒地等下去啊……大家看怎麼樣？暫且下車幫忙推一下吧？」

老人說著便精神抖擻地率先跳下車去。其他人也只好苦笑著站起來。津田不能一個人坐在車裡，便跟著一起下車了。走到發黃的草坪上，他跟在一名悠閒佇立的女人身後，嘴裡發出「嗯嗯」的吆喝聲，同時用力向前推。

「哎呀！糟糕！推過頭了。」

有人喊道。列車重新被拉回來，然後又向前推。就這樣推推拉拉，反覆了兩、三次，終於把車廂拉回到軌道上。

「這下列車又誤點了。託福啊，老闆。」

「託誰的福啊？」

「託『輕便』的福啊！不過，要是沒遇到這種事，大家一定會很睏吧。」

「難得出門來玩，太不值得了吧？」

「說得對。」

津田一路都在擔心列車誤點，好不容易等到火車開進一個別人告訴他的車站時，他向身邊活力充沛的老人道聲再見，獨自走進黃昏的空氣裡。

一七一

眼前那片分不清是暮靄還是夜色的朦朧裡，小鎮的街景隱約浮現，看來就像個孤寂的夢。津田轉眼審視身邊閃爍不已的微弱燈光，還有光圈外圍照不到光線的龐大黑影，他覺得自己確實像是身處夢中。

「我現在正朝著夢境般的世界走去。從我離開東京的那一刻起，不，更正確的說法，應該是從吉川夫人勸我進行這趟溫泉之旅以前，不，要是更深入探究，應該是在我跟阿延結婚之前……就算追溯到那時，還是不夠，其實應該是清子突然棄我而去的那一瞬間，我就遭到這種夢境般的詛咒。而我，現在就在奔赴那個夢境的路上。回頭細想，這場夢已從以往執著到現在，再過不久，等我到達目的地的同時，應該就能徹底清醒了吧。因為這是吉川夫人提出的建議。而我既然贊成了夫人的意見，並已付諸行動，就不能不承認，這也是我自己的想法。然而，夫人說的是真的嗎？我的夢真的能夠一掃而盡嗎？站在這夢境般恍惚的寒村之中，我真的擁有足夠的信念嗎？放眼四望，眼前淨是矮房、窄路，路面的砂石似乎是最近才新鋪的，還有那瑟縮的燈影、歪斜的稻草屋頂、拉下黃色車篷的單頭馬車……這種新舊不分的組合，配上淒冷、夜寒，還有昏暗的裝飾，愈來愈像個夢境……朦朧的事實造成的一切感受，或許就是自己被引導至此的宿命象徵吧？過去是夢，現在也是夢，未來仍舊是夢，我將帶著那個夢，重新返回東京。但是事情未必就此結束。不，大概會結束。既然如此，我又何必從東京冒雨跑到這裡來呢？畢竟因為自己是個傻瓜？既然現在明白自己是傻瓜，從這裡就可以掉頭離去啊……」

各種想法一齊湧上心頭。轉瞬之間，所有的事件經過、往事片段，還有推論與臆測，全都緊密地混成一團，從他心頭掠過……不料，剛想到這兒，他卻不能繼續沉浸在自己的世界，當他自己的主人了，因為一個不知從哪來的年輕男人突然走了過來。男人走到他面前，一把搶過行李，然後一秒也不耽擱，就把他迅速拉進前面的茶屋。男人甚至不問津田要去的旅館名稱，也不問他究竟搭馬車還是人力車，就連津田期待的討好巴結，也在他從容自得的短暫忙碌中一概省略。

不一會兒，男人也不問津田的意見，就讓他爬上一輛收起帆布車篷的馬車，緊接著，男人說了聲「打擾」，也爬上了馬車，坐在前方的座位上。津田看他也跟上來，大驚問道：「你也跟我一起去？」

「是啊。我搭個便車，可以吧？」

原來，這個年輕男人就是津田即將入住的那家旅館的夥計。

「這裡豎著一面旗子。」

津田轉頭望去，看到駕駛座角落插著一面小紅旗。但因為光線太暗，看不清旗上染印的文字。奔馳的馬車帶起了陣陣清風，吹得小旗奮力飄向津田的座位。津田縮著脖子，豎起大衣的衣領。

「現在夜裡已經很冷了。」

夥計的座位剛好背靠車夫的背脊，所以完全吹不到風。他這番解釋反而讓津田覺得他有點狡猾。

道路的兩邊似乎全是農地，津田彷彿聽到道路與田間的小河不時傳來潺潺水聲。兩側路旁的農田面積都很狹窄，四周圍繞著山坡

津田拉緊帽子和大衣領子遮住臉孔。而那遮不住的部分，只能隨它承受狂風吹拂。他想藉著沉默禦寒的動作，故意不跟夥計說話。而那夥計似乎也覺得這樣比較自在，有意不主動跟他搭訕。

半晌，津田突然靈機一動，向夥計問道：「現在客人很多嗎？」

「是的，謝謝，託您的福。」

「大概有多少人？」

夥計答不出人數，像要解釋什麼似的答道：「很不巧，現在碰上淡季，其實沒什麼客人。天冷的季節，要在年底到新年那段時間，客人才比較多，夏季大約是在七、八兩個月吧。碰到旺季的話，臨時上門的客人就要吃閉門羹了，差不多每天都有這種事呢。」

「所以現在剛好是淡季。對吧？」

「是啊，請您安心享受假期。」

「謝謝。」

「您也是為了療養，才遠道而來吧。」

「嗯，可以這麼說。」

津田跟夥計搭訕的目的，原本是想打聽清子的消息，這時卻說不下去了。他有些畏縮，實在無法說出清子的名字。同時也覺得，萬一以後引起什麼問題也挺麻煩的。於是他不再望向夥計，重新靠回馬車的椅背後再度陷入了沉默。

一七二

不久，馬車即將撞上一座黑色巨岩般的物體時，突然順著岩石下方繞了一圈，津田才發現背面也有幾塊類似的碎石，七零八落地橫在路旁。車夫從駕駛座上飛快躍下，又從馬嘴裡卸下馬轡[67]。

一邊的路旁聳立著高入雲霄的大樹。明亮的星空下，大樹的黑影顯得非常壯觀，看得出那是一棵古松。猛然間，又聽到陣陣奔流的水聲從另一邊的路旁傳來。津田已經很久不曾離開都市，眼前的景色意外地使他的心情瞬間出現變化。他覺得記憶彷彿又被喚醒了。

「啊！世上竟有這等景色，我怎麼都忘了？」

不幸的是，這番慨嘆卻不肯聽話地獨自消逝。他腦中立刻浮起了即將看到的清子身影。從分手到現在，已經快滿一年了，他從沒忘記過這個女人。老實說，像現在搭乘馬車，一路搖搖晃晃趕到這裡，不就是因為執著於追逐她的身影嗎？剛才坐在馬車上，車夫拚命揮鞭抽打那匹瘦馬，可能是擔心耽誤了時間吧，但他覺得很不以為然。說得不客氣一點，他那顆企圖追上前女友身影的心，不是跟這匹瘦馬一樣？如果說，這隻正從鼻孔呼出粗氣的可憐動物就是他的話，那個狠命揮鞭的人又是誰呢？吉川夫人？不，也不能這麼輕率地做出結論。那麼，畢竟還是自己嘍？津田並不想把這個問題弄得太清楚，只好暫時丟開，仍舊回頭思考那件更重要的事。

「我究竟為什麼要去見她呢？為了把她永遠記在心裡？但我就是沒有見到她，現在不也沒忘掉她嗎？那是為了把她忘掉嗎？或許是吧。然而見了面，就能忘掉嗎？或許可以吧。也或許忘不了吧。剛才的松影與水

67　馬轡：又稱轡頭、馬勒。一般是由韁繩與嚼口組成。嚼口為鐵製棒狀物或鏈狀物，兩端連接韁繩，趕車時放在馬嘴裡，便於駕馭或馴服馬匹。

聲，讓我想起早已忘懷的山巔與溪流。那麼，始終不曾忘記的她、總是在我腦中閃現的她、讓我大老遠從東京追來的她，會給我帶來什麼影響呢？」

山中的空氣冰冷無比，昏暗神祕的夜色籠罩著周圍的山峰，當他發現自己已被寒冷的夜色吞噬時，他不禁心生恐懼，全身一陣戰慄。

馬夫取下馬嘴裡的轡頭之後，將車緩緩趕過一段橫跨急流之上的木橋。橋下水流奔騰，溪水沖上嶙峋的岩石，濺起千層白沫，發出涓涓水聲。不久，數點燈火映入津田的眼簾，他這才悟道：啊，已經到了！他甚至立即聯想：說不定，那些燈光裡的某一盞，現在正照耀著清子的風姿呢。

「那燈光就是命運之光。我除了朝向目標前進，再也沒有其他選擇。」

津田原本不是充滿詩意的人，他沒想到自己會說出這番話。但他覺得自己現在的心情，只能用這種方式才能表達。接著，他轉頭向夥計問道：「好像已經到啦？你們旅館是哪一間？」

「快到了，再往前走一百公尺左右。」

溫泉町的道路非常狹窄，僅容一輛馬車通行，似乎是故意把路修得蜿蜒曲折，很不規則，馬車到了這兒，車夫再也不能揮鞭。但儘管如此，車子也只花了五、六分鐘，就到達旅館的門口。由於周圍淨是遼闊的山巒、峽谷，小鎮市街就顯得更加狹隘。

旅館裡果然非常寂靜，就像夥計形容的那樣。這種寂寥的感覺，並不是因為夜深或房舍寬敞，主要還是因為住客太少。津田在一片寂靜中，被人領進了自己的房間。他心中不禁生出感激，感謝老天賜給他偶然的機會，讓他碰上這麼理想的旅遊季節。儘管他生性喜歡待在人群當中，現在卻有不得已的理由，必須選擇這間旅館。他向膳桌對面的女侍問道：

「白天這裡也是這樣嗎？」

「是的。」

「好像沒看到什麼客人嘛。」

女侍列舉了一堆名詞，什麼「新館」、「別館」、「本館」之類的，希望解除他心底的問號。

「這裡面積這麼大呀？要是弄不清建築的位置，大概會迷路呢。」

他覺得自己必須確認一下清子是不是住在這裡。但就像剛才無法向夥計提出露骨的問題，他也不敢直接詢問女侍。

「像這樣的旅館，單身住客比較少吧？」

「也不一定。」

「妳說的是男人吧？單身女子應該不可能一個人住在這裡。」

「現在就有一位。」

「喔？那種客人，應該是為了療養吧？」

「大概是。」

「姓什麼呢？」

但是女侍不負責伺候那位女客，所以不知道姓名。

「年輕嗎？」

「是啊。年輕又漂亮。」

「是嗎？真想親眼見識一下。」

「她去泡湯的時候，會從這個房間的外面經過，您想看的話，隨時都能……」

「能看到她？那真是太好了。」

津田又問了那女人的房間位置，便命女侍撤下了膳桌。

一七三

津田想在睡前泡個熱水澡，便請女侍帶路。這時，他才發現旅館真的就像女侍剛才介紹的那樣，實在非常寬敞。他隨著女侍轉過一段意想不到的走廊，又順著出人意料的階梯下了樓，待他好不容易看到預期的浴池時，心中不免萌生一個疑問：等下我能否獨自走回房間呢？

浴室的左右兩邊各有三個小型浴池，都用木板和落地玻璃窗隔成單間，另外還有一個相隔較遠的大浴池，尺寸比一般錢湯的浴池大上一倍。

「這個浴池最大，泡起來很舒服。」女侍一面說，一面嘎啦嘎啦地替津田拉開毛玻璃門。隔間裡一個人也沒有。隔板上方裝了玻璃窗，或許是為了防止熱氣瀰漫室內。如果用日式房間來比喻，玻璃窗的位置就在門框上方到屋頂之間的「欄間」部分。兩扇玻璃窗各自拉開一半，寒夜的冷氣正從窗縫裡直驅而入，撲向津田的身體。他正要把棉袍脫掉，陣陣寒氣夾帶著鄉野氣息向他襲來。

「哇！好冷！」

津田嘴裡嚷著，砰地一下跳進浴池。

「請您慢慢入浴。」

女侍說完拉上房門，正要走出去，突然又轉身走回來。

「樓下也有浴室，如果您想去那邊，也可以到那裡去洗。」

津田剛才順著樓梯下了一兩層樓，完全沒料到這個浴池下面還有浴池。

「這裡到底有幾層啊？」

女侍笑著沒回答，但她並未忘記自己該交代的事情。

「這個浴池是新建的，雖然比較乾淨，但要說溫泉水的話，還是下面那個池子比較有效。真正來做水療的客人，都是到樓下那間去洗。而且樓下的浴池還可利用水流沖擊肩膀、腰部。」

津田全身都浸泡在浴池裡，只露出腦袋答道：「多謝了。我下次到那邊去洗，請妳帶我過去吧。」

「好啊。老爺您是身上哪裡不好嗎？」

「嗯，是有點不好。」

女侍離去後，津田一直思考「真正來做水療的客人」這句話，想了好一會兒，還是想不透其中含義。

「我到底算不算那種客人呢？」

他希望自己是那種客人，卻也不願變成那種客人。自己究竟為什麼而來，他心裡非常清楚。他雖然冒雨趕到這裡，內心仍有商榷的餘地。他心中有猶豫，卻也擁有幾分餘裕。餘裕告訴他：「眼前還有轉圜的餘地。想扮演一名『真正來做水療的客人』，那就扮演吧。不管要不要扮演，都是你的自由。不論何時，擁有自由總是幸福的。但相對的，自由也讓你永遠無法做出了斷，所以你才感到心有欠缺。你願意為了內心的滿足而放棄自由嗎？失去自由之後，你能確實得到什麼？你知道答案嗎？你的未來還沒來到眼前啊。儘管從前遇到那次不可思議的經驗，但你在將來說不定還會經歷更多不可思議的事情呢。而你現在為了弄清從前的不解，追求符合自己期待的未來，而打算放棄現有的自由，你這個人，究竟是愚蠢還是聰明呢？」

他無法判斷自己是愚蠢還是聰明。任何事都得根據結果才能決定如何應對。而他卻對結果懷有疑問，所以他當然會感到手足無措。

其實打從開始，他就有三條路可選。而且除了這三條路，再也沒有其他選擇。第一條路，永遠得不出結論，但不會失去現有的自由；第二條路，就算表現得像個傻瓜，也要勇往直前；第三條路，也就是他現在期待的目標，既不變成傻瓜，也能按照自己滿意的方式解決問題。

在這三條路當中，他原本是以第三條路為唯一目標，才離開東京的。但是一路行來，他經歷了火車搖晃，馬車顛簸，承受過山中冷氣的吹拂，還在霧氣蒸騰的熱水裡浸泡過，而現在，當他知道自己追尋的對象已經近在眼前，自己期待的計畫明天就可以付諸實行的瞬間，第一條路卻突然露出臉來。不僅如此，不知從何時起，第二條路也微笑著出現在他身邊。這兩條路來得突然，並且無聲無息。原本遮住視野的霧靄，不待風來就已煙消雲散，於是，在逐漸放亮的晴空下，他終於確切地看清自己的眼前。

他是個十分浪漫的男人，同時也是個非常現實的男人。但他並未發現浪漫與現實是對比的關係，所以他也就不會為了自我矛盾感到痛苦。現在的他只需做出決斷。但在做出決斷之前，他還是得經歷一番內心的掙扎……就算當個傻瓜也行，不，我不喜歡當傻瓜。對嘛，怎麼能當傻瓜呢……經過內心的糾結之後，又像三條路一樣，得出了這種三段式答案了好久，思考到最後，終於知道自己該怎麼做了。

大浴池裡沒有別人，他不斷地划動雙手，也不知是在洗澡還是摩擦，只聽到潔淨的泉水被他攪得嘩啦嘩啦響個不停。

一七四

這時，耳邊突然傳來嘎啦一聲，玻璃門被拉開了。津田全副精神都集中在自己身上，早已忘了周圍的一切，聽到這聲音，他不禁大吃一驚，忍不住抬頭望向門邊。霧氣迷濛中，當他看到女人的上半身出現在門口的瞬間，心臟突然發出「噹啷」一聲，就像警鐘被敲響了似的。然而，眨眼之間產生的預感，又在眨眼之間消失了。因為出現在面前的，並不是那個真正會令他吃驚的人。

門口那女人是他從未見過的陌生人。女人的衣著很隨便，似乎剛剛睡醒，若是白天的話，她應該不敢這樣出門見人。平時一般女人穿小袖和服的時候，連裡面長襦袢的裙邊都不能露出半分，這女人卻在津田的眼前大方展現長襦袢的豔麗色彩。

全身赤裸的津田像個乞丐似的蹲在浴池裡，女人剛要踏進池子，一眼看到津田，便立刻退了出去。

「啊唷！失禮了。」

津田原本認為該由自己主動致歉，現在反而感覺女人搶走了自己的話。接著，又聽到一陣拖鞋聲從樓上走下來。穿拖鞋的人走到玻璃門前停下腳步，然後傳來一男一女的交談聲。

「怎麼回事？」

「裡面有人了。」

「有人占用了？也沒關係啊。只要不擠就行了。」

「可是……」

「那去小浴池好了，小浴池那邊全都空著吧。」

「也不知阿勝在不在？」

津田很想快點出去，好讓這對男女進來泡湯，但又覺得女人的態度令他不爽，因為女人似乎非要泡他這個池子不可。津田決定不管他們，重新把身子浸入浴池。他想，你們要泡就進來吧，不必客氣。

他的身材頗為高大，於是他輕鬆地伸出長腿，一面在水裡踢上踢下，一面透過清澈的泉水，得意地欣賞自己載沉載浮的下肢。

這時，耳中傳來一個男人說話的聲音，好像就是女人要找的那個阿勝。

「晚安，今天來得很早啊。」

男人聽到阿勝說話立刻答道：「嗯，因為太無聊了，今天打算早點睡覺。」

「是喔。練習結束了？」

「談不上練習啦。」

接著傳來女人的聲音：「阿勝，那邊已經被別人占用啦。」

「喔？是嗎？」

「還有沒有其他浴池？沒人用過的。」

「有的。不過可能會有點燙喔。」

津田又聽到浴室開門的聲音，就在他這間的對面，似乎是那個阿勝帶著兩人過去了。緊接著，他這邊的浴池入口也發出「嘎啦」一聲，有人拉開了門。

「晚安啊。」

說著，一個方臉的矮小男人走了進來。

「老爺，我幫您沖一沖吧？」

說完，男人立刻走向水龍頭，用橢圓小木桶裝滿熱水。津田只好把背脊轉向男人。

「你就是阿勝吧？」

「是啊，老爺消息很靈通嘛。」

「我是剛剛聽到的。」

「原來如此。對了，我還是第一次看到老爺呢。」

「我剛剛才到。」

阿勝說了聲「喔」，然後笑了起來。

「您從東京來的？」

「沒錯。」

阿勝先用「幾時離京」、「幾時入京」之類的字眼，打聽了津田的相關訊息。接下來，他除了向津田提出一大堆問題，也提供了各種訊息，譬如說：老爺自己一個人來的嗎？怎麼沒帶夫人一起來？剛才那對夫婦在橫濱做生絲生意，先生每天晚上都跟他夫人學唱《義太夫》[68]、這家旅館的老闆娘很會唱長唄[69]等等。津田聽他說了一堆有的沒的，連跟自己無關的事也都聽到了，唯有一個名字，是阿勝不曾提到的。當然，這個名字就是「清子」。不過，他只對這偶然造成的結果感到悵然，並不打算追問。老實說，他根本也沒時間多想，阿勝就已嘰里呱啦說完了，同時也幫他把身子沖洗乾淨。

「請您慢慢享受。」

說完，阿勝走出了浴室。津田望著他的背影，覺得自己已經沒必要慢慢享受，便立即擦乾身體，跨出玻璃門。然而，當他提著溼手巾爬上浴室樓梯，經過樓上的化妝台和穿衣鏡，並在走廊上拐了一個彎之後，他就再也找不到返回自己房間的路了。

---

68 《義太夫》：「淨琉璃」的一種。「淨琉璃」是一種日本說唱表演的曲調，通常使用三味弦伴奏。十七世紀江戶時代前期，由大阪的竹本義太夫創始。

69 長唄：原本叫作「江戶長唄」，十八世紀上半期在江戶地區形成的一種歌舞伎樂曲，主要伴奏樂器是三味弦，通常由數人一起演唱與伴奏，同時也採用其他樂器協奏。

一七五

剛開始邁步向前時，他幾乎沒有發現任何問題。這就是剛才女侍帶我來時走過的路嗎？甚至連這種疑惑，也像個朦朧的夢，只在記憶裡投下淡淡的陰影。但是把他踏過的走廊長度跟剛才兩相對照一番，卻始終沒走到自己的房間門前。忽然，他停下了腳步。

「怎麼回事？我該往後退？還是繼續向前走呢？」

電燈照耀下的走廊十分明亮。不論要往哪個方向，都能隨意前進。但他聽不到一絲腳步聲，也沒看到碰巧路過的女侍，只好把手巾和肥皂放在地上，試著拍了拍手，就像他在家中的書房呼喚阿延時那樣。但是拍完了手，還是沒有任何反響。他對這間旅館一無所知，別的不說，就連女侍休息室在哪兒都不知道。剛才他是從玄關直接進來的，而這裡的玄關跟一般民宅一樣，兩旁種滿了樹木，所以像後門、廚房、櫃台之類的地方，從大門進來時都看不見，等於就是祕境。

他又試著伸手反覆拍了一兩下，仍然沒人理會。他臉上浮起苦笑，重新撿起了肥皂和手巾。這也挺有趣的嘛。他不禁異想天開，乾脆順著走廊繞上幾圈，看究竟走到什麼時候才能走回自己的房間。他很想體會一下這種前所未有的旅館經驗，便懷著故意冒險的心情，邁步向前走去。

走廊很快就到了盡頭。旁邊有一道兩、三階的樓梯，他便登樓繼續往上走，不一會兒，看到一間化妝室，裡面並排裝設了四個金屬臉盆。清水正從鍍鎳水龍頭裡源源不斷地流出來，也不知那水是山澗還是泉水，總之四個盆子早已裝得滿滿的，清水溢過盆緣流向下方，看起來晶瑩剔透，好似一層薄薄的透明水帘。金屬臉盆裡，一部分的水受到後方往前的推擠，一部分的水受到上方向下的沖擊，兩者都無聲地承受著些微的震盪，正在微微晃動。

津田向來用慣了都市的自來水，眼前這幅景象，竟讓他忘了自己身在何處。他只覺得這樣太浪費了。正要伸手扭緊水龍頭，卻發現自己有點魂不守舍。就在這時，他看見鑲著白瓷的金屬盆裡，流水正在捲起陣陣漩渦，忽大忽小，飄忽不定，看起來十分有趣。

四周一片寂靜，就像剛才吃飯時，那位女侍向他描述的一樣。不，其實聽了女侍的話之後，他曾經幻想過這幅景象，只是現實比他想像的更加寂靜。在這裡看不到客人，一點都不奇怪，反而更該懷疑這裡到底有沒有人類。電燈的光輝在寂靜中普照每個角落。然而電燈只發出亮光，卻沒發出聲音，也沒有任何活動。只有眼前的清水正在流動，水流激出漩渦，時而放大，時而縮小。

他立刻把視線從流水移開，不料視線卻猛然撞上一個人影，他吃了一驚，連忙定睛細看。原來，化妝室旁邊的牆上掛著一面大鏡子，他看到的人影只是鏡中的自己。那面鏡子的尺寸至少跟理髮店的一樣大，因為懸掛位置的限制，鏡子也跟理髮店一樣豎著掛在牆上。所以鏡中不只映出了他的臉孔，就連肩膀、身體、腰部等都可從正面看得一清二楚，而且鏡中人物也跟他站在一樣高的平面上。他雖看出鏡中人物就是自己，但卻無法移開視線。雖然剛剛泡過熱水，他的臉色卻很蒼白。就連他自己也不知為什麼會這樣。久未修剪的頭髮亂七八糟地覆在頭上。又因為剛才泡湯弄溼了頭髮，現在整個腦袋像刷了一層油漆似的閃閃發亮。不知為何，他覺得自己這一頭亂髮很像暴風雨摧殘後的庭院。

他原是個五官端正的美男子，臉上的肌膚非常細緻，幾乎細緻到對男人來說有點可惜的程度。他對自己的臉皮永遠深具自信。在他的記憶裡，照鏡子的結果總是讓他再度確認這種自信，所以當他看到鏡中那個異於平日的不佳形象時，心裡不免有點吃驚。在他認出鏡中人物就是自己之前，他首先浮起的想法是，這是自己的幽靈。他害怕極了，心中極為抗拒。於是他睜大雙眼，再度審視自己的容貌，並趕緊向前跨出兩步，拿起鏡前的梳子，故作鎮定地梳理髮絲，把頭髮整齊地梳向左右兩邊。

但是放下梳子之後，梳頭的任務也隨之結束，他又變回剛才那個尋找房間的自己。他抬頭打量化妝室對面的樓梯，看著看著，他發現那段樓梯具備一些特徵。首先，那段樓梯的幅度比一般樓梯寬了三分之一左右；第二，那段樓梯造得非常堅固，就算大象走上去，也不會發出震動的聲音；第三，樓梯上刷了一層透明漆，跟一般的樓梯不太一樣，似乎是模仿洋房的建造法。

他雖然感到慌亂，腦中卻記得很清楚，剛才絕不是從這段樓梯下來的。即使從這兒上去，也不能找到自己的房間。想到這兒，他明白自己必須再度退回原路，於是他離開鏡子，轉身向一旁走去。

一七六

這時，忽聽二樓傳來某個房間的紙門拉開後又被關上的聲音。從樓梯的構造來看，這是一棟很寬敞的建築，房間的數目應該不只一、兩間，而現在傳進津田耳中的聲音，清晰得就像在他面前，所以他立即根據這聲音，判斷出房間跟自己的距離。

從樓下仰望樓梯頂端，樓上的建築結構很像一間普通餐廳，跟一般常見的餐廳沒什麼兩樣。樓梯頂端有個鋪地板的大房間，且不論樓下看不到的部分有多寬，但以樓梯口的正面牆壁作為基準來推算的話，那個房間的長度至少有一塊直立的榻榻米那麼長。房間門外的走廊可能分別通往三個方向，或只通向左右兩邊。因為津田並沒走上樓梯，所以只能憑想像推測。而剛才發出紙門聲音的位置，正是距離樓梯最近的房間，換句話說，位置就在樓下看得見的那面牆壁背後。

津田也是寂靜中突然聽到紙門聲，才發現樓上還有住客。不，應該說，他這才了解身邊還有其他人。剛剛因為全副心思都集中在走錯路這件事情上面，才被紙門的聲音嚇了一跳。當然只是有點驚訝而已。但從驚訝的性質來看，有點像原本以為死掉的東西又突然復活時的那種感覺。他很想立即轉身逃走，因為自己找不到回房的路，他不想讓人看到自己愚鈍慌亂的模樣；另一方面，也因為他覺得自己驚惶失措，醜態畢露，是一件很羞恥的事情。

不過，接下來發生的事情就有點複雜了。當他轉身正要往回走的瞬間，一個念頭突然浮現在腦中：「說不定，剛才開門的是女侍呢？」

轉念至此，他突然又生出了膽量。既然已經體驗過最強烈的驚慌，現在心底反而有了一絲餘裕，他想，就算碰到其他住客，也不必在乎了。

「不管碰到誰，等下有人過來，我就向他問路。」

他下定決心之後，便佇立在那面穿衣鏡前，抬眼凝視著樓上。不一會兒，果然不出所料，一陣輕巧的腳步聲從他預期的牆壁後面傳來。那腳步聲實在太輕微了。如果不是拖鞋的薄後跟隨著步子貼緊腳跟，他肯定就會忽略了這陣腳步。就在這一瞬間，他突然感到某種物體砰然撞上心頭。

「這是個女人。但不是女侍。說不定……」

突然，一道靈光在他腦中閃現，當他認出那個「說不定」的人已經毫不留情地站在面前時，比剛才強烈數十倍的震撼已將他當場擊倒，他呆呆地站著，連眼珠也無法轉動。

同樣的震撼更強烈地當場擄獲了清子。她走到樓上的榻榻米房間前面時，突然停下了腳步。在津田的眼裡，佇立在那兒的清子變成了一幅畫，也是他對清子永難忘懷的印象之一，今生今世都會存在他的心底。

她從樓上無意間垂下視線，認出了津田，兩個動作看似同時進行，卻不是瞬間完成。至少津田心裡的感覺是這樣。從無意轉變為有意，總會需要一段時間。清子經歷了好幾個瞬間，其中包括驚訝、不可思議、懷疑……最後才一動也不動地佇立在原處。她的姿勢僵硬筆直，如果有人這時從旁邊推她一把，只需一根手指的力量，她就會像泥人一樣輕易倒下。

清子手裡提著一條小型毛巾，看來似乎正要去泡湯。就像一般進行水療的住客一樣，大家都在臨睡前泡個澡，讓身體變暖起來。除了毛巾，她也跟津田一樣，手裡拿著一個鍍鎳的肥皂盒。過了很久以後，每當津田想起那個瞬間的景象，心中總是浮起一個疑問：為什麼當時清子手裡的肥皂盒沒有掉在地上？

清子的裝扮不像剛才浴室看到的女人那麼隨便。不過在這種溫泉旅館，住客之間都默許彼此穿著舒適一點，所以清子也充分利用這種默契，腰間並沒繫上正式的寬腰帶，只是隨意捆了一條顏色鮮豔的伊達卷[70]，表面織著漂亮的紅、藍、黃等條紋。她故意把腰帶捆得很鬆，睡衣裡面的長襦袢垂在腳背上，兩隻光腳直接趿著一雙毛呢拖鞋。

清子的全身逐漸僵硬起來，臉上的肌肉也開始繃緊，雙頰和額頭的顏色愈來愈蒼白。原已陷入忘我境界的津田，終於發現了這些明顯的變化。

「我必須做點什麼，否則她不知會變得多蒼白呢。」

他決定不顧一切先向清子打聲招呼。誰知他剛剛下定決心，清子卻先採取了行動。只見她猛然轉身，毫不留戀地就往回走。被她拋在樓下的津田也只好轉身，正要返回到原先那條走廊，誰知耳中聽到「啪」地一聲，二樓的樓梯口那盞電燈突然熄滅了。直到前一秒，那盞燈還一直照著清子呢。黑暗中，津田又聽到紙門拉開的聲音。緊接著，身旁有個剛才不曾注意的小房間裡，發出一陣尖銳的鈴聲，是針對客房呼叫發出的回應。

不久，只聽一陣腳步啪嗒啪嗒地從走廊遠處跑過來。津田在路上攔下這陣腳步的主人，也就是正要去清子房間聽候吩咐的女侍。於是，他總算從一名女侍嘴裡問出自己房間的位置。

70 伊達卷：和服沒有鈕扣，需要利用各種衣帶捆綁固定，伊達卷通常繫在正式腰帶的下面，幅度較窄，長度也較短，主要用來支撐正式的腰帶。

一七七

這天晚上，津田睡得很不好，耳邊不斷聽到雨戶外傳來沙拉沙拉的聲音。始終無法擺脫那聲響的他不禁疑惑，外面又開始下雨了嗎？還是從屋旁流過的山澗呢？如果是下雨的話，屋簷上卻沒有聲音，如果是山澗的話，水流又顯得過於遲緩……在他胡思亂想的同時，腦中卻煩惱著另一個更重要的問題。

剛才一回到自己的房間，他就發現客室正中央已經鋪好棉被，看起來十分暖和，應是服務周到的女侍幫他準備的。他立刻鑽進棉被裡，反覆思索剛才偶然碰上的冒險經歷。

回想起今夜的遭遇，他覺得自己簡直像個夢遊患者。先是在旅館裡漫無目的地到處遊蕩，這種行為倒還算正常。後來又在樓梯下觀察寂靜無聲的漩渦迴轉，突然發現鏡中的自己臉色難看，即使在不到一小時之後再近距離審視自己，他還是覺得當時的自己確實處於一種特殊的心理狀態。這種心情對他來說十分稀奇，因為他很少做出違反常理的事情。現在安穩地躺在棉被裡回想起來，剛才那些行為當然令他羞恥。但除了有失顏面之外，自己究竟為什麼覺得羞恥？他卻是怎麼想也想不出任何理由。

這且不說，為什麼那一刻竟會忘了清子？想到這個問題，就連他自己也覺得不可思議。

「我對她的感情竟已如此冷淡？」

他當然不能接受這個答案。因為剛才吃晚飯的時候，他還向女侍打聽過清子的房間位置。

「但你並沒把這件事放在心上吧。」

事實上，他在走廊上四處徘徊時，清子已在不知不覺中遭他遺忘了。不過，他連自己身在何處都不知道，又怎麼可能知道別人在哪。

「要是事先想到這種可能，就不會那麼震驚了。」

他雖然這樣告訴自己，卻感到已經坐失先機。回想她剛才那樣轉身逃走，然後關電拒絕讓他上樓，接著又按鈴呼叫女侍……綜合考慮她這些舉動，全都在表示警戒、警示，以及想要跟他斷絕關係。

不過，她那時十分驚慌，驚慌程度顯然比他強烈許多。或許只因為她是女性吧。對他來說，那個突發狀況的背後，隱藏著他的預期，但是對她來說，則是忽然出現的意外狀況。但是這個理由能夠完全解釋她的驚慌嗎？難道不是因為瞬間想起從前那段複雜的經過，她才那麼驚慌？

她的臉色變得那麼蒼白，全身神經那麼緊繃。這些都讓津田生出一線希望。他盡量從有利自己的角度解釋當時的景象，然後又推翻這番解釋，試著從相反的角度審視。他必須從有利與不利自己的角度仔細觀察，再決定哪種解釋比較合理。正因為可供研判的訊息不多，所以他很難得出結論。即使勉強做出決斷，也會馬上發現根本站不住腳。因此，他的看法若是偏向某一方，自信便將隨之崩潰，若是偏向另一方，幻滅的警鐘就會在耳邊響起。但奇怪的是，他覺得心中似乎仍然擁有自信，用他自謙的方式表達的話，則是他仍然相當自負。另一方面，他又覺得，幻滅的警鐘為了挫傷他的自負，好像整天都在耳邊響個不停。他雖自認公平對待兩種看法，心裡卻總是無法排除親疏的差別。不，應該說，親疏遠近似乎原本就是天生的兩種自然屬性。結果就很明白了。他對自負的感覺是既恨又愛，耳中聽著警鐘響起，內心卻感到十分畏忌。

複雜的思緒在心中翻來覆去地糾纏不清，他根本無法安靜入睡。儘管他已下定決心，任何問題都等到明天再說，結果卻始終輾轉反側，無法入眠。

他從枕畔拿起火柴，打算點燃一根菸。一抬頭，看到女侍已幫他把棉袍掛在衣架上，兩個衣袖簡單地疊在一起。這時他才想起，阿延裝進皮箱裡的棉袍還沒拿出來。剛才是穿著旅館準備的衣服，直接鑽進了棉被。他又忽然記起自己出院時，曾經讚美過阿延幫他做的新棉袍。阿延當時的回答，如今也在他的記憶裡復甦了。

「你喜歡哪件？自己比較看看吧。」

棉袍自然是旅館提供的比較高級。即使是津田，也只要一眼就能看出銘仙布和絲綢的分別。他把兩件棉袍放在一起來回打量，同時又憶起當時在妻子面前的複雜心思。

「阿延和清子。」

他自言自語地說完，突然把菸蒂塞進菸灰缸。容器的底部傳來一聲「茲」，聽到這聲音，他立刻拉起棉被蓋住自己的腦袋。

他決定努力強迫自己入睡，當他的決心與努力都已累得疲憊不堪時，效果總算開始顯現。他終於不自覺地走進了夢鄉。

一七八

一大早，有個男人進房來拉開雨戶。津田的美夢被那聲音打斷了，但他仍在半睡半醒的狀態下，繼續閉目養神。直到室外早已陽光普照，室內每個角落都亮得無法再睡的時候，他才從棉被裡爬出來，但是眼皮還是十分沉重。他一面刷牙一面拉開落地紙窗眺望四方，眼神彷彿剛從昨夜的夢魘裡清醒過來。

客室前方的庭院意外地缺乏山野情趣。一個形狀不規則的水池，是人工挖成的，周圍按照一般庭園的常規，種了些矮松與躑躅，這種景色甚至連平凡都談不上，只能用鄙俗來形容。靠近客室的位置有座假山，山上的小型瀑布從附近的山澗引來流水，瀑布沖進人工水池的瞬間，池中同時射出五、六道噴泉，雖然噴得不高，卻很像燃放煙火。原來這就是昨夜擾人入睡的原因。他不禁苦笑著打量這座做工精緻的藝術品，腦中又想起比這水聲更令他痛苦數倍的清子。若是更深入追究，說不定真相也跟噴泉一樣令人掃興。他想，哎呀，如果真的跟這噴泉一樣無聊，我如何承受得了？

津田嘴裡叼著牙刷，一手插在胸前的衣襟裡，睡眼惺忪地呆站在門檻上。院裡有個男人，從剛才就拿著長柄掃帚在院裡清掃落葉。這時，男人走到津田面前，很有禮貌地打招呼說：「早安！昨晚您受累了。」

「是你啊？昨晚一起坐馬車到這兒來的？」

「是啊。給您添麻煩了。」

「果然，這裡確實就像你說的那麼幽靜，而且房舍寬敞得不得了。」

「哪裡，如您所見，我們這裡平地較少，只能把坡地分段剷平，才能建造房舍。所以整棟建築也分成了好幾層……譬如走廊，可能就像您說的那樣又寬又長吧。」

「怪不得，昨晚從浴室回來的時候，我就迷路了。好丟臉啊。」

「是嗎？那可真是……」

兩人正在聊天，只見緊鄰庭院的小山上，有一男一女正往山下走來。他們行走的那條小路貫穿樹林，遠遠望去，感覺兩人好像是在黃葉與枯枝的空隙之間穿行。那條小路修成蜿蜒曲折的鋸齒狀，主要是為了讓行人能夠輕鬆地登上坡度較陡的山路。津田跟夥計雖然看到那兩人的身影，但是等了很久，都等不到他們出現在院裡。夥計可沒耐性繼續乾等下去，而且他原本就很勢利，於是便一扭頭，拋下了津田，迅速跑到山腳下，向那兩個下山的人鞠躬問候。

津田這時才看清那兩人的臉孔。他確信眼前這女人，就是昨晚穿著妖豔服裝拉開浴室門的人。昨晚她那嚇人的高聳髮髻已經不見了，頭上梳著日常髮髻，所以津田剛看到她的時候，並沒認出她就是昨晚的女人。他裝出一副面對陌生人的客氣態度，來回打量女人和她身邊的男人，其實他昨晚已經聽過男人的聲音，只是沒看到臉孔而已。男人的鼻子下面留著時髦的短鬚，的確就像昨夜浴室的夥計介紹過的，頗有一點生意人的派頭。津田一看到那男人，立刻想起阿秀的丈夫。堀庄太郎，也可以簡稱為「堀家的阿庄」。另外還有個更簡單的叫法，也是名字的主人經常使用的，叫作「堀庄」。津田想，就像聽到「堀庄」這名字，便能想像妹夫的長相，這男人的名字肯定也是充滿庶民的俗氣，完全配不上他嘴上的小鬍子吧。他只瞥了這對男女一眼，心底就不斷冒出各種感想。之後更從嘲諷的角度深入推測，他甚至懷疑這兩人根本不是夫妻。因為他們宣稱，每天一早起床，吃飯之前，入浴之後，都要一起去散步。但津田覺得這些都不像正常夫妻會做的事情。他一面刷牙一面依舊站在原處，眼睛雖然望向別處，耳朵卻把兩人跟夥計領班的談話聽得一清二楚。

女人向領班問道：「住在別館的太太今天有什麼事嗎？」

領班答道：「沒有，完全沒聽說，您找她有事嗎？」

「倒是沒什麼事。只是，每天清晨洗澡都看到她，今天卻沒來。」

「啊，原來如此……說不定還在休息呢。」

「或許吧。但我們平時都有各自的固定時間喔。我是說早上去洗澡的固定時間。」

「喔，原來是這樣。」

「而且我們已經約好，今天早上要一起去後山散步。」
「那我去問問看吧。」
「不，不用。反正散步都已經去過了。我只是有點擔心，不知她是否身體不好，才向領班您打聽一下。」
「我想大概只是在休息吧。不然，還是我……」
「別說什麼不然了，不必那麼認真啦。我只是順便問一聲而已。」
說完，兩人便逕自離開了。津田含著滿嘴牙粉踏進走廊，重新開始尋找昨晚的浴室。

一七九

但是對今晨的津田來說，「尋找」之類的誇張字眼根本派不上用場，因為他一步也沒走錯，就自然而然地走進昨夜的浴室，他不禁再度自責，昨晚怎麼會那麼蠢呢？

浴室的簷下有一扇高大的玻璃窗，秋天的朝陽從窗口射進耀眼的光芒，照得室內明亮無比。他抬眼仰望窗外，看到對面有一座既像岩石又像高牆的陰影。他的全身浸泡在溫泉裡，眼睛則向周圍打量，看了一會兒，他才發現這座浴池的位置低於地平面。因為對面那座山崖跟自己的位置，兩者的高度差距相當大。根據他的目測估計，山崖跟浴池的高度大約相差三、四公尺。如果樓下還有一間舊浴室，那就表示，整棟建築應該有很多層樓才對。

對面的山崖上長著一些大吳風草，可惜晨曦完全照不到，葉片不時被風吹動，葉面泛出灰色光澤，看來充滿寒意。浸泡在浴池裡的他，還看到了山茶花瓣隨風飄落的美景。只是眼睛能看到的，只有片段的景象，因為窗戶的長度只有六十公分，超出這個範圍的上下景致全都看不見。不可知的世界當然都是平凡無奇的。但不知為何，他對看不見的部分深感好奇。因為山崖邊似乎飛來一隻栗耳短腳鵯，突然發出一陣鳴聲。但他卻只聞其聲，不見鳥影，內心不免感到悵然。

然而，這種遺憾其實也不值一提，老實說，他的腦中正在反覆思考另一件更令他在意的事。從剛才踏進浴室那一刻起，他就無法擺脫心底那份憾意。那時，明亮的浴室裡一個人影也沒有，他站在那兒，好像聽到室內極度的寂寥正在對他說：你想做什麼，都可以隨意！於是他順序拉開左右兩邊那些小型浴室的房門，一間間細細查看。其中一間的門口，有一雙拖鞋遺落在那兒。或許也可以說，正是因為這雙拖鞋提供的暗示，他才會採取行動。而他那隻順序開門的手，快要碰到拖鞋前方緊閉的房門時，卻又突然躊躇起來。他原就不是天真幼稚之人，再加上擔心失禮的顧忌，也讓他停下手裡的動作。無奈的他只好站在門外，豎耳傾聽室內的動靜，卻沒聽到一絲聲響。於是他一咬牙，趁勢拉開了房門。結果眼前出現的景象，卻跟室外一樣空空如也。就在這一瞬間，兩種不同的感覺從他心底竄起，一方面覺得「啊！還好沒人！」另一方面又有點失望，覺得「很沒意思」。

等他光著身子浸入浴池之後，剛才逐室檢視的行動又在他心底不斷地引出某種期待。他苦笑著將自己從昨夜到今晨之間的變化對比了一番。昨晚被那梳著丸髻的女人嚇到時，他還顯得那麼天真幼稚；但到了今天早晨，儘管現在還沒看到半個人影進來，他已感到一種引頸翹盼的緊張。

或許，這種心情應該歸咎於那雙沒有主人的拖鞋吧。然而，拖鞋為什麼會使他既期待又緊張呢？因為剛才起床沒多久，他就聽到橫濱的女人跟領班談到清子。那時他才知道，清子還沒起床，至少還沒來泡湯。所以他認為，清子如果要來洗澡的話，肯定現在正在浴室裡，或是馬上就要來了。

突然，他那雙聽覺敏銳的耳朵彷彿聽到有人下樓的聲音。他連忙停下嘩啦嘩啦撥水的動作。不料，那腳步聲卻又聽不到了。或許是心理作用，他覺得那陣腳步似乎在門口停頓數秒，然後轉身返回樓上去了。他開始想像各種理由。難道是自己做錯了？他有點納悶。因為剛才走進浴室時，他也模仿別人，把拖鞋放在門口。為什麼沒把拖鞋穿進浴室來呢？他甚至開始感到後悔。

不一會兒，他又聽到浴池外傳來一陣令人意外的腳步聲。這時，他剛欣賞完崖上的大吳風花，還沒聽到栗耳短腳鵯的鳴聲。他很快就把前後兩次的腳步聲連接起來，並輕易地得出解答：第一陣腳步的主人離開浴室後，故意向屋外走去。緊接著，門外響起了女人的聲音，只是這女人的腳步聲是從完全不同的方向過來的。他根據剛才從下往上看到的景觀推測，那座山崖上，大概有一塊面積約數坪的平地，平地後方建了一座房屋，屋門剛好跟浴室遙遙相望。因為他剛才聽到的聲音，就是從那個方向傳來。而且他聽得出來，那聲音的主人，就是剛才散步回來的路上跟領班聊起清子的女人。

浴室屋簷下方的那扇玻璃窗，昨夜為了放出熱氣而被推開，現在則關得緊緊的，所以也就無法聽清那女人在說什麼。不過根據她的語氣推測，有一件事是可以確定的。那就是，她正從山崖上朝著崖下講話。照道理說，崖下的人應該也會跟她回應幾句，但奇怪的是，他完全沒聽到崖下的聲音，就連彼此應酬的普通交談都沒聽到。只有崖上那女人一直說個不停。

然而，腳步聲不像剛才那樣暫時停頓。他非常確定，那是一雙女人在庭院穿的輕便木屐，那雙木屐正踏著不規則的石階，朝向山崖頂端拾級而上。就在女人應該抵達山頂時，他這邊的浴室窗口上方，微微露出女人衣襬的一角。但只是一瞥，就立刻消失了。他眼中留下的瞬間印象，只是漂亮的花紋一掀而過。而那花紋的配色，好像就跟他昨夜在樓梯下方看到的一模一樣。

一八〇

津田回到客室，在早膳桌前坐下後，向一旁伺候的女侍說：「橫濱來的客人住在新浴室可以望見的山崖上吧？」

「是啊。您已經去參觀過了？」

「沒有。我只是大致猜想罷了。」

「猜得真準啊。請您過去逛一逛吧。他們家老爺和夫人都很有意思。一天到晚嚷著無聊、無聊，總說沒事可做呢。」

「已經在這兒住了很久嗎？」

「是啊，已經有十幾天了吧。」

「就是在練習《義太夫》的那一家吧？」

「對對，您的消息真靈通啊。已經聽他們唱過了？」

「還沒有。只是聽阿勝說的。」

對於那兩人的消息，不論津田提出什麼問題，女侍都毫不保留地慷慨回答，但她也很有分寸，聽到津田提出敏感問題時，她就故意把話岔開。

「對了，那女人究竟是怎麼回事？」

「是夫人啊。」

「是真的夫人嗎？」

「對呀，應該是真的夫人吧。」說完，女侍笑了起來。「總不會是假的吧？您為什麼這樣問呢？」

「為什麼？如果只是個普通人，她也太風雅了吧！」

女侍沒有回答，卻突然提起清子。

「還有一位夫人住在後面，人品非常好。」

按照客室分布位置來看，清子的房間在津田的後面，那對男女的房間位於津田的前方。這時，他總算弄清了自己的房間在他們之間，於是點頭說道：「所以說，我這間剛好在他們兩邊的正中央啊。」

雖說是位於正中央的位置，但這種地理構造只是因為每個房間順序都錯開，建在另一間的後方，所以相鄰的兩個房間並非全部相連。

「那位夫人跟另外那兩位是朋友？」

「是啊，交情很不錯唷。」

「他們原本就認識嗎？」

「這個嘛，我就不大清楚了。大概是到這裡以後才認識的吧。整天相互來往，不是你來，就是我去，兩邊都很閒吧。昨天還一起去了公園呢。」

津田不想錯過提問的時機，連忙問道：「那位夫人，為什麼一個人在這兒？」

「她身體不太好。」

「她老爺呢？」

「剛入住的時候，老爺也一起來了，但又馬上離開了。」

「把她一個人丟在這兒，實在太過分啦。之後沒再來過嗎？」

「聽說最近好像又要來了。不知究竟如何。」

「夫人大概很無聊吧？」

「那您過去陪她聊聊天，怎麼樣？」

「我可以過去陪她聊天嗎？妳等會幫我問問她吧。」

「好的。」女侍答完，只顧著嘻嘻地笑，並沒把津田的話當真。

津田接著又問：「那位夫人，每天做些什麼呢？」

「喔，泡湯啦，散步啦，聽聽《義太夫》……有時也會插插花。還有，晚上經常練習書法。」

「是嗎？她讀書嗎？」

「書也會讀吧。」女侍隨口答道。因為津田實在問得太瑣碎，她終於忍不住大笑起來。津田這才發現女侍在笑自己，於是有點狼狽地換了個話題。

「今天早上有人把拖鞋遺忘在浴室門口了。本來我還以為裡面有人，不敢進去，誰知開門一看，一個人也沒有。」

「喔！真的？一定又是那位先生吧。」

女侍說的那位「先生」是一位書法家，津田記得他的署名，很多地方都掛著他寫的匾額或看板。「喔，是嗎？」津田隨口應道：「已經上年紀了吧？」

「是的。是一位老爺爺。白鬍子長到這裡呢。」

說著，女侍把手放在自己胸前，向津田形容那位書法家的鬍子有多長。

「原來如此。他還在寫字嗎？」

「是啊，據說是要刻在墓碑上的。字體都很大，每天一點一點地寫。」

聽到女侍介紹，那位書法家為了寫一個墓誌銘，還特地跑到這種地方來，他不禁發出讚嘆。

「寫那種東西，竟然這麼費勁啊。外行人都以為，只需半天工夫，就能馬上寫出來呢。」

女侍對他這番感想沒什麼反應。津田卻覺得心底還有更多想法沒說出口。他在暗中把老人來此的目的，跟自己的目的對比了一番，又把橫濱來的那對男女加入觀察的行列，那兩人因嫌日子無聊，藉著練唱《義太夫》打發時間。接著，他又把清子也跟大家並列對比，她每天練習插花、書法，卻不知理由為何。最後，女侍又告訴津田，其實還有一名客人，他不跟別人聊天，也不運動，每天就是呆呆地坐在房間裡眺望遠山。聽到這兒，津田對女侍說：「真是各式各樣的客人都有啊。現在才只有五、六人，就已經這麼複雜了。要是在夏天或新年，那可不得了呢。」

「全部房間都客滿的話，總有一百三、四十人呢。」

侍女彷彿並未聽懂津田的意思，而只把自己忙季的住客人數告訴了津田。

一八一

吃完早飯，津田在床邊的小書桌前坐下。他拿起女侍幫忙買來的一堆風景明信片，在每張上面寫了短短一句話，然後又在正面寫下收信人姓名。其中一張寫給阿延，另一張寫給藤井叔父，還有一張寫給吉川夫人。寫完了必要的幾張之後，女侍送來的這些明信片還有剩餘。

他精神恍惚地抓著鋼筆，茫然眺望屋外幾處名稱跟山野極不相稱的景區，什麼不動瀑布啦、月亮公園啦等等。接著，他又提起了筆。這次是寫給阿秀的丈夫，還有京都的父母。一眨眼的工夫，就把這兩張也寫完了。這時他竟然寫出了興致，甚至心生一念：既然如此，乾脆把剩下的都寫完吧，否則豈不是太可惜了？於是最初沒想到的岡本啦、岡本的兒子阿一啦……想到這兒，他又從阿一的同學聯想到自家的親戚，譬如叔父的兒子真事啦等等，眼前排列出一大堆名字。唯有小林的名字，是從一開始就已想到，但是直到最後，他也不肯寫。別的不說，反正他就是害怕小林發現自己在這兒，無論如何他也不想把旅行的目的地告訴小林。那傢伙再過不久就該出發去朝鮮了。既然他一向自認奔放不羈，說不定現在已經抱定渡海的決心，正在火車上顛簸前進呢。但另一方面，小林這傢伙做事不按牌理出牌，誰也不能保證他在預定出發的那天不會反悔。說不定他一看到明信片（假設津田寄給他的話），就會立刻趕來呢。

想起這位麻煩的朋友，津田感覺跟他相處，簡直就像對抗陰晴不定的天氣，不，說得更恰當點，他就是自己的敵人，只要一想到小林，他就忍不住聳起雙肩，準備跟小林對抗。想到這兒，他腦中幻想的景象，就像衝破閘門的流水，一發不可收拾。幻想拖著他的思緒，不斷向前猛衝。突然，他彷彿聽到門前來了一輛馬車，又聽到小林從車上下來，一路高聲怒罵著走進來，站在他面前。

「你來幹麼？」

「沒幹麼，就是來惹你討厭而已。」

「為什麼？」

「沒有為什麼。只要你一直討厭我，無論何時何地，我都一直跟在你後面。」

「他媽的！」

他猛然握緊拳頭，揮向小林的臉頰。小林卻不抵抗，當場往地下一倒，把身體攤成一個「大」字，仰臥在房間的中央。

「你打我！你這混蛋！來呀，隨你打。」

簡直就是一場舞台上才能看到的武打戲啊，現在卻在旅館裡引起眾人的矚目。觀眾裡，當然也有清子。如此一來，他的一切計畫都泡湯了。

恍惚間，這幕比事實更清晰的幻想場景浮現在腦中時，他忽然驚醒過來。如果這場愚蠢的鬧劇在真實生活中上演的話，那該如何是好？想到這兒，羞恥與屈辱的感覺隱約在他心底升起，而受到那些感覺的影響，他甚至開始覺得臉頰微微發熱。

但他對小林的不滿並沒有升級。因為他覺得，為了別人而傷了自己的面子，甚至萬一弄到不可收拾的地步，那可就糟了。這種想法根深柢固地藏在他的倫理觀底層。若是拋棄這層想法，等於就是不要面子啊。所以他把一切罪過都歸咎給那個壞蛋小林。

「只要那傢伙滾蛋，我還會有什麼不便？」

他在心底責備著幻想中的小林，並將自己顏面盡失的責任全都推到小林身上。

他向恍如幽夢的罪人做出宣判後，立刻改換心情，重新振作起來。先從皮夾裡掏出一張名片，然後拿起鋼筆，在名片背後寫道：「我昨夜到此靜養。」剛放下筆，他又不禁猶豫起來，便加了一句：「今晨聽說妳也在此。」寫完，他又陷入沉思。

「寫得這麼虛假可不行。昨晚遇到她的事情，也該寫一點。」

然而，想要輕描淡寫地提起昨晚的事，卻不是那麼容易。首先，想要表達的內容愈複雜，字數當然也會變多，如此一來，一張名片就寫不下了。他想盡量淡然地表達自己的想法，譬如多費周章地寫封信，但是類似這種做法，他並不願意採用。

忽然，他像想起什麼似的抬頭望向牆上的置物架。吉川夫人派人送來的禮物，昨天起就原封不動地放在那兒。一看到那個水果籃，他立刻從架上取下來，又在名片上寫道：「妳的病體如何？這是吉川夫人送妳的慰問品。」寫完，他把名片插在籃蓋上，再把女侍叫到面前來。

「這裡有沒有一位姓關的客人？」

女侍就是早上伺候他吃飯的同一個人。聽了他的疑問，女侍大笑著說：「關夫人就是剛才說過的那位夫人啊。」

「是嗎？那就去找她吧。妳把這個給她送去。然後問問她，如果方便的話，能不能跟她見一面。」

「好的。」

說完，女侍立刻提著水果籃踏向走廊。

一八二

等待回音的這段時間，津田就像個沒放穩的擺設，坐立不定，忐忑彷徨。尤其是原該立刻返回的女侍，不像他預料的那樣速去速回，害他更加不安起來。

「不會被她拒絕了吧？」

其實他會想到利用吉川夫人的名義，就是因為考慮到萬一。夫人和夫人的慰問品，這兩項要素，肯定有助於解除清子對負責送禮的津田所抱持的顧慮。就算清子真心不想跟他見面，或企圖避免見面帶來的嫌疑，然而按照禮數來說，她應該向提來水果籃的津田親口說一聲謝謝。他深信這是自己想出的絕佳計策，看在任何人的眼裡，都不會懷疑他的動機。只是，女侍卻遲遲不來，令他不免更加焦急，於是扔下手裡剛點燃的香菸，走到迴廊上，一會兒凝視池中的緋鯉，不知牠們為何一言不發地游來游去；一會兒又蹲在簷下，伸手摸摸那隻睡夢中的狗鼻子。好不容易，走廊的轉角處終於傳來了女侍的腳步聲，津田立刻裝出一副不慌不忙的表情，但他心裡充滿了興奮與激動。

「怎麼樣啊。」

「讓您久等了。我回來太晚了吧？」

「不，也不算太晚。」

「因為我在那邊幫忙做了點事。」

「做了什麼事？」

「打掃房間啊，然後又幫夫人梳了頭。才這點時間就把髮髻梳好了，算是很快的吧？」

津田以為女人的髮髻不會那樣三兩下就能梳好。

「銀杏返髻[71]？還是丸髻？」

女侍沒理會他的玩笑，只顧自己笑著說：「哎，您自己過去看看吧。」

「叫我過去看看，那就是說我可以過去嘍？我從剛才就一直在等回音呢。」
「哎唷，真對不起，最重要的回音竟然忘記轉達了。夫人說，恭候您大駕光臨。」
津田這才放下心來，一面起身，一面故意用開玩笑的語氣重新確認。
「真的嗎？不打擾她嗎？我可不想到那兒之後不受歡迎喔。」
「老爺您真是個多疑的人。看來夫人也……」
「妳說的夫人是誰？關家的夫人？還是說我家夫人？」
「我說的是誰，您心裡明白吧？」
「不，不明白。」
「是嗎？」
津田把腰上的兵兒帶重新繫好，正要踏出房門時，女侍走到他身後，幫他把和服外套披上。
「是往這個方向？」
「我來帶路。」
說完，女侍在前面領路。走到那面穿衣鏡前面時，他腦中突然閃過昨夜四處徘徊的記憶，當時他簡直就像個夢遊患者。
「啊呀！就是這裡。」
他忍不住叫了起來。女侍不知昨夜那些事，一臉純真地反問：「您說什麼？」
津田連忙掩飾道：「我是說，昨夜碰到幽靈的地點，就是這裡。」
女侍露出疑惑的表情說：「您說笑了。我們這裡怎麼會有幽靈？這種事傳出去的話……」
津田這才醒悟，旅館是靠住客賺錢，這種笑話對旅館來說不受歡迎。他很機智地抬頭望著二樓說：「關

71 銀杏返髻：明治、大正時期流行的一種婦女髮髻。腦後的髮髻向左右彎成兩個半圓，因形狀像銀杏的葉子而得名。

夫人的房間就在這上面吧？」
「是啊。您很清楚嘛。」
「喔，那我當然知道。」
「真是天眼通啊。」
「不是天眼通，這叫天鼻通[72]，任何事都能聞出氣味的萬靈鼻。」
「簡直跟狗一樣嘛。」
這段交談是他們上了樓梯才開始的。清子的房間就在最靠近樓梯口的位置，從距離來看，房裡應該聽得到他們的談話，而他心底其實也明白這一點。
「那我就順便表演一手，讓妳瞧瞧我如何聞出關夫人的房間吧。」
說著，他走到清子的門外，猛然停下腳步說：「就是這一間！」
女侍斜眼瞪著津田的臉孔大笑起來。
「如何？被我猜中了吧？」
「的確喔。您的鼻子可真厲害，比獵犬還靈光。」
說完，女侍又覺得十分有趣似的笑了起來，但是房間裡對門外這番嬉鬧毫無反應，依然跟剛才一樣寂靜無聲，甚至令人搞不清裡面究竟有沒有人。
「客人來了。」
女侍在門外向清子招呼一聲，輕巧地拉開材質堅實的紙門。
「失禮了。」
津田打一聲招呼之後，也走進室內。「咦？」他不禁有些意外。因為清子並沒像他預期的那樣站在眼前。

72　天鼻通：根據前面「天眼通」一詞得到的靈感而自創的玩笑。

一八三

清子的客室有兩間相連的房間。津田首先踏進那個沒有床間的小房間。室內有一面長方形鏡台，鏡框和底座都是用黑柿木做成，鏡台前面放著一個條紋花布做的厚坐墊，旁邊還有一座小型桐木長方形火盆，室內看來就像一般家庭的起居室，只是規模縮小了一些。屋角有一座黑漆衣架，上面隨意堆掛著一件適合女性穿著的直條花紋綢衣，顏色十分鮮豔，質感看似非常光滑。

兩個房間當中的紙門大大地敞開，津田看到前方的床間地上，擺著一盆貌似剛剛插好的寒菊。花盆前面相對擺放兩個坐墊。墊子套著深褐皺綢的布套，上面只有一個白色圓形花紋，看起來有點像牡丹花。不論是坐墊的質地，或是準備待客的氣氛，一切都顯得那麼莊嚴慎重。他還沒坐下，心裡就已生出這種直覺：「一切都弄得如此正式。這就是一種命定的距離吧？而今正橫跨在別後重逢的兩人之間。」

他在剎那間發現了這項事實，心中突然非常後悔走進這個房間。

不過，這種距離為什麼會出現呢？現在回想起來，這種距離當然是會出現的，只不過是津田自己忘了而已。那麼，他為什麼會忘了呢？仔細追究的話，或許他會忘掉也是理所當然的。

津田整個大腦都被這些感想占據了，他呆站在小房間裡，沒有走出去，也沒在座位上坐下，只是茫然看著面前的坐墊。就在這時，身為主人的清子總算在迴廊的角落現身了。津田實在想不透，她剛才一直在那個角落做什麼。他也不懂為什麼她偏要到迴廊上去。或許是打掃房間之後，趁著等他來訪的空檔，在迴廊上憑欄眺望滿山的黃葉？就算是這樣，她的表情還是有點奇怪。用最適當的字眼來形容的話，她當時的態度根本不像在迎接舊友，而更像在接見偶然來訪的客人。

但奇怪的是，跟那執著於形式的死板坐墊，還有彷彿故意擋在兩人中間的長方形火盆比起來，她的態度並沒引起他的反感。因為那樣的她跟他腦中原有的清子，兩者之間並沒有令人驚訝的差距。

津田印象裡的清子，絕不是個器量狹小的女人。她永遠都表現得雍容大方。也可以說，「遲鈍」兩字就是她的氣質和氣質形成的舉止所具備的特色。津田從未懷疑過她這項特色。正因為他太過放心，結果反而遭到她的背叛。至少在津田心裡，他是這樣對自己解釋的。但儘管如此，當時對她抱持的那種信賴，現在仍不自覺地存在心底。後來，她突然嫁給了關某，沒想到那次的行動，卻又快得像是飛燕翻身。不過，那次跟這次是兩回事。若把兩件事混在一起，腦袋會被煩惱攪得混亂不堪，而兩件事若是分開來考慮的話，他就會明白甲是事實，乙其實跟甲一樣，也是事實。

「那個慢郎中怎麼會去坐飛機？他為什麼要去冒險飛行？」

諸如此類的問題確實引人生疑。但不論旁人是否感到納悶，事實畢竟還是事實，絕對不會自動消失。

從這個角度來看，叛徒清子要比忠實的阿延幸運。假設津田今天來訪，故意讓他等到不耐煩的時候，才從迴廊角落露面的人，不是清子，而是阿延的話，他會是什麼反應？

「妳別又給我搞什麼花樣！」

他肯定立刻會有這種想法。然而，同樣的一件事，因為不是阿延而是清子做的，結果也隨之發生變化。

「她還是跟從前一樣遲鈍嘛。」

因為他在心裡認定她「遲鈍」，所以即使曾被她閃電拋棄過一次，仍然只會得出這種結論。

更何況，清子也不像故意怠慢訪客。因為她從迴廊角落出現時，兩手拎著那個津田用吉川夫人名義送去的大水果籃。雖然不知她為何那樣，但從她不嫌麻煩，願意提著那個籃子來看，顯然她較晚出現並不是為了表達自己對津田的冷淡。再說，她把那麼沉重的籃子提到迴廊的角落，肯定曾在半途暫時放下，才重新拎過來。這種舉動雖不一般，卻完全符合她的作風。只因她的舉止向來就有點笨拙，也有充滿孩子氣的一面。所幸津田早已熟知她的素行，才能從她的舉止裡發現這種專屬清子的獨特風格。

「好滑稽。這完全是妳獨有的滑稽動作嘛。而妳竟對自己的滑稽一無所知。」

津田眼看清子提著沉重的籃子，嘴裡差點冒出這句話來。

一八四

清子進屋後，立刻把手裡的籃子交給女侍，女侍不知該怎麼辦，只好機械性地伸手接下，默默站在一旁。清子跟女侍進行這項單純的動作時，津田也只好呆呆地站著。但他並不以此為苦，也沒有平時碰到這種情況所產生的無聊，甚至還感受到一種輕鬆的滋味。他看著清子比常人慢半拍的動作，腦中只想著，這跟清子平時的表現毫無矛盾。但也因此，他對昨夜的記憶就感到更為疑惑。眼前這個動作遲緩的人，為什麼昨夜那麼驚慌？為什麼她那時看來那麼緊張？昨夜那種驚惶，跟現在這種鎮定，兩者之間多不協調！他感覺自己好像有生以來第一次發現了夜與晝的區別[73]。

他不等主人招呼，便在自己的位子坐下，然後轉眼看著清子。清子則站著吩咐女侍把水果裝進果盤。

「多謝你捎來禮品。」

這是清子開口說出的第一句話。她必須先向捎來禮物的人致意，才能向送禮的人致謝。津田利用吉川夫人的名義送禮時，原已做好說謊的心理準備，這時他卻懶得掩飾了。

「我差點把橘子送給路上認識的老爺爺呢。」

「啊！為什麼呢？」

73　夜與晝的區別：指「隱藏在夜間暗處的東西」與「白天陽光照耀下的世界」之間的區別。有些學者認為，這句話解釋了夏目漱石將小說取名為《明暗》的理由。或者也可以說，這句話暗示了小說的主題。漱石書寫《明暗》的過程裡，曾在寫給芥川龍之介的信中寫過漢詩的詩句：「明暗雙雙三萬字」，並在「明暗雙雙」後面附加注解：「禪家常用的熟語」。另外，漱石的藏書中有一本日本僧人白隱慧鶴（一六八五—一七六八）所寫的《槐安國語》，書中也有詩句：「暗裡施文采，明中不見蹤」，或許也跟《明暗》這個書名有關。

津田覺得不管說什麼都無所謂了。

「因為實在太重，簡直成了累贅，不知怎麼辦才好。」

「你這一路上都提在手裡嗎？」

聽到她提出的問題，津田覺得清子果然還是那麼幼稚。

「可別小看我喔。我又不是妳，怎麼會提著這種東西在迴廊上走來走去？」

清子只是微笑了一下，笑中卻沒有任何辯解之意。換句話說，那微笑也代表著一種餘裕。原本打算說謊的津田，這時感覺更加心平氣和了。

「看來妳還是跟以前一樣，沒什麼煩惱，這倒不錯。」

「是啊。」

「跟從前完全沒變。」

「對啊。因為還是同一個人嘛。」

聽了這話，津田很想馬上嘲笑她幾句。這時，正把他們剛剛談到的橘子分放在盤中的女侍，突然大笑起來。

「妳笑什麼？」

「因為夫人說得好可笑啊。」女侍辯解道。但一看到津田滿臉嚴肅的表情，她不得不提出具體說明：「的確，夫人說得完全正確。任何人只要還有一口氣在，永遠都是同一個人，只要沒有轉世投胎，任何人都不可能變成另一個人。」

「但也不一定喔。因為有很多人活著就能重生呢。」

「喔？真的嗎？真有這種人的話，我倒想看一眼呢。」

「想見的話，我可以給妳引薦喔。」

「那就拜託嘍。」說完，女侍又發出一陣咯咯咯的笑聲。「又是這個吧？」

說著，她豎起食指，指著自己的鼻尖。

「老爺的這個可厲害了。剛才連夫人的房間都能聞出來呢。」

「不只是房間喔。就連妳的年齡、籍貫，還有出生地，任何事都能猜中，只要有我這鼻子。」

「哇，好厲害啊。碰上老爺您，真不是您的對手呢。」

說完，女侍站起身來。但在走出房間之前，她又向津田取笑道：「老爺您一定是位打獵能手吧。」

陽光充足的朝南房間裡只剩下他們兩人。室內突然陷入沉寂。津田的座位面向迴廊，陽光迎面而來。清子則背對欄杆，陽光晒在她的背上。從津田的位置望向前方，只見層層遠山彼此交疊，向陽與背陽的部分光影分明，清晰的景色似乎伸手可及。他眼裡只看到滿山濃淡相宜的各色紅葉，還有參差其中的鮮豔陰影。但是清子那邊就什麼也看不見，視野也不像津田這邊這麼寬闊。從她的位置能看到的，只有北邊的紙門，還有遮住部分紙門的津田身影。她的視線很難伸展，但她似乎並無不滿。如果換成阿延的話，大概馬上就得換個位子吧。然而清子穩坐如山。

她的臉色跟昨夜完全不同，比津田從前認識她的時候還要紅潤一些。但這也可以看成是強烈秋陽直射而造成的生理反應。津田的視線從遠山移到清子耳邊，看到她因偶發的興奮而被染紅的耳朵，他不禁暗自感嘆：她的耳朵好薄啊。可能因為位置湊巧，陽光直接射進她耳朵的皮肉當中，所以津田看到的，正好是陽光照映中的皮下血流吧。

一八五

這種場合究竟該由誰先開口呢？如果現在坐在對面的是阿延，那根本無需多想，答案是擺明的。她絕對不會給津田留下一分餘裕。相對的，她對自己也絕不寬容半分。阿延天生就是這種性格，只知道隨時隨地想盡辦法任意而為。所以津田也只好永遠都處於被動地位，不斷承受準備應戰的緊張帶來的痛苦，以及努力對抗造成的不便。

但是當他坐在清子的面前，心中卻感受到一種全然不同的情趣。雙方的形勢在轉瞬之間完全顛倒過來。用相撲來比喻的話，就是津田得先出手，她才會起而應戰。也因此，站在她對面的津田，就必須扮演積極的主動角色。而津田對這項任務也能夠勝任愉快。

他是在室內只剩他們兩人之後，才第一次意識到這件事。前女友留在腦中的往日記憶，也在不知不覺中甦醒。他原本預料今天這種場合會很無聊，卻沒想到那種無聊的感覺竟在應該出現的瞬間，突然奇妙地消失了。他無憂無慮地坐在清子面前，這種心情跟那件事之前經驗過的感覺，幾乎沒有分別。至少他自認當時跟現在的感覺，都屬於同一種性質。也就是說，他又變成了從前的自己，當他們的交談中斷時，他就開始積極尋找話題。他對自己能懷著舊日的心情跟清子互動，感到一種意外的滿足。

「關君怎麼樣了？還是像從前那麼愛讀書嗎？後來一直沒他的消息，也沒再見過他。」

津田這話說得心無罣礙。但是開口第一句，就提清子的丈夫，也實在值得商榷。就算不提彼此的利害關係，或是兩人之間的那段感情，甚至跟那段感情纏繞不清的各種事實，光從這種話題是否自然的角度來看，也該慎重斟酌才對。然而，津田一改平日的謹慎作風，不僅一絲顧忌也沒有，腦中甚至不停地湧出各種亂七八糟的話題，顯然已把平時對付阿延的謹言慎行全都拋到腦後了。

顯然，他現在面對的不是阿延，就算忘了說話小心也不要緊，而且他也從清子當場的回應獲得了證明。

只見她面露微笑答道：「是啊。多謝掛念。他還是老樣子。我們倆常常背地裡談起你呢。」

「喔，是嗎？我一直太忙，所以找不出時間問候大家……」

「不瞞你說，我家老爺也一樣啦。最近好像閒人都活不下去了呢，所以彼此自然就疏遠了。但是這也很無奈啊。自然的趨勢嘛。」

「是啊。」

津田嘴裡這樣回答，心裡卻有點想用「是嗎」代替「是啊」反問清子，看她會有什麼反應。「是嗎？只是因為這樣才疏遠的嗎？這是妳的真心話嗎？」這句話此時已變成無聲的句子，深深埋進他的心底。

更何況，他發現眼前的清子幾乎跟從前一樣單純，不，或許只用「單純」還是無法理解她。清子的態度裡具有充分的餘裕，才能跟津田一起談論關某。另外還有一種淡然，所以跟津田談論自己的丈夫也不以為意。她這種態度既是津田暗中期待的，另一方面，當然也出乎他的意料。至今未變的女主角能跟自己重逢，這讓津田感到心滿意足，但她用從前那種大方的態度跟自己娓娓暢談關某，卻又讓他感到不滿。滿足與不滿的感覺因而在同一瞬間襲上他的心頭。

「為什麼我對她這一點不滿呢？」

津田甚至連正面質問自己的勇氣都沒有。關某已成為她的丈夫，自己就該心懷敬意，尊重她的態度。不過，這種想法只是一種表面的虛偽辭令，只有偶爾路過的他人才會說出這種話。事實上，津田心中還有另外的想法。而這種想法的背後依靠的是「自己」做支撐。「自己」跟那些無動於衷的路人完全不同。但津田沒有勇氣把這個「自己」稱之為「我」，所以他只好暫時稱之為「特殊人士」。而他所謂的「特殊人士」指的不是外行人，而是內行人；不是無知之人，而是有識之士；也不是凡夫俗子，而是學有專精之士。因此，他才會認為自己比一般人擁有更多的發言權。

既然津田對清子只是表面贊成，內心卻覺得不以為然，那麼，他當然會用某種方式表現自己的感覺。

一八六

「昨晚失禮了。」

津田突然試探地說。他的目的是想看看對方會有什麼反應。

「我才失禮了。」

清子非常自然地迅速回答。津田從她臉上看不出任何不快，心中不免感到疑惑。

「怎麼到了今天早上，這傢伙就不再像昨晚那麼驚慌了？」

如果是因為她失去了回憶的能力，那麼自己這次的使命，不論是善終或惡果，終歸都要落空了。

「老實說，讓妳受驚之後，我一直覺得很抱歉。」

「那你不要做覺得抱歉的事啊。」

「的確不該做。但我那時不懂，又有什麼辦法？我做夢都沒想到妳會到這兒來呢。」

「但你不是大老遠從東京幫我捎來了禮物？」

「話雖不錯，可是我並不知道妳住在這兒，這也是事實。昨晚只是偶然碰到了妳。」

「是嗎？」

聽清子的語氣，似乎認為津田昨晚有意出現在自己面前，津田不免大驚。

「我再怎麼不懂分寸，也不至於故意做那種事吧？」

「但你好像在那兒站了很久呢。」

她肯定看到津田當時徬徨的模樣了。他時而觀察流水從盆裡溢出，時而瞪著穿衣鏡，打量著鏡中的自己，最後還拿起鏡前的梳子開始梳頭。

「那時我迷路了，不知該往哪裡走，有什麼辦法呢？」

「是嗎？說得也對。不過，我可不認為是那樣。」
「妳以為我躲在那裡等妳？別開玩笑了。就算我真的有個萬靈鼻，也聞不出妳泡湯的時間啊。」
「的確，說得也對。」
清子嘴裡說出「的確」時的語氣，充分表達了「的確」這個字眼的含義。津田忍不住笑了起來。
「妳到底為什麼為了那種事懷疑我？」
「這不用我說，你也該明白吧。」
「可我就是不明白呀。」
「就算不明白也無所謂。這種事沒有說明的必要。」
津田問不出答案，只好旁敲側擊。
「那妳告訴我，為什麼我要在走廊的角落等妳出現？」
「我可不能說。」
「不必客氣，請妳一定要告訴我。」
「我不是客氣。不能說就是不能說啦。」
「但是想法就在妳心裡，不是嗎？只要妳想說，應該對任何人都能說。」
「我心裡什麼想法也沒有。」
聽到這句單純的回答，津田頓時垂頭喪氣，但立刻又將話題扯得更遠。
「如果沒有任何想法，妳的疑心又是從哪裡冒出來？」
「如果我的懷疑讓你不爽，那我向你道歉。這題目就到此為止吧。」
「但妳已經對我有了疑心，不是嗎？」
「那也沒辦法。對你有疑心，是事實。我向你承認了這項事實，也是事實。不論我道歉多少遍，或是如何彌補，事實是無法刪除的。」

「所以說，只要把事實告訴我就行啦。」

「事實不是已經告訴你了嗎？」

「那只是一半或三分之一的事實。我想知道全部。」

「這真叫人為難。我要怎麼回答才好？」

「這有什麼為難？妳就說，因為這樣這樣的理由，所以對你產生了疑心，這樣簡單一句話，就交代完了。」

清子原是滿臉為難的神色，這時突然露出恍然大悟的表情說：「喔，你想聽的，就是這個？」

「當然。就是因為想知道事實，才從剛剛一直囉里囉唆地纏著妳啊。因為妳瞞著不肯說……」

「那你早點說清楚嘛。這種事，我也沒什麼好隱瞞的。根本沒什麼理由，只是因為你本來就是會做這種事的人啊。」

「妳是指我躲在路上等妳？」

「是啊。」

「別開我玩笑！」

「但你在我眼中就是那種人，那又有什麼辦法？我既沒說謊，也沒造謠啊。」

「原來如此。」

說完，津田抱著雙臂低下頭。

一八七

過了半晌，津田重新抬起頭。

「怎麼我們談話弄得好像在辯論似的。我可不是為了跟妳爭論才來的。」

清子答道：「我也完全沒有那個意思啊。只是自然而然就變成了這樣，可不是我故意的喔。」

「我也認為妳不是故意的。換句話說，該怪我對妳過分地追問嘍。」

「嗯，對啊。」

清子臉上又浮起微笑。津田從那微笑看到她慣有的餘裕時，又按捺不住自己的耐心了。

「既然已經爭辯了，妳再順便回答我一個問題，好嗎？」

「好啊。你問吧。」

清子的語氣似已做好準備，只等津田提問了。看她這種態度，津田還沒發問，就已覺得有點失望。

「這傢伙，她已經忘光了一切。」

津田告訴自己，同時又想起，其實這就是清子原本的面貌。他有點不死心地問道：「昨晚在樓梯上，妳的臉色不是變得好蒼白？」

「大概吧。雖然我也沒看到自己的臉，不知是否蒼白，但既然你這麼說，那一定沒錯了。」

「喔？所以說，我在妳的眼裡，還不至於句句都是謊言。謝謝！原來妳也承認我看到的事實。」

「但你知道，就算我不承認，如果臉色真的變白了，我也沒辦法。」

「是嗎……然後，妳全身都變得很緊張。」

「是啊。我自己也感覺得到，全身都繃得緊緊的。要是繼續待在那兒，我說不定會昏倒呢。」

「換句話說，妳很吃驚吧？」

「是啊，大吃一驚呢。」

「所以……」津田說到這兒，視線投向清子的指尖。她正低著頭，細心地削著蘋果皮。鮮豔欲滴的果皮隨著刀刃轉動，一圈一圈從蘋果剝落下來，漸漸露出裡面飽含水分的淺綠色果肉，看到眼前這幅景象，津田不禁想起一年多以前的往事。

「那時，她剛好也是這個姿勢，給我削了一顆這樣的蘋果。」

不論是握刀的姿勢，運指的方式，雙肘緊靠膝蓋，長長的衣袖攤向兩側，所有的細節都是當時的重現，津田卻發現有一樣東西是當時沒有的。那就是戴在她指上的兩顆美麗寶石。如果說，這東西是為了永遠紀念她的婚姻，那世界上就沒有任何東西，能比這閃亮的小光點更狠心地將她跟津田隔開。他凝視著她那晃動的柔指，腦子沉浸在回憶的舊夢中，眼睛卻無法避開那耀眼的警戒之光。

他立刻又把視線從清子的手指轉向頭髮。女侍曾說今早幫忙清子梳過頭，沒想到她梳的只是普通的廂髮。只在那毫無新意的黑亮髮絲表面，規規矩矩地留下幾道梳齒刮過的痕跡。

津田果斷地決定重拾剛才差點放棄的話題。

「所以，我想問妳的問題……」

清子沒把頭抬起來。津田也不在意，繼續說了下去。

「昨晚那麼驚訝的妳，為什麼今早又能如此平靜？」

清子回答時依然低著頭。

「為什麼問這個？」

「因為我對妳這種心理變化不了解，所以才想問妳。」

清子還是沒抬頭看著津田。

「心理變化什麼的，這麼深奧的東西我可不懂。反正我昨晚就是那樣，今早又變成這樣，如此而已吧。」

「妳的回答只有這樣？」

「是啊，只有這樣。」

如果兩人是在演戲，這時應該輪到津田長嘆一聲，但他沒有毅然發出嘆息的勇氣。因為他覺得在這女人面前表演這一套，不會有什麼效果，所以他心底還是有點抗拒這種耍弄。

「可是妳今天早上沒在平日的時間起床，不是嗎？」

聽了這話，清子立刻抬頭反問：「喔？你怎麼知道的？」

「我清楚得很呢。」

清子瞥了津田一眼，立刻垂下眼皮。接著，一面把水果刀插進削好的果肉裡一面說：「的確，你雖不是天眼通，卻是天鼻通呢。確實很靈光喔。」

津田閉嘴不敢再說什麼。因為他分不清這句話究竟是玩笑，還是諷刺，或者是清子的真心話。

這時，清子把她好不容易削好的蘋果推到津田面前說：「要不要吃一片？」

一八八

津田沒有伸手去碰清子削好的蘋果。

「妳不吃嗎？難得吉川夫人特地指名送給妳的喔。」

「也對。而且還麻煩你大老遠拎到這裡來。為了你這番好意，我不吃一點的話，太對不起你了。」

清子說著從兩人之間的盤中拿起一片蘋果。但是放進嘴裡之前，清子又問：「不過，這事想起來還真好笑。究竟是怎麼回事呢？」

「什麼究竟怎麼回事？」

「我可從沒想過會收到吉川夫人的慰問品喔。更沒想到的是，這禮物會是由你捎來呢。」

「是吧？我也沒想到會有這種事。」津田的聲音低得只有自己聽得見。清子專注地凝視著津田的臉孔，眼中射出一種貌似正在等待他明確作答的目光。他對這種眼神懷著的某種特別記憶，現在又被它喚醒了。

「啊，就是這種眼神。」

兩人之間曾經反覆上演的昔日場景，又清晰地浮現在他眼前。當時，清子十分信賴的一個男人，叫作津田。不論大事小事，清子都向他請教；所有的疑難問題，她都期待津田幫忙解決。甚至連自己都無法掌握的未來，她似乎也想依賴津田。因此，即使目光流轉，她的眼神仍然寧靜。在她還願意請教津田的那段日子裡，眼中總是閃耀著信賴與和平的光輝。而他也覺得自己出生到這個世上來，就是為了擁有那份專屬自己的光輝。他甚至認為，就是因為世界有了自己，那種眼神才會存在。

但他們最後還是分手了。然而，兩人現在又坐到一塊。津田這時才意識到，清子離開自己之後，從前的眼神依然存在，只是那雙眼神象徵的意義，已跟從前不同，他不禁有些感慨。

「這雙眼睛，正是妳的美。但妳這份美，現在只會給我帶來失望嗎？請妳給我明確的答案。」

津田的疑問和清子的疑問，各自隨著視線在空中游移、交會。過了半晌，清子率先收回了視線。津田看到她這動作，才明白他們對彼此的期待完全不同。清子從來不會那麼急迫。她彷彿看開一切似的，將視線移向床間地上那盆寒菊的花朵上。

津田既已被她的視線拋棄，只好在口頭上對她緊追不捨。

「再怎麼說，我也不會為了給吉川夫人當跑腿，才到這裡來。」

「不會吧。所以我才覺得奇怪啊。」

「這有什麼好奇怪的。本來是我自己打算要來這裡的。剛好後來見到夫人，她才知道我要來這兒，所以順便讓我捎來禮物。」

「大概是吧。若不是這樣，我真是怎麼想，都覺得很奇怪。」

「不管多奇怪，世界上還是有很多偶發事件。對，就像妳……」

「所以我已經不覺得大驚小怪啦。只要弄清原委，任何事都見怪不怪了。」

「我正是為了弄清原委才來的。」這句話差點就從津田嘴裡冒出來。但清子似已不想追究他的來意，只是直接問道：「所以，你也是來養病的？」

津田用精簡的字句交代了自己治病的經過。

清子又說：「不過你運氣很好啊。碰到這種狀況，公司還配合你的計畫，讓你請假。像我家老爺就很慘，每天都是從早忙到晚。」

「關君才是隨性之人呢。無可救藥。」

「怎麼會？真可憐。」

「喔，我說的隨性，是指正面的意思喔。就是說他很用功的意思。」

「哎唷！真會說話。」

津田正要開口，忽然聽到一陣草履的腳步聲，匆匆從樓下跑上來。津田決定沉默著觀望一番。只見一名跟剛才不同的女侍出現在門口。
「橫濱來的客人讓我來問問夫人，中午要不要到瀑布那邊去散步？」
「那就一起去吧。」女侍聽完清子的答覆，正要離去，卻又轉身看著津田說：「請老爺也一起去吧？」
「謝謝。已經到吃午飯的時間啦？」
「是的，我馬上把飯端來。」
「嚇了我一跳。」
說完，津田這才站起來。
他本想叫聲「夫人」，但實在叫不出口，便叫了一聲「清子」。
「妳在這兒要住到什麼時候？」
「我完全沒有預定計畫。如果家裡來電報的話，就算是今天也得立刻回去。」
津田大吃一驚。
「還會送來那種東西？」
「那可不一定喔。」
說完，清子露出微笑。津田一面走向自己的房間，一面試圖弄懂那微笑的含義。

——未完[74]

74《明暗》於大正五年（一九一六年）五月二十六日至十二月十四日在《東京朝日新聞》和《大阪朝日新聞》連載。這部被譽為日本「真正的近代小說」還沒寫完，作者就因胃潰瘍惡化而離世。關於這部未竟遺作的後人續寫等資訊，請參閱本書譯者的話〈《明暗》二三事——漱石之死及其他〉。

夏目漱石年表

西元紀年	歲數	事件
一八六七年	出生	出生於牛込馬場下橫町（現東京都新宿區喜久井町）。為町方名主夏目小兵衛直克（五十四歲）與其妻子千枝（四十一歲）所生下的五男（共五男三女）。取名為夏目金之助。當時夏目家逐漸沒落，金之助出生後便被送到位於四谷的舊家具店寄養，不久後回到老家。
一八六八年	一	過繼給四谷名主鹽原昌之助做養子，改姓鹽原。
一八七三年	六	因養父被任命為淺草鎮長，舉家搬遷至淺草諏訪町。
一八七四年	七	因養父母感情不和，暫時返回夏目家居住。養父母離婚後，同年秋天，進入淺草壽町戶田小學就讀。
一八七六年	九	與養母同時被夏目家收留，但戶籍仍設在鹽原家。轉學至市谷山伏町市谷小學。
一八七七年	十	五月，自市谷小學畢業。
一八七八年	十一	在與友人島崎柳塢等所創辦的《傳閱雜誌》上發表文章〈正成論〉。十月，自神田猿樂町錦華小學畢業。進入神田一橋東京府立第一中學就讀。
一八八一年	十四	生母千枝去世（五十四歲）。轉學至麴町二松學舍學習漢學。
一八八二年	十五	欲以文學為志業，但遭長兄大助勸阻。
一八八三年	十六	為考大學預備科，進入駿河台的成立學舍學習英語。
一八八四年	十七	與橋本左五郎在小石川極樂水旁的新福寺二樓賃居。七月，養父擅自將金之助名下的房屋變賣，後因未交出該屋，而被起訴必須撤離。九月，考進大學預備科。同年級的友人包括中村是公、芳賀矢一、福原鐐二郎、橋本左五郎。入學後不久罹患盲腸炎。
一八八六年	十九	七月，因腹膜炎無法考試，成績落後而被留級。因此次留級的教訓，從此發奮用功，直至畢業都保持名列前茅。為了自力更生，與中村是公在本所江東義塾任教，並遷居至義塾宿舍。後因罹患急性砂眼，開始從自家通學。大學預備科改名為第一高等中學。

一八八七年	二十	長兄大助、次兄榮之助先後於三月、六月去世。
一八八八年	二十一	一月，復籍改回本姓夏目。七月，自第一高等中學預科畢業。九月，進入英文科就讀。
一八八九年	二十二	一月，與正岡子規結交。當時的同學包括山田美妙，學長包括川上眉山、尾崎紅葉、石橋思案等人。五月，寄予正岡子規的信中，首次附了一首俳句。於正岡子規《七草集》的評論文中，初次以「漱石」為筆名。九月，執筆以漢詩記錄此行的遊記，寫成《木屑錄》一書，並邀請正岡子規寫書評。
一八九〇年	二十三	七月，自第一高等中學本科第一部畢業。九月，進入東京帝國大學文科就讀，專攻英國文學。獲教育部助學貸款。
一八九一年	二十四	七月，獲選為獎學生。開始專注創作俳句。十二月，受狄克森（James Main Dixon）教授之託，將《方丈記》（鎌倉時代的隨筆文學）譯成英文。
一八九二年	二十五	因徵兵而將戶籍遷至北海道。五月，成為東京專校的講師。六月，撰寫《老子的哲學》（東洋哲學的論文）。前往子規家鄉松山，並結識高濱虛子。十月，於《哲學雜誌》發表評論〈文壇的平等主義代表者——華特・惠特曼之詩作〉。十二月，完成論文〈中學改良策略〉。
一八九三年	二十六	三月至六月，於《哲學雜誌》上連載論文〈英國詩人對天地山川的觀念〉。七月，自東京帝國大學英文系畢業。繼而進入研究所就讀。十月，在帝大文學院長外山正一推薦下，進入東京高等師範擔任英文教師。
一八九四年	二十七	春天，因疑罹患肺病，專心療養身體。十月，遷居至小石川表町尼寺法藏院。十二月，至鎌倉圓覺寺釋宗演門下參禪。
一八九五年	二十八	四月，辭掉高等師範教職，遠赴愛媛縣松山中學任教。十二月，返回東京。與當時擔任貴族院書記官長的中根重一之長女鏡子相親。從此時開始專事俳句創作，逐漸在俳句文壇嶄露頭角。
一八九六年	二十九	四月，辭掉松山中學教職，轉赴九州熊本任第五高等學校講師。後於室內光琳寺町賃屋而居，六月，與中根鏡子結婚。七月，升任教授。十月，於五高校友會誌《龍南會雜誌》發表〈人生〉。
一八九七年	三十	三月，於《江湖雜誌》發表〈圓桌武士〉。六月，生父直克去世（八十四歲）。七月，和中根鏡子一同返回東京。中根鏡子於虎門貴族院書記官長官宿舍停留期間流產，為療養之由，短暫停留鎌倉。九月，獨自返回熊本，遷居至大江村。十月，中根鏡子回到熊本。

一八九八年	三十一	開始創作漢詩。四月起，妻子的歇斯底里症狀趨於嚴重，一度企圖投水自盡。十一月，於《杜鵑》發表〈不言之書〉。學生寺田寅彥經常來訪。妻子苦於嚴重的孕吐，而漱石本身則惱於神經衰弱的毛病。
一八九九年	三十二	四月，於《杜鵑》上發表〈英國文人與新聞雜誌〉。五月，長女筆子誕生。八月，於《杜鵑》發表〈評《李爾王》〉。
一九〇〇年	三十三	六月，奉命在職留學英國，進行為期兩年的英語研究工作。九月，搭乘德國輪船普羅伊森號出航。同行的留學生有芳賀矢一、藤代禎輔等人。十月，於巴黎停留一週，參觀當地舉行的萬國博覽會。十月底抵達倫敦。
一九〇一年	三十四	一月，次女恆子誕生。四月，和房東一同遷居至圖丁（Tooting）。結識長尾半平。五月，池田菊苗自柏林前來探訪。五、六月，於《杜鵑》雜誌發表〈倫敦消息〉。
一九〇二年	三十五	三月，執筆撰寫〈文學論〉。與老友中村是公會面。九月，正岡子規在根岸的自宅過世。夏目漱石神經衰弱的症狀嚴重，而嘗試學騎單車以轉變心情，十月赴蘇格蘭旅遊，同時日本開始謠傳他發瘋的消息。十二月，自倫敦返回日本。
一九〇三年	三十六	一月，抵達神戶港，返回東京。三月，遷居至本鄉千駄木町五十七號。辭去第五高等學校教職。四月，就任第一高等學校教授，並兼任東京帝國大學文科大學講師。講授「文學形式論」。七月，於《杜鵑》發表〈單車日記〉。神經衰弱症狀愈趨嚴重，與妻子分居約兩個月。九月，開始在東京大學講授「文學論」，此課程維持了大約兩年，另外也教授「莎士比亞」課程。十一月，三女榮子誕生。開始學習水彩畫。十一月，神經衰弱再度復發。
一九〇四年	三十七	一月，在《帝國文學》發表〈關於馬克白的幽靈〉。二月，於《英國文學會叢誌》發表譯作〈索魯瑪之歌〉、〈卡利克蘇拉的詩〉。四月，兼任明治大學講師。五月，在《帝國文學》發表〈從軍行〉、〈征露之歌〉。十二月，因高濱虛子建議，在子規門下之文章會「山會」朗讀創作，而寫下《我是貓》。
一九〇五年	三十八	一月，於《杜鵑》發表《我是貓》第一部，深受好評。在《帝國文學》發表〈倫敦塔〉；在《學鐙》雜誌上發表〈卡萊爾博物館〉。二月，《我是貓》第二部發表於《杜鵑》。四月，於《杜鵑》發表《我是貓》第三部及〈幻影之盾〉。五月，於《七人》雜誌上發表〈琴之幻音〉；於《新潮》上發表談話筆記〈批評家的立場〉。六月，於《杜鵑》上發表《我是貓》第四部。七月，發表《我是貓》第五部。結束「文學論」課堂。九月，在東京大學開授「十八世紀英國文學」課程。在《中央公論》發表〈一夜〉。十月中，《我是貓》上集由大倉書店出版。十一月，於《中央公論》上發表〈薤露行〉。十二月，四女愛子誕生。寺田寅彥、鈴木三重吉、野上豐一郎、小宮豐隆等開始在漱石住處出入。

一九〇六年	三十九	一月，於《杜鵑》發表《我是貓》第七、八部。三月，發表《我是貓》第九部。四月，發表《我是貓》第十部，並於《杜鵑》發表〈少爺〉。五月，出版《漾虛集》。八月，發表《我是貓》第十一部。九月，於《新小說》發表〈草枕〉。岳父中根重一去世。十月，於《中央公論》發表〈二百十日〉。十一月，出版《我是貓》中集。十二月，出版《我是鶉籠》。遷居至本鄉西片町十番地。
一九〇七年	四十	一月，在《杜鵑》發表〈野分〉。四月，因欣賞《朝日新聞》主筆池邊三山，辭去所有教職，進入朝日新聞社。五月，於《朝日新聞》發表〈入社之辭〉。同月，由大倉書店出版《文學論》及《我是貓》下集。六月，長子純一誕生。六月至十月，在《朝日新聞》連載〈虞美人草〉。十月，於《讀賣新聞》上發表〈寫生文〉。約從此年開始，將和文壇朋友見面的日子定在每週四，因而稱之為「木曜會」。
一九〇八年	四十一	一月一日至四月六日，於《朝日新聞》連載〈礦工〉。《虞美人草》出版。四月，於《杜鵑》發表〈創作家之態度〉。六月，在《大阪朝日新聞》發表〈文鳥〉。七月二十五日至八月五日，於《朝日新聞》連載〈夢十夜〉。九月一日至十二月二十九日，於《朝日新聞》連載〈三四郎〉。由春陽堂出版《草枕》。十月，於《早稻田文學》發表了談話筆記〈文學雜誌〉。十一月，於《國民新聞》發表〈答田山花袋君〉。十二月，次男伸六誕生。
一九〇九年	四十二	一月，於《朝日新聞》發表〈元旦〉。連載〈永日小品〉散文二十四篇。三月，由春陽堂出版《文學評論》。五月，出版《三四郎》。六月至十月，於《朝日新聞》連載〈之後〉。八月，罹患胃疾。九月，應滿洲鐵路總裁中村是公的招待至滿洲各地旅行，至十月返回東京。十月至十二月，於《朝日新聞》連載〈滿韓風光〉。十一月，《朝日新聞》設「文藝欄」，由夏目漱石主編。
一九一〇年	四十三	二月，於《朝日新聞》發表〈客觀描寫與印象描寫〉。三月，五女比奈子誕生。三月至六月，於《朝日新聞》連載小說〈門〉。五月，由春陽堂出版作品集《四篇》。六月，因胃潰瘍而住院，至七月底出院。八月，至修善寺溫泉菊屋本店修養。同月的二十四日晚上，大量吐血，病情惡化，陷入昏迷狀態。十月十一日返回東京，住進長與醫院。十一月二十九日至隔年二月二十日，於《朝日新聞》連載〈回憶錄〉。
一九一一年	四十四	一月，出版《門》。二月，獲頒文學博士學位，卻堅決拒絕受獎。同月二十四日，於《東京朝日新聞》發表〈博士問題〉談話筆記。二月，出院。三月七日，發表談話錄〈博士問題之形成〉。五月，於《朝日新聞》發表〈文藝委員的任務〉。六月，發表〈坪內博士與哈姆雷特〉。七月，《我是貓》的精華版出版。八月，在大阪因胃潰瘍舊疾復發，住進湯川醫院，至九月出院，返回東京。十月，因《朝日新聞》文藝欄遭裁撤，而提出辭呈，後因報社挽留而撤回辭呈。十一月，出版《朝日演講集》。同月，五女比奈子去世。

一九一二年	四十五	自一月一日至四月二十九日，於《朝日新聞》連載〈彼岸過迄〉。三月，發表〈三山居士〉。六月，寫下〈我與鋼筆〉。九月，《彼岸過迄》出版。在神田佐藤醫院接受痔瘡手術。此時開始畫水彩畫並鍾情於書法。十二月，於《朝日新聞》連載〈行人〉。
一九一三年	四十六	一月起，連續數月，神經衰弱的舊疾更趨嚴重。二月，出版《社會與個人》。三月，因胃潰瘍而臥於病榻，〈行人〉的連載因而中斷。九月，〈行人〉重啟連載，至十一月連載完畢，完稿後因醉心水彩畫，與畫家津田青楓往來頻繁。
一九一四年	四十七	一月七日至十二日，於《朝日新聞》連載〈門外漢與專家〉之評論文。《行人》一書由大倉書店出版。四月二十日至八月十一日，於《朝日新聞》連載〈心〉，於十月由岩波書店出版。因胃潰瘍復發，休養了約一個月。
一九一五年	四十八	一月十三日至二月二十三日，於《朝日新聞》連載〈玻璃門內〉。此時，醉心於良寬書法。三月，於《輔仁會雜誌》上發表〈我的個人主義〉。四月，《玻璃門內》由岩波書店出版。六月三日至九月十日，於《朝日新聞》連載〈道草〉，十月由岩波書店出版。經由林原耕三的引薦，久米正雄、芥川龍之介等人入漱石門下。
一九一六年	四十九	自一月一日至二十一日，於《朝日新聞》連載〈點頭錄〉。十八日至湯河原療養，約停留至二月。四月經真鍋嘉一郎診斷，得知罹患糖尿病，而接受了為期三個月的治療。五月二十六日至十二月十四日，於《朝日新聞》連載〈明暗〉。十一月二十二日，病情惡化；同月二十八日，大量內出血。十二月二日，第二次大量內出血後，於九日傍晚六點四十五分永眠。翌日於醫科大學病理學教室，由長與又郎執刀進行解剖。同月十二日，於青山齋場舉行葬儀，戒名為文獻院古道漱石居士。同月二十八日，葬於雜司谷墓地。
一九一七年		由岩波書店出版《明暗》一書。

日本近代文學大事記

一八八五年	明治十八年	四月，坪內逍遙的文學論述《小説神髓》出版，講述近代小説的理論與方法，提出寫實主義，影響了之後的日本近代文學。 五月，尾崎紅葉、山田美妙、石橋思案、丸岡九華等人成立文學團體硯友社，推崇寫實主義，創刊日本近代第一本文藝雜誌《我樂多文庫》。
一八八六年	明治十九年	四月，二葉亭四迷發表文學理論〈小説總論〉，補充了《小説神髓》的不足之處，兩者皆為對於日本近代小説的重要評論。 七月，谷崎潤一郎出生於東京市（現東京都）。
一八八七年	明治二十年	六月，二葉亭四迷發表長篇小説《浮雲》，此作以言文一致的筆法寫成，宣告日本近代文學開始。
一八八八年	明治二十一年	十二月，菊池寬出生於香川縣。
一八八九年	明治二十二年	一月，饗庭篁村、山田美妙等十四名文學同好共同編輯文藝雜誌《新小説》。同月，夏目漱石初識正岡子規，開始進行創作。 四月，尾崎紅葉出版《二人比丘尼色懺悔》，登上硯友社主導地位。 五月，夏目漱石於評論子規《七草集》時首次使用漱石的筆名。 九月，幸田露伴的小説《風流佛》出版。明治二十年代，幸田露伴與尾崎紅葉並列為兩大代表作家，文壇稱作「紅露」。 十一月，泉鏡花入尾崎紅葉門下。
一八九〇年	明治二十三年	一月，森鷗外發表短篇小説〈舞姬〉，對之後浪漫主義文學的形成有極大影響。
一八九二年	明治二十五年	三月，芥川龍之介出生於東京市（現東京都）。
一八九三年	明治二十六年	一月，島崎藤村與北村透谷創刊文學雜誌《文學界》，以浪漫主義為主，對抗當時主導文壇的硯友社。

一八九四年	明治二十七年	八月，甲午戰爭爆發。 十二月，樋口一葉接連創作出〈大年夜〉、〈濁流〉、〈青梅竹馬〉、〈岔路〉和〈十三夜〉等，轟動文壇。此時至一八九六年一月，後世評論者稱之為「奇蹟的十四個月」。
一八九五年	明治二十八年	一月，學術藝文雜誌《帝國文學》創刊。 四月，甲午戰爭結束。 六月，泉鏡花於純文學雜誌《文藝俱樂部》發表短篇小說〈外科室〉，帶起甲午戰爭後的觀念小說風潮。 十二月，金子光晴出生於愛知。
一八九六年	明治二十九年	一月，森鷗外、幸田露伴、齋藤綠雨創辦雜誌《醒草》，提倡近代詩歌、戲劇的改良。 十一月，樋口一葉逝世。
一八九八年	明治三十一年	一月，國木田獨步於雜誌《國民之友》發表小說〈武藏野〉，以浪漫派作家身分展開創作生涯。 三月，橫光利一出生於福島。 十二月，黑島傳治出生於香川縣。
一八九九年	明治三十二年	五月，壺井榮出生於香川縣。 六月，川端康成出生於大阪市。
一九〇〇年	明治三十三年	四月，與謝野鐵幹和與謝野晶子創立《明星》詩刊，傳承浪漫派精神。
一九〇三年	明治三十六年	三月，國木田獨步發表小說〈命運論者〉，此作與十月發表的小說〈老實人〉筆法轉向寫實，為開啟自然主義派先鋒之作。 十月，尾崎紅葉逝世。 十二月，小林多喜二出生於秋田縣。
一九〇四年	明治三十七年	二月，日俄戰爭爆發。
一九〇五年	明治三十八年	一月，夏目漱石於《杜鵑》發表〈我是貓〉，大獲好評。 七月，蒲原有明發表詩集《春鳥集》，引領日本現代詩的象徵主義。同月，石川達三出生於秋田縣。 九月，日俄戰爭結束。

一九〇六年	明治三十九年	三月，島崎藤村自費出版小說《破戒》。此作與夏目漱石的《我是貓》並譽為二十世紀初寫實主義的雙璧。 十月，坂口安吾出生於新潟縣。
一九〇七年	明治四十年	一月，在森鷗外的支持下，上田敏等人成立文藝雜誌《昴星》，標誌著新浪漫主義的衍生。 九月，田山花袋於雜誌《新小說》發表小說〈棉被〉，為自然主義的先驅，也是私小說的起點之作。 十月，小山內薰創刊《新思潮》雜誌，引介歐美戲劇以及文藝動向，隔年三月停刊。
一九〇八年	明治四十一年	六月，國木田獨步逝世。
一九〇九年	明治四十二年	三月，大岡昇平出生於東京市（現東京都）。 五月，二葉亭四迷逝世。 六月，太宰治出生於青森縣。
一九一〇年	明治四十三年	四月，志賀直哉、武者小路實篤、有島武郎、有島生馬創刊《白樺》雜誌，提倡新理想主義和人道主義。 五月，永井荷風創辦雜誌《三田文學》。 六月，社會主義者策畫暗殺明治天皇，政府大肆搜捕社會主義者和無政府主義者，史稱「大逆事件」。幸德秋水與同夥遭逮捕審判，翌年判處死刑。 九月，以小山內薰為首，集結谷崎潤一郎、和辻哲郎、後藤末雄等人第二次創立《新思潮》雜誌。 十月，山田美妙逝世。
一九一二年	大正元年	一月，德田秋聲的《黴》出版單行本，獲得空前的評價。一九一〇年發表的小說《足跡》也趁勢出版。兩部作品令德田秋聲奠定自然主義的地位。
一九一四年	大正三年	二月，山本有三、豐島與志雄、久米正雄、芥川龍之介、松岡讓、菊池寬等人第三次創立《新思潮》雜誌。久米正雄發表〈牛奶場的兄弟〉，豐島與志雄發表〈湖水與他們〉，皆為新思潮派的代表作。 七月，第一次世界大戰爆發。
一九一五年	大正四年	十月，芥川龍之介於雜誌《帝國文學》發表〈羅生門〉。在松岡讓的介紹下入夏目漱石門下。

一九一六年	大正五年	二月，菊池寬、芥川龍之介、久米正雄、松岡讓和成瀨正一等人第四次創立《新思潮》雜誌。芥川龍之介的短篇小說〈鼻〉受到夏目漱石激賞。 十二月，夏目漱石逝世。
一九一七年	大正六年	二月，萩原朔太郎自費出版第一本詩集《吠月》，獲得森鷗外讚賞，開拓象徵詩派的新領域。
一九一八年	大正七年	十一月，第一次世界大戰結束。同月，武者小路實篤於宮崎縣木城村發起「新村運動」，建立勞動互助的農村生活，實踐其奉行的人道主義。
一九二一年	大正十年	一月，志賀直哉開始於《改造》雜誌連載小說〈暗夜行路〉。 二月，小牧近江、今野賢三、金子洋文創刊雜誌《播種人》，鼓吹擁護蘇俄的共產革命，劃下無產階級文學時代的開始。
一九二二年	大正十一年	菊池寬創刊《文藝春秋》，致力於培養年輕作家。
一九二三年	大正十二年	一月，菊池寬創立文藝春秋出版社。 九月，關東大地震後，政府趁動亂鎮壓左翼運動者，社會主義評論家大杉榮遭憲兵隊殺害，無產階級文學運動暫時受挫停擺。谷崎潤一郎舉家從東京遷至京都。
一九二四年	大正十三年	六月，《播種人》改名《文藝戰線》復刊。 十月，橫光利一、川端康成、今東光、石濱金作、片岡鐵兵、中河與一等人創刊雜誌《文藝時代》，主張追求新的感覺。雜誌第一期揭載橫光利一的短篇小說〈頭與腹〉促成「新感覺派」的開始。
一九二五年	大正十四年	一月，三島由紀夫出生於東京市（現東京都）。 十二月，《文藝戰線》雜誌集結無產階級文學雜誌、學者，成立「日本無產階級文藝聯盟」，使無產階級文學得以迅速發展。
一九二六年	昭和元年	十一月，無產階級文學運動第一次內部分裂。「日本無產階級文藝聯盟」內部實行改組，改名為「日本無產階級藝術聯盟」。遭排除的非馬克思主義者另立「無產派文藝聯盟」，創立雜誌《解放》。
一九二七年	昭和二年	二月，芥川龍之介於文學講座上公開批評谷崎潤一郎的小說，展開一連串芥川與谷崎的小說藝術爭論。兩人於《改造》雜誌上撰文駁斥對方引發筆戰，直至七月芥川自殺。

一九二八年	昭和三年	五月，《文藝時代》宣布停刊。 六月，葉山嘉樹、林房雄、藏原惟人、黑島傳治、村山知義等人遭「日本無產階級藝術聯盟」剔除，另組「勞農藝術家同盟」。 十一月，藏原惟人退出「勞農藝術家同盟」，另組「前衛藝術家同盟」。 三月，藏原惟人為了讓無產階級文學運動者不再分裂對立，結合「日本無產階級藝術聯盟」、「勞農藝術家同盟」等團體組成「日本左翼文藝家」，之後誕生「全日本無產者藝術聯盟」。 五月，濟南事件。 六月，中村武羅夫公開發表評論〈是誰踐踏了花園！〉，公開抨擊無產階級文學。 十二月，「全日本無產者藝術聯盟」創立文藝雜誌《戰旗》，迎來無產階級文學的高峰。
一九二九年	昭和四年	三月，小林多喜二完成小說〈蟹工船〉，發表於《戰旗》雜誌。此作為無產階級文學的代表作，受到國際高度評價。 十月，橫光利一、川端康成、犬養健、堀辰雄等人創刊《文學》雜誌。 十二月，中村武羅夫、川端康成、龍膽寺雄、淺原六朗、嘉村礒多、久野豐彥、岡田三郎、飯島正、加藤武雄、權崎勤、尾崎士郎、佐佐木俊郎、翁久允等人組成「十三人俱樂部」，號稱「藝術派十字軍」。
一九三〇年	昭和五年	四月，以「十三人俱樂部」為中心，吸收其他現代主義派作家如舟橋聖一、阿部知二、井伏鱒二、雅川滉，成立「新興藝術派俱樂部」，公開反對馬克思主義，取代新感覺派，成為文壇上最大宗的現代藝術派別。 七月，小林多喜二因〈蟹工船〉遭到當局以不敬罪起訴，遭捕入獄。 十一月，黑島傳治發表以濟南事件為題材的長篇小說《武裝的城市》，遭當局禁止發行。
一九三一年	昭和六年	十一月，「全日本無產者藝術聯盟」底下的專業同盟與其他無產階級文化團體合併為「日本無產階級文化聯盟」，創辦《無產階級文化》雜誌。
一九三二年	昭和七年	三月，保田與重郎創刊《我思故我在》，反對無產階級派和現代藝術派，主張回歸日本傳統，為「日本浪漫派」之前身。
一九三三年	昭和八年	二月，小林多喜二遭當局逮捕殺害。 五月，室生犀星、井伏鱒二等人成立「秋聲會」，島崎藤村並成立「德田秋聲後援會」鼓勵創作低迷的德田秋聲。

一九三五年	昭和十年	十月，小林秀雄、林房雄、武田麟太郎、川端康成、廣津和郎、深田久彌、宇野潔二等人重新創立新《文學界》雜誌。另一方面，舟橋勝一、阿部知二成立《行動》雜誌。 十二月，《無產階級文化》發行最後一期，隔年「日本無產階級文化聯盟」被迫解散。 二月，坪內逍遙逝世。同月，直木三十五逝世。 四月，菊池寬為紀念好友芥川龍之介與直木三十五，創立「芥川賞」與「直木賞」。前者為鼓勵純文學新人作家，後者則是給予大眾作家的榮譽肯定。第一屆芥川賞頒予石川達三的〈蒼氓〉，直木賞得獎作家為川口松太郎。
一九三六年	昭和十一年	二月，陸軍中「皇道派」的青年軍官率領數名士兵，刺殺「統制派」政府官員，包含兩任前首相，並且一度占領東京。後來遭到撲滅。此政變又稱「帝都不祥事件」。 三月，武田麟太郎、本庄陸男、平林彪吾等人創立《人民文庫》，獲得無產階級派作家的支持。另一方面，保田與重郎、神保光太郎、龜井勝一郎、中島榮次郎、中谷孝雄、緒方隆士等人創刊《日本浪漫派》雜誌，伊東靜雄、太宰治、檀一雄等人也加入其中。
一九三七年	昭和十二年	四月，永井荷風出版小說《墨東綺譚》，此作體現荷風小說的深沉內涵，也流露出對時局的消極反抗。 十二月，日軍占領中國南京。
一九三八年	昭和十三年	二月，菊池寬以促進文藝發展、表彰卓越作家為目的，成立日本文學振興會。 三月，石川達三目睹南京大屠殺慘況後，寫成小說《活著的士兵》，發表後遭當局判刑。
一九三九年	昭和十四年	九月，第二次世界大戰爆發。同月，泉鏡花逝世。
一九四一年	昭和十六年	十二月，太平洋戰爭爆發。
一九四三年	昭和十八年	八月，島崎藤村逝世。 十月，黑島傳治逝世。 十一月，德川秋聲逝世。
一九四五年	昭和二十年	八月，日本宣布無條件投降。 十二月，以秋田雨雀、江口渙、藏原惟人、德永直、中野重治、藤森成吉、宮本百合子等戰爭期間遭受鎮壓的無產階級作家為中心，組成「新日本文學會」。

一九四六年	昭和二十一年	一月，荒正人、平野謙、本多秋五、植谷雄高、山室靜、佐佐木基一、小田切秀雄等人創刊《近代文學》，提倡藝術至上主義，邁開戰後文學第一步。 五月，太宰治在《東西》雜誌發表無賴派宣言：「我是自由人，我是無賴派。」無賴派因此得名。 六月，坂口安吾《墮落論》出版。 七月，谷崎潤一郎重新執筆因戰爭而停止連載的小說《細雪》，至隔年三月共完成三冊。
一九四七年	昭和二十二年	七月，太宰治於《新潮》雜誌連載小說《斜陽》，同年十二月出版。 十二月，橫光利一逝世。
一九四八年	昭和二十三年	五月，太宰治完成《人間失格》。此作與《斜陽》皆為無賴派體現於小說創作上的代表作。 六月，太宰治自殺。同月，菊池寬逝世。
一九五〇年	昭和二十五年	六月，韓戰爆發。
一九五一年	昭和二十六年	一月，大岡昇平於《展望》雜誌發表〈野火〉，隔年出版，成為戰爭文學代表作之一。
一九五二年	昭和二十七年	二月，壺井榮於基督教雜誌《*New Age*》連載小說《二十四隻瞳》，同年十二月出版。
一九五三年	昭和二十八年	七月，簽署停戰協定。韓戰結束。
一九五八年	昭和三十三年	一月，大江健三郎於《文學界》發表短篇小說〈飼育〉，同年獲得芥川賞，是當時有史以來最年輕的受獎者。
一九五九年	昭和三十四年	四月，永井荷風逝世。
一九六五年	昭和四十年	七月，谷崎潤一郎逝世。
一九六八年	昭和四十三年	十月，川端康成以《雪國》、《千羽鶴》及《古都》等作品獲得諾貝爾文學獎，為歷史上首位獲獎的日本人。
一九七〇年	昭和四十五年	十一月，三島由紀夫發動政變失敗後自殺。
一九七一年	昭和四十六年	十月，志賀直哉逝世。
一九七二年	昭和四十七年	四月，川端康成逝世。

作者

夏目漱石（1867.2.9-1916.12.9）

一八六七年生於江戶的牛込馬場下橫町（今東京都新宿區喜久井町）。東京帝國大學英文科畢業後，從事英文教職數年。一九〇〇年在政府安排下前往英國留學兩年，留學期間據說曾罹患極為嚴重的神經衰弱。

回國後，曾在舊制第一高等學校（現納入東京大學教養學部）、東京大學擔任教職。一九〇五年（明治三十八年）發表小說《我是貓》獲得廣大好評。隔年繼續發表引人矚目的作品，包括《少爺》與《草枕》。

一九〇七年辭去東大教職，進入報社，專心從事小說創作，連續發表了《三四郎》、《後來的事》、《行人》以及《心》等在日本文學史上大放異彩的傑作。一九一六年在創作最後一部大作《明暗》的期間因胃潰瘍惡化，不幸去世，享年四十九歲。

活躍於日本從近代邁入現代的關鍵時期，夏目漱石不僅發表多篇文學創作，也在報紙、雜誌大量撰寫文藝評論，奠定日本現代文學之基礎。日本近代文學館亦肯認夏目漱石對於日本文壇發展的深遠影響，如芥川龍之介、有島武郎等白樺派作家、津田青楓、岸田劉生。身處東亞文藝圈的魯迅也深受夏目漱石的啟發。近年更有學者探討夏目漱石留學英國時，與愛爾蘭文藝圈的互動，足見其在世界文學史的重要地位。

儘管夏目漱石逝世前未能為《明暗》畫下句點，這部未竟的遺作在出版百年之後，依然是日本文學版圖裡、無法被忽視的參照座標之一。美國哥倫比亞大學出版社確立《明暗》「發明了日本現代小說」的重要地位。日本文學研究權威白根春夫指出《明暗》是「日本現代文學最吸引人的作品之一，也代表日本小說發展的關鍵轉折」。日本當代思想家柄谷行人從世界文學的角度指出，夏目漱石身處明治與大正時期劇烈的文藝運動與價值辯證之中，讓他的文藝創作「在這種呈現時間差的、扭曲的時間狀態裡，致力於照亮那些被掩蓋的東西」。

譯者

章蓓蕾

又名立場寬子（Tateba Hiroko）。政大新聞系畢業。一九八一年起定居日本，現專事翻譯，曾在北京、瀋陽、洛杉磯、曼谷等地長住，譯作有：《三四郎》、《後來的事》、《門》、《大地之子》、《冰點》、《續冰點》等五十餘部。

蟠 005 **明暗**

MEIAN

By Natsume Soseki

作　　者	夏目漱石
譯　　者	章蓓蕾
總 策 劃	楊　照
封面設計	王志弘
校　　對	呂佳真
責任編輯	陳定良
國際版權	吳玲緯、蔡傳宜
行　　銷	艾青荷、蘇莞婷、黃俊傑
業　　務	李再星、陳紫晴、陳美燕、馮逸華
副總編輯	巫維珍
編輯總監	劉麗真
事業群總經理	謝至平
發 行 人	何飛鵬
出　　版	麥田出版 地址：115台北市南港區昆陽街16號4樓 電話：(02)2500-7696 傳真：(02)2500-1967
發　　行	英屬蓋曼群島商家庭傳媒股份有限公司城邦分公司 地址：115台北市南港區昆陽街16號8樓 網址：www.cite.com.tw 客服專線：(02)2500-7718｜2500-7719 24小時傳真專線：(02)-2500-1990｜2500-1991 服務時間：週一至週五09:30-12:00｜13:30-17:00 劃撥帳號：19863813 戶名：書虫股份有限公司 讀者服務信箱：service@readingclub.com.tw
香港發行所	城邦（香港）出版集團有限公司 地址：香港九龍九龍城土瓜灣道86號順聯工業大廈6樓A室 電話：+852-2508-6231 傳真：+852-2578-9337
馬新發行所	城邦（馬新）出版集團【Cite (M) Sdn. Bhd.】 地址：41-3, Jalan Radin Anum, Bandar Baru Sri Petaling, 57000 Kuala Lumpur, Malaysia. 電話：+6(03) 9056 3833 傳真：+6(03) 9057 6622 讀者服務信箱：services@cite.my
麥田部落格	http://ryefield.pixnet.net
印　　刷	漾格科技股份有限公司
初　　版	2019年4月
初版二刷	2024年3月
售　　價	550元
I S B N	978-986-344-634-7

國家圖書館出版品預行編目(CIP)資料

明暗／夏目漱石著；章蓓蕾譯. -- 初版. -- 臺北市：麥田出版：家庭傳媒城邦分公司發行, 2019.04

面；　公分. --（蟠；5）

譯自：めいあん

ISBN 978-986-344-634-7（平裝）

861.57　　108002395

城邦讀書花園

www.cite.com.tw

Printed in Taiwan.